燕澜，你不是我的灾星
不，你是我的救星

竹家小桥
2024.5.7

姜拂衣

大鱼

有爱的青春陪伴者

姜拂衣

[上册]

乔家小桥 著

江苏凤凰文艺出版社

图书在版编目（CIP）数据

姜拂衣 : 全2册 / 乔家小桥著. -- 南京 : 江苏凤凰文艺出版社, 2025. 6. -- ISBN 978-7-5594-9478-8
Ⅰ. I247.5
中国国家版本馆CIP数据核字第20255634XL号

## 姜拂衣：全2册

乔家小桥 著

| 责任编辑 | 王昕宁 |
| --- | --- |
| 特约编辑 | 欧雅婷 |
| 出版发行 | 江苏凤凰文艺出版社 |
| | 南京市中央路165号，邮编：210009 |
| 网　　址 | http://www.jswenyi.com |
| 印　　刷 | 天津睿和印艺科技有限公司 |
| 开　　本 | 880mm×1230mm　1/32 |
| 印　　张 | 18 |
| 字　　数 | 447千字 |
| 版　　次 | 2025年6月第1版 |
| 印　　次 | 2025年6月第1次印刷 |
| 书　　号 | ISBN 978-7-5594-9478-8 |
| 定　　价 | 65.80元（全2册） |

江苏凤凰文艺版图书凡印刷、装订错误，可向出版社调换，联系电话025-83280257

## 上 册 目 录
C O N T E N T S

第一章・初到万象巫　　001

第二章・六爻山寻记忆　　048

第三章・云州城考核　　107

第四章・大佬吵架的方式　　168

第五章・兵火与石心人　　225

## 下册目录
CONTENTS

第六章 · 修罗岛主    283

第七章 · 姜拂衣的记忆碎片    328

第八章 · 走你该走的路    404

第九章 · 心跳声    451

第十章 · 万物迟早见光    512

# 第一章
## 初到万象巫

——"阿拂,醒醒。"

姜拂衣猛然从噩梦中惊醒,像一条刚被捞出水的鱼,大口地喘着气。

她好像听到了母亲的声音,但这不可能。她早就上岸了,而她的母亲还被困在极北之海。

姜拂衣活了两世。

上一世,她只是一个朝九晚五的普通人,这一世不知是怎么回事,总之,没喝孟婆汤,她清晰地感受了一回生命体被孕育成型的奇妙过程。小小的躯体被紧紧包裹着,无法动弹,也没有视觉,只能隐隐听见涌动的水声,她误以为是在母亲的肚子里,于是安心等待降生。

她本以为最多也就十个月,谁知一晃几十个月过去,依然毫无动静。她一度怀疑自己是不是投胎成了哪吒。漫长的等待中,姜拂衣的时间观念越来越淡薄,有关上一世的记忆也越发模糊。

终于有一天,一双纤细的手将她从无边的黑暗中捞了出来,她才知道自己并不在母体内。孕育她的,是一座巨大的蚌壳。

装扮邋遢却过分美丽的女人将她抱入怀中,痴痴笑笑地喊着"小宝贝""小珍珠"。姜拂衣的茫然不安逐渐被抚平了，身体的本能告诉她，两人是母女关系，这一点绝对不会有错。

只是她为何会在蚌壳里？她们娘俩并非海妖，为何生活在海底？她父亲呢？

可惜她母亲说话时常前言不搭后语，给不了她任何答案。

直到姜拂衣尝试跃出海面，险些被一道天雷劈死，她才明白母亲是被封印在海底的，母亲之所以疯疯癫癫，可能是被封印得太久了。

姜拂衣出生于母亲被封印之后，天雷禁制对姜拂衣也有一定的作用。好在封印的海域辽阔，姜拂衣终日戏水逐浪，又有鱼群相伴，日子倒也不算太难过。

姜拂衣很坦然地接受了这个设定——毕竟不接受也没办法。

转机出现在姜拂衣十一岁那年。惊蛰之夜，血月当空，海上掀起了极强的风暴。冲天而起的骇浪，犹如远古巨兽，意图撕裂苍穹，吞噬万物。

姜拂衣正瑟瑟发抖，藏身的蚌壳被她母亲撬开。母亲对她说道："阿拂，咱们石心人这一族啊，心脏可以拿来铸造宝剑，且可以再生。当年你爹经过这片海，我看这小子容貌出众，骨骼清奇，日后必成大器，便剜心铸剑赠他，盼望他早日学成归来，救我出海。

"我虽记不清你爹姓谁名谁、家住何方，却感知到他已成为至尊多年。我送你上岸去问问他，究竟遇到了什么难题，为何还不回来救我。"

姜拂衣以为母亲又在发疯，惯常配合着问："哦，那我该怎么和爹相认呢？"

母亲说："母女连心，你爹手中之剑是我的心，只要你出现在他附近，他定能感应到你。而他若是出剑，你也同样会有感应。"

说完，母亲一只手扣住姜拂衣的肩头，另一只手高高举起，并拢双指，

指尖凝聚起一团剑气,化为一面厚实的伞剑光盾,带她一跃而起,从海底冲出海面。原本四散的雷暴迅速汇聚,接连撞击在伞剑上,爆发出的光芒使得海面亮如白昼。

姜拂衣被溅了一脸滚烫的鲜血,终于意识到母亲这回并不是在闹着玩,母亲确实清醒了。可惜连句道别的话都来不及说,姜拂衣便被母亲塞进了一个光球,打飞出去。

姜拂衣回身趴在光球内壁上,惊恐地望着十数条寒气森森的冰晶触手自水下蜿蜒伸出,趁母亲全力击飞光球时,紧紧地缠住母亲的四肢,将母亲冻成一尊冰雕,拖入海中。

姜拂衣先前偶尔会想,设下封印之人还算仁慈,给了囚徒那么大一片海。原来被束缚的冰雕才是封印的初始形态,日积月累,封印松动,母亲挣脱了第一重束缚,方能在海底自由活动。为了送她上岸,母亲力量消耗过甚,再次被打回封印的初始形态。

母亲如此急迫,又付出这般惨重的代价,恐怕让她上岸质问父亲是假,想趁今夜海上风暴削弱封印,将她送出囚笼才是真。

越是如此,姜拂衣越是要去寻找父亲。无论前路多难,她也要为母亲讨一个回答。

然后……然后呢?

上岸之后的事情,刚从噩梦中惊醒的姜拂衣一时想不起来了。

她头痛,浑身痛。周围黑暗、压抑、憋闷,她似乎正躺在一个逼仄的密闭空间里——像极了当初在蚌壳里孕育的时候。

姜拂衣有一刹那的恐慌,自己该不会死了,再一次投胎了吧?

她试探着伸出手触摸,摸到的是木质的内壁——这好像是一口棺材。

姜拂衣尝试着推开棺盖，稍一使力，心口一阵剧痛，她几乎要大喊出声。

姜拂衣错愕地将手放在胸口。顿时惊了，她的心脏被利器扎穿一个血窟窿，已经不再跳动了。

所以她才被谁盖棺下葬了？对方是想要她的命，才用刀子往她心口捅，却不知道她是石心人，即使没了心脏也不会死，且心脏还能慢慢再生，自然，心脏被捅了个血窟窿也可以逐渐修复。

之前她昏迷不醒，应是在自我疗伤。

想到这儿，姜拂衣安心不少，不再努力回忆往事，等心脏修补好之后，自然而然会想起来的。

她闭上眼睛继续休息。母亲虽未教过，但本能告诉她，睡着之时心脏更容易修复。极度虚弱的状态下，姜拂衣很快入睡。恍惚之中，她隐约又听见一声呢喃。

——"阿拂，醒醒。"

姜拂衣再次惊醒。

"嘎吱"一声，棺材盖突然遭外力掀飞。

正值晌午，骤然洒下的炽热阳光似细细密密的针，姜拂衣被刺得双眼吃痛。她硬撑着睁开眼，只为第一时间看清开棺人的模样。结果大失所望，眼前是个浑身血污的年轻男人，并不是她母亲。

柳藏酒半蹲在棺材边，微微垂首，也在打量棺中的少女。少女十七八岁的模样，本该鲜葱似的水灵，脸色却惨白得像鬼，也更突出她优越的五官，尤其是眼睛，又圆又大，两端微尖上挑，是双乌黑漂亮的杏核眼，纯粹且勾人。

和他记忆中的"柳寒妆"不太一样，但他姐姐本就擅长帮人改头换

面——她给自己换一张更年轻更貌美的脸,很合理,很正常。

"三姐。"柳藏酒极度疲惫的眼睛里,闪出几抹璀璨星光,"我终于找到你了。"

姜拂衣一头雾水地看着他。

"我是藏酒啊!你离家时,我才五岁。"柳藏酒耐着性子解释,"这些年来你音信全无,大哥说你死了,我不信,便偷跑出来寻你。"

"长久?"听他说得有鼻子有眼,语气也不像撒谎,姜拂衣皱眉回忆她海底世界的生活,"你难道是我上岸之前养的那只绿毛螃蟹?"

柳藏酒:"呃?"

姜拂衣:"那是紫毛海马?彩毛海胆?"

柳藏酒脸色渐变:"柳寒妆?"

"你认错人了。"姜拂衣虚弱无力地躺在棺材里,"麻烦帮我把棺盖重新合上,我要继续闭关,谢谢。"

"不可能!"像是担心姜拂衣会自己爬起来阖棺,柳藏酒抓紧棺材边缘,"我会认错人,但千灵族的宝物不可能找错人,是它一路指引我来到这里的。"

姜拂衣掀起眼皮:"你说的是居住在万象巫里的千灵族?"

"不然这世上还有几个千灵族?"柳藏酒诉苦,"你不知道,我为了偷……借到他们的相思鉴,吃了多少苦。三姐,你别闹了。"

姜拂衣知道千灵族,也知道相思鉴。这个种族在古时被称为巫族,相传他们天生灵体,大多数族民一生至少觉醒一种天赋,为己所用。

小到草木之灵,大到四象神兽、风火雷电之力。高级的巫,甚至能够与神灵沟通,预知天道气运。只不过这些辉煌都是从前了,如今已一代不如一代,能觉醒些常见又强悍的狮子之力、豹子之力,便算是不错了。

因此，千灵族又被嘲讽为半妖族。

但不管怎么落魄，他们手里的灵宝数量，即便是整个云巅国倾一国之力也比不上。相思鉴是其中较为知名的宝物，有寻人的能力。

姜拂衣隐约想起来，她上岸后，也想过前往万象巫，求用相思鉴寻找父亲——这总比四处溜达，等着父亲感应到她靠谱得多。

但她当时身在云巅国东北边陲，而万象巫在云巅国西南边境，两地相距一百多万里，没有高阶飞行法宝，走路要走十几年。而且，她就算跑过去人家也不一定会将相思鉴借给她。万一再被他们看破她是石心人，怀璧其罪，她便先放弃了。

姜拂衣狐疑地看向柳藏酒："当真是相思鉴指引你来的？"

"你瞧清楚，我一路追着相思鉴，千灵族一路追着我。"柳藏酒拨开额前沾了血的乱发，露出额角一条狰狞的伤口，又指了指身上多处开裂的法袍，"你若不是我的亲人，我说我要找我姐，它为何来找你？"

姜拂衣瞳孔紧缩，自己的确不是柳寒妆，但还真有可能是他的亲人。这柳藏酒，没准是她父亲背信弃义另娶他人生出来的儿子，是她同父异母的弟弟。

身体似乎没那么痛了，姜拂衣扶着棺木边缘坐起身，正欲询问他的来历，却见柳藏酒伸出手，掌心显化一柄剑，展示给她看："喏。"

姜拂衣简直哭笑不得："柳公子，那宝物唤作相思鉴，'鉴'，它是一个铜制的水盆，并不是宝剑的剑。"

能不能靠点谱？

柳藏酒像被点了穴，呆愣半晌才道："你、你确定？"

"确定。"

"但我进入宝库，跪下喊了一声'相思鉴'，是它自己冲破法阵飞出来的。"柳藏酒被搞糊涂了，"若不是为我寻姐，它为何一路飞奔向你啊？"他歪头审视姜拂衣，"你难道是这把剑的主人？"

姜拂衣蹙起眉，目光再次落到剑上——普普通通，剑柄没有任何纹路，剑鞘也毫不起眼。

姜拂衣伸手想去拿，柳藏酒大方递过来。姜拂衣拔剑出鞘两寸左右，凝眸感知。凝视得久了，她能感知到此剑一直在释放丝丝缕缕的灵力，源源不断地往她胸腔里挤，协助她修补心脏上被刺穿的窟窿。难怪她会觉得痛感减轻了一些，难怪她会在蒙眬之时，听见母亲在呼唤她。

原来，是母亲的心剑。

"还真是你的剑？"柳藏酒瞧不见那些灵力，但从姜拂衣拔剑出鞘那一瞬，他已然确定她与此剑渊源颇深。因为，他一路上试着拔过许多次，却纹丝不动。

"是我母亲的剑。"姜拂衣朝他投去感激的目光，"谢了，我欠你一个恩情。"

柳藏酒烦躁地摆摆手，他这一路挨了不知多少毒打，最后竟是给别人做了嫁衣。

姜拂衣收剑入鞘，贪婪地贴在胸口。这是真正意义上的良药，可以助她加速复原。

姜拂衣再次确认："柳公子，你当真是在千灵族的藏宝库里获得此剑的？"

"不然呢。"柳藏酒伤得不轻，全靠一股气劲儿撑着。如今功亏一篑，他撑不住了，在棺材边坐下来休息，"十层宝塔，逐层分品质，这柄剑位于第九层。"

奇怪，在姜拂衣的印象中，千灵族碍于体质，很少有人修炼。她不再猜测了，柳藏酒说千灵族的人马一直在抓捕他，想必很快赶来，当面询问便是。

姜拂衣趁着空闲，打量几眼周围。原来她被葬在一个草木葳蕤的山谷中，坟前没有立碑，略有些潦草，棺木材料却是上等。再看坟头上疯长的草，估计被埋四五年了。而这些年因为心脏停止跳动，她的身体也会暂停生长。

刚才拔剑时，姜拂衣从剑身上窥见容貌，估算出自己大概"死"在了十七八岁。也就是说，她上岸至少十年了？

柳藏酒沮丧完之后，开始对姜拂衣生出几分好奇心："小姑娘，你小小年纪究竟得罪谁了，对方狠毒到将你活埋？"

姜拂衣比他还想知道："我记得我刚才说过，我是在闭关养伤，你怎么知道我是被活埋的？"

"我认错相思鉴，你就认定我是个十足的蠢货了啊？"柳藏酒难堪捂脸，指着棺盖上的一排钉子，"二十一颗散魂钉，这是要你不得来生，你闭关会这样咒自己？"

是谁这么恨她？刀子往心口捅，还要她魂飞魄散？

可惜这散魂钉对石心人好像没有一丁点的用处，她甚至都感知不到。难怪母亲放心将十一岁的女儿扔上岸，她们这个种族的生命力实在旺盛。

姜拂衣想起有一回，她询问母亲被封印的原因，母亲"哈哈"大笑："当然是因为我太强了，有人怕我把天给捅个窟窿。"

指不定不是发癫。

姜拂衣收回心思："这是哪儿？"

柳藏酒："六爻山。"

姜拂衣不知六爻山的位置，但应该距离千灵族所在的万象巫不会太远，否则心剑感应不到她。

柳藏酒兀自猜测："难道是千灵族人干的，杀人夺剑？"

话音刚落下，自上空压下来一声嘲笑——

"好一个贼喊捉贼。"

被抓了一路，这声音柳藏酒太过熟悉，他当即一个激灵，拔腿就跑。

但为时已晚。周围四个方位凭空冒出来四个奇怪装扮的人，统一戴着半边狰狞面具，一套行云流水的仪式，便在山谷上空结出一张闪着电弧的灵力网。

同样被网在内的姜拂衣抬起头。只见半山腰横长着一棵松树，有个身形颀长的男人立在树干上，戴着一副遮掩全部容貌的面具。那面具像是以某种凶兽的头骨打磨而成，凸眼尖牙，令人悚惧。

他浓密的乌发披散在面具两侧，双耳躲藏于发窝内，裹着一件贴满黑色鹤羽的披风，立领，将脖颈捂得一点皮肤都瞧不见。这很符合姜拂衣对巫的了解，打扮越诡异，遮掩得越严实，在族中身份地位越高。

柳藏酒被不断收束的灵力网逼迫，不得已回到姜拂衣的棺材边，抬起头，疑惑地问："燕澜，你们这次竟然追来得那么快？"而且之前交手许多次，从没见他们使用过这张灵力网。

在下方控网的巫族人笑道："有没有一种可能，我们之前是故意放缓速度呢？"

柳藏酒微微一愣。姜拂衣坐得有些累，仰靠着棺材："你在偷盗相思鉴之前，是不是曾找他们借过？"

柳藏酒并不是真的贼："男儿膝下有黄金，我都给他们跪下了，还愿意付出任何代价，依然被他们赶了出去，我是迫于无奈才去偷的。"

姜拂衣摩挲手中的剑:"他们知道你偷的不是相思鉴,想瞧瞧这柄剑主动离开,究竟打算偷跑去哪里。"

柳藏酒将信将疑:"那一路跟随我便是了,姓燕的隔三岔五追上来揍我一顿怎么说?"

尽管有些残忍,姜拂衣依然实话实说:"若不抽你几鞭子,你又岂会马不停蹄地赶路,节省他的时间?"她抬头望向高处树干上的燕澜,像是询问他对不对。

燕澜默认:"也有这一路过于无聊的原因,找点儿乐子。"声音从厚重的面具下发出来,有些龃,冲淡了原有的戏谑。

却足够将柳藏酒气个半死!柳藏酒一张脸憋得通红,奈何自己偷宝在先,心中有愧,强忍住咒骂对方的冲动,怒道:"宝物在此,打也挨了,可以放我走了吧?"

"我仅奉命抓你回去,该如何处置,不归我管。"燕澜讲完这句,不再理会他,看向棺材里坐着的少女,"姑娘,我方才远远瞧见你拔出了这柄剑?"

姜拂衣不答反问:"能不能让我见见剑主?"

燕澜疑问渐浓:"你求见他作甚?"

事情没有搞清楚之前,姜拂衣自然不能随意诋毁大佬的名声:"私事,不方便告诉太多人,我希望可以和剑主私下里聊一聊。"

燕澜摇了摇头:"恐怕不行。家父身为我族大巫,已经将近二十年不曾见过外人了。"

"家父?"这次轮到姜拂衣微微一怔,"你是剑主的儿子?"果然还是背信弃义,另娶他人了?

燕澜朝她伸出手:"我相信你与他并不是一伙的,将剑还来,你可

以自行离去。"

姜拂衣浑身疼得厉害,心中又烦闷,懒得与他过多废话。她以手中剑作为拐杖,支撑自己站起身,艰难地从棺材里翻出去,挪到一片空地上:"你下来,我先和你聊聊吧。"

燕澜也不想与她多费唇舌的模样:"有话但说无妨。"

姜拂衣睇了他一眼:"你确定要我当着大家的面,讲述我与你父亲之间的私事儿。"

燕澜本想说"事无不可对人言",但他从姜拂衣的眼神里,读出了非常真诚……警告。犹豫几瞬,他自树干上一跃而下。外披的羽毛法衣骤然化为一对庞大的黑色翅膀。

燕澜落在姜拂衣面前,翅膀重新收拢为披风:"姑娘有话请讲。"

姜拂衣虚弱无力,险些被他的翅风扇倒,稳住身子才说:"我娘告诉我,这柄剑的主人是我爹,他得了我娘的好处,许下了承诺,却又背信弃义,要我来讨个说法。"

燕澜陷入沉默,两三息后才笑道:"想求见家父之人多如过江之鲫,我自幼听惯了各种谎言,但如此离谱的,还真是第一次。"随后笑意瞬间收拢,他言辞冷厉,"诋毁我族大巫,你可知是死罪?"

"唰——"

姜拂衣当着他的面,再一次拔剑:"离谱?你既问我为何有本事拔剑出鞘,可见不是谁都能拔出来的吧?"她递过去,"你能吗?拔给我看看?"

燕澜稍稍低头,却迟迟不接,也不言语。

"看来是不能。"姜拂衣收回剑来,继续充当手杖,"因为此剑最初的主人是我娘,赠给了她看中的男人。"

燕澜终于开口:"姑娘,这其中必定有什么误会,家父绝不是背信弃义之人。"

姜拂衣嫌他啰唆:"是不是误会,待我见过剑主自有分晓。"她心中其实也有怀疑,剑修剑不离身,那位大巫却将此剑置入藏宝库内,令人想不通,更要去亲口问一问,"若你父亲也是从别处得来的,我也好知道是谁,才能继续去寻我那个混账爹。"

短暂的沉默过后,燕澜依然拒绝:"家父一生几乎没有离开过万象巫,接触外族女子的机会少之又少。我不可能凭你一面之词,便带你去打扰他清修。"

好难沟通的犟种,姜拂衣挑了挑眉,眼尾挑起一抹调侃:"你究竟在怕什么?世人皆知你们万象巫宝物众多,你该不会是怕我认祖归宗,往后和你争家产吧?"

燕澜一怔。

姜拂衣:"除非你现在杀我灭口,否则,但凡我还剩下一口气,爬也会爬去你们万象巫,找你父亲问个清楚明白。"她扬起剑鞘,指向先前躺过的棺材,示意他连灭口工具都是现成的。隔着狰狞面具,姜拂衣看不到他的表情,也不想看。

僵持之后,燕澜妥协了:"我带你去见我父亲。"他私心也想知道这柄剑究竟是怎么回事。

姜拂衣呼了口气,目望燕澜对族人比了个手势,示意他们收网。头顶上的灵力网并非法阵,而是一件法宝,以柳藏酒为中心迅猛收束。

柳藏酒不知是累了,还是明白跑不掉,没有抵抗,任由化为绳索的灵力网绑住他的双手。

燕澜转过身:"走吧,随我回万象巫。"

姜拂衣喊住他:"先等一下。"

燕澜稍稍偏头:"他千里送剑,你莫不是想要为他求情?"

"不着急,更何况你不是说了,处置的事儿不归你管。"姜拂衣有件更亟不可待的事情,"咱们能不能先去一趟最近的城镇,找间客栈,我想先洗个澡,换件衣裳。"她身上穿着一件碧绿色的纱裙,胸前大片陈年血迹,像是沾染上的污渍,并没有触目惊心的视觉效果。只不过在棺材里躺了四五年,一股子腐朽气味,最好再跨个火盆,去去晦气。

"那倒不必如此麻烦,六爻山距离我族领地,并未超过星启阵的范围。"燕澜边回应,边祭出一面星盘,默念几句法咒之后,将点亮的星盘朝向斜上方丢掷,"去!"星盘倏然变大,似一面铜镜悬在低空,中间逐渐虚化,变成透明色,是个通往万象巫的连接法阵。

燕澜展开黑羽翅膀,飞到铜镜面前时,才想起来姜拂衣连站都站不稳。他俯身:"姑娘需不需要帮忙?"

"不必。"姜拂衣提起心剑,在掌中打了个旋,指向铜镜。心剑会意,将她带离了地面,飞向铜镜,与燕澜擦肩而过,第一个冲入镜面。

姜拂衣越过传送法阵时,脑海里忽然回忆起年幼时,母亲曾经给她讲过的一个睡前故事,是有关千灵族的来历。

母亲说,古时候这个世界是属于神族的,神族创造万物,万物繁衍生息。后来世间浊气渐重,妖魔四起,不知发生了什么变故,神族受损,不得已搬去了一个新的世界。

千灵族那时候还叫巫族,他们其实也是人类,却独得神的眷顾,被赐予了一定的天赋,族中每个人都是能力超凡的巫。神族去往域外时,本想带走他们喜爱的巫族。但巫族仍念着自己是人,自愿留下,守护苍生,与人族共进退。

神族便留给他们一件神器，是一盏天灯。若世间出现难以对抗的灾难，巫族便可点燃天灯，放飞灯魂，与域外神族取得联络，求助于神族。但随着时间流逝，巫族传承更替，他们身上被神赋予的能力越来越弱。每隔几百年、上千年，才会出现一个有能力将天灯点燃的大巫。等族群里的普通人数量远远超过天赋者时，他们没有脸面继续自称巫族，才决定更名为千灵族。意思是万物有灵，他们现如今却只能引动千灵。

而他们衰落之后，族中众多自古传承下来的旷世宝物，就成了各方势力眼里的香饽饽，无论人、魔、妖，都想要来分一杯羹。

一千年前，他们终于顶不住压力，投靠了距离最近的邻居，七境九国里实力最强的云巅国，以上交天灯为代价，保下了万象巫。

姜拂衣当时缠着母亲，希望她多讲一些，母亲却说是有个人讲给她听的，只说了这些。如今想来，这个给母亲讲故事的人，估计就是燕澜的父亲，千灵族里那位大巫，只有他才会对巫族的历史，知道得这般清楚。

穿过法阵之后，姜拂衣落在一个圆形的祭台上，放眼一望，着实有些惊讶。

万象巫和她想象中的不太一样，这个族群一贯是避世的态度，他们偏居一隅，遵循着森严又古老的族规，给外界的感觉极为诡秘。从燕澜几人的装扮上看，确实如此。

姜拂衣以为巫生活的地方，也该是挂满鸟兽骨头的原始丛林、幽深洞穴，可这里竟是个规整阔气的城市。城市分上、下两层，下层街道纵横，高楼林立，充满着俗世人间烟火气，应是给普通族民居住的。上层则是宫殿样式，恢宏大气，美轮美奂，却也不会遮住下层的阳光，因为上层的宫殿与宫殿之间，都是用镂空的桥梁相互连接。那些桥梁，无一不是上等的灵玉。

姜拂衣所在的祭坛，正是被四架长桥拱卫而起。她仔细瞧了半天，周围的灵玉连一丝瑕疵都挑不出。

姜拂衣知道千灵族宝物多，但真没想到他们还这么有钱。先前她只是调侃燕澜，现在不禁怀疑，燕澜迟迟不肯带她来确认，该不会真怕她来争家产吧？

"何人擅闯万象巫？"四方守卫察觉星启阵出现异动，立刻从长桥上围过来。

姜拂衣连忙回到祭坛正中央。燕澜也恰好从阵法里出来，姜拂衣忙不迭躲去他背后。守卫们慌忙收回攻势，转为双臂抱肩，躬身行礼："少君，您回来了。"

燕澜吩咐："你们去找两个侍女，带这位姑娘……"

姜拂衣连忙打断："不必了，正事儿要紧，先带我去见你爹吧。"之前她以为来万象巫需要长途跋涉，才想着先洗个澡，现在已经抵达，没有什么比见那位大巫更重要的。

何况姜拂衣还有点儿小心机。倘若那位大巫真是她爹，刚好留着这满身狼狈给他瞧瞧，自己上岸之后为了寻他吃了多少苦。为母亲讨个说法以后，再为自己索要点儿补偿，不过分吧？

燕澜却说："要拜见他，你我至少需要等待一个月。"

姜拂衣旋即皱眉，又想要什么花样？

燕澜解释道："家父不在城中，他身在魔鬼沼，那里的魔毒瘴气，还需要一个月才会开始消散。"

姜拂衣重复："魔鬼沼？"

"嗯。"燕澜不紧不慢地道，"我族归降云巅国之后，族中有一部分巫不服管教，叛出族群，一起进入不远处的魔鬼沼，因此，我族现如今有两处聚集地。"

姜拂衣："你爹去管教他们了？"

燕澜沉默片刻："家父生于魔鬼沼，是那群叛乱者的首领，一直都是。"

姜拂衣：怎么有点儿听不懂了？

家家有本难念的经，瞧他并不想多提的样子，姜拂衣也不多问，提议道："一个月太久了，我心急，想必你也心急，不如你把相思鉴拿出来给我用用，至少咱俩先确认下，他是不是我那个混账爹。"

燕澜又摇了摇头，依然是那副不紧不慢的腔调："我拿不出来。相思鉴不在族中，十几年前被天阙府的府君借走了，至今不曾归还。"

姜拂衣：……小子，我怀疑你在耍我。

她还不曾开口，刚从法阵落地的柳藏酒先大喊一声："什么？相思鉴既然借出去了，之前我问你借时，你为何不告诉我？"

燕澜淡淡地道："我若没记错，你只跪下问我借，一句也不曾问过相思鉴还在不在。"

柳藏酒真要吐血了，额角刚要愈合的伤口，一下子崩裂开。

岂有此理！哪怕自己有错在先，柳藏酒也要出手教训这个王八蛋一顿，让他知道自己这一路，也有在让着他！

柳藏酒正要挣开绳索，姜拂衣按了按他的手臂："燕公子若是告诉你，相思鉴在天阙府，你会不会去偷？"

柳藏酒："先借，不给再偷。"

姜拂衣："天阙府不是万象巫，无论你有什么理由，一旦闯了云巅国大国师无上夷的府邸，必死无疑。"

"呵，也未免太小瞧我了。"柳藏酒话是这么说，但终究没再继续挣脱绳子。

燕澜朝姜拂衣看了一眼，意味不明。

姜拂衣往桥上走，打算跟着守卫离开："几位大哥，麻烦带路。"没辙，只能先在这儿住上一个月，刚好养养身体。

她才刚踏上玉石桥，桥对岸迎面走来一个戴着全遮獠牙面具，包裹也挺严实的人，瞧着身形，像是个女人。姜拂衣手里的"拐杖"微微颤，这是杀意。

燕澜恭敬地行礼："您提前出关了？"

守卫们也跟着行礼："大长老。"

愁姑周身伴着强大的压迫力，继续朝姜拂衣靠近，冷冷地道："少君，她身上有股呛鼻的死人味道，您感知不到？"

姜拂衣的心脏明明已经停止跳动，却在听到"死人味道"四个字时，仿佛狠狠跳了一拍。

燕澜的嗓音也微微有些发紧："我知道，我是亲眼看着她从棺材里出来的，我猜，她应是个尸傀邪修。"

姜拂衣：……感谢，不必费心编谎话了。

愁姑仍在缓慢逼近姜拂衣，席卷的威势越发猛烈，厉声质问道："少君既然知道，为何不就地格杀，还将她带回万象巫？"

"她虽修邪功，却不是坏人。"

"你如何确定？"

"凭她可以拔出我父亲的剑。"见愁姑移动，燕澜也慢慢走到姜拂衣前方，阻挡住迎面而来的杀意。几经犹豫，他当众说道，"她或许是我同父异母的妹妹。"

愁姑身形一顿，脚步终于停下了。她仰头，难以理解地看向燕澜："少君，如今万象巫是个什么情况？您究竟知不知道您在说什么？"

"事情是这样的……"燕澜压低声音，三言两语讲了讲姜拂衣的事情。

愁姑听罢气笑了："你爹是个混账东西不假，抛妻弃女的事儿也绝对干得出来，但他绝对不会违背祖训。"

巫族男女，一生只允许有一个伴侣。一旦拜过神灵，哪怕走到最后貌合神离，也是自己挑的，自己受着，绝对不能反悔。

"他但凡稍微懂点变通，咱们也不会如此头痛。"

燕澜"嗯"了一声："我也不信，但我不信不代表此事绝无可能。人家既然找上了门，又真能拔出剑，总要给人家一个说法。"

"说法？找你爹要说法？"愁姑的视线绕过他，落在姜拂衣身上，有些幸灾乐祸，"又是一个想不开的。"

姜拂衣：……听起来不太妙，种种迹象表明，那位大巫好像是个很难搞的人。

愁姑又指向姜拂衣："你随我走。"

燕澜阻拦："我的家事，我来处理就好。"

愁姑道："您先管好您自己吧。您可知道，您外出的这段日子，猎鹿又觉醒了好几种天赋，一直捂着不说，就是想等您回来，当面给您难堪。"

远处有人禀告："少君，大祭司有请。"

愁姑叹了口气："动作真快，您前脚刚到，连喘口气的时间都不给。"

燕澜安慰她："无妨的，我已经习惯了。"又偏头对姜拂衣道，"姑娘，你且在此安心休养，一个月后，等魔鬼沼的毒瘴散了，我派人通知你。"

"多谢。"姜拂衣目望燕澜和愁姑离开，他们说着话往最高处的巍

-018-

峨宫殿走去。柳藏酒也被押入牢房。

燕澜已经点明了姜拂衣的"身份",守卫待她毕恭毕敬。侍女引路时,也时不时偷眼打量她。路上连续冒出来好几个巫,无一不是席卷着杀气,直往姜拂衣面前冲,都被侍女拦下,他们得知有燕澜作保,才诧异着离去。

姜拂衣一路有惊无险,总算明白燕澜为何会犹豫将她带回万象巫验证。她以为自己悄悄来,若找错了人,并不会影响对方的名声。却原来千灵族对她现如今心跳暂停的状态如此敏感,燕澜早知道根本瞒不住,必须坦白,才可以护住她。

姜拂衣领了他的好意,尽管她并不害怕。遇上再强的敌人又如何,她现如今已经是个死人状态,顶多挨打时会痛罢了。就像现在,每走一步路,都似钝刀刮骨,凌迟割肉。

一进客房里,姜拂衣立马抱着心剑趴在床上,闭上眼直"哼哼"。

疼啊,真的好疼,而且她的身体好像只剩下痛感了。

侍女送来瓜果点心,她毫无食欲,强撑着吃一口,却咽不下去直接呕吐。

心心念念想泡个澡,侍女请她试试水温,她也分辨不出冷热。麻木着冲洗了下,姜拂衣擦干长发,换上万象巫为她准备的簇新衣裙,坐去妆台前,捧着铜镜认真自窥。小时候她就知道自己是个美人坯子,长大之后这张脸,果真没令她失望,只是苍白得也未免太像女鬼。

姜拂衣扒拉了下妆奁盒,仔细涂些口脂,总算是有了点鲜活生气。

试想一下,心脏破个窟窿都这样痛苦。母亲剜过心,岂不是更难受。

但这笔账不能算到她爹头上,因为母亲赠剑的动机原本就不纯粹,是在买股投资。因此,姜拂衣形容自己的爹,向来只用"背信弃义"一词,而非"负心汉"。

她只是更清晰地感受到了,母亲想要逃出牢笼的迫切心愿。

可她又能做什么?她爹若不愿意插手,她这个"逃犯"甚至都不敢靠近极北之海。姜拂衣其实很迷茫,丢掉的十多年记忆,未来的路,都令她很迷茫。

她从妆台前离开,重新躺去床上,许久睡不着,脑海里突然蹦出了"无上夷"这个名字。

刚才燕澜说起相思鉴借给了天阙府的府君,她几乎不用回忆,立刻知道那人是无上夷——云巅国的大国师。像是迷雾里刮起一阵风,姜拂衣想起当年自己上岸之后,第一个想去找的人,正是这位天阙府君。

其实,与极北之海接壤的国家有好几个,不知母亲是故意还是随意,将她送去了云巅国的边陲。

她便先从云巅国找起,又从好些个说书人口中得知,云巅国内,能被称为"至尊"的男性大佬真是不少,其中剑修又占绝大多数。

无论正邪,只看年纪,这些大佬都有可能是她父亲。尤其是天阙府君无上夷,据说出身贫寒市井,没有任何家世背景,却在年少时便得一柄神剑傍身,凭借此剑所向披靡,因此可能性最大。姜拂衣决定先去找他。

再一个,天阙府位于神都,神都是云巅国权力的最中心,那里大人物云集,找错了还能就地换人。

然而从她落脚的边陲小城前往云巅神都,走大道共二十三万九千里。姜拂衣没有飞行法器,也没有云巅国的货币。她虽不穷,储物吊坠里的宝物琳琅满目,但都是她在海底捡来的,绝大多数只能在海里使用。

比如可以化出鱼尾的鲛珠,能够搅动风浪的蛟龙鳞,上岸之后却没

有一点用处,也不敢兑换银钱。她那会儿还是个孩子,母亲常年发疯,没教过她太多术法,冒然拿出这些极北之海的土特产,哪怕只是一颗珍珠,都有可能惹上麻烦。毕竟海里最不缺的就是珍珠,能被她挑出来收藏的,颗颗又大又圆。

姜拂衣只能扮成一个小乞儿,硬着头皮出发。刚行了没多久,有天乌云压顶,她坐在屋檐下避雨,闲着无聊摊开了手里的地图研究路线。

一个避雨的小乞儿凑过来,指着地图上被标注的红圈:"你也要去神都?"

姜拂衣抬头,先瞧见一双润亮的眼睛。对方即使蓬头垢面,衣衫褴褛,也遮不住这双眼睛里的光泽。

姜拂衣像是在重复他的话:"你也要去神都?"

他自来熟地在她身边坐下:"对,去神都拜师。"

想到这里时,姜拂衣的心脏突然痛到仿佛要撕裂开,忍耐力如同风暴里的茅草屋,瞬间溃不成军,昏了过去。

昏睡没多久,姜拂衣被一阵敲门声唤醒了。

"谁?"

"是少君派我来的。"

姜拂衣起身开门,瞧见门外站着一名穿紫衫的年轻女子。女子没戴面具,只用浅蓝色的轻纱遮住鼻尖以下,露出大部分的美貌。她笑着自我介绍:"我叫休容,听说你之前已经见过我娘,她这人脾气有些冲,没吓到你吧?"

原来是愁姑的女儿。姜拂衣不愿多站,转身进去坐下:"燕公子有事儿找我?"

"燕公子?"休容走进来,顺手关了房门,"姜姑娘,燕不是少君的姓。"

姜拂衣一愣:"那他姓什么?"

"我们千灵族没有姓,名字皆由卜卦得来。"休容走到她身边,"少君说你伤得不轻,我略懂些医术,便让我来瞧瞧能不能帮上忙。"

"谢谢,不过用不着。"姜拂衣不敢让她瞧,她瞧了也没用,"我修的是邪功,死不掉,会慢慢自愈。"

"我也不敢乱给你治疗。"休容莞尔,"但我觉醒的是一种草木灵,虽不厉害,却可以帮人止痛。"

姜拂衣心动抬头:"止痛?"

休容伸出手,掌心浮现出绿色的微小颗粒。姜拂衣认真感知,确实是无害的草木之灵。休容只是吹口气,那些绿色颗粒发出荧光,跳跃着飞向姜拂衣的灵台。

如同久旱逢甘露,姜拂衣还真觉得通体舒畅不少,笑容也多起来:"依我看,休容姑娘觉醒的这种天赋才是最实用的。"

休容得到夸奖,愉悦得直挑眉毛,又给姜拂衣多吹了些草木灵。

姜拂衣连声道谢,最后见她满头大汗,又连声说:"可以了,太感激了。"

休容不好意思起来:"倒也用不着谢我,你若真是少君的妹妹,那便是我应该做的。"

"哦?哦!"姜拂衣了悟,眼前这位可能是未来大嫂。

休容眼尾染上红晕:"亲事尚未定下,你莫要乱喊。"

姜拂衣眨了眨眼,她好像没喊出来?

"不过……"休容在她对面坐下,微微绞着手指,担忧地道,"不知少君能不能渡过这一关,他若过不去,让出少君之位……而我娘是大

长老，如今族中能与我匹配的，只能是我族少君。"

姜拂衣凝眸："让位？"

休容反而奇怪地看着姜拂衣："少君已经当众认下了你，你竟然不知道？"

姜拂衣：……他没认吧，只说疑似。

休容："整个万象巫所有人都知道，少君至今没有觉醒过任何天赋，哪怕是最差的那种。"

姜拂衣才刚认识燕澜，哪里会知道这些。

休容："猎鹿又觉醒了好几个天赋，方才少君从祭台直接被大祭司喊去了神殿，你也不想知道他在神殿的遭遇？问都不问一句？你这妹妹一看就是假的吧？"

姜拂衣真是服气，她是来认爹的，又不是来认哥的，至于了解那么多？

休容见她对疑似的"哥哥"如此不上心，似乎有些生气，开始滔滔不绝地讲述。

姜拂衣被迫听了许多燕澜的事情，但也有收获，了解到不少那位大巫的生平。

那位大巫名叫剑笙。正如燕澜说的，剑笙出生于魔鬼沼，几岁就觉醒了天赋，一直是那群叛族者里……不，是整个千灵族武力最强的大巫。

而燕澜的母亲则是万象巫的前任少君。她自幼体弱，甚至没有自保能力，却拥有种族千年难遇的天赋。她能够点亮天灯，与域外神族沟通，还征服了叛族者的首领，令剑笙不再抵触云巅国，率众离开魔鬼沼，重新回到万象巫的怀抱。因此，千灵族曾经短暂地恢复过荣光，无人敢欺。

可惜好景不长，二十年前，云巅国从国库中取出了万象巫上供的天灯，希望这位前少君可以点燃天灯，给神族传递一个信息。当时前少君正值孕期，本就身体羸弱，使用过天赋之后，大抵是灵力耗尽，早产而亡。

至于剑笙，一直是个不愿归顺云巅国的刺头，一早就持反对态度。在妻子死了之后，他重新回到魔鬼沼，和没骨气的万象巫彻底决裂。

这都很合理，但他带走了一切，唯独没有带走刚出生的燕澜，将燕澜留在了万象巫。

起初没什么，魔鬼沼毕竟环境恶劣。可身为两位超级大巫的儿子，燕澜至今没有觉醒任何天赋，便开始出现各种诋毁的声音。

"他们说少君不是魔鬼沼那位的亲生儿子，所以才不带走他。"休容气愤地道，"肯定是猎鹿那伙人散播出去的，猎鹿一直对少君之位虎视眈眈。"

姜拂衣皱起眉："我看燕澜虽没有觉醒天赋，实力却是不弱。"

休容不满意她的用词："何止是不弱，少君自小就勤修苦练，哪怕猎鹿觉醒再多天赋，也不是他的对手。但身为我们巫族的少君，没有天赋，如何服众？若不是少君的位置，是他德高望重的母亲传给他的，他早被逼迫着让出来了。"

姜拂衣附和着点了点头。

休容担忧："如今你能拔出魔鬼沼那位的神剑，少君却不能，这流言更要甚嚣尘上。"

姜拂衣蹙起眉。

休容双眼倏然一亮："姜姑娘，不如你去帮帮少君吧？"

姜拂衣不解："我？怎么帮？"

休容指着窗外："这会儿他们都在神殿，猎鹿肯定会当众使用灵珑，那是一件检视我族天赋的法宝。你不如过去检视一下，若也无法点亮灵珑，少君的压力将会小一些，说明魔鬼沼那位的孩子，有可能天生觉醒

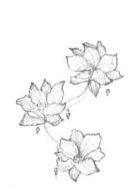

得晚。"

姜拂衣道："但我若是不小心将灵珑点亮了，燕澜岂不是更惨？"

休容摇头："这个概率非常小，因为你只有一半巫族血统，就算点亮，也是非常微弱，不仔细看察觉不到。灵珑一直归我娘保管，我可以让娘动些小手脚。"

原来还能动手脚啊！姜拂衣托着腮，忽地瞟她一眼："休容姑娘，少君面具下那张脸，是不是特别丑陋？"

休容被她问呆住："你为何这样问？"

姜拂衣抿了抿唇："我必须考虑另一种情况，燕澜其实长得太丑，你并不想嫁，便撺掇着我主动前去神殿，摸一摸你口中的灵珑，点亮它。"

休容无语："我不是告诉你了，且不说你不能确定身份，即使真是我们的族人，凭你区区半血，你点亮灵珑的可能性，微乎其微。"

"你能想到的，神殿里那些长辈难道想不到？所有人都知道我点亮的可能性微乎其微，我的验证，究竟有什么意义？"

姜拂衣心道自己只是心脏破了个窟窿，并不是缺了脑子："我想，我一定会超出众人预料，点亮灵珑，因为……"

休容的表情一滞。

姜拂衣指了指自己的灵台："方才休容姑娘为我止痛，可是接连输送了大量草木之灵给我啊，再加上你们有本事在灵珑上动手脚，我'觉醒'的天赋恐怕还不低呢。"

如此一来，姜拂衣能拔出神剑，还能点亮天赋，是剑笙的女儿无疑了。而燕澜恰好相反，拔不出剑，还没有天赋，肯定不是剑笙的儿子。这就证明前少君与人私通。

燕澜是凭借他母亲留下来的威望，才坐稳这位置。母亲威望扫地，燕澜势必要让出少君之位。好笑的是，剑笙有没有私生女，却没人在意，因为他生来就是个叛族者。

休容掐住手指："我……"

姜拂衣一副头痛的模样："事关你心爱的少君，我亲爱的大哥，我不能随意冒险，你说是不是？"

房间内的气氛降至冰点。良久，休容原本的娇俏模样消失，声音也冷了几分："那我便不打扰妹妹休息了。"

真是沉不住气，姜拂衣略微试探，就露了馅。她"啧啧"称赞道："难怪休容姑娘不用戴面具，我原以为是你在族中地位太低，没想到是因为懂得变脸啊。"

休容被气得俏脸当真变了色，拂袖离去。

姜拂衣摆摆手："慢走不送。"

唉，岸上的世界果然复杂。往后这一个月，怕是不得清闲。

说什么来什么。不多时，门外再次响起声音："姜姑娘，大祭司有请您前往神殿。"

"知道了。"姜拂衣没怎么犹豫，拄着剑出门。身为燕澜盖章的尸傀邪修，住在上城对她身体无益，姜拂衣被安排在下城居住，需要通过城市四角的登云梯才能上去。

登云梯是开放的，并无守卫，但下城的族民绝不会偷着上去，甚至连靠近也不敢。万象巫内遵循着严格的等级制度，任何越界行为都将遭受重罚。而对柳藏酒这种外来偷盗者，反而会宽容许多。概括地说，他们宽以待人，严于律己。

能够接受燕澜这种毫无天赋的人成为少君，姜拂衣大抵可以了解，燕澜的母亲，那位能够点燃天灯与域外神族沟通的前任少君，在众族民

心目中的分量。

"这是在做什么？"姜拂衣迈出院落之后，瞧见外面长街上密密麻麻全是人。他们纷纷仰着头，她也仰起头。

人群中突然又爆发出一阵喜悦的惊叹声。很快，姜拂衣的视线定格在一个悬浮于高空的圆球状发光物体上，白玉材质，类似于滚灯结构，散发出紫色的光芒，应该就是灵珑。

灵珑旁飘着一个人，戴着半遮獠牙面具，手露在外面，正覆在灵珑上。这人估计就是休容口中的猎鹿，通过灵珑检测出了挺强的天赋。究竟有多强，姜拂衣看不懂灵珑，不知道。她竖起耳朵听——既然是蓄谋已久，必定安排了人在族民里拱火。

"这是猎鹿大人今年觉醒的第五种天赋了吧？还是纯正的紫色。"

"这样下去，最多再有三年，便能晋升为大巫？"

"猎鹿大人今年才二十二岁，二十五岁成为大巫的人，百年来屈指可数啊。"

随后话题自然而然落在燕澜身上。大家倒不敢当众质疑他的身世，诋毁前任少君。那些都不过是雪上霜，一直觉醒不了天赋，才是燕澜最大的硬伤。

等灵珑光芒熄灭，猎鹿飞回到神殿外的小广场上，落在他父亲、千灵族二长老嵇武身边。嵇武满意地捋了下露在面具外的胡子尖，大声道："之前少君怎么承诺来着？我儿成为大巫那天，您会让贤，不知还算不算数？"

愁姑冷冷地道："等你儿子成为大巫再说。"

嵇武"呵"了一声："无非也就两三年的事，非得硬撑着也不知图什么。"他声音压得很低，也只有身边几位长老听见，不敢传到内殿大祭司的耳朵里。毕竟燕澜如今仍是少君，以下犯上的罪名，他承担不起。

神殿内。

大祭司声音苍老："少君，您确定这个担子，您一定要背？"

燕澜："是，我母亲留给我的东西，哪怕是担子，我也不放心交给任何人。而且，他们不配。"

"不再等等了？以您千年罕见的天资，迟迟不觉醒，或许是在等一个奇迹……"

"奇迹之所以被称为奇迹，微乎其微不是吗？"

大祭司叹了口气，双手结印，丝丝缕缕的雾气飞向燕澜的灵台。

"孩子，此物一旦入体，不死不休啊。"

燕澜自殿内走出来，朝着猎鹿道了声"恭喜"，才看向嵇武："我讲过的话，自然算数，而且您说得对，确实不用等到猎鹿成为大巫那天。"

"哦？"嵇武语调里的期待快要压不住了。

燕澜提醒："我的承诺有个前提，是我始终无法觉醒任何天赋。"

嵇武承认："不错，但凡您觉醒一种，哪怕是灰色，我都再无二话。"

燕澜朝灵珑走去："那便是了，我此番外出抓捕窃贼柳藏酒，数次交手的过程中，已经觉醒了天赋。"

此话一出，一众长老都愣了愣。在他们愣神的时间里，燕澜已经跃入灵珑所在的镂空高台，毫不犹豫地伸手覆了上去。

灵珑沉寂得如同死物。所有人都在看笑话，除了姜拂衣。她难以置信地眨眨眼，她看到什么了？燕澜这是在……作弊？

嵇武正想笑，却见灵珑竟真被点亮！虽然骤闪骤灭，但那光芒刺眼，令人无法忽视。

下方的族民顿时沸腾起来。

"灵珑是不是亮了？"

"好像还是金色？"

"不、不可能吧？"

嵇武喝道："绝无可能！"

金色是最强的天赋，有能力点燃天灯。燕澜的母亲正是金色天赋，而数千年来，从没有连着两代人传承这种天赋。

嵇武瞪着愁姑："灵珑一贯由你保管，说，你是不是动了什么手脚！"

愁姑从愣怔中清醒："你觉得我能动得了金色的手脚？"

嵇武：……不信，肯定是作弊！

他准备上前去检视灵珑，岂料灵珑竟然再度爆发出光芒，仍然是耀眼的金色，且不再是昙花一现，正持续闪耀。

时值傍晚，云霞之下，犹如新生的烈阳，照亮了整个万象巫。直到燕澜收回手，灵珑余光仍在。

无论上层的宫阙，还是下层的楼阁，皆鸦雀无声。一片寂静之中，年迈的大祭司缓慢地从宫殿里走了出来，停在灵珑面前。他颤颤巍巍地高抬双臂，朝天空行了个敬神礼："上神庇佑，我族之幸。"

话音落下，各位长老，包括茫然的嵇武，也跟着恭敬地做出敬神礼。他们整齐划一："上神庇佑，我族之幸！"

族民们浩浩荡荡地跪下，伏地高呼："上神庇佑，我族之幸！"

原本淹没在人群里的姜拂衣，一瞬变成一个突兀的存在。她站在乌泱泱的跪拜者中，听着此起彼伏、喜极而泣的"上神庇佑，我族之幸"，只觉得头皮发麻。

不得了，她好像一不小心，得知了一个大秘密。当燕澜伸手覆在灵珑上时,她看得清清楚楚,从他体内分离出去一道烟雾状的残影,钻进了灵珑里。那玩意儿姜拂衣见过。极北之海下方有个残破的建筑遗址,那些残垣断瓦上留存着许多古老的壁画,其中一幅,正是介绍这种生物。

寄魂族,它们寄生于其他物种的魂魄里,以魂魄为食,直到蚕食干净,再换一个宿主。通常寄生的都是普通人,因为但凡有点修为的人、妖、魔,都有能力将它们绞杀,以至于这种生物至今已是非常罕见。

除非主动供养。比如,燕澜的母亲养一只寄魂,长久以魂魄喂食,寄魂将会吸收她的一些天赋力量。现在这只寄魂寄生在了燕澜身上,他便可以使用寄魂里残存的天赋。

假设得再大胆一些。巫族早就没有能够觉醒金色神力的大巫了,改族名,应该就是那个分界线。

最后一个拥有神力点天灯的大巫,怕族民失去信仰,怕巫族不再受世人敬畏,更怕无法再与神族联络,令这方世界成为一座孤岛,于是豢养了一只寄魂,将自己的能力啃食下来,留给后人使用。

寄魂实际上成为一个保存天赋的法宝,是个很好的办法。代价就是后世的使用者,需要以魂魄供奉,终身遭啃噬之痛不说,还容易短命。所以前任少君身体羸弱,点过一次天灯之后,再也供养不起,早产而亡了?

姜拂衣乱七八糟地猜测着,忽然疑惑起自己怎么会看到寄魂?在场诸多大巫都瞧不见,她为何能看到?因为她现如今的状态不正常,是个"死人"?

"我的新主人。"一缕烟从灵珑里飞出,灵珑金色的光芒彻底熄灭。

大地重归黑暗,它飘在燕澜身边,幻化出一只爪子,指着下方人群里突兀站着的姜拂衣:"她好像可以看到我……"

姜拂衣被它这一指,有些做不出反应。尤其是燕澜居高临下朝她望

过来，携着浓郁的戒备。隔着恐怖的面具，姜拂衣感觉自己久不工作的心，大概要被吓得再度跳动起来。

倏地，燕澜从上空跃下，黑翅展开，落到姜拂衣面前。她周围都是族民，燕澜没有落地，停在她头顶附近，却是仰头对那些长老说："不必让她去摸灵珑了，如今我已不再惧怕魔鬼沼的毒瘴，这就带她前去验证，究竟是不是我族子民。"

星盘一掷，前往魔鬼沼的传送通道打开。燕澜俯身抓住姜拂衣的手腕，将她带离了人群，往通道飞去。

姜拂衣耳边还在回荡着："上神庇佑，我族之幸！"

她也在心中默默喊了一声："上神庇佑，魔鬼沼那位大巫一定得是我亲爹啊！"不然，她就得想想该怎么逃命了。这家伙只是觉醒不了巫的天赋，实力却比在场的所有大巫加起来都更可怕。不然，大祭司绝对不可能越过一众天赋觉醒者，将祖宗传下来的寄魂交给他。

夜幕笼罩着万象巫，街上的族民沉浸在兴奋中，许久才散去。

愁姑将灵珑带回府邸，喊来自己的女儿："休容，你都看到了吧，你还有什么话讲？"

愁姑和前少君是金兰姐妹，将燕澜视为己出，也一直想将女儿和燕澜凑成一对。但女儿不愿，瞧不上觉醒不了天赋的燕澜，说辞是她得为了下一代着想，不能太过自私。愁姑被堵得哑口无言，知道女儿是在埋怨她。愁姑的丈夫是个外族人，还是个没有修为的普通人，才导致休容觉醒的天赋不佳。

女儿要选猎鹿，那便选吧，猎鹿也是她看着长大的，为人处世不算太差。天之骄子，不愿屈于人下，想抢少君的位置能够理解。但女儿帮着他一起对付燕澜，多少次令燕澜当众难堪，现在更是要将燕澜逼到绝境里，愁姑不能忍。愁姑教训过，惩罚过，但都无济于事。

休容闲闲地倚着栏杆，睇一眼灵珑："娘，这其中有蹊跷。"

愁姑无语："连你也怀疑我动手脚？"

休容知道母亲办不到："真正的觉醒，点亮灵珑并无耗损。燕澜若是搞鬼，必遭反噬。所以他点亮灵珑之后，一刻也不敢停留，立刻找借口逃去了魔鬼沼。但魔瘴之毒他根本抵抗不住，只能带着姜拂衣先在外围待着，我已经派人去往魔鬼沼外围，瞧他在不在便都清楚了。"

"你……"愁姑被她气得头痛，"你这臭丫头，究竟想怎么样？"

休容走过去挽住她的手臂，抱怨道："娘，是女儿问您要怎样。猎鹿才是您未来的女婿，您那故去的好姐妹重要，女儿的幸福便不重要了？"

愁姑揉着太阳穴："我就不懂了，少君究竟哪里不好？你小时候不是挺喜欢他的？"

休容笑道："您身为长辈，觉得他好很正常，我们几个从小一起长大，我最清楚他有多无趣。"

愁姑其实多少能理解一点。巫族男多女少，休容身为大长老的女儿，又漂亮，自小就被猎鹿几个捧在手心里，唯独燕澜从来不会惯着她。

"女儿……"

休容打断："好了娘，他若真有本事，我们赢不了。没本事，无非让个位置罢了。以我们之间的情分，您还担心我们会害他性命？其实啊，您最好希望燕澜是作弊，自从咱们更了族名，能觉醒金色天赋的巫，哪个不是短命鬼。"

魔鬼沼。

半空中出现一道水漾波纹，两道身影倏然浮现。燕澜依然紧抓住姜拂衣的手腕，带着她向下坠落。姜拂衣察觉到异常，这好像不是落地，而是失去控制的"坠落"。她连忙扬起另一条手臂，高举起心剑，减缓降落的速度。但燕澜仍在坠落，身体的重量迫使他松开了手，下坠速度变得更快。姜拂衣哪有余力管他，反正这个高度也摔不死。

距离地面两三丈时，燕澜似乎骤然苏醒过来，翅膀扇动，直立落地之后，向前一个趔趄，随后保持着微微躬身的姿态。

姜拂衣落在他身边，才瞧见一串血珠子从他面具里滴落下来。待他气息稳一些，可以站直之后，姜拂衣才问："你没事吧？"

燕澜摇摇头："点亮灵珑，虚耗过度罢了。"

姜拂衣猜是反噬，刚接手寄魂，就释放那么多力量，遭受反噬很正常。只不过，反噬的程度超出她的想象。

姜拂衣原本的畏惧之心少了许多，燕澜现在的状态，没比自己强多少。她提议："那先休息一下？"

燕澜稳了稳心神，往前走："不必了，我没事，此地不宜久留。"稍后估摸着会有人来，不能让他们看到他还停留在这儿。

姜拂衣见他脚步虚浮，跟跟跄跄，再看一眼前方被黑色雾气笼罩的丛林，依稀可见枯木虬枝，似群魔乱舞。姜拂衣心中没谱，却也只能跟着走。若不信他，就说明她有看到他作弊，知道他是被反噬的。

燕澜提醒她："魔鬼沼内处处陷阱，你尽量踩在我走过的地方，莫要距离我太远。"

姜拂衣正要点头，眼前突然浮现出一张硕大的鬼脸，知道是那寄魂幻化出来诈她的，她自然假装看不到。但也不能完全装作平静，进入丛林时，姜拂衣颤着声音问："这里叫魔鬼沼，不会真有鬼吧？"

隔了一会儿,听见燕澜道:"确实封印着一个上古魔鬼,这些魔障毒气,便是它释放出来的。不过不必害怕,有家父坐镇,它跑不出来。"

姜拂衣听到"封印"两个字,打从心底反感,故意唱反调:"我劝你话别说得那么满,这世上从来没有不透风的墙,也没有破除不了的封印。"她不就从极北之海里逃出来了?

燕澜听出她隐含的怨愤,以为她在说被人钉在棺材里的事儿:"抱歉,我说错话了。"

姜拂衣说完已然后悔,和他有什么关系,却又懒得解释太多:"你也不冤枉,因为你之前确实说错了一句话。"

"嗯?"

"你对别人说我可能是你妹妹,但其实我应该是你姐姐。"她看到燕澜原本就踉跄的脚步,微微停顿一下。姜拂衣告诉他,"你还未满二十岁,而我娘孕育我的时间很长。"她在蚌壳里不知道待了多少年,"那个时间可以不算,自从我真正降生,来到人世至少也有二十一年了。"

燕澜蹙眉:"不应该,你的骨龄约莫小我三岁。"

姜拂衣试图解释:"那是我……我之前修炼尸傀功,又被封印在棺材里,身体停止生长了。"

燕澜彻底停下脚步,转头看她:"那姑娘身体停止生长之时,可有意识?"

姜拂衣摇头:"沉睡状态,没有任何意识。"

"所以你的时间完全停滞了。"燕澜继续往前走,有气无力地道,"我依然比你年长,你我若真同父,我为兄。"

"行吧,你是大哥。"姜拂衣搞不懂这有什么好争的,他都被寄魂反噬得快晕倒了,还要和她争。她忽又忍俊不禁,"你这般态度,才多

-034-

少像一个少年人。"瞧他这怪异的巫族装扮，音色被骨质面具遮掩，说话做事又老气横秋，若不是休容告知他的年龄，姜拂衣还以为他老大不小了。

燕澜随口问："哦？那不知姑娘心中的少年人该是什么模样？"

少年人啊？

姜拂衣脑海里慢慢浮现出一个模糊的影子，又似烟雾般散去，无法再继续捕捉。她支吾了下："就像柳藏酒……"

燕澜轻笑一声，接上话："像他一般冲动妄为没脑子？"

姜拂衣：……你挺骄傲啊兄弟。

两人没再继续交谈。那只寄魂出来试探一次之后，便没了动作。燕澜也只字不提。姜拂衣在心里犯嘀咕，他应该是打算找他父亲验证完再说，根据两人有没有血亲关系，区别对待。所以他步伐又虚又急，姜拂衣挂着剑追得挺累。

其实燕澜对此事并不是太过在意，他不认为姜拂衣能够认出寄魂，猜出寄魂的作用。最重要的是，他处于晕厥的边缘，无暇分心。

燕澜早有心理准备，知道寄魂融合会是痛苦的，却依然低估了这种仿佛要撕裂灵魂的痛苦。或者，他高估了自己的承受能力。

然而没有一点办法。巫族如今能够在夹缝之中生存，保住万象巫这片净土，以及祖宗留下来的灵物，凭借的正是与神族沟通的能力。是以他们每隔几百年，都要取出寄魂，让世人知道他们还有用处，能够问神救世。

可惜现如今的人间乌烟瘴气，世人的浮躁与日俱增，只注重眼前利益，几百年实在太久了。

燕澜早该在十岁就接受寄魂，越早被寄生痛苦将越小。但他自幼过于优秀，这种独特的优秀给了他一种错觉，或许他可以不凭借寄魂，真正觉醒这种天赋。

他一直在等。无论怎样遭人讥讽，他始终相信自己，一直在等。今日等不了了，不过与被他们逼迫关系不大，反倒成为一个契机。

"咱们快要到了。"燕澜停下脚步。

姜拂衣跟得较紧，险些没能及时停下来，撞他背上去。姜拂衣踮着脚往前眺望，好几十丈外隐约有个山洞："剑笙前辈住在里面？"

燕澜停下来，是想要提醒她："姜姑娘，家父脾气不是太好，不针对任何人。"

姜拂衣早有心理准备："你这个'不是太好'，是不是有一点点含蓄？"

燕澜竟然不否认："总之，千万注意措辞，事情没搞清楚之前，你切记不可随便说出'背信弃义'四个字，不然的话，我会立刻被他丢到魔沼里去。"

姜拂衣认真地点头，被他谨慎的态度激起了一丝紧张，但是——

"为什么我骂他，他丢你？"

燕澜："因为他就是这样不可理喻。"

姜拂衣："……我懂了。"

"那走吧。"燕澜领着她继续朝山洞靠近。

姜拂衣刚拄起心剑，却见燕澜再度停下来，且原本因为反噬微弯的脊背，紧绷得似一张拉满的弓。

姜拂衣以为有什么邪祟靠近，警惕着贴近他："怎么了？"

旋即听见两人背后突兀地响起一声质问——

"我背信弃义，不可理喻？"

-036-

背后果然不能议论人。

一刹那,姜拂衣的脊背绷得比燕澜更直挺,脚下夯实的黑色土地突然软化,来不及做出任何反应,只能向下陷落。

燕澜已经提醒过,姜拂衣本以为将会陷入泥沼,却是"扑通"一声入了水。水极冷,比极北之海的冰川水更刺骨。水底似乎有股吸力,不断地将她向下拉扯,需要耗费不少力气才能上浮。

姜拂衣虽然身体虚弱,却是在海底长大的,迅速调整身姿,顺水势蜿蜒而上。她仿佛有鳃,在水中不必掐诀闭气,浮出水面之后,呼吸仍是平稳正常的。她仰起头,通过逐渐狭窄的甬道,看到一方圆形的夜幕。原来她被扔进了水井,井口有水波状的封印法阵,飞不上去。

姜拂衣正想说这位剑笙前辈果然不可理喻,两个词都是从燕澜口中吐出来的,却施法将她扔来井中。

"哗!"燕澜浮出了水面。比起姜拂衣的如鱼得水,他就显得狼狈许多,不停地微微喘着气,可见游上来多不容易。

姜拂衣呆了一瞬,不是意外燕澜也被丢下了井,而是他的面具不见了,估摸是为了减少在水中的阻力,被他摘下来了,露出轮廓立体的一张脸。

都说眼睛直通心灵,姜拂衣看人一贯先看眼睛。他的睫毛根部极为浓密,且眼窝微深,使得他黑亮的双瞳瞧上去过于深邃,还挺像这口深不见底的井。再多就看不清了,夜间井下,井口的封印还压制了目视。而且水井上细下宽,他背部贴在井壁上,恰好躲在阴影里。

燕澜稳住之后,也看向姜拂衣。刚才在水下,燕澜原本想去拉她一把,竟看到她毫无压力地游了上来,且姿态灵动优美,宛如鲛人游龙。

姜拂衣假装看不懂他眼中的猜测,转身,从井中央游去他对面的井壁,也学他背靠井壁。两人都躲在阴影处,被井口洒下来的月光隔开。

姜拂衣将脸上的乱发别去耳后:"这样看,剑笙前辈也没你说的那么不可理喻,你瞧,他这不是一视同仁,将咱们都扔下来了?"

燕澜抬头望向井口:"很不可理喻。往常我这样讲他,早就被他折磨惨了,今日他竟这样大发善心,主动为我们疗伤。"

"疗伤?"姜拂衣经他提醒,想起来先前自己泡澡完全感知不出水温,如今泡在这井水里,却能感受到刺骨的寒冷。而且这份寒冷,压制住了原本的痛感。

姜拂衣伸手覆在胸口,心脏上的窟窿,竟然在成倍复原。好生神奇。

"这是什么水?"

"可以生死人,肉白骨的溯溪泉。我族除了天灯,第二件至宝,同样是神族留下来的,能够净化魔鬼沼内那只恶鬼戾气。"燕澜闭目调息,借用泉水调节所遭受的反噬。

"那我真是沾了你的光。"姜拂衣也赶紧闭上眼睛,吸收泉水的力量,修补自己的心脏。

燕澜不这样认为:"我想,我是沾了你的光。家父懒得出奇,轻易不会外出走动,却突然出现在我们背后,应是被你吸引出来的。"

看来,她是自己亲妹妹的可能性极大。

姜拂衣心中也是这样想的,母亲说过,当她出现在父亲周围时,父亲能够感应到她。她说:"但愿如此。"

随后,两人专注吸收泉水灵力。

"哗!"静谧之中,姜拂衣倏然听见对面又有动静。她睁开眼睛,刚好看到燕澜伸手往脸上摸,眼神有几分错愕。

看来她猜错了,面具并不是燕澜自己摘掉的,他直到此刻才发现面具没了。察觉到姜拂衣的视线,燕澜迅速低头,透出一股无所遁形的慌乱。

姜拂衣纳闷："怎么，你们难道有族规，不能被外族人看到你这少君的脸？男人要被挖眼睛，女人必须嫁给你？"

燕澜又勉勉强强地抬起头："没有，只是一时不太习惯。"

姜拂衣松了一口气："吓死我了。"稍后若是证明了两人不是兄妹，他赖上她了怎么办？

井口飘下来一道声音："小丫头，我儿子有这么差劲？"

姜拂衣忙不迭抬头。身穿粗布麻衣的剑笙蹲在井口上，月光笼罩着他灰白相间、以一根桃木簪半绾的长发。他将心剑平放在膝盖上，两只手则抓着燕澜的面具把玩。

上岸十多年，心心念念寻找的目标人物近在眼前，姜拂衣屏住呼吸，许久才道："多谢前辈为我疗伤。"

剑笙低头审视："你为何会拿着我的剑？"

燕澜凉凉地道："姜姑娘不只拿着，还能拔出来。"

剑笙颇感意外："你拔得出来？"

姜拂衣点点头，小心翼翼地试探道："前辈，这是我娘……以自身精血亲手打造的剑，我娘告诉我，这柄剑的主人便是我的亲生父亲，请问，您是从何处得来的？"

剑笙闻言像是愣住了。燕澜抬头瞥了他一眼："人家找上门来质问，孩儿不得不给人家一个交代，这才带她前来魔鬼沼，打扰您清修。"

"原来是你母亲的剑，难怪我会对你有种奇怪的熟悉感。"剑笙自言自语了一句，又说道，"泉水每次不能泡太久，先上来。"

姜拂衣去往山洞里换衣裳。

山洞外，剑笙席地而坐，仔细观察手里的心剑。他面前摆着一个炼丹炉，里面飘出来的却是禽鸟类的肉香味。

"事情的经过就是这样。"燕澜仍是一副湿漉漉的模样,和剑笙讲了讲认识姜拂衣的过程。剑笙只听不答,眉头深锁,不知在思索些什么。

燕澜越看他的态度越不妙:"难道她所言都是真的?"

剑笙好笑道:"听起来你语气有些酸啊,莫不是在为你娘抱不平?"

燕澜答不上来,因为他好像没有抱不平的理由。其一,听姜拂衣的意思,她母亲应是认识父亲在前。其二,燕澜知道自己的母亲一心都放在巫族的发展上,对父亲始终怀着"招安"和利用的心,本身并无私人情感,也就无所谓背叛。

"哦,我明白了。"剑笙吹了吹炼丹炉,"你是酸我偏心,对妹妹比对你好。"

燕澜微怔,问:"她当真是您的女儿?"不对。以他对父亲的了解,若真是,不该是这样的表现。

剑笙捡起地上的面具,扔给他:"你少操心我的事,先管好你自己吧,别被寄魂反噬死了。也不知这个少君,你为何非做不可。"

燕澜伸手接过面具,并未重新戴上:"大祭司卜算出,咱们巫族又将再起劫难,有灭族之危。先不说少君之位是母亲留给我的,如今万象巫内,除了孩儿,您说谁还有本事担得起?"

剑笙一听到万象巫就垮下脸来。燕澜望着丹炉壁孔蹿出来的火光:"您也不必数落我和母亲一样,喜欢揽责上身。若有一日万象巫当真面临死劫,我不信您真的会置之不理,放任咱们的族群就此湮灭。"因此,燕澜必须提早亲自挽救,而不是交给那些不如他的同族。即使真会灭族,也必须是亡在他自己的手中,否则他死不瞑目。

燕澜的视线,穿过黑雾飘向这魔鬼沼内的一个隐秘角落:"我们为人间镇守五浊恶世,付出多少心血,做出多少牺牲……"可世人为蝇头

之利,对他们百般迫害。若真到了灭族之日,燕澜真怕自己会忍不住打开五浊恶世的大门,引那些"怪物"再度降临凡尘,来个同归于尽,一起毁灭。

剑笙的声音,将他从遥远的思绪里拉回来:"说句你不爱听的,若真被灭族,那也是万象巫咎由自取。"

燕澜收回视线,看向他。

剑笙冷冷一笑:"咱们巫族原本就该待在与世无争的魔鬼沼内,居住在洞穴里,是他们非得要走出去,建立那舒适阔绰的万象巫,还有脸嘲讽世人争名逐利,他们不也一样吃不得苦。"

燕澜道:"万象巫不挡在前,魔鬼沼又岂会与世无争?而且父亲,世间日新月异,我们的族群若是想要繁衍下去,不可能一直留在魔鬼沼做最原始的野人,落后太多必定挨打,这是亘古不变的道理。"说出这句话之后,燕澜眉心一蹙,心道一声"糟糕"。

果不其然,就听剑笙磨着牙道:"留在魔鬼沼,最原始的野人?"

姜拂衣换上干净的衣裳,从山洞里出来。她站在洞口,望着剑笙的背影,内心颇为忐忑。

剑笙转头看她,脸上堆满了慈爱的笑意,招招手:"肚子饿了吧?快过来坐下。"

姜拂衣原本一点也吃不下食物,泡过泉水之后,竟然真有了几分饥饿感。她走过去,围着炼丹炉坐下:"前辈,关于我母亲的剑……"

剑笙低头拨弄炉子里的肉:"不着急,咱们边吃边说。"

姜拂衣已经等了那么久,也不差这一小会儿,她坦然地接过他递来的碗筷:"那晚辈不客气了。"她夹起一块香气四溢的肉正要往嘴里送,想起燕澜,左顾右盼,"前辈,燕澜呢?去别处换衣裳了?"剑笙前辈煮的这锅肉，应是为他二人祛除寒气的，不等着燕澜一起吃，是不是不太好？

"你先吃，不必管他。"剑笙头也不抬，淡淡地说道，"那浑小子毛病多，自幼不爱吃荤，挑三拣四的，被我丢出去挖野菜了。"

姜拂衣立刻低头认真吃饭。

然而，姜拂衣许久不曾吃过食物，一口肉塞嘴里，腻得有些反胃，想着配点蔬菜确实不错，但依然吃完了一整碗，由衷赞叹："前辈的厨艺真不错。"

剑笙却用怜悯的眼神看向她："你是没吃过什么好东西吧？"

姜拂衣笑道："您莫要妄自菲薄，也莫要小瞧我，我吃过的珍馐数不胜数。"岸上各种千金难买的珍奇海产，她自幼当零食吃。只不过都是生吞，上岸之前从未吃过熟食。第一次吃蒸熟的肉，腹泻了一整天。

见她放下碗筷，剑笙才将心剑递过来："你拔给我看看。"

姜拂衣二话不说，"唰"的一声，拔剑出鞘两三寸。

剑笙凝视剑身："全拔出来。"

姜拂衣听话照做。

等到长剑完全出鞘，剑笙朝她伸出手，她连忙将剑递过去。剑笙持着剑柄站起身，眉头深锁，就着月光反反复复地打量。姜拂衣那颗破烂的心简直要提到嗓子口，焦急地等待着，不敢去打扰。

剑笙整整打量了一刻钟："果然是柄好剑！"这突兀的一声称赞，将周围枯枝上休憩的黑雀"哗啦啦"惊走。姜拂衣的眼皮也是重重一跳。

"我早就知道是柄好剑，却从未想过竟这般巧夺天工，仿佛活的一般，蕴含着无限生命力，绝非那种死物生剑灵的名剑可相媲美啊……"剑笙止不住地连声感叹，"你母亲叫什么名字？哪个种族？住在哪里？是位

大铸剑师吧？你知道她是用什么材料铸造出来的吗？"

这一连串问题，把姜拂衣给问迷糊了："前辈，这不是您的剑吗？"为何他像是第一次见到？

剑笙的视线仍凝固在宝剑上，讪讪地道："是我的剑不假，但我从未拔出来过，今日是第一次见，还真要多谢你。"

姜拂衣："啊？"

剑笙解释："此剑最初是我一位友人赠给我的，他是个男人，并不是你的母亲。"

姜拂衣立刻问："您那位友人……"

剑笙明白她的意思："他叫沈瞻云，云巅四大富商之一，多年前花大价钱将此剑从黑市商会买来，也是因为一直拔不出来，气得不轻，才转送给我。"

姜拂衣此刻的心情，只能用"跌宕起伏"一词来形容。也就是说，线索到此已经完全断裂了。

沮丧过后，姜拂衣不禁齿寒。黑市里买的。

呵！她冷笑："所以，我那个混账爹，是怕我娘寻剑找到他，将剑给卖掉了？"

剑笙摇摇头："除非剑主死了，此剑落在了别人手中。否则，我不相信有哪个懂剑的人，会主动舍弃这般上乘的宝剑。"

死了？姜拂衣微微一愣，旋即也摇头："不会的，我母亲说了他还活着，而且已经修炼到了至尊境界。"心剑虽在剑笙前辈手中，但他拔不出来，母亲通过心剑感应到的，必定是父亲。

而所谓的至尊境界，并不是说这世界的修行者中，有个境界叫作"至尊"。根据姜拂衣模糊不清的记忆，修行者一共就只有三个大境界：凡骨、人仙、地仙。

其中每个境界也都有划分，比如凡骨内就有九个等级。只不过同境界内的等级，基本上是根据以往的战绩，人为来划分的。

云巅国为了鼓励民众修炼，壮大实力，由弱水学宫设立了一个榜单。依照不同名次，定时发放不同的资源。为了获取资源，很少有人会刻意遮掩实力，除非想要一鸣惊人的世家大族。但真想一鸣惊人也不容易，这世界绝大多数的修行者都处于凡骨境界。能突破凡骨，成为人仙的大佬少之又少，多半是各族各派的至尊人物。地仙就更少了，基本上已经避世不出。比如剑笙前辈，姜拂衣估摸着他已是半步地仙。

剑笙寻思道："那你父亲，应是遇到了什么困难，不得不舍弃这柄剑。因为若是弄丢了，是能够追踪的，此剑在我身边数十年，我从未感知有人寻过它。"

姜拂衣抱着剑鞘叹气："他若拿着剑，我还能凭借剑来寻他，如今剑在我手中，再去寻他，岂不是大海捞针？"

见她垂头丧气的模样，剑笙走到她身边："莫要忘记，我族还有相思鉴能够助你寻人。"

姜拂衣忽又仰起头，双眸里重新燃起光："没错，还有相思鉴！"

燕澜说天阙府君借东西从来没有主动归还过，他们派人去要，天阙府要么推三阻四，要么置之不理。既然剑笙主动提起，姜拂衣央求道："我会亲自去趟天阙府，能不能求您帮我写封信，为我说个情，借给我用一下？"

剑笙耸耸肩："小事一桩。"

"太感激您了。"姜拂衣吃了颗定心丸之后，问出心中一个小小的疑问，"前辈，先前我能拔出剑，燕澜不可以，他似乎颇受打击。"

剑笙好笑道:"连我都拔不出来,他拔不出来岂不是很正常?"

姜拂衣的重点不是这处:"此剑跟了您几十年,但万象巫好像没人知道您拔不出来?"连燕澜这个亲儿子都不知道。

剑笙略显尴尬:"这又不是什么光彩的事情,我告诉他们,让他们来嘲笑我吗?"

"嘲笑?"姜拂衣眨了眨眼,不是很懂,"您并不知道剑鞘里是把什么品级的剑,也不缺剑,却还带在身边几十年,与此剑磨合,试图拔出来,足见您的毅力,为何要嘲笑您啊?"

"唉!这若换成我家那小子,心中必定讥讽我是吃饱了撑的!"剑笙越看姜拂衣越是满心的欢喜。若真是自己的女儿,那该有多好。可惜啊,他没有这样的福气。

当然,剑笙心中亦是非常清楚,他多半是受到了剑气影响。与此剑相处几十年,虽拔不出,依然会受影响。被操控心境是修者最为反感的事情,但剑笙并不想强行控制这种"心魔",并无必要。对方只是一个受了委屈,可怜的孩子罢了。

"去洞里休息吧。"剑笙将手里的心剑还给她,"要去神都,以你现在的身体状况可不行,留在我这里多泡几天的泉水,我挑一套适合你的傀儡术,你再出发。"

姜拂衣收剑入鞘,站起身:"傀儡术?"

剑笙视线下移,看向她心脏的位置:"你走的尸傀道,却连一点傀儡术都不懂,这不是很奇怪?"

姜拂衣立刻会意,他看出自己停止跳动的心脏,并不是尸傀邪术。

"前辈,我……"

剑笙扬起手:"你无须向我解释,我也不是看出来的,我只知道你

-045-

的心脏有些特别,但又很难察觉究竟是哪种特别。方才你没被溯溪泉吞噬,且浮上来得如此之快,说明你身上并无邪气,不是邪修。"甚至可说心境纯粹,"相反,我儿子的状况才更危险,心魔缠身,稍有不慎,便是万劫不复,我真怕他会……"

姜拂衣松了一口气,又听他轻轻叹气,是在为燕澜担心。燕澜说他父亲脾气不好,分明是诋毁。有这样慈爱的父亲,姜拂衣觉得自己做梦都会笑醒。

"去休息吧。"剑笙那声叹气像是不存在似的,旋即笑得热情洋溢,"你母亲的剑落在我手中,这份因果便落在我身上。"虽不出鞘,也当一根无坚不摧的棍子使用了许多年,"修行之人最忌讳亏欠,自然不会放任不管,并不是对你有所企图,放心。"

"晚辈明白。"姜拂衣也是打从心底信任他。从他拿起心剑打量,心剑始终保持安静,姜拂衣就知道,眼前之人对她不会存有什么坏心思。

她再次谢过剑笙,正准备抱着剑回到山洞里去,又听见鸟雀惊飞的声音。后方有些动静,她转身循声望过去,看到一个逐渐清晰的黑影。不用想也知道是燕澜回来了。他仍是一身湿衣,头发也是湿漉漉的,右眼下还多了一道血痕,像是经历了一场苦战。

剑笙背起双手,啧啧夸奖:"这次爬上来得很快嘛,'觉醒'了金色天赋,果然是不一样。"

姜拂衣见燕澜面色不佳,还空着手,当然不会问他怎么没挖野菜回来。气氛不对,她往山洞后撤。

听见剑笙嘱咐道:"你回来得刚刚好,我正好有事和你说,你先回万象巫告诉众人,说我找到了失散多年的女儿。等你俩养好了伤,你带着'妹妹'去一趟神都,把相思鉴从无上夷那个狗东西手里要回来。"

姜拂衣和燕澜的脚步同时一顿。姜拂衣连忙拒绝："不用麻烦燕澜了吧，您写封信还不行吗？"毕竟是万象巫的宝物，天阙府应该不至于霸道到这种程度。

燕澜领悟了其中的意思，既然要去找回相思鉴，说明姜拂衣的生父并不是他父亲。但父亲决心要管这件事，这实在令燕澜感到意外："父亲，您打算让她以万象巫的身份前往神都？"

剑笙摊手："不然呢，你来告诉我办法，一个'尸傀邪修'，如何能安稳地走到神都？"

燕澜答不上来，确实不容易。不然她也不会被人钉在棺材里。

剑笙眯起眼睛："你不想去？"

燕澜说："不敢，您第一次交代孩儿办事，断然没有拒绝的道理。"

剑笙看上去挺满意他的态度，又望向姜拂衣，温和地笑道："原本让燕澜去将相思鉴要回来也行，但你父亲在神都的可能性极大，省得多跑一趟……这一路想必艰难，你就以我女儿的身份去吧，我巫族在世人眼中本就诡秘，养个邪修并不奇怪。"

姜拂衣嘴唇微动，却说不出话。

剑笙又提醒："身份不过是辅助，我自小藏在魔鬼沼里，是个野人，外界知道我实力的人不多，是以才小瞧万象巫。燕澜虽是个可靠之人，却也没怎么出过门，你求人始终不如求己。"

"嗯。"姜拂衣微微垂头，眼眶忍不住发酸。尽管丢了十年的记忆，但此刻的情绪告诉她，除了母亲，这好像是她第一次感受到真诚的善意。

-047-

# 第二章
## 六交山寻记忆

"你还有疑惑？"剑笙见她垂首呆立，许久没有动作。

姜拂衣忙回神，抬起头时，脸上已经瞧不出任何复杂之色："那我先去休息了。"说完，她回到山洞里，躺在石床上。身体困倦，但无论怎样放空思绪，还是翻来覆去睡不着，她怀疑可能是吃得太饱了。

山洞外，剑笙再度围着炼丹炉盘膝而坐。炉子里这锅肉因是禽鸟类，剥离出许多细碎的骨头，剑笙以鸟骨代替蓍草，起了一卦。

燕澜走去他对面坐下："您难得起卦，是想卜算什么？"

剑笙颇认真："窥一下她父亲是否真的还在人世。"

"不愧是您。"燕澜缓慢且平静地道，"我族有灭族之兆，不知这源头在何处，您不窥。孩儿融合寄魂，不知寿数还剩几年，您也不窥。"

"族里善卜卦的大巫多得是，用不着我瞎操心。"剑笙抬头睇他一眼，"至于你，祸害遗千年，我这个老父亲一点也不担心。"

燕澜回望过去："孩儿怎么就成了祸害？"

剑笙低头继续摆弄："这几年不论我怎样丢你，你来魔鬼沼的次数依然越来越多，足可见，你对五浊恶世的兴趣逐渐浓厚啊。"

燕澜眼底闪过片刻慌乱。

剑笙点到即止，从丹炉里盛了一碗寡淡的汤水，笑着递给他："神都规矩多，出发之前，先送张拜帖给天阙府。"

"孩儿知道。"

这天晚上，姜拂衣不知多久才睡着。大概是剑笙前辈炖的禽肉实在太香，睡着前一刻，她还在咂巴嘴。就连梦里，也全是和食物相关的内容，还有曾经一起在屋檐下躲雨的小乞儿。

小乞儿起先说，他是要去神都拜师。姜拂衣回复说，她是去神都寻亲。听到"寻亲"两个字，小乞儿愣了一下，又改口："其实，我也算是去寻亲。"

姜拂衣反正闲着无聊，伴着雨打屋檐的声响，听他慢慢讲述。

原来小乞儿两三岁的时候与家人走散了，也可能是被人贩子给拐走，又因故丢弃。总之，他流落在一个边陲小镇上吃百家饭，脑海里只对"神都"两个字有印象。没准儿家在神都，于是他前去寻找答案。虽是同路，但姜拂衣当时没想与他结伴，这小乞儿和她差不多岁数，带上他纯属自找麻烦。

雨停之后，两人便分道扬镳。再次见面是几个月后，在一个小树林里，姜拂衣远远瞧见他被一张捕兽网吊在树干上，正想上前，他却急着以口型催促她"快逃"。姜拂衣旋即领悟，附近有歹人以他为诱饵，设置了机关陷阱，想谋财害命。

就冲他说的是"快逃"，而非"救我"，姜拂衣出手救下了他。靠近北地的边境地区，灵气稀薄，方圆连一个修行门派都没有，有修为的人更是寥寥无几。姜拂衣虽然只从母亲那里学到一点皮毛，但对付这些普通强盗还是绰绰有余的。

然而，再想分道扬镳可就难了，那家伙像是狗皮膏药似的赖上了她，走一步跟一步。

"你尝尝我烤的鱼吧。"

"你不喜欢吃鱼吗？我去抓野鸡？"

"尝尝我做的叫花鸡。"

"尝尝……"

好烦好烦。姜拂衣在海里生活的时候，大多是沉默独处，早已不太习惯结伴，而且对方还是个啰唆怪，于是黑脸骂他一顿，想将他骂走。

他却只是站着挨骂，等她骂完，又问："你晚上想吃什么？"

姜拂衣很怀疑在他眼里，自己是不是个一天要吃八顿的饭桶，但又隐约能够理解，他是个吃百家饭长大的乞儿，在他看来，能有什么事情，比吃饱饭更重要？让她吃饱吃好，必定是这世上最能讨好她的事情。

姜拂衣虽然还是没有好脸色，却也没继续骂他，任由他跟着。晚上，她第一次没有拒绝他递过来的烤鸡腿。

难吃，非常难吃。姜拂衣真是后悔死，这辈子没吃过如此难吃的食物。

睡醒之后，姜拂衣想起昨晚上做的梦，坐在石床上凝眸思索。

这小乞儿，后面应该没再继续跟着她，被她成功赶走了。因为姜拂衣连他的名字都想不起来，更别提具体的相貌。若相伴时间很久，对他的印象不该这样模糊才对。姜拂衣也就不多想了。

她起床出门，洞口外，剑笙前辈以鸟骨摆出一个箭头形状。姜拂衣顺着箭头指向朝着枯木林子里走，远远瞧见一方井口，是溯溪泉，明白是要她去泡泉水。她泡了大半个时辰，想起每次不能泡太久，连忙跃出

来在井边打坐。

等回去山洞时，她看见门口放着一个食盒，里面盛放着几碟精致的糕点，散发出淡淡的草药味道。知道是补药，姜拂衣吃得干干净净，回洞里将心剑贴在胸口继续睡觉，一整天都不必再吃其他食物了。

第二天仍是如此。一连好几天，她都没瞧见剑笙前辈。而姜拂衣的身体恢复极快，心脏上的窟窿已经补全了一大半。

这天，她正泡着泉水，突地听到一声异响。

"砰！"旋即，井下像是爆发了地震，泉水涌动，颤动的频率一波强过一波。

姜拂衣始终贴紧井壁，等到颤动频率开始衰减，才撑着井壁跃出井口，站在井边。溯溪泉是神族遗留下的宝物，情况不明，待在井边比到处乱跑好得多。

站稳后，姜拂衣朝枯木林的西面望过去，异响似乎是从那边传来的。经过她这几日的观察，这魔鬼沼西面的雾气最为浓郁。今日这雾气反而散去了一些，影影绰绰，她好像看到……一只圆溜溜的眼睛？这眼睛如此巨大，该是镶嵌在什么庞然大物身上？

姜拂衣想起入林子时燕澜曾经说过，魔鬼沼里镇压着一只上古的魔鬼，难道就是它？猜测时，她不知不觉与它对视许久。

"不要看。"她耳畔突然响起燕澜的声音，略微有些喘。燕澜原本打算伸手蒙住她的双目，但她才从井水里出来，纱裙贴在身上，不合适靠得太近。燕澜转而向前迈了一步，挡在她面前。

姜拂衣看着他迅速抬起双臂，动作极快，像是在结印。

"以巫之祈愿，降神灵于吾身，以吾之虔诚，令万物归虚，镇！""镇"字落下之后，井口汨汨冒出水雾，幻化为无数雾剑，飞

-051-

向西面林地。雾气逐渐升腾，再度遮挡住那只眼睛。

等平息之后，燕澜有些趔趄着转过身："你感觉如何？"

感觉？姜拂衣琢磨他问这话的意思，与那只眼睛对视过，她应该有所感觉吗？完全没有。反倒是燕澜念出那个"镇"时，她冷不丁打了个寒战，脑袋像是被人敲了一棒子，嗡嗡作响。

姜拂衣模棱两可地道："是有点不舒服。"

燕澜见她双眼还算清澈："瞧着无大碍，回去吧。"他绕过她，提起她背后的食盒，往山洞走。

姜拂衣追上去："原来每天早上都是你在给我送饭。"

燕澜："你不知？"

姜拂衣摇头，她每天出去泡泉水之后，他才来。泡完回去，他已经离开了："我以为是你派族民送过来的。"

燕澜道："家父的住处除了我能来，连大祭司靠近一步都会被他丢出去，你是个例外中的例外。"

姜拂衣摇摇头："我绝对不是例外，前辈明事理又心善，他的坏脾气，肯定有他的道理。"

燕澜不与她争辩。姜拂衣问："但是，前辈去哪儿了？"

燕澜："出去为你挑选合适的傀引。"

"傀引？"姜拂衣不明白。

"正如剑术离不开剑，傀儡术也需要傀引。剑道各有不同，傀儡一道，也分门别类。"燕澜简单地解释两句。

劳烦人家父子忙里忙外，姜拂衣受之有愧："能不能给我一颗辟谷丹，就不必麻烦你来回跑了。"燕澜自己都还是个伤病号。

燕澜道："辟谷丹只能提供最基本的元素，不利于你恢复。"

"但是……"

"姑娘早些复原，早日离开，早日拿到相思鉴，才是真正给我们减少麻烦。"

姜拂衣无话可说了，也听出燕澜内心认为她是个大麻烦。事实确实如此，她认。

燕澜意识到自己失言，正想道歉，听见她小声说道："那个，多谢你跑来帮我，但是你先放下食盒，再跑过来是不是更快一点啊？"

像是为了缓解尴尬，他扭头朝浓雾区域望一眼："你竟不问我，方才那只眼睛是什么？"

姜拂衣好奇得紧，但在别人的地盘上，少打听别人的秘密，这个道理她懂。她附和着说："你之前不是告诉过我，这里镇压着一个魔鬼，是它吧？"

"那是一扇门。"燕澜怕她因为好奇跑过去探究，或是和它对视过，遭它蛊惑，决定告诉她一些，"上古时候，神族离开之前专门开辟了一处空间世界，将那些逆天之物驱赶入内，与人间隔开。"

"逆天之物？"姜拂衣不是很理解，"哪一种能被称为逆天？"

燕澜犹豫着道："大概是，超出世人认知的强悍怪物。人、魔、妖，都无法给予它们一个准确的定义。"

姜拂衣微微拢眉："神族将它们全部赶进去了？一只不剩？"

燕澜冷淡地道："这世上不会有绝对，神族也办不到。"

姜拂衣陷入沉默，她在想，石心人剜心化剑，重生不死，算不算超出世人认知的强悍怪物？原本她还有点犹豫，关于母亲的封印，要不要旁敲侧击地问一下剑笙前辈。这下彻底不敢再提了，以及她自己这颗心脏的特殊之处，往后也要更加谨慎。

姜拂衣担心突然的沉默，引起燕澜怀疑，没话找话说："你们巫族担着这样的责任，还被各方觊觎打压，挺委屈的吧？"

燕澜的脚步微微一顿，半响说道："可以是沉重的责任，也可以是锋利的武器，看我怎么选罢了。"撂下这句，便没再开口。

姜拂衣满心都是"逆天之物"四个字，也没注意他尾音里的那一抹戾气。

又过了一阵子，姜拂衣一大早听见剑笙的笑声，连忙从山洞里出去："前辈，您回来了。"

剑笙伸出手："瞧瞧我给你找的傀引。"他手掌中央，浮现出小小一朵枯萎的紫色花朵。

姜拂衣瞧不出什么名堂，疑惑地望着他："这是什么花？"

剑笙笑道："音灵花，通常生在修行者的墓穴里，我扒了上百个墓，才找到这么一朵，注入一些我族巫术之后，已能当作傀引使用。"

原本姜拂衣的脸都快凑到那朵花上，听说是从墓穴里挖出来的，连忙向后一缩。

"别怕。"剑笙示意她取一滴血。

姜拂衣没有犹豫，立刻咬破自己的手指。鲜血滴落在花心上，如同旱地遇到甘霖，枯萎的花瓣逐渐舒展，恢复成鲜花的模样，随后飞出剑笙的手心，飘在姜拂衣眼前。姜拂衣可以看到它在向外散发花香，香味在她眼中是有实质的，似一缕缕紫色的丝线，正向四面八方飞散。

剑笙："控制它们。"

姜拂衣会意，集中精神，操控那些四散的丝线，尽量停留在原地。

剑笙指着枯枝上蹲着的一只黑雀："将它抓下来。"

姜拂衣盯着那只黑雀，额头冒出冷汗，丝线艰难地朝枯枝飞去，笼罩了那只黑雀。

黑雀完全无法挣扎，被姜拂衣操控着从枯枝上飞了下来。但只能持续一会儿，黑雀便挣脱了。

剑笙又指向角落："试着操控他。"

姜拂衣顺着他手势一瞧，这才发现燕澜来了，正往角落放食盒，脊背明显僵了僵，但没说话。

姜拂衣操控丝线朝燕澜飞去，但距离他一丈左右时，便散成了烟。姜拂衣虚脱地扶住树干："前辈，这已经是我的极限了。"

尽管失败，剑笙却极为满意："不出我所料，你母亲是位大铸剑师，父亲又能出类拔萃，你的天赋定然是极好的。"

姜拂衣看着眼前的紫色花朵再度枯萎，皱起眉："前辈，它这是不肯为我所用吗？"

"不是，枯萎是它的常态。"剑笙一副没辙的模样，"咱们巫族的傀儡术，和人家正儿八经修炼出来的傀儡术不同，采用的是血祭之法。好处是，咱们并不需要太多根基，只需要以血为引，便能抵得上他们十几年的傀儡苦练，很适合你短时间内拿来保护自己，掩饰身份。"

姜拂衣问："那坏处呢？"

剑笙讪笑："坏处就是，每次使用都需要血祭，费血啊。"

"取我一滴血，换来这样厉害的能力，不亏。"姜拂衣心道简直不要太划算。

剑笙的视线又回到枯萎的花朵上："花香覆盖之地，万物皆可操控，死物比活物容易，距离越近越容易，是活物的话，修为越低越容易，但随着你修炼精深，这些都不是问题……"

姜拂衣认真地听着。剑笙继续道："还有一处我本该瞒着你，但想了想，告诉你也无妨。"

姜拂衣："您说。"

剑笙的语气略微凝重了些："此花因是阴灵生物，还有一个用途，能够吸取生命力，再给别人续命。之前神都有个女修，以此花吸食少女的生命力，来为自己延续美貌……"

姜拂衣郑重地承诺："您放心，我不会随便使用的。"

燕澜立在角落，一边默默听着，一边摩挲着左手小指上的储物戒指。戒指里，藏着一截难看的枯枝，是他父亲在他年幼时赠给他的傀引，说是在洞门口的枯树上随意掀下来的。但燕澜全程听下来，发现自己手中这丑陋的枯枝和姜拂衣手里的音灵花，在傀儡术上几乎是一模一样的能力，连教导之词都别无二致。

而姜拂衣眼前这朵花，是父亲外出数十日，到处掘墓千辛万苦才找出来的。也就是说，自己的枯枝，同样耗费了父亲不少精力。原来父亲……

剑笙嘱咐姜拂衣："那你近来多练一练，等你从操控一只鸟，进步到可以操控两只，差不多就可以出发了。血祭频繁，你怕疼的话，其实燕澜的血也能凑合着用。"

姜拂衣哪里敢："不用不用。"眼尾余光瞥见燕澜竟然转身离开了。吓跑了这是？至于吗？

很快，姜拂衣知道"至于"，她的十根手指头被针扎得几乎没有好地方。幸亏每日泡溯溪泉，伤口愈合得快。

而从操控一只鸟变成操控两只，她用了不到十天，从操控两只到操控三只，只隔一天。

-056-

离开魔鬼沼的时候，姜拂衣心脏上的窟窿差不多快要补全了，但和一颗正常心脏的差别仍然很大，"稚嫩"，也更"脆弱"，依然不跳动。

剑笙将她送出魔鬼沼，停在传送星盘下方："我不是咒你，若是寻不到你父亲，一时半会儿无处栖身，你可以回来万象巫。"

"不瞒您说，我还真是这样打算的。"姜拂衣回不去极北之海了，总要有个容身之地。莫说找不到，找到了之后，她爹不认她的可能性也极大。姜拂衣原本的打算，也是讨个说法，要些补偿，随后找个地方修炼。等她修炼得足够厉害，自己想办法去救母亲。如今巫族成为她一个退路，令她不再像刚醒来时那样迷茫，心底踏实多了。

姜拂衣半开玩笑半认真地道："到时候管不了那么多，我只能厚着脸皮回来求您收我为徒了。"

剑笙拍了两下她的肩膀："可以。"

姜拂衣双眸微亮，心花怒放。剑笙却只是笑，并没有告诉她，自己卜算的卦象中，他二人之间并无师徒的缘分。但也没去深究，他将她视为半个女儿，远胜过师徒。何况占卜之术原本便会出现各种变数，没必要说出来给她添堵。

"去吧。"剑笙摆摆手，"路上小心。"

"前辈您也保重。"姜拂衣依依不舍，走去星盘下的燕澜身边。

燕澜此时才说话："父亲可有什么交代我的？"不等剑笙开口，"除了照顾好姜姑娘。"

剑笙给他一个"你真是一点也不可爱"的眼神："你原本便是护送，照顾好她还需要我叮嘱？"

"那我们走了。"燕澜也没那么多废话，展开黑翅，抓住姜拂衣的手腕，飞向半空中的星盘。

再次落地时，是姜拂衣熟悉的万象巫祭台。祭台上还站着一男一女，其中一个是熟人，休容。另一个遮挡严实的，应该就是那个话很少，但总和燕澜作对的猎鹿。

姜拂衣已经和燕澜讲过，休容之前来骗她的事情。而燕澜一副无所谓的模样，看来是司空见惯。

两人朝着燕澜行礼："少君。"又朝向姜拂衣，"圣女。"

这一声"圣女"将姜拂衣给喊得微怔。燕澜解释："魔鬼沼那位大巫的女儿不一定是圣女，但少君的妹妹，必然是圣女。"

姜拂衣一副惊魂未定的模样："吓死我了，我担心这是个职位，还是从休容姐姐手里抢来的。"

休容轻纱下的脸色微变了下，又笑道："圣女您说笑了，这确实也是个职位，但我哪有这种资格。"

姜拂衣心道，没资格才会耍阴招抢啊。

"猎鹿。"燕澜交代猎鹿，"我前往神都的日子里，族中事物便交给你了。"

"是。"猎鹿行礼，"您尽管放心便是。"

燕澜："你办事我自然放心。"

姜拂衣看得出，燕澜是真的放心。毕竟他已经"觉醒"了金色天赋，地位撼动不了。除非还有一个金色寄魂，被猎鹿给拿了。

交代完，燕澜领着姜拂衣往万象巫的城门口走去。一路听到此起彼伏的"少君"和"圣女"，姜拂衣知道他是有意为之，进一步坐实她的身份，好让"有心人"散布出去。

等走出万象巫后，燕澜停在岔路口。姜拂衣也停下来。燕澜询问道："姜姑娘，此去神都路途遥远，你打算怎么走？"

姜拂衣一愣:"什么意思?难道不是你来安排?"

"我安排?"燕澜显然没料到她会这样说,"你知道我自出生以来,去过最远的地方是哪里?"

姜拂衣:"……不会是之前我躺尸的六爻山吧?"

燕澜默认。

姜拂衣眼皮跳了跳:"那你最近也没抽空研究一下路线?"

燕澜不是没空,是觉得没有必要。他摘下面具,看向姜拂衣,眼神透出怀疑:"我以为你四处寻父,必定阅历丰富。"他只需要安静地当个保镖。

姜拂衣尴尬:"可我十一岁之前随我娘隐居避世,出来之后的记忆差不多全丢了啊。"

"丢了记忆?"燕澜第一次知道。这下,两个人站在原地一起尴尬。

"你稍等我一会儿。"燕澜抛出星盘,再度跃入通道。姜拂衣以为他回去拿地图。不多时,他竟带了个大活人出来。

"柳公子?"姜拂衣没想到,竟是之前将她从棺材里放出来的柳藏酒。她之前向燕澜求过情,被告知柳藏酒只是被扔进了水牢里,刑期一年。

柳藏酒身上的伤势早已复原,只是精神恹恹,颇为憔悴:"抓我出来做什么?"

燕澜淡淡地道:"去神都,路上安排妥当,必有重谢。"

柳藏酒瞧见他就来气:"谁稀罕……"

姜拂衣忙道:"柳公子,我们是去天阙府。"

"我管你们去……"柳藏酒话说半茬,愣住,忙低声问姜拂衣,"天阙府?你们去拿相思鉴?"他心心念念的相思鉴?

"嗯。"燕澜承诺,"这重谢,便是借你一用。"

"成交。"柳藏酒像是担心燕澜又会戏耍他,要与他击掌立约,"非我自夸,找我同行,你们俩真是有福了。"

燕澜瞥一眼他脏兮兮的手,不与他击掌:"谢了,若非出了岔子,这福气我并不是很想要。"

姜拂衣也终于忍不住瞥了燕澜一眼,岔子?我?难怪总被剑笙前辈丢出去。

"巫族少君一言既出,我信你一次。"柳藏酒也不强迫他击掌了,"现在出发?"

"嗯。"燕澜幻化出黑羽翅膀,"舍妹大病初愈,不适宜长途御剑飞行,需要你的帮助。"

听了一路的"圣女",姜拂衣再听这句"舍妹",已经无动于衷:"我没问题。"操控心剑并不费力。

姜拂衣正欲抛剑,却见柳藏酒从头到脚闪过红光,化为一只赤狐,扭头看向她:"少逞强了,你是我放出来的,我还能不清楚你的状态?"

姜拂衣微讶:"原来你是狐妖?"难怪燕澜选择将他带上,不仅能够领路,还可以当坐骑。

红狐狸甩了下毛茸茸的大尾巴:"很奇怪?"

"不必怀疑自己对狐妖的认知。"燕澜示意姜拂衣启程,"因为他并不是千年狐狸修出的妖身,我猜他要么是天生灵狐,要么得了天大的造化,方能于稚龄化形。"

"他说得对。"柳藏酒心道这人果然有两把刷子,转头又一想,"不对!你什么意思?你是在说我蠢,丢了狐狸的脸?"

柳藏酒问晚了,燕澜早已扇动黑翅飞出十几丈远。兽形状态之下,柳藏酒险些控制不住本能,追上去咬他。

姜拂衣走过去："别生气，他就这样，不针对任何人。"

"我才不会和他一般见识。"柳藏酒龇了龇牙，"上来，再迟追不上了。"

姜拂衣骑在赤狐背上，被载着飞向云端："之前没空问，你借相思鉴是为了寻你三姐，又错认我是你三姐，难道你不知道她的容貌？"

柳藏酒道："知道啊，但是她会变换容貌。"

姜拂衣反应过来："对了，她是狐妖。"

柳藏酒却摇头："我三姐不是狐狸，她是一株精通医术、心地善良的仙草。"

姜拂衣：……这家庭成分有些复杂。

柳藏酒解释道："二十多年前，我三姐在修罗海市里开了一家药坊……"

姜拂衣问："修罗海市？"

"你不知道吗？"柳藏酒颇感奇怪，"那里三教九流，什么物种都有，是世间最大的黑市。"

姜拂衣没有任何印象："然后呢？"

柳藏酒叹口气："有一天，我家店里来了位患有隐疾的客人，求我三姐治病。但要治他的病，需要使用一味极珍稀的药材作为药引。那药引我们店里没有，因为采下之后必须立刻制药服用。我三姐原本推掉了，但他开出的价码实在太高，三姐便跟着他一起离开了修罗海市，告诉我至多半年回来……"他语速逐渐放缓，自责道，"都是为了养活我，三姐才会贪图那点钱财。可那时候我还是只不懂事的小狐狸，只顾着玩，没当回事儿，不曾记下药引的名字与那位客人的样貌，甚至都没有和三姐好好告个别。"

姜拂衣默默地说："我也一样。"母亲付出惨痛的代价，将她送出大海。可她当时迷迷瞪瞪，连句道别的话都没来得及讲。

姜拂衣迅速收拾心情："你既然从未放弃过寻找，定是有她还活着的蛛丝马迹吧？"

柳藏酒渐垂的音调又扬起来："对，三姐曾经送过我一枚她的叶片，能保我受伤时迅速恢复体力。那枚叶片至今不曾枯萎，我相信三姐一定还活着，只不过身陷囹圄，等着我去救她。"

十几年来，他为寻柳寒妆走遍妖境魔域，哪怕多次重伤濒死，从不拿出来使用。那是他唯一能确认柳寒妆还活着的凭证。

"大哥说她已经死了，叶子摘下时，便已独立，不可作为证据。我不信，叶子一日不枯萎，我便寻一日，一世不枯萎，我便寻一世。"

姜拂衣附和："有希望就是好事。"心存如此深重的执念，她此时才能理解，柳藏酒为何一边说着男儿膝下有黄金，一边眼也不眨地向燕澜下跪。

姜拂衣问："这些你对燕澜讲了？"

柳藏酒道："讲了啊，我借宝物怎么能不说明用途？"

姜拂衣沉默，这就难怪了。燕澜为何确定他会去天阙府偷盗，不主动告知他相思鉴不在万象巫。

柳藏酒犹犹豫豫："不是我挑拨离间，之前在万象巫的祭台上我都听见了，你才刚认祖归宗，和燕澜又是同父异母。小心点，你家那位大哥，恶劣得很。"

姜拂衣道："你还在恼他一路追打你的事情？我原先也以为他鞭打你，是为了节省他的时间。其实不是……"

万象巫虽然宽以待人，严于律己，但对于盗宝刑罚很重。燕澜一路

时不时揍他一顿，看着狠，却极有分寸，伤皮不伤骨。

"因此，你只被罚了一年水牢，不用遭受鞭刑。挨上一百透骨鞭，你现在绝对躺在牢房里起不来。"

柳藏酒不太相信，毕竟是兄妹俩，当然会帮着大哥说话。更重要的是，他嗤笑一声："呵，小瞧我，从小到大什么毒打我没挨过，区区一百鞭，能让我起不来？"

姜拂衣笑了笑，俯身下望，入目的是连绵不绝的青山。

万象巫就隐匿在这十万大山之间，是以空气中都弥漫着浓郁的草木香，以及淡淡的土腥味。而同处于云巅边陲的极北之海，处处是冰山和大海，上岸之后走出几千里，连一株青草都瞧不见。但这两个地方存有一个共同点：人迹罕至——都是杀人抛尸的好地方。

姜拂衣又问："柳公子，六爻山在哪个方位？"

柳藏酒翘了下左前肢："快出鸢南了，但仍在鸢南地界内。"

鸢南曾经也是一个国家，不过早已被划入云巅国的版图，成为云巅的一个郡。云巅之前耗费三百年时间攻打贫瘠的鸢南，正是为了无障碍地"靠近"万象巫。

姜拂衣往北方望去："我们此去神都，会不会路过六爻山？"

柳藏酒眯起一只眼睛判断："稍偏一点，但是偏得不多，怎么，你想回去自己的'葬身之地'看看？"

姜拂衣按了按被风吹散的刘海："当时没在意，我戴在脖子上的储物坠子丢了，想去棺材里翻翻看。"

柳藏酒加速："那得先和你大哥说一声。"


六爻山是一座荒山，方圆莫说无人居住，连小妖都没一只。那副棺材还在,姜拂衣里外翻了一遍,始终不曾找到自己的储物坠子。

柳藏酒也帮着找:"你那坠子是什么模样?"

姜拂衣比画:"是一个不起眼的小小海螺。"

柳藏酒仔细回忆:"我掀开棺盖时,你颈间没有任何饰品。"

姜拂衣也只是试试看,早知道寻到的希望不大:"算了,反正也没什么重要物品。"那些海产虽然值钱,但确实不太重要。她只是想打开看看,上岸以来她都塞了什么进去,没准儿能令她找回更多的记忆。

"你瞧瞧。"柳藏酒指着半山腰那棵横着长的松树,燕澜安静地站在树干上,就像之前来抓捕他时一样的姿态,"你这大哥,对你被人钉死一事漠不关心。"

姜拂衣也不好解释,这事和燕澜一点关系都没有。

燕澜开了口:"姜……"当着柳藏酒的面,不能喊"姜姑娘","妹妹"两个字更是烫嘴。

燕澜迟疑片刻:"阿拂,你胸口的致命伤,是不是在六爻山造成的?"

这声"阿拂",令姜拂衣想到了母亲,微微失神,才回话:"应该吧,总不能在别处杀了我,再翻山越岭把我扛来这里埋掉。有这工夫,不如去买瓶化尸水。"

燕澜兀自寻思:"五年之内,那应该可以试试看。"

姜拂衣不解:"试什么?"

燕澜:"等天黑。"

不知道他葫芦里卖的什么药,姜拂衣只能等。

夜幕低垂之后,燕澜落到她身边:"试试寻找你的怨力碎片?"

姜拂衣正靠着树打盹,被他吓了一跳:"啊?"

燕澜指了指她的心脏:"你在被刺中那一刻,剧痛之下,神魂之力

将会逸散出去些许。如果你当时心存怨气，这怨气凝于神魂，可能会形成怨力碎片。"

若在人多的城镇，很快会被冲散。但六爻山静谧，燕澜方才观此地风水，是个易聚不易泄的格局，怨力存在的时间会长一些，或许可以收集到一片。

姜拂衣蹙起眉："收集来有什么用？"

燕澜道："只要拿到你的怨力碎片，我便能够以我族秘术，窥见你被'杀'时的残影。"

柳藏酒惊讶："这都行？"

姜拂衣目光骤亮："那该如何收集？"

燕澜："我不懂得收集，我只能帮你回溯残影。"

姜拂衣、柳藏酒双双沉默。

"但你可以。"燕澜提醒她，"父亲不是给了你一朵生长于极阴墓穴，能够吸收生命力的音灵花？"

姜拂衣二话不说，立马从灵台中取出枯萎的音灵花，咬破手指，施展血祭之术。音灵花如同酣睡刚醒的美人，慵懒地舒展开来，浮在她面前。

接下来，姜拂衣不知道该怎么做，以眼神向燕澜求教。燕澜确实不太会，他自小要修习的术法成千上万，必定得有所取舍："音灵花已经认主，与你心意相通，而我也已经告知了你方向，你且朝着这个方向摸索试试。"

姜拂衣唯有先释放花香，以神识操控丝线，在这山谷内散开。控制草木，控制小兽，但根本感受不到什么怨力。姜拂衣艰难地道："你说得实在太笼统了，能不能详细一点？"

燕澜默不作声，也完全不去想办法帮忙。父亲一直在夸她天赋过人，悟性极高，他觉得应是可行的。再者，燕澜有几分好奇，私心想瞧瞧她的天赋究竟有多强、悟性究竟有多高，能得到父亲这般赞不绝口。而燕澜自小想听父亲稍微夸奖一句，不知有多难。

姜拂衣见他无动于衷，自己又不想放弃，只能孤注一掷。她不再操控花丝，闭上眼睛，仔细回想刚醒来时胸口的疼痛。她将那些痛苦凝结、抽离，全部转入音灵花内。

柳藏酒原本在她身边站着，此刻狠狠打了个寒战，难以言喻的恐惧将他笼罩，不自觉地向后退了好几步。他看着姜拂衣紧闭双眼，双脚离地，慢慢飘浮到半空。

她面前的音灵花开始围绕着她旋转，每移动一点距离，便再生出一朵花，不多时，数不尽的紫色花朵将她环绕。掀起的灵力风旋，鼓动着她的长发和紫色纱裙。姜拂衣掐了个诀之后，周身的音灵花残影悉数飞出，融入茫茫夜色。她面前只余下一朵本体。

许久，姜拂衣睁开眼睛，召回本体，重新落地。再看向燕澜时，她双眸之中充斥着浓浓的歉意："糟糕了。"

"什么？"燕澜明明感觉她成功了，而且就算失败，有损失的只是她，为何向他道歉？

"呼！"一股阴风刮过。黑暗幽静的山谷之中，逐渐亮起点点荧光，似夜幕上的繁星，也似一只只的萤火虫。

姜拂衣指着那些荧光，讪讪地道："你们常说万物有灵，这山里的小动物、灵植物，它们在遭受痛苦时，是不是也会留下怨力碎片？这些，全部是吧？"应该十分微弱，但全被她一个不留地翻了出来。

姜拂衣微微垂着头，不太敢看燕澜的脸色："我实在挑不出来自己那片，只能麻烦大哥一个个回溯一遍了。"

燕澜无语。大意了，父亲盖过章的天赋，他不该好奇的。这样大海捞针，去回溯生灵们的凄惨往事，他命都要丢掉半条。

然而，回溯之法是燕澜自己提出来的，绝对不能反悔。燕澜故作平静地应了一声"好"，一扬手，掌心浮现出一个晶莹剔透的双耳玉壶。

姜拂衣看着他提起壶盖，默念口诀，那些飘散在山谷内的怨力碎片皆被吸引而来，纷纷往壶口里钻。壶口仅有铜钱大小，闪着荧光的碎片在上空时便被拉扯成线条状，如同奔涌的星河。

"聚灵壶，可以暂时保存它们。"燕澜边收边解释，"因为……这数量过于庞大，回溯起来需要耗费不少时间，只能路上慢慢来。"

姜拂衣也是这样想的："辛苦你了。"

燕澜心道不辛苦，都是我自找的："咱们在六爻山休息一晚，等天亮了再继续出发。"

"好。"姜拂衣正有此意，"刚才为了翻出这些碎片，消耗不少灵力，我也不太想赶路了。"

听说不走，柳藏酒重新化为赤狐，爬去树上蜷缩成了一团。舔干净爪背之后，他才将下巴压在爪背上，笑道："说得好像赶路时，是你驮着我一样。"

姜拂衣揉着自己的腰，朝棺材走去，实话实说："你从来没试过乘骑狐狸吧，硌得慌，坐久了是会累的。"

红狐狸挠挠耳朵："这样吗？改天我试试。"

两个时辰后，月上中天，夜色浓深。姜拂衣在棺材里睡熟了，柳藏酒在树上也睡熟了。万籁俱静之中，只剩下燕澜一人还伫立在月色下，托着聚灵壶吸收怨力碎片，心想铸造此壶的炼宝师，将瓶口铸得开阔一些是不是会死？

翌日，姜拂衣被爬上山头的太阳唤醒。睡醒之后才检讨，出门在外，荒山野岭的，自己会不会睡得太沉了？她翻出棺材，朝树下坐着的燕澜走过去："柳公子呢？"

"去找食物了。"燕澜一挥手，面前出现一个食盒，"他吃不惯这些。"

"估计是去捕猎野味了。"姜拂衣一边走，一边整理自己的头发。从小泡在海水里，她的长发都是散着的。上岸之后不方便，她用簪子随意一绾，或者扎起马尾。

大概也是常年泡在水里的缘故，姜拂衣肤色极白，微微有一些病态，因此，剑笙前辈让燕澜为她准备衣裙时，她对款式没有任何要求，只想要些颜色鲜艳的，给自己增添些色彩。

燕澜很懂得举一反三，不只是衣裙，送来的饰品同样璀璨。簪子是一根翠绿鎏金的雀翎。扎起马尾使用的发箍，镶嵌着一圈看上去就很稀有昂贵的彩色宝石。因此，不管她绾发绾得再怎样随意，瞧上去也像是精心打扮过的。

从很多细节上，姜拂衣都看得出燕澜是个心细如尘的讲究人。当然，万象巫也是真的有钱。

姜拂衣走过去坐下，习惯性地打开食盒，拿出一块散发药香味的糕点。燕澜看着她吃："出了六爻山之后，等于离了鸢南地界，逐渐进入云巅国的腹地。那里人口稠密，藏龙卧虎。"

姜拂衣咽下一口，才说："恭喜你啊大哥，人生去过最远的地方，再也不是六爻山了。"

燕澜噎住。

姜拂衣笑了笑："我知道你想说什么，万象巫处境艰难，我顶着圣

女的身份,会格外注意自己的身份,尽量不给你们添麻烦。"

燕澜却满不在乎地道:"我从不畏惧他们,你也没有必要特别注意什么。父亲既让我一路护送你,你这一路的作为,自然全部由我来兜着。"

姜拂衣咬糕点的动作微微一顿,抬头看向他。

"我只是提醒你,入世之后,莫要与我走散了。"燕澜拿出地图,铺平在两人面前。地图上被朱砂勾出一连串的红圈,是一座座的城池,"这是柳藏酒规划好的路线,若我们走散,不要原地寻找,直接去往下一个目的地。"

"我知道了。"姜拂衣边吃边背。

等柳藏酒也吃饱喝足回来,他们再次出发。

离开六爻山之后,下方的村落逐渐增多。抵达第一个主城时,他们便不能再肆无忌惮地飞行了。

云巅国规矩森严且烦琐,人群聚集的地方,说是地仙也要落地,改为乘坐各种兽车。

对于燕澜而言,直到落地这一刻,才算是他第一次入世。入乡随俗,燕澜脱下那身诡异的巫族长袍,改了装扮。以至于姜拂衣坐在客栈一楼大堂里吃早饭时,听到旁边女子的窃窃私语时,她好奇地抬头,瞧见一位仪态端正的世家贵公子走下楼梯,第一眼险些没认出来。

再者,他们这一路,途经的几乎都是主城。按照柳藏酒的说法,大隐隐于市,越偏僻的地方,越是容易遇到是非。

但麻烦也不是完全能够避开的,总有超出计划外的事情发生。这日,他们便被挡在了云州城外面。不只是他们,从早上开始,城门便被封锁。晌午日头火辣,门外聚集着百十个人,讨论的声音此起彼伏。

"先回去吧,或者去附近镇上等着,听说城里住了一些贵客,是从神都来的,一时半会儿不会让咱们进城的。"

"神都来的怎么了,就能这样霸道?"

"和城主没关系,是郡守下的令,表示对他们的重视,而且人家是来捉妖的,也是为了咱们小老百姓的平安嘛。"

"那东西……确定是妖了?"

"咱们哪里会知道,但吴家村周围确实已经被封锁起来了,里面全是浓烟,外面贴满了黄符,几步一个守卫。"

姜拂衣听了半天,大概知道西北面有个吴家村,村民凿井的时候,挖出来一个封了口的坛子。揭开封口之后,坛子释放出滚滚浓烟,导致不少村民陷入疯狂,但那浓烟并不曾向外扩散太远便止住了。

柳藏酒猜测:"坛口是一层封印,村子外围应该还有一层封印。"

姜拂衣点点头,看向燕澜,这方面他才是行家。

燕澜显然缺乏兴趣:"神都既然派了人来,不必我们操心,去别处。"

柳藏酒身为妖,更不可能对抓妖感兴趣,立马拿出地图:"那咱们绕行吧,赶夜路去下一城。"

燕澜不同意:"附近找个村落,破庙也行,歇一晚再走。"

"你是不是身体不舒服?"姜拂衣这两天总感觉燕澜有些魂不守舍,不免想起他体内的寄魂。但都过去好几个月了,寄魂应该已经寄生稳妥了吧?难不成是每晚定时回溯那些怨力碎片,耗费太多精力所致?

姜拂衣正想说不急,燕澜已经往人群外撤:"我没事。"

姜拂衣越看他越怪,他步伐有些急促,人群里像是有什么吃人的猛兽似的。饶是柳藏酒如此粗心之人,也能看出一些问题:"你大哥是怎么了?"

姜拂衣耸了耸肩,表示自己也不懂:"走吧。"

忽地，前方响起一声清脆悦耳的鹿鸣。姜拂衣眺望前方，只见官道上缓缓驶来一辆华美的鹿车。十几头灵鹿开路，看上去颇为气派。

城门外拥挤的百姓们，望见那些灵鹿，纷纷避至两侧。柳藏酒也赶紧拉着姜拂衣往边上走："灵鹿是闻人世家的标志。"

姜拂衣"哦"了一声，闻人世家，云巅国排名第一的儒修世家。他们掌管着弱水学宫，还负责编纂整个云巅国的修行排行，以及资源的发放，没有修行者会想要得罪他们。

但燕澜步伐不停，丝毫没有靠边的意思。姜拂衣见状，立刻拉着柳藏酒追上去。

鹿车与燕澜擦肩而过时，车上坐着的男人手持一柄折扇，撩开些帘子，向窗外望去。燕澜步伐稳健，目不斜视，只是嘴角微微提起一抹冷笑。

匆忙一瞥，姜拂衣瞧见那男人面如冠玉，眉目间有几分轻佻。同时，他另一侧还坐着一人。隔着车帘罅隙，对方是男是女都看不清。姜拂衣也没那么重的好奇心，快步而过。

"看来那坛子里的东西来头不小。"柳藏酒压低声音道，"连闻人世家都派人来了。"

姜拂衣疑惑："闻人氏不是儒修吗，怎么跑来捉妖了？"

柳藏酒猜测道："估计是过来做评判的，我正纳闷，边陲出了祸乱，哪里用得着神都派人来，来了之后不先去吴家村，而是在城里住着，原来是在等人呢。"

姜拂衣试图理解："你的意思是，那坛子成了神都学子们的一次试炼，一场考核？"

柳藏酒摸下巴："应该是吧，会参加这种考核的，一般都是各大世家的新苗子，从未参与过排名。是骡子是马，先看这一回。"

姜拂衣扭头又看了一眼鹿车。

柳藏酒挑了挑眉毛："听说闻人世家的男人，个个都是美男子，刚才那位，也不知道是哪一位。"

"不是，我感觉有人在打量我。"姜拂衣连忙撇清。她最不喜欢文绉绉的儒修，长得多好看都没用。

鹿车里。闻人枫好奇地询问身侧人："我们闻人氏和巫族素有仇怨，我才多看那巫族人一眼，漆公子看什么？你认识他？"

半晌。

"我看的不是他。"

夜晚，姜拂衣三人宿在附近一个村子旁的破庙里。

临睡前，姜拂衣又问了燕澜一次："你真没事？"

燕澜像是被她问得有些不耐烦，抬起眼皮，给她一个"请让我安静一会儿"的眼神。

姜拂衣却不得不烦着他："要真是因为回溯那些怨力碎片造成的，停下来吧，总有一天我会自己想起来的。或者再遇到害我之人，对方见我没死，可能还会痛下杀手，守株待兔也未尝不是个办法。"

"不碍事。"燕澜知道她是出于关心，尽量维持住自己的耐性，"我皆因瞧见了闻人氏，心情不佳。"

"闻人世家？"姜拂衣不知何故，但既然是族里的恩怨，她便不再多问了。

一个时辰后。

燕澜等两人睡下后，走出破庙，直接绕去庙后。他脚步忽地踉跄，身体前倾，吐了口血。一缕烟魂从他袖中飞出，凝结成一个瘦猴子的样子，在地上直打滚:"我饿啊,我好饿啊!"

燕澜幽深的双眸逐渐泛起杀意:"今日在城外,你竟想吸食身旁百姓的魂魄?"

瘦猴子打完滚,坐在地上"哇哇"大哭,哭声似个五六岁的小男孩:"可是主人,你的魂魄我吃不了,这样下去我要死了。你们巫族养了我几千年,我就要死在你手上了啊。"

燕澜紧紧抿着唇,不知为何,寄魂一直不能与他完全融合,也不能以他的魂魄之力为食。寄魂说他的神魂坚不可摧,如同一块烙铁,咬一口险些磕掉牙。近来它逐渐躁动,整日里想要吸食别人的神魂。燕澜压制它,已是压制得越来越辛苦。

瘦猴子委屈巴巴地道:"主人,再不吃一口,我是真的要饿死了。"不必它说,燕澜早看出来了,它从猪崽子一般的圆滚滚,逐渐变成现在的枯瘦如柴,濒临消散。但放任它去吸食旁人的魂魄,虽不致死,顶多病上一场,在燕澜这里,也是绝对不可能答应的。

瘦猴子和燕澜拗了许多天,确定自己真的拗不过他,妥协认输:"其实不只是人类,我也稍微可以吃点妖兽的魂魄。"

燕澜敛目嘲讽:"我一早问你时,为何不说?现在说太晚了。"神都来了一众修行者,附近的妖兽早已闻风而逃。

瘦猴子哭丧着脸:"那去附近找找小动物的魂魄,先给我垫垫吧。"

燕澜无动于衷。

瘦猴子抓住他的衣摆使劲儿摇晃:"我错了,真的知道错了啊。"

"这便是不听话的下场。"燕澜终于将它收回袖中,寒声警告,"听仔细了,无论我巫族先祖从前待你如何,在我手中,你若敢有所忤逆,我便敢毁了你,哪怕是与你同归于尽。"

燕澜出发之前准备的糕点已经吃完了，早上睡醒之后，姜拂衣去旁边村子里买些吃食，听到了一个奇怪的消息。

回来破庙，姜拂衣眯起眼睛看向柳藏酒："是不是你干的？"

柳藏酒才刚睡醒，爪子揉了揉眼睛，忽地变回人形："什么？"

姜拂衣抱起手臂："大半夜不睡觉，去把村子里的鸡圈全给掀了，咬死了几十只鸡。"

正打坐的燕澜手指颤了下，不自觉地微微垂首，幸好带了一只狐狸。

柳藏酒诧异："没有啊，我昨晚上没有离开过庙里。"

姜拂衣的眼睛里写满了不信："现在村民们正在热闹地讨论，究竟是哪里来的活菩萨，咬死几十只鸡罢了，竟然留下那么多金子。"

柳藏酒一听这话，立马也抱起手臂，昂首挺胸地和姜拂衣面对面争辩："给钱？狐狸吃鸡，天经地义，我怎么可能给钱？"

咦，姜拂衣寻思着有点道理。那这事可真是有点蹊跷了，谁会大半夜跑去掀鸡圈，还这样讲究？

讲究？她倏地转头看向燕澜。

燕澜故作镇定，神色淡然，假装对两人的交谈毫无兴趣。没关系，他原本便是这般冷漠的性子。

姜拂衣：……破案了。怪不得整天遮遮掩掩地戴面具，原来这世上真有人仅仅因为心虚就会脸红。

微一恍惚，姜拂衣连忙将视线收回来，担心柳藏酒也跟着看，会直接戳破，惹燕澜难堪。

"行了，我相信不是你干的。"姜拂衣喊上柳藏酒出门，"走。"

"干吗去？"柳藏酒一大早被冤枉，心情不爽，依然抱着手臂。

姜拂衣边走边说："因为那人留下太多金子，村民们拿着心里不踏实，将那些鸡都给厚葬在后山了，刚死不久，你不想去挖几只出来吃啊？"

柳藏酒赶紧快步追上去："还有这种好事？"

姜拂衣挑眉："都说是遇上活菩萨了，当然见者有份。"

柳藏酒步子大，已经超过了她："走走走。"

好险！燕澜见他们没再纠缠此事，紧绷的脊背逐渐放松，又忍不住疑惑。

活菩萨？燕澜不是很清楚外面的物价，那么多只鸡，加上补偿，一百两金子很多？

在云巅国，金子只是低等级的流通货币。高等级的货币，是一种蕴含五行之力的晶石，分成一星到五星，五种成色。

金子是离开万象巫之前，愁姑帮他准备的。在此之前，燕澜的储物戒指里，从来就没装过五星以下的晶石，见都很少见。燕澜不会觉得吃亏，只是此事给了他一个提醒。稍后，他有必要了解一下外面的物价，以免日后再在这种小事上闹笑话，丢了他万象巫少君的脸面。

姜拂衣和柳藏酒一起出门，沿着河道往后山走。柳藏酒步伐匆匆，姜拂衣却在想燕澜为何要半夜杀鸡，和他这几日身体不适有关系？

她带柳藏酒出来挖鸡，一是避免燕澜被他戳穿，二是想瞧瞧这些鸡的死因。不是她好奇心重非得窥探燕澜的隐私，一路同行，她总要留意下他的身体状况。这第三嘛，天价买来的鸡，不吃几只，实在是太亏了。

正思忖着，迎面突然袭来一道寒光。

柳藏酒为了寻找柳寒妆，常年游走于各种危险地带，对于危险的反应，简直快到令人心疼，立马回撤到姜拂衣身边："小心！"

"啪！"柳藏酒甩出一条赤红长鞭，一鞭抽散了那道寒光。

"是谁在那里暗箭伤人？"

"若真想伤人，你区区一只小狐妖，岂能抵挡得住？"淡淡笑声响起，几个人走入他们的视野里。

姜拂衣认得出为首之人，昨天在城门外见过，是闻人世家派来做评判的儒修。

"弱水学宫，闻人枫。"闻人枫折起扇子，彬彬有礼地自报家门。

瞧见柳藏酒微微惊讶的表情，姜拂衣猜此人在弱水学宫地位不低，在神都估计也挺出名的。

闻人枫又夸赞道："不过你二人也算有本事，一个邪修，一只狐妖，我昨日与你们擦肩而过，竟没分辨出来，还需要我身旁的友人提醒。"

姜拂衣回忆起昨日马车里的另一人。看来她的感觉没错，确实有人在打量她。

对方果然是个狠角色。为了避免麻烦，她和柳藏酒都佩戴了能遮掩气息的灵符，寻常修行者是窥不出来的。

姜拂衣绕来前面："那你为何不当场抓住我们？"

闻人枫笑得高深莫测："你猜。"

姜拂衣蹙起眉："昨天你只带了十几只鹿，没带帮手，你那友人也不愿意帮你，你怕打不过我们？"

闻人枫脸上的笑容僵住。

姜拂衣"啊"了一声："还真是啊。"其实她心里门清，此人昨天掀帘子打量燕澜，应是从哪里分辨出燕澜是巫族人，却不知燕澜在族中的身份。与他同行的友人告知姜拂衣是邪修之后，他立马猜了出来。

整个云巅国，没有谁比闻人世家的消息更灵通。万象巫最近多了位邪修圣女，与圣女一起出行还敢走在前面的，应是少君。普通巫族人便算了，少君难得出门，不揍一顿能行？

可惜，闻人世家与万象巫即使有仇怨，有云巅国律法约束，也不可能无理由地见面就打。他不知燕澜深浅，更不敢轻易动手。而他身边那位友人并非闻人氏，不愿与万象巫为敌，不帮他。于是这厮连夜摇人，一大早跑来找碴。

闻人枫用折扇轻轻敲击掌心，笑道："你说得不错，我是担心不敌，却不是担心不敌你们，而是破庙里那位。唯有先擒下你们两个祸害，再去对付他。"

柳藏酒真想笑："你知道他是谁吗？"

闻人枫当然知道。正是因为知道，他才要避开燕澜先将姜拂衣这个邪修痛打一顿，稍后见了燕澜，再道歉说不知她是万象巫的圣女。

据他所了解的少君，定会出手报仇。回头上面怪下来，闻人枫的所作所为，挑不出一点毛病。幸好昨天人手不够，没有冲动。

闻人枫勾起嘴角，一扬折扇，示意众人将他们围住："你们两个妖邪对他亦步亦趋，他定然更是个厉害的妖魔，我还正想问问你们，我与我那友人都看不出，他究竟是个什么狗东西？"

姜拂衣瞥了他一眼。柳藏酒被气得不轻，他虽然讨厌燕澜，但好歹是一条绳上的蚂蚱，一损俱损："我看你才是狗，狗嘴里吐不出象牙！"也看出来和他废话没什么用，这家伙就是来找碴的，"呵，想抓我，那得拿出真本事来。"

柳藏酒甩动燃起红光的鞭子，却反身抽向后方，意图打开一个缺口，带着姜拂衣往后撤。

而对方也早有布局，他们几人的目的只是柳藏酒，顺势将他缠住。

姜拂衣反而被挤出了战圈。她也不跑，看向闻人枫："看来我的待遇不错，要劳烦闻人公子亲自动手。"

"冒犯了。"闻人枫依然是彬彬有礼的模样，旋即手中折扇朝姜拂衣的咽喉攻去。姜拂衣先感觉到耳鸣和目眩，这是神魂遭受攻击的先兆。

昨天从城外过来破庙，柳藏酒和她聊了几句闻人氏的功法。他们最擅长攻击敌人的神魂精神力。

闻人氏的镇族之宝，便是一柄戒尺，传闻有言灵之能。被戒尺打中时，闻人氏说出的要求，对方必定回应。

当然，那柄戒尺不是谁都可以用，也不是谁使用都有同样的效果。戒尺如今一定是在家主手中，不会交给闻人枫带出门的。但闻人枫手中的折扇，应与戒尺是同属性的。

姜拂衣召出自己的音灵花，血祭一气呵成，迅速释放出花香。巧了不是，她这朵花前阵子在六爻山翻出许多怨力碎片，沾染了大量怨力，虽极微弱，胜在积少成多。而怨力的形成，按照燕澜的解释，原本就是怨气附着于神魂之力。

他想攻击神魂，那就给他神魂。

姜拂衣掐诀，指向面前的音灵花："放！"一道道黑气从紫色的花朵里释放出来，汹涌澎湃地涌向闻人枫。

闻人枫瞳孔一缩，即刻展开折扇，扇柄在手中转了一圈，扇出一股强大的风旋。

姜拂衣掐紧了手诀，咬牙继续释放。攻击神魂精神力的术法，本身也需要施展者拥有强大的精神力。而这些神魂力量之中夹杂了怨气，他攻击时，必定痛苦。

闻人枫确实承受不住，他能控得住大量神魂，却无法抵挡怨气。害

怕遭受反噬，他不得已收回折扇，连连后退，想再施其他招数。但是姜拂衣不可能给他机会，收了音灵花，利索地拔出悬挂于腰间的心剑，冲破黑雾和风团的纠缠，以剑刃抵住闻人枫的咽喉。

闻人枫浑身紧绷，难以置信地看向姜拂衣。那些怨力是他大意了，并不足以惊讶。但她最后这是什么身法？并非剑术吧？给闻人枫的感觉，宛如陷入深海之后，顺水势冲撞来的强大海妖。

"你说你，何必呢？"姜拂衣一点儿也不懂得剑术，但闻人枫一动也不敢动，"你不就是想知道破庙里那人是谁？"

闻人枫讪讪地道："误会，姑娘，这都是误会……"

"我告诉你不就得了？"姜拂衣刻意压低声音，神神秘秘地笑道，"其实啊，他是你爹。"

闻人枫的下颚线越绷越紧，眼底逐渐浮出怒意。

此时，一个声音倏地响起："姑娘赢便赢了，何故出言辱人？我辈剑修可杀人，不可辱人的道理，授你剑道的师父难道不曾教过你？"

一时之间，声音像是从四面八方传来的。紧接着，一道剑气凛着骇人的威压，自右前方袭来。姜拂衣心神一凛，正想着迎敌的招数，只见燕澜自后方瞬闪而至。

燕澜先落在姜拂衣面前，又顶着剑气疾步前行十数步，旋即双手结印，在前方铸下一层光盾。须臾，剑尖抵住光盾，爆发出耀目的强光。

"砰！"盾碎那一刹，剑光同样消失。破碎之力冲撞下，两人各自向后退了好几步。

燕澜忍住微微向上翻涌的血气："你是天阙府的弟子？"

对方执剑之手亦是难止颤抖，遂将长剑背于身后："天阙府，漆随梦。"

姜拂衣也能认出漆随梦是天阙府的人。内着白色交领长袍，外罩一层轻薄的晴天蓝纱衣，长发以玉簪束得一丝不苟，是标准的天阙府装束。至于相貌，此人剑气虽霸道，却是个温和的长相，以及他散发出的气质，都像极了玉，无瑕又清润。奇怪的是，姜拂衣觉得他有几分面善，似乎曾在哪儿见过，但应该不是熟人。

　　姜拂衣记人总是爱记眼睛，他这双凤眸形状虽好，却有些无神。或者说，过于淡然。她没有印象。

　　思索中，听见燕澜质问的声音："你们天阙府是打算帮着弱水学宫，和我们万象巫为敌了？"

　　漆随梦微微欠身致歉："少君见谅，在下方才并无意伤害圣女。"

　　燕澜嗤笑："我知道你的目标是我，看到我来了，想逼我出手。"

　　漆随梦身为天阙府君无上夷的得意门生，如今同辈之中难寻敌手。剑修生性好战，难得遇到一个不知深浅，又同样名声在外的同辈，便想与之较量一二。

　　燕澜不难理解，因为正常情况下，他二人几乎没有交手的可能性。那位天阙府君虽然好多次借宝物不还，但与万象巫之间的关系一直还算不错。不然族老们也不会明知讨要困难，依然借给他。

　　漆随梦不曾反驳："我尾随闻人兄一起出门，原本是怕他惹祸。出剑，的确是临时起意。"

　　仍被剑刃抵住咽喉的闻人枫，脸色越发难看："现在放心了？"

　　漆随梦的视线绕过燕澜，看向闻人枫："闻人兄，是你错了，快些道歉。"

　　闻人枫不屑："我遇见妖邪，想出手拿下，何错之有？"

　　漆随梦道："此事我可以做证，昨日你便猜到了他们一行人的身份，

还是你告诉我的。"

"你……"闻人枫瞪大了眼睛，简直要被漆随梦气死。他紧紧一攥折扇，又放松下来，拱手道歉，态度瞧上去颇为诚恳，"是在下错了，求圣女谅解。稍后定奉上礼品，以示补偿。"

漆随梦收剑入鞘，也拱手："闻人兄出手同样是有些分寸的，此番万幸没有造成伤害……"他说着话，视线再往后探。柳藏酒已将那几人抽得快要爬不起来了。

漆随梦继续道："神都极为重视云州城这次的考核，如今考核在即，闻人枫身为考核官，不容有闪失。而在下，则被派来维系考核秩序，必须确保考核顺利进行。还希望少君与圣女，看在我天阙府的面子上，饶过他这次。待此事了结，回到神都，我定会如实上报，我可以向诸位保证，他定会依照律法受到应有的惩罚，天阙府绝不徇私。"

姜拂衣赶在燕澜开口之前道："好说。"这个面子是必须要给天阙府的，抛开万象巫与天阙府的交情，对姜拂衣来说，拿到相思鉴才是首要考虑的事情。区区一只突然跳出来的臭鱼烂虾，她毫不在意。

"那就按漆公子说的办吧。你们天阙府掌管云巅国的刑律，你既这样说，自然听你的。"姜拂衣利落地收剑。

闻人枫刚要放松，突地感觉脖颈一痛！竟是剑刃在他颈窝划出了一条深深的血线，虽不致命，但鲜血翻腾而出，汩汩外涌。

闻人枫一刹觉得自己的脖子断了，吓得双眼发黑，险些晕倒。幸好漆随梦瞬闪而来，将他扶住，抬掌凝气为他止血："无碍，你稳住。"可被心剑划出的伤口极难修复，漆随梦耗费许多灵力，仅能控住一半，只能让闻人枫自己用手捂住。

漆随梦近距离地凝视姜拂衣，他绷紧唇线，双眸终不再淡然，沉肃地道:"圣女的所作所为,我也会一并上报。"

姜拂衣害怕极了:"真是对不住,方才漆公子不是问我师父?其实我不是剑修,无人教我剑道。既不知修剑者可杀人不可辱人,也不知正确的收剑方式,不小心划到了。"

漆随梦一时被噎得无言以对。

"你、你……"这一连串的,闻人枫是真要厥过去,"你会不懂剑道?不懂剑道你随身带着剑出门?"

姜拂衣茫然:"不懂剑道为何不能随身带着剑?闻人公子不也整天带着脑子出门吗?"

"你……"除了"你",闻人枫已经说不出其他咒骂的话了,又痛又气又憋屈。他那几个满身鞭痕的手下,踉跄着过来将他扶走。

漆随梦拱手告别,不再多言。

燕澜喊住他:"漆公子。"

漆随梦驻足。

燕澜淡淡地道:"今日你我点到即止,稍后或许仍有机会分出个高下。"

漆随梦目露期待:"怎么说?"

燕澜道:"漆公子出门在外有所不知,我出行之前,已送拜帖去往天阙府,此番正是去你师门讨要我族宝物相思鉴,若仍不归还,我会硬抢。"

漆随梦怔住:"相思鉴?"

燕澜微微颔首:"借走十几年,无论我们怎样派人去催,始终不还,你不知道此事?"

漆随梦确实不知,师父不是这样的人,也从不管这些琐碎事,他怀疑是大师兄……

燕澜尾音里挑起一抹戏谑："漆公子的师父，果然是位好师父，只教你一些好的，以至于你这般坦坦荡荡，义正词严。舍妹可怜，没这样的好运气。"

漆随梦无语。原来在这儿等着他，还真是兄妹俩，一样的吃不得一点亏。

"抱歉，我方才失言了。"漆随梦面朝姜拂衣，"我不知你并非剑修，我对剑也算颇有研究，能感觉到你手中之剑，是柄难得的好剑，所以一时惋惜……"他没再说下去，"告辞。"

姜拂衣听懂了，在漆随梦看来，会说粗鄙之言的她，配不上这剑。至少还算识货，姜拂衣擦掉剑刃上的血，收剑归鞘，眼睛却忍不住追着漆随梦的背影望过去。她心底有一些异样，但又捉摸不清。

燕澜本想与她说话，见她失神，顺着她的视线，也看向漆随梦的背影。

"他是无上夷的关门弟子，才出生没多久便被无上夷发现他天生剑骨，是个千年不遇的奇才，带回了天阙府，养在膝下。"

姜拂衣收回视线："这么说来，漆随梦一直跟在天阙府君身边？"

燕澜摩挲手指："应该是吧。听闻无上夷极为重视他，早些年去往祁山小洞天修行，只将他一人带在身边。四年前，漆随梦自小洞天返还神都，即刻便成为同辈中的佼佼者。"

姜拂衣点点头，看来这位天之骄子与自己一点交集也没有。正思忖着，听见柳藏酒痛叫一声。姜拂衣连忙转头，见柳藏酒正给受伤的手臂涂药。

姜拂衣见他气息稳定，仅仅是手臂被擦出一道轻微的血口子："你不是号称一百透骨鞭也打不倒？涂个药罢了，你鬼叫什么？"

"打不倒我，不代表我不怕疼啊。"柳藏酒骂骂咧咧地走上前，抛着手里的药瓶子,"你有没有受伤?"

"没有。"姜拂衣倒是挺担心燕澜的。他这几日身体明显出了问题,还是大问题,方才接了漆随梦一剑,现在不知道状况如何。但姜拂衣早摸清了燕澜爱"装",他不会将伤势或者脆弱暴露出来的。

姜拂衣问道:"大哥,云州城这次的考核,只能是神都弟子才可以参加?咱们万象巫有没有资格?"

燕澜微怔:"你想参加?"

姜拂衣应了声"是",继续说:"临阵对敌,我缺乏经验,会手忙脚乱,想趁这个机会锻炼一下。当然,你若是不想浪费时间,那咱们继续出发。"

燕澜自然没有意见。这对他而言是个好提议,之前为了压制寄魂,身体损伤不小,他挺想休息几日。

姜拂衣松了口气,真怕他逞强。当然,她也没那么体贴,不全是为燕澜着想,她是真心想去历练。"父亲"只是姜拂衣一个渺茫的希望。极北之海的封印,或许最终还是要落在她的身上,而"封印",又是姜拂衣不得不去直面的恐惧。那么从现在开始,和"封印"相关的一切,如有可能,姜拂衣都想去探究一番。有个擅长封印之术的大巫在身边,恰好可以顺势请教。

燕澜抬步:"走吧,咱们去云州城。"

姜拂衣正准备跟上去,柳藏酒喊住她:"不去后山挖鸡了啊?"

燕澜脚步一顿,如今一听到"鸡",手指就忍不住微颤。

"哦,对。"姜拂衣又拐回去,"险些忘记了。"

燕澜的嗓音不太自然:"我去城里等你们。"

"好。"姜拂衣知道怎么找燕澜。燕澜住的一定是城中看上去最干

净最阔绰的客栈。

云州城自从闻人枫和漆随梦来了之后,便开放了城门,不再阻止百姓入内。

姜拂衣和柳藏酒去到客栈时,燕澜已经订好了房间,人却不在客栈里。姜拂衣等了他一天,傍晚时分,忍不住出门寻找。那些神都来的修行者,听说全住在城主府,燕澜或许是去帮她报名了,却不知被何事耽搁。

姜拂衣打听过方位之后,往城主府走,才穿过一条巷子,便暴雨倾盆。她忙去附近的屋檐下躲避,虽说可以掐个诀,但灵力不是这样浪费的。可恨盗走她储物坠子的贼,伞都没给她留下一把。

远处城主府的高楼上,漆随梦伫立在窗口,视线穿过重重障碍物,落在那处低矮的屋檐下。漆随梦从储物戒指里取出一把伞,施了法,本想推过去,又疑惑着收回来。半晌,他再次施法,诀还没念完,又一次掐灭。

闻人枫脸色惨白,躺在后方的藤椅上:"漆兄,你在那儿做什么?"

漆随梦心头纷乱,脱口而出:"万象巫那位姜姑娘……"

一提起姜拂衣,闻人枫几乎要从藤椅上跳起来,奈何脖子上的伤口覆着厚厚的草药,还在往外渗血。

漆随梦略微失神:"从昨日城外擦肩而过,我便觉得她有些特别,是以才多打量了几眼,发现她是个尸傀邪修。"若不刻意打量,他难以察觉。

闻人枫扶着额头,连生气的力气都没有,虚弱地冷笑道:"是很特别,特别该死。"

漆随梦自顾自道:"你也知道我天生色弱……"看这世间万物,都宛如氤氲在烟雨之中的水墨画。姜拂衣却有一些朦胧的色彩。漆随梦斟酌良久，"该怎样解释，姜姑娘在我眼中，似乎会发光？"

闻人枫真想翻白眼："漆兄，那女人不是似乎会发光，她是真的会发光。"

漆随梦不解其意："嗯？"

闻人枫忍痛坐直身体，正色道："你们看不出来，我却懂，她穿的衣裙，是由西海国的国宝云蚕丝织就而成的，能抵抗世间绝大部分的风火雷电。

"她那根发簪看到了吗？传说是孔雀明王留在人间的护身法器，你先前那一剑，若燕澜不挡，也会被它挡下。

"还有她那对耳坠，以及手腕上的发箍，镶嵌的全是天麟五彩石，没什么作用，就是稀有、漂亮、值钱，随便抠下来一颗就够你们整个天阙府花销十年，你说她会不会发光？会不会发光？"

漆随梦沉默。亏他困扰了一整夜，原来竟是财富的光芒。漆随梦暂时找到了原因，不再朝远处屋檐下眺望，慢慢合上了窗户。

"不过话说回来，姜拂衣穿戴这些，都只是毛毛雨罢了，根本不值一提。万象巫的藏宝库里，那些数之不尽的宝物，尤其是神族馈赠的神器，才是七境九国的心头血。"闻人枫重新躺下，"你当我们弱水学宫和万象巫的仇怨是打哪儿来的？"

漆随梦从窗口走回来，盘膝坐在矮几后："鸢南之战？"他隐约知道一些，千年前云巅国攻打能够直通万象巫的鸢南，正是弱水学宫提议的。鸢南之战后，万象巫献上天灯，归顺云巅，每年上供。

闻人枫拿起杯子喝了几口茶水："鸢南那鬼地方，从地面到高空处处是瘴毒，人烟稀少，狗都不去。是我们家族耗费上百年才开辟出来一

条路，你知不知道我们死了多少族人和弟子？"当然，万象巫同样死了很多。

归顺之后，稳定下来的巫族以极毒辣的咒术，对闻人氏采取了疯狂的报复。闻人枫的曾祖父，半只脚都快迈进地仙位阶了，硬生生被他们咒死，奈何没有证据，不能明着复仇。

漆随梦沉默片刻："巫族隐居避世，是你们非要去抢……"据他所知，鸢南之战，云巅大部分的宗门世家都有参与，而他们天阙府始终是持反对意见的，想来太师父也是看不惯这种强盗行径。

闻人枫对漆随梦今早揭穿他的行为怀恨在心，瞥他一眼，眼神里写满了"你清高"："漆兄，有些事情你根本不了解，巫族并不是你想象的那样，他们其实……"

漆随梦："巫族怎么了？"

闻人枫摇摇头："算了，说出来你也不信。这么说吧，你们是不当家不知油盐贵，我们负责编纂天地人才榜，发放资源，资助修炼，最清楚其中耗费。最重要的是，咱们云巅不攻，其他势力也会攻，万象巫那些宝物落在敌国手中，往后都会变成诛杀咱们的利器，必须未雨绸缪。

"只可惜啊，都攻到眼前了，才发现万象巫这座城并不是造出来的，它本身竟是个巨大的防御法宝。喊来几十位炼宝师，几十年都找不出拆解法宝的办法。实在耗不动了，无奈之下才接受他们的归顺。"

漆随梦沉默不语。

"行了，不说这些污你耳朵了，我知道在你眼中，我们肮脏阴险。"闻人枫摆了摆手，"你大师兄派你来与我共事，真是委屈你了。"

"闻人兄言重。"漆随梦确实看不惯，也无法理解这种未雨绸缪。但闻人枫除了此次主动跑去招惹燕澜，以往做人还算规矩。漆随梦自从回去神都，见过太多满口仁义道德，实际满心险恶算计的人，反倒觉得闻人枫这种从不遮掩坏心思的"卑鄙小人"，更容易相处。

"我只是希望，你莫要在考核期间，故意针对巫族。"漆随梦低头看向矮几上摆放的名单，尾部新增了一行字：万象巫圣女，姜拂衣。

"我都这样了，我还能干什么？"闻人枫朝他伸脖子，恨不得像王八一样伸到他面前去，让他仔细瞧瞧自己一直流血的伤口，又冷笑道，"再说，考核原本就是要考验他们的本事，任何意外都要算在其中，你以为生死状签着玩的？"

漆随梦道："我是提醒你，我窥探不出姜姑娘的路数，但燕澜绝对不是你能惹得起的人。真将燕澜惹恼了，在这里没人能护得住你。即使回去神都，恐怕也只有你那贵为家主的叔父有这个本事。"

闻人枫不屑："你都不曾使用自己的本命剑，更没尽全力，他却只能和你打个平手。"

漆随梦想说那是因为燕澜原本就受了重伤，但怕闻人枫知道以后越发要去寻仇，只能道："总之，你最好听我的。"

闻人枫不想再讨论这个话题："对了，你双目色弱的问题，从没想过治一下？"

话题转得太快，漆随梦微微愣了愣，随后摇头。

师父说，世间繁花迷人眼，万般颜色惑道心。眼中只有水墨山河，于他而言，兴许是一桩好事，能助他静心修行。漆随梦深以为然。尤其是他昨日隐约窥见"颜色"的一刻，更是从心底体会到，师父的教导果真不虚。

姜拂衣没等到雨停，却等到了燕澜。他穿着一身样式简单却质感上

乘的黑衣，撑着伞从巷尾缓步走来。若非认识，这雨夜里瞧上去极有压迫感。

燕澜眉眼幽深，鼻梁高耸，整体轮廓十分立体，又少年老成，整天绷着脸。如果说漆随梦像温润的玉，那燕澜就像一把冰刀，又冷又锋利。可惜见过燕澜脸红的模样，在姜拂衣心中，这把冰刀已经碎成了冰碴儿。

燕澜正打算回客栈，瞧见姜拂衣在屋檐下站着，便朝她走过去："阿拂，你在这里做什么？"当着柳藏酒的面，燕澜喊习惯了"阿拂"。如今只有他俩，再改口喊她"姜姑娘"，反而有些奇怪。

姜拂衣见他并无异样，笑道："以为大哥被人刁难，打算去城主府瞧瞧。"

"想多了，这里不是神都，能刁难住我的人不多。"

姜拂衣问："你帮我报名了？"

燕澜"嗯"了一声："还要等几日，有些学子还没到。"

姜拂衣点头。

燕澜提醒："你不要嫌我啰唆。必须小心闻人枫，闻人氏与我们万象巫之间的仇怨由来已久，是个解不开的死结。"若不是看到姜拂衣今日能治住他，燕澜原本不该答应她参加。

"我会小心的。"姜拂衣笑道，"我本意就是历练，他使绊子正好给我练手。"

燕澜便不再多说，又从储物戒指里取出一把伞，递过去。她接过，却不撑开。

"还有事？"燕澜问。

"我想看会儿雨。"姜拂衣方才心里只想着雨停，此刻漫无目的，反而生出点闲情，将手掌探出屋檐，静静看着雨水落在掌心。她对水，始终带着深深的眷恋，即使那是曾经困住她的牢笼。

"那你看，我先回去。"燕澜可没兴趣看雨。万象巫处于雨林中央，一年有一半时间都在下雨，他最厌烦的就是黏糊糊的雨季。

"好。"

燕澜扔下她往前走，没走出几步又退回来。他站在雨中，朝台阶上的姜拂衣伸出手："此物先给你，省得我又忘记。"

"嗯？"姜拂衣看着他掌心中晶莹剔透的铃铛。

"储物铃。"燕澜道，"之前父亲只吩咐我为你准备一些衣裳首饰，我不知你没有储物用具。"他看到她用簪子绾发时，将发箍戴在手上，用发箍扎马尾时，将簪子别在腰间，以为她是爱不释手，才不收起来。

燕澜嘴上不说，心中对自己挑选物品的眼光赞不绝口。谁知途经六爻山时，姜拂衣去往棺材寻找储物坠，他才知道，原来纯属没地方放。

"我在六爻山唤了一只黑雀回去万象巫，取了铃铛来，昨晚上才送到的，早上因为……一些变故，忘记拿给你。"

姜拂衣不理解："城里买一个就好了，何必回去取？"

燕澜道："储物用具说起来也算重要物品，外面买来的，总是不如族中藏宝。"

姜拂衣一时没有动作。之前收燕澜礼物，都是在魔鬼沼。剑笙前辈一口一个"因果"，动不动拿心剑说事，姜拂衣推都推不掉。如今出了魔鬼沼，再收燕澜贵重的物品，不合适吧？

燕澜又说："这只储物铃还有其他用处，你若遇到急事或危险，频繁催动这枚铃铛，若距离不算太远，我可以感知到。出门在外，比较方便。"

姜拂衣心中没了负担，却生出疑问："多远算是太远？"

燕澜也不知道，他只是忽然想起宝库里有这么个东西，以前从未使

用过:"稍后你我试试距离。"

姜拂衣眯起眼睛:"摇铃喊人来,听上去,我像是条有主人的狗啊。"

他无奈地解释:"你莫误会,你当我为何能够感知?因为黑雀带回来的是一对铃铛,此宝名为'同归',另一只在我手中。我若辱你是狗,那我也是。"

姜拂衣逗他而已,伸手去拿那只铃铛。铃铛很小,姜拂衣以拇指与食指尖去捏,为避免碰触到他的掌心。不是避什么男女之防,是燕澜讲究。之前穿越星盘通道,燕澜拉她手腕,原本就戴着巫族的黑手套,还要隔着她的衣袖。

但她这只手刚接过雨水,捏的动作微慢,一连串水珠子顺着她的手指,从指尖滴落到他掌心里。姜拂衣心里立马"咯噔"一声,完蛋。这都是屋檐上落下来的,有一些脏。她飞快地瞟了燕澜一眼,好在燕澜并未在意。他只说:"你继续看吧,我回去了。"

"我也回去。"姜拂衣看雨的兴致已经散了。

燕澜回到房间里,先从聚灵壶里抽出一些怨力碎片。应允过的事情,即使身体不适,他每天也要抽空回溯。而当他灵力不支时,寄魂就会格外活跃。燕澜将它放出来,它滚落在地,一显出瘦猴子的身形,便开始嗷嗷喊饿:"妖兽呢?妖兽呢?"

燕澜声色冷淡:"没有妖兽给你吃,最近我们不会离开云州城,而且我需要闭关调息几日。"

瘦猴子正要大叫,燕澜又道:"明天我会给你准备大量口粮,足够你吃上十天半个月。"

燕澜今天消失一整天,除了去城主府,其他时候都在集市上,已经对当地的物价有了一个初步的了解。他付了定金,找许多商户分别订了不少家禽，明日一早去取。入乡随俗而已，没有什么能难倒他。

早上，燕澜去往集市，姜拂衣则去了城主府。昨夜姜拂衣听了半宿的雨打窗户，突然想起自己上岸最初，第一个要去寻找的正是天阙府君无上夷。只是得知心剑在剑笙前辈手中几十年之后，她心中自动将无上夷给排除了。

无上夷年少所得的神剑，陪他杀伐半生。他从不忌讳别人谈论，说他一半的成就要归功于神剑之威，甚至引以为傲。他不太可能丢剑，真丢了也不会不寻。但事无绝对，姜拂衣眼前反正有个机会，决定去找漆随梦问问他师父的事。

有巫族圣女这个身份在，守卫不敢怠慢，不管漆随梦见不见，也要恭敬地领着她往府里走。

这一路走过去，收获了一些打量的目光。稍后既是对手，也是同伴，因此，他们目光中多半只是好奇。姜拂衣也瞧见几个出来闲逛聊天的人，都是神都刚出茅庐的少男少女，和她现在的面貌差不多大，十七八岁的模样，还有更小的。

"她和她哥哥怎么长得一点也不像？"

"两人并非同母。"

"都好看。"

"姜姑娘？"漆随梦听到禀告，穿廊走来，看到院中真是她，颇有些意外。

姜拂衣寻声望去，那股熟悉又陌生的感觉再次袭来。这也是她忽然又怀疑起无上夷的原因，猜测是不是无上夷和心剑待久了，而漆随梦又和无上夷待久了的缘故。

"漆公子,我想和你单独聊几句,不知道你有没有空?"

漆随梦看着这抹"色彩"慢慢靠近自己,不知为何,蓦地有些想要后退。但姜拂衣先停住了脚步。

怎么回事?姜拂衣摸了摸自己的手腕,昨晚她将燕澜赠的那只铃铛绑在了手腕上,此时感觉这铃铛有些异样。

难道燕澜出事了?她稍稍感知,发现是铃铛越来越沉。储物用具不是无限容纳的,塞的东西也会产生重量,可她什么都还没往里面放呢。

姜拂衣凝结感知力,进入这铃铛,瞬间吓了一大跳,只见里面大笼子叠着小笼子,满满当当的全是鸡鸭鹅。正诧异时,凭空又冒出来一大堆笼子。满脑子家禽牲畜的叫唤声,姜拂衣整个人都蒙了,好半天才清醒过来,这全是燕澜收纳进来的。

铃铛名为"同归",应是殊途同归的"同归",意指通过不同的途径进入,最终归于一处。也就是说,她与燕澜手中这两个储物铃铛不是一般的高级,内部空间竟然是共享的,看样子燕澜好像不知道。

不过也能理解,万象巫里的宝物数以十万计,燕澜哪可能每一件都知根知底。而此时,姜拂衣几乎能确定燕澜的身体不适,与寄魂有关。之前那些鸡,都是缺了魂魄。这些囤养起来的家禽,应也是为了取魂。寄魂出了岔子,无法从寄主身上得到充分的魂力,燕澜才会出此下策。

"姜姑娘?"漆随梦见她原本正朝着自己走来,却蓦地停在半途,她摩挲着手腕上的玉质铃铛,眉头紧蹙,一副忧心忡忡的模样。他轻唤一声,也不见她有任何反应。

漆随梦遂不再打扰,隔着一两丈的距离,默默注视着她。他也知道自己这样肆无忌惮地紧盯一位相识不足一日的女子,是一件很无礼的事情,但视线就是无法从她身上挪开。书上说,"那少女的两颊粉若桃花",

原来桃花粉是这种颜色。

姜拂衣回过神来，视线恰好与他对上。但漆随梦的眼睛总是很"淡"，她感受不到一丁点他自以为的肆无忌惮。

姜拂衣再次提步走过去："不好意思，刚才突然怀疑自己出来时，有没有关好房门。"

理由真够糊弄，但漆随梦心虚垂眸："不知姜姑娘寻在下何事？"

姜拂衣左右环顾："这里说话方不方便？"

漆随梦会意："这边请。"

姜拂衣随着他一起去往城主府的后花园。清晨时分，又是暴雨初晴，园子里山水掩映，鸟语花香。姜拂衣无暇欣赏，她手腕上的铃铛太沉了，绳子都将皮肤勒出了一道红痕。

漆随梦在湖边停下来："姑娘可以说了。"

姜拂衣没什么客套的心情，解下腰间的心剑递过去："漆公子昨天说起这是一柄好剑？"

"嗯。"漆随梦寻思她是请自己鉴赏，毫不迟疑地接过，想要拔出来。试了两次，纹丝不动。第三次，他掌心凝聚起剑气，依然拔不动。

姜拂衣看在眼里："我来吧。"她将剑拿回，轻松拔出来，又递过去。

漆随梦这下并没有立刻接，以为她是为昨天自己出言"教训"的事生气，道过歉了，还要过来羞辱他一通。但他也只是迟疑片刻，仍然接过来。

等视线回到剑上，漆随梦的注意力立即被吸引。鉴赏过后，漆随梦的感叹和剑笙如出一辙："姑娘之前拔剑时，我仅能感觉到是一柄好剑。如今仔细看，才发现此剑之妙，几乎没有铸造的痕迹，犹如天生。"

姜拂衣心道那当然，石心人铸剑，并不是剜心出来当材料，再去以

-094-

剑炉铸造。铸剑的过程，全凭石心人的意念。心随意动，是以意识为剑炉的。因此，心脏就算被人剜走也没用，宝剑需要石心人亲自来铸。当然，可以是被迫的。只不过，剜心之后必须立刻铸成。若是等到心脏开始再生，之前的心脏就会变成一块无用的石头。

石心人真是像极了燕澜口中说的，是一种超出世人认知的强悍怪物。本该被神族驱逐进"眼睛"里。

其实姜拂衣对"强悍"两个字表示怀疑。石心人有意识铸剑的强大本领，却没有修炼剑道的天赋，只能拿来售卖，一柄剑就能发家致富。或者像母亲那样，为了挣脱封印，用以投资剑修。天道，在创造物种之时，始终是遵循一定规则的，不会令其太过强悍。

但不死不火，只能封印，和现今尚存的物种相比，确实已经是顶满格的"强悍"了。而且抛开剑道，石心人修习其他术法，天赋也不是普通人族能比的。

嗯？这些母亲从未告诉过她，为何像是突然知道了？本能觉醒？

姜拂衣正疑惑，听见漆随梦问："姜姑娘可否告知在下，此剑是出自哪位名家之手？"

姜拂衣摇了摇头："剑是我捡来的，我正在寻找它的主人。"

漆随梦：……又来糊弄，她可以轻松拔剑出鞘，不可能是捡来的。

姜拂衣斟酌着问："你是剑修，应也最了解剑修，可曾听说有谁丢剑？"

漆随梦凝眸回忆："能够拥有此剑，剑主来头必然不小，可我不曾听说谁丢了剑，或许是哪位陨落在外的剑宗前辈？"

"剑主还活着。"姜拂衣试探道，"漆公子，不知天阙府君有没有丢过剑？"

"我师父？"漆随梦微微一愣，"你兄妹二人前往我天阙府，难道怀疑此剑是我师父丢的？想以它换回相思鉴？"

姜拂衣也不解释："那究竟是不是呢？"

漆随梦抿了抿唇："家师并没有收集名剑的习惯，手中仅有一剑，名碎星，年少时得来，始终相伴左右。"

姜拂衣质疑："从未丢过？"

漆随梦回复得极为肯定："剑在人在。"

好吧，姜拂衣伸手讨要心剑："那看来不是天阙府君的。"

漆随梦还给她："姑娘失望了？"

姜拂衣耸了耸肩："谈不上失望，有些心烦。我受人所托，必须将此剑物归原主，又排除了一个可能性。"

漆随梦承诺："稍后我帮你打听打听。"

"多谢。"姜拂衣收剑归鞘，"那我不打扰漆公子了。"

漆随梦下意识地想说"不打扰，我闲得很"，微微一怔，旋即拱手："姑娘慢走。"

姜拂衣转身往回走，眼尾余光一瞥间，突地看到侧方假山后藏着一抹衣角，似乎在偷窥她。姜拂衣当即迈步上前质问："是谁在那里鬼鬼祟祟，见不得人？"

那衣角刺溜收了回去。

"无妨的，周围有我设下的剑气结界，他听不到你我谈论。"漆随梦早知那里有人，"他是我大师兄的弟子陆吟，我的一位师侄，也参加此次的考核。应是听说我竟与女子来了后花园单独聊天，好奇心驱使，过来看一眼。"

姜拂衣放松警惕，收回迈向假山的步子。

-096-

漆随梦想了想："姜姑娘，关于你兄长指责我师父借宝物不还一事，我想我有必要解释一下。"

姜拂衣："嗯？"

漆随梦蹙眉："我师父近几年来已经摸到了地仙境界的门槛，多半时间是在闭关。天阙府如今大小事务，都是由我大师兄代为处理，万象巫送来的帖子，几乎送不到我师父眼前。"

姜拂衣道："你的意思是，装聋作哑不肯归还的是你大师兄？"

漆随梦稍作沉默："我只敢保证，绝对不会是我师父。"

姜拂衣听出来了，师父做不出这种事，大师兄不一定。漆随梦和他大师兄林危行的关系看来不太好。能理解，在天才剑修漆随梦出现之前，林危行一直是天阙府君最得意的门生，也是天阙府的门面，手底下一众师弟师妹，没一个比得上他。

漆随梦猜到她在想什么，忙解释："莫要误会，大师兄对我并无苛待，只是……"

这并不关姜拂衣的事，她不在意，笑着说："那稍后我们去了天阙府讨要相思鉴，恐怕还要漆公子帮忙美言几句。"

漆随梦惭愧。他的美言，大师兄不会听，指不定还会火上浇油。

陆吟从假山后撤走。

"陆吟，我听说巫族圣女来见你家小师叔，你家小师叔将她带去了后花园，是不是真的？"

"陆吟？我喊你呢，陆吟！"

路上有人和陆吟说话，他也置之不理，闷着头回了自己的房间。锁上门，开启门禁封印之后，陆吟从储物戒指中取出一张符纸，施展法术。

符纸从他掌心飞出，他师父林危行冷淡的声音从内透了出来。

——"考核开始了？"

陆吟忙道："还没有。"

——"那你为何使用此符？难道不知道自己手中这张符有多珍贵？"

陆吟当然知道，传音符并不罕见，但能从神都横跨大半个云巅国，抵达边陲云州城的传音符，少之又少。是师父特意拿出来，为他在考核中留后路的。不到万不得已，陆吟哪里会用："师父，您知道徒儿看见谁了吗？"

——"谁？值得你如此大惊小怪。"

"是、是江珍珠！"陆吟的语气透出深深的难以置信，"不对，是万象巫的圣女姜拂衣，尽管光鲜亮丽的，徒儿也能认出，她和江珍珠长得一模一样！"

漆随梦送姜拂衣离开城主府，两人再次告别。姜拂衣往街上走，漆随梦目送那抹"色彩"与他渐行渐远，心底浮出一些说不清道不明的怅然若失。

而姜拂衣并未察觉，她的注意力都在铃铛上。她和漆随梦聊会儿天的过程中，铃铛变重许多次，手腕被铃铛坠得快要抬不起来了。

姜拂衣解下铃铛，凝聚感知力再次窥视。好得很，里面彻底没有能下脚的地方。她该怎样不伤面子地提醒燕澜一声，让他知道这储物空间是共享的，给她留点地方放东西？

姜拂衣目前买不起一个新的储物用具，她手上一个铜板都没有。更何况，她若是换个新的使用，燕澜一定会问，随后便会发现"同归"的秘密，就他那张薄脸皮，指不定会怎样尴尬。主要原因在于寄魂是个秘密，

-098-

燕澜无法解释他这接二连三的怪异举动。

姜拂衣冥思苦想后，赶紧跑回客栈去，问柳藏酒借了点钱，又跑出门。

燕澜刚离开集市，一个身影快马加鞭地往城主府里跑，去见闻人枫："闻人大人，就是这个人。"

云州城正值多事之秋，闻人枫经验丰富，人还未到，便派了不少人手监察各处。昨晚听闻有个人预定了大量家禽，不仅扫荡了云州城，连周围几个城镇也全被包圆了。手下觉得有些诡异，便递了画像过来。

闻人枫躺在藤椅上养伤，眼珠一转，往那画像上瞄去。待分辨出是谁后，闻人枫摆了摆手："我当是谁呢，没事，不必管他。这是只狐妖，狐狸吃家禽，天经地义的事情。"他让手下撤走，莫要耽误自己休息。

闭上眼睛后，闻人枫又蓦地轻笑一声，像是被逗笑了："一只狐狸，办事还挺讲究。"

燕澜穿过一条僻静的巷子，解除幻形咒，恢复自己原本的模样。该考虑的，燕澜全考虑了。采买这么多的家禽，只有"狐狸"最为合理。再一个，让燕澜顶着自己的真身去和集市里的商贩谈论家禽买卖，他还真是有点……抹不开脸。好在就这样神不知鬼不觉地做完了。

燕澜拿着自己这枚铃铛，往客栈方向走。快要走到客栈门口时，他忽然感觉铃铛有些异样。燕澜第一反应便是姜拂衣是不是出了什么事，立刻攥在手心里感知，发现异样竟是从铃铛内部传来的。燕澜凝聚感知力入内，里面全是他的战利品，并无不妥。正准备撤出来时，空间内部突地凭空落下来一些瓶瓶罐罐，"丁零当啷"地砸在那些家禽笼子上。

燕澜稍微一探，瞳孔紧缩，竟是些胭脂水粉。而且，好几个笼子上还散落着女子的簇新衣裙。

这是……姜拂衣扔进来的？她带着储物铃去采买物品了？

燕澜也是一刹便想清楚了"同归"的真正含义，顿时脊背紧绷。

这……寄魂之事是绝对不能说出口的，该如何解释？不是，她会这样乱扔，是不是说明她还没发现？无论如何，燕澜得先将那些家禽转到自己的储物戒指里。但他的戒指原本就塞了不少宝物，没有那么大的空间，只能转移一大半，剩下的一小半实在装不进去了，现在就算扔，都没地方扔，总不能全部丢在街道上。

燕澜思索片刻，迅速做出决定。他先回到客栈里，去敲柳藏酒的房门。

柳藏酒今天睡个懒觉，先是被姜拂衣吵醒借钱，又被燕澜吵醒，心中不忿。本想骂人，但瞧见燕澜面色不虞，他怵得慌："什么事？"

"打开你的储物戒指。"燕澜伸手讨要，"昨天你为护着舍妹受伤，我买了些礼物赠你。"

柳藏酒摸不着头脑，反正自己储物戒指里没什么值钱的东西，索性打开，扔给他。等再收回来时，柳藏酒漫不经心地往里一探，顿时惊呆，竟然是成千上万的家禽："这、这也太多了吧？"够他一路吃到神都。"无功不受禄，不行不行。"柳藏酒逼迫自己移开目光，忍痛让他拿走。

燕澜推回去："而且闻人枫是冲着我来的，不补偿你，我心中实在过意不去。"

这回，柳藏酒不得不对燕澜有所改观了。原本瞧他一副欠揍的模样，竟是面冷心热，出手还如此阔绰。行，过往恩怨一笔勾销。燕澜这个朋友，柳藏酒决定交了。

姜拂衣回到客栈，瞧见柳藏酒坐在一楼大堂里喝酒。柳藏酒朝她招招手："小姜，你借我的钱，你大哥已经帮你还了。"

姜拂衣走过去坐下："你告诉他了？"

柳藏酒笑嘻嘻地道："你大哥刚才送了我好多食物，你欠的区区一

点银子,哪里还能让你还。"

姜拂衣听他讲完,心想燕澜还挺机智,知道把一部分送给柳藏酒,就算她发现了那些家禽,也算是个理由。

柳藏酒挑眉:"你先前和我说,你大哥打我是为我好,免得我遭受透骨鞭刑,我原先不信,现在信了。"

姜拂衣:"……你先前说,你为了寻你三姐,上天下海妖境魔域的闯了十来年,我倒是起了疑心。"

柳藏酒纳闷:"为何?"

姜拂衣托着腮:"如此危险,你是怎么活下来的?"

柳藏酒拍了下胸脯:"我是九尾狐啊,我有九条命。"

姜拂衣微怔:"你不是只有一条尾巴?"

柳藏酒叹气:"因为死得只剩下一条命了,丢一条命,就会少一条尾巴。"

姜拂衣皱起眉:"真的假的?"

"当然是假的。"柳藏酒啼笑皆非的模样,"这种鬼话你都信,你也太可爱了吧?"

姜拂衣:……欺负人啊!

她只了解海妖,对陆地妖怪几乎一无所知,忍不住笑起来。

柳藏酒吃得太饱,渴得慌,仰头喝完整壶酒:"这就对了,多笑一笑,别学你大哥一样整天绷着个脸。我三姐从前常说,运气和心境有一定的关系,心境好,周身环绕的都是清气,运气自然会好。"故而柳藏酒遇事不爱纠结,怕运气跑了,再也找不到柳寒妆。他站起身伸了个懒腰,吃饱喝足,继续回房睡觉。

姜拂衣摸了摸眉心。见过漆随梦,排除掉天阙府君,她回来这一路,心情确实不怎么好。

二楼,燕澜背靠廊柱站着。他原本想看姜拂衣的反应,最后多看了柳藏酒一眼。姜拂衣喊道:"大哥。"

燕澜目望她快步上楼。姜拂衣来到他面前:"我早上去了趟城主府,漆随梦告诉我,天阙府君多年不管事了,藏着相思鉴不给的是林危行。"

燕澜先是"嗯"了一声,又问:"你去找漆随梦做什么?"

姜拂衣道:"问他师父有没有丢过剑。"

结果显而易见,燕澜道:"也没必要问,拿到相思鉴自然会知晓。"

"心里着急。"姜拂衣叹了口气,丢下燕澜,推门回房间里去。

燕澜看着房门合上,一切如常,猜她并没有发现同归的用途。他回去房间,盘膝打坐,心还是静不下来。羞于启齿,又不能解释,四处漏风,缝缝补补。燕澜觉得自己这两日的行为着实有些可笑,而将他陷入这种可笑境地的,正是寄魂。顶着灭族之灾,寄魂又是他主动选择的,又该怪谁?闻人氏?云巅国?最终不过是世人的贪欲罢了。

每次想到这里,燕澜便会难以自持,身体里似乎藏着一把火,焚烧得他骨头痛,心底有个声音,一直在诱惑着他去打开五浊恶世的大门。

燕澜唯有强迫自己不去想,转开念头,去想别的。这一转念,燕澜的瞳孔骤然一缩。他的脸色逐渐冷肃,薄唇也越绷越紧。

燕澜起身,走出房间去敲隔壁的门。

姜拂衣才把门打开,一声"大哥"还没喊出口,手腕突然被燕澜抓住。房门被袖风"砰"地带上,姜拂衣心头"咯噔"一声。

燕澜看上去不太对劲,在姜拂衣眼里,好像原本碎掉的冰碴,又重新凝聚回锋利的冰刀,且还淬上了见血封喉的毒。等注意到燕澜的视线定格在她的手腕上,姜拂衣终于明白,自己露了馅。她手腕被系铃铛的绳子勒出一条深深的红痕，刚才当着燕澜的面开门，露了出来，被他看到了。燕澜猜出她早已知道。

这下尴尬的好像是姜拂衣，且看他这副表情，该不会误会自己故意戏弄他吧？

姜拂衣正要解释，燕澜冷冷地开口："你果然能够看到寄魂。"

姜拂衣屏住了呼吸。

燕澜质问："万象巫，我测试灵珑时，你看到了寄魂，是不是？"当时寄魂告诉他，他并未当回事，那会儿并不觉得姜拂衣有这种本事。姜拂衣在魔鬼沼住下后，他更是将此事抛诸脑后。

但如今燕澜已然知道她不简单，她并不是个邪修，父亲教她尸傀邪修本该会的傀儡术，是用来掩人耳目的。

掩盖什么？掩盖她心脏不会跳动，却依然还能行动自如的怪异。

"你不仅可以看到寄魂，还知道它的用途。所以知道村子里那些鸡，是被我取魂了，知道我塞进同归里的那些，也是为了饲养寄魂。你遮遮掩掩，最担心的，是怕我不好解释。"燕澜手劲儿渐狠，姜拂衣手背上的青筋都凸了起来。

姜拂衣冷静下来，反问道："所以呢，我是担心错了？我不该担心？"

简单一句问话，宛如迎头泼了燕澜一盆冰水，浇灭了他心底不断上蹿的暴戾。

姜拂衣这般聪慧的人，若想不露破绽，大可以直接拆穿，问他为何去杀鸡取魂，还采买大量家禽。如此一来，就能排除她知晓寄魂的事情。但她没有，她选择帮着他一起隐瞒。或者说，她的第一反应，是帮他一起隐瞒。不想他迫于无奈编造谎话，不愿他为这些怪异的行为感到难堪。

燕澜松开了她，目光依旧冷然："你得知了我族的隐秘，不怕我杀了你?"

姜拂衣当时怕,现在毫不担心,笑道:"我族?我如今难道不是万象巫的圣女?而且你杀了我,你要怎样和你爹交代?不就是秘密嘛,谁还没有秘密了,你那能被一眼看穿的秘密,在我这里,根本不值一提,信不信我随随便便讲出十个八个给你听?"

燕澜一怔。

姜拂衣手腕疼得厉害,先是被勒出红痕,又是被抓出指印。她"嘶"了口气,转身走去窗口处的长椅坐下,不去看燕澜:"大哥,我出山只为寻父,替母亲讨个说法,旁人一切,与我无关,我也毫无兴趣。我会担心你,顾念着你,并不是我人好,是为报你爹的恩情。他还我娘的因果,而我在还他的因果。"

过了一会儿,燕澜悄无声息地走过来,小心地放下一瓶药:"对不起,是我无礼了。"

姜拂衣表情淡淡,不搭理他。

燕澜没好意思再待,本想离开,都快摸到门闩了,又拐回来。燕澜在长椅另一侧坐下,与姜拂衣隔着一尺的距离:"阿拂,方才我又险些控制不住自己,你就当我是走火入魔,不要和我计较。"

姜拂衣蹙眉,看向他轮廓分明的侧脸:"走火入魔?"

燕澜注视着前方桌面上的茶盏,犹豫着道:"我会做这些荒唐事,是因为寄魂无法完全寄生我,它啃噬不了我的魂魄之力。"

姜拂衣知道:"是谁将寄魂给你的?你没寄信回万象巫问原因?"

燕澜沉默许久:"我不敢。"

"什么叫不敢?"姜拂衣不解其意。她侧身而坐,手臂搭在窗台栏杆上,正面对着他。

-104-

燕澜垂眸沉吟，父亲会教姜拂衣傀儡术，应是已经知道她的秘密，不怕她说出去。

二十年前，燕澜的母亲之所以会点天灯，是因为有个强大的怪物，从世间某个缝隙，脱离了五浊恶世。它进入人间，不知潜藏在何处，将会给人间带来一场浩劫。经过与神沟通之后，这场危机便被他母亲给解除了。

至于怎样解除的，燕澜并不知道。他才刚刚出生，母亲就因为灵力耗尽香消玉殒。父亲丢下他，与万象巫决裂，义无反顾地回了魔鬼沼。

燕澜五岁之前，一次也不曾见过父亲。他从万象巫偷偷去往魔鬼沼，刚踏进去几步，就会被丢出来。越被丢，燕澜越倔强，非得见到父亲不可。和父亲耗了两三年，父亲终于不再像之前那般无情。但父亲给他的感觉，十分矛盾。时而和他亲近，时而又克制着与他保持距离。燕澜一直以为，父亲是对他心存怨气。母亲点天灯时，若非有孕在身，是不会灵力枯竭而亡的。

直到此番发现寄魂无法啃噬他的魂魄，燕澜脑海中突然生出一个可怕的念头。那个怪物……难道被母亲封印在他的身体里？小时候，封印还不稳，父亲不准他靠近魔鬼沼，怕他会被"大门"影响？

如此一来，那个时常影响他心境、引诱他打开五浊恶世大门的声音，并不是自己的心魔，而是被封印的怪物？

燕澜不敢多想，也不敢多问。他不愿意相信，这世上竟然会有母亲，为了拯救苍生，将怪物封印在自己亲生儿子身上？

"大哥？"姜拂衣发觉他周身气息逐渐不稳，忙推他一把。

燕澜稍稍回过神来，双眸中流淌的情绪逐渐干涸。

姜拂衣看出他是真不对劲儿，靠近他一些："我曾经看过一些古籍，对寄魂确实比较了解，你若有疑问，可以说出来，我看我能不能帮上忙。"

燕澜不语，这些都只是他的猜测，不该告诉别人。但姜拂衣似乎了解许多奇怪之物，或许真的可以帮他。经过一番挣扎，燕澜说道："你方才不是说，你能随便讲出许多秘密？你既已知道了寄魂的秘密，现在是不是该你先告诉我一个秘密，才算公平。"

姜拂衣：……多大年纪了，还玩交换秘密的游戏。

爱说不说，她又不是因为好奇。

姜拂衣从长椅上站起身，面朝他，打算送客。

燕澜仰头，望向她的双眼："我也并非好奇，只是……心中忐忑。"他被她抓住了把柄，而他对她一无所知。关于她的心脏，父亲既然早已知道，告诉他应也无妨？

姜拂衣从燕澜深邃的眼睛里，窥不见太多情绪。知道他的心境已经稳定下来，不会再轻易说出口了。

"行，我告诉你一个只有我知道的秘密。"姜拂衣弯腰，勾勾手指，示意他靠近一些。燕澜缓缓坐直身体，侧耳朝她唇边靠近，冷不丁注意到她勾手指时，另一只手摩挲着手腕上先前被他抓出的指印。燕澜心尖打了个战，知道要被她报复了，想拒绝听已然是来不急。

"大哥你啊，一心虚就脸红，从耳朵一直红到脖子，就像一只烤熟了的螃蟹。"姜拂衣在他耳边阴恻恻地笑道，"怎么样，够秘密吧？"

有关石心人的秘密，姜拂衣绝对不可能透露半个字。不是信不过燕澜，她大概生性多疑，信不过岸上所有人。

## 第三章
### 云州城考核

燕澜已知姜拂衣蓄意报复，听她这样"诋毁"，反倒比他预估的友善，顶多是有些无语。但她微冷的气息轻轻吐在他耳后，令燕澜倏然意识到自己与她挨得太近。他向后微仰，侧身绕开姜拂衣，也从长椅站起身："不必了，我的事，我会想办法。"

原本便该如此。燕澜自幼跟在大祭司身边长大。大祭司年事已高，耳背眼花，一天说不上一句话，事无巨细，全部是燕澜自己拿主意。许是这几日关于"怪物"的猜测，太过搅乱他的心境，燕澜才会忍不住想要求助姜拂衣。

"我只求你一件事，关于寄魂……"

"守口如瓶嘛。"姜拂衣也站直了，"我知道寄魂关系到你们族民的信仰，莫要忘记我离开魔鬼沼时和你爹说过，倘若找不到我那混账爹，我想回去拜他为师。不瞒你说，万象巫是我的退路，我不会蠢到去切断退路。"

希望如此，燕澜不放心也没辙："那你好好休息，准备稍后的考核。"他往门外走。

姜拂衣想起来："对了，大哥，等你身体稳定些，还请你帮我继续回溯六爻山那些怨力碎片。"

燕澜才拉开半扇门，回头看她，眸中略显疑惑。姜拂衣此人，非常执着于寻找父亲。但对于之前被人刺伤一事，并无太深的执念，甚至说出"守株待兔"这样的办法。怎会突然又提起来？

燕澜不多问，只点头应允："我会的。"

姜拂衣看着房门合拢，重新坐在长椅上，拿起燕澜放下的那瓶药。她拔开瓶塞，里面装着散发出淡淡花香的凝露。

姜拂衣倒出一些凝露，涂抹在手腕上，红痕与指印旋即淡去不少。看燕澜的反常，他方才想说的秘密，比寄魂更严重。因此，他哪怕需要帮助，也不敢轻易出口。"信任"两个字，谈何容易。

姜拂衣既然提起来，燕澜回到房间之后，先取出聚灵壶，回溯了一些怨气碎片。体验一番生灵的痛苦后，他的心态诡异地放平稳了一些。

而静下来之后，燕澜想起姜拂衣刚才告诉他的那个"秘密"，自己心虚时会脸红？

燕澜下意识地取出一面宝镜。窥见镜中人并无异常，他又将镜子收了回去。他有些好笑自己的举动。这恐怕才是姜拂衣真正的报复，让他疑神疑鬼。

然而燕澜虽不是个疑神疑鬼的性格，做事却喜欢刨根究底，尤其是关于自身。他遂将从小到大做过的所有愚蠢之事，全部回忆一遍。很少，但够用了。燕澜再度取出宝镜……

姜拂衣好几日不曾看到燕澜，城主府派人来通知，让她前往吴家村参加考核，也只有柳藏酒出来送她。柳藏酒一路将她送到村口："你进去，我在外面守着。若是出了什么意外，我也好帮你。"

姜拂衣原本说不用，但瞧见前方的阵仗，觉得柳藏酒的顾虑不无道理。她以为的吴家村，只是一个小村落，毕竟人口听上去不多。没想到竟然散落在一个庞大的山谷里。

村民挖出坛子，揭开了第一重封印之后，那会迷人心智的雾气弥漫了整个山谷，被第二重封印挡住。如今进山的路口，会聚着几十位少男少女，更多的是仆从和护卫，乌泱泱的一片。

姜拂衣交代柳藏酒不要靠得太近，那阵法许是封妖阵，指不定对他会有伤害。她则往路口走去，走到半途，感觉上方有人在窥探她。

姜拂衣抬头，瞧见高处一块巨石上站着好几个人，漆随梦、闻人枫，以及云州城的城主程炫，还有两个不认识，一个穿着与漆随梦类似，蓝天白云般的配色，一看便是天阙府的弟子。那弟子的视线与她对上，神色瞧上去有几分不太自然，应是前几日在城主府偷看她的陆吟，漆随梦的师侄。

陆吟移开视线，藏在衣袖下的手，狠狠掐着掌心，极力保持着镇定："小师叔，我先下去了。"

漆随梦微微颔首："稍后万事小心，切莫贪功逞强。出门时你师父对我千叮万嘱，你若万一出点意外，我无法向大师兄交代。"

陆吟躬身："弟子定会小心谨慎。"说完之后，陆吟赶紧转身，跃下巨石，融入那些少男少女之中。

漆随梦一早看到了姜拂衣，此时见她望上来，本想下去，闻人枫却在一旁凉凉道："漆兄，叮嘱便不必了吧，又不是没见识过她的本事，区区戊级的考核，对她能有什么险阻？"

关于危险领域，云巅国是以"甲乙丙丁戊己庚辛壬癸"十天干来划分的。"己庚辛壬癸"这五类，一般都由当地的城主、郡守来处理，通常会请地界内的一众修行门派帮助。当然，最初也是由他们来判断危险程度。若是判断达到"甲乙丙丁戊"这五等，说明他们处理不了，便要上报给神都。

"戊"，居于中等，弱水学宫认为最适合拿来给这些初出茅庐的新秀练手，经常组织考核。

闻人枫声音不弱，姜拂衣听得很清楚。按照闻人枫的意思，山内的情况，他们心中都是有谱的。想想也是，若当真一无所知，万一云州城的门派判断失误，那他们岂不是带着一众神都弟子来送人头？

既然并没有那么危险，姜拂衣问道："来参加的人，是不是有些少了？"不远万里从神都跑过来，却只有几十个弟子。

漆随梦解释道："这是因为事发突然，有些弟子在外，无法通知。"

姜拂衣还有疑问，既是争夺天地人才榜的排名，为何多半是神都弟子？除了神都，到处都是修行者门派。

旋即，姜拂衣想通了，有危机的地方，应也有机缘宝物。这种好事，当然先留给神都那几个大门派世家。

闻人枫在上方摇着扇子："漆兄为何说话只说一半，除了外出不在神都的那些，还有一部分是见识短浅，只贪眼前之利,不想缴纳报名费用。"是考核，更是历练。他们需要组织、维护、保障，收取费用再正常不过。

姜拂衣还真不知道，想来报名费用十分昂贵。早知道要钱，她便不参加了，让燕澜给闻人枫钱，燕澜心里肯定不舒服。姜拂衣啧了啧："穷一点的修行者，岂不是连争夺名次的机会都没有？原来你们弱水学宫的天地人才榜，才字，是财富的财？"

闻人枫"啪嗒"合拢折扇，又轻易被她激怒。漆随梦忙不迭道："姜姑娘，其实还有许多途径，最简单的便是挑战在榜者。"

闻人枫冷笑:"或者让你大哥像漆兄一样,北境问道墙外,一剑将北渊兽军击退三千里,直接地榜与他并列第一,便知道我们弱水学宫的天地人才榜,究竟有没有水分。"

姜拂衣懒得和闻人枫废话,继续往前走。她手腕上的铃铛突然颤动。姜拂衣凝聚感知力入内,发现原本空荡荡的同归里,置放了十几个匣子。她掀开匣子,里面有各种符纸,以及写明了用法与用途的法器。

其中一个匣子里放的是纸笔,透着清香的纸张上以规整的字体写着:"皆为常用之物,如有需要,阿拂自取便是。若需用到特殊五行法器,写在此处,催动铃铛,为兄再放置入内。"

姜拂衣愣了愣。好家伙,同归算是被他给玩明白了。

既是来研究封印术的,姜拂衣尽量不借助外力,却也不会立刻拒绝,去塑造一定要自立自强的人设。这时候若是有位大佬站出来,说能解开极北之海的封印,她会高兴死。自强,还不都是被逼出来的。

漆随梦再一次目送姜拂衣逐渐走远,心底那抹怅然若失再次浮现,且越演越烈。他实在疑惑,自己究竟是怎么了?

加上城门外的擦肩而过,他和这位万象巫圣女,只不过是第四次见面。只因她是独有的一抹"颜色",就能这样动摇他的心境?

姜拂衣忽然转身:"漆公子……"

闻人枫也正想和漆随梦说话,却见他风一般消失于眼前,去往姜拂衣身边。

原本闻人枫是有几分高看漆随梦的,天阙府君的高徒,少年天才,人品正直,心怀大义。除了有点迂腐,旁的挑不出毛病。他打从心底想和对方交个朋友。此刻,闻人枫突然有点儿嫌弃漆随梦了,瞧他这副见到漂亮女人不值钱的样子,像极了一条招之即来挥之即去的狗。

姜拂衣同样没想到，她才刚喊了个名字，漆随梦就出现在她面前，剩下的话，反而卡在了喉咙里。漆随梦也是站稳了之后，才意识到自己的反应有多荒唐。

姜拂衣背后，站着一大批神都的年轻弟子，目光全部汇聚而来。漆随梦耳力过人，能听到那些极细的窃窃私语，都是在揣测他与姜拂衣之间的关系。

姜拂衣原本想问他报名费是多少钱，回头她好还给燕澜，此时却问道："漆公子，你从前是不是见过我？"

漆随梦更是羞愧，拱手致歉："是我唐突，连累了姜姑娘的声誉。"

"我说真的。"姜拂衣之前就觉得他有些熟悉，"实话告诉你，我之前受过伤，脑袋不是很清楚，经常忘事，常看人眼熟，但不确定是不是有过交情，尴尬得很。"

漆随梦没想到她还有这样的旧疾，摇头："我们不曾见过。"

姜拂衣反而不信："你为何这样肯定？"

漆随梦沉默了一会儿："我天生色弱，而姑娘在我眼中有些色彩，若是从前见过，我不会忘。"

姜拂衣快速眨眨眼："原来如此。"

漆随梦又说："何况，我两三岁时便被师父送去了祁山小洞天，从不曾迈出过洞府一步，四年前才回神都，又不常离开神都。"

"两三岁？"姜拂衣倏地想起刚上岸时，遇到的那个小乞儿，两三岁时与家人走散，脑海里只有"神都"。她紧盯着漆随梦。

后方众目睽睽，漆随梦保持镇定："有什么问题？"

"没有。"姜拂衣笑道，"就是佩服你们这些天之骄子，我大哥二十年没怎么离开过万象巫，漆公子在祁山小洞天打坐长大，你们都不

-112-

是一般人啊。"

"我也不是打坐长大。"漆随梦不知自己为何要解释,"我修的剑道,与梦有关。"

祁山小洞天内,有一片浮生湖,湖中央有座织梦岛。漆随梦从小生活在织梦岛上,凭借着幻境修炼。因此莫看他年纪不大,阅历却颇深。

"我名随梦,剑名浮生。"

浮生随梦?姜拂衣还以为他的名字取自丹漆随梦,意为追随先哲:"那你经历过的幻境,你都还能记着吗?"

漆随梦微微摇头:"太多了,一些不够深刻的幻梦,醒来便忘。"

姜拂衣又问:"那你有没有梦到过,自己是个小乞儿,路遇另一个小乞儿,一起结伴同行?"

漆随梦略显茫然:"乞儿?"没有印象。

"漆兄。"闻人枫不耐烦地喊他,"人已到齐,该开始了。"

漆随梦对姜拂衣道:"咱们稍后再聊。"等姜拂衣点头,他便回到巨石上。

闻人枫示意云州城主程炫:"把结界打开吧。"那只魔兽的魔气虽被第二重封印阻拦,但为了以防万一,城主还是请了本地的阵法门派,在外围又布上了一层结界。

程炫忙拱手:"是,我这就去请他们打开。"程炫带着女儿程竹微离开。

闻人枫掸了掸袖口:"这个程炫,走哪儿都带着女儿,非往咱们面前凑,我瞧上去像是好色之徒?"他瞥了漆随梦一眼,心道姜还是老的辣,原来是看穿了你。

漆随梦心不在焉。

姜拂衣刚走到山道口。

"嗡！"山谷外围浮现出一面波光粼粼的气墙。气墙似海浪一般，起伏摇摆了十数下，又像海上的泡沫，幻灭破碎，逐渐消失。那些少男少女开始往里面走，姜拂衣也跟着一起入内。

等她背影消失在雾里，漆随梦又看向闻人枫，总怀疑他会从中作梗。

闻人枫真是服了："我已经说过八百遍了，我没动任何手脚。"考核只是顺带，他和漆随梦此行真正的任务，是要解决此地的麻烦，找麻烦对他没有一点好处，"我现在只想快些完成任务，赶紧离开这个鬼地方。"

漆随梦信不过他："以你和万象巫的矛盾，燕澜来为姜姑娘报名，你如此轻易就答应了？"

"亲兄弟尚且明算账，仇人更是。"闻人枫指着自己的额头，"那么多晶石砸我脑袋上，我但凡稍有迟疑，都配不上我闻人氏的家风。"

漆随梦：……这般离谱的家风，全云巅恐怕也就只有闻人氏这一家。

姜拂衣走进雾里，这据说会迷人心智的雾气，弥漫整个山谷之后，效果已是大打折扣，只影响目视距离。

姜拂衣没急着观察环境，她先从铃铛里取出纸笔，写道："大哥，天阙府君是多少年前将相思鉴借走的？"

她放置回去，催动铃铛。稍后，铃铛回应。姜拂衣重新取出纸笔，上面写着："十七年前。"

姜拂衣敛了敛眸，心道真有意思，执笔回复："你不是喜欢听我说秘密？那我告诉你天阙府君的一个秘密，他那天生剑骨的爱徒，两三岁的时候搞不好被人偷走了，流落在北境边陲。我猜他借用相思鉴，是为了寻找漆随梦。对外宣称送去了小洞天修炼，我认为是谎言。"找回之后，

-114-

天阙府君才将他送去祁山小洞天，不断织梦给他修炼。只需要短短时间，漆随梦就会将往事当作幻境，且被一层又一层新的幻境覆盖。因为天阙府君不想他知道，他曾被偷走，又流落在外的事情。

铃铛颤动。燕澜回复："你是怎么知道的？"

姜拂衣书写："我从见到漆随梦的第一眼，就有一种熟悉感，即使你爹拿着我娘的剑几十年，我对他也没有这种熟悉感。漆随梦必定是我从前见过的人，这一点毋庸置疑。而漆随梦说，他看我也不一般。"

何止不一般。就刚才，姜拂衣仅仅喊了一声他的名字，漆随梦几乎是闪现过来的。这又让她想起梦里那个走一步跟一步，整天讨好她小乞儿——毫无法力，身体羸弱，连做饭都特别难吃。

姜拂衣遂在心中比较起两人。

"我十一岁时，寻父路上遇到一个小乞儿，外貌和我年岁相近，今年至少二十岁。"

漆随梦也是差不多的年纪。他说他两三岁时，从神都被送去了祁山小洞天。而那小乞儿两三岁时走丢，脑海里只记得神都。

无论是"送"，还是"丢"，都发生在十七八年前。天阙府君从万象巫借走寻人用的相思鉴，恰好也是十七年前。

"但是他虽手持相思鉴，却好多年没能找到漆随梦。"姜拂衣遇到那个小乞儿时，他也已经十岁左右，吃百家饭好几年了。非常吻合。

至于姜拂衣为何推测天阙府君好多年没找到徒弟。

"漆随梦敢对我保证，他师父绝对不会借宝物不还，只是近几年摸到了地仙境界的门槛，不得不闭关，整个天阙府都交给了大弟子林危行。"

漆随梦说的是"近几年"。但天阙府君借走相思鉴十七年了，早些年相思鉴都在他的手中，他为何也不还？可能是因为没找到。

至于漆随梦为何是被偷走的。天阙府君无上夷是个什么人物？活了三四百岁的剑尊，半步地仙。丢了徒弟，拿着至宝相思鉴，竟然好多年找不到，徒弟多半是被另一个大佬偷走的。

"那小乞儿也曾对我讲过，他好像是被'亲人'一路从神都带去了北境，随后那人不见了。短短时间里从神都抵达北境，不是大佬是什么？"

"那位大佬应该还在漆随梦身上动了手脚，让无上夷遍寻不着？更像是一种戏弄？"

不知两人有何仇怨，总归是一场大佬之间的较量。若真如此，最惨的还是漆随梦。

山谷外。

闻人枫摇着扇子，无聊得很："漆兄。"

漆随梦面朝谷内伫立着，并未应声。

"漆兄？"闻人枫声音拔高。

漆随梦回神："何事？"

闻人枫真受不了他像块望夫石的模样："漆兄若是对那女人有意，我劝你还是死了这条心。"

漆随梦心中微动，他尚未理出头绪，谈"有意"尚早。

但闻人枫之言，他听来逆耳："为何？即使我真有意，我们天阙府与万象巫之间的关系素来良好，求娶也无不可。"

闻人枫蓦地笑了一声："是，你们俩在身份上的确门当户对，但想求娶万象巫的女子，尤其是圣女，这聘礼你就别想了。"

闻人枫幸灾乐祸地道："不如你现在去找燕澜，让他说个数给你听听，看看这辈子还有没有指望。"保证他这颗春心，立马被浇灭得

-116-

干干净净,"你若不好意思,不如我去帮你问问?"

"闻人兄不要拿我打趣了。"漆随梦的神色逐渐凝重。理不出头绪,但遇到会发光的姜拂衣,应该就是卦象所显示的劫难了吧?

几个月前的一天,漆随梦突然心神不宁,夜不能寐。师父闭关了,他只能去往天机阁,寻一位善占卜的朋友卜了一卦。朋友只叮嘱他半年之内切莫南下。

临近半年之期,恰好南方边陲出了这件事,漆随梦主动要求前来处理,躲劫不如应劫,身为剑修,原本就该百无禁忌。

谷内,姜拂衣还在通过同归与燕澜沟通,一张纸已经快被写满了。

燕澜回复:"这样看,确实有可疑。但是你为何要告诉我?"

问到正题了,姜拂衣费了老半天劲儿,和他梳理这些,当然不是闲得无聊。她写:"漆随梦口中,他的童年与少年时期,整天待在织梦岛上修炼。天阙府君为何要传授他醉生梦死的浮生剑,不让他知道曾经被偷走,当过乞丐的事情?"

燕澜很快回复:"你怀疑和你有关系?"

这一点姜拂衣答不上来。她对小乞儿最后的记忆,停留在那根难吃的鸡腿上。不知道两人之后是分道扬镳了,还是继续结伴同行。

姜拂衣写:"我从最坏的方向去考虑,我和漆随梦一路同行,被天阙府君找到,他这样厉害的人物,竟然丢了徒弟,丢不起面子,于是把知情的我杀了……"她料想燕澜看到后,应会非常无语。

燕澜回复:"无论如何,天阙府的确值得怀疑。"

姜拂衣:"对吧!如果真是天阙府害了我,那我此番进入这山谷之中,搞不好会有危险。"那个叫作陆吟的天阙府弟子,未必是因为好奇,而是认出了她,肯定是要通风报信的。

姜拂衣刻意颤颤巍巍地写:"大哥,万一真被我说中了,我恐怕应付不来。你若无事,最好过来暗中尾随我,及时救我狗命啊!"以她目前的本事,哪里抵挡得住天阙府那些霸道剑修的暗杀,不如退出去。反正一场试炼罢了,积累经验的机会还有很多。可她又不想退出去,很想借此判断一下,究竟会不会被天阙府暗杀。没准儿能来个螳螂捕蝉,燕澜在后。

燕澜:"你为何不疑心漆随梦在撒谎?害你的人里,他也有份?"

姜拂衣:"无论是他的表现上,还是我对他的感觉上,都让我没有产生这种怀疑。"

燕澜:"我懂了,你先小心行事,我这就去。"

姜拂衣摩挲着铃铛,储物空间只能装些家禽,无法装人,不然燕澜就能把他自己装进去,再被她给取出来。看来这宝物还是不够高级啊。

姜拂衣又想起来:"不过你的身体情况怎么样,最近都没瞧见你人。"

等了半天,没等到燕澜回答。姜拂衣将纸张翻了个面,继续写:"我说真的,你若是感觉太辛苦的话,我就退出去,还是咱们的小命更重要。"

燕澜终于回复:"我好得很。"

姜拂衣凝视这四个略显劲道的字,"嘶"了一声,总感觉他在写的时候,有些咬牙切齿。

远处有个女子的声音:"姜姑娘,你走错方向了。"

姜拂衣忙将纸张收回同归里,转过身。雾中看不真切,只能看出是位穿绿纱裙的女子。她穿过浓雾,逐渐靠近,姜拂衣终于能够认出来,她之前也站在那块巨石上,和云州城主挨着。对方二十出头,五官浓郁,美得颇具攻击性。

-118-

她自报家门:"程竹微,云州城主的女儿。"

她既喊了"姜姑娘",姜拂衣料想她知道自己的身份,只笑着打招呼:"程姑娘。"

程竹微也客气地微笑:"那坛子里逃出来的是一只被封印了上千年的魔兽——枯骨兽。从前的它,若是咬谁一口,哪怕仅仅只是刮破一层皮,不管什么庞然大物,也会瞬间变成一具枯骨。可惜它被封魔坛囚禁太久,外围还有一道封魔印,限制了它的力量。不然,至少也是个丙级的魔兽,凡骨境界是敌不过的,哪怕漆随梦已经是凡骨巅峰。"

姜拂衣相信她的情报,毕竟这是在她的地盘上:"那你怎么说我走错了?雾气弥漫之处,它不是都有可能隐藏其中?"整座山谷内,这只枯骨兽随机出现,会不会碰上全凭运气,或者看它的心情。

"莫非这魔兽有什么特殊嗜好?"

程竹微点了点头,指着姜拂衣前行的方向:"我对这座山还算熟悉,前方那片区域都是溪流和湖泊,枯骨兽最不喜欢的就是水,它不会去的。"

"哦。"姜拂衣忙道,"多谢提醒。"

"姜姑娘不必觉得我存了坏心思。"程竹微轻笑一声,"我会提醒你,是因为你是万象巫的圣女。"

姜拂衣不解地看向她,雾气弥漫之下,看不太清她的眸光。

程竹微冷淡道:"我们程家,从前是鸢南的一个大家族,曾得过万象巫不少的照顾,后来云巅攻打鸢南,不得已才归降,在边境云州守城。"

她招呼姜拂衣同行:"来,你随我走,我大概知道那魔兽位于何处,带你去捷足先登。它那一身骨头,可是无价之宝。"

姜拂衣在心中考虑,尚未考虑出个所以然,忽听一声惨叫!叫声夹杂着惊颤和恐惧,令人脊背发凉。

姜拂衣听声辨位，那声音正是从水源地传过来的。姜拂衣立刻转身，回到最初的位置上，指尖凝气，点了灵力于目视，扩大自己的视物范围，随后避开荆棘，朝水源地方向跳跃。

"别去！"程竹微在背后喊她，声音急促。

姜拂衣已经跃出很远的距离，程竹微迟疑片刻，追了上去。等离得近了后，姜拂衣感觉到雾气渐浓，空气中弥漫着一股怪异的气味，应是魔兽的气味。

不多时，她瞧见湖边趴着一条通身闪耀寒光的枯骨兽，观其骨型，有些形似鳄鱼，一闪而逝，又退回水中。而它面前不远处的岸上，躺着一具人类的骷髅，身上的衣裳还很干净完整，刚死不久，死因应是被枯骨兽咬了一口。

但之前那声惨叫，是从那骷髅的同伴口中发出的："不对，这不是戊级的魔兽，大家快逃！"

原本他的尖叫已经引来不少人靠近，听到他的提醒，多数人立马掉头就跑。有些学子却以为他想独吞，其中一男子冷笑道："少来，我家闻人公子早就亲自来检视过，这魔兽确实是个戊级。"

那男子提着剑，落在倒地的骷髅旁边。他还没站稳，只见湖里甩出一条骨尾，如一条长鞭，朝他下肢鞭打。那男子反应也是极快，矫健闪开，但枯骨兽的尾巴生有倒刺，他的小腿似乎被倒刺刮破了一点。

姜拂衣瞳孔紧缩，遥望此人迅速干瘪枯萎。他身上的宽袖长衫原本便飘逸，此刻更是空空荡荡，包着一团骨头轰然倒地。这下尖叫声更是此起彼伏，再由不得人不信："绝对不是戊级，快跑！"

"你还看什么，赶紧走。"程竹微拉上姜拂衣的手腕，想将她拽走，"被枯骨兽盯上，我未必能保得住你，快随我走，我知道哪里安全。"

姜拂衣并未挣脱，被她拽着跑，边跑边问："程姑娘，闻人公子既然入内检视过，这是怎么回事？"

闻人枫虽然人品不行，但他出身云巅第一儒修世家，博闻广识，不该出现这种低级错误。而且这枯骨兽被困千年，又有外层封印压制，会衰弱也是常识。

程竹微还在拉着她跑："我哪里会知道。"

"你肯定知道，枯骨兽最初便是你们云州城处理的。"姜拂衣的语气并不是质问，程竹微知道枯骨兽已经恢复了实力，也知道它生性喜水，故意说反，想阻止她往水源地去。看来程竹微说家族曾经受过巫族的恩惠，八成是真的。程竹微是真心想保护她这个巫族圣女。

"姜姑娘，总之，你信我，我是不会害你的。"程竹微焦急道，"你老实跟在我身边，我尽量保你平安无事。"

"你们要害闻人枫受惩罚？"姜拂衣暂时只能想到这一点。这算他失职，但漆随梦也要跟着一起倒霉。

程竹微冷笑道："有命回去，再谈惩罚不迟。我知他脖颈上的伤是你砍的，也知你们万象巫比我们还恨闻人氏，不怕告诉你，我和我爹已经投靠了夜枭谷，从今往后，再也不用受制于云巅国了。"

夜枭谷？姜拂衣闲来无事，听柳藏酒讲过，这是一个神秘的邪魔联盟。这世上的魔分两种，天生的魔物大都聚集在魔境，与人族交往甚少。另一种便是魔修，魔修多半也在魔境。因为人族的领地都被正道统治，而正道对魔的态度非常强硬，像柳藏酒这样的妖，可以在人间行走，魔是绝对不被允许的。

妖只是物种不同，魔却被视为一种必须清除的污染源。魔修们被残杀得太惨，不得不团结起来，组建各种联盟。

夜枭谷，就是目前人族领地里最为神秘的一支魔修联盟，人数不多，实力强大，盟主据说也是个半步地仙。只不过，夜枭谷的主要活动范围并不在云巅国，且收门人的标准极高。

"他们为了这只枯骨兽而来。"程竹微的家族，在鸢南战争中曾被闻人氏屠戮了大半。恨也没有办法，连万象巫这样庞大的势力，都不得不低头。他们为保余下的族人，唯有选择臣服。

不久前，村民在山中挖出封魔坛，她父亲程炫入内查看，发现是个虚弱成辛级的枯骨兽。以程炫的修为，当即便能处理掉。缠斗之中，夜枭谷的魔人突然现身，制伏了程炫，却并未下杀手。

他们说，夜枭谷的尊主看上了这只枯骨兽，想要收回去当个宠物。但它目前太过虚弱，急需饱食一顿。他们希望程炫能够上报神都，说成是戊级。他们自有办法，挥掇着弱水学宫举办考核，送一批优秀的神都学子过来。

闻人枫来了之后，入内窥视时，枯骨兽已经被他们喂养到了戊级。而昨夜他们又以秘法，将枯骨兽速成喂养到丁级。速成喂养的，下降也快，但等它饱食之后，便能正式恢复到原本的丙级。原本程炫不愿意，坑害神都弟子，他们父女俩必死无疑。

但夜枭谷承诺，会给他父女俩一人一颗转魔丹，收他们入夜枭谷。程炫是迫于无奈，也是欣然接受。如今家族一代代延续下来，已经不剩多少人了，再无后顾之忧。但曾被诛灭半族的仇恨，一天也不曾忘却。

只不过，他们千算万算，没算到天阙府派了不常出山的漆随梦来。这位据说凡骨境内无敌手，当今地榜第一名的剑修，实在是不容小觑。但夜枭谷对这只枯骨兽势在必得，也出动了一位厉害角色。

山谷内的状况，外边的漆随梦和闻人枫都不用感知，一众在外等待的随从，便慌忙跑来巨石下七嘴八舌："出事了，里面那头魔兽，已经恢复了将近八成实力！"他们不会说谎，这全是里面的主人通过作弊工具传递出来的。

漆随梦闻言，眸光一冷，看向闻人枫：你还说你没动手脚？

闻人枫惊诧："我昨晚上去看，那一堆骨头还是软趴趴的，就算被人喂起来，也不可能一夜之间这样快啊？"这远远超出了他的认知。

漆随梦没工夫争论，先入内斩杀魔兽才是当务之急。他跃下巨石，准备飞入山谷中。

"嗡！"之前原本如泡影消散的结界气墙，竟然再次出现。

漆随梦此刻心中已然明白，是这云州城城主在作怪。闻人枫喝道："他没有这样的本事，背后定有高人，小心！"

漆随梦不管不顾，并未放缓速度，伸出手召唤自己的本命剑。

"浮生！"一道光芒像是穿破云层，从云巅而来，在他手中凝聚成一柄璀璨的长剑。清晨温和的阳光下，剑身涌动着隐隐流光，如梦似幻。

漆随梦双手执剑，蓄力下劈，本欲劈开结界，却见结界之前陡然袭来一团黑气，黑气化为一名身穿黑斗篷的白发魔人，强硬地接下了他这一剑。

漆随梦毫无损伤地退回几丈外，而那年轻的白发魔人则吐了一口血。

"天阙府漆公子，果然名不虚传。"白发魔人笑了一声。随后，黑气从四面八方袭来，落下几十个魔人。

"你们是夜枭？"闻人枫双眸睁大，心道一声"难怪"。他神情一凛，旋即合拢折扇，呈法器状持在手中，质问道，"你们夜枭谷与我们云巅一贯井水不犯河水，今日是怎么回事？"

"怎么回事？当然是因为……"白发魔人抹去嘴角的血渍，"闲着没事。"

闻人枫又要被气死，最近这些邪魔有病吧？一个比一个会气人。

山谷内，姜拂衣还被程竹微拽着跑。她没办法通过同归和燕澜说明这里的情况，他现在赶过来，估计会被挡在外面，不过这等封山结界，应该难不倒他这位精通阵法的大巫。

夜枭谷何止算漏了漆随梦，更没想到巫族少君也出了山，还恰好被她以同归召唤来了。

那些四散逃窜的学子，都是不差钱的世家子弟，身上的宝物一大堆，躲个一时半会儿的，问题不大。

思忖中，姜拂衣感觉到一股暴戾之气在接近，忙停下脚步："有人。"程竹微也被拽停，顺着她的目光望过去。雾气中，逐渐走来一个窈窕的身影，竟是一位冷若冰霜的男子。不对，是真冰霜男子，他裸露在外的皮肤，都覆盖着一层霜，看不清他的容貌，也感知不到他的修为。

姜拂衣猜他是个修炼冰霜系法术的魔修？程竹微说的安全之处，就是来找他？

"神使大人！"程竹微连忙躬身问好，又拽了拽姜拂衣的衣袖，"这位是魔神的使者。"

姜拂衣打量着他，能混到夜枭谷的神使，这人应该已经脱离了凡骨，达到了人仙。

冰霜魔修问道："你为何带她来？"

程竹微忙回："她是万象巫的圣女，和云巅并不是一伙的。"

"哦？"冰霜魔修语气骤冷，"我最讨厌别人自作主张。"

"嗖！"眨眼之间，一道冰锥迎着程竹微面门袭来。

姜拂衣手疾眼快地将程竹微推开，那冰锥又转了个弯，奔着姜拂衣而来。姜拂衣召唤出音灵花，浮在自己面前。音灵花释放出的丝线，并不能控住冰锥，却能稍微拖慢冰锥的速度，为姜拂衣争取时间。看了一圈，这附近真没什么地方可逃的，她只能逃去了树上。

那冰锥再度转弯，直攻树干。姜拂衣一面以傀儡术拉扯冰锥，一面从同归内取出心剑。她不曾拔剑出鞘，只以剑鞘猛敲那道冰锥。

冰锥砰地碎裂，却又分裂为十数个更小的冰锥。姜拂衣从树上跃下，同时操控十数条丝线去拉扯每一根冰锥。不知道是不是错觉，她感觉这些冰锥分裂之后，攻势大为减缓。其实是因为冰霜魔修盯上了她手里的剑，被分走了大部分的心思。怪事，这般粗糙简陋、敷衍了事的剑柄剑鞘，他不久前才刚见过一柄一模一样的，一看便知是出于同一位铸剑师之手。

姜拂衣很快也看出这魔修跑神了，再加上他原本就没使几分力，因此，她轻易便将那些冰锥全部打落。整个交手的过程非常短暂，也就是程竹微被姜拂衣推出一丈远，摔倒后又爬起来的时间。

程竹微起身之后再次求饶："神使大人，万象巫对我们程家有恩，我才带她过来的，她并不知情，还请您饶恕她！"

姜拂衣将音灵花和心剑一并收回去："我看前辈也只是想要试试我的身手，程姑娘用不着太过担心。"或者，这魔修只是想试试她的反应。万一她扔下程竹微跑了，便能给程竹微一个教训，往后莫要随便助人为乐，这世上很多人并不值得。看来他们承诺会收程家父女入夜枭谷，并不是哄骗。

那魔修突兀地道："夜枭谷，霜叶。"

姜拂衣微微一怔，怎么这魔修的态度突然转变，连皮肤表面覆盖的冰霜仿佛都融化了一层？他算前辈，很少有前辈给晚辈主动自报家门的，一下子自降身份了。

霜叶试探着问："姜姑娘，你和凡迹星是什么关系？"

姜拂衣重复这个名字："凡迹星？"是谁？一点印象都没有。他态度转变，是因为此人？

霜叶将她的迷惑看在眼里："你不认识他？"不应该，她是故意隐藏两人的关系？算了，既想隐藏，霜叶决定不再多事，"我也是随口一问，并无恶意，姑娘莫要见怪。"他又看了程竹微一眼，"你二人去后面躲着吧。"

程竹微忙道谢："多谢神使。"

"不必了。"姜拂衣不打算留在这里，准备离开。

程竹微追上来劝："姜姑娘，外面危险。"

姜拂衣知道："但以我的身份，留在这里更危险。"万一被人看到，误认为自己和夜枭谷是一伙的，会连累万象巫。再说了，姜拂衣单纯不喜欢夜枭谷这等阴险算计的行事作风。若非清楚自己不是对手，她杀他的心都有，夹着尾巴灰溜溜离开已经很憋屈了，断不可能接受他的保护。

程竹微本还想再劝，霜叶却道："放心好了，她不会有事。"

姜拂衣转身离去，脑海里都是"凡迹星"这个名字。走出几丈远了，她脚步忽地一滞，再次从同归里取出心剑，转身问霜叶："前辈是不是认识这柄剑？"他分心，似乎就是从她取剑开始的。

"是。"霜叶又看了一眼这材质上乘，做工却敷衍了事的剑柄剑鞘，眼底暗暗闪过一抹嫌弃，"很难不认识。"

姜拂衣的反应并不算热烈，毕竟手中心剑是剑笙前辈的朋友从黑市买回来的，在此之前，都不知道易主了多少回。

霜叶道:"我本以为是凡前辈的剑,但他应该不会将自己的本命剑交给别人。而能被凡前辈当作本命剑,本该是独一无二的,所以你和他……"情人?徒弟?总之,不会是父女。霜叶听说了,她父亲是万象巫里那位深藏不露的大巫。

"他当作本命剑?"姜拂衣提起了精神,"您见过他拔剑?"

霜叶点头:"有幸见过。"

一刹那,姜拂衣汗毛都竖了起来,所以这柄心剑的主人,就是他口中的凡迹星?她正要细问,霜叶又补了一句:"半个月前,叹息江边,亲眼见到他出剑杀人。"

如同一盆冷水泼下来,姜拂衣一整个愣住:"半、半个月前?"

霜叶若有所思地看着她:"凡前辈会出现在云巅国境内,还是距离此地不算远的叹息城,和你没有关系?"原本他还纳闷,方才瞧见姜拂衣的剑,才知晓理由。

姜拂衣已经没再听他说什么了,自从六爻山醒来,心剑一直在她手中,和这位凡前辈一点关系也没有。这剑从外观上瞧,本就普通,会有相似也不奇怪。

姜拂衣再度转身之前,还是忍不住问道:"凡迹星究竟是什么人?"

一个是魔修,一个是邪修,拿着同款的剑,霜叶认定两人之间有关系,听姜拂衣这样问自己,以为是想听自己对凡迹星的看法:"凡前辈是一位……坚持不懈,很有原则的人。"

姜拂衣无语。

感觉霜叶并不想告知,处境又不允许,姜拂衣不再问了,转身离开。能被突破凡骨的人仙境界称呼为前辈,必定不是籍籍无名之辈,稍后找柳藏酒打听也是一样的。

等走出一定的范围，姜拂衣赶紧从同归里取出纸笔："大哥，你走到哪儿了？"

燕澜没有回复。她又连着催动两次，依然没有任何回应。姜拂衣知道他应该已经抵达山谷外，正在想办法破除结界。

至于姜拂衣，她准备去找那只枯骨兽。刚才的场面颇为骇人，她承认自己没出息，有些被吓到了，才被程竹微拽着逃跑。实际上，枯骨兽喜欢待在水里，瞧骨架也是条"鱼"。岸上，姜拂衣不行，水里她还真没怕过。她顶着圣女的身份去宰了它，给万象巫争个脸面。

而且，她还要防着有可能存在的暗杀，和枯骨兽相伴，没准儿还更安全。无论枯骨兽如今是在水里，还是在岸上，姜拂衣既然选择好了战场，便直奔先前它出没过的湖泊。

音灵花一直伴在她身侧，等姜拂衣跃入湖中，在水里浮稳之后，开始催动花香，朝山谷各处弥漫。

说起来真要感谢燕澜，有之前在六爻山搜寻怨力碎片的经验，姜拂衣已经能够轻易操控花丝，在山谷之中无孔不入。

搜集怨力碎片时，她凭借的是感知。感知哪条花丝有异常的灵力波动，以花丝捆绑那团灵力，随后收线。这一回，姜拂衣尝试着将自己的"目视"，通过花丝传递过去，让这些丝线成为自己的视线，从而窥探得更远、更准确。

她没那么高看自己，初次尝试，只专注窥探一丝。哪条丝线察觉到灵力波动比较强烈，她便将目视投递到哪一条去。失败了不知道多少次，灵台疲惫感极重，终于成功投递出去。

姜拂衣看到了一名正在施展隐身咒的少年人。瞧他的神态，并不是特别慌张，枯骨兽应该不在附近。

姜拂衣收回附着在这条丝线上的目视，换下一处灵力波动点。这次，她看到了一个少年人，一剑捅死另一个同行的少年。

姜拂衣一怔，抽回来，一眼都不想多看。

她继续搜寻下一条。这次，姜拂衣一双眼睛都要瞎了，竟然在山洞里看到一对正双修的男女。大难临头，还有这般兴致？若能活下来，他日必成大器。

下一条，还算正常。再下一条，还好，这世上始终是正常人比较多。

第十二条，姜拂衣内心：……真的不想知道那么多的秘密啊！

山谷内暂时只是危机四伏，山谷外的战况已经是如火如荼。那些家仆没几个能打的，当一众夜枭落下来时，早就逃得差不多了。

漆随梦被那个疯子一样的白发魔修缠上，时不时还要应对其他夜枭的偷袭。他们伤不了漆随梦分毫，却能暂时拖住他。

闻人枫手中的折扇敲在一个夜枭的灵台："跪下！"

那夜枭立刻像是被巨力冲击，跪在了地上，双手抱住脑袋浑身抖如筛糠，表情极为痛苦。

闻人氏这手言出法随术很厉害，但修炼起来极难，尤其是法器必须接触到对方才能施展。因此，闻人枫一次只能对付一个人，他功夫不到家，施展一次之后，还需要休息。休息的间隙，最是容易挨打。万没想到，出手帮他之人竟然是柳藏酒。

只见一条长鞭甩来，直接将一个试图偷袭他的夜枭抽飞出去几丈远。

闻人枫上次去破庙门口堵他们时，就看出柳藏酒这小狐狸很能打，没想到他打魔人更凶，甚至还有几分熟能生巧。

柳藏酒也不是为了救闻人枫，压根儿就没看到他，单纯是冲上来抽距离自己最近的魔人。柳藏酒被恶心坏了的模样,呸了一口:"怎么小爷不管走到哪里,都能碰上你们这群该死的夜枭!"

正缠着漆随梦不放的白发魔修抽空一瞥:"竟然是你这只臭狐狸。"

闻人枫趁机打听:"柳公子认识他?"

"关你屁事。"柳藏酒的鞭子已经抽向另一个夜枭,下手越发狠辣。

夜枭谷虽不常在云巅活动,却时常去柳藏酒的家乡捣乱。他在外苦寻三姐,基本上每回被大哥喊回家,总是因为这些夜枭搞事情,每次见到他们,心情都无比糟糕。柳藏酒抬起头:"燕澜,你赶紧的,不用分心,这些家伙我来处理就行,杀他们我最在行了。"

闻人枫这才看到燕澜来了,站在先前他们站立的那块巨石上。燕澜闭着眼睛,双手结印,默然伫立,眉心已经浮现出金色的符印。不必柳藏酒帮忙,那些夜枭也不去靠近他,应是畏惧他周身环绕着的一道特殊罡气。

闻人枫放心不少,破解结界封印这类,再没有比巫族人更懂行的了。

燕澜虽与漆随梦一样,本身境界都还不曾超脱凡骨,但两人一个神剑护体,一个各种天地灵宝加持,能力必定是超越凡骨的。

闻人枫可不会心存任何感激。燕澜是来救自家妹妹的,和他有什么关系。

闻人枫正腹诽着,只见燕澜倏然睁开眼睛,从他眉心的符印之中,飞出一只闪耀金光的金乌虚影。金乌飞向结界,一声炸响,结界被撕裂开一道巨口。

闻人枫一愣,什么鬼?他以为燕澜是在研究结界,再以巫族秘法破除拆解,没想到竟然是直接炸个洞?这和强行以剑气破阵的剑修有什么区别?而漆随梦也将那白发魔修打出去十几丈远,剑尖顺着破洞一划,

彻底将结界撕裂开。夜枭们见阻拦不住,纷纷消失。

"燕澜,你去救小姜,我去追。"柳藏酒心想救姜拂衣也用不着自己,还不如去杀这些夜枭。他话音还没落下,燕澜早从巨石上消失了。

漆随梦也进入山谷,被那么多夜枭缠斗许久,依然毫发无伤。

"真是两个变态。"闻人枫收了折扇追上去。

第三十二条了。

这一回,姜拂衣看到几个剑修,背靠在一起,围成一个圆。他们有男有女,衣着相似,应是师出同门。一个个面色惨白,高举着剑,结成了一个防御剑阵。

姜拂衣从萎靡不振中醒来,看样子枯骨兽就在附近。

枯骨兽其实没什么蛮力和法力,重点是行动敏捷,牙齿尖锐,长尾生有倒刺,主要是防着不被它触碰。陡然一阵窸窸窣窣,知道它出动了,那几个剑修冷汗都流了下来:"注意!"

枯骨兽从雾中迅速爬行而来,骨尾甩在剑气罩上。剑气罩瞬间破碎,将那几个剑修冲飞出去,摔了个七零八落,但全部活着,没人变成枯骨。他们往地上滚一圈,立马爬起来,再次结成剑阵。

姜拂衣觉得他们的剑阵还挺厉害,难怪敢防御,而不是逃走。但他们消耗不了枯骨兽,只能被消耗。

防御剑阵再次被冲破后,其中一人的剑脱了手,没能及时爬起来。枯骨兽立刻奔着他过去。

"六师弟!"他那几个师兄师姐吓得不轻,却见枯骨兽忽地停顿了下,手脚不太协调,像是被什么给扯住了。

它随后一个摇头摆尾,便挣脱了那股无形的束缚,却没再继续盯着先前的猎物，转身朝着湖泊方向飞快地爬。它爬着爬着，又时不时四肢僵硬，再次摇头摆尾。

这几个灵剑阁的弟子诧异极了："它怎么了？"

"追上去看看。"

"还追，不要命了啊？"

"咱们来此不正是为了和它过招？瞧它像是出了问题，此时不追，错失良机怎么办？"

嘴上说害怕，一行刚出茅庐的年轻剑修还是追了上去，边追还边招呼其他人："机会来了！"

以姜拂衣的傀儡术，她操控不了这只枯骨兽，只能来回硌硬它，一路将它给引回了湖泊里。

枯骨兽下水之后，四肢后缩，似一支骨箭朝着姜拂衣射去。姜拂衣顺着水势，闪避得轻而易举。枯骨兽掉头再冲，姜拂衣仍是顺水闪避。一来一回，姜拂衣抓住机会，立刻掐了个疾水诀："起！"一股气流从她指尖飞去，搅动面前的水域，搅出一道"龙卷风"，疯狂地卷向枯骨兽。

枯骨兽逃避不及，被螺旋水柱钩住一点尾尖，旋即被一股巨力拖拽入内，宛如秋风里的落叶，被卷动得上下翻飞。姜拂衣紧掐疾水诀，以防它逃出水柱，同时催快水速，想要将它绞死。

母亲疯癫时教她的法术很少，但稍微恢复一点，传授的都是水系法术。毕竟在海里生活，深海里什么巨兽都有，不善水法哪里活得下去。就算母亲不教，她从小看着母亲为她猎杀海妖当食物，跟着学也学了不少。

从前姜拂衣没有参照物，如今上了岸对比一下才知道，母亲是真的很强。就像这样的枯骨兽，一出手便能直接绞死。按照现今对修为的划分，母亲绝对是地仙中上等，或者，超出地仙。那么在极北之海设下封印的，

-132-

难道真是神族?

姜拂衣在湖底并未注意,疾水诀已经在湖面旋转出一个急转的漩涡。

那几个灵剑阁的弟子尚未跑到湖边,突感手里的剑在微微颤动。他们以为是自己手麻了,换只手拿还是一样,且越颤越剧烈,最后竟然两手都握不住剑柄,长剑纷纷脱手而出,朝着湖面的漩涡飞去,被卷入了旋涡之中。

"我的秋霜!"

"我的明月!"

不只是他们几个的剑,周围又飞来几柄剑,纷纷被吸入漩涡。不一会儿,越来越多的剑飞来,追着剑跑来许多人,却只敢停在湖边,心急火燎地看着湖面上诡异的漩涡,不敢有任何的动作。

漆随梦的浮生剑也在微微震颤,因此,他很快便能寻到根源,来到湖边。比他们强的是,他的剑反应没那么大,不必狠握,也不会脱手。

闻人枫见学子们并没有死几个,再次松了口气,指着那湖中漩涡,问道:"发生什么事情了?"

学子们纷纷回:"不知道啊,我们的剑都被吸了进去!"那全是门派家族为他们寻来的宝剑。

灵剑阁的弟子知道得多一些:"先前那枯骨兽缠上我们,中途它好像被一股无形的力量束缚住,它一边挣脱,一边爬回来这里……"

无形的力量?漆随梦想到姜拂衣之前抵御闻人枫时,使用的术法。姜拂衣没在岸上,她难道在湖底?

漆随梦心头一紧,毫不迟疑地从高空落下,当即想要沉入水中,却听见燕澜说道:"不必劳烦漆公子,舍妹有我。"话音落下之后,燕澜掐了个闭气诀,从漩涡外侧入水。

人家兄长既然开口，漆随梦唯有作罢，且他下去也确实不容易，靠近水面之后，手中剑颤动的频率明显在加强。漩涡里的诡异吸力，对剑有着强力的召唤。

燕澜不让漆随梦入水，是怕他发现姜拂衣的秘密。虽然燕澜也不知道这秘密究竟是什么，但能避则避。

等快要沉底时，燕澜看到了姜拂衣，除了长发似海藻般飘散在身侧，她的身体像是被钉在了水中，完全不随水流移动，掐着诀的双手，骨结泛白，青筋明显。

姜拂衣说她自小跟随母亲隐居于深山里，燕澜怀疑她在说谎。上次被父亲扔进溯溪泉里，燕澜就曾亲眼看着她游水时灵动得像条鲛人。她应是自小住在海边，为何要说谎，这有什么难以启齿的？

燕澜想不明白，他原本是想下来帮忙，看样子根本用不着。姜拂衣面前不远处的那道螺旋水柱，搅动速度之快如同水刀，更何况里面还掺杂了几十柄剑，什么骨头都能给搅碎了。

姜拂衣察觉到人靠近，心神一动。

"是我。"燕澜注意到她身体微晃一下，及时以秘法传音。

姜拂衣吃了一颗定心丸，放开胆子，再套一层疾水诀。即使在水中，也能听到利刃刮骨碎骨的声音，"嘎吱嘎吱"，颇为恐怖。最终那枯骨兽碎成了一团残渣。

湖中比起海洋，水灵力差得太远了，姜拂衣强行绞杀，不仅精疲力竭，还遭了反噬。她收回疾水诀，水柱散开时，只知道会有水刃袭来，没料到竟还掺杂着一些剑的碎片。姜拂衣没管，不想再浪费力气，燕澜在旁也不是看热闹的，来都来了，当然要贡献点力量。姜拂衣目视面前凝起一层光盾，那些碎片全部击在盾面上。

-134-

等水柱散去，燕澜本想收回光盾，却见她盯着光盾发呆。燕澜踟蹰着不知该不该收："怎么了？"

姜拂衣也以他先前教的秘法传音："我想起小时候，好几次我娘也是这样帮我善后的。"母亲就算再疯，始终记得自己有个女儿。一会儿瞧不见了就会四处寻找，海底的蚌妖们瑟瑟发抖，不等她来掰，一个个主动打开蚌壳。

原来是想家了，燕澜不会安慰人，不知该说什么，索性闭口不言。

姜拂衣开始向上游，传递出的声音有几分虚弱无力："说起来，大哥，你有些地方还挺像我娘，总是担心我丢了，还送我东西。"

母亲正常时，会从海底的遗迹里挖宝物给她玩。不正常时，母亲就会捡些藤壶和鱼眼睛回来。总之，都是母亲认为的好东西，觉得自己的女儿一定会喜欢。

不想了，身体难受的时候就总会想起这些。

而燕澜寻思不出这话究竟是褒是贬，是嫌他管太多了？因为自作主张，往同归里放了法器？

"父亲千叮万嘱，让我一路照顾好你，我自然要尽力而为。"燕澜从没听父亲对他提过任何要求，这是第一次，因此，他慎重对待。若非如此，当他这样闲吗？

燕澜突然想到一件事："阿拂，你先停下。"

姜拂衣停在水中，低头看向他。

燕澜游上来："我抱你上去。"

姜拂衣此时很是虚脱，但还能撑得住。

燕澜目露忧色："你最好装作昏迷，不然出去之后不好解释，现如今湖边全部是人，闻人枫也在，他的眼睛很毒。"

姜拂衣想想也是，以她的骨龄，水下绞杀一只丙级魔兽之后，还能好端端地聊天说话，的确是有些夸张。只不过那些人为何都来了？她将枯骨兽引来，又在湖底施法，哪儿来这么大的动静？

姜拂衣想起水团里的利刃碎片："那些碎片……"

燕澜解释："你施法时，除了漆随梦手中的浮生，方圆所有人的剑都被你给吸进了水柱里，不然枯骨兽也没这么容易被搅碎。"

姜拂衣难以置信。竟会这样？她从前在海中施法，或者看母亲施法，因周围无人，从来不知道。是因为自己的剑石之心？

糟糕了，不知道会不会被谁看出异常，姜拂衣连忙道："那麻烦大哥抱我上去吧。"

燕澜说了声"冒犯"，便将她打横抱起。

姜拂衣让自己松弛下来，靠在他胸口软趴趴地做出昏迷状。其实都不必伪装，这口气卸掉之后，她的头脑真有些昏昏沉沉。

燕澜抱着她跃出水面，取出一张净衣符，吸走两人衣袍上的水分，而且及时给自己戴上一张遮掩大半张脸的面具，只露出嘴唇和下巴。

湖边上众人先是看到漩涡消失，再是看到燕澜抱出昏迷的姜拂衣，问道："那只枯骨兽呢？"

燕澜道："已被斩杀。"

姜拂衣闭着眼睛，听燕澜如今近距离的声音，有几分不太习惯。

虽说出了大岔子，但枯骨兽仍算是考核，闻人枫问："为燕公子所杀？"

燕澜迟疑片刻："是为舍妹所杀。"

一众人皆惊，视线从燕澜身上，挪到"昏厥"的姜拂衣身上。而漆随梦的目光，自始至终都不曾离开过她。

闻人枫挨过打，知道姜拂衣不容小觑，但对她能杀掉枯骨兽心存怀疑："那能吸剑的漩涡，是怎么一回事？"

燕澜再次确认自己戴好了面具："舍妹所使用的，乃是家父传授的令剑之术。我巫族人不适合修习剑道，家父亦然，但家父生来与剑有缘，能以笙箫音律令寻常宝剑臣服。"

姜拂衣心道怪不得，巫族人的名字都是占卜得来的，所以前辈叫作剑笙。

剑笙名字的来历旁人不知，闻人枫是知道的，只在心中缓缓留了个问号，但终究没再纠缠此事。

其他众人又是一轮惊叹，万象巫真强啊！难怪从上古时期便屹立不倒，连一个十七八岁的圣女，都有令剑的本事。

燕澜声音如常："若无其他事，舍妹体力不支，在下先带她回去客栈调息。"

"等一等。"闻人枫扬扇制止，"燕公子，咱们先说说这账该怎么算？"

岸上那些学子听闻魔兽已死，纷纷凝聚剑气，开始从湖里打捞自己的剑。没想到捞上来的宝剑，竟然多半是些钝成锯齿的碎片。状况最好的宝剑，剑身也已经卷成了麻花状。他们一个个双眼发黑，有的人已经控制不住开始号了。幸亏此时修为低，若是在堂前立过剑在人在的誓言，那真是没处说理去。

姜拂衣听着一片号叫声，眼皮跳了跳，眼睛闭得越发紧。燕澜应允道："对不住各位，你们所有的损失，在下全部赔偿。"

闻人枫逮着机会，笑道："剑修的剑，并不是用钱财能够衡量的。"

有人附和："对啊，我的剑……"

燕澜打断他："既是实物，无论多么珍贵，总会有个价值。诸位若不愿接受晶石赔偿,去我万象巫选一柄心满意足的剑也可以,剑池里几千柄无主之剑,随便诸位挑选。"

姜拂衣心头"咯噔",以秘法传音:"剑池挑剑,这是不是亏大了?"

燕澜劝她放心:"无妨的,好剑全部放在宝塔里藏着,比如你母亲的剑。我说的剑池其实是我寝殿外养鱼的一方池子,那些剑都是我闲来无事拿来装饰鱼池,造景玩的,但也比他们手中的剑好得多。"

姜拂衣:说出这种话,竟然还听不出任何显摆的意味,真是奇怪。

燕澜承诺过后,再没人说什么,任由他带着姜拂衣离开。

闻人枫目望他们远去之后,又望向下方的湖面,总觉得哪里不太对:"我说漆兄,咱们下去检视一下那魔兽的尸身吧?"

没有得到回应,闻人枫扭头一瞧,看到漆随梦双目无神,表情落寞。闻人枫想起漆随梦自入内,就没开口说过话。这陷入情网的男人真是可怜,幸好燕澜只是她兄长,若是情郎,此刻漆随梦不得哭死了。闻人枫都有些于心不忍了:"漆兄……"

漆随梦转身离开:"余下的事情闻人兄来处理吧,我需要静一静。"

捋一捋这究竟是怎么一回事。

远处,白发魔修跟跟跄跄地追上霜叶:"师父,刚才您为什么不出手?丢了这只枯骨,魔神怪罪下来……"

霜叶扬起自己覆盖着冰霜的手,示意他闭嘴:"受一点惩罚,远比得罪凡迹星好得多,那万象巫的圣女,和凡迹星关系匪浅。"

白发魔修愣住:"怪不得我总感觉到那女子身上隐藏着很强的剑气,令我躁动。"

霜叶吹去手上新结出的霜:"我求他为我疗伤,已经求了十年,还

-138-

没放弃呢。不说这个，姜拂衣的剑与他相同，没准有什么牵绊。凡迹星如今所在不远，你若敢动姜拂衣，万一将他给引来了，你我生死难料。"

白发魔修沉默过后，沉睚厉声："他不愿为师父治伤，师父从没想过换个法子？"

霜叶目光同样一沉，警告道："今日与漆随梦一战，你还没疯够？要不要为师再找些事情给你疯？"

离开山谷范围以后，燕澜两人落在一条回城中的小径上。姜拂衣睁开眼睛："放我下来吧。"

姜拂衣的身体刚复原不久，此次消耗得厉害，还有些被法术反噬。燕澜很想劝她不要逞强，他将她抱回客栈去就是了。他二人如今是兄妹关系，不必担心有人会说三道四。但之前在水下，姜拂衣才讲过他像她的母亲。燕澜便忍住没说，将她放下。

道路崎岖，他取出一个能够低空飞行的风筝，风筝变大，喊着姜拂衣一起站上去。姜拂衣坐在风筝前端，回头望一眼山谷方向："可惜了，我进去原本是等着钓大鱼，结果全被夜枭谷毁掉了。"这下也不知道天阙府究竟会不会对她动手。

"其实南部灵气稀薄，障碍重重，从天阙府赶来，这么点时间是到不了的。"燕澜站在风筝尾端，"即使是天阙府君，也需要使用特殊禁术，才有可能。而除他之外，天阙府内修为最高的林危行，连这种禁术都没本事施展。"

姜拂衣问道："那你怎么不告诉我，还答应过来，害我在里面担惊受怕？"

燕澜觉得若自己说出来，像是不想过来一样。何况事无绝对，以防万一。

"但我瞧你哪里有一点担惊受怕的模样,都敢去和丙级的魔兽单挑。"

"来都来了,练练手。"姜拂衣挑挑眉,"你就说,我有没有给咱万象巫争脸?"又心虚道,"连累你赔钱,那是我意料之外的事情。"

"是争脸了。"燕澜给予肯定,"和你争的脸面相比,那点小钱不值一提。"

姜拂衣很满意他的态度,笑了笑,又慢慢地道:"再说魔兽能和人比吗?人心可比什么级别的魔兽都可怕。"

燕澜没有反驳,他也猜不透自己父亲的心思。

燕澜不想谈论这些,换了个话题:"你准备和漆随梦相认吗?"

"认什么?"姜拂衣听这话奇怪,"过往同行一场罢了,有什么值得认的?我若告诉你,你从前是个乞丐,没脸没皮,你会不会高兴呢?何况现在我还在怀疑是不是天阙府害了我。如今他是无上夷的得意门生,早和天阙府穿一条裤子了,帮着他们杀我都不一定。"

燕澜不了解漆随梦,不敢下判断,但瞧漆随梦得知姜拂衣在湖底时的反应,应该不会。

"哎呀!"姜拂衣此刻才想起来,"柳藏酒呢?他不是在山谷门口等着我?"

燕澜:"他去追那些夜枭了。"

姜拂衣原本打算问他,等不及,先问燕澜:"大哥,你知不知道凡迹星?"

这话题转得燕澜摸不着头脑:"听过。"

姜拂衣一双眼睛立刻亮如星子,仰头看着燕澜,像个虚心请教夫子授课的乖学生。

-140-

燕澜轻轻咳了一声："他是位前辈,和我父亲年纪差不多,也是年少成名。最大的特点,应是他修两种剑道,杀剑和医剑。魔杀剑的威力不用我多说,而医剑,听说他医剑治不好的,世上没谁能治好。

"因此有几句话在其他几境流传,'世有迹星郎,貌比芙蓉娇,一剑断人魂,一剑百病消'。"

姜拂衣很认真在听,但她体力不支,脑袋越来越沉,最终撑不住了,缓缓倒在风筝上。好像一头倒在海水里,又回到了故乡,回到了母亲身边。

"娘,阿拂有点难受……"

与此同时,叹息城内。

"我的规矩,若让我诊脉,我认为可医,便会出医剑。若认为医不好,便会出杀剑,绝不留你给别人医,坏我的名声。"

"知道,知道。"

稍后。

"怎么诊脉到一半,他晕过去了?"

"因、因为畏惧您会杀他。"

"他这只是小病,甚至无须出医剑,抓两副药就能恢复。"

"那、那您为何流泪啊?"

"我流泪?我一条魔蛇,连泪腺都没有,我怎么会流泪?我……我还真流泪了?"

姜拂衣醒来时,感知周围光线微弱,料想天还没亮,于是翻个身继续睡。燕澜办事她放心,自己肯定是在客栈的床上,而他也一定在隔壁关注着她的安全,于是安心入睡。

再次醒来时，已是响午。洗漱过后，她神清气爽，只是肚子饿得厉害。

姜拂衣去往一楼大堂里，坐在角落里，点了些食物。

小二端菜上来："您慢用。"

姜拂衣盯着面前一碗黑乎乎的乌鸡汤："我没点汤吧？"

小二忙解释："是燕公子交代的。"

姜拂衣懂了，这汤里有补气的药，之前在魔鬼沼时燕澜每天给她送药膳。她双手捧起来喝，无论是糕点还是汤，味道都是一如既往的好。

"真是人不可貌相，燕澜竟然还会下厨炖药膳。"柳藏酒打着哈欠走过来坐下，从筷笼里抽出筷子夹菜吃，"不对，是他出门竟然还带着那么多的药材？"

"用不着。"姜拂衣之前问过燕澜，"厨娘炖汤时，我大哥扔颗丹药进去就行，以巫族秘法，不会破坏丹药的成分。"先前那些精致可口的糕点也是一样，和面时就将丹药化成水融进去了。

柳藏酒愣了愣："直接吃丹药不是更方便？"

姜拂衣抿一口汤，咂巴咂巴嘴："那么大颗咽下去，不噎得慌啊。"大部分的丹药，都是使用的灵草越多越大颗。姜拂衣目前见过最小的丹药，也有一颗桂圆那么大。

柳藏酒夹起一块鸡翅，撇嘴："有丹药吃就不错了，还嫌弃噎得慌？"

姜拂衣笑道："保命的时候吞一整瓶都无所谓，但日常调养还是精细点儿好。关键是味道特别好。"若是吃起来太苦，姜拂衣也认为不如直接吞，哪怕噎得脸红脖子粗，长痛不如短痛，"我大哥拿来做药膳的丹药，都是他从同功效的丹药里一种种尝出来的。"

柳藏酒望着她手里的鸡汤，脸上写满好奇："他是怎么尝的，每颗都舔一下，味道不错就扔汤里去？那你喝下去的岂不是他的口水？"

-142-

姜拂衣的嘴唇挨着瓷碗边缘，竟一口也喝不下去了。

此刻，燕澜正站在二楼走廊。原本他是听见姜拂衣出了房间，想下去叮嘱她吃这碗药膳之后的注意事项，又犹豫自己是不是太操心了点。听到柳藏酒这般诋毁，他忍无可忍地下楼去。

凭借狐狸的警觉性，柳藏酒感觉像是有无数把锋利的刀子直往身上戳，赶紧低头扒白饭。

燕澜踱步而来，从容不迫地围桌坐下，冰凉的视线从柳藏酒身上收回来，转到姜拂衣脸上，那双深邃似古井的漆黑眸子，像是在质问：你怎么不喝了？你信他的鬼话？你觉得我是这样不讲究的人？

姜拂衣赶紧仰起头，饮酒一般一口气豪迈地喝完。她手一转，令碗口朝下，表示自己一滴都没浪费。

燕澜那快绷成雕塑的脸，终于稍稍和缓。

柳藏酒讪讪地笑了两声："随口开个玩笑罢了，燕大哥大人有大量，肯定不会和我一般见识的，对吧。"

燕澜转眸再次看向他："柳公子……"

柳藏酒赶紧套近乎："别，咱们都这么熟了，这称呼太见外，你们俩喊我小酒就行，我家里人都这样喊我。"

"说起家中。"燕澜回想，"先前你来找我借相思鉴，说你与你三姐是从修罗海市来的。"

柳藏酒继续吃菜："对啊，我三姐在那里开药材铺。"

燕澜审视着他："前几日你回来又告诉我，夜枭谷时常去你家乡捣乱。据我所知，修罗海市虽是黑市，却也是几境里最和平的地方，应不是你真正的家乡。夜枭时常侵犯且还拿不下的地方，我在想会是哪里。"

不是燕澜非要窥探他的隐私，万象巫有规矩，借宝物必须知底细。

柳藏酒也知道这个道理，苦恼道："不是我不说，我对大哥承诺过不能说，否则就找不到我三姐。我向你保证，我的家人都不是坏人。"

喝撑了的姜拂衣跟着点了点头："总之，他的家人肯定站在夜枭谷那些魔修的对立面。"

燕澜没有接话，他也是恼柳藏酒口无遮拦，才故意针对一句。柳藏酒生怕燕澜再问，赶紧溜了："你们慢慢吃啊，我回房睡午觉。"

姜拂衣忍不住笑，问道："大哥，你刚说小酒是几天前回来的，看样子我睡了好几天？"

燕澜点头："八天。"

姜拂衣望向城主府的方位："神都来的人都回去了？"

"其他人离开了，剑修基本都去了万象巫挑剑。"燕澜已经写了信回去说明情况，交代侍女将他养的鱼捞出来转去别处，"闻人枫还没走，云州城主转修魔道，加入夜枭谷，闻人枫要暂时在这里坐镇，等神都的安排。"

姜拂衣"哦"了一声，想问漆随梦人呢，稍作犹豫，没问。她默默吃了会儿饭，又觉得没有柳藏酒聊天挺无聊的，拉起燕澜聊："咱们何时启程？"

燕澜实在不想在对方吃饭的时候聊天，但她问了，又必须回复："你休息好，随时可以。"

姜拂衣："叹息城远不远？"

"叹息城？"

"听说凡迹星在那里。"

燕澜蹙起眉："你想去找他医治你的……心病？"

-144-

心病？姜拂衣觉得这话听上去也没毛病。

霜叶从凡迹星处看到的剑，肯定不是她手中这把。但姜拂衣不彻底搞清楚，心里总有点不太踏实。尤其是母亲在告知父亲信息时，说的是"容貌出众，骨骼清奇"，脸蛋排在了根骨前面。而那"迹星郎"又是出了名的好看。

燕澜拿出地图平摊在桌面上，指着西面一处地方："叹息城位于幽州境内，与这里的距离还算好。"

姜拂衣看过去，幽州位于云巅国的最西边，与云州距离是不算远，但与他们要去的中州神都南辕北辙了。何况霜叶在叹息城见到他，差不多已经快要过去一个月，凡迹星没准儿已经离开了。

燕澜问："咱们转道去一趟幽州？"

姜拂衣模棱两可："再看看吧，他估计不轻易给人医病。"

"这你不必担心，他开出的价码，我想我们万象巫还是付得起的。"燕澜听闻凡迹星在幽州，也忍不住意动。听说凡迹星为人处世极有原则，一旦答应为对方医治，绝对不会泄露病情。因此，许多人寻他治疗隐疾。燕澜很想知道那头潜藏于自己身体里，充斥着暴戾之气的声音，究竟是自己的心魔，还是被封印的怪物。

吃完饭，姜拂衣要出去采买一点用品，填充一下同归，路途上使用。上次柳藏酒借她的钱，还剩下一些。

燕澜本想直接往同归里放些金子和晶石，但忍了下来："我也要去采买一个空置的储物戒指，以备不时之需，一起吧。"他跟着结账便是。

姜拂衣还在想要不要去幽州的事，敷衍地点头："好。"

两人走出客栈，并肩往街上走。走出挺远距离，姜拂衣才发现两人这样一言不发颇为尴尬，便寻思着话题。

想起燕澜当众解释剑笙前辈的"令剑"天赋,她问:"休容早就告诉我,你们巫族人没有姓,名字都是占卜得来的,难道剑笙前辈从出生时,就能算出他将来能以音律号令旁人手中之剑?"

燕澜微微提起唇线:"算不了那么准确,一般是在我们周岁时才起名字,和抓阄差不多,从许多龟甲片之中,抓出一个两个。我父亲抓的是笙和剑,都以为他将来会是乐与剑双修,没想到是令剑。"

原来如此,姜拂衣又问:"休容的名字呢?"

燕澜解释道:"休容在我族字典里是一种草药,后来她觉醒了草木之灵。"

姜拂衣:"猎鹿?"

燕澜皱起眉:"他抓了鹿甲,但那鹿甲是裂开的,他原先叫作裂鹿。少年时,他弓箭精通,箭术极佳,极善捕猎妖兽,因此将裂改成了猎。"

还挺有趣,姜拂衣仰头看燕澜:"那你抽到了什么?"

燕澜已知会问到自己身上,表情略不自然:"一片刻画着燕子,一片刻画着海上的浪花。"

姜拂衣想来也是:"代表着海燕?觉醒什么天赋?"

燕澜下颚紧绷:"你这不是明知故问,我一直不曾觉醒过天赋。"

姜拂衣知道:"但不是能够推测吗?"

海燕可以推测出什么天赋?飞行精通?这对于燕澜来说,也未免太简单了吧?

燕澜的神色越发不自然:"为我们取名的大巫,说我抓的不是天赋,是情缘。"

呀!姜拂衣支棱起耳朵。

此事在万象巫并非秘密,燕澜无须隐瞒:"以龟甲推测天赋的规律,

-146-

那位大巫说，'燕子'，代表与我有缘的女子是只鸟妖。"

姜拂衣心道怪不得呢，燕澜好像很喜欢羽毛，独自飞行时使用的是黑羽翅。带她回来客栈所使用的纸鸢法器，也黏着许多的羽毛。若是飞翔于高空，旁人恐怕会误以为是真鸟。

姜拂衣正在心中数着海鸟的种类，听见燕澜冷冷地说："至于'海上的浪花'，大巫偷偷告诉我，大概是此女极为滥情，我可能是她养在大海里的一朵浪花、一条鱼。"

这个预言从小梗在燕澜心头，因此，他对身边示好的异性都比较排斥，包括一起长大的休容。连带着他也非常讨厌鸟类，诛杀邪恶妖修时，最喜欢铲除的就是邪恶的鸟类。他还在万象巫施了阵法，方圆三百里，除了豢养用来报信的黑雀，旁的鸟类一只也别想靠近。

姜拂衣此刻终于回忆起来，万象巫藏于十万大山内，鸟类应是极多的，她却只见过黑雀。燕澜会有这么多羽毛类的法器，也不是因为喜欢羽毛，而是从恶鸟身上拔得够多。

姜拂衣险些笑出声："有没有一种可能是那位大巫分析错了，你们占卜名字，通常都是用来占卜天赋，他不懂情缘也说不定。"姜拂衣感觉这种解释也未免太离谱了，"何况就算是分析天赋，龟甲所示，也还有其他的含义。"

燕澜背着手，眉目之中透出冷淡："哪一种解释对我而言都无所谓。"情缘之事他自小反感，长大了更是没有半点兴趣。

姜拂衣思忖着问："给你们起名字的大巫是不是单身啊？"

燕澜狐疑地看向她："你怎知道？他确实不曾娶妻。"

这就对了，姜拂衣试图分析："大哥，这情缘和天赋不一样，风花雪月之事，原本就该想象得浪漫旖旎一些。'燕子'，你不要从字面意思去理解，不如想一想它的寓意。比如说，它们属于候鸟，会在寒冷的时候，从北方万里迢迢飞到南方去。而'大海里的浪花'，也不代表滥情，预示着她从海上来。结合起来，就是说有个姑娘……"

等一下，姜拂衣突然顿住了。她原本想说，有个姑娘会从寒冷的北方海域，被命运的浪潮推送去温暖的南方，来到燕澜身边。但她忽然想到，自己不就是从寒冷的极北之海，去到温暖的鸢南万象巫，见到了燕澜吗？若按照这样的解释，他的名字，代表的是她？

燕澜见她话说一半，问："怎么了？"

姜拂衣头皮发麻，微不可察地从他身边挪开半步："我哪里敢质疑族中大巫啊，风花雪月的解释才是最漫无边际、最靠不住的。大哥的顾虑不无道理，往后还是小心点鸟妖吧。"

"那是自然的。"燕澜从未有一天忘记过提防鸟妖。毕竟其他预言会随着时间模糊，而他从一岁开始，顶着"燕澜"这个预言，几乎每天被人提醒一遍，想忘记都难。

姜拂衣皮笑肉不笑地"哈哈"两声，问道："那你就没想过改名字吗？"

"我提过多次，但族老们不准我改。"燕澜目光冷冷，"说此乃族规，必须按照龟甲所示取名，尤其我还是少君，更要以身作则，否则要我从族谱之中除名。"

"改个名字罢了，这样严重？"姜拂衣没想到，"猎鹿不就改了？"

"他改的同音不同字，而且可以确定是大巫搞错了，并非裂开的裂，而是打猎的猎。"猎鹿改过名字之后，少年时期的燕澜立刻找那位大巫抗议。大巫却说，除非燕澜也能证明是他错了。

燕澜直言自己此生不会有情缘，除了无法成妖的黑雀，其他鸟类全

-148-

部赶走,他自己也会待在族群领地里,一辈子也不出这十万大山。大巫却说缘分之事可由不得他,必须要证明才行。燕澜问,那等自己到了适婚之龄,迎娶一位人族女子,是不是就能证明?大巫说不能,成婚也有可能会和离。生命中该遇到的人,终究会以各种意想不到的方式遇到,无处可逃。

燕澜和他争辩了好几日,争辩到最后,大巫终于让了步。他答应燕澜,等燕澜快要寿终正寝的前十天,若还不曾遇到那只滥情的鸟妖,允许他在族谱上改名字。燕澜简直要被气死,到那时都快死了,还改什么名字?

凡骨境界,人最长的寿命约莫在一百五十岁。突破凡骨,成为人仙,除了容貌会从突破那一刻停驻,寿命也会延长到五百岁左右。从人仙成为地仙,已知寿命可达千岁。

燕澜若是有缘突破地仙境,这个预言将伴随他整整千年。

"不提了。"一想到一生都要顶着这无耻鸟妖的"名字",燕澜心口就憋闷得厉害。

姜拂衣在旁默默听着,大气都不敢出。她忍不住偷偷瞄他一眼,看得出来他对"燕澜"两个字是真的芥蒂极深。平时多么冷静的人,哪怕上次因为寄魂来质问她,说是走火入魔,眼底也只是涌现出戾气,都没像现在这样鲜活地流露出生气的表情。

但姜拂衣没办法安慰他,连她都在不停地给自己洗脑,大巫的解释不会错,燕澜你认了吧。"燕子"肯定就是字面上的意思,意味着鸟妖,绝对不是一种寓意,绝对不是她以为的"从北到南,寻找温暖"的寓意。

救命!姜拂衣好不容易有了个又阔绰又有本事的大哥,可不想大哥对她发展出什么情缘。那她便要逃了,无法再拜剑笙前辈为师,万象巫也再不是她的退路。

燕澜往前走出去一丈左右,发现姜拂衣停在了后方,龇牙咧嘴的,还不停地用手指揪着自己的额头。他蹙眉:"阿拂?你怎么了?"

姜拂衣打了个激灵,又平静道:"哦,我刚才想起点旁的事。"她赶紧快步追上去,装作若无其事的模样。

越是如此,越是要和往常一样。她待燕澜若起变化,那可能才真是变化的开始。何况她也同样是猜测罢了,大巫会错,她更会错。没准儿"燕澜"还藏着什么更深的含义呢,还是不要庸人自扰了。

姜拂衣采买了许多的物品,才刚问过价,燕澜立刻就付了钱。姜拂衣一句也不拒绝,展现出自己极为庸俗的一面。

买完之后,两人一起回客栈。逛了趟街,姜拂衣能感受自己身体已无碍。第二天一早,他们三个再次启程。

直到步行出了云州城,姜拂衣才停在路边询问柳藏酒:"如果我说,咱们拐弯去一趟幽州,你怎么看?"

柳藏酒微微错愕:"去幽州?很危险吗?"

姜拂衣摇头:"不知道危不危险,是想去拜见一位擅长医术的前辈,瞧瞧我的'心病'。"

柳藏酒纳闷:"那就去啊,干吗这样郑重其事地问我?幽州是云巅国境里最乱的一处地方,我还以为你是要去打架。"

姜拂衣顾虑的是:"咱们之前说好,你只负责带路去往神都,而幽州南辕北辙,你又着急找你三姐……"

柳藏酒无语,摆了下手:"幽州才多远啊姐姐,能浪费多少时间?我是在找她,但也不是心急火燎,不然二十年了,我不得变成疯子?"

他一直是一边坚持不懈,一边随遇而安。

姜拂衣就喜欢柳藏酒这种性子，遂不再犹豫，看向燕澜："那咱们去一趟幽州吧。"

去找凡迹星这事，燕澜则显得有些随波逐流："好。"

正准备从储物戒指中取出陆行法器，燕澜倏然转身看向后方。姜拂衣也跟着朝背后望过去，眉头不自觉地微微皱起。

漆随梦正从城内走出来，看样子是奔着他们来的。许多天不见，姜拂衣感觉他的双眼似乎没有之前那么无神了，却又像是蒙上了一层更深的雾。

姜拂衣先打招呼："漆公子还没回神都？"

漆随梦走近，仍是谦和有礼的模样，对着他们问候一番："三位要去我天阙府，既是同路，不如同行？"

姜拂衣第一个拒绝："真是不巧，我们刚决定改道幽州，恐怕和漆公子不太同路。"直觉上，她对漆随梦没有仇视感，甚至有些亲切。但是既然疑心是天阙府害了自己，漆随梦如今也是天阙府的人，她一视同仁，并不想靠得太近。再说了，有他跟在身边，很难钓到大鱼，验证猜测。

漆随梦显然没想到，表情显现出一丝怔忪："幽州？"

柳藏酒更不想和这些名门正派打交道："是啊，咱们不同路了，你还是先回神都去吧。"

漆随梦看向燕澜："燕公子，你们不去拿回相思鉴了？"

燕澜不得不说话："先去一趟幽州。"

漆随梦暗自松了口气："那就是还去，我可以先送你们去幽州，再陪你们回神都。"

这话柳藏酒听着难受："幽州虽然危险，但我们也没差劲到需要你这剑修'送'吧……"

话音未落,漆随梦从储物戒指里取出一枚做工精美的白玉令:"这是云巅王上恩赐的玉令,可以无视城市禁飞的规则,在高空自由飞行。家师闭关之前,将此令交给了我保管。"

柳藏酒乖乖闭了嘴。姜拂衣也一样,可以飞行,将会大幅度缩短他们的行程,实在说不出拒绝的话。他俩几乎同时看向燕澜。

燕澜微微颔首:"那便有劳漆公子了。"

漆随梦再次松口气,将手中玉令抛出去。那玉令逐渐变大,足够容纳十来个人。姜拂衣踏上玉令时,忍不住瞥了漆随梦一眼。应该不会错,他不是那小乞儿谁是?哪怕如今打扮得衣袂飘然,瞧上去出尘脱俗,骨子里那股喜欢死缠烂打的气质,真是一点儿都没变。

玉令飞入云霄之后,云州城外,白发魔修从一侧密林里走了出来,身侧站着一名夜枭。夜枭双手捧着一个黑色的瓶子:"堂主,魔神大人恩赐的宝物取来了。"

白发魔修将那瓶子拿起来,朝天空望了一眼,像是在喃喃自语:"师父您总是瞧不起我,这回您且等着看,若那女子真与凡迹星关系匪浅,我定会让凡迹星乖乖低头,求着为您疗伤。"

玉令一路朝着西边飞去,速度极快。姜拂衣和柳藏酒坐在前端,燕澜站在中间,漆随梦则盘膝坐在尾端。

漆随梦之前说要捋一捋,便寻了个山洞打坐。几天过去,一无所获。唯一的解释,他大概是因为那抹"色彩",尝到了一见钟情的滋味。

师父或许是错的。不见绚烂世界,全靠规避得来的超然心境,极容易被打破。真正的得道,该是入世之后的看破。漆随梦最终决定跟着姜

-152-

拂衣走一程，窥探一下自己的内心，考验一下自己的定力。若确定是情意，而自己又毫无定力，那漆随梦便要立刻下手了。

师父教导，浮生剑的剑意掺着禅意，人世如梦幻泡影，转瞬即逝，不必贪恋。但在无数幻梦之中沉沦又清醒的漆随梦，还有另一种感悟。梦中面临的每个选择，皆不可过分迟疑，势必当机立断。因为他也不知此梦究竟可以存在多久，或许迟疑之际，便是梦醒之时，空留下遗憾。也就是说，倘若漆随梦确定心意，那他便要请师父前往万象巫，去找剑笙前辈提亲。师父若无法出关，去求大师兄，或是他自己去。

只不过……漆随梦想起了闻人枫的话，虽是嘲讽，却不无道理。求娶万象巫圣女，这聘礼也不知需要多少，他恐怕得提前准备。漆随梦睁开眼睛，看向了燕澜的背影。不如像闻人枫说的，先寻她兄长问一下？

漆随梦："燕兄……"

燕澜回头："何事？"

漆随梦回想起燕澜在湖边许诺众人剑池选剑时的淡然从容，他有些问不出口。原来这世上最令人难以启齿的窘迫，是源于贫穷。

燕澜原本以为漆随梦是冲着姜拂衣来的，后来逐渐发现异常，这家伙像是冲着自己来的。

燕澜夜晚下去住宿，早起购买食物，漆随梦总是找些莫名其妙的理由跟着他。只要他打开房门，漆随梦也会立刻从房间里出来，打过招呼之后，就以一种怪异的目光看着他。

燕澜不禁怀疑，莫非他感知到了自己体内封印的那只"怪物"？毕竟天阙府的剑，也是最擅长降妖伏魔的。因此，除了玉令飞行，避无可避，燕澜尽量躲在房间里不出去。

"燕澜，你有没有发现漆随梦不对劲？"柳藏酒敲开燕澜的房门，

"他经常刻意往你身边凑。"

燕澜淡淡地道:"有吗?"

柳藏酒以为他真不知,拍了下胸脯:"我可是狐狸,对骚味最敏感,以我多年来的见多识广,他八成是有龙阳之好,你可千万小心了。"

柳藏酒担心他聪明有余,但出门在外的阅历太浅,不知人心除了险恶,还有下贱:"你别不信,漆随梦刚才还来问我你最喜欢喝什么酒,长点心吧,等会儿别被他给灌醉了。"

燕澜听完柳藏酒一番劝告,额角青筋微微跳了跳:"你一只狐狸,还挺喜欢诋毁我们人族。漆随梦名声在外,背后站着天阙府,倘若传了出去,他饶不了你。"

"咱们自己人关起门来说话,怎么就成诋毁了?只要你不说,怎么会传出去?"柳藏酒给他一记"好心当成驴肝肺"的白眼,"行了,你爱信不信,反正这个漆随梦鬼鬼祟祟,肯定有所图谋。"反正提醒过了,他心情不悦地离开燕澜的房间,"你啊,就是输在见过的人太少了,对自己的容貌不够了解。"柳藏酒第一次去万象巫,已然发现但凡露脸的巫族人,找不出一个难看的。

燕澜听着房门"嘭"一声重重合上,并未在意,盘膝坐在床上,继续回溯那些怨力碎片。

大半个时辰过后。

"砰!"

"燕兄?"门外传来漆随梦的声音。

燕澜一愣,真的来了。

这几日他虽有意避着漆随梦,但对于主动找上门的麻烦,燕澜也不会躲藏,将聚灵壶收好,前去开门。漆随梦站在门外,才刚提起嘴角,

-154-

就听见燕澜慢条斯理地道:"漆公子,在下从不饮酒。"

漆随梦的笑容有一瞬的僵硬,旋即尴尬地道:"柳公子说……"

燕澜与他隔着门槛说话,没有放他进来的意思:"他告诉你的是不是桃花酿?那是他最喜欢偷藏的酒。狐狸这种动物生性狡诈,想骗你些酒喝罢了。"

漆随梦有些啼笑皆非,自己心烦意乱之下,竟被一只看上去不太聪明的狐狸给骗了酒。这般尴尬过后,漆随梦反而没了之前难以启齿的窘迫,笑道:"那不知燕兄此时是否有空,我有件事,想请燕兄帮忙出个主意。"

燕澜稍作沉默,与他面对面说话时,又觉得他不像是冲着自己体内的"怪物"来的。那他这几日的反常,是源于何故?脑海里不自觉闪过柳藏酒的话,后颈突兀地有些发麻。

燕澜心中知道不是,完全是被柳藏酒给带歪了。他让开一条道:"请进。"

漆随梦迈进来,燕澜领他去矮几前的蒲团上坐下,从茶盘里取出茶具,倒了一杯茶,推去他面前。

漆随梦垂眸欣赏这套光泽莹润的玉质茶具,知道是燕澜自带的。他自己客房里的茶具,只是普通的紫砂。不,连这雕刻精美的矮几,他房里也没有。漆随梦忍不住轻笑一声,见燕澜目露疑惑,忙解释:"我是觉得,自己最近变得庸俗了。"不是说燕澜俗,是他自己,"许多从前不在意的物件,瞧见燕兄拿出来,我心里总是要估量一下价值。"

天阙府为云巅降妖除魔,抵御外敌,主要的收入来源,自然也是云巅王上给的"俸禄"。俸禄不低,赏赐更不少,总之,日常开销是够用的,除此都是身外之物,漆随梦是真没怎么在意过。

燕澜垂目为自己斟茶："说笑了，天阙府位于中州神都，漆兄必定比我见多识广。"

漆随梦汗颜："燕兄是没去过神都，若是去了，恐怕会大失所望，认为不过如此。毕竟七境里没有比万象巫更富足的，而我天阙府归根究底只是个剑修门派……"

燕澜摩挲着茶盏，突然想通漆随梦这几日总是跟前跟后，又欲言又止的怪异举动所谓哪般了。

漆随梦可能是想借钱。这种事天阙府也不是第一回了，除却宝物，更是分多次借走了大量五星晶石。既不写借条，也不入账册，燕澜甚至都是无意中听说的。原本想要下令不许任何人再"借"给他们，但族老们纷纷出来劝。千年前的鸢南之战，天阙府身为云巅砥柱，坚持不参加。而现任府君无上夷也是神都里唯一帮着万象巫说话的人，就当作还人情。

"燕兄，我是想……"漆随梦捏着玉盏，话到嘴边，又窘迫起来。

燕澜看他这副模样，单纯不想再浪费自己的时间，从储物戒指里又取出一个储物戒指。这是他之前陪姜拂衣出门采买时购置的。为了养寄魂，购置了不少备用。

燕澜将已经开启的储物戒指放在桌面上："我明白，出门在外谁都会有难处，这些够不够？"

漆随梦一刹愣住，好半晌才反应过来，慌忙解释："不不不，燕兄你误会了，我并不是找你借钱，我是想找你问问聘礼的事。"

"找我问聘礼？"燕澜一时也怔了怔，也是许久才反应过来，自己现在有个妹妹。

既然都说出口了，漆随梦便坦然以对，又有几分赧然："姜姑娘窈窕淑女，我已决心求之。"

燕澜蹙了蹙眉，想到姜拂衣对他的态度："漆兄，你与舍妹谈过此事吗？"

漆随梦解释道："我只是知道万象巫族规森严，鲜将女儿外嫁，因此想先做了解，不至于毫无准备。等我心中有数，便会向姜姑娘表明心迹。"他虽知时机不等人，但也不会盲目去抓。换句话说，他从不打没把握的仗。

燕澜安静地听他讲完打算，疑惑地问："那舍妹若是拒绝了你，你也一样会去请你师父，前来我万象巫提亲？"

漆随梦点头。

"然而家父定以舍妹意见为重，不会看在你师父的面上，就答应嫁女儿给你。"燕澜面色微沉，隐有不悦，"我万象巫不怕你天阙府，家父也不怕他天阙府君。"

漆随梦神情肃然，立刻拱手："我绝无此意，我知会被拒绝，但势在必行。"

瞧他态度诚恳，不像威逼，燕澜不是很能理解："那漆兄图什么？"在燕澜看来，莫说大张旗鼓地求娶被拒绝，就连表明心迹被拒绝都已经十分丢脸。他从小看着猎鹿被休容拒绝几百次，还觍着脸往上凑的样子，都觉得他没出息，丢人现眼。但又感谢猎鹿，终于赢得了休容的那颗芳心，为他减少了一个大麻烦。

"我提醒你一句，家父脾气极差，不可理喻，他会让你颜面扫地。"

漆随梦却笑道："这是我对待情缘一事该有的态度，无论是否被拒绝，也必须让姜姑娘知道我绝非一时兴起。从我开口表明的那一刻，便做好了长远的打算。"

态度？燕澜慢慢抿一口茶，望着浮在茶水表面的倒影，自己深蹙的

-157-

眉心。

漆随梦知道言多必失，该说的说完，便耐心等待。

良久，燕澜抬头："我极为欣赏你待人接物的态度。"

漆随梦目光微动。

燕澜接着道："本也轮不到我多事，但你既然非要来问我，那我不得不说，站在舍妹的角度，我认为你的想法有欠考虑。"

漆随梦凝眸："愿闻其详。"

燕澜说道："你忽略了你的身份，你是天阙府君的得意门生，当今地榜的头名。凡骨境界内，你的浮生剑已经没有敌手，突破人仙境，应该只在这几年内。"

漆随梦忙道："不敢，燕兄只是不常外出走动，也不屑于天地人才榜的那点资源……"

燕澜打断他："我的实力如何并不重要，重要的是你'漆随梦'非常出名，与你相关的一切，都会成为世人茶余饭后的谈资。你求娶舍妹还被拒的消息,定会在短时间内传得满城风雨，你在云巅国的推崇者众多，可想而知，会对舍妹的正常生活造成多大的困扰。"

尤其还不知天阙府是不是真的因为漆随梦，对姜拂衣做了什么不好的事，或许会给姜拂衣带来更多的危险。即使有寄魂，燕澜目前应该也挡不住天阙府君亲自动手，那是他父亲才能与之匹敌的人物。

漆随梦微怔。

"至于你说的态度。"燕澜忍不住说一句真心话，"我私以为，对待心悦之人最好的态度，应是站在她的角度去为她思量，不能一味只想着去证明自己的态度，而将她推入旋涡之中。"

"我不知旁的女子会不会为你的态度所感动，但我猜舍妹是不会的，

她并不是很喜欢出风头，之前诛杀那只枯骨兽，也只是想为家父争口气，还希望你不要误解。"

每次住宿，姜拂衣都是住在燕澜隔壁，这次也不例外，且因为格局问题，房门还挨在一起。她听到漆随梦去敲燕澜的门，便警觉起来。

等漆随梦一离开燕澜的房间，回他自己的住处，姜拂衣立刻出门去找燕澜。巧得很，燕澜也开门出来，来找姜拂衣。两人出门后一个左拐一个右拐，步伐都有些快，险些迎面撞到一起。两人对视一眼，难得有默契谁也没有开口说话。

姜拂衣给他使眼色：来我房间。

燕澜跟在她身后。

姜拂衣关门时，还探头出去瞧了瞧，转身回来直接问："漆随梦找你说了什么？"

燕澜正是为此事而来："他说了很多……"

姜拂衣还没听完就"啊"了一声："他直接说想娶我为妻？"

燕澜微撩衣袍，在长椅上坐下："但我看你并不是特别意外。"

姜拂衣在对面坐下："因为他是会干出这种事情的人。从小讨饭吃，脸皮厚如城墙。完全没有修为的情况下，七八岁时就敢孤身从北境前往神都，路上走了两三年才遇到了我。我从强盗手里救下他，见我会些法术之后，他又立刻黏上来。"

记忆会隐去，但感觉不会消失。通过这几日的相处，姜拂衣相信自己应是和漆随梦同行了很远的一段路途。他一些不经意的微小举动，姜拂衣都熟悉得过分，但这更加深了姜拂衣对天阙府的怀疑。如果她真的一直和漆随梦在一起，最终"死"于天阙府手中的可能性，实在是太大了。

姜拂衣咬着牙，用力掰着桌角。"啪"的一声，竟将桌角整块掰了下来。拿着桌角不知所措了片刻，姜拂衣讪笑："不好意思啊，又要劳烦大哥赔钱了。"

燕澜却在跑神。他的心情有几分压抑，大概是羡慕漆随梦能够随心而为，百无禁忌。其实燕澜小时候对剑道也非常感兴趣，更是练得极好。尤其是拔剑去砍那位给他起名字的大巫时，大巫直感叹他可惜了。世间多了位秘法师，却少了位剑修。因为身为巫族的少君，燕澜自小要修习成千上万种祖传秘术，没有那么多时间修剑道。且剑道过于霸道，对他修习秘术有害无益，慢慢就放下了。也是心有不甘，他才会在鱼池里摆了几千柄剑，闲暇时慢慢欣赏。

姜拂衣将桌角"啪嗒"一声扔在桌面上："既然他问了，那你明天说个数吓吓他，让他知难而退。"又考虑到燕澜未必知道多大的数才算吓人，"这个数连你都觉得特别多，那肯定很吓人。"

燕澜摇了摇头："应该用不着了吧，你说过你想避着他，我已经替你将他暂时说服了，我想他短时间内应该会有所顾虑。"

姜拂衣好奇："你怎么说服他的？"

燕澜挑一些讲述。姜拂衣微讶："看不出来，你脑筋转得还挺快。"

燕澜没接话，瞧见已快入夜，他起身离开："阿拂，明天差不多就能抵达幽州地界，那里挨着魔境，浊气重，人少妖魔多，再想像这样安稳投宿不容易，早些休息吧。"

"好，大哥也早些休息。"姜拂衣送他出门。

关好房门之后，她背靠着房门呆立许久。重逢才多久，也没有太深的接触，漆随梦竟然想娶她？熟悉感，会造成这种错觉？她和漆随梦从前一路相伴，彼此的感情恐怕要比她以为的要深厚得多。

翌日一早,他们继续启程。眼见着下方逐渐荒芜,距离幽州越来越近。

一宿没睡好的姜拂衣没忍住,从玉令前方来到尾端,在漆随梦面前坐下。漆随梦也是一夜没合眼,他左思右想,认为燕澜的话没有错。以他如今的身份若是太过大胆,的确会给姜姑娘带来困扰。万幸。

漆随梦以为姜拂衣是来指责自己,颇为心虚地道歉:"姜姑娘,是我欠考虑了……"

姜拂衣却说:"能不能让我瞧瞧你的浮生剑。"

漆随梦怔了片刻,忙将"浮生"取出,悬浮在两人中间。

姜拂衣仔细打量这柄流光溢彩的剑,从不知剑也能如此好看:"我能不能摸一摸?"

"当然可以。"漆随梦连忙并拢双指,压制住浮生,以防它误伤。

姜拂衣伸手去触摸浮生剑身,流光旋即将她的手环绕住。冷冰冰的一柄剑,没有任何熟悉感,这应是漆随梦回到天阙府之后,无上夷才送给他的。

姜拂衣收回手的同时,才注意到剑柄处挂着一串珍珠饰物,被风吹得飘动。姜拂衣的心也跟着微微一动,转向去触摸那串珍珠。这些圆润的珍珠内部,并没有极北之海的气息,不是她储物坠子里的珍珠。

"姜姑娘喜欢?"漆随梦本打算取下来送她。

姜拂衣"啧"了下:"我常见剑修使用玉作为装饰,见到用珍珠的,有些稀罕罢了。"

漆随梦莞尔:"我很喜欢珍珠。"

姜拂衣的手微顿,随后收了回来,但眼睛还凝在那串珍珠上。

漆随梦见她表情颇有些怅惘:"姜姑娘?"

姜拂衣："我问你一个问题。"

漆随梦见她面色收紧，也不由得挺直了脊背："姑娘请讲。"

姜拂衣问："假如你发现，你师父做了恶事，你当如何？"

漆随梦以为她指的是相思鉴，心想即使真是师父借了不还，虽不道义，但也称不上恶事吧："我一定会将相思鉴讨要回来，并以天阙府的名义，向你们赔礼道歉。"

姜拂衣摇头："我说的是，你师父若是滥杀无辜……"

漆随梦好似听到了笑话："家师嫉恶如仇，不可能滥杀无辜。"

姜拂衣坚持："我只是做个假设，如果他滥杀无辜，苦主去寻他复仇，你当如何看待你师父？"

假设？漆随梦想也不想地道："若真如此，我会不耻，而后代师受过。"

姜拂衣倏然露齿一笑，瞧上去不怀好意："苦主若是你喜欢之人，而且就想要你师父的命呢？"

她这是在考验他？这样的问题，也未免太刁钻了。

"没有听懂吗？"姜拂衣以食指拨了下那串珍珠，"我再问得详细点，假如你师父厌恶你倾慕的姑娘，认为她是妖女，配不上你，将她暗中谋害。她命大没死，回来找你师父血债血偿，漆公子会不会挡在你师父前面？"

"我……"漆随梦听懂了，但根本回答不上来。他苦恼地朝姜拂衣望过去，"姜姑娘，这种假设过于离谱。"

姜拂衣挑眉回望："你于幻梦中修行，难道不曾经历过更离谱的？"

漆随梦经历过，但师父为他编织的梦，很少与男女之情有关，不然他如今也不会像个懵懂的少年人，一路在摸索。漆随梦敛目："姜姑娘，我能不能不回答？"

姜拂衣拒绝："不能，你不是想让我瞧见你的态度？那就必须给我个说法。"

漆随梦无奈，知道这话她可能不爱听，又不想欺骗："她若真为我师父所杀，侥幸没死，不躲藏起来，竟还想着回来杀我师父，这不是想死第二次吗？我能从师父手下护住她就不错了，哪里用得着挡在师父前面？"

姜拂衣掐紧了手指，从牙齿缝里挤出一丝狞笑："都说了是假设，你不要给我扯东扯西。我就问你，你会如何选择？"

"不知道。"无论怎样假设，漆随梦都不知道结论。一边是倾慕之人，一边是恩重如山的师父，这样的事情，凭空想象根本毫无意义，唯有真正经历之时方能体会，"其实，我觉得这仇恨并非不能化解。"

姜拂衣："化解？"

漆随梦迟疑着道："毕竟她还活着不是吗？既然还活着，我认为此事发展不到非得让我师父偿命那么严重。"

姜拂衣："我讲过了，她能活下来是她命大。"

漆随梦道："无论哪种缘故，结果是一样的，她只要还活着，为时不晚。"

姜拂衣蓦地起身，心底涌出一股难耐的怒气，险些将他一脚从玉令上踹下去。之所以忍住，是因为没忘记玉令是他之物。她还没这样霸道。

"漆公子，这几日多谢，往后的路不必相送了，咱们稍后天阙府见。"姜拂衣转身朝玉令前端走，路过燕澜，来到柳藏酒的身边。

柳藏酒正坐着打瞌睡，突然被她抓住手腕。姜拂衣直接从玉令上一跃而下。柳藏酒被拽着一起下坠，瞌睡瞬间惊醒，赶紧幻化回原形，长尾一勾一甩。姜拂衣安稳地落在狐狸背上。

柳藏酒空出只爪子捂了捂"怦怦"直跳的心脏："小姜，你下次发疯之前跟我说一声啊，险些被你给吓死。"

姜拂衣沉默不语。

她跃下时，漆随梦立刻起身，本想去追，又按捺住。追上之后还是同样的问题，他注定说不出令她满意的答案，只会火上浇油。漆随梦终于领悟到自己过于天真了，这情缘之事，并不是可以当机立断、快刀斩乱麻的事。女子的心思实在太难懂，考验人竟用这种刁钻的问题，比师父织过的所有幻境都难。

漆随梦心烦了一会儿，才想起燕澜还在，问道："她方才赶我走，究竟是发脾气还是认真的？"

他们聊天不避人，玉令就这么大点地方，燕澜不想听也听见了："我想她是认真的。"

漆随梦对此一无所知，燕澜却是亲眼看着柳藏酒打开棺材，看着姜拂衣被放出来，知道她的"命大"有多不容易。

漆随梦叹了口气："燕兄，你说这题若是换你来答，你会怎么答？"

燕澜道："此事不会发生在我身上，因为我没有师父。我的秘术全是从书卷里学来的，书卷又不会杀人。"

他都这样惨了，为何还要开玩笑？

燕澜拱手："漆兄，稍后天阙府见。"

漆随梦想办法挽救："不然的话，我先回去将相思鉴拿到手，给你们送来？"

燕澜展开自己的黑羽翅，跃下玉令："不必了，我们去神都还有其他事情要做。"

柳藏酒带着姜拂衣落在一条荒路上，又变回人样："我打个盹的工

-164-

夫，怎么了？"和漆随梦分道扬镳这事一点也不奇怪，但柳藏酒以为会是燕澜先提出来。

"我已经欠下了太多人情债。"双脚挨着地，姜拂衣心里也仿佛踏实多了，又笑嘻嘻地说话，"害怕还不起啊。"姜拂衣之所以询问漆随梦，并不是为了听他的选择。前尘尽忘，又被无上夷强行编织给他的无数幻梦洗脑，他会说出这样的话不足为奇。

姜拂衣只是想趁机窥探自己的反应。结论就是，她心底对无上夷有着很深的怨气，很深很深。

姜拂衣和柳藏酒继续往幽州方向走，过了一会儿，燕澜落在两人身后。

姜拂衣秘法传音："这回又要浪费你的时间了。"

燕澜道："原本的出行计划中便没有漆随梦。"

姜拂衣叹气："我试探过后，发现以我下意识反应出的仇恨情绪，'凶手'是无上夷的可能性越来越大。"哪怕不是主谋，也逃不开关系。

燕澜沉默了一会儿："那你确定稍后还要去天阙府？"

"去。"姜拂衣只担心万象巫，他们和天阙府一贯交好，"但我不想因为我的事情，连累到你们……"

燕澜是得写信给父亲，恐怕父亲也没料到，姜拂衣的仇人可能和天阙府君有关系。事情尚不清楚，想太多也没用，燕澜说道："正是碍着我们两家这种关系，若真是无上夷，我想他也不会明着对你下手。"

姜拂衣更担心他若暗着来，连燕澜都可能会有危险。

燕澜也在心中琢磨着自己寄魂在手，能有几分与姜拂衣一起从无上夷手底下保命的胜算。很难说，要赶紧将寄魂喂养起来，才能更熟练地去运用。燕澜想到什么，说："拿到相思鉴之后，没准儿你父亲在神都。"

姜拂衣嘴角微抽："我都不指望他，你指望？没准儿他还嫌弃我的存在,是自己一段不堪回首的黑历史,对我下手更狠呢。"

燕澜无言以对:"总之,此行我既答应了父亲保护你,你就不会死在我前面。"

"千万别。"姜拂衣劝他放弃这种危险的想法,"真遇大事,你记得躲我背后,让我来挡。你死就真见阎王了,而我死了转头又是一条好汉。"

燕澜凝视前方姜拂衣消瘦的背影,看来她之前"死而复生",并非命大。

姜拂衣心里不舒坦,恶趣味地询问燕澜:"就我刚才问漆随梦的问题,换你来答,你会怎么答?"

燕澜还是一样的回答:"我又没有师父。"

姜拂衣想翻白眼:"我现在觉得剑笙前辈说得很对,你可真无趣。"

燕澜心道无趣就无趣,要那么有趣做什么,等着被鸟妖看上抓进大海?但燕澜稍微一想,又觉得这问题根本不难。他不会逆反弑师,也不会阻拦姜拂衣报仇。打从师父因为某种站不住脚的理由,对他心悦之人痛下杀手那一刻,便已经亲手斩断了他二人之间的师徒恩义,不配再受他尊敬。莫说师父,亲生父亲也是一样。

只不过这一题对漆随梦来讲确实有些不太公平。他以为从小将他养大,对他恩重如山的是无上夷。其实陪他一起成长的是姜拂衣。等他想起一切时,应会对今日之言追悔莫及。

不能飞行,今日难以抵达幽州,晚上他们露宿在野岭。更深露重,狐狸已经蜷在树下睡得香甜,姜拂衣还在篝火旁喝鸡汤。她现在不能睡,因为燕澜不在附近,出去找合适的地方喂养寄魂了。

姜拂衣围着篝火搓搓手,幽州真冷,是那股透着阴气的冷,直冷到骨头缝里去。而且从地图上看，幽州地域广阔，都不知道上哪儿找凡迹星去。正慢慢搓着手，她突然感觉脖颈针扎似的一痛，像是被小虫子给叮了一口。姜拂衣探手摸过去，也没见血迹。奇怪了，她是有些修为的，周身自带一层天然屏障，普通蚊虫根本近不了身。

"姜拂衣。"突然，一个声音传进她耳朵里。

这陌生的男子声音惊了姜拂衣一跳，她起身问："是谁？"更奇怪了，她好像可以和这个人通过某种媒介聊天？

那人自报家门："夜枭谷，刑刀，师承霜叶。"

姜拂衣恍然，是之前在山外和漆随梦动手的那个白发魔修，听说个性有些癫狂。

姜拂衣正准备血祭音灵花。刑刀却说："我劝你不要使用术法，你体内已经中了魔神大人赐予的连心魔虫。"

姜拂衣感知心脏，伤口缝隙里还真有只小小的虫子。刚才脖子会痛，是这个缘故？挺厉害，神不知鬼不觉就被咬了，幸亏寄生的部位是心脏。

"小家伙，我的这颗石头心，你可咬不动。"姜拂衣正打算取出来。

刑刀又说："现如今你与我同命相连，我生你生，我死你死。"

姜拂衣诧异："你这是在搞什么鬼？"他给自己也下了魔虫？

刑刀自顾自地道："你莫要惊动其他人，安静随我走。魔神大人所赐之物，凡迹星也解不开，只要他答应为我师父疗伤，我不会伤害你。"

原来打的是这样的主意，而且姜拂衣听他的意思，他好像知道凡迹星如今人在何处。这不是瞌睡有人送枕头？姜拂衣当即道："走走走，大哥你在哪儿，咱们赶紧出发。"她在同归里和燕澜保持联络就行。

刑刀无语，说她和凡迹星没关系，他都不信，一样都是那么有病。

# 第四章
## 大佬少架的方式

"你朝东边走,不要耍花样。"

姜拂衣无语。

刑刀:"你怎么不动?果然是想耍花样。"

姜拂衣难堪:"哪边是东?"她不是故意的,每次一来到陌生的地方,总是需要一点时间才能分清楚东西南北,尤其是没有月亮的夜晚。

刑刀大概是无语住了,半晌才道:"你面前是西,背后是东。"

姜拂衣忙不迭转身:"现在像你这样的好人不多了,我问东,你连西都告诉我。"

刑刀:有病!

姜拂衣步伐极轻,生怕柳藏酒察觉出异常,再生事端。她边走边从同归里取出纸笔,简单留下一句话,小心放回去,想着燕澜正在忙碌,并不催动铃铛。

野岭的东侧还是野岭,幽州的黑夜时间有八个时辰,浓黑的夜幕之下,犹如走入无边地狱。突然,一阵刺骨的寒意袭来,姜拂衣禁不住打了个寒战,目望刑刀在前方不远处现出原形,果然是那位少年白发的魔修。他疯不疯不知道,但够狠,也挺聪明的。他以为她和凡迹星关系匪浅,和她一起种下连心共死虫，这样去到凡迹星面前，也不敢杀他。可惜了，姜拂衣自己都不知道能不能和凡迹星扯上什么关系。

"走。"刑刀抓住她的肩膀。

姜拂衣毫不反抗，任由一团黑雾将他们笼罩，不知是飞行，还是使用了缩地成寸的术法，总之已经不在原地。

刑刀打量她："凡迹星究竟是你什么人？"

姜拂衣好笑："你都和我同生共死了，现在才来问我这个问题，会不会太迟？"

刑刀哑巴了下："师父说你们关系匪浅，宁可被魔神惩罚，也不招惹你。"

"那不就得了，你既然认定可以拿我要挟他，又何必管我俩的关系？"姜拂衣示意他专心带路，少说废话。

西面的山坳里，燕澜猎杀了不少魔化兽。哪怕一只最低等的魔化兽，给寄魂带来的生命力，也比几百只家禽多。大半个晚上，寄魂肉眼可见地膨胀，从瘦猴子逐渐变成了一头精壮的小熊。

燕澜背靠一株枯树，双手环胸，等它吃得差不多时，犹豫着问道："你从前跟着我母亲，是否知道二十年前，她点过天灯之后，从神族得到了什么旨意，用哪种办法平息原本可能会发生的浩劫？"

燕澜始终不能相信，母亲会将怪物封印在他身体里。寄魂蹲在尸体旁，边吸食灵魂之力，边摇着脑袋："我除了进食，还有被主人提取力量时，基本都处于睡眠状态，对主人的事儿哪里敢多问啊！"

燕澜知道它没撒谎，不然这寄魂至少寄生了九任巫族少君，也未免知道太多秘密。

"不过……"寄魂想起来一件事，"前主人，也就是您的娘亲，她在您刚出生没多久,有一次情绪极为激动,我被迫苏醒,听到她和您父亲在争执。"

燕澜放下手臂,站直了身体:"他们争执什么?"

寄魂从前对宿主毫不在意,自然也记不得:"就记得他们真的争执了好久,吵得我睡不着。"又摆摆手,"不对不对,不是您刚出生,是您哥哥刚出生没多久。"

燕澜有个年长他十岁的兄长,出生不到周岁便因怪病夭折。燕澜之所以对凡迹星多有了解,正是因为父母亲曾经为了他的兄长,去寻找过凡迹星医治。不知是凡迹星不给治,还是没有治好,总之,回来没多久,他大哥便夭折了。大哥不曾抓过龟甲片,连个名字都没有。

等到寄魂吃饱之后,燕澜折返回去。相隔几十丈,他已发现篝火附近只剩下柳藏酒。燕澜心头蓦地一惊,一跃而至。

柳藏酒被他的动静吓醒:"又怎么了?"

燕澜掐诀,指尖现出一点红光,在自己眉心一点,向四周释放出感知力:"阿拂呢?"

柳藏酒一点也不紧张:"大概是像你一样睡不着出去逛逛了吧?反正我没感觉有外人靠近。"

燕澜是有事情做才离开,荒山野岭的,姜拂衣怎么可能出去闲逛。感知不着,燕澜道:"我去找,你留在这里别动。"

"我劝你省省吧。"柳藏酒劝他不要太紧张,"若真是有人能在我毫不知情的情况下,把小姜带走,那他的修为得有多高?我觉得八成咱们也找不回来了。"

燕澜瞥了他一眼,但柳藏酒别的不行,警觉性信得过。姜拂衣难道是自己离开的?

燕澜想到什么，连忙打开同归，取出匣子里面的纸。果然又多了几行字。

"大哥，夜枭谷的刑刀给我下了一种我不怕的魔虫，非要带我去找凡迹星，别担心，等寻到之后我会通知你，你俩再过来。"

柳藏酒凑过来看："怎么了？"

燕澜将纸收回去："没事，继续睡你的。"

"我就说嘛。"狐狸刚躺下，突然又猛地蹿起来，浑身炸毛。

燕澜比他更早警觉，指尖已然暗暗泛起金光。

周围飞沙走石，鸟雀惊走。一股铺天盖地的威势，由远及近逐渐逼来。不久之后，一顶四周飘散着轻纱的小轿，被四名貌美女子虚虚抬着，从他们斜上方的半空中如鬼似魅地飞过。那些轻纱被夜风鼓起又落下的间隙，能窥见轿中端坐着一名华服女子。

看样子只是路过，柳藏酒松懈下来："真够显摆的，不过来头估计不小。嗅着气息好像是羽族，对吗，燕澜？

"燕澜？"


姜拂衣不知被刑刀带着跑了多远。刑刀突然停顿下来，侧身朝姜拂衣肩膀挥出一掌。

姜拂衣被他从黑雾中猛推出去，摔倒在一侧的地上。正纳闷儿时，骤然瞧见一道剑光，燃烧着熊熊火焰，似太阳一般耀眼，斩碎了黑夜，斩落在刑刀头顶上方。

姜拂衣被那道剑光照耀得睁不开眼睛，第一反应是不是漆随梦暗中又尾随她，跳出来破坏她的好事。但又觉得这威力，并不像是凡骨境界能够使出来的，至少也该是个人仙中层的模样。

因此，刑刀哪里挡得住，直接被他的剑气震出去十几丈远，重重摔倒在地。

刑刀很快又爬起来，果不其然的疯子，眼底竟然浮现出兴奋："赤麟剑？你是御风阁——剑仙暮西辞？"

"妖魔受死！"暮西辞并不想和他废话，原地不动，一挥长剑，倏然一道火焰再度朝他焚烧。

刑刀这人遇强则强，取出一颗魔药吞下，脸上瞬间爬满了黑色纹路，激发出澎湃的魔气，准备与他较量。

姜拂衣从地上站起身，望向看上去年仅二十来岁的暮西辞。她闲来无事最喜欢打听剑修，自然知道暮西辞。比起漆随梦天生剑骨，少年天才，暮西辞算是大器晚成，二十一岁才和妻子一起拜入御风阁学剑。但他妻子入门没多久便身受重伤，暮西辞为了筹措医药钱，一年之内接下三千七百多道悬赏令，诛杀成千上万的妖魔。二十六岁脱离凡骨，步入人仙境，一举震惊世人。

听闻暮西辞在的地方，他的夫人必定在，姜拂衣转头寻找。而不远处的路边，的确站着一位虽然貌美，却形容憔悴，瞧上去风一吹便要倒地的纤弱女子。那女子也恰好在看她，姜拂衣见她这般脆弱，主动上前去："这位可是暮夫人？"

女子捂住胸口咳嗽了一声："姑娘莫怕，他全仗魔药之威，我夫君胜得过。"

姜拂衣正是不理解这一处："两位前辈知道我是万象巫的圣女？"

暮夫人微微一愣："万象巫的圣女？"

姜拂衣纳闷："那以暮前辈的修为，应能看出我是邪修，为何要救我？"

暮夫人微抬双眸，打量她一眼，突然压低声音："姑娘认不认识柳藏酒？"

姜拂衣稍愣："认识，小酒是我的同伴。"

这声"小酒"，令暮夫人看向她的目光亲切了许多："我就说若非久伴，不会有这样浓的味道。"

姜拂衣看她的目光却越发狐疑。暮夫人偷瞄远处的暮西辞一眼，与姜拂衣调换了个位置。她背对着战局，以口型对姜拂衣说道："我是小酒的三姐。"

姜拂衣瞳孔紧缩，难以置信，她竟然是柳藏酒一直在寻找的柳寒妆？

柳寒妆又以口型说："若是小酒在附近，你快点儿提醒他，见到我一定要假装不认识。"

姜拂衣不明白，但当务之急是："您赶紧让暮前辈收手吧，这魔人给我下了同生共死的连心魔虫，他死我也得死。"

柳寒妆眸光一骇，捏住她的脉搏，微微蹙眉："你被他骗了，并没有中毒的迹象。"

姜拂衣一愣，竟然忘记她是一株仙草，懂医术的。

姜拂衣倏然想到什么，说："两位前来幽州是不是为了寻找凡迹星？"

柳寒妆点头，没说缘由。

姜拂衣道："你们知道他在哪里？"若是知道，刑刀杀便杀了。

柳寒妆却又摇头："只听闻他在幽州，但寻找了好些日子，始终寻不见。今晚与夫君宿在这附近的洞中，我感知到弟弟的气味，才出来瞧瞧，看到了你。"

"他知道。"姜拂衣指向刑刀，"他正是要抓我去见凡迹星，还希

-173-

望你让暮前辈停手,咱们一起去。"

"我们一起去?"柳寒妆面露难色。她这"夫君"是个"怪物",真正的怪物。柳寒妆二十年不敢回家,正是担心会给家里人带来灾难。

眼见刑刀快要招架不住,柳寒妆深深吸了口气,扭头柔声喊道:"西辞啊,能不能剑下留人?"

此时,暮西辞才刚喊了一声"缚"字。剑气拆解成一缕缕火线,将刑刀环绕。刑刀则在不断释放黑色魔气抵抗,那些火线被魔气冲击,时而内缩,时而外放,但将刑刀勒住是迟早的事。

暮西辞得空望向柳寒妆,疑惑地问:"夫人,此魔人充斥着暴戾之气,为何不杀?"

柳寒妆蹙起了柳叶眉:"这位姑娘告诉我,此人知道凡前辈身在何处,能给咱们领个路。"

暮西辞果然犹豫,但刑刀冷冷一笑:"想让我为你们领路,做你们的春秋大梦!"话音落下,环绕在他周身的火线猛地缩紧,肩膀处被烧出一缕焦烟。

姜拂衣朝刑刀喊道:"究竟是你的骨气重要,还是你师父的伤势重要?"能让他使用连心魔虫,以命相要挟,霜叶的伤势必定严重,"你既这般不服气,稍后见着凡前辈,完成你的心愿,再找暮前辈较量一次不就行了?"

刑刀张了张嘴,没有反驳,像是被她说动了。

柳寒妆也赶紧劝:"西辞,我在幽州待久了,很想早点儿回御风阁去。"说完,又捂着胸口咳嗽两声。

"收!"暮西辞扬剑一指,那些将刑刀缚住的火线纷纷被吸回赤麟剑中。

"好，我答应带你们一起去。"刑刀抹去嘴角的血，"走吧。"

暮西辞拦下他："天亮再走。"

刑刀恼怒："还等天亮，你难道还怕黑吗？"

暮西辞朝柳寒妆走去："我夫人身体羸弱，灵息微薄，吹不了夜风，也施展不来避风诀。"

等来到柳寒妆身边，暮西辞神色缓和许多，矛头指向姜拂衣："夫人又为何让我救下这邪修？"

姜拂衣忙道："晚辈是万象巫的圣女，修炼的只是我巫族秘法，并不是真正的邪术。"

听到"万象巫"三个字，暮西辞眉心蹙了蹙，旋即夸起柳寒妆："夫人真是见多识广，慧眼如炬。"

柳寒妆莞尔一笑，像是体力不支，挽住了姜拂衣的手臂："西辞，今晚你看好那魔修，姜姑娘被他所擒，受了伤，我去帮她检视一下。"

暮西辞一口应下："好。"

姜拂衣被柳寒妆挽着手臂，来到附近的一个山洞里。暮西辞没有跟进来，在洞外守着刑刀。洞内有火堆，还有铺好的皮毛软垫，柳寒妆领着姜拂衣坐下，用口型说："姜姑娘，你懂什么秘术，能将洞口封住吗？"

姜拂衣朝甬道望去，这山洞虽深，但外面那两个若是想要释放出感知力偷听，确实不难。姜拂衣不会秘术，血祭音灵花，催动无数花丝充斥整个山洞内，并将它们固定住。哪条花丝若是捕捉到有灵力波动，将会颤动，她会第一时间得知。

经过上次捕捉枯骨兽，姜拂衣对音灵花丝的操纵，已是越发得心应手："暮夫人放心，无人窥探。"

"音灵花？"同为花草，柳寒妆认了出来，"好生罕见之物。"

"我虽不才，但这朵花是……"姜拂衣顿了下，"是我父亲，一位处于地仙边缘的大巫炼制的，挡不住他们窥探，却也逃不过被我捕捉。"

柳寒妆知道剑笙，终于放下心来，立刻拉着姜拂衣着急地问："姜姑娘，小酒他好不好？"

姜拂衣实话实说："他很开朗活泼，但这十几二十年来为了寻找你，吃了很多的苦……"

姜拂衣讲了柳藏酒偷相思鉴，偷成心剑，误打误撞将她从棺材里放出来的事，又讲他为了借用相思鉴，一路给他们当向导的事。

"小酒一直以为你被封印在某处，才音信全无，可你既是自由的，为何不见他，不给他报个信呢？"

语气之中多少添了几分责备，柳寒妆并不生气，只觉得开心。她明白，姜拂衣这是拿小酒当自己人，为弟弟有了朋友而开心。

柳寒妆慢慢红了眼眶，随后眼泪大颗大颗地往下落："我曾重伤濒死好几年，稍微恢复一点，就骗着暮西辞前往修罗海市。但药材铺子已经没了，我找不到小酒，以为小酒没等到我，回了家乡，没想到他竟一直在外寻我。"

姜拂衣忍不住说："那暮夫人也可以给家里报个平安啊。"

"我的本体在我大哥手里保管着，我死没死，他比谁都清楚。"柳寒妆攥着袖口擦擦眼泪，"我大哥他就是故意的，骗小酒我可能死了，让他主动出门历练，快些成长起来。我会去修罗海市开铺子，也是被他给赶出来的。"

姜拂衣心道这大哥好狠的心啊！柳寒妆又叹气："但这也不能怪我大哥，在我们家乡，弱者是一点都活不下去的，何况我们兄妹几个使命在身，还要保护乡民。"

姜拂衣想起柳藏酒对魔人恨之入骨，说魔人经常去骚扰他的家乡，多少又理解了一些。

洞内沉寂了片刻，姜拂衣从同归里取出纸笔。

柳寒妆哽咽着问："你这是做什么？"

姜拂衣道："我想立刻告诉小酒这个消息。"

柳寒妆忙按住她的手，慌张地摇头："不能寄信……"

"暮夫人为何这样害怕暮前辈，是怕他知道你是妖？"姜拂衣觉得说"害怕"太轻，应该是恐惧。

柳寒妆道："他知道我是妖。"

姜拂衣不懂了："那为什么？"

柳寒妆目中浮现出挣扎："你说你大哥也在，他是你们巫族少君？"

姜拂衣点头："对。"

柳寒妆不知在思考什么，沉默不语。

姜拂衣抽出自己的手，继续写："你放心好了，我这封信不用寄出去。"写完之后，直接扔进同归里，随后催动铃铛。

野岭上，燕澜正围着篝火打坐，腰间铃铛传来异样。燕澜从匣子里取出纸张，看罢之后，旋即起身走到树下，半蹲在狐狸身边："小酒。"

柳藏酒刚睁开惺忪的眼，再次被吓得边跳边夯毛。他变回人形，指着燕澜怒斥："你给我说清楚，我究竟是哪里得罪你了！"大半夜戴着面具吓他，还是这样丑陋可怕的獠牙面具。从白天到现在，他被吓醒三回！

燕澜站起身："阿拂遇见了你三姐。"

"你不要给我打岔……"柳藏酒质问到一半，呆愣住，"我三姐？"

燕澜将手里的纸张递过去。柳藏酒赶紧拽过去,越看手越颤。看完之后,柳藏酒立刻拉着燕澜的衣袖:"你快回信问问她们在哪里,我现在就过去!"

燕澜按照柳藏酒说的回复,扔进同归里。

姜拂衣回复:"暮夫人说不行,怕小酒在暮前辈面前露馅。"

柳藏酒惊喜过后,又升起了愤怒:"问她为什么要怕暮西辞?人仙中境是很厉害,但我打不过他,二哥难道也打不过吗?更不要说大哥,杀他都不用提刀。"

燕澜看向他,如此说来他二哥至少人仙中境,大哥更高,难怪能抵挡住夜枭谷。燕澜没按照他说的问,写道:"你二人说话是否方便?"

姜拂衣回复:"方便,我们在洞内,暮前辈和刑刀在洞外。"

燕澜从储物戒指中取出两张黄符,将其中一张放入同归,并附说明:"取出来,拿在手中。"等确定姜拂衣取走了匣子里的黄符,他才朝前方扔出自己手中那张。

燕澜左手负于后腰,右手于胸前掐起一个手诀:"暗之魅灵,听吾号令,万象化虚,虚而化实,现!"

姜拂衣突然感觉花丝狂舞,她心尖一颤。确定只是身边的花丝在扭动,她又放下心来,料想是手中这传音符引动的。

原来一张传音符,竟能造成这样大的灵气波动。但很快,她就知道自己错了,这不是传音符。手中那道符飞到半空,忽然散成大量极其微小的颗粒,那些颗粒有序涌动,逐渐凝结出了形状,现出了柳藏酒和燕澜的模样。不算特别清晰,但燕澜兽骨面具上的纹路,至少都能显现出来。

姜拂衣惊讶,且他俩也能看到她和柳寒妆,因为柳藏酒的眼睛红了,他望向柳寒妆:"三姐,我总算是找到你了。"

-178-

柳寒妆吃惊过后,被这一声"三姐"又给喊出了眼泪:"都怪大哥那个狗娘养的,害你吃这么多苦。"这句"狗娘养的"实在不符合她眼下脆弱的状态,姜拂衣忍不住看她一眼。

柳藏酒哪管这些,带着浓浓的鼻音:"那些都是小事,只要你还活着,什么都值得。但是你怎么瘦成这样?瞧起来一副病入膏肓的样子,你落在暮西辞手中,他是不是虐待你了?"最后这句话,能听出他的咬牙切齿,随时准备来和暮西辞拼命。

柳寒妆没答,看向燕澜:"这位便是巫族少君?"

燕澜操控这对显影符会消耗他不少灵力,他一是嫌写字太慢,让他姐弟俩当面说清楚,二是想瞧瞧姜拂衣有没有被刑刀所伤。

见她安然无恙之后,燕澜便专心操控,没打算说话,但柳寒妆从姐弟重逢之中忽然转向他,像是有话和他说。且她目光之中的期盼,燕澜再熟悉不过。那些找上万象巫求办事的人,都是类似的眼神。虽心知大麻烦来了,燕澜依然接下她的话:"正是,不知暮夫人有何指教?"

柳寒妆道:"那你一定知道五浊恶世吧?"

燕澜微微一怔,五浊恶世是巫族的秘密,她怎么知道?他联想到什么:"暮夫人是怀疑……"

柳寒妆指骨攥得泛白,脸色半分血色也没有:"我能说吗?"意思是当着姜拂衣和柳藏酒的面,她能不能说。

燕澜沉默。

柳藏酒不明白他们在打什么哑谜:"说暮西辞,怎么说起五浊恶世了?是《悲华经》里提过的,劫浊、众生浊、命浊、烦恼浊、见浊?"

姜拂衣想到魔鬼沼里,那只曾与自己对视过的猩红"眼睛"。燕澜说,那是"怪物"世界的大门。那个世界,难道就是五浊恶世?

事关"怪物",姜拂衣警觉起来,打起了十二万分的精神。

事情和柳寒妆有关,又是柳藏酒的姐姐,燕澜觉得这事瞒不住他俩,说道:"暮夫人但说无妨。"

柳寒妆这才道:"我怀疑暮西辞是从五浊恶世里逃出来的怪物,一个能排进甲级的怪物。不,不是暮西辞,真正的暮西辞早就已经死了。"

二十二年前,柳寒妆在修罗海市经营药材铺。一个名叫暮西辞的年轻男人找上了门,他所得的怪病,柳寒妆知道该怎样治疗,只是需要的药引非常难得,是青煞兽的尖角血。

青煞兽少见,柳寒妆只知道御风阁的禁地有一头,且这尖角血仅有一滴,流出之后几个瞬息便会干涸,需要摘角那一瞬立刻引来入药。这意味着柳寒妆必须亲自去一趟御风阁。她身边还带着小酒,便拒绝了暮西辞。

但暮西辞拿出了一件更稀有的药材来换,那药材恰好适合为小狐狸洗髓,有助于小酒打好修行的根基。柳寒妆寻了好久也没寻到,经受不住诱惑,答应陪暮西辞走一趟。

修罗海市乃是七境之中最安全的地方,她交代小酒在铺子里安心等着,最多半年,若半年不归,便捏碎门梁上悬挂的玉符,大哥自会前来接他回家。

柳寒妆也只是谨慎着说了一嘴,她没想过会出事。以她的能力,出入一个二等门派御风阁根本不成问题。但为了稳妥起见,她与暮西辞假扮夫妻,一起拜入了御风阁。熟悉地形之后,两人趁夜潜入禁地里,诛杀了那头青煞兽,且并未发出多大的动静,便取到了那滴尖角血。

两人正打算离开时,禁地里其他的妖兽突然反常地躁动起来,那夜

原本明月高悬，忽就涌现出厚重的浓云。一道道狂暴的雷电落下，禁地之内火花四溅，四散而逃的妖兽有很多被轰成了飞灰。

柳寒妆心头骇然，知道这是天罚。当世间出现较大的天劫时，天道有所感知，会第一时间降下天罚。这说明附近将会出现某种恐怖的东西，柳寒妆赶紧拉着修为不如她的暮西辞疯狂逃命。

但头顶雷暴，无法飞行，周围还有大量狂躁的妖兽，柳寒妆逃得很是吃力，一道闪电劈下来，将她和暮西辞炸开。她倒地时，模模糊糊看到暮西辞附近的空气墙似乎裂开了一条缝，有一道黑气渗透出缝隙。雷暴立刻劈下，那黑气顺势钻进了暮西辞的灵台。

那道缝隙，应该就是五浊恶世的裂口。那道黑气，八成就是从恶世里逃出来的"怪物"。能够穿透神族的封印，避开从"墙壁"逃出，引动这等威力的天罚，这只怪物绝对属于甲级。这些都是柳寒妆之后慢慢回忆起来的，当时她被天雷炸得头脑发昏，看什么都是错位重影的。

从地上起身后，柳寒妆跑过去将暮西辞拉起来继续逃。因为暮西辞还没将那株珍惜药材完全给她，他还不能死。

更怪的事情发生了，那雷暴像是瞄准了柳寒妆他们，道道朝他们劈来。最后简直是天女散花，无处可逃，柳寒妆被几十道天雷同时劈中，失去了意识。

等她醒来时，已经是八个月后，在御风阁的房间里。睁眼那一刻，柳寒妆便觉得不对劲。她和暮西辞拜入御风阁时隐藏了修为，只是两名普通的外门弟子，住的房间只比杂役稍微强一些。但此时她躺在一个上等的房间里，屋内的陈设一看便是给高级弟子住的，且门外还有侍女。

从侍女口中，柳寒妆才知道她昏过去之后的事情。如此巨大的动静，御风阁众人纷纷赶来禁地，但此时风暴已然平息，而暮西辞也已经杀光了禁地内所有陷入狂躁的妖兽。这下，他一跃成了御风阁阁主的关门弟子。接着便是那些传闻，他为了救妻上刀山下火海，不眠不休，传得似模似样。"

"全是假的。"柳寒妆讲述这些往事时，浑身止不住地发抖，"他只是找个理由，将我推出来当盾牌，找个世人能够接受的理由，来掩盖他修为突飞猛进的真正原因。"

莫说柳寒妆发抖，姜拂衣都听得毛骨悚然。这样听起来，那"怪物"真的很有思想，知道俗世众人将"爱情之力"标榜得太过强大，超越三界，不在五行，能够战胜天地万物一切规则。

燕澜此刻的内心也极为汹涌澎湃。柳寒妆所说的时间点，和他母亲点天灯问神的时间点是重合的。而母亲问神的原因，正是因为发现五浊恶世出现了裂口。那个逃出去的怪物不是封印在自己体内？或者，那是一场大裂变，逃出去了不止一个甲级？母亲只将最强、最有可能造成人间动荡的那只封印在了他身体里？

燕澜稳住心神："你能确定他是五浊恶世里逃出来的？"

柳寒妆点头："八九不离十，非魔非妖非人，又强悍至此，不是怪物是什么啊？只是一直不曾使用过他的种族能力罢了。我前几年故意提及我在万象巫有位旧友，想去一趟见个面，他一贯什么都依我，唯独不肯靠近万象巫，应是害怕你父亲，害怕那扇封印之门。我的伤势一直不轻，却不敢自行调理，就是担心怕万一康复了，他会给我一记更重的，还不如就这样陪着他一起演戏。"

姜拂衣问："他和你摊牌了吗？"

"没有。"柳寒妆摇了摇头，"打从我从昏迷中醒来，他飞奔而回见我，就假装成真正的暮西辞,说他之前在禁地也受了伤,记不得很多事情,还找我打听他的出身。"

真正的暮西辞只是柳寒妆的一个患者,她哪里会知道他的来历:"于是我说我被天雷劈了脑袋,我也记不得了。我们两个'失忆'的人,相互演戏,彼此防备,就这样朝夕相伴过了十几年,成为世间一对出了名的爱侣。"

符文两方都陷入一阵很深的沉默。

柳寒妆战战兢兢地道:"少君,你们巫族才是五浊恶世的守门人,据说历任少君手中都有当年神族封印的怪物名册,和有关怪物能力介绍的书籍《归墟志》,你能不能告诉我,这个逃出来的'怪物'究竟是什么?"

姜拂衣冷汗都要流下来,这也太难了,封就封了,竟然还有详细记载,也不知道那本《归墟志》有没有他们石心人一族。姜拂衣忍不住看向符文里燕澜的影像,心头第一次对自己这位好大哥涌出了一丝丝畏惧。

姜拂衣再一次确定自己是明智的,从未和燕澜透露过自己的秘密。单独一颗不会跳动的心脏,即使《归墟志》中有关于石心人的记载,燕澜也应该联想不到。毕竟那册书,记载的东西浩如烟海。燕澜提过他自小要修炼成千上万种古老秘术,估计分不出多少时间来研究这些怪物。

燕澜斟酌着道:"综合你描述的那些天罚异象……"再加上暮西辞所修行的赤麟剑,是以强火术大杀四方。

燕澜猜测:"我觉得他有一些像是……兵火?"

柳寒妆屏住了呼吸:"少君也认为他是兵火?"

这个"也"字令燕澜再次皱起眉:"暮夫人看来早已心中有数,才会对他如此惧怕。恕我冒昧问一句,你为何对五浊恶世如此了解?"

"是家中大哥告诉过我一些。"柳寒妆求人办事,态度诚恳,"实不相瞒,我和小酒也出身于一个自古时候传承下来的家族,我大哥是这一代的家主,但他也仅仅知道一点皮毛,比如兵火这类出了名的祸患。我们唯一清楚的只有一点,这世上能够驱逐兵火的,唯有你们巫族。"

因此,柳寒妆才不敢回家。若家中普通,反而无事。一旦被兵火知道她的出身,那这场戏就再也演不下去了。

姜拂衣假装自己只是在听热闹:"大哥,什么是兵火?"

回答她的,竟是早就听蒙了的柳藏酒:"兵火在佛道被称为劫火,佛言,'劫火洞然,大千俱坏',意味着毁灭。"

竟然是会给人间带来刀兵灾祸的劫数怪物。之前姜拂衣挺想说一句,"怪物"这个词究竟是怎样定义的。是不是非我族类,其心必异。只看兵火这一类物种,也难怪神族要将其驱逐进五浊恶世。

燕澜已听柳藏酒说过两次佛言:"你好像对佛道很了解?"

柳藏酒摆了摆手:"了解谈不上,我大哥佛道双修,我听过一些。"

柳寒妆充满希冀地问:"少君,你眼下有办法对付他吗?"

燕澜摇头:"他究竟是不是兵火,我们目前仅是猜测,我需要和他多接触一阵子。"等真正确定之后,再和父亲,以及族中大巫们商量对策。兵火这等甲级巨患,必须慎重以待。有寄魂在手,燕澜与他相斗虽不至于惨败,但兵火随时可以弃了暮西辞的肉身逃走,蛰伏过后再换一具肉身。

柳寒妆看向柳藏酒:"小酒,你回一趟家,偷偷把二哥带来幽州,他或许可以帮上少君的忙。"

柳藏酒连忙应下来:"好!"

燕澜也叮嘱姜拂衣:"今晚来不及了,等明日动身时,你问问刑刀下一个落脚地是哪里,我提前赶过去,会一会那个暮西辞。"

姜拂衣点头:"我知道了。"

燕澜灵力不支，收回显影法术，眼前的影像消失。

柳藏酒说走就走："燕澜，这里交给你了，我先回家搬救兵。"

燕澜拦下他："若只是请你二哥前来相助，倒也用不着你亲自跑一趟吧，你们之间没有寄信沟通的用具？"

要是有，柳藏酒哪里用得着大老远跑回去："太远了，而且地形极其复杂，什么用具都没有狐狸的四条腿好用。"

"你等一下。"燕澜想了想，从储物戒指中取出一张半人高的陨铁重弓，弓身上雕刻着星象符文，"这是我寄信回万象巫使用的宝物，北斗七星梭。你只需告诉我一个方位，距离大致多远，我便能估算出你家乡的大概星位，将信箭射过去，速度快过一百只狐狸。"

柳藏酒惊叹："但……射过去也没用啊，怎么才能找到我二哥？"

燕澜劝他放心："箭是以你的妖力制作的，你二哥感知到你的气息，自会拦下来。且不必担心被人截获，开启信箭需要口诀，那口诀你可以随意设置问题，只你二哥知道答案的问题。"

柳藏酒目光澄亮："那还等什么，快造箭吧！"

燕澜递给他一块留声石，交代他留下要传递的信息。等柳藏酒说完，燕澜再抽他一缕妖力，融合进留声石内。

燕澜掐了个诀，手中原本圆润的石头逐渐化为一支箭。他举起长弓，搭箭上弦，弓身上的星象符文骤然发出光芒。

"方位。"

"哦，我家就在……"柳藏酒险些咬了舌头，忽地反应过来，指着他痛斥，"好你个燕澜，又在坑我！我告诉过你，我和大哥发过誓，不能暴露自家！"

燕澜仍维持着拉弓的姿势，平静地道："我记得你说，你违背誓言的惩罚是永远寻不到你三姐，你现在不是已经寻着了？"

柳藏酒愣住："对哦。"

燕澜又瞥他一眼："你家也不是真正的隐蔽之地，夜枭谷既然时常骚扰，肯定知道在哪里。刑刀如今落在暮西辞手上，我明日过去一问便知，犯得着耗费灵力来坑你？"

柳藏酒顿时羞愧得恨不得找个地缝钻进去："对不起啊，这回是我以小人之心度君子之腹了，我家大概在那个方位……"他抬手臂指向东南方，说出途经的一些知名地点，"最后落在一处广阔的草原上，那片草原叫作温柔乡，正中央竖着一块巨大的石碑，写着英雄冢，我家就在下方的墓室里。"

"温柔乡"和"英雄冢"，燕澜只对这两个词颇为熟悉。估算好星位，他遂将灵箭朝东南方位射出。

燕澜收弓："你三姐说你二哥或许能帮我，他懂得封印术？"

柳藏酒正在忏悔，回答得飞快："二哥不懂，但他可以帮你确认一下暮西辞究竟是不是怪物。因为我二哥是一面去伪存真镜，任何'假货'在他眼里全部无所遁形。"

燕澜微微一怔："镜妖？"

柳藏酒："对啊。"

燕澜将陨铁长弓收回储物戒指里："原来你们并不是亲姐弟。"

柳藏酒不高兴："我们兄弟姐妹全部是亲的。"

燕澜无语。

柳藏酒看向他："你这什么表情？"

燕澜拱手："自认才疏学浅的表情。"

狐狸和仙草，可以是同父异母，也可以是同母异父。但再加上一面

镜子二哥,哪怕燕澜博览群书,也无法理解。

趁着柳藏酒的"悔意",燕澜追问:"那你大哥又是何方神圣?"

柳藏酒道:"我大哥是人类。"

燕澜薄唇微动,实在是忍不住:"你们跨了四个物种,究竟是怎么成为亲生一家人的?"他原本是想从狐狸口中打听柳家大哥,现在整个大脑都被这个无聊的问题占据。

柳藏酒也知道有些难以理解,挠挠头,尽量解释:"我们的父母都是人类,大哥是从母亲肚子里出来的,二哥则是父亲为母亲打造的本命法宝。母亲去世之后,二哥化了妖,因此,大哥、二哥都随母亲的姓。

"而三姐是父亲以心头血喂养化形的仙草,我也是他养的狐狸。父亲步入天人五衰之后,将宝贵的真元赠给了我,助我开启灵智得化人形,我和三姐便跟着父亲姓柳。你说我们四个是不是亲的?"

山洞中,柳寒妆已经侧躺在皮毛软垫上睡着了。她身体本就羸弱,今夜大悲大喜的,支撑不住,半昏半睡。

姜拂衣睡不着,得知有《归墟志》这本古籍之后,她的神经就开始越绷越紧,手腕上铃铛忽然异动。

燕澜写着:"你也小心些暮西辞。"

姜拂衣回:"他若忌惮咱们万象巫,畏惧引火烧身,应不会动我。"她放回去半天,不曾收到回信。

姜拂衣没话找话:"大哥,你方才怎么把面具又戴上了?"

燕澜回:"我今夜在荒野见到一只羽族大妖。"

姜拂衣微微一愣:"然后呢。"

燕澜:"没有然后,从头顶上飞过去了。"

姜拂衣忍俊不禁:"你没给她一箭?"

燕澜回:"妖也分善恶,不确定她作恶,我怎能随意下手?你早些休息吧,我看会儿书。"

瞧见"看书"两个字,姜拂衣更来了精神:"看那本《归墟志》?"

燕澜回:"嗯,找找看除了兵火,还有没有其他类似暮西辞的怪物。"

姜拂衣故意调侃:"找?以大哥好学的程度,竟没全文背诵?"

燕澜似乎在抱怨:"你来瞧一眼便知,篇幅冗长,晦涩难懂,且都是已被驱逐出人间的怪物,我年幼时只详细背诵过大部分甲级,其他全是囫囵吞枣,应付下大祭司的提问。"

果然和姜拂衣想的一样:"那你还随身携带?"

燕澜:"族规如此,此书需由少君贴身保管,不可随意放置,没想到还真用上了。"

燕澜在庆幸,姜拂衣在头痛。他发现用得着,肯定要开始补课了,万一给他补到石心人,又有她在身边晃荡,联想到一起去了怎么办。姜拂衣揉揉太阳穴,不一定有记载,不要杞人忧天了。

等太阳出来之后,姜拂衣陪着柳寒妆从山洞走出去。

暮西辞盘膝坐在不远处的石头上,一跃而下,朝她二人走去。

姜拂衣搀扶着柳寒妆,明显感知到她肌肉逐渐僵硬。姜拂衣心里也在打鼓,故作平常:"暮前辈。"

暮西辞朝她点头示意,随后看向柳寒妆:"夫人,你昨夜没睡好吗,为何眼睛红着?"

柳寒妆是因为和弟弟相见哭红了眼,微微一笑:"大概是旷野风沙大,没事儿。"

暮西辞将她打横抱起,御剑飞行,招呼刑刀:"带路吧。"

刑刀原本有一头白色长发,昨晚被暮西辞的剑火燎焦了一些,直接

一剑割了马尾,成了齐下巴的短发。他看向姜拂衣:"走。"

姜拂衣正好有事要问他,过去得特别爽快。刑刀再次扣住她的肩膀,席卷出一团黑雾。被笼罩在黑雾里,姜拂衣感觉到速度比昨天变慢许多,可见刑刀被暮西辞伤得不轻。她问道:"幽州的白天只有四个时辰,暮夫人又不能走夜路,咱们在日落之前会到哪里?"

刑刀不耐烦地道:"跟着走就是了,管那么多做什么。"

姜拂衣挑眉:"你只想着要挟凡迹星,就没想过,我其实可以为你师父在凡迹星面前美言几句?"

刑刀转头看她:"我给你种下魔虫,你会帮我师父美言?你当我是三岁小孩儿?"

姜拂衣笑道:"实话告诉你,我正好在找他,你给我带路,我其实求之不得。"

刑刀皱起眉:"你二人关系匪浅,你找不到他?"

姜拂衣耸耸肩:"信不信由你,总之,我答应替你师父美言。只有一个要求,在见到凡迹星之前,若发生什么变故,你顾着点我的命。"她不是骗人,等见到凡迹星一定会替霜叶美言两句。但这美言管不管用,可就不关她的事了。

刑刀不由得心动,若她的美言不管用,再以命要挟也不迟:"好,我答应你,你我如今同生共死,你不提我也会注意。"

姜拂衣又问一遍:"日落之前能到哪里?"

刑刀道:"金水镇,我近日得到消息,凡迹星目前就在距离金水镇不远的一座山崖底下,好像在等一朵每隔千年才会绽放的花,拿来当药材。"

姜拂衣从同归里抽出纸笔:"金水镇。"

刑刀看不懂:"你干吗?"

姜拂衣:"闲着无聊,练练字。"

如刑刀所料,天黑之前果然抵达了金水镇。小镇门口,燕澜和柳藏酒已经在等着了。

姜拂衣原本担心柳藏酒会露馅,没想到他竟和燕澜一样,戴上了巫族的面具,跟在燕澜身后,当起了他的仆人,还是燕澜想得周到。

反倒是柳寒妆,见到弟弟之后,耐不住情绪起伏。她偷看了暮西辞一眼,幸亏他的注意力全放在了燕澜身上。

姜拂衣"兴奋"上前,抓住燕澜的衣袖:"大哥!你是怎么找到我的?"

燕澜的声音从兽骨面具下透出来,低沉又神秘:"占卜之术。"

姜拂衣忙介绍:"昨夜我被夜枭抓走,幸亏遇到御风阁的暮前辈和暮夫人。"

燕澜迎着暮西辞的目光上前,拱手自报家门:"晚辈万象巫少君燕澜,多谢两位救下舍妹,往后若有用得着我巫族的地方,定会报答。"

暮西辞绷紧嘴唇,半响才道:"不过是举手之劳,言重了。"

以姜拂衣的站位,可以很清晰地观察到暮西辞的反应。他在燕澜逼近时,有下意识向后退的举动,但最终忍住了。

暮西辞扶着柳寒妆:"夫人,咱们先进去吧。"

柳寒妆大气也不敢出:"好。"

他们夫妻俩先进,姜拂衣三人跟在后面。唯有刑刀依然伫立在小镇门口,颇为怀疑人生。他身为夜枭谷的堂主,不仅沦落成领路羊,还被忽视得彻彻底底。最后竟是姜拂衣想起了他,转头招手:"走啊,你愣在那儿作甚?"

一行人入住客栈。小镇不比大城,哪怕是最好的客栈,条件也比较简略,一共只有十间房。燕澜先挑了左侧,暮西辞带着柳寒妆去了右侧。

柳寒妆进入房间,简单洗漱过后,便躺去床上:"西辞,我乏了,先睡了。"

暮西辞有些心神不宁:"好。"

柳寒妆其实不困,昨夜在姜拂衣身边睡得很好,十几年来难得睡上一个安稳觉。但她不想和暮西辞多说话,就时常吃安神草,逼着自己睡觉。只不过有时候睡梦中突然醒来,瞧见枕侧他的脸,总是会吓一跳。幸好他需要一个病弱的妻子,柳寒妆这身体是经不住双修的,不必担心他演戏做全套,和她做成真夫妻。想来,他也不屑于与她区区一个仙草小妖巫山云雨,那是对他堂堂大怪的玷污。

姜拂衣依然住在燕澜隔壁,她在猜燕澜是不是在看《归墟志》。她在房间里走来走去,对那本古籍太过好奇,耐不住血祭音灵花,悄悄释放出一缕花丝,从窗缝里钻出去。花丝绕去隔壁窗缝,小心翼翼地钻进去。

姜拂衣又将目视传递入花丝,立刻看清楚了燕澜房间内的景象。他穿着件单薄丝滑的寝衣,长发简单束在身后,盘膝坐于矮几前。哪怕关起门来,依然身姿端正。

瞧见矮几上摆着一册平摊的竹简,姜拂衣操控花丝试探着靠近。燕澜从竹简上抬头,一边拉紧微敞的衣领,一边朝斜上方望去:"阿拂,你若要练习傀儡术,最好选在白天。"

姜拂衣并不惊讶,她还没练到炉火纯青的地步,燕澜会发现是正常的。她打的就是这个主意:"白天我哪有时间?这种偷窥的事,可不就得夜深人静才能做?哎哟,不仅目视,我还能通过丝线传递声音,怎么样,我进步是不是很大?"

既然要炫技，姜拂衣直接操控那条丝线，迅速编织成一个小人的模样，显着微弱的红光，落在他书案上。她趁机去瞄竹简，瞧见上面连一个字都没有，看来是内有乾坤，没指望偷窥了。

燕澜垂眸凝视这个隐约像姜拂衣的小人："父亲承认过的天赋，无论你可以做到哪种程度，我都不会觉得奇怪。"

姜拂衣原本等着被夸，却听到这话，顿时不高兴了："大敌当前，你继续看你的，我也继续练我的，少说点废话。"

燕澜以为她是认真的，不打扰她了，低头继续看书简："那你练够了早些休息。"

哇，这人。姜拂衣不和他玩了，抽回花丝。她之前绝对是多心，"燕澜"两个字怎么可能代表她。

不过……姜拂衣趴在窗边，托腮望着窗外朦胧的夜空。"燕澜"，从北至南，寻找温暖，这是不是上天给她的一道暗示？

近水楼台先得月，让她先把燕澜擒获，如此一来，将来身份曝光，就不用担心再被巫族封印。好像母亲赠心剑给父亲是为了投资一样。她也投资一下燕澜？姜拂衣的双眼逐渐迷离。

"啪！"姜拂衣挥手给了自己一巴掌，打散了蔓延于心底的邪念。

母亲投资的对象，只是一个路过的小白脸，对方平白得了一场大机缘。而剑笙前辈待她恩重如山，燕澜又一路照顾她，她没打算剜心赠剑给好处，只想着去欺骗人家的感情，这岂不是恩将仇报。


不远处的崖底。周围环绕着微亮的萤火，树下摆放着一张小桌。左侧坐着凡迹星，右侧坐着他一位远道而来的故友。

凡迹星才刚捏起一颗棋子，他那位故友突然流露出微微诧异的表情，直勾勾地盯着他:"凡兄,你的鼻子……"

"流血了?"凡迹星镇定地接过仆人递上来的帕子,优雅地擦拭双唇与下颚上的血迹,"见笑了,我最近正在研制一种剧毒的解毒方式。"

故友拱手佩服:"以身试毒,不愧是你星郎。"

凡迹星笑而不语,继续擦拭。感知力则进储物戒指中,寻到自己不断躁动的本命剑。

"伴月,我劝你不要太过分,我已经知道有个对我很重要的人物正在靠近,请你不要再疯狂预示。而且还专挑我会客之时,我的脸面究竟还要不要了?"

然而凡迹星的警告毫无作用,伴月仍在剧烈颤动。从它颤动的频率,以及对他的影响来看,那位重要之人已经近在咫尺,或许就在金水镇内。

"我知道自从上次流泪,我就该主动去寻。但你也稍微考虑一下我如今的处境,此时靠近那人,对其有百害而无一利。待我先解决了麻烦,再去见也不迟吧?"

伴月油盐不进,完全不听。凡迹星又舍不得以精神力去压制,唯有无奈退出。

"凡兄?"对面的故友见他擦拭过血迹之后,迟迟没有动作,喊他一声,"你可还好?"

凡迹星毫无痕迹地回神:"在想下一步棋该怎么走,和你对弈,我是一步也不敢大意。"

是说辞,亦是实话。因为与他崖底对弈之人,乃云巅国第一儒修世家的家主,神都弱水学宫的宫主,闻人不弃。无论是做人还是下棋,闻人不弃都是一样的狡诈多端,稍有不防,便容易着了他的道,步入他的陷阱,万劫不复。

凡迹星重新捡起一颗黑子，落在棋盘上。闻人不弃也继续之前的话题："凡兄，我此次来寻你，其实是为了……"

凡迹星低头看棋盘："很抱歉，我的医剑斩不断情缘，你的相思病我爱莫能助。"

闻人不弃忍俊不禁："多年未见，迹星郎还是那么喜欢开玩笑。既然你已知晓我的目的，我也不再拐弯抹角，需要奉上哪样宝物，你才肯答应为女凰疗伤？"

凡迹星心道，一只鹰妖罢了，占据飞凰山搭了个窝，也敢自称女凰："你知道我的规矩，从不给羽族医病。"尤其是鹰，与他是天敌。"仇红樱自己放不下脸面来见我，先派徒弟过来叨扰，又请你来当说客。"

闻人不弃拱手："我是自愿来的，还希望迹星郎看在我闻人氏的薄面上，破例一次。"

凡迹星抬眸，似笑非笑："闻人家主这是在要挟我？"

闻人不弃叹息："我还真希望自己能揪出你的软肋来，可若真有软肋，你也不会如此难求，令人头痛。"

凡迹星淡淡地道："确实，与其想办法揪我那不存在的软肋，不如取出你的真言尺，趁我不备敲我一记，令我言听计从。"

闻人不弃笑道："也不是没想过。"

凡迹星挑眉："那为何不动手？"

闻人不弃道："医病的事，还是诚心些好。"

凡迹星颔首："明白了，是想让女凰瞧一瞧你的诚心。既是如此，我便给你个面子，破例一次。"

闻人不弃微微一愣，他二人从前不过泛泛之交，这面子给得蹊跷："不知凡兄想要何物？"

凡迹星似在斟酌："宝物便算了，这样吧，我近来恰好有件烦心事，你若能帮我解决，我就为女凰医治。"

闻人不弃道："请说。"

凡迹星讲述："有个难缠之人，总喜欢追着我比剑……"其实是想杀他。"七年前，我使计将他困在一个法阵中，总算得了清静。不久前，他破阵而出，又给我下了战帖，就约在这金水山。我实在不胜其烦，恰好你来了，稍后你找机会敲他一尺，让他别再没完没了地缠着我。"

闻人不弃忽然明白过来，凡迹星一贯神龙见首不见尾，此番竟是故意暴露行踪，引他前来帮忙。不懂的是，直接写个帖子送去神都，以医治女凰为条件，喊他过来不是一样吗？

哦，不一样。主动写帖子谈条件，那多跌份。等自己上门来求，他是给面子才说，高高在上。闻人不弃心中啼笑皆非："当然没问题，但连你都无法摆脱之人，修为可想而知，我的言听计从术，未必能够震慑此人多久，估摸着二十年左右。"

凡迹星不屑地道："他不过是强在专修一剑，而我亏在一剑双修。"

一剑斩人魂，一剑百病消，凡迹星用的是同一柄剑。杀伐是它，拯救也是它。相冲又相生。

对敌之时，好处是可以边战边疗伤，令凡迹星拥有极恐怖的耐力，即使打不过也有机会将对方给熬死。坏处是，医剑会在一定程度上冲淡魔剑的暴戾之气，导致凡迹星在对阵修为差不多的剑修强敌时，很难爆发，容易吃亏。

但凡迹星不傻，他会摇人。闻人不弃冲着他的医剑而来，而医剑原本就是他的剑道之一。他心安理得。等解决完此事，再去见那位重要之人。

可惜凡迹星不知道，重要之人姜拂衣也是冲着他来的。

早上从客栈出来时，只有燕澜、姜拂衣，还有刑刀。因为暮西辞说，柳寒妆身体不适得厉害，不想动弹，请燕澜他们先去找凡迹星，回来后将具体位置告知他一声，他们过两日再去。

这很明显是想避开燕澜，燕澜一句也没多问，答应下来。柳藏酒也留在客栈。

姜拂衣心中忐忑，边走边秘法传音："不会出什么事吧？"

燕澜觉得不会，毕竟柳寒妆已经与他周旋了二十年："小酒同样知道轻重。"

姜拂衣忍住不回头："照这样看，暮西辞是怪物的可能性很大。"

"是兵火的可能性更大。"燕澜翻了一夜《归墟志》，找寻有关"火"的怪物，"他能令妖魔百兽陷入狂躁，也能令人迷失本性，生出杀伐之心。因此对付他，需要挑选一个合适的环境，绝不能在人多的地方。"

姜拂衣懂了，需要等时机。燕澜补充一句："我已经寄信给父亲，等着看他怎么说。小酒也寄信通知了他二哥，咱们现在只需等待，先去医你的病。"

姜拂衣此刻才讪讪地道："其实，我不是来医病的。是因为霜叶说凡迹星手中有一柄剑，和我娘这柄剑一模一样，我心里好奇。"

燕澜皱起眉："你之前为何不直说？"

姜拂衣道："只是因为好奇，就浪费你的时间，我怕你不高兴。"

燕澜："……在你心中，我是一个如此斤斤计较的人？"

姜拂衣连忙摇头："就是因为大哥太不计较，我才会不好意思。"

燕澜理解不来："反而还是我的错？"

姜拂衣想说就是你的错，护送只是你爹交给你的任务罢了，你当个任务做不就行了？谁让你出钱又出力，无微不至的？

-196-

他但凡冷漠一点，姜拂衣对他下手也能心安理得一点。

正腹诽着，姜拂衣倏然想到一个解决的办法。如果自己也喜欢上燕澜，那就不算欺骗他感情了？

姜拂衣抬了抬眼皮，悄悄瞅他一眼，瞥见他脸上可怕的面具。燕澜是真的优秀，挑不出任何毛病的那种优秀。可是……姜拂衣摸了摸自己的心口，感受不到一点心跳。小时候心脏虽然跳得非常慢，和冷血的乌龟差不多，但还是会跳的。自打从棺材里出来，完全不会跳了。也可能是越长大心脏就会越冷硬，最后完全变成一块硬石头。

姜拂衣有一种感觉，石心人大概很难去喜欢谁。这可能是种族的自我保护，以免被感情冲昏头脑，遭歹人骗走心剑。

"就在这里。"刑刀沿着夜枭留下的印记，带着他们走过众多弯弯绕绕，一路来到一处悬崖边，"凡迹星就在这座峰下。"

姜拂衣站在悬崖边往下望，哪怕延伸目视，也看不到底部。燕澜则看向了对面的山峰，那里停着之前在旷野见过的小轿。看样子这只鸟妖也是冲着凡迹星来的。燕澜旋即收回目光："下去吧。"

姜拂衣拦下刑刀："你暂且在上面待着，我先去替你师父美言。他若不同意，我会告诉他，我中了你的连心魔虫。他若解不开，自己会来找你。"她想求见凡迹星的剑，带着麻烦下去，怕他不高兴。

刑刀犹豫半天："行。"

见他们商量妥了，燕澜本想张开羽翅，稍作迟疑，从储物戒指中取出一张网。他一手握住姜拂衣的手腕，另一手拽住网，跃下悬崖。

"嗡"的一声，网眼之间流淌开滋滋的灵力流，大网被风鼓成了伞状，延缓了他们降落的速度。

姜拂衣抬头看："这是什么？"

燕澜："天罗地网，专门用来猎杀鸟妖。"

姜拂衣反应过来："对面那顶轿子里的女人，就是你说的过路大妖？"

"嗯。"

"真有你的。"姜拂衣想说大哥你这样做，更会引起对方的注意。又罢了，以燕澜对鸟妖的警惕程度，引起注意也别想靠近他身边一百步。

像是落入了无底洞，两人降落许久才抵达悬崖底部。

幽州原本就冷，崖底更是阴气森森。姜拂衣下意识想要抱起手臂，肩上突然一沉，多了一件彩色的羽毛披风。

姜拂衣裹紧了些，没空去和燕澜道谢。因为她远远瞧见一条蜿蜒小溪，溪边有棵大树，树下坐着两个正对弈的男人。一个穿着繁复的宽袖长衫，文士发髻，看上去温文尔雅，满身书卷气。一个身披会将柳藏酒气死的白狐裘，长发半披半束，瞧上去雍容华贵。

"哪一个是凡迹星啊？"距离太远，姜拂衣看不清楚他们的脸，蒙眬之中感觉两个都是美男子。

"披狐裘那位。"燕澜的声音似乎也随着崖底的空气变冷，"另一位是我们万象巫的死敌，闻人不弃。"

姜拂衣讶然，才和闻人枫分别，转头竟然遇到了闻人氏的家主。万象巫和闻人氏，还真是解不开的缘分。

两人的棋下了一夜也没分出胜负，闻人不弃笑道："看来要暂停了，有贵客来访。"

凡迹星认同："是贵客。"

两人所指的贵客不同。闻人不弃看向燕澜。凡迹星看向的是姜拂衣，若不压制，他的本命剑已经快要自己飞出来了，而他此刻的情绪也很奇

怪，随着颤动的剑起起伏伏。来得不是时候啊。

姜拂衣和燕澜迎着他们的目光走过去。仆人按规矩去拦，凡迹星示意他退下。

两人在三尺左右停下来，燕澜拱手："万象巫少君燕澜与舍妹姜拂衣，见过凡前辈。"直接将闻人不弃忽视。

而姜拂衣也不拐弯抹角："打扰您了，晚辈过来是有事相求，想私下里说。"

闻人不弃笑道："巫族里多的是能人异士，也需要寻迹星郎医治隐疾？"等着看她怎样被拒绝。

凡迹星却站起身："你随我来。"

闻人不弃脸上的笑容一僵。

姜拂衣也没料到凡迹星这样好说话，跟在他身后，默不作声地随他走了很远。

凡迹星停下脚步，姜拂衣也赶紧停下："前辈……"才刚喊了一声，突然一柄剑凭空出现在她面前，将她吓了一跳。

"姜姑娘是为它来的？"

姜拂衣定了定心神，看向眼前的剑，从外观上看还真是和自己手中的心剑一模一样。过于质朴，与凡迹星华贵的气质完全不同。她问："晚辈能看看剑身吗？"

"可以。"凡迹星正打算起剑，却见她伸手握住剑柄，"唰"的一声，轻而易举便将他的本命剑给拔了出来。凡迹星瞳孔微缩。

姜拂衣则是彻底愣住了。她可以感知到这剑气里透出来的气息，千真万确是母亲的气息，和她从剑笙前辈手里得来的那柄是一样的。

岸上为何会有两柄母亲的心剑？

啊？

姜拂衣现在不仅心脏不会跳动，连脑子都快不会转动了。母亲难道觉得一柄剑不够，接连铸了两柄心剑给父亲？而父亲出于某种原因，将两柄剑一起丢弃，一柄流落到黑市，辗转多人之后被剑笙前辈获得。另一柄则落在了凡迹星手中。

剑笙前辈拔不出，是因为他并非剑修。但善于剑道的凡迹星能够强行拔出？

姜拂衣握着剑柄左看右看，精致的五官皱成一团。不猜了不猜了，她直接问："凡前辈，这真是您的本命剑？"

凡迹星望着在她手中、已经逐渐平静下来的伴月："自然。"

不知为何，姜拂衣不太敢去看他："您能告诉我，您是从哪里得来的吗？"

凡迹星陷入短暂的沉默，眉间疑惑丛生："该是我先问，你为何可以拔出我的本命剑？"以他的修为境界，除非神族，或者地仙巅峰境界才有可能拔得出。姜拂衣目前这点修为，哪怕凡迹星死后五百年，也不该拔出他的剑。

"晚辈……"姜拂衣难得支支吾吾。若凡迹星这柄本命剑，是姜拂衣上岸后遇到的第一柄，她恐怕立刻会拿剑指着他的鼻子，质问他为何要背信弃义，得了母亲的好处，却不回去给个交代。可现在她还揣着另一柄相同的剑，另当别论。

姜拂衣只说："因为这是我母亲铸的剑，融入了她的血，与我血脉相连。"当这份血脉苏醒之后，姜拂衣以自己的心思揣测母亲，猜她应该不会告诉父亲这剑是石心所铸，将风险降到最低。

凡迹星听完她的解释，浮在一双桃花眼里的浓云仿佛被吹散了，变

得清澈澄亮。他知道姜拂衣有隐瞒，却没撒谎。

伴月与她应该是血脉相连，才会对她存有这般强烈的反应。而他又因为与伴月心意相通，自姜拂衣出现，他的情绪也开始变得难以捉摸。

先前是因为疑惑才会一直压制，此时凡迹星不再刻意抵抗，看向姜拂衣的眼神温和又充满喜悦："原来如此。"

姜拂衣见他弯唇笑起来，忽就知道"貌比芙蓉娇"的形容实在不虚。原先是这身雍容的装扮，使凡迹星看上去颇为高贵优雅。这一笑原形毕露，妖里妖气。

姜拂衣问："前辈还不曾告诉我，这柄剑您是从何处得来的？"

凡迹星笑道："自然是你母亲送给我的。"

姜拂衣脊背一僵，抬头看向他："真是她送的？"

凡迹星好笑道："难道我是偷的？时间太久了，大概是七八十年前……"

七八十年前？姜拂衣认为没问题，只要不是这二十一年内得到的，往前推多久都有可能。因为姜拂衣在黑暗的蚌壳里真的待了很久很久，睡了醒，醒了睡，根本不知年月。

凡迹星道："那时候我年纪尚小，甚至无法长时间化人形，听闻极北之海外围妖魔众多，便去那里捕食，想多捕些内丹回来。"

姜拂衣垂着眼睛，双手紧攥剑柄。极北之海不仅外围，海域内几百个海岛也是遍布妖兽，海里的海怪更多。因此，能渡海的原本就不是普通人，本身不普通，或者家世不普通。这些人里又能被母亲选中赠剑的，必定是佼佼者中的佼佼者。

姜拂衣等着他继续说，他却停了下来。

"前辈？"

凡迹星回过神:"我当时不知天高地厚,没料到那里如此危险,险些丧命……至于具体的一些情况,我因为遭受重创,意识已是极为模糊。只记得我化回魔蛇,躲藏进一个地洞里,支撑不住昏迷过去。再醒来时,已经回到了我在魔境的家中,身体完全复原,若非手边多了一柄剑,我几乎以为我之前是做了一场梦。"

他望向姜拂衣手里的伴月。

姜拂衣听半天听了个寂寞,诧异道:"这中间发生什么您不记得了?那您怎么知道是我娘赠您的?"

"起初是真不记得了。"凡迹星修医道,判断自己是伤了识海。等医剑修炼到高深之后,他时不时给自己一剑。至今已经斩了三千七百九十一剑,那段受损的识海,才隐隐有了修复的迹象。"我在地洞里昏迷之时,好像灵魂出窍,去往一处洞天福地,遇到了一位容貌昳丽,心地善良的仙女。"

姜拂衣:……不是遇到的,是被"海妖"勾去的。

凡迹星回忆道:"仙女教我如何自救疗伤,还说我此番伤了本源,今后想完全复原是不可能的。于是赠我一柄具有两种形态的剑,一种形态可战,一种形态能医。她说是为我量身铸造,融入了她的心头血,以及我的妖息,天下仅此一柄……"凡迹星目前只能想起这么多,知道这仅仅是冰山一角,但已经足够了,"之后我每隔十几年就会去往极北之海附近,想去寻找那位仙女,然而那里太过广阔,十几个云巅国也不止,是真正的大海捞针,一无所获。"

姜拂衣全神贯注地盯着凡迹星,从他怅惘失落的表情里,看不出一丝说谎的迹象,且他也没有说谎的必要。所以并不是凡迹星背信弃义,他是因为伤及识海,忘记了那段与母亲在一起的往事?也忘记了母亲被

缚的那一片海域?

姜拂衣心中同样怅惘,却又莫名生出一些怪异感。怎么好像和"石心"有关的人,识海都很脆弱,很容易受伤?

母亲常年疯疯癫癫。姜拂衣被钉进棺材里之后,也失去了上岸之后的记忆。现在找到了父亲,他同样记忆混乱。甚至与她一路同行的漆随梦,天阙府君都选择让他修幻梦剑,变成现在这种看上去不太聪明的迂腐模样。

虽不记得了,姜拂衣也知道漆随梦从前不是这样的,比不上燕澜的"无所不能",也一定是值得信赖的,否则自己不会一直与他相伴。尤其漆随梦讲出那句"我喜欢珍珠"时,姜拂衣有所触动。

极少,但真的有。

难道这也是天道对"怪物"的限制?给石心人一颗坚不可摧的心,却要付出识海易损的代价?或许母亲的疯癫,不是因禁太久,是每一个石心人最后都会疯掉,甚至还会像瘟疫一样,传染给自己在意的人?

"姜姑娘?"凡迹星见她垂下头,攥剑柄的手骨结泛白,肩膀微颤,情绪颇为激动的模样,轻轻喊她一声。

姜拂衣缓缓抬起头,眼圈逐渐泛红。凡迹星应该就是她的父亲了,毕竟她储物戒指中那柄心剑早就已经是个无主物,它有可能是母亲被封印前在岸上铸造的,卖给了谁也不一定。年代太过久远,才会失去主人。而凡迹星确定去过极北之海,是从她母亲手中获得的心剑。

凡迹星被她这般望着,竟一时产生了不知所措的感觉。他一眼便能看穿她眼底藏着的委屈和难过,以及一缕淡淡的……孺慕之情?

凡迹星的心口冷不丁抽痛了两下,他知道自己是被伴月影响了,不想抵抗,大概也抵抗不住:"听说你是最近才回万象巫的,你母亲呢？"那位梦中仙女竟是剑笙的爱人。他心中有些不是滋味。剑笙早已娶妻生子，何德何能。

姜拂衣使劲儿攥剑柄，挣扎着这声"父亲"要不要喊，还是再多和他接触一阵子，瞧瞧他究竟信不信得过，再决定要不要告诉他更多。

凡迹星并不是个粗心之人，看得出姜拂衣对他的防备，试图表现得亲切一些："你母亲是我的恩人，更是我的'恩师'，你就是我的师妹。若有任何需要，尽管对我开口。"好气。明明他和剑笙同辈，竟突然矮了剑笙一头。

姜拂衣更是听得头大："您在说什么？您和我娘之间并不是师徒的关系。"

凡迹星道："我知道你母亲是因为心善，不求回报。但她教我法术，又赠剑给我，说是我的恩师并不为过。"可惜，这些年来心中对"仙女"的那点绮愿，注定是没有机会宣之于口了。

"是你父亲让你来的吧。"凡迹星的视线绕过她，看向远处正和闻人不弃"聊天"的燕澜，"又想求我救他儿子？"

姜拂衣蹙眉："嗯？"燕澜怎么了？

凡迹星倏然想到一件事："对了，你来得正好。有个风月国的剑修，从三十年前就开始一直找我约战，意图取我性命。今次我们约了此地，他稍后便到。"

姜拂衣想要问的话被打断："那剑修为什么要杀您？"刚找到爹，就有人想要她爹的命？

凡迹星冷笑："那剑修原本是来找我医病的，说他时常头痛。"凡迹星怀疑他也曾伤过识海，于是取出伴月想给他一剑，"岂料他一瞧见伴月，病也不治了，开始天涯海角地追杀我，说我一定勾引过他的夫人。

我原先以为他疯了,后来他拿出证据,他手中竟然有一柄和伴月外形一样的剑。两柄剑除了剑意不同,其他都像是一个模子里刻出来的。"

凡迹星一直以为那位仙女是他的夫人,自己心思确实不正,存心躲避,每回只想办法将他困住。摇人也不是摇人杀他,只求闻人不弃以言灵术赶走他。如今知道真相,仙女竟是万象巫剑笙的爱人,和他一点关系也没有。凡迹星顿时觉得自己这二三十年的窝囊气全都白受了。

"你可以拔出我的剑,也应该能够拔出他的剑。稍后等他来此,你告诉他实情之后,再看我狠狠打他一顿。"凡迹星这话说得咬牙切齿。

姜拂衣已经呼吸急促,双眼发黑,处于晕倒的边缘,很想喊燕澜过来赶紧扶着自己。这岸上竟然还有第三柄母亲的心剑?啊?

凡迹星朝姜拂衣伸出手:"来,伴月给我。"

姜拂衣慌乱着递过去。

"距离我俩约定的日子还有三日,但我现在一刻也等不了了。他不会离得太远,我这就喊他过来。"凡迹星握住伴月,看似随意朝高空一划。周围树叶剧烈摇摆,簌簌作响。传递完信息,凡迹星优雅地收剑归鞘,才发现姜拂衣的异常,"你这是怎么了?"

姜拂衣深深吸了口气:"我娘铸造的剑,那位剑修也当作本命剑?"

凡迹星微微颔首:"那是自然,你母亲铸的剑天生自带剑意,与他的天赋相契合,应也是量身打造的。只不过当他看到我也有一柄后,二十几年来一直追杀我,再没见他使用过。"

姜拂衣:……看样子是个极为骄傲的性格。

远处,闻人不弃仍在棋盘前坐着,时不时朝凡迹星处望一眼,若有所思,但口中在和燕澜聊天:"我听说你不久前觉醒了金色的天赋?"

燕澜与他说话毫不客气:"闻人前辈是听谁说的?那些安插在我万

象巫里的探子？"

闻人氏亡他巫族之心不死，千年前鸢南战争，发现万象巫的城池其实是个防御法宝之后，前后不知派了多少人潜入，妄图找出拆解的办法。上一代闻人氏老家主，甚至将拆解万象巫机关当成挑选继承人的试炼。闻人不弃不惜亲自潜入万象巫，可惜当年他还太年轻，火候不够，露了馅，险些被燕澜的父亲打死。折损不少家族死士之后，闻人不弃逃是逃了回去，却落下了病根，对他们巫族更是恨之人骨，就连继任家主时的承诺，都是要万象巫亡在他手中，不杀剑笙誓不为人。

燕澜此番护送姜拂衣前往神都，父亲旁的没说，只叮嘱他小心闻人不弃。而大祭司占卜得来的亡族之兆，燕澜脑海里也是第一个想到他。

闻人不弃被一个小辈奚落，不恼反笑："我不过是好奇罢了，巫族这几千年来，竟然连着两任少君觉醒了金色天赋，还是第一次。"

燕澜不太想与他废话，垂眸看着小桌上两人没下完的棋局。

过了一会儿，凡迹星和姜拂衣从溪边回来。凡迹星重新坐下："闻人兄，我用不着你的真言尺了，你且请回吧。女凰的内伤，待我处理完手上的事情，定会亲自去一趟飞凰山。"

闻人不弃纳闷，和这万象巫圣女聊会儿天的工夫，凡迹星前后像是变了个人。先前还是一副谨慎的模样，此刻锋芒毕露。难道万象巫给了他什么制敌的法宝？

闻人不弃捻起棋子："我们的棋还没下完。"

凡迹星道："总之是和局，下不下都无所谓。"

闻人不弃："未必。而且迹星郎有规矩，我也有规矩，我既答应帮你对付仇敌，就一定要对付。"他想留下来瞧瞧，万象巫究竟在搞什么鬼。

凡迹星知道他难缠，自己请来的没有办法："那继续吧。"

燕澜也心道未必，这盘残局他已经知道该如何帮着凡迹星获胜，但观棋不语是基本修养。

凡迹星淡淡地看向燕澜："你二人先去一旁歇着，剑笙的请求，我稍后再给你们答复。"当着闻人不弃的面，他不能表现出对姜拂衣的特殊。

燕澜会意，领着姜拂衣离开，去到小溪边，面朝溪流站着。

从姜拂衣往回走，燕澜就瞧见她神情不对劲儿，崖底的风将她的披风给吹散开了，也恍然未觉的模样。

"你怎么和凡迹星说过话之后，像是掉了魂？"燕澜喊她没用，抬手助她将披风系好。

姜拂衣神游太虚许久，终于回神，一下抓住了燕澜正准备收回去的手腕："大哥，事情变得复杂了。"

燕澜另一手摘了面具，回应一个安抚的眼神给她："凡迹星的剑有问题？"

姜拂衣点头："问题大了，也是我娘铸的剑。稍后有个约战的剑修，用的还是我娘铸的剑。"

燕澜一时不解："我父亲说，你母亲是位当世罕见的大铸剑师，他们使用你母亲铸造的剑有何奇怪？"

姜拂衣松开他，摆了一下手："你不懂，我娘铸剑从来不送人，她告诉我剑只送给了我爹，但是现在……"

母亲至少送出去了三柄剑。储物铃铛里那柄，剑笙前辈之前就曾分析过，剑主应是已经去世了。不然没有剑修会丢掉自己的本命剑，任由其流落在外几十年。但母亲又确定父亲是活着的，因此，那位去世的剑主可以排除掉。

"凡迹星和那位追杀他的风月国剑修，都有可能是我爹。"姜拂衣轻轻揉着太阳穴,"而更难搞的是,他们也可能都不是我爹。因为,我母亲或许不止送了三柄剑。"

燕澜愣住:"但如此重要的信息,你母亲命你出来寻父时,竟然不曾告诉你?"

姜拂衣垂眸望着溪水里畅游的鱼群,轻轻叹了一口气:"大哥有所不知,我娘脑子不清楚的,我怀疑她……"

正如燕澜所言,母亲连"容貌出众"这种信息都说,却不说她送过好几柄剑,太不正常。姜拂衣怀疑母亲可能自己都不记得了,送过就忘,才积攒出好几个。多少记得一些她爹的信息,还是因为她这个宝贝女儿的存在,时刻提醒着。

"你说现在我该怎么办?"姜拂衣扭头朝凡迹星望一眼。心剑不能作为认亲的凭据了,要确定他二人是不是父女,只能凡迹星提取两人的灵力来对比。

但凡迹星此时将母亲视为仙女和恩人,若知道自己其实只是母亲培养的众多"情人"工具中的一个,不知道是个什么反应,还不如将母亲当恩人。

燕澜敛眸思索:"阿拂,这种验证恐怕很难。"

姜拂衣回头看他:"嗯?"

燕澜想起父亲说过的话:"你母亲铸剑应是提取了自身血气?"

姜拂衣搪塞:"心头血。"

燕澜:"剑主与剑待久之后,剑的气息将会霸道地入侵识海。"而识海又是灵气的泉眼。他父亲拔不出那柄剑,仅仅带在身边几十年,都会被剑气影响。凡迹星他们视为本命剑,剑意与识海早已融合,融入的都是姜拂衣母亲的血气。因此,姜母所铸宝剑虽然强大,却也非常危险,

-208-

容易令剑主丧失自我。

"所以说，凡迹星哪怕不是你的亲生父亲，应该也会与你的灵力相容。"

姜拂衣无奈，这应该不是母亲有意为之，而是种族天赋。

她忽然明白天道为何要让石心人识海脆弱，容易失忆了。不然遇到一个心思歹毒的，一柄柄剑送出去，能获得一大堆厉害的傀儡兵人。或许古时候正是有同族这么干过，他们这一族才会受到惩罚。送吧，送完就忘。送得越多，疯得越快。

燕澜琢磨着道："他是蛇妖，你身上毫无妖气。"

姜拂衣苦恼："这个应该不算数。"

根据繁衍法则，高级血统往往会战胜低级血统。石心人比蛇妖高级这是毋庸置疑的。

她不解释原因，燕澜也不问，只将视线落在她脸上。

"你看什么？"他一贯守规矩，姜拂衣从没被他这样肆无忌惮地盯着瞧过，伸手摸脸，"我脸上有脏东西？"

燕澜只是在近距离观察她的面部特征："无计可施了，稍后我用眼睛帮你瞧瞧，你更像他们谁一些。"

好主意，姜拂衣踮起脚，直接把脸凑过去："那你千万瞧仔细了，估计也不容易，我娘总说我长得特别像我外公，不像她。"

燕澜是在仔细观察，作画一般，连她右眼窝里一颗不太明显的灰色小痣，都细细描画在心里。等描她涂了口脂的双唇时，她嘴唇翕动了下，如同蝴蝶忽然扇动翅膀，将过于专注的燕澜给惊醒了。

燕澜这才发现自己弯腰垂首，她踮脚仰头，两人的脸相距不过一个手掌。燕澜稍稍怔了一下，幸好姜拂衣的眼睛里盛满了心思，并未在意。

他心稍安，故作无事地直起身，将面具重新戴上："我辨清楚了。"

姜拂衣也收脚："你的眼力肯定没问题。"

燕澜好一会儿没言语。

姜拂衣忽然打了个寒战："那个剑修好像来了，他在打量我。"

转眸瞧见凡迹星也抬起了头，她确定自己没感觉错，那人确实来了。

那人并未潜藏太久，上空陡然出现一个气旋，一个颇威严的声音压下来："你这次还找了帮手？"

凡迹星立刻想要跳起来拔剑砍他，但仍安稳坐着，一副悠闲姿态："闻人兄，你既然有规矩，那你去吧。"

闻人不弃拍了下巴掌，手中出现一柄银色的戒尺，有一搭没一搭地敲着掌心，笑道："还是按照原先说的，让他远离你方圆一万里？"

凡迹星轻轻落下一子："不，我改主意了，你让他跪在我面前，给我学三声狗叫。"

那声音冷笑："你还真是越来越像个贱人模样。"

凡迹星不搭理他，催促闻人不弃："你愣着作甚，是你主动请缨的，还不上？"

闻人不弃无语，先前的要求算是较量，现在这是让他得罪人。尤其当他窥见气旋之内，一人乘鹤落下，竟然是风月国的前任君主，流徵剑，商刻羽。

打不过，根本打不过。不该留下来凑热闹的。

上空的声音又响起："整天装模作样的，恶不恶心？除了会躲在别人后面，你还会做什么？"

凡迹星仰着头，给他一个"你懂"的微笑："那迹星郎会的可多了，不然你能整天闲着没事追杀我？"

"你这贱人!"

姜拂衣都还不曾看到那剑修的模样,已经被他们的争执搞得头昏脑涨。原来大佬之间吵架,也并没有高级到哪里去。

燕澜则在心中庆幸,多亏了大巫坚持不准他改名。他才能时刻提醒自己,远离那个滥情之人,否则十几、上百年后,站在这里丢人现眼的,可能就是他自己了。

"商刻羽,动手之前咱们先把话说清楚。"凡迹星站起身,指向了姜拂衣,"敢不敢拿出你的流徽剑,先给她瞧瞧。"

商刻羽?姜拂衣先抬头看燕澜,她对当世剑修的了解,目前仅限于云巅国。

燕澜虽然甚少出门,却很难不知道此人:"商,是风月国的王族姓氏,商刻羽是上一代的君主,剑名流徽。几十年前忽然将王位让给了弟弟,随后不知所终。传说是摸到了地仙境界的门槛,访山问水,寻找机缘去了。"

真相竟然是在锲而不舍地追杀凡迹星,再加上暮西辞和柳寒妆这对"神仙眷侣"。燕澜以往听传闻只信一半,今后一句也不信了,真离谱。

姜拂衣问道:"风月国在哪个位置?"

和极北之海接壤的几个国家里,好像没有风月国。综合实力排行第一的,是剑修遍地的云巅。其次是驱猛兽为军的北渊巨人国。云巅为了抵御北渊,几千年前,倾全国之力,在北方边境建立起一道结界墙,被云巅人称作问道墙。

漆随梦从祁山返回神都的第一战,正是孤身跃下结界墙,凭手中浮生剑将夜袭的兽军击退了三千里,一举问道成功,闻名于世。

"云巅地处陆地中部,风月国则靠近东极海,周围环绕着十数个大小洞天,遍地灵兽,不见妖魔,而且还盛产晶石,非常富足。"燕澜虽不管这事，也知道万象巫和风月国之间有着一点生意往来，"因为富足安稳，他们剑修不多，举国上下都很喜欢'乐'，如今云巅市面上值钱的乐器，基本都来源于风月国。"

这一处姜拂衣倒是想到了，宫商角徵羽，商刻羽的名字和剑都与音阶有关。而打听的工夫，头顶上的气团终于逐渐消失。

商刻羽和姜拂衣想象的不太一样，从凡迹星口中听来的，这人应该像个疯子。

商刻羽应是突破凡骨很早，瞧上去极为年轻，长身玉立，站在一只巨大的白鹤背上，有几分出尘的仙气，却又穿一袭飘逸的红衣，长而微卷的棕色长发束成马尾。御鹤而下，红衣与长鬘发随风翻飞，鲜艳又热烈，有一种矛盾的冲突感，但肯定符合母亲口中的"容貌出众"。

商刻羽落在崖底，仙鹤飞去小溪的另一侧吃水草。

凡迹星又指了下姜拂衣："快，将你的流徵剑拿出来给她瞧瞧。"

商刻羽却一眼也不看溪边的姜拂衣，只牵唇冷笑："找条恶犬想咬我一口还嫌不够，又准备了其他花招。"

这恶犬说的自然是闻人不弃，真言尺轻轻敲着手心，他笑道："商兄，都是误会，我不知凡兄的仇人是你。"

商刻羽瞥他一眼："如我没记错，我和你是第一次见面，你和我称兄道弟套什么近乎？"

闻人不弃依然在笑："正所谓四海之内皆兄弟……"

商刻羽打断："既是兄弟，将你的真言尺借给我一用？"

闻人不弃一怔。

商刻羽收回视线："不借就滚，少来掺和我们之间的私人恩怨。"

话说得狠，但商刻羽距离闻人不弃很远，且小心提防着。闻人氏的真言尺，

-212-

闻人不弃高深的言灵术，不忌惮是不可能的。

闻人不弃始终保持着得体的微笑："说的也是，那我便不打扰两位解决私事了。"他又叮嘱道，"但两位一个来自魔国，一个来自风月国，约在我云巅动手，还请注意一二，以免伤及无辜，我不好和天阙府君交代。"

没人搭理他。

"我在上方等待两位决战的结果。"闻人不弃拱手告辞，退离崖底前，视线又从燕澜和姜拂衣身上掠过。

姜拂衣将闻人不弃的波澜不惊看在眼里，心道姜还是老的辣，和自己的叔父比起来，闻人枫就像一个大傻子。

闻人不弃上去山顶，立刻派人去将金水山周围封锁。早知道凡迹星约的是商刻羽，他昨夜就该劝着他们换地方，稍后都不知会闹出什么大乱子。

崖底，商刻羽一直没说话，感知闻人不弃是不是真的走了，而并非潜藏起来，寻找时机敲他一尺。确认之后，他看向凡迹星："你究竟何时才敢站出来认真与我一战，不搞这些阴谋诡计？"

提起此事凡迹星就气得要命，如今崖底下没外人，他也不装了，冷笑道："你真当我喜欢躲，当我打不过你？还不是被你骗了！"

"我骗你什么了？"商刻羽与他斗多了，明显感觉他此次的态度有所不同，以往虽然也很贱，但眼神时常闪躲，一副做贼心虚的样子。今次却挺直了腰板，看着是真想与他一战。

好事。

凡迹星第三次指向姜拂衣："我让你将流微取出，你为何不取？你是不是心虚？这几日我能很强烈地感觉到她，你也在附近，你难道感觉不出来？你不好奇她是谁？"

商刻羽终于看向姜拂衣。

姜拂衣站在燕澜身边，一双杏仁眼里写满了无辜。

商刻羽收回了视线："流徵已被我封印，取不出来。"

"封印？"凡迹星着实没想到，"你疯了，将自己的本命剑封印？"

"你也说了，那是我的本命剑，我想封就封，你管我作甚？"商刻羽一扬手，手中出现一根洞箫，甩了下，化为一柄长剑，"杀你这无耻之徒，这柄家传剑足够了，用不着流徵。"

凡迹星势必要和他讲清楚："你少整天说我无耻，你凭我手中伴月，非说我染指你夫人，我还真以为她是你夫人，念在你是恩人的夫君，才对你多番忍让。但人家其实是万象巫剑笙的爱人，还有个这么大的女儿，你又算个什么东西？"

燕澜皱起了眉，感觉有点不太妙。商刻羽攥剑柄的手紧了紧，看的是燕澜："你父亲今年多大？"

燕澜拱手："家父如今不到百岁。"

商刻羽又看向凡迹星："我三百年前就拿到了流徵，你和剑笙都还不曾出生，你说我算个什么东西？"

凡迹星一愣，底气骤然卸去一大半。

姜拂衣趁机问道："商前辈，您为何说我娘是您的夫人？"

商刻羽并不想回答，甚至很想冲姜拂衣发火，让她回家去问问她自己的母亲，但他办不到。

不久之前，商刻羽在另一座山的山顶上打坐，流徵忽然颤动不止。多年不使用此剑，一直将其沉在储物戒指中，它从无任何动静。

商刻羽犹豫片刻，将它取出，寻了过去，于云州城内见到了姜拂衣。稍一打听，他便知她是万象巫的圣女。而且从感知上，他猜测，姜拂衣

-214-

大概是她的女儿。

商刻羽阴沉开口："其实我不知道,我少年时练功不当,曾经走火入魔,记忆时常混乱,不能想事情,一想就会剧烈头痛。三十年前,我去找凡迹星,正是为了医治我的头痛之症。"

姜拂衣对于这番说辞已经麻木了。这才是正常的。

凡迹星却又要被气死："你既然不知道,你还对着我理直气壮?"

商刻羽捂了捂自己的额头："我是不知道,但我脑海里有个声音。"像是他自己的声音,一直在提醒他千万不要忘记,有个女人在等着他。但商刻羽想不起她是谁,更不知她身在何处。他只知道那个女人和流徽有关系,每隔一阵子,他都会扔下所有事务外出寻找。商刻羽想的是,若距离她在一定的范围内,流徽应是可以感应的。于是,他拿着七境九国的地图,挨个去排除,走过了一城又一城。

"若不是我的夫人,我为何要这样叮嘱自己,一定要找到她?"商刻羽现在回想起来,感觉自己所走的每一步,都像是一个笑话,"原来不是我把她弄丢了,是她自己离开了我,我苦寻不着,是她在躲着我,和别的男人寻欢作乐。"先是有个情郎,又自甘堕落去给万象巫那人做妾,生下个女儿。

商刻羽抬起手中的剑,指向凡迹星,厉声道:"等我先杀了你,再去万象巫杀剑笙!"

头一回有人当着燕澜的面,信誓旦旦要杀他的父亲,他的反应是无语。父亲这真是人在家里坐,祸从天上来。

姜拂衣听见他还准备去找剑笙前辈的麻烦,哪里能行,往前一步道:"商前辈,剑笙前辈并不是我爹,我修邪道,他是为了给我一个身份,让我能够正常在外行走。"

商刻羽寒声质问:"万象巫一贯不管闲事,他为何这样好心待你?"

姜拂衣不敢说那柄无主之剑,拿出第三柄剑,不知会将商刻羽气成什么样子。不管怎么样,要先将剑笙前辈从这潭浑水里摘干净。她又后退半步,攥着燕澜的衣袖,叹了口气:"因为我和万象巫的少君已经私定终身,但他的族人不会接受我,因此便用这种方式,明修栈道,暗度陈仓,名义做兄妹,实则做夫妻。"

商刻羽和凡迹星一起看向燕澜。

燕澜毫无防备,被她一番话给说得僵住,不知该作何反应。

姜拂衣秘法传音:"快说话啊大哥,我都不知道还有多少个'爹',你想他们一个个都去找你爹打架吗?"

燕澜硬着头皮,手腕微转,捉住姜拂衣攥他衣袖的手,握在掌心里:"嗯,是晚辈求了家父很久,他才答应给阿拂圣女的身份。"

姜拂衣靠近半步,依偎着燕澜的手臂,表现出苦命鸳鸯的样子。

燕澜站得像棵树,面具下那张脸都不必照镜子,也知道一定红透了,红得发烫。不久之前,姜拂衣对他来说还是个陌生人。短短一阵子,同伴、兄妹、情人,各种关系全部套了一遍。不知下一次,又会套个什么新身份。

凡迹星听到这个消息,心底别提多愉悦。他就说,万象巫那些怪人哪里配得上他的仙女。

商刻羽也信了,但这不重要:"那你父亲是谁,敢不敢告诉我?"

姜拂衣苦恼道:"不是我不说,我也不知道,我娘只说我爹拿着她铸的剑,可是我看两位都有,我就真不知道了。"

凡迹星愣了愣:"你这话是什么意思?"

姜拂衣决定将这个难题丢给他们去想办法:"意思是,谁手里有我娘为他量身打造的剑,谁就有可能是我爹。"

凡迹星心中骤然一动,所以他和他梦中的仙女,不只是师徒情分?他反正不会去想姜拂衣是自己的女儿,年龄不对。

姜拂衣却说:"我出生得应该很早,由于一些缘故,被我娘封印了起来,二十一年前才将我解封。具体有多早,我不知道,因为我娘……已经去世了。"人都已经"死"了,应该能够减轻一些商刻羽的怨气吧?

姜拂衣要一步步来,不敢告诉他们太多事情。人心难测,多少年过去,母亲看中的这些人也不一定完全可靠。

比如天阙府君无上夷,姜拂衣上岸之后第一个前去寻找的"父亲"。既然心剑有很多柄,那无上夷手里的碎星依然有可能。姜拂衣都还不知道自己是怎么进棺材的,一点儿也不敢大意。

听到"她"死了,凡迹星和商刻羽一起怔住。

凡迹星先回神,凝视着姜拂衣,目光仍有一些怔然:"也就是说,你有可能是我的……女儿?"

姜拂衣点点头。

凡迹星说不清此时的心情,悲喜交加,不自觉地想朝她走过去,眼前突然闪过一道森寒剑光,将他逼退。

凡迹星怒视过去:"不是都解释清楚了,你还发什么疯?"

商刻羽再次朝他出剑,冷声道:"不是解释,是证实,你确实勾引了我夫人,还有什么话说?"

一时之间得知太多事情,凡迹星本就心绪起伏过大,此刻更是被他逼得火气上头,一扬手臂:"伴月!"剑入手中,他转身朝商刻羽攻去,"我告诉你,我已经忍你很久了!腾蛇不发威,你是不是当我是条蚯蚓?"

两位准地仙境界,仅仅是两道剑气相交,整座山谷已是遍地炸裂。

燕澜及时以灵气盾抵挡,但实在抵挡不住即将到来的山崩地裂。

估算好一个安全的方位,燕澜立刻拉着姜拂衣逃走:"你接下来打算怎么办?"

姜拂衣哪里会知道,心烦说气话:"让他们打去吧,反正我娘想要的只是一个强者罢了,打赢的就是我爹。"

燕澜今日受到的冲击不小:"父亲还能这样挑的。"

姜拂衣问:"不然呢,你看出我长得更像谁了?"

燕澜方才有仔细观察,一点也看不出来:"无妨的,稍后还有相思鉴。"

姜拂衣好生心烦,她最初的目的,只是找到父亲,为母亲讨个说法。万万没想到最后竟是这样的局面,需要她来给这些"父亲"一个说法。

不过转念一想,烦归烦,其实也是一件好事。至少父亲并不是因为背信弃义才迟迟不归。再者,极北之海的封印已有八成能认定是神族所设,想破除绝非易事。多一个"父亲",就多一分指望。究竟谁是她的生父,似乎并没有那么重要。

但是,真能指望得上吗?

姜拂衣问燕澜:"大哥,凡迹星是妖,观念可能比较另类,商刻羽这种反应,才应该是正常男人的反应吧?"

燕澜正拉着她的手,朝他估算的安全位置跑。因为要躲避着那些被剑气激荡而坠落的巨石,分不出心思说话。等抵达目标地,燕澜忙弯腰将姜拂衣打横抱起来,展开黑羽翅腾空而起,才有空回复:"我不知道。"

姜拂衣趴在他肩膀上往后望,原先站立的崖底,已经充斥着耀目刺眼的剑气光芒。她打比方:"假如你们巫族没有龟甲占卜名字的习俗,你邂逅了一个鸟妖,两心相许,她赠你一片翎当作定情信物,说是唯一的一片。后来你发现,拥有同款翎的男人,还有至少七八个,你会是什

么心情。"

燕澜一怔。

这个回答对姜拂衣很重要："大哥？"

燕澜无奈地说："我想我不可能会像商刻羽一样，去追杀其他人。"

"那你？"

"我会退出，就当自己从来不曾与她遇见过。"

燕澜会给自己留个体面。

姜拂衣又问："那如果她身处危险，等着人去救呢？"

燕澜侧身躲过一块下滚的巨石："你既说至少七八个，那还差我一个？我何德何能，可以成为她众多情郎之中的不可或缺？"

没错了，这才是正常男人的想法。所以想要将他们联合起来，去实现"人多力量大"，可想而知得有多难。看着不少，没准儿到最后一个也捞不着。

"好烦啊。"山崩地裂的，姜拂衣从来没这样心烦过。她将额头抵在燕澜肩上，接连砸了好几下，"好烦好烦，我真是快要烦死了，找不到烦，找到了更烦。"

燕澜说是抱着她，其实是屈起手肘和手腕，将她托了起来。她这样砸脑袋，身体晃动，如同挣扎。燕澜招架不住，怕她掉下去，原本握成拳的双手舒展开，将她向上稍微抛了抛，贴身抱紧了。本该说一句"冒犯"，又觉得以他二人如今的交情，以及被套在一起的混乱头衔，这般无奈之举，她应理解，自己也没必要太过计较。

燕澜犹豫了一会儿："阿拂，你既这样问我，你母亲是不是遇到了难处？你外出寻父，是为了回去帮助她？"

事到如今，姜拂衣也没什么好隐瞒的："嗯，我娘送剑给我爹，存的就是这样的心思。"

燕澜知道凡迹星和商刻羽伤了识海，可能是手中剑太过霸道的缘故："但你母亲身为铸剑人，为何也会神志不清？"

"大概是耗了太多精力。"姜拂衣半真半假地说。她是越来越懂得，为何天道要令他们石心人发疯了。

姜拂衣刚才在想什么？如果"父亲"一个捞不着，她还得靠自己去解封。

若是不会失忆，不会发疯，姜拂衣也想挑几个好苗子送剑，与她一起成长，稍后拿来当打手，陪她去救母亲。比如漆随梦，崖上那个好骗的刑刀也不错。不妨再大胆一些，她干脆建立一个门派，取名"入我剑门"，将七境九国的剑修好苗子全捡回去。一百年后，莫说将极北之海掀翻，天都要捅个窟窿。

但都是做梦啊，姜拂衣苦笑一声。除了父亲，母亲忘记了其他所有的心剑剑主，连送过剑都不知道。而凡迹星和商刻羽什么都记得，唯独不记得手中剑的来历。石心人的剑是个诅咒，一个人忘记就算了，竟然还是两相忘。

姜拂衣不由得想起自己的记忆，正是停在被小乞丐死缠烂打之时，再也不曾往前进一步。而漆随梦也修起了幻梦剑，不记得她了。比对父母的经历，这应该不是巧合。

姜拂衣早就发现自己现在这颗心脏不对劲，石心人的心脏哪有这样脆弱，挖出来之后不过多久，就能重新再长出来。而她的心脏只是被刺穿一个洞，竟然好几年都没长好。她也早就开始怀疑，自己原本那颗心脏或许已经剜出来铸过一柄剑。这颗是新长出来的稚嫩心脏，才会容易受伤。

从前谁有本事令她自愿铸剑？应该只有一个说出"我喜欢珍珠"时，会令她微微动容的漆随梦。她才想着看一眼他的浮生剑。

但并不是。

当时她就在寻思，自己铸的剑去哪儿了呢？

"大哥，之前我可能猜错了一点，无上夷将漆随梦送去祁山小洞天，织梦给他修炼，不一定是为了覆盖他曾流落在外的经历，也可能是在帮他修补濒临崩溃的识海。"

燕澜不解："修补？"

姜拂衣低声道："看到父母这辈对识海的伤害，以及我对自己逐渐加深的了解，我想，我和漆随梦从北地前往神都的路上，应是遇到了什么生死劫难。我在无计可施之下，送了一柄剑给漆随梦，希望他能以剑破局，助我们逃出生天。但我是第一次铸剑，不得要领，以我之血，他的灵气，铸出了一柄半成品……"

威力足够他们逃命，但漆随梦应是被心剑反噬得极为厉害，识海险些崩溃。无上夷无奈之下，才会在织梦岛上为他缝缝补补。那柄半成品应是折了，或是被无上夷给毁掉了，才不在漆随梦手中。

"我的失忆和伤势无关，大概是因为那柄半成品，中了家传的铸剑诅咒。"

大铸剑师的女儿也会铸剑，这不奇怪，燕澜若有所思："你的意思是，无上夷指责你害了他的徒弟，才会出手杀你？"

"没那么简单。"姜拂衣摇摇头，"如果只是因为如此，我的错，无上夷动怒也是正常的，我不该对他存有这样深的怨恨……不说了，越说越烦。"

燕澜也不问了。姜拂衣家传的铸剑术会存有诅咒，在他看来是很正常的事情。机缘本就伴随风险,这样罕见的剑,莫说会损伤识海,就算危及生命,这世上多的是人愿意去求。没点本事,想求还求不到。

终于飞到了崖顶上。燕澜放姜拂衣落地,感觉有视线追过来,回望过去,看到了闻人不弃。但闻人不弃此时正专注于崖底的状况,看向燕澜的,是闻人不弃身后站着的女子,飞凰山女凰的弟子,一只鸠鸟。

鸠鸟眼神写满了疑惑,像是在问:我是不是哪里得罪过你?

燕澜平素最讲礼貌,此刻直接转头,极力表现出几分傲慢。

"看不出来,凡迹星的医剑厉害,杀剑同样不弱。"闻人不弃站在崖边仔细观察,发现自己多虑了。这两人打得并没有他原本以为的那么激烈。

鸠鸟眨眨眼:"但和晚辈想象的局面,有些不太一样。"

闻人不弃耐心解释道:"问题出在商刻羽身上,他有所收敛,以至于凡迹星也未完全放开。"

凡迹星的伴月作为杀剑时,剑身蜿蜒着黑气,似条游蛇。他浮在半空,剑尖指向商刻羽:"你少给我张口闭口的勾引,原先我还不知恩人为何要弃你而去,如今我算是知道了,是你根本就不配!得知她死讯,你竟漠不关心,女儿不知是谁的,你也不管,只想着杀我出气。这样看来一定是恩人对你失望透顶,才将心思放去了别人身上。"

之所以停下来,是商刻羽手里的剑受了损,重新化为了洞箫。

商刻羽冷笑道:"所以我说,你只拿了她区区几十年的剑,也敢在我面前叫嚣?你手中伴月剑内融了她的血气,她死没死,你是可以通过那些血气感知的,蠢货。"

凡迹星瞳孔微微一缩:"你的意思是她还活着?"

商刻羽将洞箫斜着插进腰带里:"我夫人是死还是活,和你没有关

系。同样，她的女儿也用不着你来操心。认清楚自己的身份凡迹星，她不是一般女子，你不过是她一时消遣的玩意儿，她怎么可能会为你生儿育女？"

是不是都无所谓，得知仙女还活着，凡迹星已经很愉悦了，挑了挑眉，故意气他："那谁知道呢？你夫人会跑、会躲着你，没准儿就是嫌你外强中干，连个蛋都生不出来，才找上我的。"

凡迹星是很懂得怎样惹怒商刻羽的。商刻羽果真被气到，眼尾逐渐泛红，原本只是想阻拦凡迹星接近姜拂衣，如今是真正动了杀心，周身的杀意越来越重。

"流徵！"只听一阵悦耳之声，一柄长剑落在他手中。这柄剑的长度和外形，与伴月一模一样，只不过剑身环绕的是琴弦虚影。他取出封印的本命剑，凡迹星也不再大意，蓄力于伴月，不仅剑身，他的周身也环绕起蛇影虚像。而那蛇影在不断蜿蜒之中，逐渐蜕变成龙影。

之前两人过招，只不过是地动山摇。如今两人浮在半空不动，却导致风云变色。

金水山上行的天色骤然变暗，浓云滚滚，数之不尽的雷电藏于其中。金水镇里的人纷纷骇然抬头，猜测发生了何事。

闻人不弃的脸色变了变："动真格的了？"

这股骇人的压迫感，姜拂衣上一次见还是在海上，不自觉地打了个寒战。

燕澜却忽然在她身边说："不行，必须想办法阻止他们，暮西辞在镇子里住着。兵火是劫数怪物，即使不主动出手，他身处之地，若有小灾，必成大乱！"如今恐怕都已经有些迟了。怪他，对《归墟志》太不了解，方才又太过混乱，一时竟没想到。

姜拂衣心神一凛："但现在要怎么阻止，都看不到他们在哪里？"看到也根本靠近不了，他们方圆全是杀气，凡骨境界靠近便会被绞杀。

燕澜在心中想办法，这两人动手，恐怕只有同境界的人才能插手。闻人不弃虽也是个准地仙，但他是儒修，拦不下他们。

姜拂衣却解开了羽毛披风，扔给燕澜："你不要管我，他俩总不能没一个人搭理我吧？"

燕澜微怔，明白了她的意思。随后，姜拂衣朝崖边冲过去，一跃而下。燕澜追去崖边，已经准备好寄魂，随时接应她。但他微微有些恍惚，姜拂衣刚才跳崖的动作和一般人不太一样。她好像是在跳水？之前杀枯骨兽时，燕澜就觉得姜拂衣像是自小住在海边的人。

刚才听她讲起漆随梦，倏然又想到，姜拂衣说她刚出山，就和漆随梦在北境相识，而后一路同行。姜拂衣的家在极北之海？

燕澜不懂她为何要瞒着，但他的脊背微微一僵。先前说起他的名字时，姜拂衣曾经另有一番风花雪月的解释。

"燕澜"，由北至南，她从海上来？

直到此刻，燕澜才终于明白，姜拂衣当时为何说到一半突然停了下来，还从他身边退了半步。

姜拂衣下坠时，中气十足地大喊一声："救命啊，阿爹！"话音还不曾落下，倏然一道剑光破空而来，将她席卷。等安稳落到了对面崖上，姜拂衣才看清救她之人竟然是漆随梦。

果然没走。死缠烂打果然是他的风格。姜拂衣要被这些个剑修气死："你帮什么倒忙！"

## 第五章
## 兵火与石心人

"姜姑娘……"漆随梦想要解释,自己并非故意跟上来,他本打算折返天阙府,不曾想遇到了闻人枫,被闻人枫强行拉过来帮忙的。刚赶来金水山,他就看到姜拂衣坠崖,想也不想立刻来救,为何说是帮倒忙?

姜拂衣没空听他解释,也没空和他解释,转身继续朝悬崖跃去:"你站在这里不要管我,没瞧见连我大哥都袖手旁观?"

漆随梦不懂她在做什么,但望见燕澜确实站在对岸,明白姜拂衣方才是故意跳崖,自己可能真是帮了倒忙。故而这次姜拂衣跳崖,漆随梦虽跟着心惊,却忍住没动。

不承想,对岸的燕澜却动了,他展开黑羽翅俯冲而下,捞起姜拂衣,又给捞上了崖。姜拂衣站稳之后,蹙眉望向他:"怎么了?"燕澜不会无缘无故阻止她。

燕澜望向高空:"来不及了。"乌黑的浓云中异变出两股相互碰撞吞噬的色彩,这是下方凡迹星和商刻羽已经交手的天象映射,"以他们的修为,一旦真的动手,不是想收就能收的,谁收手救你,都很容易被反噬成重伤,你应该并不想看到这样的局面。"

姜拂衣更是恼火地朝漆随梦瞪了一眼。她知道他无辜,但就是忍不住生气。这种好心办坏事的人,往往才是最令人生气的。

姜拂衣其实不是很懂:"大哥,你说兵火所在的地方,会将小灾变成大祸,是怎么变的?"

燕澜解释:"根据我族中大巫的讲述,这世间万物,都有各自的劫难。越是修行中人,劫数越多。修为越是高深,劫数越是可怕。因此,我父亲他们这种境界的人,已经很少与外界过多纠缠,与人结缘容易产生因果,因果可能牵连出意想不到的劫难……"

姜拂衣想起剑笙前辈好心帮自己,险些被商刻羽追杀,多少领悟了点。

燕澜继续说:"比方这金水镇上的众人,本该经受水劫,受一场洪灾,但因为有兵火在,这水劫可能转为生死劫,我原先害怕的正是这个。"

姜拂衣仰头看他:"原先?那现在呢?"

燕澜沉默了一会儿:"我觉得,这劫最终会应在我身上。"

姜拂衣皱起眉:"嗯?"

燕澜道:"大祭司为我占卜,说我有一生死劫,本该发生在七年之后。但兵火的存在,可能会催化此劫提前发生。"

七年后,他估计已是人仙境界,应付这场生死劫本该有六成胜算。而提前到今天,他不过是个阅历不多的凡骨巅峰,连一成胜算都不到,同样是小灾变为大祸。

姜拂衣瞳孔紧缩:"你占卜出来的?"

燕澜摇了摇头,他不会占卜,完全是猜出来的:"你知道柳寒妆为何确定,兵火只有我族能够驱逐?除了我们是秘法师,精通封印术,另一个原因,兵火属于劫数怪物,而我们巫族最善于趋吉避凶,消除劫数,才能从上古留存至今。"

他们也正是凭借为世人消劫,从而积累了丰厚的财富。

"每隔一阵子,族老们都会凑在一起各种诵念祈福、施法转运。我族甚至连选择少君、大祭司、长老这类重要职位,也都更看重气运,偏向于大气运者。"

燕澜的少君之位是他母亲留给他的,同样也是他自己挣来的。虽然一直觉醒不了天赋,但他的气运无论怎样占卜,都是"紫气东来"。父亲让他护送姜拂衣,并不是纯当打手。姜拂衣寻父这事,要碰运气。父亲想让他当个吉祥物。

燕澜一直心里有数,但刚才他突然意识到,父亲应该还有一层心思。如果"燕澜"这两个字,当真与姜拂衣有些关系,他不信父亲连着为姜拂衣起了三卦,一点蛛丝马迹都占卜不出来。

燕澜此时此刻的感觉,就像身在一条已经行驶到大海中央,无处可逃的船。原来日防夜防,家贼最难防。当然,这"家贼"说的是他父亲,不是姜拂衣。不过,与他有缘之人若真是姜拂衣,说明大巫的解释是错的,并不存在什么滥情鸟妖。他好像无须再紧张。

可一想到姜拂衣那不知究竟有多少的"爹"。燕澜又寻思着,没准儿"燕澜"两个字,要从字面和寓意双重解释。

实在是……太可怕了。要不是这突如其来的深深恐惧,燕澜也不会估算,今日兵火这一劫,可能是应在自己的生死劫上。这是神明在提醒他。

"难怪。"姜拂衣就觉得自从认识燕澜,她的运气变好了很多,至少整天穿金戴银,吃喝不愁,还很快找到了"父亲"。但燕澜这气运强得有点过头了,一下子找到好几个。

"劫数最厌恶气运,最想毁掉气运,因此这一劫,我猜是要落在我头上了。"燕澜朝对岸的漆随梦望过去。

漆随梦也在看他们,朝他微微颔首。

燕澜知晓他与姜拂衣之间的纠缠，以前看见他，身为一个旁观者，内心总会唏嘘两句。此时再看到漆随梦，燕澜总觉得他哪里不太一样了，又理不清楚。

"阿拂，你先去跟着漆随梦，我走开一下。"

姜拂衣岂会不知他的打算："你这就瞧不起人了，我难道是个累赘不成？"

燕澜试图劝服她："关键我也不知这劫数会以什么形式出现，自己一个人待着，更容易察觉。"

姜拂衣才不管那么多，摆出一副"休想甩开我"的态度："你不要操心我了，我不是告诉过你，真遇到扛不过去的刀子，记得朝我身后躲，除非特殊手段，我是死不了的。"

姜拂衣朝他挑眉，燕澜是个聪明人，她不解释，他也应该早就知道她体质特殊。

燕澜这是第二次听姜拂衣说，要替他挡刀子。看得出她不是开玩笑，且言辞极为轻松，燕澜皱了皱眉："你不会死，难道也不会疼？"

姜拂衣微微一怔，旋即笑道："和咱们的命比起来，疼不算什么，总之，你记得生死关头之时，朝我身后躲便是了。"她不只是为了报恩，燕澜对她用处很大。

燕澜很想说，劫难未至之前，她这种断尾求生的心态要不得。然而人处事的习惯，和过往经历是相关的。像这样断尾求生的事情，从前在她身上应是发生过多次。一路南下，她也不知吃了多少苦。

燕澜敛着双眸，有一些恍惚。这就是龟甲所示的燕子？从北至南，寻求温暖？但他并不是个温暖的人吧？他从小到大听过最多的形容，就是"你真无趣"和"你能不能别整天板着个脸"。

燕澜少年时也不是没试着被数落之后，对着镜子练习微笑，然而镜子里的自己看起来像个白痴，越发不敢多笑了。

"咦。"姜拂衣突然想起来刑刀，让他在崖上等着，他怎么不见了？不关心凡迹星答没答应为他师父疗伤了？

远处山中，刑刀单膝跪地，低着头讲述自己遇到暮西辞，被迫带路去找凡迹星的经过。

听到他给姜拂衣下了连心魔虫，霜叶身上的冰霜又多覆盖了一层，若非圣尊在前，他只想一脚踹在刑刀身上。

"回圣尊，就是这样。暮西辞留在了镇上的客栈里，燕澜和姜拂衣则下去了崖底，拜见凡迹星。"刑刀这会儿脑子还是蒙的，他们夜枭谷很少在云巅国走动，圣尊竟然亲自来了云巅幽州？

而被他们称作圣尊的男人，仰头望着远处天空中的风云异象："所以，这是凡迹星在与人比试？对手是云巅国的哪位剑道大师？有这般修为的，云巅境内两只手应该数得过来。"

刑刀摇头，傲气的少年此刻乖得像只鹌鹑："属下不知，只知道弱水学宫的宫主来了。"

圣尊摩挲着手腕上的一串檀香珠："真言尺，闻人不弃？"

刑刀回："是。"

圣尊点头："我知道了，你先下去。"

等刑刀退下去，霜叶身旁的鬼面人上前："圣尊，万象巫少君和兵火是无意之中碰到的，还是他已经发现了兵火，有意接近？"

圣尊淡淡地道："万象巫天克我们魔族，燕澜的金色天赋更是天克兵火。无论什么原因，都是天意，天道想要消除兵火之患。"

鬼面人道："那我们该怎么做？"

"自然是要逆天而行。"圣尊仰头望天,"兵火还不到燃烧的时候,岂能让他折在燕澜手中?"

鬼面人道:"那我去杀了燕澜。"

圣尊笑他不自量力:"鬼叶,你瞧着人家少君年纪不大,尚未脱离凡骨,就觉得他好杀?你对万象巫的实力没有一点了解,也怪我,一直让你们避着他们。"

鬼叶踟蹰着看向圣尊。霜叶也在等着圣尊吩咐。听闻兵火遇到燕澜,圣尊施展秘法连夜赶来,可见对兵火的重视。

圣尊道:"既然已经被万象巫盯上,不能再继续散养了,抓兵火吧。"

鬼叶嘴角有些抽搐:"这恐怕更不容易。"

霜叶却明白圣尊的意思:"简单,只需抓住他的夫人,他自会乖乖就范。"


小镇客栈里,柳寒妆从昏睡中醒来,头有些痛,想捏捏自己的眉心穴位,右手却被束缚住。她睁开眼睛,瞧见暮西辞坐在床铺的垫脚上,握住她的手,额头抵住床铺边缘,像是在小憩。

柳寒妆不敢动,暮西辞却抬起了头:"夫人睡醒了?"

柳寒妆朝窗口处张望:"天就黑了?我睡了这么久?"

暮西辞起身去倒了杯水给她:"不是,眼下是响午,这是剑气引动的天象,应是凡迹星正在和一位高手过招,幸好今日咱们没去寻他。"

柳寒妆接过水杯:"看着还挺吓人的。"

暮西辞又握住她的右手:"只是天象罢了,距离镇子有些距离,不会影响到咱们的。"

柳寒妆点了点头,柔弱地笑道:"有你在这里,我自然不会怕。"

暮西辞眸色渐暗,想说他怕,从昨晚看到燕澜的第一眼,他就开始害怕,担心被燕澜看穿,对他夫人说出他是个冒牌货,让他夫人知道,她真正的夫君,早在二十多年前就被天雷劈死了。

发了一会儿愣,暮西辞倏地缩紧瞳孔,扬手取出赤麟剑。柳寒妆如同惊弓之鸟,差一点被吓得出手防御:"西辞,你取、取剑做什么?"

"走。"暮西辞拉着她离开。

对面柳藏酒一直在盯着他们,见暮西辞带他姐姐出门,也赶紧追出去。

等出了客栈,来到长街上,柳寒妆只见头顶乌云滚滚,风雨欲来。

山顶上,燕澜正在和漆随梦说话,感谢他方才的出手相救。

漆随梦尴尬不已:"是我不曾注意,燕兄身为兄长都视若无睹,应是没有危险的。"

随后,燕澜就不知道说什么了。听到这声"兄长",他也有些尴尬。

忽地,腰间悬挂的玉佩亮了一下,燕澜眉头紧紧一皱,朝独自站在崖边的姜拂衣说道:"阿拂,小酒有急事喊我们回去。"燕澜早上出门前给柳藏酒留下一张感应符,告诉他有急事就化掉那张符。

柳藏酒能有什么急事,肯定与柳寒妆有关,姜拂衣立即回头:"走!"

漆随梦见他二人都是一副凝重的模样,本想追着一起去帮忙,但想起姜拂衣对他的态度,又踟蹰着停在那里不动。他实在不想再讨人嫌了。

结果,远处的闻人不弃朝他喊道:"漆公子,金水镇有魔人来袭,好像是夜枭谷。"

漆随梦神色一凛:"晚辈这就去。"这是他天阙府的责任。

闻人枫一听又是那捣乱的夜枭谷,摩拳擦掌:"叔父,我也想……"

闻人不弃打断:"这是天阙府该做的事,和你无关。我要盯着崖底那两个瘟神,你在我身边老实待着,不要再给我找麻烦。"

闻人枫讪讪地道:"夜枭谷也没有那么厉害,之前……"

闻人不弃又打断他:"你之前遇到的只是些小角色,此番夜枭谷的谷主亲自来了,你知不知他是个什么实力?"

夜枭谷很少在云巅活动,闻人枫还真不知道:"和您的修为差不多吗?"

闻人不弃道:"是差不多,我虽从未见过,也知道肯定打不过他。"

闻人枫懂了:"他是剑修?"

闻人不弃心烦不已:"苦海无涯一剑渡,千劫百难我独行。苦海剑,亦孤行。"

"亦孤行?"闻人枫并没有什么印象,主要是七境九国版图辽阔,剑修又实在太多。

大佬虽是其中的凤毛麟角,但每隔十来年,总会出现一两个惊才绝艳的人物,累积起来,也是一个庞大的数量。尤其年纪越大,修为越高的,越是久不出世。除非特别有威望,有为人津津乐道的故事,才会广为流传。余下的,逐渐会被世人遗忘。

"亦孤行成名很早,四百多岁了吧,加入夜枭谷之后,世人只知夜枭谷主,不知其名,你不知道很正常。"闻人不弃不足百岁,许多也是道听途说,"我会知道他,也是因为他年少时曾拜在咱们云巅小无相寺门下,是无定大师座下弟子。"

闻人枫微微惊讶,无定大师曾是他们云巅第一佛修:"他竟然是佛修出身?"难怪这"苦海剑"听上去有些佛道的意味。本该是苦海无涯,回头是岸。结果他一剑破之,一意孤行。"亦孤行"这名字估计都是人

魔之后自己取的。

闻人不弃道:"他只是俗家弟子,并未真正入佛道就转修了魔道,但仍念着师门恩情,很少来咱们云巅作乱,所以不必担心会造成什么损伤,他有分寸。"

闻人枫这才知道夜枭谷避着云巅的原因,顿时沉默了。

"平时嘴皮子不停,怎么突然不说话了?"闻人不弃扭头看一眼自己的侄儿。说是侄儿,其实也算是他的儿子,从小在他膝下长大,是他选下的家族继承人。

闻人不弃当年潜入万象巫,遭剑笙重创,元气大伤,很难再有子嗣了。因此,他悉心培养着闻人枫。

闻人枫只是心里难受,平辈里他能打过的没几个,他告诉自己言灵术难练,但只要根基打好,将来厚积薄发。现在发现叔父同样是一个也打不过。不管到什么境界,他们都是被同境界的剑修吊着打。

闻人枫抱怨道:"叔父,咱们的言灵术练起来太难了,而且收获和付出根本不成正比。"

闻人不弃终于知道他的沮丧从何而来,严肃道:"术业有专攻,咱们的家传绝学,原本就不是为了与人拼杀的。何况这些剑修再强又有何用?哪怕打得天地变色,也顶不住真言一尺,我让他跪下,立刻就得跪下。"

闻人枫想翻白眼:"那也得打得着再说吧。"他们是剑修不是傻子,站好了等着被敲。

闻人不弃也承认:"剑修是难缠了些,但是对付其他人……"

闻人枫问:"侄儿身边十个人八个剑修,叔父您呢?"

闻人不弃被他噎得有些说不出话来,原本就烦,现在更烦,若非形势不妙,真想让他滚。不,和侄儿无关,是这些该死的剑修,早就强得超标了。

此时的金水镇充满了魔兽的号叫声,以及镇民们恐慌的奔逃声。

"魔怪来了!魔怪又来了!"

幽州本就与西海魔国交界,住在这里的人族也都是见过世面的,并不会四处乱跑,纷纷躲回家中去。几乎每家的门梁上都贴着驱魔符,悬挂着八卦镜、镇妖剑这类的法器。但这次魔兽不是一只两只,是一群,虽然都是一些不曾开灵智的低等魔兽,但挡不住数量多。

柳寒妆被暮西辞带去了小镇门口,双手搭在他手臂上,微微侧身探出头,看向远处正奔下山来的怪异魔兽。老实讲,这种场面她早就已经司空见惯了。兵火的气息掩藏得再好,这些低等魔兽也容易被影响到,因此每次和暮西辞出门,都是见他走一路杀一路。

"你好像有些紧张?"柳寒妆感觉他手臂绷得有些紧,"有什么问题吗?"

"不对劲。"暮西辞攥紧了剑柄,"它们像是被一股强大力量驱赶来的。"并不是受他的影响。这几年,他明明已经可以将自己的气息控制得很好,再加上昨晚被燕澜吓到,一宿都没敢合眼,将气息收束得更紧。

柳寒妆心里打了个突:"冲着我们来的?"

暮西辞觉得是,因为他心神不宁得越发厉害:"驱兽开路,对方想分我的心思,应是打算趁乱掳你,来要挟我。"

这种伎俩,柳寒妆同样见惯了。他们毕竟是出了名的"恩爱夫妻",想对付暮西辞的人,总喜欢朝她下手。

"夫人切莫大意。"暮西辞提醒她,"这次来的人不一般,你知道的,

我对危险的感知非常敏锐。"

"嗯。"柳寒妆点点头，如往常一般贴心地叮嘱，"那你小心一些。"

暮西辞却突然回头，望向背后镇子里的一处巷子口："谁？"

戴着巫族面具的柳藏酒走了出来，尽量保持着镇定："晚辈是想出来看看，能不能帮把手。"

暮西辞记得他是燕澜的仆人，但他好像是只狐狸，说是宠物更贴切。但能化形的狐狸，修为应该不弱。

暮西辞请求道："你家少君昨晚才说过要还我一个恩情，稍后还请你看顾下我的夫人。"

柳藏酒心道我保护三姐，还要你来叮嘱，不忿地抱拳："定会竭尽全力。"说着，他走到柳寒妆身边，甩出一条长鞭。

他这一出手，暮西辞更知他妖力不弱，放心许多，旋即一转剑柄，跃上高空，朝着魔兽来袭的方向挥出一剑："燃！"剑尖旋即涌出丝状的火线，如海浪般朝前涌动。摧枯拉朽，将途经的魔兽全部焚成灰飞。但余下的上百只魔兽，如同行军打仗的将士，自动分成了好几股，从不同的方向冲撞而来。

暮西辞再出一剑，火线四散。只见霜叶从天而降，拂袖间，一道道冰刃飞出，切断了大部分的火线。他的嗓音同样冰冷："暮西辞，我家圣尊有意招揽你，不知你意下如何？"

"你们这是在招揽？"暮西辞不想和他废话，只恨这具躯壳目前只能容得下这点力量，不然霜叶根本没有废话的机会。但暮西辞又极为爱护这具躯壳，不敢轻易损伤。

与此同时，柳藏酒突觉周身一阵阴冷。周围的空气像是被撕裂一般，裂开一个口子，从里面伸出一只枯槁的黑爪，试图去抓柳寒妆的肩膀。

柳寒妆的修为并不低，只是近些年身体羸弱，使不上力，但反应还在，一猫腰躲开，绕去弟弟背后。

柳藏酒则立刻转身，顺势一鞭子抽过去，缠住了那只爪子，将鬼叶从挪移阵法中硬生生拽了出来。

鬼叶着实没想到，这两人配合得如此默契。落地的瞬间，他也击破了柳藏酒的面具。

鬼叶问："小狐狸，我听刑刀说你来自温柔乡？况雪沉是你什么人？"

柳藏酒挥鞭就抽："是你祖宗！"嘴上骂得狠，心里却在合计着燕澜和姜拂衣何时才能回来，杀来的这两个魔人都是人仙中境修为，他挡不住啊。

鬼叶恼火道："不说的话，就别怪老子不客气了！"

柳藏酒几乎要笑死："说得就像你们夜枭谷对谁客气过一样！"

柳寒妆听到背后有建筑倒塌的声音，慌忙转头，瞧见一些发了疯的魔兽竟然朝着镇子里冲了进去。她喊了一声"糟糕"，却见一抹蓝白相间的身影，飞跃至小镇的上空。

那人手中璀璨的长剑指向高空，剑尖凝出一个气泡。"嗡！"气泡急速膨胀，很快将整座小镇包裹其中。

柳寒妆知道他是谁了，天阙府的漆随梦。她才稍稍放下心，柳藏酒竟被鬼叶一掌打退了两三丈远。看到弟弟倒地吐了口血，柳寒妆慌忙跑过去："小酒！"

鬼叶即刻去抓柳寒妆，却忽然感觉手臂一僵，像是被什么操控住了。

"傀儡术？"

不远处，姜拂衣艰难控住眼前的音灵花。以她目前的能耐，想要操控人仙境界实在太过勉强，额头浮出一层汗渍。以卵击石，只是为了给燕澜争取一点时间，助他从鬼叶手中将柳家姐弟带走。

此刻，燕澜已经跃到柳家姐弟身边，双手于胸前快速掐了个诀，以他为中心，脚下骤然浮现一个椭圆形的光圈。

"遁！"燕澜声音落下，三人一起坠入光圈之内，转瞬间，又出现在数十丈外的小镇中，恰好躲进了漆随梦的剑气阵里。被霜叶绊住的暮西辞，原本都打算突破躯壳去救柳寒妆了，见状又收了回来。

鬼叶却在发愣，还没挣脱姜拂衣的傀儡术。不是他反应慢，是他迟疑。圣尊才刚刚交代过，让他们最好不要伤害到这位万象巫的圣女。

鬼叶迟疑的间隙，感受到一股令人胆寒的压迫感，知道是圣尊亲自动手了。

燕澜施展完遁地瞬移术，才刚站稳，便瞧见一道光剑朝他迎面而来。速度快到不可思议，剑气更是充斥着暴戾魔气。出动了这样厉害的人物，燕澜猜，夜枭谷已经知道兵火的存在，想要占为己有。

寄魂也能感应得到，方才柳寒妆有危险时，兵火险些忍不住现行。这样说来，只要柳寒妆在，兵火就不会逃走。

燕澜绝对不能让兵火落在夜枭谷手中，那就得守住柳寒妆。

燕澜一步跃出漆随梦的剑气阵，同时催动寄魂之力，双掌一推，在面前筑起一层金色的光盾。他则退后半步，取出一把匕首，反手在腕上冰冷一划，热血飞溅而出："子孙燕澜不才，今请巫神之力，化尽三千戾气，诛！"血溅在光盾上，寄魂的金光顿时宛如驱散黑暗的烈阳。

莫说周围那些魔兽纷纷暴毙倒地，连鬼叶和霜叶都接连吐了好几口血，顿时明白了圣尊口中的天克是什么意思。巫族的金色天赋，真的是天克他们魔族。

最痛苦的其实是暮西辞，强忍之下，他才能稳住不离躯壳。

再说原先那柄朝燕澜飞去的剑，暴戾之气逐渐衰减。然而以亦孤行的修为，当剑气抵在盾上时，仍是"嘭"的一声，击碎了燕澜的金光盾。

光盾四分五裂，燕澜脸上的兽骨面具也跟着碎成了好几块。他五脏六腑俱伤，心头却安定不少，竟然化掉了一个准地仙境界将近七成的魔气，有得打。

"燕兄？"漆随梦护好镇子之后，持剑从上空落下，同为剑修，他知道来了个多厉害多恐怖的人物，恐怕和他师父不相上下。

而远处的姜拂衣收了音灵花，也朝燕澜跃过去："大哥？"想起燕澜才说过的生死劫，心头一阵惶恐。

暮西辞脱离了霜叶的掌控，稳住神魂，旋即回去柳寒妆身边，拉着她后退。

有人叹了口气："你们巫族，可真是令我头痛啊。"

姜拂衣望过去，一个男人凭空出现在不远处。

霜叶和鬼叶立刻去到他背后，一左一右地站着。霜叶已经是夜枭谷的四大魔使之一，那这人应该就是夜枭谷的谷主了。

和她想象中的大魔王很像，穿一袭玄衣，原本是个清秀的长相，因被戾气环绕，看上去眉眼如刀。

燕澜忍住喉口翻涌的血："万事万物，相生相克，有您的夜枭谷，也该有我们的万象巫。"

亦孤行捏了捏眉心，却是看向燕澜左侧的姜拂衣："你又是怎么回事，怎么跑去万象巫当圣女了？"

姜拂衣原本正戒备着他，听了这话瞳孔一紧："你从前见过我？"

亦孤行微微一怔，随后笑了笑："五年时间罢了，你就不认识我了？"视线停留一瞬，又转向了漆随梦，"还有你，你那柄剑还没铸好？

这柄浮生虽也不错，但比起那柄剑，还是差远了。"

姜拂衣袖下的手微颤了下。这人说的剑，应是自己铸出的那柄半成品。

漆随梦满心莫名："前辈在说什么？"

亦孤行凝眸："你也不认识我了。"

姜拂衣忽地寒声问："是你将我钉进棺材里去的？"

亦孤行目露疑惑，审视着她："看来五年前一别，你身上发生了不少的事情。"

姜拂衣看他的反应不像，抓住机会说道："前辈，几年前我被人所害，钉进了棺材里，半年前才被放出来，识海受创，之前的事情不记得了，不知您是在哪里见到我的？"

漆随梦倏然转头看她。

亦孤行也紧皱眉头，但还是答了："五年前我路过洛瑶山，见到你们两个……"其实是苦海剑有一些异常，他便随剑走了一趟，"你俩当时刚逃出追杀，狼狈至极，我看这小子根骨极佳，是个修剑的好苗子，且他手里的剑，好似与我的苦海剑颇有一些渊源，曾想收他为徒。"

姜拂衣追问："后来呢？"

亦孤行道："没想到我话都没说完，天阙府君随后便来了，说这小子是他的弟子，将你们给带走了。"亦孤行方才来到此地，放出感知一眺望，很轻易便认出了他们。

燕澜看向姜拂衣，她已经抿紧了唇。

漆随梦则如同听梦话一般，半晌做不出反应。很快，他想到姜拂衣曾问他，在他的幻梦里，有没有遇到过一个小乞儿，又想到姜拂衣在自己眼睛里的"光芒"。难道他有一个梦，真的和姜拂衣有关？不，不是梦，是真实的过往？

"行了,你们两个让开。"亦孤行对姜拂衣和漆随梦道,"我暂时并不想伤害你们两个。"

姜拂衣反而上前去,走到他面前:"前辈,能不能给我看一眼您的苦海剑?"

亦孤行道:"刚才难道没看到?"但还是取出了本命剑。这柄剑没有剑鞘,剑身和剑柄都已经被戾气腐蚀得看不出原本的模样。

姜拂衣:"我能不能握一下?"

亦孤行:"好。"

姜拂衣握上剑柄。刚才亦孤行攻向燕澜的那道剑气,姜拂衣一点也没朝母亲的心剑上想,因为完全感知不到母亲的气息。听他说起渊源,她才生出一些想法。

如今近距离感知,确定也是母亲铸的剑,但这柄剑已经入魔了。不是母亲刻意造出的魔剑,是好端端的一柄剑被魔气侵染,遭受了腐蚀。这人还能对她保持一点点的好感,实在是很不容易。姜拂衣心底突然生出愤怒,握着这柄剑,她竟能感受到母亲被魔气日夜腐蚀的痛苦。

"阿拂。"燕澜喊她一声。

姜拂衣忙收敛心神,这股魔气太强了,她只是握了下剑柄,都能被影响到。

亦孤行收回了剑:"让开吧。"

姜拂衣抬头望向他:"不让怎么样?"

亦孤行蹙眉:"你难道真是剑笙的女儿?"

姜拂衣不答:"你想杀我大哥,就必须先杀了我。"

亦孤行没打算杀燕澜,也杀不死他,只想将他打残了去,警告一下巫族。亦孤行的耐心不多了:"让开!"

-240-

姜拂衣提议："这样吧,你出一剑杀我,若我能躲得过,你放弃今日来此的目的,离开怎么样?"

亦孤行觉得好笑,摩挲手腕上的檀木珠:"小丫头,我知道你与我的剑有些渊源,想要结个善缘给你,你若非得不知好歹,那便不要怪我。"

姜拂衣也牵起嘴角:"是我劝您不要不知好歹,手下面前,注意点自己的颜面。"

亦孤行脸上的笑容慢慢收紧。霜叶和鬼叶的表情则是极度震惊。

燕澜皱着眉,看样子亦孤行手里的剑,同样是姜拂衣母亲的剑,亦孤行也可能是她的父亲。但是听闻夜枭谷的谷主心狠手辣,嗜杀成性。再看那柄苦海,和凡迹星手里的伴月,已经完全不一样了。

"你们谁都不许动!"姜拂衣回头警告,将蠢蠢欲动的燕澜、漆随梦及柳藏酒都给喝住。

亦孤行冷笑道:"我答应你。"

"唰!"苦海剑再次浮现,独自从高处落下,劈向姜拂衣。

赌被魔气腐蚀的心剑对女儿下不去手?不。姜拂衣不可能坐以待毙。

她合上眼睛,决定使用狠招,尝试反向操控母亲的心剑。枯骨兽那一战中,她已经知道自己是可以令剑的,何况是母亲的心剑。哪怕入了魔,也是母女连心。再者,燕澜被亦孤行逼着放了血,这份"血债",姜拂衣很想替自家大哥讨回来。

问题是该怎样反向操控。姜拂衣总不能凭空对心剑说:苦海,请你暂时背叛主人一会儿,改听我的。

莫说苦海剑已经入魔,就算凡迹星手里的伴月,也绝不是那么容易说服的。毕竟这些都是母亲的剑,并不是她的剑。

姜拂衣唯一能肯定的是,石心人的令剑天赋需要施展。上次令剑,是因为在湖底施展了疾水诀。但疾水诀只适用于水域之中,需要另换一种得心应手的术法。

"现!"姜拂衣再次血祭出音灵花。紫色的花儿舒展叶片,飞去她头顶上方。

姜拂衣回想起剑笙前辈教她的,傀儡术最基础简单的心法,同样也是最高级深奥的心法——"心随我动,万物可控"。

姜拂衣挥舞两条纤细的手臂,行云流水地施展出一套控物手诀。

巫族的秘法,男人施展时看上去刚猛有力。而女性施展时,有一种"舞"的美感。毕竟"舞"最初便是用于祭祀,传说可以通达天地万物之灵。再说姜拂衣从思考对策到使出术法,仅是几次眨眼的时间。数不尽的花丝从音灵花内延伸出来,朝上空的苦海剑飞去。

这些花丝里除了傀儡术的力量,还蕴含了她的"意志",仅对心剑有效的意志。

因此看在众人眼中,姜拂衣释放出来的这些花丝,如同柔弱不堪的藤蔓,妄图去撼动拥有千年根基的参天巨树。

"燕澜,我们真就这样看着吗?"早在姜拂衣和亦孤行对峙时,柳藏酒就已经和三姐眼神交流过,得到她的同意,准备使用父亲留给他的真元之力,却被姜拂衣喝止了。此刻亦孤行出剑,压迫感铺天盖地袭来,他又按捺不住。

漆随梦也是一样,亦孤行那些话动摇了他的心境,使他陷入混乱之中。但危机当前,他下意识地攥紧浮生,想去替姜拂衣接下这一剑。又回忆起之前姜拂衣跳崖的事,漆随梦不由得望向燕澜,决定听她兄长的意思。

燕澜被两双焦急的眼睛盯着,心绪也颇为混乱。就事论事,燕澜对姜母所铸宝剑,以及姜拂衣的能力,都有了一个大致的了解,多少猜到

她的意图。此举虽然过于大胆，但姜拂衣一贯谨慎，心中定是有谱的。燕澜不该阻拦她。

可是另一方面，燕澜说服不了自己不去担心，很想绕开她，直接以寄魂和咒术去化亦孤行的魔气，用事实证明他其实有胜算逼退亦孤行，用不着她来挡，无非受重伤罢了，死不掉的。但姜拂衣做事一贯目的性很强，不知道她真正的目的究竟是什么，怕阻了她的路。时间紧迫，不容细想，燕澜摇了摇头，示意他二人先不要动，静观其变。

而跟在亦孤行身边多年的霜叶和鬼叶，则是看出了自家圣尊的不正常。被一个小丫头奚落，圣尊居然没动怒。小丫头和他谈这种幼稚的赌约，圣尊竟然还答应了。圣尊出的这一剑，也是虚有其表，吓唬这小丫头的成分居多。

的确，亦孤行是在吓唬姜拂衣，让她知道些天高地厚。这样莽撞的性格，难怪会被人钉进棺材里去。一想到此事，亦孤行心中就会生出几分自责，五年前他若是将姜拂衣带走，她便不会遭此一劫。但这与他究竟有什么关系？

亦孤行很不喜欢这种感觉，仿佛被"天意"牵着鼻子，不断告诉他，姜拂衣是他的有缘人，他应如何待她，实在令他烦躁不堪。

因此，这原本的恐吓，看起来颇为凶猛。

当那些花丝即将缠上苦海剑时，亦孤行准备收回一些剑气。之前姜拂衣以花丝操控鬼叶，他看在眼里，知道有多少威力。

苦海剑气太过霸道，会追着花丝斩杀过去，姜拂衣定会身受重伤。

这一收，亦孤行心头霍然一凝！他竟然收不动？苦海失控了？这小丫头和他的剑，果然渊源颇深。

亦孤行目光一凛，凝聚感知，加重对苦海的操控。毕竟是他相伴多年的本命剑,亦孤行一加注,姜拂衣顿觉识海一阵剧痛,险些昏厥。但她很快摸到窍门,顶着泰山压顶一般的威势,再施手诀。在她双手舞动之下,花丝疯狂蔓延,迅速绕上魔剑。魔剑被捆成了粽子,停在姜拂衣头顶上方一丈处。嗡颤不止,却又无法挣脱。

"停、停住了……"鬼叶震惊地转头看向霜叶,想确定圣尊是不是故意让她?

霜叶目不转睛,瞧着圣尊的模样不像是有意为之,但这怎么可能啊?就算凡迹星来了,也不可能让圣尊的剑停下来。

燕澜则是瞳孔紧缩,还真让她做到了。漆随梦怔怔地看着,先前万分担心,可真看到这一幕,自己好像并不惊讶?

柳藏酒则默默松了口气,将从内丹里提取出的真元放了回去,给柳寒妆一个眼神:我交的朋友怎么样,是不是又仗义又厉害?

柳寒妆刚想要点头,忽地反应过来,她和弟弟之间的互动太多了,忙偷眼看一眼暮西辞,却见暮西辞正紧盯着姜拂衣。

"怎么了?"柳寒妆问他。

"没事,感慨姜姑娘年纪如此小,竟然这般有本事。"暮西辞笑了笑。

最惊讶的还是要数亦孤行,茫然与警惕一起涌现在他双眸里:"姜拂衣,你是怎么办到的?"

姜拂衣识海的痛意不减,不敢松懈,边控边说:"您对万象巫如此了解,莫非不知家父有笙箫令剑的天赋,我自然是跟着家父学的。"

亦孤行冷笑道:"你当我如此好骗?便是剑笙亲自来了,他也做不到。"

燕澜接口问道:"前辈试过家父的令剑术?"

亦孤行道:"没试过我也知道。"

-244-

燕澜"哦"了一声："那就只有一个解释，自古英雄出少年，长江后浪推前浪，舍妹已经青出于蓝了。"

亦孤行瞥了他一眼。燕澜面无表情。

姜拂衣说道："怎么说啊前辈，你我之间约定的只是一剑，您这样的身份地位，该不会说话不算数吧？"

亦孤行微微仰头，看向仍在不停震颤，试图挣脱花丝的苦海："我说话算数，但这一剑还没结束。"

亦孤行又垂眸看向姜拂衣，比起她能控停自己的本命剑，他此时此刻更不能理解的是，自己为何还不曾对她起杀心？

亦孤行先逼迫自己，再强行控剑："苦海！"随他声势，苦海剑光芒大盛，爆发出澎湃的魔气。

嗡鸣声中，姜拂衣感觉到自己的心脏随之震动。不是跳动，是震动。看来自己的令剑能力，的确是来自这颗剑石之心。它就是一个长在身体里，融入血脉里的法宝。

姜拂衣意识到这一点后，立刻底气十足，果然还是要在实战中，才能不停窥探自己的潜能："你没结束，我也没有结束，不知你拿剑拿了多少年，但你恐怕从来也没真正了解过你的剑，它才会轻易被我控住。"

她引心脏内潜藏的血气，渗透进花丝里："苦海，听我号令！"原本那柄魔剑已经拖拽着花丝，再次劈向姜拂衣，此时又停了下来，挣扎过来，竟掉转方向，攻向了亦孤行。

鬼叶和霜叶已经彻底呆住。先前姜拂衣能够控停苦海，已是难以理解。如今反攻圣尊，只能说是见鬼了！

而亦孤行不躲也不反击，他望着不断逼近自己的剑尖，眼底流露出难以遮掩的震惊。苦海只是转了头，没有杀意，甚至没有几分力道，绝对伤不到他。但是本命剑遭人所控,剑指主人,在他这个境界里,根本前所未闻。

不是姜拂衣多有本事,是这剑,这剑果然有问题!

亦孤行早就知道它和一般的神剑不同,不知修炼之后,往后会遇到什么局面。但面对如此强悍的剑,任何剑修所想的都不是丢弃,而是征服。亦孤行以为自己早就已经征服了它。不承想,它始终存着叛心。

而趁亦孤行震惊的工夫,姜拂衣已经闪电一般从他身侧掠过,反手握着一柄匕首,与他擦肩时,利刃"唰"地划过他的手臂。匕首被施了破法诀,可以轻易割破修行者逸散在外的护体之气,且刃上还施有激荡血气的秘术,亦孤行手臂虽只被划破了一条线,却溅出一行触目惊心的鲜血。

"圣尊!"看出他在发愣,霜叶和鬼叶同时呼喊出声,但都很有默契地没有上前帮忙。已是颜面扫地了,他俩再去帮忙,只会令圣尊更加难堪。

姜拂衣与亦孤行擦肩而过之后,背对着他,抛了下手中匕首,抹去脸颊被溅上的点点血迹:"前辈,咱们已经扯平了,您还要不要继续?"

一切发生得猝不及防,燕澜的视线落在姜拂衣沾了血,稍稍有些妖艳的脸上,又低头看向自己周围的地面。她手中拿的,是燕澜之前用过以后没空收回,扔在地上的那柄匕首,不知何时竟然被姜拂衣给捡走了。

燕澜一直知道她是个睚眦必报的性格。但姜拂衣竟然连他的那份,也一起算进去了?无论姜拂衣两次说要替他挡刀子,还是这次非得站出来保他,燕澜都没有太多的感触。但这一行飞溅的血,明明距离他很远,却好像也烫到了他的脸。

以至于燕澜也忍不住伸手摸了下自己的脸,怎么回事?

-246-

苦海剑最终停在亦孤行眼前一丈处，不再动弹了。不知是姜拂衣没再继续操控，还是苦海无法真正地伤害主人。手臂上这条小伤口，亦孤行浑不在意，他只冷肃地凝视着苦海剑尖，不知道在想些什么。

而燕澜也无暇多想，施展瞬移术法，去到姜拂衣身边，将她和亦孤行隔开。燕澜很清楚姜拂衣现在已经精疲力竭，担心亦孤行恼羞成怒，会真正地出手伤害她。燕澜秘法传音："没有这个必要，我并不是没机会挡下他。"对于亦孤行这样的境界，发现有人能令他的剑，很难不下杀手。

姜拂衣却说："非常有必要。"燕澜即使能以寄魂挡下他，也必定会身受重伤，九死一生，只能用这种方式，来给亦孤行当头一棒，打得他心境大乱，不再出剑。他们才有可能保住柳寒妆，全身而退。再一个，姜拂衣想试试令心剑的威力，以及亦孤行的反应。

亦孤行五年前见过她，确定她是被天阙府君带走的。就在刚才，当苦海剑回头指向亦孤行时，姜拂衣从他震惊的情绪里，清清楚楚地感知到一抹外露的杀意。这个神情实在是太熟悉了，她一定曾经面对过，甚至触动了她潜藏的一些回忆。

她隐约回忆起，无上夷好像对她出过剑。她也曾尝试去控过他的剑。再加上她心底对无上夷那股怨恨之情，她是被无上夷钉进棺材里的可能性，已经快要可以拍板。还有一点，她前脚被钉进棺材里，无上夷后脚就摸到了地仙境界的门槛，跑去闭关。

姜拂衣脑海里忽然涌出一个可怕的猜想，五年前，无上夷是不是从她身上发现了突破地仙境界的诀窍呢？

凡迹星、商刻羽，包括眼前的亦孤行，他们无论年纪大小，现如今全部卡在地仙边缘，一步也进不了。他们这些心剑剑主，突破瓶颈的方式，

-247-

很有可能是要战胜心剑对他们识海的影响。

战胜的方式是什么？还有比强迫心剑杀她更能证道的事情？

她这颗新生的心脏破了个大洞，久不愈合，莫非是为母亲的心剑所伤？石心人并不是真正的不死之身。石心人可以同族相残？

难道这就是无上夷杀她的原因？姜拂衣并不能确定，但她既然会这样想，很有可能是她曾经经历过，然后面对相同的局面时，一下子又涌出来的信息，是她原本就已经知道的信息。

但不管怎么样，姜拂衣更不敢对这些剑主说实话了，她需要观察，观察他们究竟谁更靠得住。不然的话，便不是给自己找帮手，是在自找麻烦。或者说，是在自寻死路。姜拂衣甚至都不想再找"父亲"了，自己努力修炼，无非晚一些救出母亲。但至少不用像这样疑神疑鬼，担惊受怕。

许久之后，亦孤行终于平静下来，开口说道："这一剑是你赢了，我愿赌服输。"

鬼叶焦急地上前一步："圣尊……"鬼叶已经见识到了燕澜的能力，深知燕澜天克兵火。此时离开，等于将兵火拱手相送给巫族。

他们夜枭谷自从兵火现世，一直在暗中盯着，放养二十年，做足了充分的准备。这燕澜从小不离十万大山，怎会突然跑了出来。莫非真的是天意？

霜叶倒是还好。他虽搞不懂姜拂衣和苦海剑是怎么回事，却可以看出兵火的夫人，那叫韩三娘的女人，和柳藏酒之间关系匪浅，应也是温柔乡的人。而柳藏酒又与燕澜两人交情颇深，在驱逐兵火这件事上，应该没有那么容易，不必急于这一时。

霜叶能看出来的事情，相信圣尊能够看得更深更远。

亦孤行扬起手臂，让他们退下："然而你我之间的约定，是让我放弃原本的目的，我愿意放弃。可我又有了一个新的目的。"他转身，指向姜拂衣，"你跟我走。"

姜拂衣对此毫不意外，直视着他的双眼，还算平静，并无明显的杀意。

燕澜割伤的手臂仍在流血，顺势流到手心里，被他攥住，准备好再次血令寄魂："前辈这是打算不讲道理了？"

亦孤行蓦地笑一声："你想和魔讲道理？"又看向姜拂衣，"你这丫头年纪不大，心气不小，替别人出头也要看看敌人是谁，否则死都不知道怎么死的。以为自己能控我的剑，就能为所欲为？我若真想杀你，根本用不着剑。"听上去是警告，语气却是劝告。

姜拂衣朝他挑了挑眉："前辈也好大的口气，信不信我若真想躲，你也同样摸不着我？"

亦孤行道："无须做这些口舌之争，你快随我走，不要逼我真正动手，我并没有那么好的耐性。"

姜拂衣道："是我劝您快走，先不说您不使剑究竟能不能顶得住我大哥化你的魔气，再不赶紧走，您会惹上大麻烦。"

姜拂衣拿亦孤行实验令剑术，还有另外一个目的。学会了之后，她可以尝试去令伴月和流徽。

凡迹星与商刻羽正打得日月无光，她是肯定控不住的，却可以通过令剑，使他们感受到异常，制止他们继续打下去，以免兵火引动更多的劫数，而且姜拂衣也已经这样做了。

亦孤行盯着苦海发愣的时候，她就催动了音灵花丝，朝着金水山蔓延。

姜拂衣先前说错了，不是谁最强谁是她爹，是谁的心性最好，对母亲感情最深，最会护着她的，才是她爹。血缘并没有什么意义。他们全部被母亲的血气入侵,都与她血脉相连。

"走!"姜拂衣拉起燕澜就往镇子方向跑。

亦孤行有一瞬的愣怔,忽又极快地抬头望天。他的苦海感受到压力,又开始震颤不休。

好强的剑气。

亦孤行一拂袖,不再阻止苦海靠近,容它飞来自己身边,悬浮在他身侧。再一拂袖,一道剑风朝着霜叶和鬼叶袭去,将他们打出去几十丈远。以亦孤行为中心,周围只剩下数十头魔兽的尸体。

少顷,一条虚化的龙影和一抹赤红的光芒从天而降,分别落在了亦孤行的左右两侧。两人是从战场来的,一路飞行,身上的剑气尚未化去。落地之时,地面崩裂,无数碎石伴随着血肉模糊的魔兽四溅。

亦孤行在风暴圈中稳稳站立,只是一头灰白长发被罡风吹得四散飘起。

暮西辞早有预料,在他们落地之前,就已将身旁的柳寒妆打横抱了起来,飞去了高处。燕澜被姜拂衣拽着往小镇方向跑,也预料到了这股力量,本想回身施法凝结光盾用以抵挡,却在看到暮西辞的反应后,也觉得这样更简单,抱起姜拂衣跃入上空。她有兄长保护,漆随梦遂将浮生剑插入前方的地面,只管护着自己。只有柳藏酒不明就里,被震飞了出去,结实地摔了一骨碌。

"凡前辈?"霜叶这才知道为何圣尊会将他们俩打飞,起身后立刻朝着凡迹星拱手。

"迹星郎?"亦孤行对他是熟悉的,只不过不曾见过面。

此时的凡迹星仍是身披狐裘,一副高贵的模样,但不难看出眉宇间的一丝狼狈。

他认识霜叶，又见面前之人满身魔气，猜出其身份："夜枭谷主？"

亦孤行则转头看向身穿红衣的鬈发男人，脑海里云巅国并没有这号人物："阁下又是？"

商刻羽却根本不搭理他，看向了远处的姜拂衣。

凡迹星也一样找寻着姜拂衣："是你？"

尘埃落定，姜拂衣已经被燕澜放下地，她知道这声"是你？"蕴含的意思——是你在尝试控我的剑？

姜拂衣看不出商刻羽的表情，但瞧着凡迹星并无惧色，漂亮的桃花眼里仅仅写着一些惊讶和好奇。

姜拂衣指向被他俩夹在中间的亦孤行："我不是故意要打扰两位约战，就是想告诉两位，我又找到一柄我娘铸的剑。"

凡迹星眨了眨眼睛，收回视线，看向亦孤行。

亦孤行此时才知道，原来苦海是姜拂衣母亲所铸，心道一声"难怪"。她说"又"，难道凡迹星的伴月和他的苦海师承一脉？

凡迹星道："你的剑呢？拿出来给我瞧瞧。"

亦孤行微微侧目，看向身侧悬浮着的苦海。

凡迹星这才将视线挪到苦海上，稍一感知，他的瞳孔紧紧一缩："魔剑？这剑为何入魔了？"

亦孤行只觉得莫名其妙，他是魔修，不拿魔剑拿什么？

凡迹星倏地取出伴月，以意念操控，朝着苦海劈砍过去："仙木之灵听我令，渡苦厄，消顽疾，斩！"

亦孤行没动，因为凡迹星出的是医剑。他在干什么？给剑医病？都说凡迹星有病，果然病得不轻。

伴月剑斩在苦海剑上，"锵"的一声，苦海爆发出魔气，将伴月给击退了回去。

伴月回到凡迹星身边，剑刃处隐隐沾染上一些魔气。凡迹星两指覆上剑刃，如同诊脉一般。越诊，他的眉头拢得越深，双眸越来越锐利："你使用始祖魔神之力洗剑了？你还洗过不少次？"

姜拂衣也蹙起眉，秘法传音："大哥，始祖魔神之力是什么？"

燕澜望着苦海剑："大荒时代，由混沌生出来的第一批魔物被称为始祖魔。他们的魔元之力，都具有种子的力量，一旦被种上，哪怕是稍弱一些的神族，也很难不魔化。"但世间早就没有始祖魔了，已被神族诛杀殆尽，只遗留下一些碎裂的魔元，散在天涯各处，"早些年我巫族的先祖们还曾四处去收集，渡化。千年万载过去，这些魔元已是非常罕见之物，稀有至极。"

难怪亦孤行身上的魔气这般暴戾，原来他得到了始祖魔元的碎片。听凡迹星的意思，还不止一片。对于魔修来说，这绝对是天大的造化，远远超过获得姜母的剑。其实在一定程度上，姜母的剑反而还拖了亦孤行修行的后腿。那些拿来洗剑的始祖魔元碎片，他若自用，指不定早就已经突破地仙，比现在的修为要高出不知多少境界。

燕澜敛着眸："阿拂，这话说出来你可能不爱听。亦孤行应该也是十分重视你母亲所铸宝剑，视为伴侣，不舍抛弃，本末倒置地想把苦海也提升到和他一样的境界。"

姜拂衣不太能理解这种重视，一起入魔下地狱？

"你的医剑还真是名不虚传，连这都诊得出来。"亦孤行夸赞了凡迹星一句，"但这和你有什么关系？"一副要将他千刀万剐的模样，"是嫌我浪费魔元碎片？我的东西，我想怎么用就怎么用，又与你何干？"

凡迹星不和他废话："剑给我，它很痛苦，我要给它医治。"

亦孤行道："是你疯了，还是我疯了？让我把本命剑给你？"

凡迹星朝他伸出手："你给不给？不给我可要抢了！"

亦孤行觉得今天真是见鬼了："你认为你与我同境界，就能赢过我？"凡迹星刚满百岁，且是医剑双修，才经历一战，剑气已经不足，打同境界的正道剑修没有一点问题，打他分明是找死。

亦孤行倏然举起手臂指向了远处："闻人和我们都是同个境界，你问问他敢不敢动手打我们其中任何一人。"

闻人不弃原本在崖边等着，看到那两个瘟神突然跑了，赶紧追过来，都还没站稳，就听到这一句，关键亦孤行还一直看着他。

闻人不弃只能拱手，以"官位"压人："三位有话好讲，这里是我们云巅境内，三位若是……"

一直沉默的商刻羽突然道："一应损坏去找我风月国赔偿，十倍不够百倍赔，百倍不够千倍赔，赔到你们云巅君上满意为止。"

闻人不弃一怔。

商刻羽："你还有什么问题？"

闻人不弃讪讪地笑道："在下明白了，三位莫要伤及无辜就好。"心里气得直磨牙。比该死的剑修更讨厌的，是该死的有钱剑修。幸好侄儿的速度比较慢，还没有追上来，不然道心都要毁在这群瘟神手里。

站在一旁看热闹的姜拂衣偷偷拽了拽燕澜的袖子："大哥，我怎么觉得商刻羽比较像你爹？"

燕澜忍不住问她："你的意思是，我之前在湖边对那些神都学子谈论赔偿时，竟是这样张狂的态度？"看上去似乎有些欠打。

姜拂衣忍不住笑了一声："你在说什么呢，你竟然管这叫作张狂？"

燕澜低头看她："不是张狂是什么？"

姜拂衣忙着打量凡迹星三人的态度，没空说话。

燕澜追问一句："嗯？"

姜拂衣有些奇怪，燕澜怎么会在意别人对他的看法了？她说道："这当然是你们有钱人的底气啊。"

商刻羽一开口说话，亦孤行再次看向他："凤月国？原来你是流徽剑商刻羽？"

商刻羽却指向凡迹星："将你的魔剑给他，不然休怪我对你不客气。不，无论你给不给，你这勾引我夫人的下贱魔人，必须给我死！"

亦孤行早被他们搞得烦躁不堪，听了这话更是气结。他活了一把年纪，听过的辱骂之言能灌满江海，却从未听过这般离谱的："你是不是走火入魔了？"

凡迹星灵光一闪，想起来一件事，指向了亦孤行："对了商刻羽，你知不知这个魔头多大年纪了？我若不曾记错，他四百年前就已经成名，他手里的剑比你的剑更早，这下你怎么说？"

商刻羽抿紧了唇，他是知道亦孤行的，当然也知道亦孤行比他年纪大了将近一百岁。凡迹星幸灾乐祸地催促："哟，你整天义正词严地教训我，这会儿怎么不说话了，按照你的逻辑，该是你勾引了他的夫人吧？你不也一样只是她的情郎？"

商刻羽却早就想通了："你方才不是说亦孤行的剑很痛苦？我夫人定是受不了他入魔，抛弃了他，改嫁给了我。"

凡迹星立马想质问，那怎么不是也抛弃了你，又改嫁给了我？但这话凡迹星说不出口，他实在没有商刻羽这种狂妄的自信。仙女不可能下嫁给他，他能给她当个情郎，已经是祖坟里冒青烟，做梦都要笑醒了。

而他俩争执之时，亦孤行已经收了剑，寻个空隙带着手下直接走人。

他要做的事情太多，可没空陪这两个脑子有问题的人一起发疯。

"想跑？"凡迹星先反应过来，立刻去追，还不忘和姜拂衣交代，"阿拂，稍后我要去飞凰山，你先去那里等我！"又喊上商刻羽，"还不走？你之前奚落我，说我拿剑时间短，如今我都能感受到，你感受不到亦孤行的剑在向我们的剑求救？这家伙出了名的精明狡猾，一旦跑了，可不像我这么好找！"

这样近距离接触，商刻羽自然感受到了。他看向姜拂衣，声音压得很轻："去飞凰山乖乖等着，不要乱跑。"又看向燕澜，"照顾好她，不然我拆了你的万象巫！"

燕澜已经习惯他说话的语气，拱手回应："前辈放心。"

商刻羽便跟着凡迹星一起去追。

声势浩大，草草收场，宛如一场闹剧。

闻人不弃纳闷地望着三道远去的剑光。通过他们寥寥几句，听上去像是情感纠葛。不知是哪位女中豪杰，竟将他们三人串联到一起，闹到这种丢人现眼的程度。

闻人不弃又望向姜拂衣，好像是她的母亲？那就不是三个人，还要再加一个剑笙。难怪闻人不弃第一眼见到姜拂衣，就觉得这少女颇为与众不同。以他看人的直觉，她很不简单。

燕澜换了个站位，挡住闻人不弃打量姜拂衣的视线，问道："现在做什么？"

姜拂衣也不知道，她还等着多观察一下，没料到亦孤行竟然这样能屈能伸，说跑就跑了："他们多久才会回来，我在镇子上等还不行，要去飞凰山？"

"不好说，以他们的本事，只要有躲避的心，追起来很难。"燕澜故意说道,"我父亲当年追一个窃贼,追了将近三个月,才在洛水河追上,又打了好几日,才将他打没了半条命。"

闻人不弃今日被气得实在不轻,再分不出心思去打量姜拂衣,转身走人,去寻他的侄儿。

燕澜等他走了才松了一口气,这口气卸掉之后,顿觉内脏绞痛。

姜拂衣瞧见他突然紧皱了一下眉头,忙道:"不管了,我们先回客栈去吧,累得很,我想休息休息。"

暮西辞也抱起柳寒妆往回走:"我夫人也需要休息,今日之事,稍后再谢。"

柳藏酒受了伤,浑身骨头痛死了,又看着这家伙将姐姐带走,拳头攥了半天,小声道:"燕澜,你干脆直接把他拿下算了,我觉得你完全可以。"

燕澜此时真不可以,寄魂也需要补充力量。

燕澜望着暮西辞远去的背影:"我感觉你三姐可能有什么误解。"

柳藏酒不理解:"误解?"

燕澜说出自己的感受:"你三姐遭遇危机那一刻,我的天赋忽然有强烈的预警,这是兵火想脱离躯壳的征兆。因为躯壳的修为,限制了他释放自己真正的力量。该怎么解释,我个人感觉,他没有你姐姐口中的那么有城府,甚至是个容易冲动的性格。"

柳藏酒惊讶不已,比起来三姐,他自然而然更相信燕澜的判断。因为他知道燕澜非常聪明。而他大哥说了,他们一家四口一共长了两个脑子,大哥一个人独占一个,他和二哥、三姐,勉强能凑出来另一个。三姐的真身又是含羞草,有点风吹草动就会赶紧躲起来的那种。

镇子又恢复了平静。

幽州的百姓也是真厉害,"劫难"过去之后,没几个人害怕,反而争先恐后地拖走了魔兽的尸体,拿回去烹饪美食,还真是靠山吃山靠水吃水。

姜拂衣目睹这一切,心道生存环境对人的影响果然是极大的。而她说想休息,也只是想让燕澜去休息,她肯定是休息不了的。

从亦孤行那里得到信息之后,漆随梦一路不说话,等稳定之后,一定会来找她问东问西。姜拂衣不是很想面对他,于是燕澜关房门的时候,她从他手臂下方钻了进去:"让我躲一躲。"

燕澜停顿了一下,才又重新缓缓合上房门:"你总不能一直躲着。"

"能躲一会儿是一会儿。"找爹找成闹剧,姜拂衣是真的快要烦死了,身心俱疲,不管不顾地歪倒在床上,"我会不会影响到你养伤?"

"不会。"

"那就好。"

燕澜盘膝坐去矮几后方,双手在丹田处合抱,调息他所受的内伤。

姜拂衣抬起左手臂遮住双眼,闷闷地道:"大哥,你能理解吗?我真的感觉好累。"

燕澜说:"累了就睡一会儿。"

上次她在湖底令剑,回客栈的路上便睡着了,燕澜将她抱回房间里时,还听她呢喃着喊了一声"娘"。

姜拂衣换条手臂遮眼睛:"不是身体的累,是觉得心累,一大堆的烦心事。"

燕澜闭着眼睛:"无论哪种累,睡一觉起来,都会好很多。"

姜拂衣觉得自己像是对牛弹琴,她从床上坐起来:"你有没有过心烦到睡不着觉的时候？"

"没有。"燕澜实话实说，"我从小学术法，一天只有一个时辰可以休息，每一刻都很宝贵，只要大祭司准我放下书册，我可以瞬间睡着。成年之后，我基本上已经不用睡觉，抽空闭目养神就好。"

姜拂衣无语。行吧，她忽然觉得自己好像也没那么烦了。

姜拂衣重新躺下来，占据他的床铺也占据得心安理得，毕竟他不需要床："听你的，我睡一觉，睡到自然醒。"

燕澜本想说"好"，突又睁开眼睛朝床铺望过去："你一睡就得一天，在我房间里过夜，而漆随梦身在隔壁，就这样看着，是不是不太好？"

姜拂衣已经踢掉了靴子："我们俩是'兄妹'，漆随梦只会觉得我们俩之中有一个受伤不轻，需要对方照顾，怕什么？我也不是不去面对他，只是现在真的很累，想先养精蓄锐。"

燕澜无可奈何："我觉得漆随梦哪天知道了你我并非兄妹，一定会来对我拔剑。"虽不会像商刻羽一样夸张，但肯定也很凶猛。

姜拂衣趴在床上，脸埋进棉被里："你之前还以我兄长的名义教训他，不准他去提亲呢，那时候怎么不担心他往后拔剑砍你？"

燕澜一愣，好像是这样。

姜拂衣打了个哈欠，说道："再说了，你还怕他对你拔剑？你打不过他啊？"

燕澜回想了下漆随梦每次出剑，认真估量他的实力，和自己做了个对比："只要他没有比我更早突破凡骨，问题就不大，我应该打得赢。"

姜拂衣劝他放心："那不就得了。打不过也不用怕，我会帮你，你也看到了，我旁的本事没有，专治剑修。"

燕澜也不是怕："睡吧，我守着你。"

-258-

然而姜拂衣脸滚棉被，心烦得实在睡不着。恍惚中，她听见燕澜在念咒语，呢喃似的。她集中精神想听清楚，越集中他的声音越飘忽。

姜拂衣逐渐没了动静，燕澜也停止吟诵催眠咒。

姜拂衣陷入深度睡眠时，连呼吸都是停止的，和一具尸体没有什么区别。燕澜不知她这种状态下会不会害冷，起身去帮她盖好棉被。他又坐回到矮几后，继续闭目调息。眼睛一闭上，脑海里竟然浮现出他给姜拂衣描的"画像"。尤其是眼窝那颗不明显的小痣，竟极为清晰。燕澜连忙睁开了眼睛，他白天学了新术法，晚上都会在脑海里温习一遍，没什么奇怪的。

姜拂衣睡得迷迷糊糊地醒来，翘起脑袋，朝燕澜的方向望过去。

幽州白日很短，太阳早已落山，屋内彻底没了光线，他还和上次姜拂衣偷窥他时一样，坐得身姿板正。

姜拂衣佩服不已，伤及脏腑还坐这样板正，不会疼的？换成她，早就躺得四仰八叉。

燕澜听见她的动静："醒得这样早？"

姜拂衣实在好奇："你平时晚上不睡觉，都是这样坐一夜看书。"

燕澜不知她在好奇什么："也不一定是看书。"

姜拂衣越发好奇："那你还会做什么？"

燕澜回："帮你回溯怨力碎片。"

姜拂衣摆了下手："我说你平时在万象巫的时候，每晚坐在寝殿里除了看书还干什么？"

燕澜说道："我晚上很少在寝殿里坐着。"

姜拂衣颇有兴趣："哦？"

燕澜回答:"我都是去寝殿外面的鱼池边上坐着。"

姜拂衣突然笑了,睡一觉没让她少些烦恼,倒是燕澜将她逗笑了:"大哥,我发现其实你这人还是挺有趣的。"一种另类的有趣。

她翻身坐起来,开始摸索着穿靴子。燕澜摸出一颗夜明珠照亮:"你不睡了?"

"不睡了。"姜拂衣起身,"该来的躲不过,解决好了才能睡踏实。"

她来到燕澜面前:"给我杯水喝。"

燕澜斟茶给她:"你去找漆随梦?"

姜拂衣仰头一饮而尽,一言不发,出门去了。她刚从房间里出来,步入走廊,隔壁的漆随梦也拉开了房门。

姜拂衣从他身边经过:"跟我来。"她不想和他在密闭的房间里聊,下了楼梯,去到了客栈的后院。

院子里有个石桌,姜拂衣在桌边坐下,直截了当地道:"我回答不了你的疑问,我十一岁出门寻父,遇到了要去神都寻找亲人的你……"她只讲了梦里记得的事情,"就是这样,救下你之后,你死缠着我不放,除此之外,我不太记得了。总之,你找到了你的师父,我也寻到了我的父亲。"

漆随梦没有坐下,他站得似剑般笔直,低头望着她:"所以姜姑娘问我的那一题,并不是说说而已,你是真的在怀疑害你的人是我师父?"

幽州很少见到星月,夜晚黑得似墨,姜拂衣仰头望着低垂的天幕。她深吸一口气:"漆随梦,我现在和你聊天根本毫无意义,你只会不停地向我保证你师父的人品,而我一听到你向着无上夷说话就很烦,烦透了,烦得恨不得一剑捅死你。"

"可是,这确实都是你的猜测。"漆随梦绝对不信师父会做出这样

-260-

的事,"你不能只凭着感觉,如此草率地认定是我师父作恶,连带着一起来排斥我。"

姜拂衣冷眼扫过去:"你喜欢珍珠对不对?"

不防她话题转得太快,漆随梦微怔过后点点头:"饰物之中,我最喜欢珍珠。"

姜拂衣又问:"你为什么喜欢珍珠?"

漆随梦说道:"喜欢就是喜欢,需要什么理由呢?"

姜拂衣倏地一笑:"不,一切都是有迹可循的。你会喜欢珍珠,是因为我从小睡在蚌壳里,出来寻父之时,给自己取了个假名字,叫作江珍珠。"

漆随梦瞳孔微微一缩。

姜拂衣又说:"而后在云州城看到我,又觉得我会发光,认为自己对我一见钟情,是不是?"

漆随梦坦然点头:"是这样。"

"那是因为我们从前的过往并不是消失,只是我们想不起来罢了,它们全部印刻在这里……"姜拂衣指了下自己的脑袋,"我会痛恨你为无上夷讲话,绝对不是我凭空臆测。喜欢是感觉,憎恨也是感觉,记忆会封锁,感觉不会骗人。你从前喜欢我,哪怕忘记了,再见我还是会飞蛾扑火。而我恨你师父,即使忘记了,听他名字听多了,也会逐渐勾起我的憎恨,这是同样的道理。"

很多猜测,都不是她脑筋转得太快,想得太多,是原本就存在的记忆。姜拂衣已经感觉到,她的记忆正在慢慢复苏。大概是那柄剑没铸成功,毁掉了,诅咒在慢慢消失。

姜拂衣道:"我不敢说一定是你师父杀的我,但我会被钉在棺材里,肯定和他有关。"说完,她默默看着漆随梦脸上的血色逐渐被抽空,一双原本就无神的眼睛,变得更加晦暗。

漆随梦毕竟不是傻子,结合亦孤行的话,再说这事和他师父没关系,他自己都不相信。可是他仍然坚定地认为,师父不会主动去杀姜拂衣,其中一定有隐情。在漆随梦的认知中,师父为了天下苍生的福祉,绝对能够眼也不眨地做出牺牲,是他见过的这世上最无私、最正直的人。

漆随梦一直以师父为榜样。师父怎么可能无缘无故地害死他喜欢的姑娘?

不会的。

今日寄魂释放了许多能量,姜拂衣走了之后,燕澜便将它放了出来,取出囤积的魔兽灵魂给它吃。小熊仔吃着吃着,跳上了窗台,推开窗子:"主人,他俩是旧情人对吧?"

燕澜正起身打算换衣裳,走到窗边,才发现这客栈的后院刚好在他窗口下方。但两人交谈,燕澜是听不见的,漆随梦布下了一层剑气隔绝。

寄魂边吃边说:"您想不想听他们聊什么?我可以穿破他的剑气隔绝哦。"

"我没有兴趣。"燕澜伸手关窗。

寄魂准备跳下窗台时,忽然诧异地盯着燕澜:"主人,您的眼珠……"

燕澜抬手摸眼睛:"眼珠怎么了?"

寄魂又仔细地看了下:"您的眼珠刚才红了一下,血红血红的。"

燕澜立刻取出铜镜,明明是好端端的墨色。

"就一瞬,但千真万确是红了一瞬。"寄魂不可能看错,"一般身体出现异常,是准备觉醒天赋了。"

燕澜也知道族里的人觉醒天赋，都会先出现异常："那你觉得我会觉醒什么天赋？"巫族的天赋觉醒，多半是被引动、刺激出来的。难道是今天接了亦孤行一剑，刺激出来了？

寄魂眨眨眼："这都过去多久了，为何会现在红眼呢，我倒是觉得，您是看到人家一对旧情人月下谈心，心生妒，故而眼红。"

燕澜一怔。

寄魂问："您从前在万象巫，试过各种刺激，试过嫉妒吗？应该没有吧？您这样优秀，应该从来不会去嫉妒任何人。"

燕澜确实从未生过任何的嫉妒之心，都是旁人嫉妒他。但他刚才也不曾生出任何一丝妒心，应该并不是。燕澜还是问："假如是妒心引起的，那会觉醒什么天赋？"

寄魂认真地想："眼睛会红，红眼病？大概是兔子的天赋吧？虽然兔子并没有红眼病，但世人说得多了，也成为一种言灵。"

燕澜无语。

寄魂纳闷："怎么了主人？您不是一直想觉醒天赋，怎么不太高兴的样子？"

燕澜找不到任何高兴的理由："你来告诉我，兔子有什么天赋值得觉醒？"

寄魂说："也还好吧，兔子有一项天赋挺强的。"

燕澜问："嗯？"

寄魂想起自己凋零的种族，羡慕不已："它们这个种族，繁殖能力特别强，主人您一定会子孙满堂啊。"

"多谢，食不言寝不语，继续吃你的吧。"

寄魂被摁住熊头吃饭，撅着屁股拱了半天，燕澜才松开它。寄魂委委屈屈，却不敢再说话了。以往的少君都是供着它，乖乖以魂魄献祭，这一代少君心狠手辣，特别不讲道理。

燕澜兀自更换寝衣，重新坐回到矮几前。即使他不需要睡眠，入夜也会换好寝衣，这是规矩。至于将要觉醒的天赋，燕澜不相信会与嫉妒心、红眼病、兔子有关系，否则会被族人笑掉大牙。但也知道，不会是最高等的金色天赋。

燕澜依然需要继续养着寄魂，找出寄魂无法与自己融合的原因。以兽魂喂养并非长久之计，寄魂不以他的魂魄为食，他连寄魂一半的威力都释放不出来，更不要说点天灯叩问神灵。

伤势调理得差不多了，燕澜取出《归墟志》。这本之前觉得用不到的古籍，必须要尽快吃透。

夜枭谷抢夺兵火的时机很有意思，燕澜昨夜才与兵火正式碰面，第二天亦孤行就亲自来了。他们应该一直躲藏在暗处盯着。直觉告诉燕澜，潜藏于人间的怪物不止一个。抛开怪物本身的危险不提，夜枭谷处心积虑收集这些怪物，才是其心可诛。

认真研读了十几种甲级怪物之后，燕澜逐渐开始跑神。他在想，究竟是什么突如其来的刺激，唤醒了自己一直沉眠的天赋？

燕澜丢开书册，开始认真回忆今日每一个印象深刻的细节。

是给姜拂衣"描绘"画像时？是姜拂衣说他二人"名为兄妹，实为夫妻"时？还是知道姜拂衣或许才是龟甲所示的那只"燕子"？难道是姜拂衣捡了他的匕首，替他讨"血债"时？

燕澜分辨不清。但是，不回想不曾发现，为何他现如今的生活里，哪里都是姜拂衣？

后院，姜拂衣和漆随梦分坐石桌两旁，沉默得只能听见虫鸣之声。

被虫子吵得烦躁,姜拂衣起身往回走:"我知道你并没有做错什么,但我也是真的不想看到你,希望明日一早,你可以先回神都去。我迟早是要去你们天阙府的,咱们走一步看一步吧。"

路过漆随梦时,听见他低声道:"我有错。"

姜拂衣微顿脚步。

漆随梦缓缓抬起头,原本无神却自信的眼睛里,写满了挫败感:"无论真相究竟是什么,都是我无能,没有保护好你。"

姜拂衣沉默着摩挲指腹:"不,是我无能。"她年纪太小,没有母亲的慧眼,没能提早发现身边的小乞儿天生剑骨,是个修剑的好苗子。等下定决心扶持他的时候,结果水平不行,铸出了一柄残次品。

姜拂衣继续抬步往前走。漆随梦站起身,想拉住她,迟疑着不敢动作,只是喊了一声:"珍珠。"

姜拂衣的脚步再次停下。

漆随梦绕来她面前,垂下长睫,小心翼翼地看着她:"让我陪你一起去找寻真相好不好?我带你去找我师父问个清楚,若证实了是他,我立刻叛出天阙府。他若再想害你,我定会挡在你前面。请你相信我现在的能力,虽然与他相距甚远,但护你全身而退没有问题。"

姜拂衣从不怀疑漆随梦会挡在她前面,只是想问他会不会挡在无上夷前面,但她懒得再问了,没什么意思,最后总会知道的:"我希望你走,但你不想走,我也不可能把你杀了。"

说完,姜拂衣丢下他回了客栈里。正打算沿着楼梯上楼时,她仰头竟瞧见暮西辞站在二楼的楼梯口处,双手环胸,像是在等人。

姜拂衣警惕起来,微笑着打招呼:"暮前辈,这么晚了,您还没有休息?"

暮西辞默不作声，开始沿着木梯下楼。一阶一阶，鞋底有节奏地踩在木梯上，"咚咚咚"，声音不大，却震得姜拂衣鸡皮疙瘩起了一身。

燕澜说暮西辞并无柳寒妆以为的那般有城府，然而姜拂衣看他这个气势，确实是挺唬人的，也难怪柳寒妆会畏惧他。

终于，暮西辞下到了一楼，途经姜拂衣身边时，说道："我一直在等你。"

姜拂衣脊背一僵："等我？"

"有没有空聊两句？"停顿了片刻，暮西辞用仅他二人才能听见的声音，"小石心人。"

姜拂衣周身血液像是凝固了，瞳孔几乎快要缩成一条直线。

说完之后，暮西辞继续往客栈外面走。姜拂衣从僵直中恢复过来，赶紧追着他出去。

暮西辞站在客栈左侧的屋檐下，上方有个窗口，房间内还燃着一盏微弱的灯。姜拂衣知道，那是他与柳寒妆的房间。

"前辈……"姜拂衣和他并肩站在屋檐下，好奇地询问，"您刚才喊我小石心人？"

"行了，你不必和我伪装，今日你对亦孤行出手的时候，我已经看出来了。"暮西辞贴墙站着，依然是双手环胸，"其实我见你第一面起就应该认出你，但听闻你是巫族圣女，我对你抵触又忌惮，不敢多打量，才没注意。"

姜拂衣紧抓重点："前辈为何会忌惮巫族？"

暮西辞反问："你不知道？"

姜拂衣故作迷茫："知道什么？"

暮西辞瞧着倒是轻松了不少："那看来燕澜也不知，他并不是冲着

我来的。"

姜拂衣流露出"狐疑"的神色："您究竟在说什么呢？"

静默一会儿，暮西辞自我介绍："我是兵火族。"

姜拂衣佯装吃惊："您……真没想到，如今在这人间竟还能见到'同类'！"

暮西辞微微一笑："是啊，我也很意外。"

姜拂衣心头"咯噔"一声，完蛋，石心人当真是《归墟志》里的怪物。她快要哭了，心里祈求燕澜翻书翻慢一点，千万不要翻到石心人那一页。干脆以后每晚都去缠着燕澜算了，做什么都好，反正不给他时间看书。姜拂衣痛下决心。

暮西辞不解地低头看她："你这小石心人是怎么从大荒里跑出来的？也是因为二十多年前那场异变？竟然还混成了巫族的圣女？"

姜拂衣收敛心头奔涌的情绪："大荒？您是说五浊恶世？"

暮西辞隐约有听过："大概是吧，总之，是九天神族依照大荒原本的面貌，创造出的一个虚幻世界。"他反应过来，"怎么，你不是从大荒里出来的？"

姜拂衣低头沉吟。她暂时没有感觉到兵火的恶意，甚至瞧他眉眼间还有些他乡遇故知的喜悦。再加上燕澜对他的初步判断，姜拂衣趁机打听："前辈，实话告诉您吧，我也不知道我是从哪儿逃出来的。我不是我娘生出来的，一直待在一个蚌壳里，不知道待了多少年，忽然就出来了。"

暮西辞默默听完："这不是很正常？"

姜拂衣不解："正常？"

暮西辞看她一副傻乎乎的样子："你们石心人一族，原本就不需要在母体里孕育，也无法孕育。最初的形态就是一块蛋状的小石头，像你们取心脏一样，从母体里取出之后，再放入容器里孕育。孕育速度和容器的灵气有关系，蚌壳只是你的父母为你挑选的容器罢了。"

姜拂衣多年来的疑惑终于得到了解答，原来石心人是蛋生物种。

姜拂衣感谢他："您对我们石心人还挺了解的，这些连我自己都不知道。"

暮西辞摇摇头："我也不是很了解，从前大荒那么多奇怪的种族，谁记得过来。"他又是个喜欢独处的性格，哪里隐蔽待在哪里，对世间的各种规则其实知道得非常少，还不及这二十年来辛苦装人类知道得多，"只是我从前恰好认识你的一位先祖，他很厉害，我印象颇为深刻。"

姜拂衣听他说"厉害"，不由得蹙眉："但我觉得，我们石心人并没有那么大的能力。"和兵火这种能够造成天下大乱的劫数怪物相比，石心人何德何能也可以进入《归墟志》啊？

暮西辞听了这话，竟然轻笑一声："你因为是混血，已经混过好几代，血统不够纯，才会觉得自己不够强。想当年，你的先祖连九天神族和始祖魔族都可以控制，你说强不强？我认识的那位美男子石心人，送了一大堆的剑簪给那些神女和魔女，曾经闹出了不小的风波。"

姜拂衣无语，难怪要受失忆惩罚了。

姜拂衣心里有太多问题想问，一时不知从哪里问起，便挑拣最重要的问："前辈，您是古时候曾经见过我的那位美男子先祖，并不是在封印地里见到的？"

"嗯。"暮西辞点头，"我因为比较特殊，是被单独封印的，且封印得很早，是最早的一批。"

姜拂衣若有所思："在您看来，那些被驱赶进五浊恶世里的怪物，是不是全部罪有应得呢？"

暮西辞像是在认真思考："不全是，有些是自愿进去的。而被强行驱逐进去的那些，绝大部分是曾经犯下了不可饶恕的弥天大错，但也有一小部分是看他们骨子里有没有'人性'，最终能不能生出'人性'，不然这里为何会叫作'人间'呢？"

"人性？"姜拂衣仔细琢磨这两个字。

"人性接近于神性，而神性接近于天道。"暮西辞解释，"所以众生里，九天神族最喜欢人族。"

姜拂衣想，石心人里有个"人"，外形特征也非常接近人类，肯定是有人性的吧？她问："前辈，母爱算不算九天神族定义的人性，还是物种的通性本能？"

"算。"暮西辞回答得十分肯定，"生存繁衍才是物种的本能。"

姜拂衣又开始摩挲指腹，如此说来，母亲会被封印是曾经犯过错，或者其他什么缘故了。

暮西辞见她久不言语，问："有什么疑问？"

姜拂衣不好意思地抿了抿唇："我问题多得很，又怕问得太多，前辈您会嫌烦。"

暮西辞也笑道："是我主动找你聊天，我烦什么？而且我有事情请你帮忙，作为回报，你想问什么都可以，前提是我知道。"

姜拂衣抬头望向屋檐，想起上面房间里的柳寒妆："您想我帮什么忙？"

暮西辞说了声"不急"："你先问。不然的话，像是我胁迫你，和你做交易。"

这句话令姜拂衣对他生出几分好感，收回了几分顾忌。姜拂衣大胆说道："前辈，我们脚下这片土地，只是如今叫作人间吧，从前也是属于我们这些'怪物'的大荒世界，对不对？"

"不对。"暮西辞摇头，"我们的大荒早就毁了，这里是灭世天灾过后，人族在九天神族的扶持下，辛苦建立起来的新世界，是人间。"

姜拂衣凝眸看着他："灭世天灾？"

暮西辞讲述道："从前大荒最厉害的两个种族，就是九天神族和始祖魔族，他们分别脱胎于九天清气和五浊混沌，不仅强大，种族数量也非常可观。你莫要小看数量，因为按照天道规则，通常越强的种族，繁衍能力越差，只有弱者才需要通过强悍的繁殖能力来保证种族延续。所以我们这些'怪物'，种类虽多，数量却很稀少，在他们面前，成不了什么气候。"

姜拂衣感叹："看来我再想找到一个我的同族，怕是不容易。"

暮西辞认同："莫说现在，从前也不容易，我这漫长的一生，总共也就见过那位美男子和你，两个石心人。"又赞叹一句，"他的手工真是极好，会做各式各样的剑簪，精妙绝伦。"

姜拂衣心道那是自然，毕竟每一支都是用"心"打造。她问："前辈，我那位先祖叫什么名字？"若石心人的数量如此稀少，可能是她的直系长辈。

暮西辞顿住了："这我记不得了，实在是太过久远。"

姜拂衣追问："那您知不知道，他有没有失忆症？"

暮西辞不解："失忆症？"

姜拂衣："赠过剑簪之后，和对方两相忘？"

"没有吧。"暮西辞道，"他当年逃入我的领地，说被一个旧情人追杀，想在我这里躲一下。我见他这般狼狈，答应了，还在想以他的本事，被一人追杀罢了，为何怕成这样。没想到，接二连三来了好多女人，我

看他挨个求饶，分得很清楚……"而且那些女人说混账的朋友也是混账，连暮西辞也一起打，将他巢穴和领地全给毁了，他无奈搬家。这事给暮西辞带来的冲击实在太大，以至于他对石心人印象深刻，至今难以磨灭。

石心人的两相忘果然是惩罚，姜拂衣不纠结了："前辈您继续说吧。"

暮西辞被她一打岔，忘记之前要说什么，皱眉回想。

姜拂衣提醒："大荒是怎么毁掉的？"

暮西辞一副恍然的模样，继续说道："也没什么特别的理由，九天清气和五浊混沌天生对立，神族有悲悯万物之心，魔族有霸道暴戾之气。"

一个主张和平共处，热衷于制定规则。一个信奉弱肉强食，致力于打破规则。

"他们小摩擦不断，大冲突时有，由于实力相当，彼此顾忌，倒也一直相安无事。"

姜拂衣不理解："前辈，燕澜的金色天赋是神族赐予的力量，今日我瞧得清清楚楚，神族天赋非常克制魔族，为何说他们实力相当呢？"

暮西辞道："因为'怪物'们绝大多数都是站在始祖魔族这边的，神族那边，只有数量多但弱小的人族，以及其他一些不成气候的小族群。"

姜拂衣大概懂了，神族制定的和平规则不利于强大的怪物，而强大不愿让利于弱小。

"那后来怎么会冲突到引发灭世天劫呢？"

暮西辞回忆："因为始祖魔族发现，备受神族喜欢的人族，原来具有极高的潜能，且他们身怀清浊两气，易入正道，也易入魔道。"

姜拂衣："我们'怪物'不容易入魔？"

暮西辞："不太容易，不然人族也不会称我们为'怪物'。"

至少暮西辞被始祖魔族抓了许多次，给他种过不知多少不同种类的魔种,他从未入魔,且也没见过多少怪物入魔。毕竟有很多天生冷血的物种,远比拥有七情六欲的魔族更凶残、更可怕。

"始祖魔族便将魔种制成武器,似一场瘟疫,快速席卷了人族,脆弱的人类疯的疯,死的死……导致的后果极为严重,九天与五浊开始了一场旷日持久的战争,天道五行险些崩溃,最终始祖魔族还是败了,几乎被诛杀殆尽。当然,九天也陨落了许多神尊。而那些站队始祖魔族,一同残害神族和人族的'怪物',因为很难诛杀,便被九天神族驱逐进了你口中的五浊恶世,责令他们永世不得再来人间。"暮西辞抬起头,看向黑沉的天幕,"人间的天道五行崩坏得太厉害,九天神族也难以再生存,善后过罢,便举族去往了域外,留下巫族充当他们在人间的使者。"

姜拂衣沉默了片刻:"前辈,您刚才说还有自愿进入五浊恶世的'怪物'?"

暮西辞点头:"是的,有些种族两不相帮,等灾难过后,大荒已经不是从前那个大荒,他们不想留在破烂的世界里重建。"又觉得人族是引发一切祸端的根源,不想和他们打交道,也害怕和他们打交道,担心再经历这样的浩劫,"反正这天地之中,四海之内皆为囚笼,无非大小罢了,在哪里被囚都是一样的。"

"谁说不是呢?"姜拂衣颇认同他的观点,"前辈,您说您是第一批被封印的,您站队了始祖魔族,莫非还做出了很大的'贡献'?"

"我是被他们抓了去的。"暮西辞无奈得很,"比起不讲理的九天神,我更讨厌拿我当武器使用的始祖魔。"

九天神族觉得他身为劫数怪物,存在即有罪,一直封印他。反正他喜欢独处,无所谓。结果始祖魔族不停地"救"他出来,掘地三尺地挖,烦都要烦死了。

姜拂衣点点头："前辈落在始祖魔手中，什么都不做也会催化天劫，被神族误解了。"就像这次，他也只是在镇子里待着，就引动了燕澜的劫。

"不是误解。"暮西辞坦诚道，"泥人尚且有三分脾气，何况我是兵火，有一回实在是将我给逼急了，我控制不住自己，催化了比较可怕的天劫……"他没说下去，"总之是犯了大错，始祖魔战败后，我束手就擒，主动站出来求他们封印。他们说，我比较特殊，需要单独封印，而不是放逐进新大荒里，我没有意见。"

始祖魔族已经没了，没人再来"救"他了，暮西辞知道，这一次的封印将会是无比漫长的。大概会漫长到寿数耗尽，重新归化于天地。

"但是我没想到，二十一年前，我突然被一股震动给震醒了。"

封印的空间里，出现了一抹光亮。这是封印松动，从外界透进来的光。

他太久没有出去过，好奇大荒重建之后，如今是个什么模样，于是从缝隙里溜了出去，打算看几眼，赶在裂隙合拢之前，他再回去。

没想到，他才刚出去就险些被天雷劈中，瞧见不远处的地方躺着一个人，立刻钻到那人的识海里去，钻进去之后才发现这人已经死了。头顶雷劫涌动，他又心想算了，世界变成哪种样子，和他有什么关系。

暮西辞说："我正准备抽离，继续回去自己的封印地里，没想到我夫人……"他停顿了一下，"是这具躯壳的妻子，韩三娘。她顶着天雷和狂躁的猛兽，跑来我身边，将我从地上拽起来，开始拉着我逃命。"大概是在冰冷的世界里待了太久，那只手温暖得让人舍不得松开。但最令他触动的，还是她的勇敢和她对同伴的不离不弃。暮西辞说着话，再次仰头看向屋檐，这次看的是二楼房间里的柳寒妆。

如果姜拂衣没记错，柳寒妆之前讲述此事时，说的是——"暮西辞答应付给我的酬劳，只给了我一半，那是给小酒洗髓的神药，不救他不行，他若死了，我真是亏大了。"

提及柳寒妆，暮西辞连语气都变得温和了许多："我才醒来便受到这种触动，想着也是一场缘分，于是决定救下她的性命。"

他轻而易举便处理掉了那些发疯的兽类，扛住了天劫。之后，御风阁的人赶来，他才得知这具躯壳叫作暮西辞，而被他救下的女子，是暮西辞的妻子，两人都是御风阁的外门弟子。这下，他内心更是深受触动。

"世人常说夫妻本是同林鸟，大难临头各自飞。你说说看，她在这般生死关头之下，还能对自己的夫君不离不弃，实在是勇敢、真诚、至情至性。"

姜拂衣不知该说什么。她吸了口气："于是您就打算暂时假扮暮西辞，想先将韩三娘治好？"

柳寒妆说她被天雷劈中后，昏迷不醒了八个月。暮西辞颔首："我先打听了这具躯壳的性格，得知暮西辞是个面无表情、沉默寡言的人，于是逐渐向他靠拢。"

真正的暮西辞，是和柳寒妆一起伪装夫妻，进御风阁偷东西的，当然越低调越好。

暮西辞继续讲述："随后我就开始想办法医治她。"

医修开出了一大堆的药，他本想出去采药，发现这人间早就已经挤满了人，原本在大荒里随处可见的低阶灵药，竟然大部分进了药材铺子里，不仅需要花钱购买，还卖得死贵。他哪里有钱，即使成了御风阁主的弟子，也凑不齐这些药钱。打听过后，他便去接悬赏令。他对物价不了解，也不知究竟需要多少，于是不停地接。

八个月之后，她终于醒来了。

"我最初的想法真的非常简单，帮扶到她好起来，传授她一些自保

-274-

的本事,我再给她多赚些钱财,够她往后衣食无忧。之后我就前往巫族,请他们将我重新封印。"暮西辞叹了口气,"可是二十年过去了,她还是老样子,被天雷劈坏了脑子,整日里疑神疑鬼、神经兮兮。身子骨也弱不经风,一点儿康复的迹象也看不到。"二十年来,他伪装成暮西辞,不仅要担心着被她发现自己是个冒牌货,还要去学习、适应人世间的各种规则。要赚钱养家,为了生计奔波。要虚与委蛇,应付各种令他头痛的人情往来,还要面对那么多的无能为力,无可奈何。

"凡迹星手中有你们石心人的剑,我正是想请你帮忙,请他一定要答应为我夫人医治。"暮西辞疲惫地捏了捏眉心,"她再不好起来,我已经快要病倒了。"一个女人已是如此难以应付,心里越发佩服那位石心人,他也不嫌累的?

姜拂衣无语。

暮西辞见她一副为难的样子:"你放心,我不会拿你的身份要挟你。你需要什么报酬,可以大胆地和我提,或者需要我做什么事情,也都可以告诉我。"

姜拂衣苦恼不已:"不是我不帮忙,您夫人这病吧,凡迹星也是治不好的。"两个人一起鬼迷遮眼的病,谁有本事治啊?姜拂衣很少像现在这样无语。他二人但凡有一个长点儿心,也不会彼此"折磨"二十年。不,分明是心思都太多了,只不过这心思全用错了地方。

暮西辞原本是靠墙站立的,闻言站直了些,面色紧张:"我夫人的病没得治?为何这样说?"

"因为她……"姜拂衣险些将柳寒妆故意不治愈的事情脱口而出,但此事不该她来说。姜拂衣相信暮西辞的说辞,虽然荒诞不羁,但与柳寒妆所讲述的惊悚版本,在细节上是完全契合的。

然而，柳寒妆知道五浊恶世，认得出兵火，与他周旋二十年不回家，怕给家里带来麻烦。他们的家族和巫族一样，同样源自上古传承。他们家大哥况雪沉，也不知是个什么人物。不了解的情况下，姜拂衣不能不经允许暴露给暮西辞知道。

再说，姜拂衣还摸不清楚暮西辞的性格。燕澜说他有一点冲动，大荒时代他也承认自己一时忍不住犯了大错。

他瞧着是个随遇而安、与世无争的性子，更难猜容易导致他冲动的"点"在哪里。得知柳寒妆完全不是他以为的那般模样，他会不会觉得自己上当受骗了呢？会不会认为自己这二十年来所受的折磨，全是柳寒妆这个"坏女人"造成的，反而激生出恨意？

姜拂衣的头好痛，也捏了捏眉心："我不是说她的病治不好，是凡迹星的问题。您也瞧见了，凡迹星去追亦孤行，都不知道何时才会回来。"

暮西辞松了口气："他不是让你去飞凰山等吗？我们一起去。"

"您不怕燕澜了？"同为大荒怪物，还曾收留帮助过自己的先祖，姜拂衣不得不提醒他，"其实燕澜已经对您有所察觉，原本是想等族里的消息，寻个时机再对您出手。可今日魔人意图对您下手，未免夜长梦多，等燕澜伤势复原，指不定立刻就会动手了。"

暮西辞深深皱起了眉头。关于魔人来抓这事，他是不怕的，只要他重新被封印，魔人自然不会再抓他的夫人，但他现在还不能被封印："你和燕澜熟悉，你觉得我去找他聊一聊怎么样？直接告诉他，等我了结心愿，会主动接受封印，绝对不会反抗。"

姜拂衣摇头："您不要问我，我和他并不是兄妹，只因我娘的剑结缘罢了。而且实话告诉您，我现在比您更担心，燕澜不知我是石心人，而我也不知他如今正在参研的那本《归墟志》里，究竟有没有关于我们

石心人的记载,听您一说,八成是有的。"

"《归墟志》?"暮西辞没听过。

"九天神族平定战乱之后,专门为大荒怪物们编了一本书册,共分七十二卷,三万九千多册。"这是姜拂衣旁敲侧击问来的。她朝暮西辞竖起大拇指,"您可是高等甲级怪物,被写在了《归墟志》的第一卷第六册里。"

姜拂衣拢着手感叹:"我也不知燕澜何时才会瞧见石心人,胆战心惊的,有种伴君如伴虎的感觉……"燕澜会像大哥一样照顾她,是因为不知她是从封印里跑出来的怪物。一旦知道了,他职责在身,不知会不会对她留情。姜拂衣觉得燕澜不会这样无情,但她不敢赌。

"你还需要担心?"暮西辞微微有些诧异,不太相信,"我原本也没认为你和燕澜是兄妹,我以为你是故意混去他身边,想赠剑给他,控制了巫族的少君,往后就不怕再被封印。"

姜拂衣真这样想过,但赠剑是不可能了。燕澜不是剑修,她的铸剑水平又太烂,而且……

"前辈,燕澜不是一般人。"

暮西辞认同:"我从第一眼看到他,就能感觉到他的天赋极强。现如今的人间,人类的修行水平虽然整体拔高,但因为天道五行尚未从崩溃中修复,物种的修行上限变得极低。而燕澜很像是返祖了,超越了头顶这条禁锢之线,超出的不是一星半点。"

姜拂衣心道那是当然,他手里的寄魂,原本就是巫族先祖提取出来,又封存的力量。

暮西辞道:"我也以为你知道,才更要去挑战他。"

姜拂衣讪讪地道:"前辈,您也未免太瞧得起我了吧。"

暮西辞笑道:"可是征服异性,本就是你们石心人的强项啊。"

名声就是这样被毁掉的,姜拂衣辩解道:"您莫要因为我那位先祖是个滥情之人,就觉得我们石心人全都滥情。"母亲是因为遗忘,才会送了一柄又一柄。

"这是你那位先祖亲口告诉我的。"暮西辞不是信口污蔑,"他说你们天生在感情上占据上风。"

姜拂衣皱眉:"嗯?"

暮西辞凝神回想:"他说男女之情里,先动心的输,太用心的输。而石心人其实也是无心人,克尽天下有情人。"

姜拂衣想不通的是:"既然无心,他为何要去戏弄别人?"她如今再清楚不过,心脏不会跳动,她对男人连一丁点的色欲都没有。

而那位先祖血统更纯,本事更强,心脏应是更加坚硬如磐石,估计也是不容易有生理反应的。这可能就是石心人数量稀少的原因?

若不需要剑傀相助,那位先祖为何要去招惹那么多女人,对他有什么好处?

暮西辞又想了想:"我听他好像说过一次,他是在找一个能够令他石心变肉心的女人,他说他实在太想知道,心动和心碎究竟是什么样子的感觉,为何会令那么多的物种为之癫疯痴狂,百死不悔。"

"那他找到了吗?"

"不知,我的领地被毁掉之后,他陪我寻到一个新的,没几天便离开了。临走之前,他还笑着'祝福'我往后也能尝到心动和心碎的滋味,不要只与孤寂相伴,生命将会错失很多精彩……我与他共饮了一壶茱萸酒,往后直到大荒覆灭,我被封印,再也不曾见过他。"

大怪物和小怪物聊着天,凑在一起商量对策。

小镇上空忽然闪过一道闪电，隐有下雨的征兆，暮西辞连忙回到了客栈里。

暮西辞刚打开房门，便听见一声轻微的雷响。柳寒妆吃了安神药早早睡下，此时被雷声惊醒不说，还打了个激灵。自从在御风阁禁地被雷劈过，她对雷声便很敏感。

她的右手立刻被握住。暮西辞在床边坐下，低声安慰道："夫人，我在这里，你安心睡吧。"

柳寒妆旋即安静下来，雷劫哪有身边的大怪物可怕，她抬起另一只手揉了下惺忪的眼睛，又关切地问："你方才出去了？手这样凉？"

暮西辞解释道："去找巫族圣女聊了聊，她和凡迹星关系匪浅，请她帮忙说个好话。"

柳寒妆猜他八成是去试探，探听巫族少君有没有发现什么蛛丝马迹。她很想反向试探一下他，但想想还是算了，蹙起两弯淡淡的柳叶眉："夫君啊，你去瞧瞧窗子关严实了没有，我总觉得有风，吹得我头痛。"

暮西辞一眼望过去，便知那窗子是合拢的。但他还是起身往窗边走，安她的心。

柳寒妆只是想趁机从他魔爪下抽回自己的手，这怪物大概是有什么心理疾病，对她的右手特别钟爱。做了二十年夫妻，哪怕同床共枕，他对她也没有半点兴趣，唯独喜欢在她受惊吓时握她的右手，左手都不行，必须是右手。柳寒妆赶紧拉起被子，侧过身睡，枕着自己的右手臂，不给他握。

暮西辞从窗边回来，见她没了动静，像是又睡着了。他再次在床边坐下，心烦不已。巫族发现了他，魔修也盯上了他。这样的局面，真是像极了从前在大荒的时候。

虽然巫族比不得九天神族，这些魔修也比不得始祖魔族，但他也不一样了。从前他了无牵挂，如今身边多了一位"夫人"。即使治好了病，她这柔弱又矫情的性格，没有他在身边照顾着，也不知道该怎么办。

姜拂衣还在屋檐下站着吹冷风，听到头顶上方紧窗缝的动静，她才回去客栈里。隔壁燕澜的房间，还有夜明珠透出的暖色微光。

姜拂衣犹豫不决，在走廊徘徊了一会儿，还是去敲了他的房门。燕澜的声音从门缝透出来："门没关。"

姜拂衣推门入内，瞧见他还在矮几后坐着，和之前不同的是，换上了丝滑的寝衣。姜拂衣转身关上门，走到矮几前盘膝坐下。她低头看一眼摆放在上面的竹简，正是《归墟志》。

燕澜见她进来半天不说话，只盯着桌面上的竹简看，觉得少见："怎么，没能和漆随梦解决问题，瞧着更心烦了？"

姜拂衣自嘲地笑道："一波未平，一波又起。"原本是出去解决问题，结果一扭脸烦心事又添了好几件。

"嗯？"燕澜的视线落在她的脸上。由于肤色过于苍白，她很喜欢彩色，因此，任何时候都是明艳的妆容。尤其是唇，殷红得好似石榴花瓣。燕澜忽地意识到不妥，忙将视线收回。

姜拂衣沉默不答。她原本想着进来拉着燕澜说东说西，不给他时间看书简。

但燕澜不是傻子，一晚、两晚还好，等到第三晚，他必定有所察觉，反而是此地无银三百两。既然阻止不了他看书简，那就只能和他拉近关系，结个情缘。不会动心又如何，往后待燕澜好些，也不算恩将仇报。毕竟自己脸蛋不错，身姿也够曼妙，隔壁就有一个对她死缠烂打的天才

-280-

剑修，分明是燕澜占便宜了好嘛。

姜拂衣脸上堆起自信的笑容："没事，不管多烦心的事，见到大哥之后，我心里就舒服多了。"说完，她想咬舌头，这种低级的撩男人手段，连柳藏酒都不会上钩，只会觉得她中邪了。

果不其然，燕澜眉心一蹙："说吧，有什么要我帮忙？"

姜拂衣酝酿情绪，再接再厉："没有，就是想起来大哥今日以血化煞气的时候，真是……"她嘴角弯出一个自认为最好看的弧度，笑道，"该怎样形容呢？从前我会觉得阵法师、符师之类的出招，都没有剑修的气势，自从看过大哥施法念咒，才知道还能这样英武霸气。"

这都是实话，还不上钩？

燕澜默默听着，眉心越蹙越紧。他早发现姜拂衣对封印之类的尤其感兴趣："阿拂，你是不是想跟我学封印术？但是我族的封印术是不能外传的，这是族规，而且你没有我们巫族的血脉传承，也练不成。"

姜拂衣认清了一个事实，先前只纠结自己是不是忘恩负义，也未免太自信了。原来自己不只是剑铸烂，石心人其他的本事也同样不太行，给先祖还有母亲丢脸了。

姜拂衣站起身打算离开，不在这儿丢人现眼了。她越想越不服气，转了个身重新跪坐下来，将左手肘支在桌面上，手背托着下巴，隔着夜明珠的微微暖光，朝燕澜深邃的眼睛望过去："大哥，我确实有事情找你帮忙。"

她一贯直接，今日转了那么多的弯弯绕绕，想必是大事，燕澜越发谨慎地坐正了身子："你说。"

姜拂衣一本正经地道："其实在崖底的时候，我和凡迹星除了聊剑，也请他帮我诊了脉。请他帮我瞧一瞧，我的心脏自从康复之后，为何一直不会跳动。"

燕澜双眸里流露出几分关切："他怎么说？"

姜拂衣嘴唇微微翕动，随后道："凡迹星说我的心脏不会跳动，是因为死而复生之后，缺了一口阳气。"话音落下，她竖起食指轻轻点了一下自己饱满的红唇，"他说我需要一个男人，渡一口阳气给我。"

"渡一口阳气？怎么渡？"燕澜起初没反应过来，双眸透着疑惑，须臾瞳孔紧紧一缩，连眼神仿佛都僵在了半空。

姜拂衣看着他从耳朵逐渐涨红到脖颈的模样，本以为自己会心满意足，却只觉得真是造孽。像燕澜这种一片赤诚之人，不该遭受这种欺骗和羞辱。

姜拂衣"扑哧"笑出声，打破了弥漫在小桌周围的尴尬气氛："瞧把你吓得，心烦逗你玩呢，现在心情好多了，你不要介意。"她挑了下眉，双掌撑着桌面站起身，怕他不信，补充一句，"就算我真需要一口阳气，肯定也是剑修的纯阳之气更合适啊，放着漆随梦不用，干吗来难为你？"

打开门，姜拂衣走出去，心里平静了很多。她方才突然之间想通了，燕澜若真从《归墟志》里将石心人翻出来也好，没准儿就能够知道母亲被封印的真相，才能对症下药。姜拂衣甚至还回头认真地叮嘱了一句："大哥，你快看书吧，大敌当前，千万不要偷懒。"

然而燕澜对着面前的空气发了一夜的愣，一个字都没再看进去，脑海里不停地在猜她说的治疗之策究竟是不是真的。看她先前反复纠结的模样，很像是真的。只是因为自己没能及时做出反应，她窘迫放弃，打算去找漆随梦？

姜拂衣【下册】

乔家小桥 著

江苏凤凰文艺出版社
JIANGSU PHOENIX LITERATURE AND ART PUBLISHING

有爱的青春陪伴者

## 第六章 修罗岛主

燕澜不禁责怪自己为何要迟疑。一个小姑娘当面讲出这样的请求，本就难为情，他竟然还要迟疑。渡口阳气为她治病罢了，他那会儿究竟想到了哪里去？

燕澜自小就很自负，嘴上从来不说，心里却觉得自己比同龄人眼界宽，境界高，甚至连许多长辈，都远不如他更透彻。他才会一直不接受寄魂，认为自己一定能够打破巫族这几千年来每况愈下的现状，真正觉醒金色天赋。如今终于发现，他也不过是个庸俗之人。

天快亮时，燕澜实在坐不住了，撑着矮几站起了身，准备去找姜拂衣。这才发现外面风雨来袭，早吹敞了窗户，斜飘进来不少的雨水。燕澜先去关窗，眼尾余光瞧见后院里一抹蓝白相间的背影。漆随梦竟然还在原地站着，被风雨敲打得凄惨兮兮。

燕澜心头那股莫名的焦躁，忽然就减淡下来。姜拂衣如今只想躲着漆随梦，怎会去找他渡阳气。燕澜伫立窗边，踟蹰许久，依然决定换下寝衣，去往隔壁敲响了姜拂衣的房门。

姜拂衣敞开半扇门，门后的她长发凌乱，睡眼惺忪，伸了个懒腰，表情和语气都有一些不太高兴:"大哥,你有什么事不能天亮再说,吵醒了我的美梦。"她听暮西辞讲了半晚上大荒,梦到了大荒。梦里母亲牵着她的小手,带她去见识各种神奇的山川河流。

燕澜观她神色,确实休息得不错。幸好没有因他一时迟疑,给她的心情带来负面影响。

燕澜告诉她:"漆随梦还在后院站着,外面雨势不小。"

姜拂衣无语:"他是被人定住了,双腿动不了?还是以他凡骨巅峰的修为,淋场雨会病倒?你就为这个喊醒我?有这个时间,你不如去给他送把伞。"

"不是。"燕澜稍显窘迫,想问能不能进去说,但她屋内没燃灯,黑漆漆的,还有淡淡的脂粉香味飘出来,"我是想来找你确认一下,你说的法子究竟是不是真的。"

"什么法子?"姜拂衣睡得有些迷糊,凝眸怔了下才想起来,摆了下手,"当然是假的,而且这法子一听就很离谱吧?"

燕澜也觉得有些离谱:"但你昨晚一番怪异的举动告诉我,像是真的。"

"什么?"姜拂衣备受打击,她一番巧用心思,蓄意勾引,在他眼里竟然是"怪异的举动"?好气好气,她磨着牙道,"真的假的又如何?我不是说过了,反正有漆随梦在,用不着麻烦……"

燕澜抢先一步:"瞧你对漆随梦的态度,我觉得你去请他帮忙,应该比对着我更加难以启齿……我来问你的目的,就是想告诉你一声,你若真有需要,我可以帮你。我虽不是剑修,但我族受神族点化,血脉里蕴含着一些能令万物生的九天清气,应该比剑修的纯阳之气更适合你这种情况。只不过我才刚使用过天赋,且还受了内伤,这口阳气比着平时稍微弱了一些,你等我休养几日,我好生准备准备,再来渡你。"一番话说得极是顺畅,毕竟已经在心里演练过好几次。但凡停顿一下,他可能都会说不下去。说完，燕澜绷直了脊背站在门槛外。他已经掌握了控制气血涌动的窍门，确定自己面色如常。

姜拂衣被他一番抢白，微怔。自从认识燕澜，她从来没听他一口气说出这么多话。

燕澜抿紧了唇线，又松开："怎么样？"

瞧他一副认真和自己商量探讨的模样，姜拂衣忍不住想笑："我真是越来越佩服大哥了，做任何事情都是面面俱到。"

讲究得不得了，连渡口阳气也要准备充分。她若说渡口阳气不够，还需要双修，他会不会先去焚香沐浴一百年？想到这里，姜拂衣又觉得是自己犯傻了。渡口阳气他能接受是正常的，双修这话说出口，她可能会被扔出去。

"行了大哥，别扯这些有的没的了。"姜拂衣拉他进来，"反正我也睡不着了，咱们聊点别的，我找你借点其他东西。"

燕澜被她抓住手腕，拽进了房间里，听她关上门。屋内晦暗，风雨敲窗，他有些无措地站在原地，怀疑自己是不是被谁下了咒，怎么感觉脑子有些不太清楚。

姜拂衣先去点了灯："你有带炉子吗？"

燕澜反应过来："炉子？"

姜拂衣站在灯边比画："铸剑用的炉子，高级一些的。"这句是废话，如果燕澜会随身带着，那这炉子必定很高级，"我想练一练家传的铸剑术。"

石心人是意识铸剑，并不需要炉子，但被诅咒上失忆症的剑，铸来毫无用处。

姜拂衣想着能不能只取一点点的心头血，用真正的剑石铸剑，凭借石心人的天赋，赋予剑意。这样铸出来的剑，当然没有心剑厉害，可应该比一般的剑优秀很多吧？如此一来，她也算是多了门营生，跟着燕澜蹭吃蹭喝，总不是长久之计。

瞧瞧生活的压力，几乎都要压弯兵火的腰。姜拂衣不得不为往后的生计考虑一下。而且往后若是能够铸出几柄极好的剑，也能拿来投资点剑修，成为自己的助力。

"剑炉？"燕澜还真有，"我往常收集名剑的时候，也有收集过剑炉。"说起这些事，他的窘迫暂且消失，从储物戒指里取出五个来，放在桌面上，"你瞧瞧。"

姜拂衣拿起来，这些三足鼎状的剑炉都能缩放得很小，五个一起放在掌心里都不嫌拥挤："这五只剑炉有什么区别？"

燕澜哪里会知道，他又不懂铸剑，说："你出身铸剑师世家，还曾铸剑给漆随梦，不知道吗？"那柄半成品，连亦孤行都夸赞，说比漆随梦的浮生剑好很多。姜拂衣当时也才十五六岁，铸剑天赋简直骇人听闻。燕澜有些惋惜，没能见到姜拂衣铸的第一柄剑，但隐隐又觉得那柄剑折了挺好。

姜拂衣尴尬道："我跟在我娘身边十一年，从没见过她铸剑，对剑炉一窍不通，不知该挑哪个。"

燕澜提议："那你逐个试试，天生的铸剑师理应无师自通。"

姜拂衣也是这样想的，笑嘻嘻地道："那这五个炉子，我一起拿着了，等挑出一个最称手的，再将其他的还给你。"

燕澜说了声"不必"："你都留着吧，反正放在我这里也没有用处。若是用着都不称手，我写信回族里，让他们再寄一些过来。"他凝眸回想，"我记得宝塔里好像有个自大荒时代传下来的……"

姜拂衣连忙道："那用不着，我还是新手，先用一般的就行，省得炸坏了炉子，你不心疼我都要心疼。"

燕澜看向她掌心的炉子："你只需要炉子，不需要剑石？"

姜拂衣抬头："你连剑石也带了？"

"带的不多，你先凑合着用，等族里一起寄来。"燕澜在储物戒指里寻了一会儿，找出一个木匣子。

姜拂衣目望他打开匣子，里面一水五光十色散发着灵气的圆形小石头。她好奇得很："你储物戒指里到底装了多少东西？"不懂剑道，也不会铸剑，带五个剑炉就算了，还带了那么多剑石，"你又用不着，整天带着这么多东西不累？"这些东西原本的重量就很惊人，即使缩小放在储物戒指里，也比之前放入同归里的家禽更重。

燕澜也不是整天带在身上，说："出门才带的，之前你在魔鬼沼养伤，我在万象巫准备。我父亲说你母亲是位大铸剑师，我寻思着路上兴许你会用得着，便带上了。这不，果然是用上了。"

只是此时的燕澜有些后悔。若将万象巫的藏品分为三品，那他带上的都只是些中品，真就是源于他做事的习惯，以备不时之需。早知道该带上品来。思及此，燕澜又微微一怔，早知道什么？

姜拂衣没注意到他的异常，只顾着在那里唉声叹气了。

不说害怕封印，才想着和燕澜结上一段情缘。就是放着这种面面俱到，将自己照顾得妥妥帖帖的男人，谁不想占为己有？

姜拂衣把装着剑石的匣子拿在手中："等我铸出一柄还算可以的剑，送给你，就当作你给我提供资源的报酬。"

燕澜闻言眉头一皱："不需要，尤其不要送我剑。"

姜拂衣不乐意了："瞧不上啊？"

关于那些反噬极强的剑，她解释不清，但燕澜有眼睛会看，他说："我不想失忆。"不想忘记赠剑给他的人。

姜拂衣劝他放心："我这次想铸的剑，和之前那些不一样，并不是我的家传绝学，是很普通的剑。"

燕澜不敢大意："一点风险都没有？"

姜拂衣觉得问题不大，就算有问题，也只是一点点的小问题，绝对不会上升到损害识海,两相忘的地步。不过燕澜既然不敢,姜拂衣决定先请漆随梦帮忙来试试剑。反正漆随梦肯定是不怕的,他中过更深的"毒",这点不过是小意思。

姜拂衣他们暂时还不能离开金水镇前往飞凰山,因为要在幽州等待柳藏酒的二哥。

柳家二哥是来帮忙抓兵火的,现在根本用不着了,但是姜拂衣也没办法解释。

她一边在想这事到底该怎么解决,一边在尝试着铸剑。还真像燕澜说的那样,她在铸剑的领域几乎是无师自通,很快懂得了剑炉和剑石的用处,不到两天时间就铸出了一柄剑。

后院里,姜拂衣请漆随梦帮忙试剑,也说明了会有一点风险。姜拂衣难得肯理他,漆随梦自然愿意。

"就是这柄剑。"姜拂衣将剑拿出来,递过去。剑平平无奇,连剑柄都没有。

漆随梦接过去,原本无神的双眼便是一亮,这两日聚集在心头的阴霾都好似一扫而空:"这剑石是荒火云石?很罕见。"

姜拂衣道:"你先不要管这个材料,材料不是重点,你试试这剑的剑意。"对于高阶的剑修,剑意才是最重要的。

一般是剑修修剑,修出剑意。本身自带剑意才能称得上名剑。

姜拂衣解释:"这柄剑的剑意,也和梦有关系的,能让对手陷入你编造的梦中。"因为一开始就打算让漆随梦试剑,剑意自然贴近他擅长的最好。

漆随梦难以置信:"两天时间,你铸了一柄带有强剑意的剑?"

姜拂衣颇有些自得:"你快试试,朝我出招,让我感受一下剑意。"

漆随梦说了声"好",拿捏好火候,朝姜拂衣出了一剑。

-288-

"啪"的一声，漆随梦的力量才刚灌入，剑就断成了两截。

姜拂衣无奈，自己果然是个废物啊！

漆随梦看着她蹲在地上，拿起碎片，一脸沮丧的模样。他也走过去半蹲下，安慰道："姜姑娘，其实你真的很厉害，这荒火云石坚不可摧，我的浮生都不一定能斩断，你竟然给铸得如此脆弱，容易折损，实在是很有本事。"

不说还好，姜拂衣险些气晕过去，自然而然地伸出手，朝他脑袋使劲儿一推："会不会说话？不会安慰人就闭嘴。"

漆随梦毫无防备，被她给推坐在了地上，微微发愣。

姜拂衣推完才想起来，他已经不再是从前那个小乞儿。

燕澜站在二楼的窗后，默默看着他二人。果然是这样的，他不答应的事情，她转头就去找漆随梦。渡一口阳气，应该也是真的。

"燕澜？"柳藏酒过来找他有事，和他说了半天话，他理都不理。柳藏酒也走到窗边去，本想问他在看什么，突地一愣，"燕澜，你的眼睛……"

燕澜倏然回神，抬手摸眼睛："我的眼珠是不是红了一瞬？"

柳藏酒仔细观察他："不是红了一瞬，红了好一会儿，我喊你一声之后，才恢复正常。"

燕澜沉默，这次红眼睛，又是看到漆随梦和姜拂衣在一起。

之前寄魂说的时候，燕澜完全不信。但两次都是如此，难道他真的生出了妒心，犯了红眼病？他难道真要觉醒兔子的天赋？

燕澜脊背僵直，只觉得晴天霹雳，想起柳藏酒是妖，应更了解物种，忙问他："小酒，你觉得兔子最大的特点是什么？"柳藏酒若也说是繁殖能力，燕澜觉得自己可以立刻让出少君之位，准备躲藏起来了。他丢不起这人，巫族也丢不起这人。

"兔子？"柳藏酒不知道为何突然说起兔子，他认真地想了想，"兔子最大的特点,那肯定是好吃啊。"被燕澜送了几千只鸡,整天吃鸡,柳藏酒馋兔子肉了,咂巴咂巴嘴。

燕澜觉得最近自己的头脑好像真的出了问题,竟然会询问一只狐狸对兔子的看法。

柳藏酒越看他越奇怪:"燕澜,你没事吧?"

燕澜压下纷乱的心思,随口问:"你来找我做什么?"

柳藏酒无语,他刚才说了半天,看样子全是对牛弹琴。

柳藏酒有求于人,不好发脾气,耐着性子又重复一遍:"我三姐让我来说,能不能再取出你那个北斗七星弓,给我二哥寄封信,让他别来了?既然你已经确定暮西辞是兵火怪物,我二哥来不来意义不大,降服兵火主要还是靠你。"

燕澜摇头:"现在不知你二哥走到了哪里、走的是哪条线,我无法通过星象定位他。"下次再遇到这事,燕澜便有经验了,要提醒对方回个信,提前告知一下行进路线。

柳藏酒想着也是:"算了,那就继续等着他吧,等他来了一起动手,多少能够给你减轻一些压力。我三姐主要是顾忌着夜枭谷最近动作不断,我们三个全出来了,家乡只剩下我大哥,身边连个帮手都没有。"

燕澜微微敛目:"若我猜得不错,你大哥的修为是不是已经接近地仙?"

柳藏酒大方地点头:"对啊,已经是人仙巅峰了。"

燕澜思忖着说:"那倒是不必担心,夜枭谷里能和你大哥一较高下的,应该只有亦孤行。如今亦孤行被凡迹星两人缠上,一时半会儿摆脱不掉,去不了你们温柔乡。"

"真不敢大意。"柳藏酒摆摆手,"你恐怕不知道,我们温柔乡害怕的从来不是亦孤行,是他师父。"

燕澜真不知:"他师父?"

柳藏酒讲述道："不知道叫什么名字，那魔头非常神秘，一千年前建立了夜枭谷，四处干坏事。三百多年前，那魔头突然盯上了我们温柔乡，想要开启英雄冢的封印……"意识到说错了话，柳藏酒赶紧捂了捂嘴。唉，彼此熟悉之后，想藏点事真是不容易。

燕澜装作没注意，问道："然后呢？"看样子柳家人也是在守着某种封印。难怪柳寒妆会知道五浊恶世，能认出兵火。

柳藏酒继续说："当年他与我父亲一战，被我父亲重创，逃出了温柔乡。没过几年，夜枭谷的谷主就换成了亦孤行，他再无消息，不知是死了，还是受重创之后在某地疗伤，出不来了。"

燕澜皱起眉："一千年前建立的夜枭谷？他若没死，岂不是地仙？"

柳藏酒道："三百多年前他就是地仙了，我父亲当时已是地仙巅峰，都没能当场打死他。而且这一战后，我父亲也开始步入了天人五衰，三十年前将真元赠我，助我化形，他就消散于天地了。"提起此事，柳藏酒心里难受，原本想着和燕澜聊完之后出去抓兔子吃，这会儿一点食欲也没了。

燕澜则是颇受触动，以如今人间的五行上限，世人能突破地仙就已经是逆天而行了。温柔乡那位前辈，竟然修炼到了地仙巅峰，且三十年前才陨落。还有一个神秘的魔修，能将一位地仙巅峰打到天人五衰，他至少也是地仙中境。

魔浊气前期比清灵气更容易进阶，同境界内有优势，但并不明显。到了中后期，魔浊气天劫缠身，比清灵气难修数倍，却也强势数倍。

燕澜又问："你父亲重创那魔头之后，三百年时间里，不曾去探究一下他是死是活？"若还活着，该斩草除根才是，不能留给他机会休养生息。

柳藏酒长吁短叹："我父亲也想啊，但他办不到，他不可以离开温柔乡。"

燕澜意识到什么，问："祖训？"

"和你这种聪明人聊天，真是又可怕又轻松。"柳藏酒感叹道，"我们祖上的确有规矩，家主不可踏出温柔乡半步，从前是我父亲，三十年前换成了我大哥，一代传一代，代代困死在那片大草原上，要不然我们家怎么会叫作英雄冢呢？"

柳藏酒从前一心只想着出来寻找三姐，很少在家里待着。等三姐的事情解决之后，他也要回家多陪陪大哥了。

燕澜感同身受，眉目中也添了几分黯然。小时候，他整日里去闯魔鬼沼，除了想知道父亲为何将他推开，也是想着去陪陪父亲。魔鬼沼面积广阔，虽还住着其他的巫族人，但在中心位置守门的，只有他父亲。不过比较起来，巫族的族规仁慈了很多，守门人不指定，几个大巫可以轮流守门。即使成了守门人，短时间内也能离开魔鬼沼去别处，不用整天在那儿守着。或许和被封印的东西有关。

"行了，瞧你魂不守舍的样子，看来当真伤得不轻。好好休息吧，我出去了。"柳藏酒在他肩膀上拍了下。

燕澜从前很讨厌别人对他动手动脚，如今慢慢习惯了："你等等。"他从储物戒指里取出一块留声石。柳藏酒认识，之前他就是通过这种留声石给二哥留了言，然后看着燕澜将留声石化为一支箭，又通过北斗七星弓射出去。

燕澜道："这和之前拿来做箭的石头，出自同一块巨石，一脉同源。你二哥收到那支信箭之后，信箭将会重新化为留声石，他听罢之后若是不曾丢弃，一直放在身上，我倒是可以试试通感术。"

柳藏酒呢喃："通感术？"

燕澜解释不清楚，也没心情解释，左掌心托着留声石，右手并拢食指与中指，口中念念有词，随后点在石头上："说话。"

柳藏酒见那留声石发出光芒，忙道："二哥，用不着你了，回去吧。"

燕澜递给他："好了。"

柳藏酒捏着小小的似翡翠坠子般的石头："那怎么知道我二哥收没收到？"

燕澜解释："他若没丢，再次开启留声石，你手中这块会发亮，且变得滚烫。若你能够把握时机，甚至可以与他通过两块留声石沟通。只不过通感术的存在时间很短，最多沟通一两句话。"

柳藏酒原本想将留声石收回储物戒指里，听罢直接握在手中，以免错失良机。

"你们巫族的秘法确实是五花八门，厉害至极。"柳藏酒真心夸赞，"不过我早问你，你怎么不说？"

燕澜默不作声。这不是使用法宝，施展秘法会消耗掉他许多灵气。通感术瞧着简单，实际是一种比较高级的秘法。他这两日的灵气全白攒了。


后院里。

姜拂衣将断剑捡起来，对漆随梦道歉："对不起，我不是故意的。"

虽然他的安慰之言令人火大，很想揍他，但漆随梦如今的身份摆在那里，问道墙名扬云巅的地榜第一，推他的头，这是一种羞辱。

漆随梦从地上起来，蓝白长袍沾上了泥土，他也没处理："无妨，是我不会说话。"大师兄也常让他闭嘴。

姜拂衣拿着断剑往回走："我回去再试试，看看问题究竟出在哪儿。"

太打击人了，不应该啊。心剑铸不好，可以说是血脉不纯。但这支添了一点心头血的普通剑，明明感觉不错，为何也会出问题？

漆随梦望着她逐渐远去的背影，伸手摸了摸被她推过的、左侧的太阳穴，内心的滋味说不清道不明。他很清醒地知道，即使找回了失去的

-293-

记忆,他们两个人也回不到过去了。但为时不晚,将来还很漫长。总之,姜拂衣这个不经意的亲近举动,令漆随梦重新振作了起来。随后,他想起一件事情。这剑折断,会不会是他的问题?

漆随梦估摸着,自己好像用不了太好的剑?他的浮生算是上品。另一柄备用的梦回剑,勉强属于中上。天阙府屹立几千年,从前归属于王室,是云巅国最正统的剑修门派。剑阁里也不是没有极品剑,但师父从来不拿给他用,难道是怕他损坏不成?

姜拂衣拿着碎片回去,就瞧见燕澜靠墙站在走廊里,像是在等她。

姜拂衣举着断剑给他看,唉声叹气:"浪费你的剑石了,用了一大半,造出这么个垃圾玩意儿,我废了。"

石心人到了她这一代,算是废了。

燕澜安慰道:"慢慢来,铸剑也是修炼,很难一蹴而就。"

姜拂衣无法解释,她天生剑心,铸剑本该是一蹴而就。铸不成,那就是没天赋,而天赋是修不出来的。她推门入内:"找我有事?"

燕澜跟进去,等她关了房门才说:"你能不能再次施展令剑术,将凡迹星和商刻羽召唤回来?"

姜拂衣将断剑扔在桌面上,闻言一怔:"为什么?"

燕澜的表情添了几分凝重:"我担心他们有危险。"

"亦孤行虽是魔修,但凡迹星和商刻羽两个人联手,讨不到便宜也不该吃亏啊。"姜拂衣当然不会质疑燕澜是瞎操心,问道,"所以,出现了什么新的情况?"

"我刚和小酒聊了聊。"燕澜将柳藏酒告知的那些信息说了一遍,走到桌边坐下,"如果夜枭谷那位前任谷主,亦孤行的魔头师父还活着,你猜……"

姜拂衣懂了:"你怕亦孤行甩不掉他二人,恼怒之下,将他们引去

-294-

他师父那里？"

燕澜微微颔首："那魔头即使还处于重伤状态，地仙中境，也是不容小觑。"

姜拂衣皱眉思索过后，拍了下桌面："那魔头八成是还活着。"她指了下自己的心脏，"先前刑刀给我下连心魔虫，他说这是魔神所赐，凡迹星也解不开。我以为他说的魔神是夜枭谷主，但我听霜叶几人都称呼亦孤行为圣尊，那么刑刀口中的魔神，应是另有其人。"

燕澜的眉头皱得更深："魔神？他不一般，亦孤行手里的始祖魔元碎片，估计就是他赠予的。"

姜拂衣耸了耸肩："再不一般也没辙，我没办法，隔着太远的距离令不了剑。莫说那不是我的剑，换成我娘也不行。不过无须太过担心，凡迹星两人阅历丰富，身经百战，我看问题不大。小酒的父亲地仙巅峰，与他一战之后三百年内便陨落了，那魔头如今即使不死，估计也是在苟延残喘。"说完，看着燕澜仍是一副愁眉不展的模样，她试探道，"大哥，你是不是还想到了其他什么？"

燕澜说道："夜枭谷抓兵火不是偶然，我怀疑他们在收集怪物，不解的是，他们怎么知道怪物逃了出来？"

姜拂衣听到"怪物"两个字，打了个寒战，连忙提壶去倒水。她没那么讲究，倒了两杯凉水，自己端一杯慢慢喝，不紧不慢地道："收集怪物？除了兵火，还有其他怪物跑出来了？"

因为兵火的事，姜拂衣已经知道许多，燕澜也不想再隐瞒她："那些怪物，包括兵火在内，都是二十一年前跑出来的，且被我族天灯感知到了。"

巫族那盏九天神族留下来的天灯，不仅能够用来问神，更重要的是可以预示灾难。因此，仅仅献上这盏天灯，云巅国君便已经心满意足，忽视闻人氏的挑唆，不再要求其他。

"我族于鸢南之战后，臣服云巅国，将天灯上交给了云巅国君。二十一年前，熄灭的天灯突然亮起，这预示着人间大劫将至。云巅国君立刻下令要我母亲去往神都，点天灯叩问神灵，此劫当如何化解。"

姜拂衣凝眸听着："怎么化解的？"

燕澜端起那杯凉水，抿了一口："我不知道，点天灯问神的事是机密，知道的人不多，也没人告诉我。我只知道这劫难肯定是化掉了，或者暂时控制住了。"

姜拂衣道："但是兵火还在外面？"

"是的。"燕澜从储物戒指里取出一支信箭，"我将此事告诉我父亲，询问他兵火该怎样处理，父亲竟然只回了一句话，他让我自己看着办。"

姜拂衣望向他手中的信箭："这说明你爹信任你。"

燕澜自己心里都没谱，不知父亲对他的信任源自哪里："这说明我父亲知道，兵火不是导致人间大劫的关键，随我怎样折腾都无所谓。那个最关键的怪物已经被解决了，或者被暂时解决了。"燕澜攥紧信箭，越发怀疑，那个令天灯亮起的恐怖怪物，是被封印在了自己的身体里，自己眼珠突然泛红，不知道和它有没有关系。

"而封印震荡，怪物逃出，是在二十一年前。"燕澜不得不想，此事和夜枭谷的魔神是否有关系，"柳家那位地仙巅峰的前辈才刚陨落没几年，封印就开始震荡。'魔神'之前指不定正是因为忌惮他，一直等到他陨落才开始行动。"

只不过，燕澜猜不出魔神收集怪物究竟想干什么。燕澜方才又写了封信，将这些事告诉了父亲。

姜拂衣也在默默想，夜枭谷应该没盯上她吧？瞧亦孤行的态度，应该是没盯上。

"阿拂，我告诉你这些，是想你知道……"燕澜迟疑着道，"原本我出门是为了护送你，但如今我可能自己都惹上了大麻烦，我势必不能

-296-

让怪物落在夜枭谷手中,夜枭谷也势必要杀我。"

姜拂衣明白了他的意思:"亦孤行手中有我母亲的剑,你觉得我和你分开,就能置身事外了?"魔神若真要抓怪物,姜拂衣觉得跟在燕澜身边才是最安全的,"既然说好一起去神都,就必须一起去。还是那句话,不要小瞧我,我可不是什么累赘,我能当你的护身符。"

意料之中的回答,燕澜也不知自己是该高兴,还是该苦恼。

客栈大堂里。

柳藏酒坐在角落,眼睛一眨也不眨,盯着面前放着的那块留声石。留声石一直黯淡无光,也不知二哥何时才会打开。

柳寒妆见到弟弟出来,便说要去吃些点心。她坐在距离弟弟不远的地方,趁暮西辞不注意,朝弟弟望过去,好奇他这样专注,是在做什么。

一会儿的工夫,望了十几眼,暮西辞不发现真的很难:"夫人,你好像很喜欢柳藏酒?"

柳寒妆心中大骇,面上却装作难以置信:"你这话是什么意思?怀疑我对其他男人生出了心思?"一激动咳嗽了两声。

暮西辞连忙给她倒了一杯水:"我只是想问你,是不是很喜欢狐狸?如果是,咱们也养一只。"

柳寒妆岂会信他的鬼话,委屈着说:"我还以为你怀疑我。"

暮西辞忙道:"怎么会呢。"

柳藏酒突然站起身大喊一声:"燕澜!"

柳寒妆被吓得一个激灵,习惯性就往暮西辞怀里躲。暮西辞给了柳藏酒一记冷眼。

燕澜和姜拂衣从房间里出来,站在二楼廊上往下望。柳藏酒举着那留声石,脸色难看极了:"燕澜,我二哥出事了,他说他遇到了怪物,被抓住了,要我们赶紧去救他!"

姜拂衣心想，还好没等着柳家二哥来帮忙，不然怕是要等到天荒地老了。

柳寒妆闻言瞳孔紧缩。暮西辞则看向了姜拂衣。

姜拂衣读懂了暮西辞的眼神，是说他们两个都不要去，以免被认出来，惹上什么麻烦。

姜拂衣讪讪地笑了笑，心道遇险的是你二舅哥，你还想不去，做梦呢？不仅要去，恐怕还是主力。

姜拂衣的这个笑容，暮西辞会错了意。以为是在提醒他，燕澜在去抓下一个怪物之前，会先将他给抓了。

暮西辞这两日原本是挺担心，但此时瞧见燕澜与姜拂衣并肩站在栏杆前，他悬着的心稳了稳。他二人之间的站位，几乎不留空隙，足可见彼此之间的信任。最关键的是，姜拂衣先从房间里出来，扶着栏杆站好，燕澜后一步贴上来的。

暮西辞多年来学着如何做一个称职的夫君，没少暗中观察那些情人和夫妻。

燕澜瞧着是个很有分寸感的人，这种下意识地靠近，说明在他心里，姜拂衣已经超越了一般的友人。暮西辞从来都对石心人的魅力深信不疑，相信姜拂衣应该能哄得住他。

燕澜没想到第二只怪物来得那么快："你二哥在哪儿被抓的？是怪物还是妖怪？"忽又想起柳家二哥的真身是面去伪存真镜，既说是怪物，应是怪物。

柳藏酒捏着已经不会发光的石头："你也知道通感术存在时间很短，二哥就顾得上说一句话：'无忧酒肆有怪物，快来救我。'"

燕澜搜索记忆："无忧酒肆在哪里？是什么地方？"

柳藏酒苦恼："我跑遍了七境九国，从来没听过无忧酒肆。"

姜拂衣和暮西辞就更不知道了。事关二哥，柳寒妆揪了半天衣袖，不得不说:"无忧酒肆位于修罗海市里。"

柳藏酒最先惊讶,三姐在修罗海市开铺子开了两三年,他跟在身边,怎么不知道有这么个地方?只不过从温柔乡来云巅幽州,的确会经过修罗海市。

柳寒妆是故意不让弟弟往那个地方去的,恨恨地道:"那是个不正经的地方,正经人是不会去的。"

柳藏酒懂了。

姜拂衣也懂了。燕澜隐约有些懂了。

只有暮西辞云里雾里,但修罗海市他是知道的,也去过。他夫人醒来之后,说自己被天雷劈坏了脑子,从前的记忆都模糊了,只隐约记得修罗海市。于是暮西辞陪她去过一趟,但走过一圈,她又说大概是记错了。

暮西辞忙不迭问:"夫人是不是想起来了什么?"若是能寻到她的家人,真是再好不过,他便能放心回封印里去。

柳寒妆扶着额头:"我头痛。"

暮西辞扶她坐下:"那就不要想了。"

燕澜垂眸望着暮西辞。两个怪物兼顾不得,他可能真要先收了兵火。

却听见姜拂衣以秘法传音:"大哥,兵火可以暂时先放一放。"

燕澜不动声色:"嗯?"

姜拂衣趴在栏杆上,心里斟酌半天语言,该怎样编造谎话,才能不让燕澜怀疑到她身上去,最后直截了当道:"你信我就是,他对柳寒妆存的是报恩之心,并无害人之意……"她大致讲了讲当时的情况。

燕澜虽不解她为何会信,但也不问缘由,因为他信姜拂衣,何况之前他就觉得柳家三姐判断有误。但燕澜还是心存顾忌:"他不主动害人,也会引发劫数,不能放任他不管。"

姜拂衣道:"等他了却心愿,自己会去万象巫,何况他前几日不是已经催化了你的劫,短时间内不会再催化了,《归墟志》里没写吗?"

燕澜沉默。

姜拂衣再接再厉："你若是想和夜枭谷抢怪物，兵火能够帮忙。他来自大荒时代，对有些怪物的了解应该比《归墟志》记载得更详细。"

燕澜踟蹰："他才是夜枭谷重点要抓的对象。"

姜拂衣说道："只需要护住柳寒妆，他被抓就被抓。大荒时代，兵火被始祖魔抓了几百回，始终入不了魔，且逃跑经验充足。"

燕澜终于忍不住问："你为何对兵火的生平如此了解？"

姜拂衣半真半假地道："兵火为了柳寒妆的病，来求我给凡迹星说好话。我与他彻夜畅谈，凭借我精湛的演技，以我心脏不会跳动这事，说我其实是你爹从封印之门里抓出来的小怪物，给你当宠物玩的，和他是同类，最终打开了他的心门，对我和盘托出。"说完，她朝他挑眉，用眼神说：怎么样，我厉害吧？

同伴、兄妹、夫妻之后，果然又多了一重新身份——主仆。

怪不得。

燕澜后知后觉地反应过来，刚才兵火和姜拂衣好像是在眉来眼去？兵火对柳寒妆是报恩之情，难道误以为姜拂衣是同类之后……

姜拂衣要听他亲口答应："怎么样？"

燕澜回过神，立刻垂下双眸，遮掩住自己一闪而逝的心虚，更怕莫名其妙又红了眼睛，被她瞧见。

姜拂衣看他举止有些怪异，一时摸不准，犹豫地喊道："大哥？"

燕澜故作镇定："且走一步看一步吧。"

姜拂衣松了口气，虽不曾给句准话，暂时也能放心。

柳藏酒着急，但忍住不催促。姜拂衣和燕澜是要去神都的，转道修罗海市，那是越来越远。

姜拂衣其实无所谓，"父亲"她已经找到三个了，哪个是亲生的并不重要，相思鉴对她来讲已经失去吸引力，先挑重要的事做，稍后再去不迟。"

燕澜收怪物是责无旁贷："但是阿拂，凡迹星让你去飞凰山等他。"

姜拂衣更无所谓："他都不一定什么时候去，如果比我们先去，那就等着我。"

燕澜望向她，从前她一门心思寻父，现在对此事越来越冷淡了。是他的错觉吗？她好像没有这种想和血脉生父相认团聚的"天性"？寻父，真就是一种目的。

"暮夫人。"姜拂衣没注意燕澜对她的审视，对柳寒妆道，"看样子你对修罗海市很熟，能不能麻烦你带个路？"

柳寒妆当然想去救二哥，刚好利用这个怪物去对付另一个怪物："不麻烦，我夫君一贯锄强扶弱，嫉恶如仇，定会帮忙。"

暮西辞仰头无奈地看向姜拂衣：不是说不去，你这是做什么？

姜拂衣回望过去：不去不行，您必须待在燕澜身边，不然他不放心，等回来就去找凡迹星给您夫人治病。您相信我，我不会害您，没准儿路上遇到什么隐世不出的神医，您夫人的病"唰"的一下就治好了。

暮西辞无语得很：你分明是想拉我去当打手。

姜拂衣也很无语，她不拉，柳寒妆也会想其他法子拉，他只会更头痛。做好人真难。

燕澜默默观察他二人，果然是在眉来眼去。

姜拂衣转头秘法传音："大哥，稍后麻烦你抽空和柳寒妆解释一下，兵火真就是为了报恩，让她不要再害怕，慢慢康复。咱们不知兵火'冲动'的点在哪里，尽量不刺激他，别让他知道受骗的事儿。"

燕澜平静地道："你们同为女子，你去说不是更合适？"

"她更信任你巫族少君的身份。"姜拂衣可不敢说，燕澜会信她的鬼话，柳寒妆和她不熟，不会信的。兵火为何对她知无不言这事，她就解释不清。

姜拂衣已经能够理解柳寒妆会恶意揣测兵火的原因，温柔乡里也镇着什么东西，为此他们家族牺牲了一代又一代，让她相信这种甲级战犯本性不坏，实在很难。

燕澜答应下来："但兵火对她寸步不离的，我很难找到机会。"

姜拂衣说了声"好办"："我找机会将他支走。"

燕澜又看了她一眼。姜拂衣察觉，伸手摸脸："有事？"

燕澜回房去收拾物品："渡你一口阳气的事，要往后推一推了。"

姜拂衣微微一愣："不是，这事你怎么还记着？"

西海魔国。

广袤山脉之间，有一条绵长的裂痕。如同一头蛰伏的巨兽，微微张开嘴巴，轰隆隆的炸裂声中，那裂痕逐渐变为一道缝隙。一道剑光极速飞驰而来，落入缝隙之内，而缝隙依然敞开着，并未消失。

远处追来一红一黑两道剑光，其中红光忽地加速，超越黑光，却又突然转向，撞向了黑光。黑光急忙下沉，落在山顶上。龙影在周身旋转一圈，凡迹星打了个趔趄才站稳："商刻羽，你又发什么疯？"

一身红衣的商刻羽落在他附近，扎成马尾的长鬈发随身体摇晃甩了个弧度。他目色幽幽地望向前方的山脉，那道不宽的缝隙，正往外散发出幽幽的、怪异的蓝色光芒。商刻羽皱起眉："不要再往前走了，前方是夜枭谷的老巢。"

魔山下着黑色又黏稠的雨，凡迹星有些嫌恶心，撑起一柄描着鲛人的伞："咱们要追亦孤行，抢回他那柄入魔的剑，去他老巢有什么问题？"

商刻羽凝视着那些诡异的蓝光："这魔息我有些熟悉，释放魔息之人，三百年前就已经是位地仙，我们打不过。"

凡迹星微微惊讶，他虽因医剑走的正道，但腾蛇归属于魔蛇，他自小在魔国长大，从来不知有魔突破了地仙？修清气的都很少有突破地仙的，修魔气的更是艰难。

凡迹星撑着伞施施然上前："你怎么会知道？"

商刻羽回想当年："他来找过我，向我展示过他的力量，问我愿不愿意跟着他转修魔道，会赠我足够的始祖魔元碎片。最重要的是，他说他已经窥破了长生的天机，只要长生，修到地仙巅峰只是早晚问题，迟早会成为这世间主宰，为所欲为。"

凡迹星蹙眉："你如何回的？"

商刻羽道："我让他滚。"

"不愧是你。"凡迹星毫不意外，"那他又是怎么回的？"

"他只是笑笑，说他稍后再来。"商刻羽道，"但他再也没来找过我。"

凡迹星"啧"了一声："听上去，你好像有一些后悔啊。"

商刻羽也并不是后悔："我十七岁超越凡骨，步入人仙。随后四处游历，不知从何处得到了流徽剑，二十七岁抵达人仙巅峰，在风月国数千年的历史上，只我一人。"

凡迹星不禁侧目，从超越凡骨到人仙巅峰，仅用十年。这不是风月国历史上，整个七境九国的历史上应该也没有几个。

这是商刻羽对那地魔说"滚"的底气："我以为凭我进阶的速度，在寿数限制之内攀到巅峰，不成问题。"但是从二十七岁至今，三百年了，他卡在瓶颈里，始终突破不了这层屏障。明明就差那么一步，却近在咫尺，远在天涯。而这一步一旦迈出去，他觉得他能直接抵达地仙的中境以上。

可若突破不了地仙，人族的寿元最高是五百年。他只剩一百多年的时间。一百多年不短，但商刻羽对突破这事，已经心生绝望。

"你年纪还小，又是寿元比较长的腾蛇，不会懂这种焦虑。"商刻羽焦虑得头痛频发，越来越难控制住自己的脾气。但商刻羽真正焦虑的，并非突破不了地仙，是害怕到死的那一天，都找不到脑海里的女人。他

-303-

当真不想此事成为自己人生里的一桩遗憾，他很多次都会想，如果当初答应了那个地魔，如今该是何等修为。但也只是想一想，重来一次，他依然会说"滚"。而他的坚守也有回报，如今姜拂衣出现了，这个遗憾已经解开了一大半。

商刻羽的目光，仍在缝隙透出的蓝色光芒上："凡迹星，他有没有找过你？"

凡迹星不记得接触过这号人物："应该没有。"

商刻羽揣测："那看来三百年前他应该是出了什么意外，或者受了重伤，无法在外走动。"转身，"回去了。亦孤行迟早还会出来的，待在这里没意义，先放再抓。"

凡迹星狐疑着问："你既然知道危险，为何要拦着我？你不是最想我死？"

商刻羽瞥了他一眼："你死就去死，莫要害我夫人的剑入魔，可能会对她本人造成影响。"

凡迹星也并非蠢人："亦孤行手里有她的剑，你怀疑那个地魔当初找上你，也是因为你手里的剑？"

"不知道。"商刻羽朝自己灵台拍了一下，震住仿佛要裂开的识海。他的头痛症极严重，想不了太多，"你若非去不可，将你的伴月给我，随便去。敢不听话，我一定会打断你的腿。"

凡迹星见他痛苦，本想出医剑帮帮他，竟然被他恐吓，遂笑道："你年纪比我大，当然是听你的了。"

商刻羽正想说算你识相。

凡迹星转动手里的伞："咱们手里的剑还不知有多少柄，回头大家一起按资排辈，我估计也是年纪最小的，大哥们的话，身为小弟肯定都是要听的呀。亦孤行入魔就算了，若再遇到年纪比你大的，不知你会不会像迹星郎这样尊老，乖乖听话呢。"说完，他立马往云巅国的方向跑。

一时间,商刻羽被气得连头痛都忘记了,立刻去追:"我现在就杀了你!"

两人离去之后,魔山上的缝隙逐渐收拢。亦孤行落到山脉底部,周围是一片压抑的黑暗,隐约可见嶙峋的怪石,石壁上贴着无数红色的,形似蝙蝠,擅长吸食血液的魔化物种:红魔夜枭。

它们环绕着的下方,是一片地下湖泊。湖泊里涌动的红色液体散发着汩汩热气,分辨不清究竟是岩浆,还是鲜血,总之是滚烫的,还散发出刺鼻的血腥味道。

亦孤行每次前来血湖,至少要距离边缘三丈远,否则很容易被这些血液冲击得心神不宁。站定之后,亦孤行躬身抱拳:"师父,弟子无能,兵火被巫族少君遇到,弟子本想去抓,突然杀出来两个疯子,没能……"

一个声音从血湖里传出来:"巫族少君出山了?"

亦孤行道:"是的,他精通巫族秘术,觉醒的金色天赋不容小觑,有他挡在兵火面前,弟子很难下手。"

"无妨,兵火原本就是它们之中最不容易对付的,巫族少君不插手,你也未必拿得下,同样的,巫族想拿下也不容易。近来是关键时期,暂且不要将心思放在他身上,保证其他几个怪物不要被燕澜抓住即可。"

亦孤行应允:"师父您还需要多久时间?"

他师父三百年前被温柔乡的前任家主重创,神魂几乎被打散掉,沉入血湖里凝聚濒临崩溃的神魂,已经过去三百年了。

血湖里传来一声叹息:"还差一些,不过应也快了。"

亦孤行默然无声地杵在原地。

"阿行,可是出了什么其他事情?"

亦孤行迟疑地道:"弟子……"他想问一问,为何会有一个小姑娘,能够令他的剑?但亦孤行问不出口,他感觉到他的剑突然狂躁不安,大概是想他不要说出此事。这种情况极少见。

亦孤行试着张了两次口,最终还是咽了下去:"弟子能够应付,师父您安心养伤。"得到准予之后,亦孤行退出了血海所在的洞穴。

四百年前,亦孤行还是云巅小无相寺里的一名俗家小弟子,跟着一众师兄外出苦修。

道修们去证道,通常选择问道墙。佛修们则一般去往佛族定义的八苦之地。而距离他们最近的八苦之地,便是极北之海。但他们实在倒霉,才刚抵达岸边的一个村落,便遇到了沉睡多年的深海巨怪苏醒上岸。

按照云巅对妖兽的分类,那是一头甲级妖兽,实力相当于人仙巅峰。而他们这些弟子,最高也才不过凡骨巅峰。

哪怕亦孤行如今已是半步地仙,有实力与那深海巨兽一战,但每次回忆起当年,内心恐惧犹在。

是对庞然巨物的恐惧吗?不,那是对自己无能为力的恐惧。

那深海巨兽庞大的身躯,足可用遮天蔽日来形容,浮在海面上仅仅是吸了口气,便能将方圆几十里内所有活物全部吸入口中。

他和他一众自幼年朝夕相处的师兄弟,以及数百无辜村民,如同尘埃一般随风飘起,无法自控地朝大海飘去。短短的时间里,亦孤行将心中所有的神佛求了一遍。佛言我不入地狱,谁入地狱。亦孤行当真愿意舍他一人,只求神佛降世,平息这场灾难。然而越是临近兽口,妖力震荡他的识海,他的信仰越是支离破碎。

亦孤行忽然顿悟,他错了,错得很彻底。他不该祈求神佛降世,而是谁有能力平息这场灾难,才是他该信仰的神佛。他愿一生追随,以身侍奉。恍惚之中,亦孤行好像看到一道极速旋转的粗壮水柱自海底冲天而起,似龙卷风一般,缠住了那头深海巨兽。巨兽突然狂啸,摇头摆尾之间,亦孤行被冲击得昏了过去。

再醒来的时候,亦孤行躺在一座孤岛上。体内多出一股澎湃的力量,手边还多了一柄剑,正是苦海剑。可他头脑昏沉,完全不记得究竟发生了什么。

亦孤行回到之前的村落,只见那头深海巨兽的尸体一半浸泡在海水里,一半搁浅在岸上。巨兽体型太过庞大,无法清理,瞧着腐烂的程度,至少已经死亡一个月以上。

村民都还活着,又听村民说,他的师兄弟们也都还活着,寻了他一阵子,没寻到,已经先回寺里去了。

亦孤行心中满是疑惑,自己这一个月真就只是昏迷了不成?那这柄剑是从哪里来的?他不急着离开,停留在海边寻找答案。

几日后,亦孤行看到有个修为极高的人从天而降,落了巨兽的尸体旁边,凝望着远方一望无际的冰川大海。须臾,那高人发现了亦孤行,转头朝他悬在腰间的剑看了一眼,似乎微微一怔:"竟是你得到了这柄剑?"

亦孤行从他口中得知,他已是地仙修为,深海巨兽是为他所杀,这柄神剑则是从巨兽身体里飞出来的。地仙折返回来,正是在找这柄剑。亦孤行心中原本有些疑虑,但当即又是一头巨兽出水,似乎是之前那头巨兽的伴侣,来寻地仙报仇。地仙轻松便将它绞杀。亦孤行自此深信不疑,双手将剑奉上。地仙却不收,说此神剑既然选择了亦孤行,便是和他有缘。

"小佛修,你愿随我修魔道吗?我已窥得长生的天机。"

"愿意。"

他要还愿,一生追随,以身侍奉。何况亦孤行已经明白,神佛与邪魔并无分别,能挽救心中珍重的强大力量,才是正道。

姜拂衣一行人启程去往修罗海市,乘坐的是漆随梦的玉令。

燕澜完全找不到任何理由拒绝漆随梦跟着一起去。漆随梦手中不仅有不受飞行限制的玉令,还能使用天阙府的特权,借用云巅边境二十三主城的大传送阵,抵达修罗海市,仅仅只需一天一夜。

姜拂衣都不知道还有这种传送阵:"只有边境才有?"

玉令中端,漆随梦盘膝坐在她身边:"对,抵御外敌时方便支援,君上在边境主城建立了二十三个传送阵,因为耗损巨大,仅限战时、急需时使用。"

姜拂衣琢磨着"仅限"两个字:"那你现在使用,不会受惩罚?"

漆随梦摇头:"不会,我们天阙府主要负责这些战事,如今我又是主力,急不急需,我说了算。"听说是去救人,救人如救火,自然算急需。

姜拂衣深刻认识到从前的小乞丐出息了,虽然穷,但有权。

姜拂衣又问:"既然有这种大传送阵,为何不在神都设一个,来去不是更方便?"

"万万不可,方便了我们,也会方便敌人,根本防不胜防。"漆随梦解释道,"所以除了边境二十三城,中州地区不允许有传送阵存在,发现私设会遭重罚。禁飞也是同样的道理,都是为了防范妖魔和敌人,保证百姓的安稳。"

姜拂衣"喊"了一声:"我看凡迹星他们不是照样飞来飞去的,弱水学宫的宫主人在现场,一点也管不着。"

漆随梦略显尴尬:"他们这种境界,换去哪个国家也管不了。当然,他们也不会轻易伤害百姓,坏自己的道行。"

说完,漆随梦又扭头看了一眼。如芒在背,总觉得有道不善的目光,时不时地盯他一眼。

玉令后方坐着燕澜和狐狸,肯定不是闭目养神的燕澜,那就是狐狸。

柳藏酒原本正担心二哥,对上漆随梦饱含深意的眼神,寒毛直竖。他敲敲燕澜的手臂,凑近说:"漆随梦到底是不是个断袖,古里古怪的,之前总爱盯着你,现在又开始盯我了。"

"莫要随意诋毁别人。"燕澜闭着眼睛,默念静心咒。他写信回族里问过大祭司了,天赋觉醒前夕,很容易莫名躁动,他要控制住。

柳藏酒也觉得不像,寻思道:"他好像很喜欢小姜,之前盯着你献殷勤,是不是想讨好你这个大舅子?"

燕澜不理会,继续念咒。柳藏酒摸了摸下巴:"听亦孤行的意思,他俩好像小时候就认识,青梅竹马,又郎才女貌,还挺登对的,你说是不是?"

燕澜实在念不下去,睁开双目看向他:"能不能让我安静一会儿?"

柳藏酒则睁大了眼睛。这下,燕澜从他的眼睛里,窥见了自己血红的眼珠。燕澜拿出铜镜,凝视自己的双眼,一直数了十几声数,才重新退回到墨色。红眼持续的时间,在逐渐变久。

夜晚宿在客栈中,因为第二天一早就能抵达修罗海市,有些事情必须解释,姜拂衣寻了个理由将暮西辞约了出去。

夜半三更,燕澜躲在暗处看着暮西辞做贼一样从房间里出来,去往客栈外。

燕澜则去敲柳寒妆的房门。

柳寒妆按照惯例吃了安神药,正睡得迷糊,听到敲门声,吵死了,下意识就去推身边人。两次推了个空,她才发现暮西辞竟然不在。

柳寒妆挣扎着坐起来,谨慎地问:"谁?"

门外的人出声:"燕澜。"

柳寒妆忙起身穿衣,将门打开:"少君找我何事?"

燕澜道:"我趁兵火不在,确实有话想和你说。"

柳寒妆让开位置:"进来说。"

燕澜却不动,只递给她一张传音符:"夜深人静,多有不便,稍后你拿在手中。"

柳寒妆目送他离开,回去对面房间,心道这人可真是讲究。柳寒妆也关上门。不一会儿,黄底黑字的符纸飞到半空,逐渐开始燃烧,里面传出燕澜的声音："暮夫人，我想你对兵火有所误解，他最初，只是想报恩……"

柳寒妆默默听着，越听越惊诧，根本不相信："少君，你族虽然守着怪物大门，但你不曾接触过怪物，他们……"

——"我知道你们英雄冢下可能镇压了一个极端凶残之物，但是《归墟志》里浩如烟海的怪物，不可能全部凶残。好似人族芸芸众生，同样有善有恶，不能一概而论。"

柳寒妆争辩："他不一样，他是兵火啊，'劫火洞然，大千俱坏'的兵火。"

——"暮夫人，兵火能够催化劫数，确实极为可怕，必须封印，这是我的使命。但我私心以为，兵火只会将劫数提前、扩大，却不能无端产生。这世上祸福无门，始终是唯人自招。将战火全部怪罪在兵火头上，有些不太公平。和帝王不仁，祸国殃民时，去责怪他身边的'红颜祸水'是差不多的道理。"

将兵火与"红颜祸水"放在一起比较，令柳寒妆稍稍触动。她忍不住看了一眼自己的右手。那个怪物总喜欢握她的右手，难道是真的？真是她误会了？

柳寒妆心底乱成一团，望着还在燃烧的符箓："少君，你说他是为了报恩，真的确定吗？"

隔了一会儿。

——"我可以确定，这是我和舍妹共同的判断，不会有错，还请暮夫人放心。"

柳寒妆蹙起眉头："他很少半夜出门，尤其是在我睡着的时候。"二十年来，柳寒妆从来没有试过睡醒时他不在身边，"今夜他竟然出去了，而你又及时来找我，难道他是被姜姑娘喊出去了？"

兄妹俩一唱一和？

燕澜又沉默了一会儿。

——"是的。"

柳寒妆隐约明白点什么:"这些话也是姜姑娘从他口中套出来的吧?"燕澜可不像个会套话的人。柳寒妆不禁想,本以为是个坐怀不乱的大妖怪,难不成也是个色胚?

符箓燃尽之后,柳寒妆不停地摩挲着自己的右手,许久没有回过神来。二十来年,竟然都是自己在恶意揣测他?如果不是自己装病与他周旋,他早就回到封印里去了?柳寒妆是真的很难相信。但巫族少君的判断,又由不得她不信。

这些年的惊恐,原来是自讨苦吃,连累那个怪物也跟着一起倒霉。但这事真不能怪她,她会怕是正常的。

温柔乡为了镇守邪祟,维持着人间的安稳,付出了多少,世人根本不知道。

大哥年纪轻轻,修为精深,本该天高海阔,却再也走不出那片草原了。而父亲在步入天人五衰之后,以精气、心头血、真元之力,创造出他们三个,本意也是希望他们往后可以陪伴大哥,不让大哥太过孤单,并且用心选择了至纯至善的鉴真镜、天赋不足却可修习医术的含羞草,以及一只先天不足,自出生就缺了八条尾巴,被视为厄运,遭九尾族遗弃的狐狸。

父亲不希望这三个陪伴的"亲人"太过强大,更不希望他们有太多复杂的心思,只盼着他们都是简简单单的性子,往后余生,安安稳稳地陪伴在大哥身边。

这并不是秘密,他们三个从小就知道,也从来不会觉得父亲拿他们当作工具。他们只会难过,父亲在创造他们的时候,心中该是多苦啊。亲生儿子即将要重复他的宿命,而他比谁都清楚,背负这样的宿命究竟有多痛苦。

柳寒妆哪里敢对这种会引起灾祸的大怪物,心存一丁点的侥幸,这才会自讨苦吃。想着想着，眼泪已是串珠似的落下，手背都打湿了。

　　暮西辞回来时，发现灯竟然亮了起来，心头便是一紧。他推门进来，瞧见柳寒妆坐在窗边已经哭成了个泪人，一瞬间头皮发麻，连忙走过去："夫人，你哪里不舒服？做噩梦了？"

　　柳寒妆改不了习惯，听见他突然响起的声音，还是吓了一跳，下意识就想和他说谎演戏："你大半夜上哪儿去了？这里临近修罗海，到处是妖怪，你竟然留我一个人在房间里？"

　　暮西辞解释："我就在楼下，何况巫族少君在，妖怪不会来的。"

　　柳寒妆张口就想说"你和燕澜谁是我夫君，你让我指望他，那我要你做什么"，想起燕澜告诉她的"真相"，似乎没必要这样和他演了。

　　随后，她沉默下来。不和他演，柳寒妆竟然不知道该怎样面对他。燕澜又说暂时不要告诉他真相，因为不确定他知道受骗之后会不会动怒，要她逐渐康复起来，无声化解此事，将风险降到最低，那就还得演。

　　柳寒妆扶着窗台起身，暮西辞去扶她，她往床边走。暮西辞问道："你怎么脱了寝衣？刚才有人来？"

　　柳寒妆心头习惯性地"咯噔"一声，委屈地道："我见你不在，想去找你……"忽然想起是他被女子勾搭出去，凭什么她来心虚？柳寒妆遂提起了几分气势，"所以你究竟出去做什么了？"

　　暮西辞总得顾念姜拂衣的名声，搪塞道："我去找燕澜聊聊抓怪物的事。"

　　男人嘴里果然没有一句实话，柳寒妆算是看透了，懒得搭理他，脱了衣裳躺去床上，枕着右手臂，面朝里墙。

　　暮西辞察觉到她有些不对劲儿，但她时不时发神经也不是一天两天，没当回事。他坐在床边脱去靴子，在外侧躺下。

　　弹指熄灯，屋内归于寂静。柳寒妆和他同床共枕二十年，起初是吓得睡不着，后来逐渐适应，直到现在为了不和他多说话，练就了倒头就

-312-

睡的技能。

今晚竟然睡不着了。她心烦,很想翻身,但翻身又要面对他。

柳寒妆憋得不行,忍不住道:"夫君。"

"嗯?"

"我肚子饿了,你去给我做些吃的来。"早些年柳寒妆经常让他半夜去做吃的,亲手做。他不是想伪装嘛,柳寒妆就说自己虽然记不清,但知道"暮西辞"擅长烹饪,经常给她做饭吃,使劲儿折腾他。

唉,暮西辞内心苦不堪言,但也习惯了,爬起来穿鞋:"好。"实话说,虽然很折腾,他也是真的佩服这具躯壳原本的主人。大到造屋盖房,小到洗衣做饭,甚至缝衫制裙纳鞋底,竟然什么都会,简直全才得离谱。如此厉害又体贴的男人,也难怪夫人会与他生死不离。

暮西辞想赔她一个夫君,不让她失落,自然都要学。从前几千年没学过的东西,短短二十年时间里全学会了。


姜拂衣从外面回来之后,立刻去找燕澜,关上门就急切地问:"怎么样?劝服她了吗?"

燕澜低头看书:"大概劝服了,最后她许久不言语,应是已经接受,又一时间接受不了。"

姜拂衣抚了抚胸口,走去他对面坐下。

不管房间怎么换,屋内陈设如何改变,燕澜依然坐在自带的矮几后面,保持相同的坐姿,面前摆放的竹简和茶具也是一模一样。不过今晚多了一面铜镜,摆在他面前,抬眼便能窥见。

姜拂衣倒是没看出来,燕澜还挺自恋。

燕澜这才想起铜镜,本想收回储物戒指里,她却将铜镜拿起,揽镜自照,眨眨眼:"我可真好看。"

姜拂衣说真心话,也知道燕澜这人就算心里奚落她,嘴上是不会反驳的。

没想到燕澜这样给面子，他竟然"嗯"了一声，只不过声音很低，若非夜间寂静，几乎听不出来。

姜拂衣好奇地去看他，他正低头看竹简。管他是不是出于礼貌，谁不喜欢被人夸赞呢，姜拂衣笑着多照了几次。看久了之后，她心头逐渐漫上了些伤感。可惜她长得不像母亲，否则思念母亲时，便能照一照镜子。

而燕澜垂眸望着空无一字的竹简，感觉自己莫名其妙。她夸她自己好看，他为何要难为情？燕澜再怎样愚钝，也发现大事不妙。他似乎对姜拂衣产生了一些特殊的情愫。

原本应该非常微弱，微弱到暂时难以察觉，但偏偏赶上他即将觉醒天赋，各种奇怪的反应不停地提醒着他。燕澜从未试过如此心烦，敢情从前谨慎提防着鸟妖全部是白费功夫。他的可笑程度，和柳寒妆根本不相上下。

至于这份情愫的苗头，燕澜也不是想要扼杀，他面前的姑娘并没有哪里不好。会令他微微心动的姑娘，怎么会不好呢？换作平时，燕澜大概会顺其自然。可现在最烦的是，不知道自己会觉醒个什么鬼天赋。

他豁出去脸面，将"红眼病"的事情告诉了巫族如今实力最强的大祭司和父亲。两个人都说不知道，没听过。

大祭司说："耐心等待即可，越强的天赋觉醒起来越慢。"

父亲说："天赋如同种子，若想要快，那就不断浇水施肥，加强刺激。"

今日在玉令上，燕澜就是听了父亲的鬼话，专门坐到姜拂衣和漆随梦背后，盯着他们，盯了好一会儿，才发现父亲分明是故意戏弄他。但后来他的眼睛真的红了更久，燕澜开始信了父亲的鬼话，难道他觉醒天赋，全靠在背后暗中盯着姜拂衣和漆随梦？

他上辈子究竟造了什么孽？先是深受龟甲占卜困扰，现在觉醒天赋，又要遭受这种折磨。大祭司常说他是紫气东来的气运之子。谁见过他这样的气运之子？气晕了还差不多。

姜拂衣正伤感着，突然听见一声响动，竟是燕澜攥起拳头捶了一下桌面，声音很轻，收力收得厉害，玩似的，但仍令姜拂衣稀罕不已："大哥，你是在发脾气吗？"

燕澜尴尬住："没有，我只是有一点心烦。"

姜拂衣也不问，只望着他。

燕澜绷了半天唇线，又问一次："阿拂，你觉得兔子最大的特点是什么？"

姜拂衣一贯是最靠谱的，燕澜早该问她才对。

姜拂衣不懂为何突然说起兔子，他的烦心事和兔子有关？姜拂衣思索不出个所以然，只能说实话："兔子很可爱啊，我最喜欢毛茸茸的小白兔，吃野味从来不吃兔子。"说完，她瞧见燕澜的表情有些奇怪，嘴角像是想要提起，又极力忍着。

姜拂衣托腮狐疑地盯着他："我说错了？"

"没有，这是我迄今为止听过的最满意的答案。"燕澜躲闪低头的瞬间，眼尾瞥见铜镜里自己那掩饰不住喜悦的可笑德行。他想控制，发现不容易，于是伸手将铜镜扣在桌面上，眼不见心不烦。

修罗海市位于修罗海的一座岛屿上。而修罗海位于云巅东南边境之外，三国交界，是一片无主之地。或者说，这是七境九国的共识，海洋不归属于任何一个国家。

修罗海市的历史十分悠久，据说这座岛屿最初是一位地仙大佬的隐居地。寻仙拜访者络绎不绝，揣着宝物登岛想要换取点拨。由于跑来的修行者太多，慢慢成为拜访者之间互换宝物之地，再后来就发展成为大型集市。

集市由一个世家管理,传闻是那位地仙的后人,如今的家主也已经是准地仙的境界,制定了极为森严的规矩,任何人闹事,都逃不过制裁。

姜拂衣他们一大早就赶到了渡口,无忧酒肆里不知是个什么怪物,危险性有多高,柳寒妆身体虚弱不方便上岛。暮西辞不放心,但柳寒妆坚持让他去,最后由漆随梦留下来保护她。漆随梦出身天阙府,不方便与修罗海市发生争端。

再说修罗海市上空有法阵,隔绝任何飞行法器,只能坐船。每天早上太阳升起时准时启航,一天只有一艘,是艘大船,且没有内部客舱,无论何等身份,全部要站在甲板上。除了他们几个,船上还有好几十个人,什么来历都有。

比起其他人不耐烦吹冷风,姜拂衣吹海风吹得别提有多舒服,蠢蠢欲动地想要跳下海,转头瞧见身边的燕澜一直朝一个方向看。姜拂衣也望过去,他在看一个七八岁大的男孩儿,个头还没有船舷高,却站得笔直。齐耳短发,双眼又圆又大,眉心还有一个金色印记。小男孩在凝视对面,而他对面站着的,正是暮西辞和柳藏酒。

暮西辞早发现了,也目不转睛地回望小男孩。

姜拂衣低声问:"他难道看穿了兵火?"

燕澜不知道。

姜拂衣惴惴不安:"那你能不能看出他是个什么路数?"

燕澜隐约能够感知到:"好像是个傀儡。"

姜拂衣皱眉:"傀儡?这船上有邪修?"

燕澜解释:"不是你修炼的那种傀儡术,这是一种身外化身,取一截肋骨制造出一个傀儡,然后将自己的一部分灵魂注入傀儡。通常有本事使用这种身外化术法的人,修为非常高深。"

姜拂衣担心:"被他看穿兵火,岂不是糟糕了。"

燕澜劝她放心:"无妨,他的本体应该不在这里,而且这种身外化身几乎没多少力量,能跑能跳罢了。"

柳藏酒已经被盯得非常不耐烦,不顾暮西辞的劝阻,走上前去:"你这小孩子,一直用这种眼神盯着我干什么,我欠你钱了?"

那男孩儿突地抬起脚,踹在他膝盖上,挠痒似的,但柳藏酒险些跪下,脸都吓白了一层:"大、大哥!"

况雪沉冷冷地道:"我如今算是彻底看明白了,父亲根本不是想让你们三个来陪伴我度过余生,他是想我早死早超生!"他语气虽狠,但声音是孩童特有的稚嫩,听上去毫无杀伤力。

姜拂衣和燕澜互视一眼,从彼此的眼神中窥见了相同的惊讶。他们原以为柳藏酒的大哥因为祖训被禁足在温柔乡,日后只能寻机会前往温柔乡才能见得到。

柳藏酒捂着左膝盖,仍是难以置信:"大哥,你竟然从家里出来了……"拆了肋骨,做出一具傀儡?这门家传的身外化身法术对本体危害不小,傀儡若是损坏,多少也会伤及一些本体。

况雪沉以家族秘法传音:"不然呢?老二向我求救,我让他去死?你和老三真是厉害,遇事不告诉我,告诉老二?"言罢,他的目光又笔直地望向对面的暮西辞,"若不是老二求救时告诉我,我还不知道出了这样的大事。"

暮西辞原本防备着他,如今见是狐狸的家人,遂放宽心,还朝他微微颔首示意。

柳藏酒在旁猫着腰,也以家族的传音秘法小声嘟囔道:"告诉你也没用啊,你在家里又出不来,岂不是干着急吗?我和三姐也是为你着想。"

况雪沉背起手,冷笑一声:"重点是从家中去幽州那么远,你们竟然相信老二能安稳抵达,这才是最令我震惊的。我原本以为你们三个能凑一个脑子出来,不承想是我脑子不好使,高估了你们。"

话虽如此,况雪沉也理解父亲的良苦用心。以父亲的智慧,都曾被

-317-

人骗过，本以为收了个好徒弟，没想到竟是夜枭谷的谷主，以两百年做局，目的只为打开英雄家的封印。此后父亲遣散了所有徒弟，亲手给他造出来三个亲人，从一个极端走向另一个极端。

柳藏酒真不知道二哥如此没用："这是三姐的主意。"想起来今早上姜拂衣告知的那些，柳藏酒更是无语，"我跟你说，这事全怪三姐，人家兵火其实是来报恩的，她当报仇……"他"噼里啪啦"倒豆子似的讲述一通，"二哥都是被她给害的，不能赖我，要罚你罚她去。"

况雪沉皱起眉，眉心的金色印记有些变了形："确定？"

柳藏酒指向燕澜："巫族少君对怪物的判断，你不信啊？"

况雪沉朝他们望过去。姜拂衣和燕澜主动走过去，朝他拱手行礼："况前辈。"

况雪沉抬了下手臂："两位不必，既是我四弟的友人，称我前辈不妥。"

话虽如此，但年龄和修为摆在这里，燕澜仍是以晚辈自居："您会来此，应是和小酒的二哥沟通过，关于他的情况，了解得应该比我们更详细？"

况雪沉给了燕澜一个眼神。

燕澜会意，掐个阻隔窥听的手诀。因是上岛抓怪物，燕澜穿着一袭干练的玄色长衫，束腰束袖。这手不像之前是藏在宽袖里的，偷摸不了，又引来不少的注目。

对于那些打量，况雪沉视若无睹："我应该不比你们知道得多，我们的沟通也只是寥寥几句。只说他是被小酒喊出来帮忙的，路过此地，被怪物擒获……那怪物极为危险，因为二弟的本体在我手中，镜面已经隐有裂纹。"

"什么？"柳藏酒瞳孔紧紧一缩。他知道严重，但没想到会这样严重，二哥的本体，那可是父亲为母亲亲手打造的本命法宝。难怪大哥会使用身外化身，冒险前来。

况雪沉仰头看向燕澜，稚嫩又严肃地道："少君，你需有个心理准备，会是一场血战。"

燕澜从未轻视过，此刻被他一提醒，心中第一反应是后悔，该劝着姜拂衣留下来和柳寒妆做伴的。

况雪沉的视线绕过他，又飘向对面的暮西辞："怪物之中也是有好有坏，这一点不假。但莫要因为兵火，就对逃出来的强大怪物全部掉以轻心，我可以向你保证，其中多的是凶残嗜杀之徒。"

燕澜懂得，因为那些自愿进入五浊恶世里的怪物，通常是不会逃出来的。就像兵火若不是被柳寒妆牵绊住，也早已回去封印里。

况雪沉又道："更何况兵火虽然本性不坏，但他容易迷失本性，同样是个极危险的存在，否则不会被神族单独封印。"

柳藏酒催促道："既然去抓怪物这样危险，大哥你还是赶紧回去吧，小心受伤，二哥交给我们去救就行。"

"既然来了，没有回去的道理。"况雪沉转身望向修罗海市的方向。但他个头实在太矮，只能看到船舷，且他还赤着脚，穿着灯笼裤，细细的手腕和脚腕都以红绳绑着一长串小铃铛。海风撩动他的短发，铃铛也在不停作响。

姜拂衣默不作声，低头打量着况雪沉这具身外化身。柳藏酒认不出，可见他本体不是如此，应是成人体型。燕澜见她盯着那些铃铛，秘法传音："他手腕脚腕上的红绳和铃铛都是用来固魂的，毕竟是傀儡肉身，稳固不住神魂。红绳一旦断裂，他注入的神魂就会散掉。"

姜拂衣奇怪的是："既然如此，他为何不做个成年人，是肋骨不够用吗？"

燕澜也想不通，说："应该不是，或许有其他的考虑，瞧着天真无邪的，怕遇到坏人？"

姜拂衣道:"这样更容易遇到坏人吧?如果是我,肯定要做出一个彪形大汉来,修为不够,体型来凑。"

"况前辈。"姜拂衣揣测着问道,"您在修罗海市里是不是有帮手?"心知怪物厉害,他区区一具身外化身敢来,还以孩童模样。之前让柳寒妆出门历练,也是让她先来修罗海市开铺子。

况雪沉并未回头:"帮手谈不上,修罗海市有规矩,是不能动武的。而她是修罗海市的管理者,能为我们提供个方便。"

柳藏酒纳闷道:"大哥,我怎么不知道你在修罗海市还有朋友?"

况雪沉凉凉地道:"你除了知道吃和睡,还知道什么?"

柳藏酒难堪极了:"我朋友面前,多少给我留点面子。"随后,他忽然想到一件事,双眼睁大,"你说的朋友,难道是那个缠了您许多年,一心想当我们大嫂的女人?"

况雪沉终于扭头看他一眼:"你三姐告诉你的?"

柳藏酒赶紧捂住嘴。三姐千叮万嘱不让他提,说这是大哥最最最烦心的事。

那个女人竟然在修罗海市里,大哥这次为了救二哥,牺牲真是太大了。

通过他们兄弟俩的三言两语,姜拂衣也琢磨出来了,难怪况雪沉要将傀儡做成孩童的模样,原来是要防着那个女子觊觎他的身体啊。

姜拂衣正默默揣测,况雪沉忽然点了她的名字:"姜姑娘。"

姜拂衣忙应:"前辈有何吩咐?"

况雪沉道:"方才小酒和我讲述你们相识的经过,说你们是因为一柄藏在万象巫宝库里的剑结缘的?"

柳藏酒抢着道:"没错,我以为那是相思鉴,结果是燕澜父亲的剑。"

况雪沉给了他一记冷眼,让他闭嘴之后,继续说道:"而你通过那柄剑与剑笙父女相认,成了万象巫的圣女?"

姜拂衣不知况雪沉为何主动提起那把剑,想起他的家族也是承袭于

-320-

大荒时代,且对怪物非常了解,不禁有些心虚。

燕澜忙不迭替她掩饰:"是这样的,那柄剑是舍妹母亲与我父亲的定情信物。"

况雪沉蓦地一笑,孩童的嗓音真是如银铃一般:"定情信物?那柄剑是我拿去修罗海市卖掉,辗转才落入你父亲手中的,怎么就成了你父亲的定情信物了呢?"

燕澜微微愣住。

姜拂衣脊背则是一僵:"这是前辈您的剑?"她从同归中将那柄无主之剑取出来,递去他面前。

况雪沉凝视她手中之剑:"不是我的剑,之前有人送给了我。那人的本命剑和这柄剑款式相同,只是做工没那么敷衍,更用心、更精致,瞧上去更美观。"

姜拂衣双眸微微一亮,又出现一个心剑剑主,她内心已经毫无波澜。可若说做工用心精致,她又稍微提起了一些兴致。

况雪沉解释:"你手中这柄无主之剑,原本是她偶然寻来的,只因与她的剑大致瞧着一样,像是一对,虽拔不出来,也要硬塞给我,才被我给卖了。"

姜拂衣:什么意思?为何完全听不懂?自己的又一个"父亲",竟然和况雪沉牵扯不清?

况雪沉指着前方的船舷:"她已经来了。"

姜拂衣皱紧眉头快行数步,扒住船舷朝前望去。燕澜也追着前行几步,伸手抓住了她的手臂,担心她身体前倾得太厉害,一头扎海里去。

只见远处渡口处,站着一名身姿高挑的蓝衣女子,长发被海风鼓动得翻飞,也在朝他们这艘船眺望。

况雪沉介绍:"此人是修罗海市的岛主,剑仙李南音。"

她的剑,好像是她一位金兰姐妹送的。

姜拂衣原本以为往后再看到一百柄心剑，心中也再不会掀起波澜。没想到依然还会惊骇，母亲竟然还给她找了一位女爹爹？

燕澜若有所思："阿拂，看来你母亲的剑不只是送给情郎。"

姜拂衣当然知道，石心人的剑想送给谁就送给谁。但问题是，母亲赠剑的心理，就是想找一个天赋异禀的青年才俊，以感情和恩情双重下注，赌他日后成才，会回来救她。

即使母亲送完一柄忘一柄，但送下一柄时，这个目的始终没有发生任何变化。从这些心剑都是同一种款式就能知道。母亲一直在反反复复，机械刻板地重复着自己的目的。但李南音这柄怎么会不一样呢？对象是女子，且铸剑时还更用心。母亲竟然打破了这种刻板目的？以至于姜拂衣对她充满了好奇。

大船逐渐靠近修罗岛的渡口，姜拂衣也逐渐看清楚了李南音的相貌——细眉弯眼，鼻尖小巧，嘴角似乎天生上翘，一眼瞧过去，实在是温柔又甜美。

姜拂衣低声询问："大哥，能不能看出来她是什么修为？"

燕澜正在感知："不如凡迹星，若将人仙分为十等，她应该在第八等左右，凡迹星几人都已经是满格第十等了，不过她的年纪应该不大。"姜拂衣点了点头。

燕澜则是默默松了一口气，修罗岛主是她母亲的剑主，对她算是有个保障，自己稍后也能放开手做事。

因为挨得近，姜拂衣敏锐地发现燕澜原本有些紧绷的身体忽然放松，猜到他的想法，她旋即扭头看他，不悦地道："你这人怎么总是瞧不起我？"

燕澜也是这时候，才反应过来他二人挨得有多近。他怕她一头扎海里，贴近她身侧站着，左手抓住她的左手腕，右臂则跨过她的后背，搭在船舷上，等于将她圈在了怀里。她扭脸抬头，精心妆扮过的面孔在他眼睛里倏然放大。燕澜一瞬屏住了呼吸，想稍退半步，又觉得太过刻意，于是保持原本的姿势不动。他调整气息，说道："我何时会瞧不起你？"

还不承认，姜拂衣更是不悦："但你心里就是觉得我很弱，认为我需要保护啊。"虽不想树立什么自强的标签，总是被他从心里看扁，但还是挺不舒服的。

燕澜不过是担心罢了，想解释以父亲那样精深的修为和智慧的头脑，不告而别出门去，时间一久，他也会担心，那是看扁吗？但姜拂衣在他心里的地位，已经高到近乎亲人了？

燕澜一时间觉得有些可怕，说："我从未离开过鸢南，父亲派我出门，不就是为了保护你？这难道不是我的责任？"

哦，对，姜拂衣险些忘了这回事，燕澜是个尽职尽责的性格，又想在他父亲面前表现，才会对她予取予求。她不再纠结，重新转头朝渡口望去。

燕澜则望着她的侧脸，意识有些恍惚。想起自己年少时曾经嘲讽过猎鹿，平时霸道得不得了，追在休容屁股后面跑的时候，就像一个蠢货。

猎鹿当时又被休容拒绝，坐在台阶上，双臂揽抱着他的长弓，眼泪流得像条淋了雨的可怜小狗："我有什么办法，我这天生的猎手，什么妖兽都猎得，唯独猎不死心中这头小鹿。你厉害，你有本事，你告诉我该怎么办？"

燕澜当时有多瞧不起他，现在就有多难堪。但燕澜也逐渐明白，休容会改变对自己的心意，喜欢上猎鹿，真的是很正常、很正确的事情。

海风拂过，燕澜挥散掉脑子里这些乱七八糟的想法，大祭司从小教他"学而不思则罔"。他真是习惯了多思。读书要思，做人要思，处事要思。如今连相思都要思，真是走火入魔了。

船终于抵达渡口。

其他船客下了船,况雪沉没动,姜拂衣几人也跟着没动。

等人散得差不多了,李南音漫步登上了船,视线在况雪沉身上扫了一圈,嘴角勾得更深:"你还真是用心良苦,但你有所不知,我如今年纪大了,改喜欢吃嫩草了,你这副模样,真是恰合我意。"

如此温柔甜美的女子,张口便是这般虎狼之词,柳藏酒最先佩服,难怪会令大哥头痛几十年。况雪沉大抵是早已习惯,仍是一副无动于衷的模样:"南音,在你们修罗海市,无论人、妖、魔,只要不违反规矩,你们就不会管制他们,怪物应也一样,所以此事你最好不要插手。"

李南音点头:"我知道,这是我们修罗海市屹立不倒的原因。所以你们看穿哪个是怪物之后,最好先逼着他对你们动手,令其违反规矩,我才好出手。"

况雪沉没说话,下船去了。柳藏酒赶紧跟着一起,还招呼上一直躲在角落里看海,好像什么都和他无关的"三姐夫"。

李南音却没动,她的目光落在姜拂衣身上。姜拂衣脚步也未动,只拱手:"李前辈。"

燕澜问候过李南音之后,低声道:"我先下去了。"

姜拂衣:"好。"

甲板上只剩下李南音和姜拂衣。

姜拂衣先开口:"您是不是对我有一种特别的亲切感?"

李南音心道何止是亲切感,从昨晚开始,她就寝食难安:"我的剑有异动,是因为你?"

姜拂衣再次从同归里取出母亲的心剑:"刚才况前辈告诉我,您的本命剑和此剑类似?"

李南音微微惊讶:"这柄剑是我从前送给况雪沉,却被他卖掉的那柄?"

姜拂衣"嗯"了一声:"被人买去后,送给了巫族的剑笙前辈,不久之前被我寻到，这是我娘铸的剑。"

李南音瞳孔紧缩，心念一动，被她拼命压制的本命剑挣脱束缚，浮现出来，且直接飞到姜拂衣面前："那我这柄逍遥，也是你母亲所铸？"

"逍遥？"姜拂衣仔细观察面前浮着的剑，再对比手中这柄，以及凡迹星的伴月，果然和况雪沉说的一样。相同的款式，但逍遥明显更精致，是母亲用心铸造的，打破了自己的刻板重复。

李南音趁她专注打量时问道："你叫什么名字？"

她答："姜拂衣。"

李南音喃喃："你姓姜。"

姜拂衣先问自己手里的无主之剑："前辈，这柄剑您是从何处得来的？"

李南音轻轻叹了一口气："四十几年前吧，在一处废墟里偶然得来的，埋得很深，但被我的剑感知到，我才将它挖了出来，令它重见天日。那废墟曾是人族抵抗魔国入侵的战场，我想此剑原本的主人大概是已经战死了。我见它与我的本命剑相似，本想为其敛骨，然而遗址下方遍地枯骨，实在寻不到哪位才是剑主，唯有以三杯水酒敬先烈，而后带走此剑。"

姜拂衣听她用"先烈"来形容："废墟存在很久了？"

李南音回忆："五百多年了吧，废墟上的宝物早已被捡了个干净，此剑埋得很深，外表又平平无奇，才有幸存留。"

姜拂衣摩挲着手中的剑，剑笙前辈说得不错，剑主果然已经去世了啊。且剑主生前修为不低，死后五百多年了，除了她，别人还都拔不出来。

姜拂衣皱起眉："您辛苦得到，况前辈转手竟然给卖了。"不过不卖的话，也落不到剑笙前辈手中，她便不会多个好"师父"和好大哥。

李南音解释道："你莫要怪他，他有苦衷。"拒人于千里之外，不过是不想别人走进他的宿命里去。连他的三个亲人，他都在小心翼翼尝

-325-

试着让他们出去独立。

姜拂衣也不是怪责，她凝望面前悬停在半空的剑："前辈，您的这柄本命剑，您记得是如何得到的吗？"

李南音提步朝前走去，来到剑与姜拂衣面前，反问了一句："你既这样问我，莫非我会不记得，非我伤及识海的缘故，而是和姐姐铸的剑有关系？"

姜拂衣领悟："您也一样不记得了。"

李南音讲述道："五十年前，我兄长给我种了魔虫，操纵我的意识，将我嫁给了一位觊觎我多时的北渊巨人国领主，以换取一件他突破需要的宝物……"

成婚当天，李南音挣扎着清醒过来，孤身一人，以卵击石地逃出了重围。北渊擅长御妖兽，几条毒蛟龙对她穷追不舍，她就一路朝着西北方向逃命。穿越雪山，行至冰川，身受重伤的李南音失去了意识，好像掉落进了冰冷刺骨的海水里，后面的事情她就不记得了。

"我醒来的时候，身在北境问道墙附近，手中多了这柄逍遥剑，在外修炼十年，回来修罗海市，杀死了我兄长，成为这里新的主人。"

五十年前？姜拂衣拢起眉头："既然都忘记了，前辈怎么知道送您剑的是位姐姐呢？"

李南音望着姜拂衣微笑："因为逍遥上刻有字啊。"

"有字？"姜拂衣将手里的无主之剑收回同归里，伸手握住逍遥的剑柄，"我能不能拔出来看看？"

瞧见李南音点头，她才"唰"地拔出逍遥，仔细观察，在剑柄与剑身连接的位置，的确有几行刻上去的小字——吾妹阿音：天高海阔，岁长绵兮，愿汝百无禁忌，自在随心。落款是：阿姐昙姜。

这还是姜拂衣第一次知道母亲的名字。她的姓，原来取自母亲的名，石心人的名字是这样传承的？

姜拂衣凝视着那行小字:"前辈,我娘对您是真的特别,这是我见过第一柄刻字的剑。"唉,母亲若知会两相忘,早在剑上刻字就好了,写清自己的位置、剑的来历,提醒剑主有能力之后回来救她,商刻羽也不会走过一城又一城。

　　好像也不行,获剑之时,这些剑主都还是"幼崽"。若剑被人抢走,或者字被人看到,那就暴露了。

　　李南音也望着那行字,又望向姜拂衣,眼睛里的温柔逐渐浓得化不开,不禁伸手揉了揉她的头顶:"我不知姐姐对我是否特别,我只知道,她一定很爱护你。"

　　姜拂衣不抗拒她的轻抚,将逍遥抱在怀里,贴近心口,默默地道:"这一点我比谁都清楚。"

# 第七章

## 姜拂衣的记忆碎片

李南音深深吸了一口气，稳定自己被逍遥影响过深的情绪，缓缓收回手："对了，你娘人呢？而我又为何会因剑失忆？"

姜拂衣犹豫着解释："失忆是被我族家传的铸剑术诅咒了。"

李南音诧异："诅咒？"

姜拂衣点头："嗯，会导致铸剑师和剑主两相忘……"

李南音闻所未闻："为何会有如此奇怪的诅咒？"

姜拂衣又想起兵火认识的那位美男子先祖："我家祖上不知得罪了哪位大佬，反正这两相忘的后遗症，并不是天生的。"她没敢告诉李南音，心剑会入侵大脑，会使她成为剑傀。也不敢说修这柄剑，前期进阶极快，力量霸道，却很难突破地仙。

"至于我娘，她被困在极北之海。"

"困？"李南音知道自己应该是在极北之海认识的昙姜，也去找过，但那里海域太过广阔，无从下手。

"总之，我娘派我出来寻父，就是为了回去救她，我爹收了她的剑，也失忆了，一直没回去。"姜拂衣内心闪过挣扎，母亲赠给李南音的这柄逍遥，打破了刻板习惯，应不存在目的性，但她还是忍不住询问，"现在还不是时候，如果……如果将来有需要的话，李前辈能否助我一臂之力？"

李南音苦笑一声："你这孩子说的哪里话，我虽记不得，亦知姐姐待我恩重如山，不但救我性命，还赠我神剑功法，她若有需要，我便是舍了这条性命，也定要帮她啊。"

姜拂衣心中感激不已，垂首道："多谢前辈。"

其实，以李南音目前不达人仙巅峰的修为，或许连极北之海底部那些沉睡的巨兽都打不过，更别提封印。那可能是神族的封印，就算是凡迹星他们也不一定有用。

他们大概只能从旁协助，真正可以起到关键作用的，或许是燕澜。但燕澜天赋职责在身，知晓真相时不将她抓起来已算仁慈了，哪里还敢指望他违背祖训解封神印。

李南音叹气："你娘对我自称阿姐，你还喊我前辈？"

姜拂衣抬头粲然一笑："小姨。"

李南音答应一声，也再度勾起嘴角，拂袖收回逍遥，热情地拉着她下船去："走吧，先去我府上，咱们慢慢聊。"

姜拂衣随她下了船，落在一片沙滩上，然而抬眼望去，是一望无际的参天大树。这些都是结界树，环绕着整座修罗岛。等穿过这些结界树，听说还有一环阵法树，需要持着蕴含法力的船票，才能安稳抵达内部。船票很贵，因此这修罗海市，也不是谁想上就能上的。

先下船的一批人里，有个人并未直接进入结界树。他穿戴遮掩，立在海边。前来黑市的人，藏头露尾再正常不过，像燕澜几人坦坦荡荡的反而不多，因此没人会去注意他。

此人是追着姜拂衣一路来的，等姜拂衣离开，他取出一张符箓，搁在手心开启。不一会儿，符箓里传来漆随梦颇为惊讶的声音。

——"大师兄？"

林危行质问道："你为何擅自使用边境的大传送阵？"

——"因为……我有几位朋友着急去救人。"

林危行冷笑道："几位朋友？师弟在神都待了五年，只勉强和弱水学宫的闻人枫一人交好，这出门一趟，竟然交了好几位朋友？"

——"是巫族少君，咱们天阙府不是一贯和万象巫交好的吗？燕兄请我帮忙，我不好意思拒绝。"

林危行当即就想问，你究竟是不好意思拒绝燕澜，还是上杆子去倒贴巫族那位圣女？但听他说话的语气，不像是已经恢复了从前的记忆。那就更可恶了，哪怕他已在问道墙功成名就，依然改不了从前流落在外当乞丐养成的贱毛病，白费师父一番栽培的心血。

——"大师兄，这符箓能隔多远传音？你现在身在何处，莫非距离我不远？"

林危行讥讽："管不好自己，管起我来了？"

——"不是，巫族少君稍后将会前往咱们天阙府，讨要他们族里的宝物相思鉴，那宝物是不是在你手上？"

林危行淡淡地道："是啊。"

——"他们之前讨要好几次，你为何不还？"

林危行懒得和他废话，直接掐了符箓，扭头看向姜拂衣逐渐远去的背影。谁知道她是讨要相思鉴还是讨债来了？

林危行之前从弟子那里得到消息后，连夜从神都赶去六爻山。棺材果然被人挖了出来，再看小师弟的反应，姜拂衣应该就是江珍珠。但林危行真的很难相信，她真的是人吗？那样都没死吗？

想起师父一瞬白头那触目惊心的一幕，林危行不禁攥紧了拳头，既然如此，只能让她在这修罗海市里再死一次。

原本说是住在李南音府上，最后一番商讨，姜拂衣几个还是住在了岛上的客栈中。因为他们需要装作正常上岛的客人，游荡一番之后，最后假装无意地前往无忧酒肆，以免被那个怪物发现端倪，提早做出防备。

大荒怪物和人、妖、魔最大的区别，是他们的能力远远超出常识。需要燕澜或者暮西辞首先确定是个什么种类的怪物，具有哪些天赋能力，再针对性下手，贸然行事只会处于被动。

因此吃过午饭，姜拂衣就和燕澜出门闲逛。暮西辞也跟着他们一起出了门，难得来一趟这种大型集市，他想去逛一逛药材铺子，瞧瞧黑市上有没有什么特殊的珍稀药材，给夫人备着。

暮西辞这二十多年赚来的钱，多半花销在这上面，储物戒指里满满当当全是药材。也不是都要吃，他就怕医修开出药方的时候，手里没有，再去四处采买。暮西辞一家又一家地逛，买了不少。又进入一个铺子时，掌柜是位老翁，不见一点热情，坐在柜台后方打瞌睡。

暮西辞自顾自看了一会儿，指着一株没见过的药材："掌柜，这株是什么药？"

掌柜抬了一下眼皮，见到鬼似的，双眼突然睁大，腾地站起来，直勾勾盯着暮西辞，忽然就捂着胸口痛哭流涕。

暮西辞怔怔立着，不明所以。

"少爷，老奴终于等到你了啊。"掌柜上前来，"扑通"跪到他面前，"老奴找了您二十几年，终于找到您了……"

暮西辞微微一愣："你认识我？"竟然是这躯壳的家人？那是不是就能找到夫人的家人？

掌柜愣愣地道："您不记得老奴了？"

暮西辞捞他起来："我之前受了伤，忘记了从前。"

掌柜颤颤巍巍地道："原来是这样……"

暮西辞听他讲，原来这躯壳的主人也是世家出身，但并不叫"暮西辞"，姓木。

"当年您为了治疗您的顽疾，只身前来修罗海市，之后寄信回家说找到了法子，要随一位医修出去采药。随后您就再无一点音信，您的未婚妻改嫁了他人，老奴也被赶出家门，没地方去，索性来了这修罗海市，开间药铺，就盼着少爷还会回来……"

暮西辞越听越奇怪。他不是拜入御风阁学剑去了，怎么成了出去采药？家中竟然还有未婚妻？

暮西辞怀疑这老翁在说谎，但对方只是一介凡人，在他的威压之下，不见半分怯意，且有些时间线是能够对上的。

暮西辞疑惑深重，心头纷乱不已，又问这老翁，自己从前在家是不是什么都会。得到的答案，竟是这具躯壳的主人从前衣来伸手饭来张口，十指不沾阳春水。

暮西辞目光晦暗，恨不得立刻回岸上去，找他夫人问个清楚。他拼命按捺住之后，又取出传音符，决定先试探一下。正准备催动，他倏然望见从窗外透进来的一缕日光。暮西辞凝视着那束日光里飘浮涌动的无数尘埃，又将传音符默默收了回去。这个时辰，正是夫人午睡养神的时间，还是等她睡醒之后再问好了。

而此时，姜拂衣刚和燕澜一起从宝剑铺子里出来，往后她得没事就逛逛这些剑铺了，不知道会不会还有石心人的剑。大概是血脉记忆，姜拂衣隐约知道，如果石心人一旦死了，所铸的剑也会"死"。姜拂衣除了寻找母亲的心剑，也想找一找，这人间还有没有其他石心人的剑，就知道除了她和母亲，是否还有同族存在。

他们逛完剑铺，又去逛法宝铺子，她瞧燕澜那沉稳的眼神，就知道铺子里的东西他一个也瞧不上。不知逛过多少铺子之后，两人来到了修罗海市里最大的寄卖行。

寄卖行大堂阔气得很，同时容纳数百人也不在话下，摆放着大几千个陈列柜。里面的宝物琳琅满目，全是"客人"拿来寄卖的。由卖方定价，卖出去之后，分给寄卖行一半。因为这些寄卖品多半来路不正，卖家不方便露面，才会舍得分一半出去。

姜拂衣对这些黑货不感兴趣，转一圈就打算出门去，但燕澜眼睛尖，窥见了一件物品："阿拂，我记得你说，你以前有个储物吊坠，是一个小小的海螺？"

姜拂衣心里一个"咯噔"，顺着他的视线，立刻快步上前去。

她果然在角落的陈列柜里，看到了曾经陪伴自己多年的海螺。没有久别重逢的感觉，只觉得火冒三丈。

"堂堂天阙府真是穷疯了，你敢信吗？"姜拂衣立在那陈列柜前，被气得连连冷笑。柳藏酒说，那些钉子没有被拔的迹象，肯定是盖棺之前拿走的。

燕澜瞧一眼上面的标价，十万五星晶石："这价钱不低，难怪几年时间无人购买。"眼前这一排陈列柜里，全是有封印的储物法器，买这种就和赌石差不多，价钱会标得比储物法器本身的价值高一些。

但海螺看不出价值，且还标得奇高，燕澜面色不豫："可见寄卖之人，知晓你这海螺里全是好东西。"

姜拂衣见他转身，手疾眼快地拽住他的手臂："你打算做什么？"

燕澜答道："自然买下来，放心，我出门带的晶石足够。"

姜拂衣劝道："千万别，海螺里的物品远远不值这些钱。"

燕澜依然要去："阿拂，这不是值不值的问题，既然是你的私人物品，必须要买回来。"

姜拂衣拽住他的手臂不放："你也说了，海螺原本就是我的物品，我为何要花钱买回来？他们偷了我的东西，还让我送钱给他们，不可能的，有钱也不能这样糟践。"

—333—

燕澜微微蹙眉,想想的确是这个道理:"那该如何是好?"

姜拂衣传音:"当然是偷回来。"她打量这偌大的寄卖行,据说有人仙坐镇,只能夜里来偷。

"不过我不行。"姜拂衣功夫不到家,不敢轻易尝试,不怕被发现,只怕坏了李南音的规矩,让她难做。

燕澜愣了愣:"这不好吧?寄卖行……"

姜拂衣和他讲道理:"大哥,这里是黑市,这家寄卖行更是黑商之中的黑商,他们明知这些都是赃物,依然收下牟利,就该承担这种风险。"

燕澜的眉头越蹙越深:"话是这样说没有错,但是……"

姜拂衣摆了下手:"我又不让你偷。"她知道,哪怕道理讲得再清楚明白,她家为人正派的大哥也干不出这种偷鸡摸狗的事。

燕澜原本正在挣扎,听见她竟没打算找他,沉声道:"夜里我来试试,偷回来给你。"

姜拂衣正想去求兵火,诧异抬头,看向他的目光充满了不可思议。被她怀疑的目光紧盯着,燕澜垂了垂眼,喉结滚动半天,难为情地找了个说辞:"包括父亲在内,你们总说我很无趣,如今我也发觉自己似乎是有一点过于拘谨,想要变得有趣一些。"

"有趣一些?"姜拂衣接连怀疑自己的耳朵,看向燕澜的眼神越来越疑惑。

燕澜被她盯得越发心虚。幸而姜拂衣没再继续纠缠,拽着他去往其他的陈列柜:"莫要在此逗留太久,以免惹他们怀疑。"姜拂衣假意闲逛。燕澜平复心情之后,则开始暗中观察寄卖行的五行法阵布局。

姜拂衣依然不太相信:"大哥,你夜里真要来偷?"

燕澜正在脑海里拆解法阵,随口问道:"你莫不是认为我不如剑修善战,拿不回来?"

姜拂衣岂会这样想,以燕澜精通的各种秘术,偷起来才真能做到神不知鬼不觉。能打固然重要，不战而屈人之兵更好。

"行。"姜拂衣见他颇为认真地研究，不扫他的兴致，"那我先谢过，等将我的海螺偷回来，我送你一颗大珍珠。"

燕澜本想说不必，话到嘴边又咽了下去："嗯，等拿回来再说。"

不便逗留太久，逛完一圈之后，他们空着手离开了寄卖行，若无其事地继续前往其他商铺。逛到暮色四合，华灯初上，集市的人逐渐增多，几乎达到了拥挤的程度。毕竟是黑市，一切交易默认就该在黑夜里进行。

被人潮"裹挟"着，姜拂衣和燕澜路过了无忧酒肆门口。

门头不小，三层高的楼房，三排屋檐下都挂满了描彩的宫灯，设有防窥的法阵，看不清里面的状况，但隐隐有丝竹管弦之声传递出来，还伴有浓郁的酒香味。

无忧酒肆在修罗海市存在将近两百年，那怪物不知是何时躲进去的，但应该也是二十一年内。而且听李南音讲，无忧酒肆并非勾栏场所，当真只是个酒馆。酒类繁多，最出名的是忘忧酒。传说三杯下肚，可消一半的忧心烦恼。剩下的，若有缘分，无忧酒肆的馆主会帮你解决。

修行中人最忌杂念，杂念易生心结，心结易成心魔。这些前来无忧酒肆的客人，多半是因为心中杂念太多，无法疏解，怕成心魔。

柳寒妆会觉得无忧酒肆不正经，倒也不能怪她。这杂念太多，不图自省，只想通过喝酒纾解的，男人占了绝大多数，踏破了无忧酒肆的门槛。

无忧酒肆打开门做生意，既然男客成分多，酒肆里迎客的自然多半是些婀娜多姿的女娇娥。当然也有女客，以及样貌俊美的男乐修、侍奉。据说馆主求的就是个阴阳调和。而这柳藏酒的二哥况子衿，来无忧酒肆的目的非常单纯。自家小弟喜欢喝酒，他路过修罗海市，想着许久不见，给小弟带上一壶好酒。没想到况子衿那双鉴真的双眼，看穿了酒肆里的怪物，露了馅，且还不善遮掩，遭怪物擒获。

一切都合情合理，姜拂衣唯独想不通一点："你说咱们先前心急火

-335-

燎地等他来帮忙，他竟然还有闲心跑来买酒？"

燕澜只说："况前辈一个人照顾他们三个，确实挺不容易。"

话音刚落下。

"嘭！"修罗海市上空突地一声炸响。

众人纷纷驻足仰头。是灵力烟花，炸开之后，无数只火凤在高空盘旋飞舞，异常盛大绚烂。人群中有人笑着说："看来岛主今天心情不错。"

远处，况雪沉直立在屋脊上，始终望向无忧酒肆的方向，对头顶的绚烂视若无睹："该换点新鲜的了。"

李南音坐在屋脊上，恰好能与面前的小不点平视："别太得意，我今儿点烟花可不是为了你。"

况雪沉朝她望去："是因为那位巫族圣女。"

李南音笑道："她是昙姜姐姐的女儿，我的外甥女，你说我高兴不高兴？"

况雪沉微微颔首，继续看向无忧酒肆。

李南音则看向他眉心的金色印记，笑意淡去，双眸涌出一抹忧色："不到万不得已，千万不要使用你的大神通，这具傀儡肉身支撑不住，会损伤你的神魂。"

况雪沉平静地道："这不必你提醒，我知道巫族少君会来，本就是过来给他兜底的。"

李南音戏弄道："其实你要是答应娶我回你们温柔乡，我马上抛掉修罗海市的规矩，不当这个岛主了，帮你去救你二弟。"

况雪沉淡淡地道："你打不过这只怪物的，即使我真身来此，也不一定能够全身而退。"

李南音微微一怔："这样厉害？你已经知道是什么怪物了？"

况雪沉摇头："不知道，但这次跑出来的怪物里，应该没有一个是小角色。"都是被九天神族单独封印起来的。

巫族镇守的是大狱，怪物种类多，数目大，但危险性尚在可控制的范围。单独封印的那一批，才是动辄会导致生灵涂炭的狠角色。

不过，那些单独的封印都具有弱化、衰减怪物能力与寿元的作用。从大荒时代至今，已经过去几万年了，怪物才刚逃离封印不久，应是处于比较虚弱的状态，才会躲在小小的酒肆里。兵火也一样，他比着大荒时代已是弱了许多。

然而，怪物的寿元衰减虽然不可逆，能力能够不断提升。那只怪物选择无忧酒肆，应和他的能力有关系。

况雪沉限于祖训，对其他怪物知之甚少，还是得靠燕澜的《归墟志》，或者兵火从前的见闻阅历。再者，二弟被擒获，镜面虽有裂纹但这裂纹并未继续扩大，暂时不会有生命危险。怪物留着二弟有用，或者那怪物杀不死鉴真镜妖。

这些分析况雪沉都已经告诉了燕澜，如今只须安心等待，最后再看需不需要自己出手。

李南音见他又将眉心印记皱得变了形，打趣道："说真的，你还是赶紧将我娶回去吧，我来帮你管着你那弟弟、妹妹，不然我真怕哪天你被他们折腾死了。"

"不提其他，你修的是逍遥剑。"屋顶上的夜风，吹动况雪沉手腕脚腕上的铃铛，他微微侧目看向李南音，"你应不困于情，不惑于心，得大自在，往后才有机会突破地仙。"

"这次是你浅显了，昙姜姐姐的剑，可没你以为的那样平常。"李南音心念一动，逍遥浮现，围着她绕了一圈，又随她两指并拢，飞向高空，伴着那些灵力烟花释放出的火凤飞舞，"逍遥真正的剑意，并不是脱离人世情感，得什么大自在。而是天高海阔，人生苦短，且放肆去追求自己想要的一切，不受世俗拘束，不理旁人指点，才是这世间逍遥仙。"

只可惜，李南音觉得自己还差得远。

姜拂衣和燕澜已经离开了无忧酒肆门口，随着人潮继续向前。他们选择的客栈位置，就在无忧酒肆前一个路口。

抵达客栈时，他们瞧见暮西辞抱着手臂站在屋檐下，紧蹙着眉头，心事重重的模样。

"暮前辈。"姜拂衣朝他走过去。

暮西辞回过神，转头看向姜拂衣的时候，凝重的表情稍微松弛了一些："你们回来了。"

姜拂衣察觉他有些反常，正想试探一下，又听他说："关于那个东西，我有了一点想法。""那个东西"指的自然是无忧酒肆里的怪物。

姜拂衣暗暗松了口气，原来是在琢磨怪物。燕澜颔首："去我房里聊吧。"

三人一起去到燕澜的房间里。燕澜每次住在客栈里，第一件事便是摆放自带的矮几，但这矮几窄而长，只能分坐两侧。

燕澜等姜拂衣自来熟地盘膝坐下后，坐去她身边，才请暮西辞坐去对面，随后提壶斟茶。

姜拂衣昨夜将暮西辞支出去聊天，说的正是燕澜的事。她告诉暮西辞，自己和燕澜谈妥了，燕澜暂时不会收他，等他完成心愿再说。

身份既然已经暴露，暮西辞也不再遮掩，开诚布公地道："少君，我刚才去了趟无忧酒肆。"

燕澜蹙眉："不是说好等明晚一起去？"今天先熟悉一下地形环境。

暮西辞一刻也不想等，如今满腹心事，他急着回岸上去："我觉得我们分开去更好，目标没那么明显。"

燕澜："可是……"

姜拂衣制止这个话题继续发酵："既然都已经去过了，就不要再讨论这些。"她看向暮西辞，"您先说说您的发现？"

燕澜没再多言。

暮西辞这才道:"无忧酒肆的客人,会释放出纷繁的杂乱气息,他待在那里的目的,如果是需要补充元气,提升修为的话,我觉得他有可能是……擅愁。"

姜拂衣侧目看燕澜:"擅愁?"

燕澜手中旋即多出一册竹简,他见过擅愁,写在《归墟志》的第一卷第三册,同样是甲等,比兵火还更靠前。燕澜背是背下来了,怕有遗漏,故而再详细地看一遍。

姜拂衣又去问暮西辞:"擅愁是什么?"抛开救人的原因,她对大荒怪物非常好奇。

"擅愁、擅仇、擅惆,全部是他的称呼。"暮西辞从前常年独居,对大荒怪物知道的真不多,但擅愁他不仅知道还曾见过数次,被始祖魔抓去时,擅愁是始祖魔征伐神族的一员猛将,凶残至极,"我甚至还记得他的名字,独饮,独饮擅愁。"

姜拂衣颇有些领悟,毕竟大荒怪物的名字,起得并没有那么含蓄诗意,就目前已知的怪物,全部透着一股子充满原始感的简单粗暴。石心人、兵火,从字面就能理解一部分。

暮西辞继续讲述:"我记得他的能力,是能够捕捉对方的愁绪,无限放大这种愁绪,只要你有愁绪,哪怕是九天神族,都很容易被他控制。"当年应该伤得极重,又被封印削弱,逃出后才会躲着。

燕澜从《归墟志》里抬头:"五浊恶世,若以佛修对五浊的定义,你要归属于劫浊,而独饮擅愁则要归属于烦恼浊?"自从之前柳藏酒提到佛族定义,燕澜闲暇时也翻了翻佛经。

暮西辞哪里会知道,这些全是后世给他们的定义:"我不确定,猜测罢了。"

燕澜却道:"我觉得你猜得八九不离十,根据况前辈告诉我的信息,

-339-

那怪物之所以杀不了况子衿，和独饮擅愁的能力有关系。况子衿是面鉴真镜，况前辈说，他这镜妖眼里没有虚伪，修的还是儒道，是个……"

是个单纯到有些傻气的白面书生。无论愁、仇、惆，在况子衿心中都很少见，即使对兄长和弟弟求救，也是本性使然。本体会出现一条裂纹，大概也是因为给小弟买的酒，被独饮擅愁给撒了，当下有点忧愁，但也只是忧愁了那么一下，况子衿立马原地复原。

"如今整个修罗海市里最发愁的，估计当属独饮擅愁，他遇到克星了。"

姜拂衣笑道："况二哥这算不算傻人有傻福？"和身边燕澜端正的坐姿截然相反，她两个手肘已经顶在了矮儿桌面上，双手握成拳头，支着双颊。

暮西辞见自己的猜测被燕澜认同，心中更是忧愁："不好办了，独饮擅愁只是杀不死况子衿，然而况子衿对他也造不成任何伤害。这不算克星，顶多令他气愤。他如今蛰伏着，我还真怕他被气得太憋闷，忍不住大开杀戒。"

姜拂衣提出疑问："独饮擅愁的能力对怪物也有用？"

"有用，我从前被他影响过。"当年暮西辞总被始祖魔打破封印抓回魔域，心烦得要死，被独饮擅愁无限扩大，险些就要控制不住自己去催化劫数。

"我也曾亲眼见他施展能力，控制一些本想保持中立、两不相帮的怪物，对人族展开大肆屠杀，造成尸横遍野，逼得他们无法回头，不得不归降始祖魔，沦为武器。"暮西辞回想起当时的惨状，至今心有余悸。所以当年他才引以为戒，不断敦促自己务必自控。

燕澜沉吟："看样子无论任何物种，只要拥有愁绪，都很容易着他的道。"

姜拂衣坐起身："这玩意儿比始祖魔都强，毕竟始祖魔的魔种都无法影响到怪物。"她也不免担心起自己，石心人只是没有"爱欲"，愁绪是有的。

暮西辞认同："始祖魔族虽狠，但总体动机是为了和九天神族争夺地盘和道统，而独饮擅愁纯粹就是喜欢虐杀取乐，不知是个什么心理。"

若是今天之前，暮西辞倒也不会太过担心。然而下午他才刚得知这具躯壳的身世，如今正被烦恼攻占。可能比大荒时代还更容易被其掌控。

暮西辞提醒："莫看他当年被神族给打残了，如今又遭封印弱化，对付我们这些'俗物'也是轻而易举。燕澜你的化煞天赋克制我这劫数怪，并不克制他这种情绪怪，还会反被他克制。"

姜拂衣询问燕澜："大哥，《归墟志》里有写怎么对付他吗？"

燕澜说了声"有"，又为难道："但是……"

他和暮西辞的想法有些类似。换作从前，燕澜真不怕。可他最近因为天赋觉醒的事情，有些心浮气躁，情绪不佳。再一个，降伏独饮擅愁的法咒虽然写得清清楚楚，但这法咒并不是念出来之后，顷刻间便能将对手降伏。

法咒还需要配合一定的手印，那手印极为古老复杂，燕澜方才只是大致瞧了一眼，都觉得头皮发麻，有得练了。何况独饮擅愁是会反击对抗的，指不定印都没结完，便会遭其控制。更别提还有夜枭谷在背后虎视眈眈，动手时，不知道夜枭谷会不会来搅局捣乱。

燕澜收敛自己的担忧，提出建议："他既选择蛰伏，我们暂时不要轻举妄动，先净化一下自身。稍后将此事告知况前辈，请他指点一二。"

暮西辞叹气："这愁绪没有开关，很难净化，需要许多时间，而我夫人身体虚弱，身边离不开人。不然我先离开，等你们决定动手的时候我再过来，反正每天都有船只，一个多时辰便能抵达。"

燕澜不反对，毕竟光这手印自己可能都要练上好多天。

-341-

姜拂衣有个疑问:"您今晚前往无忧酒肆,会不会被独饮擅愁认出来?"

暮西辞笃定:"不会的,他只能认出我的本体,这具躯壳我已熟练掌握,一丝气息也透不出去。"

姜拂衣点头:"那就好。"

暮西辞道:"而且他并未出现,我去的那会儿,酒肆里都是女乐和女侍奉。"

姜拂衣问:"他是男的?"

暮西辞:"我见过的这只是雄性物种。不知擅愁的数目,但会被九天神族拎出来单独封印的只能是他。他和人族相貌类似,不需要像我一样必须披着一张人皮才能在人间行走。若仅仅只是幻化成女子的形态,很容易被识破。"

姜拂衣琢磨:"那找出他的范围缩小了。"

无忧酒肆里的男人不多,只不过现在找出他没用,抓不了。

燕澜倒了茶,暮西辞不好意思一口不喝,端起来一饮而尽,遂站起身:"既然如此,我稍后先离开,动手之前,你们且通过传音符与我联系。"从岸上到修罗海市一天一艘船,上午太阳升起时启航,夜晚子时三刻返航,他还能赶得上。

暮西辞和姜拂衣都离开之后,燕澜取出笔,以及厚厚一沓纸张。燕澜先将对付独饮擅愁的法咒默写几十遍,再对比着《归墟志》,将那些动态记载的结印,分步骤一遍遍地画出来,比单独用眼睛看记忆更深。

偶尔抬头望向窗外月,看着时辰好去寄卖行取回姜拂衣的海螺。正默画得有些疲惫时,腰间的同归铃铛突有异动。燕澜开启同归,从匣子里取出宣纸。

姜拂衣写着:"大哥,你也稍微休息会儿,没必要急于一时。"

燕澜先抬头观察房间,回复:"你使用音灵花偷窥我了?我竟一点不曾发现。"

姜拂衣写:"这还用偷窥?我用脚指头也能猜得到。"

燕澜没察觉自己弯了弯嘴角:"你又怎么还没睡,等着拿你的海螺吗?我打算等卯时正再去,你先睡吧,明早醒来自会物归原主。"

姜拂衣写:"我正在练习铸剑,不是说要净化自身?我实话告诉你,我现如今最大的烦恼,不是寻父和报仇,而是搞清楚为何我铸剑的水平如此差劲,天赋不行这事,我是不会轻易承认的。"

燕澜:"你的天赋不会有什么问题,慢慢来。"

姜拂衣:"这话还给你,慢慢来。"

燕澜捏着纸张边缘,垂眸凝视着"慢慢来"三个字,发了一会儿呆。

姜拂衣应是不常写字,字体歪七扭八,忽大忽小。燕澜最初和她写信交流,若是长句子,需要反复看几遍,再通过上下语境好一番猜测才明白她的意思。

但如今这字像符咒似的,言出法随,可以产生效果。燕澜真就没之前那么紧绷了,沉下心,开始慢慢描画记忆那些古老的咒印。

暮西辞坐船回去岸上,回到岸边的客栈外。他站在寂静无声的长街上,抬头望向柳寒妆住的那间客房。他不在,她怕黑,留了一盏昏黄微弱的灯。

暮西辞急匆匆赶回来,想问清楚怎么回事。真回来了,他又在客栈外徘徊了一会儿才走进去。

刚要推门,隔壁房门立刻打开,漆随梦戒备地走了出来,见是暮西辞之后,微微有些惊讶:"暮前辈回来了?"

暮西辞忽就对漆随梦生出几分好感,请他帮忙看顾,他是真有用心,彻夜不眠地守着:"麻烦你了,多谢。"

"您客气了。"漆随梦问道,"您深夜回来,莫非人已经救了出来?"

"不容易,需要等。"暮西辞摇头。

漆随梦皱眉,从储物戒指中取出一张画像:"对了前辈,你们在修罗海市有没有见过这个人?"画像上画的是他大师兄林危行。原本他打算明早去渡口询问,才连夜画出来的。

传音符隔不了太远距离,漆随梦总觉得大师兄就在附近,极有可能去了修罗海市,担心他对姜拂衣不利。

暮西辞仔细辨认,摇了摇头:"登岛的人多半伪装,认不出来。"何况他分辨人脸的本事一贯很差。

漆随梦想着也是,大师兄若真有所图谋,身为天阙府大弟子,不可能大摇大摆地去:"既然您回来了,那明日一早晚辈将前往修罗海市。"

暮西辞问:"以你天阙府的身份,不是不方便前往?"

是不方便,但漆随梦实在不放心:"晚辈也遮掩一下便是了。"

说完话,暮西辞推门走进房间里去。柳寒妆已经睡熟了。

暮西辞藏于眼底的晦暗,已经堆积得快要比这夜色还浓郁三分。然而他几次三番往床边走,又犹豫着退回来。算了,这夜间养神比午后养神更重要,还是等她睡醒了再说。

卯时正,燕澜将《归墟志》收起来,从客栈准备的点心盘里抓起一把花生,念咒过后朝手心吹了口气。他手心里的花生纷纷落地,变成一个个能跑会跳的小花生人。

燕澜打算操控着这群小花生人去偷,但刚盘膝坐好,正准备将感知力灌入小花生人,他又站了起来,拂袖散去法术。小花生人再度变回花生。既说亲自去取,这大概算是作弊。

燕澜披上黑斗篷,戴好面具,离开客栈,来到寄卖行不远处的巷子口。他藏在巷子里,放出寄魂,指着寄卖行交代:"最左侧第三行有一个陈列柜,里面全部是储物法器,你去将其中一个小海螺拿出来。"

胖胖的小熊仔蹲在地上,探头望过去,好像是商铺:"拿?这是不是叫作盗？巫族会缺钱吗？您还需要偷盗一个储物法器？"

燕澜无语，懂得还挺多。

寄魂眨了眨自己的小眼睛，有些难以置信。自己跟了那么多代少君，如今不被供着就不说了，竟然还被指派着去盗窃。这代少君不仅霸道凶残，还丧失节操啊。

燕澜紧紧抿了几下嘴唇："算了，我自己去，你盯梢就好，若有异常及时提醒我，保障我不要被人发现。"

"您还想自己去？"寄魂越发认识到燕澜的与众不同。想说您那些光风霁月的祖宗得知，怕是要气活过来，"还是我去吧。"

寄魂正要过去，燕澜忽又将它收回。

燕澜瞪着一双过于深邃的眼睛，视线穿透夜幕，直勾勾盯着寄卖行的大门，最后告诉自己一遍，小海螺是杀人越货得来的，黑市寄卖行即使不知详情也该有这种认知，不必与他们讲道义。

燕澜单手结了个印，默念："遁！"脚下石板化为虚无，他一瞬下沉消失。

片刻后，燕澜出现在寄卖行里。寄卖行内设有至少十几种法阵，燕澜下午已经拆解了一大半，算准了方位，落在法阵最薄弱之处。接着，他又是一连串的秘术，将海螺从陈列柜里取了出来。

燕澜从来都没想过，自小潜心修习的这些降妖伏魔的本事，有一天会用到偷鸡摸狗上。

天还黑着，燕澜拿着小海螺回到客栈里。见姜拂衣的房间已经熄了灯，他回自己房里去，有些乏了，刚坐下喝口茶，就听见姜拂衣的敲门声。

"你还没睡。"燕澜放她进来。

"我听见你出去了，哪里睡得着。"姜拂衣比自己去偷还紧张，"怎么样，有没有被发现？"

燕澜问："你不先问有没有偷到手？"

姜拂衣好笑:"你若是失手,现在就不会是这种表情。"

燕澜想问那是哪种表情,他还真不知道,却也没问,伸出手,小海螺静静地躺在他纹路复杂的掌心里。

姜拂衣一双杏眼亮如星子,将小海螺从他掌心里捏过来,失而复得心情大好:"你等我给你挑一颗最大最亮的珍珠。"

燕澜没有拒绝,垂眸看着她眉飞色舞、嘴角微翘的模样,竟然觉得自己此番当贼,有那么点成就感。

怕不是疯了。燕澜扭开脸,告诉自己下不为例。万一不小心被发现,丢的是巫族的尊严。

等等,先前只顾着纠结,燕澜此刻才察觉到异常,眉心一蹙,旋即抬起手,五指张开,包裹住姜拂衣拿着小海螺的手,握得死紧。他的手大而温热,她的手小而冰凉。凉意被热气悉数裹了起来,一缕也散不出去。

姜拂衣正凝聚感知力朝海螺里释放,被他阻隔,仰头不解:"嗯?"

"有些不太对劲儿。"燕澜依然裹住不放,认真回忆每个细节,"拿到得未免太过顺利。"

姜拂衣忙将感知力全部收回去:"你怀疑有人设局?"

燕澜不知道:"我虽相信自己的能力,却不妨碍我觉得屹立在修罗海市上千年的寄卖行防范过于简单。"

姜拂衣听懂了他的言下之意:"你若这样说,我的海螺会出现在寄卖行里,也不是个偶然的事,你若不是眼尖发现,或许也会有其他人引着我发现。"

比如标价高得离谱,会有人拿出来嚷嚷着询问,吸引她的注意。

姜拂衣蓦地笑道:"我以为天阙府穷疯了,没想到人家精着呢。"这海螺的封印里,八成被灌注了某种特殊咒术。她尝试开启,将会重创她的识海,危及生命也说不定。

万幸是燕澜去偷的,换成自己,可能出门就给打开了。那倒也不会,

-346-

若姜拂衣亲自去,估计更会察觉出寄卖行有问题。她对自己的本事,除了铸剑术,基本上拿捏得非常清楚。

燕澜思忖:"你怀疑是天阙府大弟子林危行?"

姜拂衣冷笑:"不然呢?天阙府现在除了漆随梦,也就唯独他有这个能力收买这里的寄卖行串通起来设局害我了吧?天阙府君若想杀我,需要这种招数?"

燕澜朝窗户方向看:"林危行来了修罗海市?"

姜拂衣道:"极有可能。"

两人若有所思地沉默了一会儿。

手被抓握成了拳头,小海螺尖端扎得姜拂衣掌心生疼,她"嘶"地倒抽一口冷气。燕澜这才反应过来,他为阻隔姜拂衣和小海螺,一时情急,不仅裹住了她的手,搁在自己胸口,还将她朝自己面前带,两人几乎面对面贴在一起。他才刚回来,不曾取出夜明珠,屋里只有一束透窗而来的清冷月光。

燕澜一瞬觉得耳热,忙压下去,松开她:"对不起,我一时着急。"

姜拂衣摩挲着自己险些被螺尖扎出血的掌心,又看着他有些慌乱地往后仰了一下,险些将背后的装饰盆栽给撞倒,觉得好好笑。就这还记挂着要渡口阳气给她,他得是在心里挣扎了多久。

姜拂衣此刻也没空理会这些,伸手将海螺递过去:"大哥,你瞧瞧这海螺里被施了什么咒术?有没有办法在不受伤的情况下解开?"

燕澜平复心情,小心接过来:"我试试。"拿到手中之后,燕澜又想起一件事,"阿拂,若害你的人里林危行也有份,他又在你贴身带着的海螺里留下了力量,我觉得他可能给我送了一把钥匙。"

姜拂衣不解其意:"钥匙?"

燕澜走去矮几前盘膝坐下,先取出夜明珠,再拿出聚灵壶摆放在面前的桌面上。姜拂衣认得,之前在六爻山,她挖掘出满山的怨力碎片,

-347-

燕澜便是用此壶收集的。

燕澜边施法，边解释："壶内的怨力碎片太过浩瀚，我尝试用这只海螺，将你那片引出来。"

姜拂衣走去他对面坐下，目望海螺在他的秘术驱使之下，于瓶口起起伏伏。过了好一会儿，她瞧见燕澜的额头都浮出了一层薄薄的汗。但他不放弃，她也不劝他放弃。

终于，一缕荧光自壶口缓缓上升，浮在海螺周围。姜拂衣的瞳孔逐渐紧缩。她稍微能够感知到，这是自己的怨力碎片！

燕澜微不可察地换了口气，望向姜拂衣："要我现在回溯吗？"

姜拂衣回望过去："你要不要先歇一歇？"

燕澜修习术法时的强度比这大得多，根本用不着休息，他只是担忧："独饮擅愁就在附近，我怕回溯之后，告知你被害的真相，会更受影响。"

姜拂衣才不怕："没准儿我更破罐子破摔了呢。"

话糙理不糙。

燕澜一贯觉得姜拂衣心性强大，表面爱说爱笑，骨子里却极为冷静自持，其实也非常克制独饮擅愁，稍后指不定全靠她。

"那我开始回溯了。"

姜拂衣喊道："你先等一等。"

燕澜暂停结印，看向她。

姜拂衣有个疑问："你回溯之时，是通过我的目视观看残影？"

燕澜摇摇头："我是以旁观者身份回溯的，因为这碎片的形成根源，是你周身的万物之灵，融合你遭受极大痛苦时逸散而出、带有怨气的神魂之力凝结而成。能够记载很多，但以我目前的修为，仅能窥见你周围一丈左右，却也应该足够窥探你之前被害的现场。"

燕澜朝她伸手，掌心向上。随着他五根修长的手指灵活舒展，掌心上方，逐渐显现出比尘埃还微小的颗粒。

"万物之灵都是颗粒状的,只是太过微小,凭借肉眼窥探不到罢了。"

姜拂衣怔怔地望着在他掌心跳动的彩色颗粒,只觉得神奇。万物神奇,巫族秘法师更是神奇。

燕澜见她暂时没有疑问了,合上双眼,熟练地抽出感知进入那枚怨力碎片。

"砰!"感知力突破某种屏障。

燕澜"睁开"眼睛,一片冰凉的雪花落在他长如鸦羽的睫毛上。奇怪,眼前的场景为何不像六爻山,鸢南地区从来不下雪。

燕澜飘浮在半空,狐疑着俯视下方。只见漫天风雪下的山道中,一名十二三岁的小少年,正背着一位同龄的少女,踩着厚厚的积雪前行。

燕澜心中"咯噔"一声。

姜拂衣有家传的失忆症,但应该也不是立刻失忆,估计正是被杀时触动了这个失忆诅咒。她的记忆碎片,也随着神魂之力一起被包裹进入万物之灵里。而这些记忆,全是有关她和漆随梦的。

燕澜当真是一眼都不想看,又恨自己学艺不精,没有本事打散前面这些,直接跳去姜拂衣被害时的场景。

要命了。

不,是救命。

燕澜只能安慰自己,姜拂衣和漆随梦十一岁相识,可眼前的两人,已是十二三岁。

也就是说,被裹入万物之灵里的记忆碎片,真就是碎片。只不过是姜拂衣比较难忘的一部分记忆,并非全部,应该很快就揭过去了。

稳住心绪之后,燕澜捻去落在睫毛上的晶莹雪花,再次朝风雪中的两人看过去。

他先看姜拂衣。

燕澜不久前才给姜拂衣描过"画像",对她现如今的相貌烂熟于心,尾端略微上挑的杏核眼，高挺的鼻梁，再加上较为饱满的唇形，配搭在一张瓜子脸上，即使不施较为亮丽的胭脂水粉，也要比实际年龄显得更加成熟。

不，不该说是成熟，未免老气。

燕澜斟酌许久，脑海里浮现出一个妥帖的词：诱人。

犹如树上刚成熟的苹果。

而眼前记忆碎片里的少女姜拂衣，和成年之后的她，五官差别竟然不是很大，仅仅是更为青涩一些，而且像是生了病，过分白皙的面色透出几分恹恹的惨白。

与姜拂衣对比起来，漆随梦的变化极大。

成年的漆随梦，剑眉不过于锋利，凤眸不突显精明，整个人都透出一股君子之风的温和。但少年时期的他，明明五官脸型只是等比例缩小了一些，却突显着一种截然相反的气质。

燕澜一贯比较相信"相由心生"四个字，年少不曾失忆的漆随梦，恐怕是个既锋利又精明的人。

"珍珠，你千万不要睡着了，咱们很快就可以走出这座雪山，等到了前面镇子上，就去给你找大夫。"

"珍珠？"漆随梦一边走一边喊。

趴在他背上的姜拂衣终于咕哝了一声："你好烦啊，能不能闭上嘴，让我安静睡一会儿？"

漆随梦呼了口气："不要睡，我怕你睡死过去。"

姜拂衣转个脸，再度闭上眼睛："我都说了，我只是感染了风寒，适应一下就好，没事的。"

姜拂衣也是难以置信，云巅国的北方地区，隆冬时节竟然比极北之海的海水还更冷，但她的"风寒"之症倒也不是因为冻着了。

自出生起，她就待在海底，上岸后多晒了会儿太阳，裸露在外的皮肤就起了大片的日光疹。她不仅要适应岸上的生活，她的身体也需要慢慢适应。但姜拂衣知道这些都只是小事，石心人不会因为这点小问题就死掉的，熬几天身体便会适应，之后将会免疫。

漆随梦停下脚步，双臂艰难使力，将她朝上提了提："等咱们抵达神都，就再也不用过这种苦日子了。"

姜拂衣嗤笑："去神都也不一定能找到我爹。"天阙府君只是一个目标罢了。

漆随梦继续前行："但我家肯定是在神都，我被丢掉的时候虽然才两三岁，但我稍微有一点印象，身边环绕的家人都穿着好看的衣裳。将我捡回去的老乞丐，也说捡到我的时候，我身上穿着好衣裳，他拿去当铺，当回来大半年的饭钱。"

姜拂衣想睡不能睡，烦得不轻，说话很不客气："家中有钱又如何？你是被丢掉的，回去神都，指不定再被丢一次。"

漆随梦也不生气："我家中肯定是在乎我的，也一直在找我，不然那个人也不会将我丢去遥远的北境。"

姜拂衣又问一遍："丢掉你的人，你真的一点印象都没有？"

漆随梦摇头："太小了，记不住，梦里出现时，那人总是狰狞恐怖的一张脸。但那人的手很暖，一直牵着我，有一股熟悉感，又让我觉得没那么可怕。"

一路说着话，他们终于走出了这座雪山，抵达一个镇子上。

漆随梦非要背着姜拂衣前往医馆。姜拂衣强调了许多次用不着，大夫诊断不出她的问题，她熬几天就会自愈。但她头昏脑涨，迷迷糊糊，没太多力气和他争辩。

镇子不大，仅有一家医馆。大雪纷飞里，姜拂衣被这倔强的少年背去了医馆。

但漆随梦一路积攒下来的钱,只够大夫诊脉,大夫开了方子之后,见他们没钱抓药,便将他们给赶出了医馆。

这正合姜拂衣的心意,凡人大夫说的病情根本不对症,开出的药方自然也没用处。

漆随梦又背着姜拂衣回到之前的雪山脚下,找了一处山洞。姜拂衣差不多已经陷入昏迷,她知道这是最顶峰的一波适应,醒来之后应该就会自愈。

她隐约听见漆随梦说,他要去山里打些猎物,拿来换药钱。病恹恹的姜拂衣说不出话,也无所谓。

漆随梦是吃百家饭长大的,即使没有什么修为,生存能力却惊人。等姜拂衣恢复意识的时候,漆随梦已经蹲在洞口煎药了。

而姜拂衣已经感觉身体舒畅了不少,漆随梦端来的药,她反复犹豫,不想浪费他雪中狩猎换药的苦心,还是捏着鼻子喝了下去。头脑仍有一些昏沉,姜拂衣继续睡下了,蒙眬之中,听到远处有吵嚷的声音。

说来难懂,她发觉自己的身体在适应岸上环境的过程之中,变得越来越强了。就比如这些响动,在此之前她是听不了那么远的。

姜拂衣清醒过来,走到洞口去,发现漆随梦正在远处的石头上站着。而更远的地方,或分散或聚拢着一些火把,有一群人正通过雪中的脚印搜寻。

似乎是镇上的衙役,在看到漆随梦之后,他们立刻狂奔而来,口中还大喝着:"就是那个人!"

漆随梦伫立不动,冷笑一声。

那些衙役快要追到眼前时,"嘭"的一声,不知踩中了什么机关,路面塌陷下去一个大坑,一众人全部滚落进坑里。

骂骂咧咧声中,漆随梦这才慢悠悠走上前,看着深坑里一众气恼的人,讥讽道:"就凭你们这些小喽啰,也想抓你爷爷我?"

姜拂衣躲在洞口，伸展自己的目识和耳识，拳头逐渐捏紧。

等漆随梦折返回来，打算背起姜拂衣离开时，瞧见她冷着一张脸站在洞口，他双眸闪过一丝慌乱："珍珠，你醒了啊。"

姜拂衣指着脚边熬药的炉子："阿七，你不仅偷了医馆的药材，还偷光了医馆的钱，毁了其他所有药材，将医馆给砸了？"

漆随梦越发慌乱："我……"

姜拂衣厉声道："是不是！"

漆随梦绷了绷唇线，辩解道："是那大夫无情在先，毫无医者仁心。这样酷寒的天气，你一个小姑娘病成这副样子，他连一服药都不肯施舍，还将我们赶出门，我是替天行道，给他一个教训。"

姜拂衣想起自己喝下的那碗药，气得胸口痛："人家开的是医馆，不是善堂。而且你有没有注意到，那大夫有个坐轮椅的残疾儿子，人家也是需要养家糊口的。"

漆随梦不屑地冷笑："一服药能浪费他多少，自私罢了。"

姜拂衣不禁齿寒："说别人自私？谁有你自私？"

姜拂衣第一次见他，是在屋檐下一起躲雨。第二次见他，是在一处深林里，他被吊在树干上。

"我见你被吊起来，你以口型催我快走，警告我这是个陷阱。我心中还想着你是个良善之人，出手将你救下来，没想到那陷阱其实就是你自己挖的，是你想要坑人，夺取别人的财物。"

那群衙役掉落进坑里，和当时的情景太像了。

漆随梦气恼地辩解："你少胡说，我那日确实是被盗匪抓了，他们见我长得白净，要将我卖到勾栏里去做小倌。我为了保全自己，才会给他们出主意，说我有法子帮他们赚钱，赚够一定数目，他们就会放我走。我知道不对，我只是需要一个喘气的机会逃走。"

姜拂衣半信半疑地问："你保全自己的方式，就是将别人推到火坑

-353-

里去？"

"那我该怎么办，我能怎么办？"漆随梦趾高气扬，朝她逼近一步，"我替别人着想，谁又来心疼我一个被家人丢弃的乞丐？"

姜拂衣问："不是有个老乞丐收留了你？"

漆随梦冷笑："那老乞丐只不过是见我穿得富贵，等着讹诈我的父母罢了。结果一两年不见人来寻我，他便扒了我的衣裳去卖。寒冬腊月里，他扭断我的手臂，将我赶出去乞讨，讨不到钱，就会将我打个半死，再拖着我出去卖可怜。可惜他死得太早了，没能等我长大一些，亲手捅他个十刀八刀！"

姜拂衣垂了垂眼睛。

漆随梦的语气稍微缓和一些："镇上的人倒是没那么坏，见我可怜，时常会给我一些吃的，还有一位老奶奶，会在寒冷时，将她孙子穿不上的旧衣物给我。"

姜拂衣蹙眉："没这样'坏'？镇民这样对你，难道称不上好？"

少年眉眼写满了淡漠："这百家饭里，可有一家愿意给我片瓦遮霜？随意打发的一口饭、一件旧衣，都不过是满足他们的怜悯心罢了，换成任何一个可怜的乞儿他们都会如此，并不是针对我，和我有什么关系？"

姜拂衣闭了闭眼睛："真难得，你被吊在树干上时，竟然愿意提醒我，让我快走。"

漆随梦忽又笑道："因为你有些不太一样啊，你和我一样是乞丐，但我们第一次见面，你有一个饼，竟然分给我一半。"

姜拂衣道："若有一天你发现，其实我手中有一千张饼，但我只分给你一张里的一半，那我岂不是罪该万死了？"

漆随梦其实已经有所预料，她懂法术，怎么会是乞丐。

"说饼做什么？这只是我当时会提醒你快跑的原因。总之，你救了我，这是千真万确的事情……"

姜拂衣直视他："你发现我会一些法术，我不是乞丐，我不一般，一定可以将你安全带去神都。"

漆随梦大方地承认："我们结伴，不就是为了相互扶持吗？我虽然比不得你用处大，但杂活我做得不少，你生病难道不是我照顾的，没有功劳也有苦劳吧？"

"到此为止了。"姜拂衣不容置喙地道，"这一年多承蒙你的照顾，接下来咱们各走各的路。"

漆随梦脸色一变："江珍珠，你说说看我究竟哪点对你不好？为什么要因为这一点点小事甩开我？我会去惩罚那个大夫，难道不是为了给你出气？"

姜拂衣转身回去取包袱："没什么不好，你的为人处世我也管不着，毕竟每个人都有各自的活法。只是我觉得我们不合适结伴，因为我会害怕。"

漆随梦快步上前，绕去她面前，眼神透出慌乱不解："为什么要害怕我？"

姜拂衣面无表情："你有没有听过农夫与蛇的故事？我担心自己会成为农夫。"

他不是恶毒，一年多将近两年的相处，姜拂衣并未发现他做过太出格的事情，至少不会随意害人性命。他是扭曲。姜拂衣知道是他的经历所致，两三岁时正是刚要懂些事情的时候，被那老乞丐给折磨歪了。

姜拂衣可没工夫和闲心去扭转他。被他挡着，姜拂衣包袱也不拿了，反正没什么好东西。

她转身走出洞口。漆随梦追上来，被她一道法术逼迫回去。姜拂衣与他分道扬镳的决心极为坚定，一步也不曾回头。

眼前突然陷入黑暗，正在旁观的燕澜仿佛遁入虚空之中。

-355-

燕澜知道这段记忆结束了，将跳往下一个对姜拂衣来说印象深刻的场景。

燕澜说不清自己是什么感受。原本他还以为会看到两小无猜的场景，没想到这漆随梦带给他颇大的惊讶。现如今的漆随梦，墙下一夫当关，赤子之心，英勇无畏。而且通过这阵子的相处，不管他迂腐不迂腐，燕澜认为他品行上是良好的。

燕澜不禁疑惑，这究竟是他回到无上夷身边后，无上夷以织梦岛重塑了他的性格，还是在回到无上夷身边之前，被姜拂衣影响出来的？

毕竟，如果漆随梦一直是这个样子的话，以燕澜对姜拂衣的了解，她不可能会继续与他同行，最后还铸剑赠他。不知道那柄剑，会是个什么剑意。

后知后觉，燕澜发现自己心中竟然比看到郎情妾意更堵了。他们之间的牵绊，比他以为的要深厚得多。甚至在此之前，燕澜都没怎么重视过看上去就不太聪明的漆随梦，险些大意。

"嗡……"眼前光影重塑，又是一段记忆显现。这一回，燕澜打起了十二万分的精神。


这次出现在燕澜眼前的，依旧是白茫茫的雪景。北方的冬季总是极为漫长，所以并不知距离上一个记忆碎片，究竟过去了多久。

应该不久，因为姜拂衣还穿着之前的粗布小袄，个头也没见长高。

小少女踩着积雪，独自走在雪岭里，身体尚未完全康复，边走边咳，几次停下来坐在路边休息。她这独行的速度，完全不如之前漆随梦背着她走得快。

燕澜缓步跟在她身畔，垂眸凝视着她的侧脸，可惜隔着厚厚的时间墙，他只能眼睁睁地看着，一点忙也帮不上。

燕澜忍不住埋怨起自己，为何要相信鸟妖的预言，躲在鸢南二十年不肯走出十万大山。如果他一早出来历练,是不是就能够早些遇到姜拂衣,毕竟是他命定的情缘。

算了吧。

燕澜不禁想起姜拂衣从棺材里出来后的一段时间,比现在更为虚弱。他做什么了?若非父亲待她似掌上明珠,他未必会多看她几眼。

人与人之间的际遇,大概真如占卜大巫说的那样,必须要抵达某个节点,始知是劫是缘。

姜拂衣察觉到背后的动静,回过头:"你烦不烦,都说了分道扬镳,你又追上来做什么?"

漆随梦脸上添了几道伤痕、几块瘀青,他说:"我把钱还给那个大夫了,又猎了好多值钱的雪貂,给他当赔偿,他已经原谅了我。"

姜拂衣回头继续走:"你说过了。"

漆随梦咬了咬牙:"他都原谅我了,你还想怎么样?你究竟要我怎么做你才满意?难道因为这点小事,还要我给他下跪磕头不成,你说,你说我就做。"

姜拂衣平静地道:"你怎么做都不是重点,爱怎么做都与我无关。离我远点,我最后再说一遍,你和我不是一路人。"

漆随梦指着她的背影:"你的心是不是石头做的,这样无情!"

"你果然聪明,竟然知道我生了一副铁石心肠。"说没感情是假的,但姜拂衣拎得清孰轻孰重。她微微转头,留给他一记冷漠的眼尾余光,"不要再跟着我了,你无非想在我这里寻求保护,但凭你生存的本事,我觉得你完全有能力一个人抵达神都,可能比我还要快。"

早就该想到的。北境连年战乱,他一个小乞儿生活到九岁,随后孤身南下前往神都,十一岁时生龙活虎地遇到她,怎么可能会是个单纯的孩子。刚上岸两年,单纯的是她才对。

背后的少年是真的急了，他语速快而慌张："那是之前，我现在就只是想和你结伴，我不是说了吗？我家中肯定有权有势，我想带你去神都一起过好日子。珍珠，你是第一个真心待我好的人，我害谁都不会害你，你为什么要害怕我啊？"

他喊也没用，姜拂衣的脚步比之前还要快，甚至还用上了灵力，在雪地上轻盈地跳跃前进。上岸之后，她伪装乞丐，很少使用灵力，因为灵力会产生气流波动，容易被其他的修行者捕捉到。

因此，姜拂衣跳跃了十几步之后便停了下来，继续缓慢步行。

不承想，人倒霉起来，喝口凉水都塞牙，这空旷无垠的雪原里竟然真有修行者恰好路过，一行七八个人，穿着相同款式的门派服饰，落在了她面前。

"是个落单的小丫头。"

"抓回去。"

姜拂衣上岸之后，这是第一次遇到修行者。她不知道他们的底细，身体又不曾完全康复，先不反抗。

她被带去一个地下洞穴里，或者说是大墓。墓室好似蜂巢模样排列，她被单独关起来，而周围的小墓室里大概也都关着人。她猜这些修行者并不是感受到了她的灵力波动，而是见人就抓，不像正道。

此番南下前往神都，每次进入一个新的区域之前，姜拂衣都要先各种打听此区域内修行门派的背景。一是打听有无厉害的剑修，二是尽量避着修行者。

她猜出这门派应该是掘墓派。弟子们走南闯北，专挖名门大派的前辈尸骨出来萃取炼器，早被正道联盟归类为邪修。然而，和真正的邪修相比，掘墓派在正道眼中，又不过是群恶心人的臭老鼠罢了，才会重新给他们取个名字：地鼠门。

姜拂衣感觉到古怪，这小门派存在多年没被剿灭的原因，是他们只偷盗死人，不害活人，如今为何突然开始抓凡人了？既来之则安之，姜拂衣抓紧时间调息，争取迅速复原，将修为再提升一些。

碎片崩塌，顷刻间又接上一个新的记忆碎片。仍是这墓室之中，时间已经过去两三个月。

姜拂衣恢复得差不多了，越发搞不懂掘墓派在搞什么鬼，抓了这么多人来，管吃管喝，不闻不问。

"咔！"小墓室的门响了。

姜拂衣知道是来送饭的掘墓派弟子，但万万没想到，进来的竟然是漆随梦。他拎着简陋的食盒走进来，有些欣喜："珍珠，我总算找到你了。"

姜拂衣看到他就头痛，她这两日正想尝试逃跑，他混进来，自己逃跑还要多带个累赘。

"赶紧走，这里都是修行者，不是普通的盗匪。"

漆随梦"呵"了一声："我又不是混进来的，我是主动拜进来当了掘墓派的小弟子，现在也是修行中人了。"

姜拂衣一愣。

漆随梦将食盒放下："我看暂时没有危险，你先忍耐一下，等我再混熟一些，想办法救你出去。"

姜拂衣道："你不用管我，我自己会想办法逃。"

漆随梦愤然："非要和我分得那么清楚？我告诉你，这里环境复杂得很，墓室足有两千多间，像个迷宫一样，每个通道都有人把守，你不过是懂点小法术罢了，真觉得自己那么有本事？"

姜拂衣蹙眉："两千多间墓室里都囚着人？"

漆随梦摇头："目前空置着一大半，他们抓来的人大多和咱们同龄，又要神不知鬼不觉，以免被正道发现，都是去其他区域分散抓捕，想抓够没那么容易。"

"和咱们同龄？"姜拂衣又回忆了下这墓穴牢房的布局。

说是蜂巢，其实更像一个八卦阵。这墓穴中央是不是封印着什么妖物？掘墓派要等抓满足够的少男少女之后，血祭破阵，放出那只妖物？

姜拂衣忽地看向漆随梦："既然不好抓，你主动送上门，他们为何不抓你，而是收了你当弟子？"漆随梦的眼神微有闪躲。

姜拂衣抿紧了唇："你故技重施，帮着他们骗人回来？"

漆随梦忙不迭摆手："我知道你不高兴我这样做，往后不会再这样做了。"

姜拂衣刚要松口气，他解释道："我都是从市场高价买奴隶回来交差。当然这钱是我偷来的，但偷的都是富商的，他们不需要养家糊口。"

看着他摆出一副"你还有什么话说"的模样，姜拂衣险些一口血吐出来。

她再也忍耐不住，一脚踹在他肩膀上，将他踹得仰躺在地上，恨恨地道："我和你什么仇什么怨，自己作孽就算了，还要来连累我！"

原本她只打算自己逃掉，她年纪小，修为低，没有余力，顾不上去管其他人，顶多逃出去后通知当地的官府处理，能不能处理，那就不关她的事了。这下可好，有人因她被囚，她还怎么心安理得地逃。

姜拂衣是有修为的，漆随梦被这一脚踹得心口剧痛，伏地真吐了一口血，怔怔过后恼羞成怒。他话都还没说完，他是打算救她出去之时，也会把那两个奴隶一并救走，他知道他们被关在哪里。他现在完全不想说了，骂道："你去死吧江珍珠，我再也不会管你了！"他爬起来离开，"嘭"的一声甩上牢门。

姜拂衣许久才平复下来，琢磨着接下来该怎么办。墓室空置一大半，时间还很充裕，应该足够她找路逃跑，逃出去之后再想办法救人。

姜拂衣从小海螺里取出一颗水母妖丹，含在舌下，默念："隐！"

水母衣具有隐身的能力，但隐身持续的时间不长，只有两刻钟左右。而这墓穴位于地底深处，又七拐八绕，上去地面至少需要一个时辰。若不然姜拂衣早就披着水母衣逃跑了。现在拿来观察一下周围环境，应是问题不大。

姜拂衣突然觉得自己一直以来也未免太过谨慎，非得等养好身体才行动。就凭掘墓派掌门刚突破凡骨的修为，想杀石心人恐怕是痴人说梦。

母亲之前将年仅十一岁的她扔上了岸，只交代她寻父，都没叮嘱她在岸上小心一点。那她也不妨大胆一些。

姜拂衣穿透石门，走出了这间小墓室。墓室外是圆环形状的甬道，每隔几步就有一扇石门。她飞快地绕了一圈，等时间差不多，又回到自己的囚室，取出妖丹，再次施法。出门后，她继续去外层圆环找路。只怪她对五行八卦不了解，不然推演便知，不用如此麻烦。

燕澜跟在她身边，体验到了绝望的感觉，每次路过生门，都只能看着她闷头前行，拐进错误的路口。

不知道她究竟找了多久，总之，记忆崩塌，再次重建，她还在寻找。但这次姜拂衣竟然步入了阵法的核心位置，随着她穿透石墙，步入一个庞大的墓室，骇人的场景在燕澜眼前不断构建。

黑洞洞的墓室中央，摆放着一口赤红色的棺材，棺盖仅仅打开了一角。

姜拂衣凑过去，低头往棺内瞧。而随着她的视角下移，棺内的场景也被万物之灵记录下来。

燕澜看到里面躺着的并非尸体，而是一具木头人，雕刻精美，惟妙惟肖，不仔细看还以为是真人。木头人嘴角上翘，笑容颇为诡异。

若是早些日子，燕澜不会有什么特殊的感觉。最近整日里研究大荒怪物，燕澜几乎一瞬就认出这具木头人的身份。

木隐人，记载于《归墟志》第一卷第二册内，比无忧酒肆里的独饮擅愁更靠前，甲级之中的甲级。

《归墟志》里有关于木隐人的详细记载，燕澜烂熟于心。这种怪物诞生于极阴之地，能力是操控尸体。

木隐人操控的方式非常特殊，会将尸体变成和他们一模一样的木头人，成为他们的分身。最特殊的是，木隐人能够使用尸体原本擅长的术法，使用出的力量，会随着原身死去的时间不断衰减。

刚死不久的尸体，大概能使出一半。死后三天，基本只剩一成。七日后，分身便不能再使用了。看着并不多，但当年始祖魔族和九天神族大战，有一对木隐人兄妹在场，通过操控尸体，裂变分身，遍地都是木隐人，神魔皆有，浩浩荡荡，逼得九天神族战死之前还要自爆肉身，或者被同族摧毁，以免变成木隐人的分身。

这些都被详细写入《归墟志》之中，可想而知九天神族对木隐人的重视，甚至还写上了那对兄妹的名字，妹妹叫作"棺"，哥哥叫作"葬"。哥哥比妹妹年纪大了一轮，能力也强上数倍。

眼前这具木头人瞧着是女性，应该是棺。原来棺木隐被神族单独封印在了这里。难怪上方会建立起一个掘墓派。但起初掘墓派肯定不知地底深处藏着一个大荒怪物，只是觉得此地适合修炼邪功。

二十一年前，不对，这是姜拂衣八年前的经历，原来她这么早就碰上了怪物。

总之，封印动荡，棺木隐苏醒了。先是重伤被封，又被封印弱化得极惨，棺木隐不敢轻易冲出，怕再折损身体，于是唆使掘墓派在阵法之上建立数千小墓室，暗中抓来少男少女，想以血祭动荡封印，助她彻底逃出？

燕澜担心起姜拂衣，为何小姑娘才刚出山，就遇到了这种等级的大怪物，这是什么宿命？即使结局已定，姜拂衣最终安全逃脱，他也会捏把冷汗，又庆幸碰到的是棺木隐，倘若是葬木隐，基本上没有逃生的可能。而葬木隐的封印地，必定远离此处。

"木头人？"

好奇怪，披着水母衣的姜拂衣正打量着，那木头人突然睁开了眼睛。

姜拂衣屏住呼吸，赶紧向后撤。

"谁？是谁在窥探我？"棺木里传来女子冰冷的声音。

姜拂衣这下能够确定，木头人出不来，不然不会躺着说话。大概就是为了出来，才要搞这种惨无人道的血祭。但方才对上她眼睛那一刹，黑沉沉的，姜拂衣感觉到了害怕，也不是害怕，是心慌。她的石头心似乎在提醒，这是个危险人物。

棺木里再度传出凉飕飕并伴有杀气的声音："你的气息似乎有一些熟悉，不知是哪位故人？昙，是你吗昙？不像，太弱太弱，难道是你的后人？"

正在甬道巡逻的掘墓派弟子，听到墓穴里有动静，忙进来查看情况："谁？"

刚入内，棺木里飞出一道寒光，擦着那弟子的脖颈而过。那弟子顿时倒地没了气息。

姜拂衣睁大了双眼，毛骨悚然地看着地上正流血的尸体逐渐木头化，变得和棺木里的木头人一个模样。

新的木头人从地上僵硬着起身，摇头晃脑，活动四肢，发出"嘎吱嘎吱"的声音。

姜拂衣赶紧穿墙而逃，想要逃回自己的囚室里去。她的水母衣快到解除时间了。

地下这么多小墓室，足够那木头妖怪寻一阵子的了。但它好像能嗅出她的气息？

难不成那木头妖怪认识她们石心人？昙又是谁？

背后"嘎吱嘎吱"的声音越来越近，姜拂衣无暇多想，披着水母衣拼了命地跑。

棺木隐很难追上她，木隐人的分身有多大能力，取决于尸体原本的修为。这身体的修为只是个区区凡骨中境，更不懂什么法术，她又只能使用一半，根本毫无用处，且承受不住她的力量，已经快要崩碎。

拐角处又来了一名掘墓派的弟子，修为较高一些，在门派里的地位也高，乍见到木头人，惊了一跳："您出来了？"

棺木隐吩咐："速去通知你们掌门，强敌来袭，紧闭通道大门，严阵以待。"

那弟子更是震惊："强敌？"

"速去。"

"是！"他忙去通知掌门。

逃跑中的姜拂衣也听到了，强敌？可真够抬举她的。

而棺木隐在环形墓穴中寻找姜拂衣的过程中，又遇到一名掘墓派弟子，嘱咐道："勿动。"

那弟子呆愣之际，被她一刀封喉，不曾倒地，便已完全木化。

姜拂衣一边疯狂奔逃，一边放出目视观察着后方。本以为那妖物打算更换一具木头身体，不承想竟是附身两个木头人分两侧出动，打算包抄她。

也是这一刻，姜拂衣认识到了她的与众不同。木头人不是妖，使用的也不像修炼出来的术法，更像是天赋神通？

难对付，姜拂衣心底发虚。更无语的是，当她即将跑回到自己的囚室时，倏然看到左侧甬道走过来的漆随梦，他竟然还没走？

其中一个木头人就在他背后不远处，且那木头人瞧见漆随梦之后，已经转向朝他走去，似乎打算将他也木化。

姜拂衣可以铁石心肠地与漆随梦分道扬镳，但前不久他还背着病重的她淌冰河、过雪山，实在做不到眼睁睁看着他死。

姜拂衣并未迟疑太久，转身迎面朝他跑去。姜拂衣揭开自己的水母衣，显露出身形，朝漆随梦喊道："快过来！"

漆随梦见她凭空出现，被惊了个激灵，但他迅速反应过来，知道背后有危险，神色一凛，拔腿就朝姜拂衣奔过去。

追在漆随梦背后的木头人，瞧见姜拂衣现身，立刻施展一道火系法术。一连串小火球"刺啦"飞出去，朝姜拂衣头顶上砸。

棺木隐边施法还边恼怒："可恨！"可恨的自然是分身太不中用，显得她很愚蠢。

而在姜拂衣拉到漆随梦手掌的那一刻，无视头顶上的火球，从自己的小海螺里召唤一个完整的龟壳："入！"她和漆随梦一起缩小，被龟壳吸入了内部。

一入内，姜拂衣便气喘吁吁地倒在地上。漆随梦惊魂未定："刚才追我的是什么东西？"

姜拂衣不搭理他。

漆随梦冷静下来之后，又观察藏身之地，这处空间足够容纳几十个人，脚踏之地是平整的，上方则是椭圆形的。他忍不住指责道："旁的宝物也就算了，你揣着这种实用的宝物，竟不早点拿出来，咱们过往两年也不用枕风宿雪了。"

姜拂衣懒得和他解释。这龟甲不是法宝，天然形成的，留下任何损伤都不可修复。不知道在那木头人和掘墓派掌门手底下，能够抵抗多久。

以方才的攻势推测，只要木头人的本体不从棺材里出来，应该可以顶一阵子。问题是无论能顶多久，都是坐以待毙，真成瓮中捉鳖了。

但落到这般田地也不能怪漆随梦，他不出现，姜拂衣也不清楚该往哪里逃，纯粹是在瞎跑。她坐起身，屈起左腿，伸直了右腿："你之前不是让我去死，怎么没走？"

漆随梦质问:"我说气话你也信?"

姜拂衣真信:"你这种人没什么干不出来的。"

漆随梦攥紧了拳头:"我是哪种人?和你不一样的人?我自私,难道你就无私?就因为我那一点你不喜欢的小毛病,你丢下我就跑,活像我是什么可怕的瘟疫一样,朝夕相伴的感情被你弃如敝屣,你难道就不自私?"

姜拂衣可没这个闲心和他吵架,她在低头想对策。

漆随梦又要开口时,被她截住话茬:"阿七,你若还想和我结伴同行,也不是不行。"

漆随梦将剩下的话咽下去,低头望向她。

姜拂衣仰起头:"稍后将你买过来交差的奴隶救出来,我就不再赶你走。"

漆随梦指了下上方的龟壳顶端:"江珍珠,咱们自己都生死难料,你还让我去救别人,你是不是疯了?"

姜拂衣盘起双腿:"当然先自救,再救人。"

漆随梦不悦:"我知道自己没本事,你不想带上我拉倒,没必要这样羞辱我。"

"你想长本事的话,要不要修剑?"姜拂衣手指在龟甲上画着圈,逐渐拿定了主意,"我可以赠你一柄自带剑意的宝剑,一旦拿到手中,极短时间内就能提升你的修为,令你大杀四方。只不过剑意极为刁钻,可能会令你今后颇为痛苦……"

木头人似乎知道石心人,先说她"弱",又说"强敌来袭"。

可不可以理解为……弱的是她,强的是她所铸的剑。

姜拂衣原本以为,心剑的威力,和石心人自身修为是成正比的。或许心剑之间的差距,只体现在石心人在铸剑方面的天赋和水平上,和自身修为关系不大。不妨试一试,博个一线生机。

漆随梦对修行了解得不多,听她这样笃定,他哪有不答应的道理:"能脱困就行,修什么都一样。"他朝她伸出手,讨要宝剑。

姜拂衣却沉沉地注视他:"我还是希望你考虑清楚,此剑并非一般宝剑,一旦修炼,很难摆脱。且我再重复一遍,此剑剑意刁钻,你还必须修其剑意,否则将会自取灭亡。"

漆随梦从没见她这样啰唆过,蹙眉道:"我也再重复一遍,咱们已经快要灭亡了,只要能脱困,让我修什么都可以。"他伸出巴掌,想和她三击掌。

姜拂衣无视:"那你别动。"她站起身,手指一勾,从他眉心之处抽出一丝灵气。

漆随梦摸了摸自己的眉心:"这是要做什么?"

姜拂衣道:"结契,剑契,此剑往后仅能为你一人所用。"

母亲从未告诉过她该怎样铸剑,她往常凭空也想不出来。但事到临头时,她脑海自然而然就知道该怎么做。

"你去面壁,不准回头偷看。"姜拂衣指着对面的墙壁,"若让我发现你偷看,我立马一剑砍死你。"

漆随梦没反抗,走去对面墙边。

姜拂衣则盘膝背对着他,准备取出自己的心脏。

在旁观看的燕澜听见她让漆随梦去面壁,知道她要现场铸剑。他心中虽然好奇,但别人家传的绝学,断没有偷看的道理。于是,燕澜也慢慢转过身,走到附近的墙壁前,挺直脊背,面壁站稳。

姜拂衣紧张得浑身直冒冷汗,心脏虽会再生,但也不是摘了一颗立马长一颗。如今只有这一次机会,一旦出错,那就全部完蛋了。

"你可以的,阿拂。"姜拂衣学着母亲的语气,鼓励自己。

随后,她闭上眼睛,将右手贴在心脏上。手掌凝聚起一股吸力,等吸力足够之后,猛地一抓。手中瞬间多出一块逸散着红光的椭圆形剑石。

-367-

姜拂衣微微讶然，胸腔空出一大块，竟然完全没有任何的痛感，胸口处也没有一丁点外伤。如同摘果子一样简单，也未免太不可思议了吧？

唔……虽无痛感，她好像还是隐隐感觉到了"空虚"。

姜拂衣摒除杂念，托着手中的赤红剑石。她将先前抽取漆随梦的一缕灵气，融入剑石之中。她闭上眼睛，幻想脑海里有一个剑炉，外观、火候，全部随心而定。

剑石从她掌心缓缓飞起，浮到她灵台前方。那颗原本就散发出红光的剑石，逐渐被一股蓝色火焰包裹。

漆随梦不知道面壁站了多久，直到站得双腿发麻发软了："珍珠，好了没？"不曾得到回应，他也不敢再问。

终于，姜拂衣气喘吁吁的声音响起："差不多好了。"

漆随梦转过身，瞧见她依然在地上盘膝坐着，但在她头顶上方，悬浮着一柄长剑。

银白剑身，赤金剑柄，浮浮沉沉，逸散着动人的华光。

原本说拿剑，漆随梦并无感觉。大抵是融入了他的灵气，他忽觉得自己与这柄剑心灵相通，羁绊深厚。他怔怔上前，尝试着想要握住剑柄。

姜拂衣站起身，与他隔着这柄剑，介绍道："此剑名为沧佑。"

漆随梦重复："沧佑？"

姜拂衣微微颔首，凝视自己所铸的第一柄剑："家有祖训，剑不可赠给无德之人，以免危害苍生，招来报应……"她真不想赠剑给漆随梦，怕往后惹出事端。但如今情势所迫，唯有以剑意束缚一二。

姜拂衣继续介绍："'佑'是护佑的佑，这柄是守护之剑，守护正是它的剑意。守护自身、知己、爱人，和生命中值得守护的所有一切。"

漆随梦一只手即将握住剑柄，闻言如同被烈火烫到，猛地收回来："不守护会怎么样？"

姜拂衣阴恻恻地冷笑，伸出两根手指，对他做出狠狠插眼的动作：

"'沧'是沧海的沧,听好了,你若违背剑意,大海的女儿就会惩罚你,令你要多惨有多惨。"

"怕了吗?"

"敢不敢拿?"

像是怕被姜拂衣的手指戳到眼睛,漆随梦向后退了半步,脸上确实添了几分畏惧之色。

而燕澜目望眼前的沧佑剑,同样挪不开视线。他知道姜拂衣送过漆随梦一柄剑,是她所铸的第一柄剑。如今发现是迫于形势,心下反而有几丝窃喜。

但瞧见此剑后,燕澜笑不出来了。在他的印象中,姜家的剑,剑鞘剑柄极为粗糙,不懂剑之人,会觉得剑身也同样平平无奇。

姜拂衣铸的这柄沧佑,与她母亲的铸剑风格截然不同。剑身璀璨,剑柄精美,包括被扔在地面上的剑鞘,都雕刻着繁复的纹路。

形势所迫之下,怎么还有雅兴铸造得这般精致?换作岁月静好之时,更不知多用心。燕澜心中不是滋味,还好这柄剑断了。

想到这里,他不由得奇怪。姜拂衣说自己可能铸了一柄半成品。亦孤行的话,也证实了"半成品"这一点。但燕澜无论怎样观察这柄沧佑,都是一柄铸造完成的剑,不见一点瑕疵,堪称完美。

疑惑中,燕澜突然脊背微僵,只因想起来……自己抽出感知进入碎片时,本体有没有闭上眼睛?姜拂衣此刻正在他对面护法,定会时刻关注着他的神态。万一被她瞧见他眼珠泛红,稍后该如何解释?

漆随梦讪讪地道:"珍珠,我不是怕,只是'守护'这种剑意,听上去就很温暾,一点杀气都没有。咱们正面临强敌,生死难料,你有没有那种强悍霸道点儿的剑?"

"温暾?"姜拂衣捡起地上的剑鞘,朝他额头敲了一记,"你懂什么,守护是一种信仰,信仰之力要比杀伐之力更强悍。"

漆随梦不屑一顾:"信仰不过是自欺欺人罢了,快饿死的时候,你是坐在那里相信天上掉馅饼,还是出去讨饭吃?"

姜拂衣不愿和他争辩任何道理:"很抱歉,没得选,我出门就带了这一柄剑。再说真有强悍霸道的剑也不能给你,往后那就不是挖坑害人,打杂医馆如此简单的事了。"

心剑不是商铺卖剑,一旦售出便与己无关。不知母亲为何被封印,不能因为她的决策失误,给母亲带来劫难。

"不要拉倒,真以为我想给你。"听天由命算了,姜拂衣伸手想要拿回来,"此剑只是融了你的灵气,尚未和你真正结契,还可以反悔。"要心甘情愿地握剑才算。

"既然没得选,我当然要拿了!"漆随梦快步上前,抢在她收剑之前握住剑柄,"温暾就温暾吧,好歹也是把宝剑,总比没有强。"

刚说完,他像是被雷劈了似的,浑身颤抖了一下,手中沧佑原本闪耀的光华,突然似水一般逆流而上,从漆随梦握剑的手,顺着他的手臂蜿蜒,接着涌入四肢百骸,等在全身流转过一遍之后,全部汇聚于他的眉心。

姜拂衣知道他正在结剑契,睁大眼睛注视着漆随梦眉心的剑气旋。只见剑气旋忽大忽小,转动的速度忽快忽慢。

"咻!"气旋凝成一柄小小的气剑,剑尖扎入漆随梦的眉心里,消失不见。

姜拂衣双眸微亮,成了。岂料下一刻,漆随梦身形一晃,向后连着几个趔趄,摔倒在地上,剑也脱手而出。

姜拂衣惊了一跳,连忙蹲下来:"你怎么样?"

漆随梦弓起身体,五官挤在一起,表情极其痛苦:"珍、珍珠,我的头好疼,好像要裂开了!"

姜拂衣知道这不是假装，须臾之间，他满头满脸的冷汗。

"我的头……"漆随梦双手死死捂住两侧太阳穴，在地上直打滚。过了好一会儿，他才艰难地坐起身，要死不活地道，"你家的剑果然不温暾，霸道得很，结契还要给我一个下马威！"

姜拂衣蹙起眉头，结剑契不该这样。出了什么岔子？是自己没铸造成功，成了一柄残次品？

她将沧佑捡起来仔细检查，没有问题啊。

漆随梦从她手中讨回剑："那我现在要做什么，练剑？有剑谱没有？"

姜拂衣按捺下心中的疑惑，告知："我家的剑没有剑谱，你只需要和沧佑沟通就好。"

漆随梦手腕一转，将剑竖在眼前："沟通？和剑说话，它会说话？"

姜拂衣无语："意识沟通。"

漆随梦哪里懂得什么叫作意识沟通，姜拂衣费劲讲了半天，他才闭上眼睛去尝试。

姜拂衣望一眼剑，又望一眼他，眉心忧虑重重。铸剑的过程一切顺畅，结剑契时却出了问题，原因是什么？

不知过了多久，藏身的空间突然一阵剧烈晃荡，姜拂衣知道这龟壳撑不了多久了。

幸好漆随梦对于这份晃荡似乎浑然不觉，说明他真入定了，不然以他的性格，早就跳了起来。

又过了许久。

"咔嚓！"姜拂衣听到了刺耳的皲裂之声。

紧接着，那个木头人冰冷的声音穿透裂纹透进来："小丫头，昙是你什么人？你受谁指使混进来想害我？"

姜拂衣烦躁道："前辈，我只是路过此地，被掘墓派的人给抓了进来,纯属是倒霉。"

——"我醒来十三年,已知外界天地已变,大荒覆灭,终成人间。尚未彻底挣脱束缚,便遇故人后代,你让我如何相信你是误入?"

姜拂衣心道这个昙究竟是谁。自家的一个长辈?又不敢多问,外面围着不少掘墓派弟子,万一这木头人知道石心人是剜心铸剑,宣扬出去,那就惨了。

姜拂衣唯有笑道:"前辈,我想这大概就是缘分吧,您与我家有缘,从前遇到我家长辈,如今又遇到我。"

——"连这油嘴滑舌的模样,都是一样的像。"

姜拂衣无奈,这明明是尬笑着没话找话说,怎么就成油嘴滑舌了。

燕澜默默听着,棺木隐竟然认识姜拂衣家中的长辈?且她一边说姜拂衣弱,一边严阵以待,颇为忌惮,多半是在姜家长辈手中吃过亏。

那这姜家长辈得是何等厉害的人物?或者,并非人类?

自从姜拂衣屡次说要替他挡刀后,燕澜就觉得她不太像是普通人类。一次心脏破损,侥幸不死,可以有很多种解释。但次次不死,就比较耐人寻味。

二十一年前封印动荡,而姜拂衣也差不多二十一岁,燕澜并不是没怀疑过,她会不会也是逃出来的怪物。

但这个念头逐渐被他否定了。

那一批逃出来的,基本都是被单独封印起来的大怪物,应全是甲级。而燕澜已将《归墟志》里的甲级怪物全部看完,从未见过哪一种怪物的神通,和铸剑师有关系。

第一卷第一册里,倒是有好几页不知为何被"撕"了。燕澜怀疑这只被撕掉的怪物,如今封在自己体内,不可能和姜拂衣有关系。

因为能被记载在第一册里的,除了神通广大,还得兼备极强的危害性。

铸剑操控一些剑傀，比起第一册里那几个怪物的杀伤力，好像谈不上危害？只能说隐世不出的高人众多，无奇不有。

空间内部又是一阵剧烈摇晃。姜拂衣知道这龟壳即将碎裂，忙去喊漆随梦："快醒醒。"

漆随梦盘膝坐着，长剑则横放于膝盖，双眼紧紧合拢。他才刚入剑道，姜拂衣不敢盲目去推他，只能在旁以语言催促："阿七，你快醒醒，这龟壳就要碎了，拿起你的剑赶紧做好准备……"

话未说完，却见漆随梦猛地喷出一口血，姜拂衣正蹲在他侧前方，躲闪不及，半边脸都被溅上了滚烫的热血。

姜拂衣直接傻住，目望漆随梦缓缓倒在地上，眼睛半睁不睁，且被一层浓郁的黑气笼罩。她再看漆随梦手中的沧佑，方才还完美无瑕的一柄剑，此刻竟然隐隐浮现出一些蛛网状的裂纹。

所以，自己铸剑失败了，又因为这柄失败的剑，导致漆随梦走火入魔？会怎么样？姜拂衣惊恐万分，忙爬过去拍漆随梦的脸："阿七？阿七，我是珍珠啊，你清醒清醒……"呼喊半天，不见一点作用。

她掰开漆随梦被黑气环绕的眼皮，心中更是一骇。他原本生了一双颇具光彩的眼睛，竟被这股黑气腐蚀，变得混浊不堪。等完全混浊之后，他的眉心开始向外逸散出汨汨的黑气。

这黑气不知道是什么，令姜拂衣感觉极不舒服，却也不敢离开漆随梦太远。逐渐地，整个空间内部全部被黑气环绕。姜拂衣实在难以忍受，昏厥过去。黑气开始通过龟壳缝隙，传去了外面，立马传来几声惨叫。随后，是接二连三的惨叫。

"砰！"龟甲破裂，黑气爆发。

燕澜伫立在浓浓的黑雾之中，望见周围掘墓派的弟子已经死去一大半。掌门见势不妙，也仓皇逃走。但燕澜知道他逃走并无用处，去到地面见着阳光，很快就会爆体而亡。

记忆碎片之中，燕澜无法感知任何气息，但通过肉眼分辨这股魔气的色泽、浓郁程度，确定其为始祖魔元之力，还是高阶始祖魔的真魔之息，以这些人的修为根本承受不了。

这对棺木隐的影响倒是并不大，但这魔气一旦从地下透出去，第一时间会被附近的修行门派得知，她就暴露了。于是，棺木隐也不再执着于对付姜拂衣和血祭法阵，比他们逃得还快，冒着风险冲破最后一重封印，逃离了这处地穴。

万幸棺木隐之前担心动起手，会伤害到地穴里辛苦抓来的人牲，特意将龟壳带去了上一层，掘墓派的门派驻地。始祖魔息只会上浮，不会下沉，洞穴底部那些少男少女平安无恙。

直到此时，燕澜方才回想起来，八年前，他十二岁时，父亲曾经出过一次山，好像正是为了来净化这枚高级始祖魔元碎片。

燕澜万万不曾想到，那枚碎片，竟是从漆随梦灵台里掉落出来的。稍后，姜拂衣从昏迷中醒来，应是会立刻带着漆随梦逃走，所以父亲不曾见到他们。

燕澜又凝眸望向地上躺着的漆随梦，他的灵台识海内，为何会有一枚始祖魔元碎片？

传闻漆随梦天生剑骨，才几个月大就被天阙府君无上夷收入门下。无上夷三四百年来，一共也就收了三名亲传弟子，足可见漆随梦的特殊。可他两三岁时又遭人诡异盗走，扔去北境战乱之地。莫非被夜枭谷那位神秘魔神偷走的？因此，无上夷手持相思鉴也遍寻不着。

那位魔神在漆随梦的识海里种下一枚始祖魔元碎片，又将他扔入污浊尘世，是妄图以尘世劫难渡他入魔？

但问题是，一般孩童，莫说种下始祖魔元碎片，哪怕一颗转魔丹，都足够入魔千百次。而漆随梦历经种种劫难，如今长到十二三岁，除了性格比较偏激，竟然毫无魔化的倾向。

漆随梦的身体里，大概存在着某种能够对抗魔化的纯净之力。会是什么？或者说，魔神种下的这枚始祖魔元碎片，正是为了污染他体内那股纯净力量。

最终这两股力量不分伯仲，在漆随梦的识海内达成了某种微妙的平衡。

然而今日，姜拂衣所铸的这柄沧佑剑，以守护剑意，一出手便打破了这种平衡，最终战胜了始祖魔元之力，将这枚碎片踢出了漆随梦的识海。

原来姜拂衣所铸的第一柄剑，并不是残次品，竟是因为太过强大而战损了。

沧佑剑。

哪里是大海的女儿会惩罚你，明明是大海的女儿在护佑你啊。

燕澜抬手摸了摸眼睛，自己此时明明只是一缕虚影罢了，竟然会觉得眼珠滚烫，烫得恨不得剜出来。

燕澜又安慰自己，幸得此番误打误撞，姜拂衣并未在棺木隐手底下吃苦受罪。她也算自救成功，还救下了那上千名人牲。

棺木隐为挣脱最后一重封印，伤上加伤，实力再被削减，往后遇到，降伏她要比现在容易一些。

而因为姜拂衣的昏厥，她这枚记忆碎片很快崩塌。场景再次重构之后，出现在燕澜眼前的，依然是北方寒冷的雪岭。

这回换成了姜拂衣搀扶着虚弱的漆随梦逃跑。两人虽然也是掘墓派的受害者，但那些黑气是漆随梦释放出来的，她担忧附近的修行门派会将漆随梦当作魔修处置，才会逃得飞快。

八年前，十二三岁刚出山不久的姜拂衣，还不知道漆随梦出身天阙府，更不知何为始祖魔。当然也分辨不出那些都是始祖魔息。她又是第一次铸剑，自然怀疑是剑的问题。

"阿七,你的眼睛好些了吗?"姜拂衣总担心他会瞎,已经过去十几日了,他人早就清醒,但一双眼睛始终如同死水,不见丝毫光泽。

漆随梦四处乱看:"还是和刚醒来的时候一样,看什么都是灰蒙蒙的一片,除了你还有一点点的色彩。"

听他这样说,姜拂衣更觉得是沧佑剑的问题。那柄剑虽然生出了一些蛛网裂纹,却并未碎裂,也和漆随梦成功结契,能够听从他的召唤。不过已经被她收了起来,不再给他使用。

漆随梦又问一遍:"珍珠,你还没将沧佑修好啊?"

姜拂衣搪塞:"哪有那么容易。"

漆随梦停下脚步:"你是不是根本没修?"

姜拂衣质问:"你是不是不喜欢沧佑的剑意,嫌它太温暾了?"

漆随梦直言不讳:"我承认是我见识少,沧佑真厉害,都用不着我动手,昏迷着就将那些掘墓派弟子全部毒死了。"

姜拂衣:"我讲过几百次了,那不是毒,是魔气。沧佑出了问题,大概导致了你走火入魔。"想起来就心有余悸。不过石心人的剑确实了不起,一柄残次品竟有这般威力,难怪木头人会说强敌来袭,莫名其妙就将她给打跑了。

漆随梦却摇头:"不是,沧佑对我很好。那会儿我按照你教我的方式,以意识和它沟通,进入自己的灵台识海后,竟然发现自己泡在一个池子里,里面的液体浓黑黏稠,令人作呕,我想爬上去,却惊觉浑身都被一条锁链绑着,无计可施,只能大声喊沧佑……

"大概喊了五六声,沧佑从黑暗中燃着一团火光朝我飞来,开始劈砍那条束缚我的锁链。足足砍了好几百剑,星火四射,剑身被反震出了裂纹,它也一直没有放弃。最终,锁链断裂,我伸手握着剑柄,它将我从黑水里拽了出来。"

自小在泥沼中摸爬滚打,漆随梦不是没经历过绝望,但每次都是自己艰难地爬起来。而沧佑不惧碎裂,坚持劈砍的那几百剑,令他真切体会到被守护和被拯救的感觉。

"你不知道,沧佑劈在铁链上发生的声音,每一声都像极了打雷,震得我既头痛欲裂,又精神振奋。所以醒来之后,身体虽然虚了点,头脑却很轻松,前所未有的轻松,就好像丢掉了一个沉重的包袱。"

姜拂衣道:"因为你已经入了剑道,如今是凡骨初境的修行者。"

漆随梦兴致勃勃:"怪不得世人喜欢寻仙问道,一心想去修行,这种感觉也未免太美好了。"

姜拂衣没搭他的话,只觉得奇怪,他这哪是进阶凡骨初境的反应,听上去像是一种大突破?

那股魔气莫非不是沧佑导致的?但魔气会冒出来,肯定和沧佑有关系。

姜拂衣有点怀疑漆随梦会不会是个什么怪物,但沧佑并未沾染魔气,且还愿意听他的话,他应该不是。

漆随梦催促:"你赶紧将沧佑修一修吧,修好了快些还给我,我想练剑。"他有些得意扬扬,"我现如今已经是个剑修了,我相信,很快我就会成为一个特别厉害的剑修,不用走到神都,我就能带你过上好日子。"

"那可真是谢谢了。"姜拂衣心里好笑。他怕是不知道,这世上最穷的就是剑修。

暴雪封路,两人躲进山洞里。姜拂衣又让漆随梦面壁,自己则尝试修补沧佑,却根本无从下手。她的血脉里大概只记载了如何剜心铸剑,没有修补的经验。

姜拂衣发愁了好半天,"噌"地站起身,将手中剑朝漆随梦的后脑勺砸过去,烦躁地道:"现在没有人剑炉,修不好,等咱们抵达神都再说。你先凑合着用,无非难看了点。"

沧佑在半空划了个弧度，被漆随梦握住剑柄。望着剑身上的裂纹，他忧心忡忡："我不是嫌它难看，我是担心它会不会碎裂。"

姜拂衣觉得不会，之前闹出那么大的动静都没碎："你爱惜点儿就是了，我家传的剑，没你以为的那么脆弱。"说完摆了下手，让他别再烦着她。

漆随梦提着剑往洞外走："那你休息，我出去练剑玩。"

姜拂衣诧异："你是不是疯了，身体还没复原，外面下着暴雪。"

漆随梦也摆了下手："没事。"

姜拂衣看着他的背影消失于洞口，融入雪幕里，不是错觉，这小子自从醒来之后，确实和从前有些不太一样了。

半个时辰后。

"嘭！"山上像是雪崩，震得姜拂衣从小憩之中惊醒。不一会儿，漆随梦狼狈地回来，一副惊魂未定的模样。

姜拂衣紧张地问："又出什么事了？"

漆随梦忙解释："没事，只是我试剑搞出来的动静。"他注视手里的沧佑，似乎还震惊于方才施展出的力量，"珍珠啊，我忽然发现……"

姜拂衣："嗯？"

漆随梦只是回忆起自己过往走过的路："我忽然发现，那些我自小憎恨过的人，以及萦绕在我心中一个个过不去的坎，随我刚才使出的一剑，似乎都变得没那么重要了。该怎么和你形容呢，如同说书人口中讲的那句话，轻舟已过万重山……"

姜拂衣先打量他的脸，确定他不是在说谎，又望向沧佑，难道是剑意影响了他？这变化也未免太过惊人。

漆随梦屈起手指，弹了一下剑身，"铛"的一声。他眉间显露出睥睨之色，笑道："见识过力量，感受过力量，不禁感叹自己从前眼皮子太浅，和那些人有什么好计较的，一群蝼蚁罢了。"

"蝼蚁?"姜拂衣愣了一下,不禁笑自己天真,他还是那个他。

当然还是他。燕澜从来不认为,那枚始祖魔元碎片被踢出去之后,漆随梦就会性情大变,和如今的他完全重叠。

一个是始祖魔元之力伴随着他的成长,不容易祛除干净。一个是魔种不会凭空塑造人的性格,只会引动人本性里的邪念。

这种邪念不只漆随梦有,燕澜同样有。尤其在大祭司占卜出巫族将有灭族之劫后,燕澜就曾生出过邪念。若闻人氏再有异动,云巅再次攻打万象巫,他很想打开五浊恶世的大门,将人间清洗重塑。

但燕澜始终是一边胡思乱想,一边极力压制。出来走动一圈,发现怪物逃出封印之后,他意识到巫族的灭族之劫,可能和这些大荒怪物有关系。燕澜的心反而静了下来,因为这原本就是巫族的职责,灭族也是死得其所。再回想之前那段时间的挣扎,他不禁后怕和反省。

而漆随梦自小就被引出了内心的邪念,甚至不知这属于邪念。不纠正,即使身怀能对抗魔化的力量,他也不容易改变。万幸,漆随梦如今只有十二三岁,遇到了姜拂衣和她的沧佑剑。

姜拂衣会教导他,沧佑剑也会指引他。他将越来越好。

事实也如燕澜猜测的那样,之后姜拂衣的记忆碎片,在时间上跨度越来越大。半年、一年、两年。人总是对"痛苦"印象更加深刻。这说明令姜拂衣痛苦的事情,已经越来越少。

她的身体不再像之前那样容易生病,漆随梦也很少再给她惹什么麻烦。她不断适应,逐渐成长,变得越来越爱说笑,越来越有如今的影子。

虽然眼珠子烫得厉害,但燕澜能够瞧见她长大的过程,也是一种欣慰。

直到记忆之中出现了亦孤行,燕澜嘴角的那抹笑容才逐渐消失。根据亦孤行的讲述,他现身不久,无上夷便来了。

事情发生之地,距离神都仍有一定距离,但距离祁山不算太远。

祁山小洞天附近，坐落着无上夷的一处行宫别院。这位云巅国的大国师喜好清静，其实很少待在位于神都的天阙府内。

再说漆随梦和姜拂衣遭遇危险，狼狈地杀出重围，还是燕澜从亦孤行口中得知的。

因为这些危险在姜拂衣心中，估计已经算不得大事，记忆碎片半分不显示。唯独亦孤行的现身，给她留下比较深刻的印象。

除了棺木隐，亦孤行是她这一路见过修为最高的人。

汪洋火海一般的枫树林里，亦孤行翩然从天而落，阻挡住两人的去路，周身半步地仙的气息，很难遮掩得住。

才刚刚摆脱一伙邪修追兵，漆随梦已是精疲力竭，只想躺下歇一歇，却被这股气息冲得头皮发麻，立刻召唤出沧佑剑，挡在姜拂衣前面。

亦孤行途经此地，被自己颤动不止的本命剑引来，且知道问题出在眼前的小姑娘身上。但随着漆随梦出剑，亦孤行的目光又不禁被他吸引，赞叹道："好一柄绝世之剑，可惜尚未完工，你小子是从哪儿得来的？你又是哪个门派的弟子？"这气息，似乎与自己的剑颇有几分渊源啊？而且这小子连根骨都隐有剑气流动，天生是个修剑的好苗子，若无门派，不妨收为弟子。

漆随梦感知到了他身上有股异于常人的气息，低声道："珍珠，他好像是个魔修。"

姜拂衣也感知到了，且此人身上的魔气，和之前漆随梦释放出来的魔气似乎有些类似。

"珍珠？"亦孤行听到漆随梦喊她的名字，与此同时，他本命剑又在储物戒指中狂颤。他忍不住朝前走去，语气颇为亲切，"小姑娘，你是哪里人？家中父母是谁？"

为何要问父母？姜拂衣从漆随梦背后露出一双狐疑的杏眼，看向亦孤行。虽是魔修，但他好像并无恶意，且目光瞧着极为友善。

母亲曾经说过，倘若自己出现在父亲方圆，父亲是可以感知到的。此人修为应是极高，难道……

姜拂衣心神一凛，立刻从漆随梦身后绕了出来，正要询问他是不是剑修之时，听到一道冷峻且威严的声音由远及近，碾压而来："夜枭谷主大驾光临我云巅国境，怎不提前送张帖子，我天阙府也好来恭迎一二。"

亦孤行感知到他的修为，心道不妙："天阙府君？"

姜拂衣的脊背一瞬僵直，她上岸之后历经千辛万苦想见的人，竟就这样出现了？她和漆随梦一起追着声音望过去，远处枫林沙沙作响，却并无人影。

正不解，无上夷的声音突然又在两人背后响起："他是我膝下最小的弟子，漆随梦。修剑的好苗子世上多得是，还望谷主高抬贵手，去寻他人吧。"

姜拂衣惊了一跳，后颈泛起一层鸡皮疙瘩，旋即肩膀被一只温暖的手扣住。来不及做出任何反应，眼前光影一晃，她便和漆随梦一起出现在了万丈高空，跌坐在一块玉令形状的飞行器上。

姜拂衣和漆随梦互视一眼，又齐齐扭头。

无上夷伫立在两人背后，他身形很高，穿着蓝白相间的飘逸纱衣，与这高空的蓝天白云相得益彰。墨黑长发拢得一丝不苟，束发用的玉冠明明质朴简单，却透出一股如磐石一般的厚重感。且他的容貌和声音颇为相似，剑眉星目，不苟言笑，带有几分威严，极符合他云巅大国师的身份。

无上夷的视线一直凝在漆随梦身上，眉头也始终深锁。

漆随梦被他注视得头皮又是一阵发麻："前辈，你刚说我是你的徒弟？我叫漆随梦？"他隐隐记得自己的名字里，是有个"七"，所以才说自己叫作"阿七"。

无上夷长长地叹了口气，瞧上去甚是心烦："不急，你的事情稍后再说。"而后转眸望向一直盯着自己打量的姜拂衣，"你是来寻我的？"

姜拂衣站起身，大着胆子走到他面前去，眨了眨眼睛，反问一句："府君是冲着徒弟来的，还是冲着我来的？"

无上夷凝视着她，质疑道："我苦苦寻他十三年，不承想寻别人时竟然撞见了他，也未免太诡异了些。"

姜拂衣回望他漆黑的瞳仁，此人喜怒不形于色，窥不出一丝情绪："听您的意思，您是因为感受到了我，特意来寻我的，对不对？"话音才落下，她眼前倏然浮现出一柄质朴的剑。

无上夷与她隔剑相望："不是我，是它想要寻你。"

姜拂衣微微睁大眼睛，不经允许便伸出手，触摸上剑柄。

"唰！"她拔剑出鞘。

无上夷原本沉静的瞳孔现出惊色，强行撑起来的戒备却顷刻间消散几分。他心知，她与他之间牵绊极深。

姜拂衣感受到剑中蕴含着母亲的气息，眼眶忍不住泛红。她抬头仰视无上夷，小心翼翼又委委屈屈地试探道："前辈，这柄剑您是从哪儿得来的？"

无上夷答道："冰原小洞天所赠。"

姜拂衣微微一愣："冰原小洞天？"

无上夷颔首："已是三百多年前的事情，我体内因有一股燃烧的真火，时常抵抗不住，便去往寒冷的北境。那里有一处冰原小洞天，我将自己冻在一块寒冰里，待寒冰碎裂，我苏醒之时，此剑在我身畔，自然是小洞天所赠。"

"此剑明明是我娘送的。"

姜拂衣原本就是来替母亲讨说法的，一路吃了无数苦头，却听这贱男人一本正经地胡诌："不想认我就不认，直说便是，你在那儿鬼扯什么谎话？"

多少年不曾听见有人用这样的语气和他说话，还是个黄毛丫头，无上夷满腹疑惑："你的母亲究竟是谁？"能够拔出他的本命剑，或许此剑真是她母亲所铸。可是她最后那句话，无上夷无法理解，"我认你什么？"

"堂堂天阙府君，连认都不敢认？"姜拂衣讥讽，"您得了我娘的好处，如今贵为一方剑君，就这点儿魄力？"

无上夷实在是被骂得莫名其妙，偏还生不出一丝脾气，多少令他察觉到了异常。他沉思良久："小姑娘，你认为我和你是什么关系？"

真能装模作样，真是厚颜无耻，姜拂衣扬起手里的心剑，气愤地指向他："你当年得了我娘的剑，答应等有本事之后回去救她，为何迟迟不归，总得有个说法吧？还有，你离开之时，知不知道自己有个女儿？"

无上夷更是不解："你的意思是，你是我的女儿？"

姜拂衣冷笑："我没你这种爹。"

无上夷望着快要杵到眼前来的剑尖，眉头比之前看向漆随梦时蹙得还要深："先不说此剑究竟是从何处得来，你不可能是我女儿。"

姜拂衣眼神轻蔑："我娘说谁拿着她的剑，谁就是我父亲，你说我娘撒谎？"就无上夷这种人品，母亲怕不是眼瞎了，才会剜心赠剑给他。

无上夷解释不清，被她逼迫得额头几乎要冒出冷汗。踟蹰片刻，他像是豁出去了，闭了闭眼睛，眉心隐隐有团火光浮现："我当年前往冰原冰封自己，正是因为这簇真火乃我年幼时于祁山小洞天内所得。种下之后，酒色财欲皆不能沾，不然这真火便要熄灭，你懂吗？"

姜拂衣手里的剑又往前戳了戳，快要戳到他的眼睛："你这背信弃义的无耻之徒，我和你说剑，你和我讲什么真火？"质问完，才发现无上夷那原本颇为严肃的脸色，早已添了几分难堪。

姜拂衣恍然领悟，酒色财欲皆不能沾的意思是，无上夷能确定自己还是个雏儿?

这……这怎么可能啊?姜拂衣摇摇头:"我娘绝对不会骗我,你有她的剑,你肯定是我爹。"

无上夷任由剑尖指着:"我也一样没有任何理由欺骗你,碎星剑于我意义非凡,你若愿意认我为父,往后你就是我的女儿。你既说你母亲等人相救,待我处理完手边事务,陪你走一趟便是。"

他言辞诚恳,姜拂衣原地愣怔。她未收剑,只喃喃自语道:"碎星?"

无上夷微微颔首:"剑名碎星,剑意执守。踏碎苍穹星河,执守正道沧桑。"

漆随梦原本在旁紧张注视,闻言怔了怔。执守?和他的守护是不是差不多?

姜拂衣握剑之手逐渐不稳,缓缓垂落。母亲这柄碎星,要比自己所铸的沧佑,剑意更为高远。沧佑护的是心中所愿,碎星执的是正道苍生。

无上夷能以此剑意修到半步地仙,不像是那种背信弃义之人。

姜拂衣将碎星归鞘,苦恼地道:"我不懂了,我娘明明是这样告诉我的啊。说她赠给我爹一柄剑,又感应到我爹如今已是至尊境界。"两个条件,无上夷全部符合。

无上夷以心念收剑回来,开始疑惑自己为何会忘记赠剑之人。难怪三百多年的相伴,总觉得碎星是有温度的,不像生于冰川寒魄之中。

"先随我回府再说吧。"说话间,玉令已至祁山上空,最后落在一座稍微平缓的峰上。

说是行宫别院,竟只是竹屋几间。树木掩映,溪流环绕,颇为清幽雅致。

院外,天阙府大弟子林危行躬身垂首:"师父。"而林危行的弟子陆吟也跟着请安。

无上夷满心愁绪:"我找着你师弟了。"

-384-

林危行震惊,怪不得师父会突然出门。他慌忙朝后方望过去,打量起那个年仅十六岁的少年:"小师弟?"

无上夷指着林危行,对漆随梦道:"小梦,你来我身边时几个月大,我照顾不来,是你大师兄在照顾。"

林危行忙道:"我又哪里懂得照顾婴孩,是我夫人日夜照顾。"

漆随梦蹙起眉头:"几个月大?我记忆里神都的家是天阙府?那我父母呢?我的家人呢?"

无上夷摇头:"不知,你父亲送你来天阙府,说你天生剑骨,希望我收你为徒,放下你便离开了。"

漆随梦愣了愣:"他是谁?去哪儿了?"

无上夷:"不认识。"

漆随梦质问:"那是谁将我扔去北境的?"他瞥了一眼林危行,"既说是大师兄照顾我,那我会被丢掉,你功不可没吧?"

林危行则惊讶:"原来你被扔去了北境?相思鉴显示你还活着,但周围漆黑模糊,我和师父以为你被藏在某处暗地,一直往秘境里寻。"

无上夷解释:"你是在我手里丢的,与你大师兄无关。"

漆随梦瞥向无上夷:"在云巅修剑,谁人不知天阙府君?您这样的本事,竟让我被人偷了?"

"是。"无上夷承认,"我也是那日才知这世上人外有人,从此再也不敢大意。"

漆随梦指责道:"所以你从前仗着修为高,时常大意,才害我被人盗走,吃尽了苦头。"

林危行厉喝:"大胆!你有没有一点规矩!知不知道师父这些年来为了寻你……"

"规矩?"漆随梦冷笑着打断,"我在乞丐窝里长大,哪里懂你们神都的规矩。要怪就怪你们自己没本事,若不是你们将我弄丢,我现在

-385-

也能像大师兄一样站在这里说风凉话！"

林危行难以置信地看着他，印象中自幼沉默寡言的小师弟，在外十三年之后，怎么变成这副乖张的模样。

林危行还发现，他这小师弟在说话中途，余光还要偷瞄旁边的少女，像是在看眼色行事。看来小师弟变成这副模样，相伴的少女功不可没。

漆随梦只是担心话没说好，又惹姜拂衣不高兴罢了。见她始终不吭声，他也就越来越不客气。

姜拂衣才不去管他，没一点问题，就是天阙府没尽到照顾他的责任。他心中有气，撒一撒很正常。

再说了，人的烦恼，大概多半来自贫穷和无能。漆随梦自从步入剑道，逐渐变强之后，很少再遭人欺辱，赚钱也轻松许多，性情平和不少，像这样咄咄逼人的时候并不多。

"行了，是我的错。"无上夷抬手制止林危行，又看向漆随梦，"既然有委屈，那就说出来，详细告诉我，这些年你是如何度过的。"

漆随梦正要说，姜拂衣先开口："府君，他才刚带着我经历过一场逃亡，身心俱疲，先让他去休息一下如何？他的事情我基本都知道，我来讲。"许多不堪往事，在他心中已经快要翻篇，没必要让他再去回忆一遍。

无上夷读懂了她的眼神，答应下来。

漆随梦也懂，又觉得她未免太小看他，他如今见识过了更广阔的大海，哪里还会在意曾经跌倒过的小泥潭。

"那珍珠你来说。"漆随梦还是领情地去休息了，且心中颇为愉悦。

无上夷在石桌前坐下，默默听姜拂衣讲述。她说漆随梦自小遭老乞丐虐待，他神色不变。但听到漆随梦落入盗匪手中，求自保竟然挖坑害人，他眉头微皱。又听他打砸医馆，说的那些言论，无上夷颇难置信，接连看了姜拂衣好几眼，疑心她是不是在说谎。

直到姜拂衣讲起掘墓派地穴中，漆随梦灵台冒黑气，无上夷骤然起身："原来那枚始祖魔元碎片，竟是从他灵台里掉落出来的，怪不得了。"

"始祖魔元碎片？"姜拂衣默念。

"你继续讲。"无上夷又坐下。

"也没什么好讲的了，往后阿七学剑速度很快，剑术突飞猛进，我二人一路南下，逐渐远离北境，偶尔遇到些麻烦事，解决起来也并不困难……"

姜拂衣挑着些重要的讲一讲，她认为的"重要"，多半是漆随梦对比从前的一些成长和改变。

无上夷听罢沉默许久，起身朝她拱手："惭愧，教导弟子本该是我的职责，却要姑娘代劳。"

姜拂衣忙道："我可没教过他什么，多半是看不顺眼的时候冷嘲热讽。"这不是自谦，而是实话。她哪里会教人，只会骂人，"而他也多半是怕我再与他分道扬镳，压着脾气听话，往后还需要府君多费些心思了。"

无上夷听出她语气之中浓浓的关心。起初听她讲述，全是在说漆随梦的恶劣，每一句都像是在告状，逐渐才懂她的用心——先看他会不会因为这些过往而轻视漆随梦，不愿再认这个徒弟，再让他心里有个谱，往后该从哪个方向去教导他。

好生玲珑的心思，无上夷不由得在心中感叹，若真是自己的女儿，伴在身侧，那该是何等的福气。

姜拂衣说完漆随梦，又开始头痛自己的事："前辈，您为何会忘记是我娘赠的剑？"

无上夷摇摇头，他也很疑惑："关于你父亲的信息，你母亲就只说了这么两句？"

姜拂衣叹气："我母亲得了疯病，说话时常颠三倒四，但这两句肯定没错。"

"疯病？"无上夷想问更多。

姜拂衣先问："您真能确定，您一旦沾了酒色财欲，那什么真火会熄灭？既然还燃着，说明您从来没试过吧？也许并不会呢。"

酒色财不能沾染，是他年少时试探着摸索出来的，不会出错。

姜拂衣愁眉苦脸地跌坐在他对面的石凳上："这可如何是好？"话音刚落，她眼前的石桌上倏然出现一面铜镜。

"相思鉴。"无上夷介绍，"出自巫族，寻人用的宝物，或许能够帮到你。"

姜拂衣刚才听林危行提到过，伸出手摸了摸铜镜边缘："有用？您拿它寻徒弟十几年，不是也没寻到？"

无上夷道："对方有本事从我手中将小梦盗走，不让我寻到再正常不过。何况相思鉴显现得并不错，小梦身在黑暗之中，我以为是环境黑暗，没想到竟是始祖魔元的气息。"

姜拂衣将铜镜端起来："那我该怎么做？"

无上夷示意她放下："我是拿小梦穿过的旧衣物，抽取一些残留的气息。你若寻父，心中便想着父亲，直接滴血上去应该就可以。需认真看，相思鉴只显现一瞬。"说完，无上夷默念口诀。

见铜镜边缘骤亮，姜拂衣忙咬破手指，将鲜血滴落在镜面上。镜面一瞬虚化，变为波光淋漓的水面。

那滴血在水中荡漾开，水面逐渐显现出一名男子的倒影，又瞬间散去。倒影本就模糊不清，消失的速度又快，姜拂衣根本看不清楚，隐约觉得有些像是无上夷，毕竟无上夷正在她面前。姜拂衣抬头："前辈，刚才显现的是您吧？"

无上夷仍垂头望着水面，像是蒙住了。画面闪得虽快，旁人他未必认得出，但不可能认不出自己。

"这……"无上夷难以置信。

"我说什么来着？"姜拂衣就知道母亲不会说谎，"你还有什么话讲？"

无上夷绷紧脸："再试一次。"他重新念咒，点亮相思鉴。

"行。"姜拂衣挤了挤手指，又是一滴血。铜镜再次水漾，但这次轮到姜拂衣蒙住。水面出现的倒影虽然看不出是谁，但绝对不是无上夷，对方侧着脸，能看到微卷的长马尾。

"我再试一次。"她提议，又试了一次，这次更离谱，稍微能看清楚正脸，却是个女人的轮廓。

姜拂衣将铜镜一推："这宝物坏了。"

无上夷却深深地看了姜拂衣一眼："你不要动。"他伸手至她眉心，抽了一缕灵息，又抽一缕自己的灵息，捻在一起两相对比。两缕灵息彼此相吸，又彼此排斥。

姜拂衣目望他沉眸对比，大气也不敢出。她知道无上夷是在以灵息辨认两人是否有血缘关系。可他明明笃定没有，此刻辨别，应是有其他一些想法。

随着他表情逐渐凝重，姜拂衣心中七上八下。

终于，有些疲惫的无上夷捻散了那两缕灵息，说道："江姑娘，我以自己将近四百年的修为向你起誓，你并不是我的亲生女儿，因为我的真火之息非常排斥你。但你母亲也没有撒谎，谁拿着她的剑，确实是你的亲人。"

他将父亲说成了亲人。

姜拂衣谨慎地看着他。

无上夷先问："你母亲是不是出身铸剑师家族？"

姜拂衣点头："我家有祖传的铸剑术。"

-389-

无上夷召唤出碎星，探出两指覆在剑上："你家传的铸剑术，应是要融入铸剑师的精血才能锻造完成，对不对？"

姜拂衣闭口不语。

无上夷心中已有答案："我与碎星心意相通，说是人剑合一也不为过，我以为是它融入了我，令它成为了我的一部分。没想到，竟是我的一部分融入了它。幸好我体内有道比碎星更早种下的真火，否则还真不好分辨我与你之间的关系。"

"咻！"碎星陡然出鞘，被无上夷意识操控，高高飞起，随后迅速下沉，劈向姜拂衣。

"前辈！"姜拂衣惊恐万分，起身就跑。

无上夷却道："你试试命令它，让它停下来。"

姜拂衣想骂他是不是疯了，让她控人仙巅峰大佬的本命剑。杀人就杀人，何必虐杀。

"阿七！"她边跑边喊。但周围不知何时多了一层剑气结界，不但声音传不出去，也无法穿透竹屋小院的大门。她只能在这层剑气结界里逃命。

无上夷负手而立："试一试。这柄剑流淌着你母亲的血液，与你血脉相连，你应该可以的。"

碎星落下后，原地转了个弯，追着姜拂衣。剑速不快，似是戏弄。

姜拂衣实在逃无可逃，索性转过身，死死瞪着那柄朝自己杀来的剑。

停下来！快停下来！

但碎星只是略微减了几分速度。眼见快要扎进她胸口里，姜拂衣只能继续逃。

碎星却并未追她，被无上夷定在了原地："的确是可以的。"虽只是略微减速，无上夷知道她能办到，"你修为还不行，并且尚未掌握令剑的诀窍。"

姜拂衣站在剑气结界的边缘，怕得浑身发冷。无上夷明白的事情，她也明白了。无论心剑与剑主相伴多少年，始终都是石心人的剑。更甚之，石心人能够操控剑主？这莫非一种天赋能力？

无上夷喃喃自语："怪不得我早已摸到了地仙边缘，却无法突破，竟是这种缘故。"

姜拂衣抑制不住地发抖，不住地往竹屋望去，希望漆随梦能出现。可他出现又能如何，还指望他能打得过天阙府君？

"你母亲应该不止送了一柄剑。"无上夷陷入回忆，"这样一来，我倒是想起一个人。他是巫族的一位大巫，名叫剑笙，其修为绝对称得上你母亲口中的'至尊'。十几年前，我前往巫族借用相思鉴，曾远远见他佩戴着一柄剑，剑鞘与我的碎星颇为相似，距离太远，没看仔细。"

无上夷身为云巅国的风云人物，早些年不少人仿照他的碎星铸剑。他也就没怎么在意。

"我本该陪你走一趟，但小梦体内应该仍有始祖魔元碎片的残余，我需要尽快替他洗髓。你若等不及，我可以将玉令借你，你去趟鸢南万象巫，寻他问问看。"

姜拂衣没太注意他究竟说了什么，只从中得出一个信息："你不杀我？"

无上夷颇不解地朝她看去："我杀你作甚？"反应过来之后，他难得提了提嘴角，"你家传铸剑术，能铸出这等品级的宝剑，手段自然与众不同。而我平白得此宝剑，修至这般境界，三百多年来坐镇天阙府，执守一方安宁，本也该有所付出，才算公平。"

姜拂衣不知他此言是真是假，但他好像没有对她撒谎的必要。

无上夷拂袖化去剑气结界，朝姜拂衣走过去："从相思鉴来看，你母亲赠剑之人至少也有好几个，我会这样想，旁人未必会，在你出发之前，最好学会如何操控你母亲所铸的剑。"碎星跟着飞来，无上夷将碎星推去她面前，温声道，"孩子，练会了再去万象巫吧，我也能放心一些。"

燕澜在旁注视，逐渐迷惑起来。这无上夷无论怎么看，都是一位面冷心热的好长辈。

而此刻的姜拂衣眼眶泛红，心中对他充满感激。那之后的怨恨又是从何得来？

燕澜目望姜拂衣前往崖边尝试令剑，而无上夷还站在原地，距离不算太远，故而都在万物之灵记载的范围内。

燕澜没去追姜拂衣，仔细观察无上夷的举动。只见无上夷收回看向崖边的视线，取出一张传音符，点燃之后，符箓中传出一道苍老的声音。

——"府君，可是有他的消息了？"

这声音燕澜再熟悉不过，是自小将他养大的大祭司。

无上夷道："我已将小梦寻回。"

——"万幸，这些年真是辛苦您了！"

无上夷忧心忡忡："我原本以为盗走他的人，是我的仇家。但那贼人在他灵台识海里种下了一枚高阶始祖魔元碎片，就是三年前北境掘墓派里出现的那枚。如此看来，小梦的身份应是暴露了，那贼人想要毁掉他。"

——"如今情况如何？"

无上夷庆幸："还算好，但始祖魔元碎片十几年扎根于他的灵台识海，定有残留，我需要为他彻底洗髓。"

——"明白了，我这就去准备晶石，稍后派人送去祁山。"

燕澜忽然想到那些被天阙府借去，却并未入账的大量晶石。他听闻之后，想要讨要，却被大祭司和族老连番劝住，竟是拿来给漆随梦洗髓的？

他们巫族为何要帮无上夷栽培漆随梦？

——"只不过要分批次，一次拿不了那么多，燕澜话虽少，心思却重得很，以免被他发觉，察出端倪，我不好解释。"

燕澜没想到一路回溯姜拂衣的记忆，最后关头，竟然自己也有份参与？可惜因为姜拂衣渐行渐远，此地场景崩塌，他没能继续听下去。

场景再重建时，竹林里下着小雨，滴答作响。而姜拂衣和漆随梦一起并肩坐在廊下。

"你要去鸢南？"漆随梦猛地坐直了身体，"那里远得要死，我陪你一起去。"

"不用，你师父将他的玉令借给了我，从这里飞去万象巫很快的，几天时间就能到。"姜拂衣亮出掌心里的玉令，"你乖乖听话，跟你师父去小洞天里洗髓。"

漆随梦提起此事就心烦："我好端端的，究竟要洗什么髓？我真讨厌他整天觉我不干净的样子。"

姜拂衣道："但他确实关心你，堂堂天阙府君，你总不会认为他对你有所图谋吧？"

漆随梦嘴唇翕动半响："所以你不觉得奇怪吗？我两岁多就走丢了，他为什么要对我那么好，坚持不懈找了我十来年，他就那么缺徒弟？我也没觉得我天纵奇才到这种地步。"

姜拂衣如今还是比较相信无上夷的人品："一日为师终身为父，何况你是在他手里丢的，他不将你找回来，怕是会生心魔。"

漆随梦早已学会不与她争辩那么多："那你等我洗髓之后，我送你过去。"

"你师父说你洗髓快则三个月，慢则大半年，我在这儿干等着？"姜拂衣待不住，"没准儿等你出来时，会发现我已经是巫族圣女了，听说那位剑笙前辈是这一代巫族少君的父亲，而少君的妹妹叫作圣女。"

"如果又寻错了，那你先回来祁山好不好？"漆随梦拉着她衣袖和她商量，"我怕你不知又去哪儿，找不着你。"

"呸。"姜拂衣骂他"乌鸦嘴"，"你就不能盼着我寻对人？"

漆随梦拉着她的衣袖不放:"你答应我,不然我不让你走。"

姜拂衣扯不动,无奈地道:"阿七,你已经抵达目的地了,我有你师父相助,很快也会抵达。我俩这回并不是分道扬镳,是各归各位,往后你会成为天阙府的剑仙,至于我……总之,咱们都会有各自的生活。"

漆随梦紧紧抿了抿唇:"我们从前一起寻找家人,往后……往后也可以成为一家人,一起生活。"

姜拂衣微愣,推了一下他的脑袋:"不要发癫了,等你回去神都,身边漂亮姑娘多得是,一天到晚非得拉着我做什么?"她强行扯回自己的衣袖,站起身。

漆随梦跟着起身,这次直接拉住她的手腕,问道:"江珍珠,我真不信,咱们朝夕相伴五年,你就一点也不喜欢我?"

两人刚相遇时,他比她还要稍矮一些,五年过去,姜拂衣还不到他的下巴。

"喜欢啊。"姜拂衣抬头看向他那双无神的眼睛。自从逃出地穴,漆随梦专心修炼沧佑,很少作妖之后,他从前那些精明,多半用在了保护她,以及察言观色讨好她之上。

漆随梦刚要笑,姜拂衣又说:"但不是你认为的那种喜欢。"

漆随梦的脸色又变了。

姜拂衣没办法解释,她的心脏,跳动的速度越来越缓慢了。石心人的心脏本就不会跳动,她大概因为是混血,才会跳动。

生来自带的那颗原始心脏,跳动得还算快些,应是得益于父亲的血统。但这颗新长出来的稚嫩心脏,跳动频率明显下降,越成熟跳得越慢。姜拂衣猜,等完全成熟之后,就会彻底停止跳动。

十二三岁时,漆随梦背她过雪山,她伏在他背上,脸颊贴在他裸露的脖颈上,会感觉到有一些难为情,呼吸也会收紧。这两年再也没有这种反应,往后估计更不会有。

姜拂衣笑着说:"阿七,我们一起走过那么远的路,你不是最清楚我铁石心肠?我注定是要孤独终老的,而你对我而言,是除了我娘,这世上我最在乎的人了,还不够啊?"

"当然不够,我陪你五年,你就说我重要,那往后换成别人陪你六年,你就会觉得别人比我更重要。"漆随梦根本不管她那么多,必须要她给一个承诺。

姜拂衣拗不过他:"行了,知道了,找不着我就先回来找你。"

漆随梦这才松了口气,放开她的手腕,伸出巴掌:"一言为定。"

"你可真幼稚。"但姜拂衣还是抬起手,和他击掌,"一言为定。"

此后,姜拂衣乘坐玉令,再次南下,从祁山前往鸢南万象巫。

燕澜这才明白,她从北境去往中州神都,为何最终会倒在鸢南的地界上。原来她的新目标是他父亲。

飞行法器也不能一直使用,需要蓄力,故而姜拂衣每飞十二个时辰,要落到地面,将缩小的玉令摆在地上,让它吸收几个时辰的日月精华。无上夷给了她点五星晶石,拿晶石喂养会更快,但她舍不得用,囤着以备不时之需。

最终,在一个起了微风的傍晚,姜拂衣落在了草木葳蕤的六爻山上。她将玉令挂在一棵树的树杈上,靠着树根坐下,随后抬头仰望半山腰。她似乎在好奇,怎么会有一棵从岩石缝里伸展出来,横着生长的大树。

燕澜也随她抬头,那棵横长的大树他记得。之前一路追着柳藏酒来到六爻山,燕澜正是站在那棵树的树干上,亲眼看着柳藏酒刨土开棺。

燕澜起初很着急,他想跳过之前那些记忆,直接来到六爻山。可当真的抵达六爻山,他发现自己又不太敢看了。

观察完环境,姜拂衣觉得周围没什么危险,放下心来,又拿出地图,估算了下时间。万象巫不远了,后天中午应该就能抵达。

姜拂衣将地图收回去，打算躺在凸起的树根上睡一觉，心中仍在感叹，不来莺南，都不知道树木能够长得这般参天高大，还千奇百怪。

她蜷缩在天然的木床里，刚隐隐有些睡意，头顶上的玉令突然泛起光芒。姜拂衣旋即坐起身，戒备起来。看着那玉令的光芒逐渐炽盛，还不断抖动，最终从正中激射处一道灵力，那灵气原本是个点，倏然膨胀成为一个巨大的椭圆形光圈。

光圈中央虚化，一个人影从光圈"内部"走了出来。姜拂衣微微惊讶，竟然是无上夷。

他藏在玉令里？不是，是这玉令里藏着一个传送法阵。

姜拂衣隐约可以看到光圈背后，是一处洞府。她还没顾得上说话，无上夷先寒声质问："掘墓派地穴里，你赠给漆随梦的那柄剑，是你以家传铸剑术，抽他灵气，现场铸出来的，是不是？"

姜拂衣认下来："是啊，我不是都告诉过您了，地穴里有个很厉害的木头人，形势所迫，所以我才送了一柄剑给他。"

无上夷闭了闭眼睛，瞧上去颇有几分崩溃之色："你怎么能赠剑给他啊，怎么能……"

将两人从枫叶林中带回来时，无上夷看到了那柄沧佑，也感知到了它和自己的碎星有些渊源，但并未在意。

随后听姜拂衣讲述，地穴之内迫于形势，她送剑给漆随梦。他也没在意，因为他自始至终都不曾想过，那柄剑是姜拂衣现场铸出来的。这等宝剑，铸成岂会那么快？何况身处于危机之中。

无上夷以为那就只是一柄闲置的宝剑，被她拿给漆随梦使用。

直到这几日为漆随梦洗髓，无上夷才发现大事不妙："你快些解除他与沧佑的剑契，快！"

姜拂衣无法理解，无上夷知道心剑的危害之处，且坦然接受，为何放到徒弟身上，这般如临大敌。

"前辈，您相信我，我对他一点恶意也没有……"

无上夷打断："我知道，但你必须解除。他不能接受你的剑，趁着仍在抗争阶段，尚未完全结契，还请你速速为他解除剑契！"他态度强硬，已有命令的意思。

"抗争？尚未完全结剑契？"姜拂衣不明所以，"抗争什么？他识海内的始祖魔元碎片，不是已经被踢出去了？"

无上夷隐忍许久，很难去苛责她太多，不得不解释："孩子，小梦是个剑灵啊，还是个有主人的剑灵！而你的家传宝剑霸道无比，我万万没料到，竟然连剑灵都可以标记，一旦被它标记成功，连剑灵都会成为你的剑傀！这不重要，重要的是，这将会切断他与原主人之间的剑契！"

姜拂衣瞠目结舌，阿七竟然是个剑灵？

无上夷头痛不已："你可知道人间大劫将至。"他抬起手臂，指向不远处的万象巫，"巫族为挽救这场劫难，付出了多少心血，上一代少君，甚至赌上了她亲生儿子的命。我们全指着他的主人力挽狂澜，被你的沧佑标记成功之后，那我们所做的这些牺牲和努力，就全白费了！"

燕澜心潮起伏。他大概猜出了是怎么一回事。

二十一年前，天灯感应到怪物逃出，人间将有浩劫，骤然亮起。母亲点天灯叩问九天神灵，请动了一位神灵下凡救世。

但这位神灵不是说来人间，就能来到人间的。

九天神族当年将始祖魔族诛杀殆尽，大荒怪物该封的封，不该封的全部赶入五浊恶世。而神族离去之时，也切断了自己与人间的往来通道。因为他们想让人间变为真正的人间，希望人类逐渐学会掌控自身命运，不过分依赖神明。离开之前，神族特意编纂了《归墟志》，详细记载了每个怪物的特点、弱点，以及降伏封印之策。

但这通道也并非完全被切断，依然留了一线，正是天灯。九天神族能够通过被巫族点亮的那盏天灯，再次降临人间。

只不过以天灯下凡限制颇大，等同于投胎转世，以人类躯体在人间行走。

与人类不同的是，神族更强，且最终能够突破飞升，去往域外神境。所以早些年人间曾经有寥寥几个飞升者，他们并不是天赋异禀，而是原本就是神族。

之所以这般苛刻，是古神担心会有堕神通过天灯随意入世，造成危害。

这些不是燕澜瞎猜的，他年幼时曾在巫族的某本古籍上看到过。

数千年来，由于人间相对平稳，巫族点天灯的能力衰减，神族也在缓慢地更新迭代，已经很久没有神灵降世了。

母亲请下来的这位神灵，应是位古神族后裔，很懂得变通之术。为将下凡的风险降到最低，他先将自己的神剑通过天灯送了下来，由剑灵代替他转世，适应人的躯壳。等剑灵适应之后，因与剑灵彼此相通，即使没有天灯，他也能降临到这具肉身上，同时剑灵再度化剑。

漆随梦体内那股纯净力量，正是神族的九天清气。但由于一直被始祖魔元碎片污染，那位神族一直下不来。好不容易魔元碎片被沧佑剑给踢了出去，岂料此剑竟然比始祖魔还更霸道，非得将漆随梦标记。那位神族更下不来了。

等漆随梦被沧佑剑彻底标记，等同斩断了他与那位神族之间的剑契，那位神族再也无法寻找到漆随梦。

谁让沧佑的剑意是"守护"呢。沧佑剑才刚出世，还是个幼崽，在它简单粗暴的认知中，那位神族是个夺舍者，是坏人，打算夺舍漆随梦。它必须将漆随梦识海里原本的剑契斩断，换成自己，守护好主人。

"夺舍者。"燕澜喃喃。对于自小一无所知挣扎求生的漆随梦来说，确实是如此。

燕澜的心情非常复杂。这位神灵，是他们巫族付出无数代价才请下来的，没想到搞成如今这番局面。

但这怪不得姜拂衣，若不是沧佑，漆随梦一路上若再遭遇一些残忍的伤害，很可能会因为始祖魔元碎片而崩溃魔化，成为一柄魔剑。这比那位神族下不来更可怕。

遇到姜拂衣，漆随梦究竟是几辈子修来的福气？

但燕澜这次并不是特别眼红。从某种意义来说，姜拂衣无意中也救下了他。

听无上夷的意思，母亲真将一个怪物封印在了他的体内。燕澜觉得自己的宿命，大概就是等待那位神族降世，以神剑将他连同怪物一并斩杀。因此，大祭司、父亲、族老们，所有人都瞒着他。

天灯点过之后，短时间内无法再次点燃。

那位神族下不来了。神剑也拥有了强烈的自我意识，这个宿命已被打破。

只是……燕澜实在不忍再看下去，想着要不要直接退出这枚碎片。他已经知道姜拂衣会被杀害的原因了。

"我不知道该怎么解除。"姜拂衣真不知道，母亲从未告知过，她血脉里似乎也没记载，"阿七自己无法解除？"

"他根本不愿意解除，试都不肯试。"无上夷无奈之下，尝试与碎星解除剑契，"你家传的剑，剑主除了死，根本无法解除。"

姜拂衣不说话。

无上夷双唇动了半晌，闭目悲苦道："除了剑主身亡，或许铸剑师死去，也可以解除剑契。"

姜拂衣寒毛直竖，心跃到喉咙口。

无上夷忽然敛袖朝她长拜："江姑娘，我苦思无解，为今之计，唯有恳愿你为天下苍生福祉，做出牺牲。"

话音落下，一柄匕首飘到了她手边。柄端朝内，是要她自行了断。

-399-

姜拂衣慌忙后退，恼怒地瞪着无上夷："凭什么！我只是做了我该做的，当时形势所迫，我不仅想救我们的命，我还想救那上千人牲的命，我又没做错，凭什么让我去死？"

无上夷弯腰长拜："原本还能等，但沧佑感觉到我想将它从小梦识海里清除，一直在发力，实在是等不及了……我但凡还有一点办法，也不会如此。"

"什么叫没办法？不过是你们无能。这么爱世人，自己去救世人啊，为何要寄希望于别人，还为了这种理由要我的命！"姜拂衣转身就跑，虽然这柄刀子往心脏上一扎，她可以假死。

但她不要假死，这一假死，恐怕几十年都醒不来。她还要去找父亲，要替母亲讨说法，要救母亲出海，她不要耽搁！然而那柄匕首再次飞来，出现在她前方，尖端指着她的眉心。

无上夷逼迫自己狠下心肠："是我无能，但你根本不知那些怪物的可怕，动辄生灵涂炭，容不得任何的闪失。"

无论姜拂衣怎样转身，那柄匕首都会随着她旋转，直指她的眉心。

姜拂衣知道自己逃不掉了，心中恨得不轻："我没骂错，无上夷，你就是个背信弃义的卑鄙小人。我娘赠剑给你，你今日却来逼死我！"

无上夷闭上眼睛，再次狠下心肠。

"等一下！"姜拂衣见匕首想要扎入自己的灵台，咬牙说道，"我自己动手！"灵台破损的危害，要比心脏破损更重。

她深深吸了口气："临死之前，我能不能提个要求。"

无上夷："你说。"

姜拂衣道："不要让我曝尸荒野，给我一口棺材，就将我埋在这山林里。"

无上夷原本打算将她带回祁山安葬，为她守墓。她既有这种想法，便尊重她的选择："好，我答应你。"

既无路可走，姜拂衣便再也没有半分犹豫，攥紧匕首，刺入自己尚还稚嫩的心脏。

石心人剜心铸剑，毫无痛感。但被这匕首扎穿，她痛得五官扭曲，险些灵魂出窍。意识像是瞬间崩溃掉，姜拂衣缓缓倒在地上，仍不忘将匕首拔出来，以免影响心脏再生。鲜血汩汩涌出，她闭上眼睛，逐渐没了气息。

而此时，无上夷也猛地吐出一口血，极力压制的碎星剑不召自现，凶狠地朝他劈砍！无上夷并拢两指控剑，藏起眼底的痛苦，目光冷然："我知我对不住你，但我对得起你给我的剑道，执守苍生，我何错之有？"他与碎星僵持。

前往小洞天内的林危行见到有个传送阵，刚从阵中跃出，便看到触目惊心的一幕。

碎星剑崩，师父一瞬白头。

林危行听从师命，让弟子陆吟打造了一口棺木，安葬了姜拂衣。等棺盖合拢之后，林危行又扔给陆吟一把散魂钉："钉上。"

陆吟不懂："师父，太师父让咱们好好将她安葬，为何要钉散魂钉啊？"

林危行不语。

师父踉跄回去时，对这女子说了一句话："我此生已准备殉道，等来生吧，来生我愿惨死于你手中。"所以，她不能有来生。

等钉完之后，陆吟才发现棺材外有个小海螺："师父，这好像是江珍珠的东西。"

但散魂钉已经钉上，不好再放回去了，只能先收下来。

燕澜从前看着姜拂衣从棺木里出来，如今又看着她被钉入棺木中。匕首像扎进了他自己的心脏里，痛得难以站稳。燕澜举目朝万象巫的方向望过去，没差多远了。原来她曾经离自己这样近。而且，一直是这样近。

谁又能想到,她一路走过冰封苦寒的北境,最后竟然因为这样的关系,倒在了春暖花开的鸢南。

修罗海市,客栈中。

燕澜闭目回溯碎片,姜拂衣等待得有些百无聊赖,趴在矮几上几乎快要睡着了。

突然听到一声闷哼,姜拂衣连忙抬头,看到怨力碎片已经熄灭。燕澜抬手紧紧捂住胸口,流露出痛苦难耐的表情。

"大哥?"姜拂衣赶紧绕过矮几,蹲坐在他身边。

燕澜慢慢睁开眼睛,瞧见眼前明艳的一张脸,有些恍如隔世的感觉。

姜拂衣先纳闷:"回溯一个场景为何会这么久?这都已经过去好几天了,莫非我很勇猛,和对方对抗了这么久才死啊?"

燕澜垂了垂眼睫:"你心脏上的伤,是你自己刺的。"

姜拂衣愣住,又很快反应过来:"哦,断尾求生?"

燕澜点了点头,挑挑拣拣,将大致的前因后果讲给她听。

"你之前的猜测都没错,是无上夷下的手。但理由错了,他是为了斩断沧佑与漆随梦之间的剑契……"

燕澜又捂了下绞痛的胸口,才慢慢地说:"可惜他适得其反了,你刺心那一刻,沧佑应是有所感应,也下了狠手,彻底标记了漆随梦。这也是导致你失忆的原因。你家族的失忆症,应是要剑主和剑完全结契,才会触发。但沧佑应是遭到无上夷的封印,漆随梦才会修起浮生剑……"

姜拂衣早知道凶手八成是无上夷,她没有任何的惊诧和意外,早已恼怒过许多次,如今反而极为平静。但这被杀的理由真是完全超出她的预想。自己一个至少混了两代血的石心人,竟能标记九天神族的本命剑。那纯血的石心人,得是多么恐怖的存在?难怪兵火总说他们石心人厉害。这还不是甲级怪物?

姜拂衣微微垂眸，思忖片刻，抬眼望向燕澜："大哥，我虽是无意之举，但确实阻挠了那位神族下凡，神明会不会怪罪于我……"言下之意，巫族会不会采取什么行动，"而且无上夷的猜测没有错，我死，剑陨，剑契解除。或许那位神君，还有希望重新与漆随梦结契……"她在小心翼翼地试探燕澜。

燕澜也知道她在试探，并且感受到了她内心的恐慌。夜明珠微弱的光芒中，燕澜沉默良久，经过慎重考虑过后，说道："无上夷想杀你一人去救天下人这事，不能说错。"

姜拂衣的心往下一沉。原本她蹲坐在燕澜身侧，此时坐直了些，稍微远离他一定的距离。

燕澜继续说道："所以无上夷至今仍然是个尚未突破地仙的凡人。可若是神明也如此认为，那神明和凡人究竟有什么区别？"

姜拂衣拢起眉，凝视他轮廓分明的侧脸。

"我们巫族信奉的神明，不会赞同这种行为，自然也不会怪罪你。私心而论，我认为你有句话说得挺有道理，为何要将希望寄托于他人，甚至不惜为此害人。"

燕澜犹豫着伸出手，覆上她搭在桌面的手。之前隔着厚重的时间墙，始终爱莫能助，能够触摸到真实的姜拂衣，是他一路走来最想做的事情。

这一刻，燕澜始终悬着的一颗心，终于沉稳地落入胸腔，安慰道："所以阿拂，你不必害怕，更无须自责，因你请不到神明相助，我族大巫怪罪，我会告诉他们，我来做神明。"

## 第八章
## 走你该走的路

姜拂衣一直就着夜明珠昏黄的光芒，望着燕澜的侧脸。发了片刻的呆，她反应过来："这样狂妄的话，我真不敢相信是从你口中说出来的。"

燕澜不觉得这是狂妄："神明切断与人间的通道，原本就是想让世人逐渐学会主宰命运，只是我们都习惯了屈从于强大，时常忽视自身。"

姜拂衣沉默片刻："大哥，你的好意我领了，但我不希望你做神明，你不要做神明。"

燕澜不解："嗯？"

姜拂衣微垂睫毛，半晌才道："我害怕的是人情。"剑笙前辈对她有恩，而她的无心之举，导致巫族的心血付诸东流，"我怕你和你父亲，都会后悔之前帮扶了我这个祸害。"姜拂衣的声音越来越低，"这才是我真正害怕的。"至于神族，姜拂衣想要打破极北之海的封印，原本就是在对抗他们。

燕澜先前讲了那么多关于她的惨况，都没见她伤感，自己本想安慰她，为何适得其反了？

燕澜无措地道："你莫要揽责上身，你怎么会是祸害？你是我见过……"是他见过最好的姑娘。单是这份知恩图报的心，便已经胜过许多人。

姜拂衣朝他望过去："揽责？最喜欢揽责的是你吧，你心中可怜我，认为我无辜，愿意拯救我。但你怀疑自己体内被你母亲封印着怪物，你的宿命是被神剑杀死，你却不觉得自己可怜无辜。"她能感觉到，燕澜那句"我来做神明"，还有另一层意思。若真有需要，他会和体内可能存在的怪物同归于尽。

燕澜无所谓地摇了摇头："你我不同，我身为巫族的少君……"

"你就是你自己。"姜拂衣打断他，"无论奉献牺牲，还是苟且偷生，都得是你想，你愿意，你无悔。而不是你身为谁，要做什么，必须去做什么。所以大哥，我不愿你做神明，我希望你只是你，修你该修的道，走你该走的路，不要给自己套上任何枷锁。"

她这番话，不否认有所图谋。她不想往后救母亲出海时，必须对抗燕澜，但更多的还是不希望燕澜屈从于宿命。

燕澜眼中波光微动，许久说不出话来。他怕失控，慢慢收回看向她的视线，但又忍不住望向自己覆在她手背上的手。

而姜拂衣也随着他的视线，瞧见自己被握住的手。先前满腹心事不曾在意，她直到此刻才发现。未曾多想，她以为这也是燕澜的一种安慰。

自从苏醒之后，随着心脏不再跳动，姜拂衣的体温很低，手一直是冰凉的。燕澜和她截然相反，虽是个喜静不喜动的沉稳性格，身体却像个火炉子。此刻，仿佛有股暖流从他手心溢出，渗透姜拂衣的手背纹理，融入她微凉的血液，为她增添了一点温度。

人越是缺少什么，就会格外想要获得什么，姜拂衣发现自己竟然会有些贪恋这点温暖，甚至从心底想要获得更多。她下意识翻掌，与他的掌心相贴。

燕澜长睫轻轻一颤，不知该做出何种反应。

姜拂衣却又分开五指，从他指缝之中钻出，紧扣住他的手。

燕澜眼中，她那五根手指犹如藤蔓，不止缠住了他的手，连他整个人都给缠绕了好几圈，勒得他呼吸不畅，又动弹不得。

姜拂衣反应过来不妥，瞧见燕澜并没有挣扎排斥，心想他才目睹过她被"杀"的场景，正可怜她。

大哥心善，之前都能答应渡她一口阳气，应该不会介意多给她这一点温暖。想起那口阳气，姜拂衣不禁想，连手心的温暖她都有所触动，自己会不会真就缺这一口阳气？

如此一想，她竟觉得心头发痒，被这股痒意勾着，蠢蠢欲动地想要尝试，甚至有些理解了暮西辞口中的先祖，为何要去寻找一位令他心动心碎的人……

姜拂衣立刻打住这个念头。可怕，她简直像个想要吸取阳气的女鬼。

"谢了，你的阳气真的很管用。"姜拂衣松开他的手，又赞美道，"难怪大哥结印施法时，会比其他秘法师更好看，原来是手好看。"骨节分明，白皙细长。

燕澜没有任何反应。

"大哥。"姜拂衣喊道。

燕澜好半天才支吾一声："嗯？"

姜拂衣迟疑地问出口："如果，我是说如果，我因为阻挠了那位神族下凡救世，被认为居心不良，有人非得将我封印起来，你会不会来救我出封印？你们巫族信奉的神明是很开明，却不能保证所有的神族都如此，你不是也说了，有堕神的存在……"

母亲是不是也是无意犯了错，才被封印呢？石心人身怀强大的能力，很容易"犯错"。

燕澜有些飘忽的思绪，逐渐落回到地面，以为她心中仍是担心神明的惩罚，想出了好几种说辞。比如"我不可能让他们将你封印"，又觉得此话确实很狂妄,燕澜最终只是简单反问了一句:"你说呢?"

正是这简单三个字,姜拂衣一扫心头堆积的阴霾,喜笑颜开。燕澜看着她从低沉的气氛中突然解脱出来,笑得见牙不见眼,不太懂缘故。但也被她的笑容感染,心中不再像之前那么沉闷。

"怎么了?"

"没……"太过明显,姜拂衣收住笑意,清了清嗓子,怕他联想到她母亲身上去,转换话题,"关于你体内可能存在的怪物,你真不打算问问族里吗?"

"事关重大,不好写在书信里。"燕澜已经拿定主意,"等收服独饮擅愁之后,我送你前往飞凰山,将你交到凡迹星和商刻羽手中,我再回一趟巫族,找我父亲问清楚。"

如今再去天阙府已经没有意义了。姜拂衣使用过相思鉴,依然无法分辨哪个才是她的亲生父亲。

姜拂衣歪头看燕澜:"我陪你一起回去,我好久没见你爹了,好想念他。"

燕澜知道她的用心:"你是不是担心我会和父亲起争执?"

姜拂衣被看穿了,她确实有点担心,燕澜不太会和他父亲相处。

"其实你爹这人嘴硬心软……"

"这些事情稍后再说吧。"燕澜不想现在就烦心,他望一眼窗外的溶溶月色,"时间很晚了,明日通知一下暮西辞,我再练习几天法咒,咱们就可以着手对付独饮擅愁。"

记忆里走过一遭,燕澜看着姜拂衣渡劫,自己也像是渡了一劫。心境虽不平稳,却足够坚韧,也可以对付这只善于操控愁绪的怪物。

姜拂衣担心地道:"林危行来了修罗海市,他出来捣乱怎么办?"

身为天阙府的大弟子,不会明着动手,可是暗箭难防。

燕澜说了声"无妨":"修罗海市的规矩,是不能先动手。明天去找岛主李南音，让李南音盯着林危行就行。"

姜拂衣恍然："对。"又说，"通知暮西辞的时候，将漆随梦也喊来，之前不知修罗岛主是熟人，柳寒妆也可以上岛来了。"

燕澜听罢沉默："你是觉得，漆随梦身为神剑剑灵，比我更适合对付大荒怪物，对付独饮擅愁？"

姜拂衣没这样想过："我是想让漆随梦亲眼瞧一瞧，他大师兄会怎样对付我。"

燕澜垂下眼睛："你心中始终想要知道，漆随梦究竟会站在哪一边？"

不，这已经不重要了。姜拂衣冷笑："漆随梦必须站在我这边，他本来就是我的人，我要将他从无上夷手里收回来。"

燕澜重复："他是你的人？"

姜拂衣笃定："当然，他是我的阿七。"他已被沧佑标记，成为她的剑傀，当然是她的人。

无上夷之前一遍遍清洗漆随梦的记忆，给他编造无数"迂腐"的梦境，将他洗脑成这副模样。估计也是退而求其次，神族下不来了，便指望起神剑的剑灵，担负起这个重任。如果燕澜体内真封印了个怪物，而这怪物又能够通过这种方式被杀死，不敢保证漆随梦不会在无上夷的唆使下，大义凛然着想杀燕澜。

姜拂衣忧心忡忡，朝燕澜望过去："怪物从前只能封印，足够虚弱之后就能杀死了？"却瞧见燕澜不知为何紧绷着唇线，脸色略微阴沉，最令姜拂衣惊讶的是，"你的眼珠怎么变成了红色？"

晴天霹雳一般，燕澜连忙闭上眼睛，未免太刻意，又睁开："回溯那么久你的记忆，眼睛大概累着了。"

姜拂衣盯着他血红的眼珠，难以理解："回溯法术耗的竟然是眼力？"

燕澜心虚，又心烦着不想解释太多："阿拂，我是真的有些累，想休息一下。"

姜拂衣说了声"好",站起身:"那我回去练习铸剑。"

燕澜忽觉自己方才说话的语气有些重了,调整情绪,温声道:"我认为你不必再练习铸剑,你可知,你在地穴内铸出沧佑剑,只用了不到三个时辰。"

姜拂衣没空感叹自己的本事,脊背僵直:"你、你看到我铸剑的过程了?"

燕澜先点头,又忙解释:"我没看过程,你让漆随梦去面壁,我也在面壁,放心。"

姜拂衣知道他不会撒这样的谎,松了口气,旋即好笑地看着他:"你真乖啊。"

燕澜一愣,听过各种形容,从未听过有人用"乖"来形容他。

"回去休息吧,守着我几天,想必你也累了。"

姜拂衣颇赧然地道:"其实我这几天闲着无聊,没少睡觉。"

"既然如此。"燕澜思忖片刻,示意她坐下来,从储物戒指中取出一本书,"你不如学一下阵法,之前看着你在地穴里寻找生门,我便下定决心,要教你一些。"

姜拂衣忙坐下,巫族的秘术全是好东西:"可你不是说,除了封印术需要血脉,你们巫族的其他秘法也不能外传?"

燕澜将没有封皮的书册放在她面前:"你不是外人……"又解释,"你是我族的圣女,父亲亲口说的。再一个,这也不算我族秘法,是我自己写的。小时候猎鹿嫌古籍复杂,总也学不会,挨了不少打,我便改写了这个简单版本,让他先从简单的学起,再入手那些难度颇大的古籍。"

姜拂衣皱眉:"可我对这些一窍不通,估计简单的也学不会。"

燕澜不相信:"你不知猎鹿小时候有多蠢钝,没比山猪强多少,他看此书都能学会。你聪慧过人,岂会不行?你且看吧,先有个大致的了解,看不懂的地方问我。"

听他这样说，姜拂衣信心十足地掀开阵法书。

燕澜则取出《归墟志》。

姜拂衣一瞧见这本竹简就觉得揪心："你不是说累，想要休息？"

两人并肩盘膝而坐，燕澜将夜明珠催动得更明亮一些，摆在两本书册中央："这就是我休息的方式，能让我安静下来。"

姜拂衣理解不了，趁机打听："甲级怪物你看完了吗？"

燕澜点头："看完了。"

姜拂衣狐疑，这样说石心人不是甲级？

"乙级呢？"

"我已经看到丙级。"

姜拂衣一愣，之前总觉得石心人不配上《归墟志》，现在感觉连棺木隐都忌惮石心人，还不配个甲级？

不好再打扰他，姜拂衣收敛心思，认真看阵法书。看这工整的字迹，很难相信会是他小时候写的，和现在几乎没有差别。字都认识，却完全不知所云。燕澜让她不懂就问，全部不懂该怎么办？他口中蠢钝如猪的猎鹿小时候都能学会，她一窍不通，岂不是很丢脸？

燕澜倒是看得懂，却很久没能看进去。他无礼去摸她的手，她不恼，还主动与他十指紧扣，难道不是回应他吗？她转头又说漆随梦是她的人，究竟是什么意思？

也是这时候，燕澜感觉到走廊有道徘徊的气息，时不时朝他这间房窥探。

燕澜站起身，走过去打开房门，微怔："漆公子？"

漆随梦披着一件隐藏身形的黑斗篷："燕兄。"

因为怀疑大师兄来了修罗海市，漆随梦来此好几天了，柳藏酒告诉了他房号，但姜拂衣不在房中，燕澜的房门则上了一层秘法结界。

"我住在对面,方才注意到你房内的灯比之前亮了一些,想着你应是忙完了,才过来看看,不曾打扰你吧?"

漆随梦朝他背后张望。

姜拂衣从书里抬头,心道救星来了,忙站起身:"你来得刚好,走,我正好有话和你说。"

燕澜却让开路:"漆兄请进。"

姜拂衣又停在座位上。漆随梦伫在门口,一时间也不知是该走,还是进。

燕澜看向姜拂衣:"你是想将往事讲给他听?我来讲吧,我刚才都是挑着讲的,正好详细再讲一遍。"

姜拂衣无所谓:"听个重点就行,其他不重要,你先休息。"

燕澜再次请漆随梦入内:"那是阿拂你的想法,我想漆兄应该想要听得详细一些,对自己的从前,有个彻底的了解。"

漆随梦蹙起眉头:"我的从前?"

姜拂衣又坐下:"你不嫌累就好。"

漆随梦走进房间,来到矮几前,解开斗篷叠好放在一边。等燕澜在姜拂衣身边落座之后,他才在两人对面落座,眉心紧缩:"燕兄,你这几日闭关,莫不是真回溯到了姜姑娘的怨力碎片?"这依然是柳藏酒告诉他的,说燕澜在六爻山收了不少的怨力碎片,燕澜每天都抽空回溯,指不定是回溯到了,才闭门不出。

燕澜将桌面上的竹简收起来,为他斟茶:"除了怨力,还有她丢失的一部分记忆,其中许多是关于漆兄你的……然而你的从前有些不太光彩,不知你愿不愿听?"

漆随梦已知自己从前做过多年乞儿,并不认为哪里不光彩:"但说无妨。"

燕澜真就但说无妨:"我在记忆里看到的第一幕,是你因为大夫不给你们抓药，打砸了医馆……"每一个字都是如实讲述，绝无任何偏颇，"那些衙役掉进你挖的陷阱里，你走过去，说：'就凭你们这些小喽啰，也想抓你爷爷我。'然后阿拂与你争执，你振振有词，又牵连到你从前挖坑害人的事……"

漆随梦端着那杯茶，已经震惊到说不出话的地步。他不时看向姜拂衣，以眼神询问你大哥是不是在开玩笑。

姜拂衣同样微微发愣，刚才燕澜给她讲述时，只简单说漆随梦年少时，或许因为始祖魔元碎片影响，性格有点偏激，不太懂得感恩，被她发现，想与他分道扬镳。不承想，竟然偏激到这种有些扭曲的程度。

漆随梦手心捏出一把冷汗。姜拂衣也听得头痛，她给燕澜递了一杯茶，稍微打断一下："大哥，倒也没必要讲得像说书一样详细，这样天亮也讲不完。"

燕澜从姜拂衣手中接过热茶，润了润喉咙，淡淡地道："讲到天亮也无妨，不过若是漆兄没有空闲，我可以跳过一些。"

漆随梦一张脸早已毫无血色，仍是之前那句话："但说无妨。"

燕澜看向姜拂衣，意为：你瞧，是他自己很想知道得一清二楚。

姜拂衣无奈。

燕澜接着之前的话讲："你盗了几位富商的钱财，从市场买了几个人牲，当作献祭，拜入掘墓派……

"你说'江珍珠你去死吧，我往后再也不会管你了'……

"你得到沧佑，此剑踢出了你识海内的魔元碎片……

"你说轻舟已过万重山，过往那些欺负过你的人，不过都是蝼蚁，何必计较……"

一直说到枫叶林遇到无上夷，姜拂衣前往万象巫，"死"在六爻山。

当然，燕澜也不是什么都讲。比如姜拂衣告诉漆随梦，他是除了她母亲，这世间她最重要的人。这句就没讲。

漆随梦只说"但说无妨"。没让燕澜"知无不言，言无不尽"。听完整个始末，漆随梦不只是脸色惨白，搭在矮几边缘的双手，似乎都没了血色。

起初从燕澜口中得知自己的"恶行"，他还时不时去看姜拂衣，担心她对自己的看法。听到最后，漆随梦无神的双眼，只顾怔怔盯着桌面上的夜明珠，不敢去看她，也没有面目看她。

屋内气氛低沉，三个人都沉默良久。

漆随梦撑着桌面起身："两位抱歉，我需要一个人静一静。"

燕澜微微颔首："请便。"

姜拂衣没有说话，看向漆随梦的目光，略带一抹担忧。

漆随梦转身朝门口走去，头顶像是有一股无形的压力，原本如松似柏的脊背仿佛都有一些微弯。

正准备开门时，燕澜喊住他："漆兄。"

漆随梦驻足。

燕澜提醒他："你忘记拿斗篷了。"

失魂落魄的漆随梦清醒了一些，他折返回去取走黑斗篷："多谢。"

这带帽斗篷是用来遮掩身形的，因为担心以自己的身份前来黑市，会给天阙府带来负面影响。自从上岛，只要外出他一定会藏得严严实实。但此时走出燕澜的房间，漆随梦没有力气遮掩，只将斗篷搭在臂弯。等回到自己房间，漆随梦背靠房门，一瞬失去力气。

屋内安静下来，燕澜撤掉茶具，再次取出《归墟志》："阿拂，你不去和他聊聊？"

姜拂衣好笑："该说的你全说完了，我还说什么？"

燕澜摊平书简："你可以去安慰他。"

姜拂衣支着下巴："他不是说了嘛，他想要一个人静一静。突然得知自己的人生就是一个谎言，自己对于恩师而言只是一个容器和一柄武

-413-

器。喜欢的姑娘还因自己被害,他确实需要时间接受。"

燕澜摩挲着竹简,微微垂眸:"话是这样说没错,但他心中定是想让你去安慰他。而你想将他从无上夷手里抢回来,趁他此时心境波动剧烈,情感颇为脆弱,是个极好的机会。"

姜拂衣摆了摆手:"那我和无上夷有什么区别?还是等他先接受一切,脑袋清醒一些再谈其他。"

燕澜在心中揣测,她若是没忘记,才不会管什么道义,一定会去安慰漆随梦。

因为姜拂衣会心疼,她待漆随梦的感情,虽远不及漆随梦待她那般浓厚,但终究是不同的。那是五年同生共死,相濡以沫的情义。若不是出了岔子,两人相伴至今,估计早已是一对眷侣。

姜拂衣目望他将书简卷过来卷过去:"大哥,你有点不太对劲。"

燕澜回过神,眼底闪过一丝慌乱,声音依旧平静:"哪里?"

姜拂衣说不上来:"你在讲漆随梦那些不堪往事时,我感觉你有一些咄咄逼人?"

燕澜问心无愧:"我如实叙述,半个字都没污蔑他。"

姜拂衣相信,并且燕澜的语气也是平铺直叙,不包含任何感情色彩,但就是觉得暗藏了一点点火药味。

姜拂衣恍然:"哦,你是觉得漆随梦才是害我被'杀'的根源,我遇上他实在倒霉,所以对他不满?"

虽还有其他难以启齿的原因,但这个原因也确实占据一半,燕澜"嗯"了一声:"不过,我也知道不该迁怒到漆随梦身上去,他同样无辜又可怜。可惜没办法,人心总有偏颇,很难做到绝对公正。"

姜拂衣微怔,心头好似又有一股暖流淌过。是啊,人心总有偏颇,而能得到这份"偏颇",是何其幸运的事情。故而姜拂衣非常在意这种"偏颇",之前才会因为漆随梦言语中护着无上夷而气愤。

姜拂衣忍不住说："大哥，我不要和你做假兄妹了。"

燕澜闻言，整个人绷成一张拉满弦的弓。姜拂衣继续道："等稍后陪你回万象巫，我去认你爹当义父，我们做真兄妹。"

耳畔仿佛有弓弦绷断的声音，燕澜慢慢转头看向她，眼神复杂："你想和我做真兄妹？"

姜拂衣生怕他看不清自己眼睛里的真诚，侧身与他对视："我早说了，如今我寻父的标准，就是哪个对我最好，谁就是我爹。我此番出山，给我最多温暖的人，就是你们父子俩，我是真心想和你们成为一家人。"

燕澜微微垂头，望向她那只才与他十指交缠过的手。

听到"温暖"一词从她口中蹦出，燕澜忽然明白过来，是他自作多情了。姜拂衣并非有所回应，只不过是将他当成了暖炉。毕竟，他都承诺过要给她一口阳气，当她的药人，她自然肆无忌惮。

"大哥？"

"这事要问我父亲，我没资格替我父亲收个女儿。"

姜拂衣笑道："那当然了，不过我觉得你爹应该不会拒绝我。"

燕澜不担心，父亲是个明白人，不会收她做女儿的。但以父亲的性格，少不得借此事来戏弄他。

姜拂衣看他无精打采："你真不需要睡会儿休息一下？我瞧你的脸色当真是很不好看。"先是回溯她的记忆，又给漆随梦说一夜的书，不信他不累。

燕澜低声说："不用。"随后垂眸看竹简。犹如被迎头泼了一盆刺骨的冰水，他那颗浮躁的心终于沉静下来，应该可以看进去了。

上午，姜拂衣带上自己的小海螺，前往岛主府去寻李南音，请李南音帮忙盯着林危行。

燕澜复习完对付独饮擅愁的口诀与结印后，又翻到了木隐人。棺木隐下落不明,不知会不会被夜枭谷的魔神寻到,收入麾下。

亦孤行之前抓捕兵火失败,那位魔神发现他们这伙人比想象中的更难对付,若要保住独饮擅愁,很可能会出动大荒怪物,有备无患。

隐约听见柳藏酒在楼下和掌柜讨价还价,他想多买几瓶桃花酿,问掌柜能不能便宜一点。

燕澜知道那是柳藏酒最喜欢喝的一种酒,立即起身下楼去,递给掌柜一个成色普通的储物戒指:"麻烦掌柜将里面的晶石,全部折算成桃花酿,放入这戒指里。"

掌柜打开一瞧,惊讶,他们店里可没有这么多。但他可以出去买,买空整个修罗海市。眼前之人一看便是贵公子,相信不会在意他赚点差价,他连声答应:"是是是!"

燕澜知道他店里存量不够:"有劳。"

柳藏酒却戒备地盯着燕澜:"老实说吧燕澜,想要我做什么?无事献殷勤,非奸即盗,肯定不是什么好事。"他又伸手遮住嘴,压低声音说,"如果是偷鸡摸狗的事,平时没问题,如今我大哥在,我不太敢。"

燕澜:"……你莫要多心,纯粹是赠你的谢礼。"

柳藏酒纳闷极了:"谢礼?你上次送我家禽,是我帮小姜对付闻人枫,这次谢我什么?"

燕澜心道这是一份大恩:"谢你来我万象巫盗取相思鉴,阴错阳差寻到阿拂,刨土刨了大半个时辰,令她重见天日。"也谢自己一时好奇,追了上去。所以燕澜想了想,从柜台取走一瓶桃花酿,提着回去。

柳藏酒更是不解,望向他的背影:"不是,这都多久以前的事了,你直到现在才想起来谢我?"

燕澜沉默片刻:"没错,是我先前忘记了,所以此番多补偿你一些,不必客气,安心收下便是。"

柳藏酒终于笑出了两个酒窝:"说实话,要不是我有大哥,我真想认你做大哥。"

刚说完,他立马感觉背后传来一股杀气。不必转头,他也知道是他大哥从岛主府回来了。

柳藏酒拎着两瓶酒跟着况雪沉上楼,抱怨道:"同样是为人兄长,瞧瞧人家姜拂衣的兄长,再瞧瞧你。平时在自己家中,我想喝口酒,还要去地窖里偷。"

"你就喝吧,多喝点。"况雪沉踩在木梯上,脚腕上的铃铛一阵晃动,"我看你第二条尾巴何时才能长出来。"

"你干吗非得让我变成九尾狐啊?"柳藏酒对赤水九尾狐族反感得很,仅因为他天生一条尾巴,就将他视为不祥之物,连亲生父母都同意将他天葬。

因此,哪怕每条尾巴都代表着命数和力量,柳藏酒也不想让那些无情无义的赤水狐族开心。他就是要以不祥之物的身份活着,活得长长久久,让赤水狐族整天担心受怕。

"而且大哥,你知道我的尾巴多沉吗?只有一条,屁股已经很累了,我都不敢想,等到长齐九条尾巴之后,屁股会有多沉。"

况雪沉停下脚步,扭头瞪他一眼:"这也算个事?"

柳藏酒赶紧闭嘴。等况雪沉继续上楼梯,他才撇撇嘴:"尾巴不长在你屁股上,你说得轻巧。"

况雪沉深深吸了口气,出门在外,忍住不回头踹他下楼。

被柳藏酒一打扰,燕澜才想起取出传音符,去联络暮西辞,告诉他可以回岛上了。

暮西辞答应下来。传音符熄灭许久,暮西辞依然望着灰烬。

柳寒妆才刚起床,坐在妆镜前梳头:"怎么了?"

暮西辞摇摇头:"没事,担心那个妖怪不好抓。"

-417-

柳寒妆早就发现自他从岛上回来，他的举止行为颇为古怪，总是一副欲言又止的模样。她不敢妄动，安心等待他先出招，她见招拆招。但明早柳寒妆是一定要上岛的，如今她一家人都在岛上，容不得任何闪失。若有问题，必须提前解决。

柳寒妆引着他道："夫君，你是不是有什么话想和我说？"

暮西辞的确忍耐了许多天，即将对付独饮擅愁，心里憋着这样的事情，对他极为不利。他咬了下牙，最终问出来："夫人，你我之间究竟是什么关系？"

柳寒妆心头猛然一个"咯噔"，却故作狐疑地道："自然是夫妻，不然呢？"

既然开了口，暮西辞坦然许多，语气低沉，目光也有些逼人："我上次去往修罗海市，遇到了我从前的仆人，他说我家中曾经有个未婚妻，还说我是和一位医修外出采药才会失踪，更说我从前在家中十指不沾阳春水……"

柳寒妆万万不曾想到，一瞬手脚冰冷，如坠冰窖。但多年与他演戏，柳寒妆能极好地掩藏自己的情绪，旋即一手捂住自己的胸口，一手指着他难以置信地质问："你、你家中竟然还有个未婚妻？"

暮西辞质问的一番话都还没讲完，被她反问这么一句，微微怔住，忙解释："我因失忆多年不曾回去，我那未婚妻早已嫁给了其他人。"

柳寒妆瞧上去更气："人家都已经嫁人了，你还口口声声你的未婚妻，看来你很是惋惜啊！"

暮西辞无奈，不能继续解释了，越解释她越要胡搅蛮缠。然而，他原本的焦灼不安竟然奇怪地减轻了一些。

暮西辞放轻了点声音："夫人，你说你被天雷劈到了头，也不太记得从前了。我从仆人口中得知之后，只会觉得问题出在我的身上。可你又时常回忆我这也会，那也会，但我明明什么都不会。"无论怎样想，都觉得她有问题。

柳寒妆指向桌面上的粥菜点心，是她正准备要吃的早饭。

"你不会？你告诉我哪样你不会？"

暮西辞张口就想辩解，这都是自己占据躯壳之后重新学的。如此一来，他就露了馅。暮西辞心中憋闷，半天说不出一句囫囵话："可能是娶了你之后重新学的吧……"解释完之后，倏然觉着真有可能。自己这把年纪了都能学得会，"暮西辞"娶她之时仍然是个少年人，为讨好夫人，学起来更简单轻松。

暮西辞正凝眸思索，听见柳寒妆略带哽咽地指责道："你倒是给我解释解释，你家中已有未婚妻，又为何要改名换姓来娶我？还带着我拜入御风阁？你、你究竟是存的什么心思？"柳寒妆的虚弱不是伪装，情绪波动过大，她头晕眼花，摇摇欲坠。

暮西辞连忙上前扶着她，让她坐下来，惭愧不已："夫人莫要激动，是我思虑不周，我……估计是中了岛上怪物的圈套，幻化出一个仆人，故意扰我心境，毕竟巫族少君说他是个善于操控愁绪的怪物。"

暮西辞心知和独饮擅愁没有关系，只能先推到他头上去。至于真相，不知是不是"暮西辞"遭他那未婚妻逼迫，不得不带着心上人隐姓埋名。

柳寒妆也怕再说下去兜不住，抓住他的手臂，语气听上去颇为担心："看来这只妖怪确实不容易对付，要不然你还是别去了吧。"

她不太敢让暮西辞前往修罗海市了，不知是不是从前畏惧他太久，方才他质问她时，眼底的冷沉太过陌生，令她心有余悸。

燕澜的担心不无道理，毕竟是个因为冲动犯过错的甲级战犯，摸不准他会因为什么再次冲动。她要尽快好起来，让他放心，主动去接受封印。

"不行。"暮西辞摇头拒绝，"我必须要去帮忙。"

"为什么？"他很少不听她的话，柳寒妆想起姜拂衣，有本事半夜将他拉出去聊天，难道……

暮西辞无奈："是你答应过的，你忘了？"若不是夫人承诺，他真不想去，又不是非他不可。从前一边答应神族，一边应允魔族，趁机逃跑的事，他干得不少。

柳寒妆微愣。

暮西辞掀开粥碗盖，又将勺子递给她："不打紧，独饮擅愁也没你以为的那么厉害，我心中有数。"当年暮西辞因是主动站出来被封，既没被九天神族打残，所受封印比起其他怪物，似乎也稍微温和一点，至少不需要像他们一样躲起来疗伤。

柳寒妆舀了一勺粥，回想起这一路走来，她这"夫君"待她是好，无可挑剔的好。可惜那是他眼瞎，误以为她是个忠贞不贰的好女人。

"哐当！"她突然将勺子扔回碗里。

暮西辞心头一跳。

柳寒妆委屈极了："就因为一点怀疑，你就冲我发脾气？"

他顶多是语气比平时稍微硬了几分，绝对谈不上发脾气。

夫妻二十年，暮西辞还是知道该怎样哄她的："夫人，我已经知道错了。是不是不合胃口？我这就去给你做一份甜品。"心情不悦时，她最喜欢吃甜食。他赶紧起身去借用客栈厨房，不然能被数落一上午。挨骂是小，别将她给气出个好歹。

三日后的晚上，无忧酒肆门外。

街上又是人潮汹涌，酒肆廊下的灯火全部燃起，瞧着一派歌舞升平的气象。

"现在进去？"姜拂衣穿了件比较飒爽又鲜艳的黄橙色男装，她身材原本就高挑，至少从身形上来看，像模像样。她腰间佩戴的玉饰，由燕澜施展了一道秘术，能够遮掩气息。一两个时辰内，无法窥探出她的性别和修为。

无忧酒肆同样接待女客，姜拂衣之所以如此打扮，是担心被独饮擅愁认出自己是个石心人，当场给她爆出来。

其实爆出来也无妨，因为她发现了一个问题。大荒怪物们知道石心人是大铸剑师，可以铸造神剑，操控剑傀，但似乎并不知道他们铸剑使用的每一颗剑石，都是取自心脏。缺失这样一个环节，便少了明显的怪物特征，《归墟志》上暂时没看到，燕澜也不能认定她就是怪物。

"进去吧。"燕澜提醒柳藏酒，"你进去只需喝酒，不要东张西望。"

毕竟是去救二哥，柳藏酒心里紧张，早已开始东张西望，寻找大哥的身影。大哥和李南音说会兜底，也不知道他们躲在哪里。

暮西辞来过一回，轻车熟路，第一个往酒肆里走。

姜拂衣跟上去，一旦跨过无忧酒肆的门槛，等于突破了一层结界。原先隐隐约约的丝竹管弦之音，骤然在耳边放大，再加上酒香四溢，脂粉浓郁，熏得姜拂衣有些晕晕乎乎。

等走到厅内，周围是流觞曲水的景象。客人男多女少，因是来消愁的，多半是独坐，但也有三五成群的好友，言笑晏晏。

再看溪流环绕着的中央位置，是一座偌大的高台。高台上两侧端坐着几十位乐师，正中则有十几名美艳女子翩翩起舞。无论是缠满飘带的衣裙，还是所舞的内容，都令姜拂衣耳目一新。

"果然是个人间好地方。"姜拂衣觉得自己不用喝什么忘忧酒，都心情舒畅。美景美人，谁不喜欢。

她转头，瞧见燕澜望着高台，视线凝在那一众舞姬身上。姜拂衣自然知道他不会是因为好色，却故意逗他："大哥，你看上哪个了？"

燕澜连忙收回视线，迅速跟随女侍奉入座："我是看她们跳的舞，属于祭祀舞，古籍上见过，却残缺不全，今日竟见到了完整的。"

姜拂衣坐在他身边："祭祀？独饮擅愁想搞什么？"

燕澜摸不准："这种舞通常作为祈福使用，没有危害。"

暮西辞和柳藏酒坐在他二人对面,想着既然一同前来,柳藏酒也该知道他的身份,暮西辞便直言道:"不必多心,独饮擅愁虽血腥残暴,但他又精通乐舞,偏爱享受。相貌一般,却整天打扮得花枝招展,像只求偶期的孔雀,身边侍女成群,出门至少十几个美人抬轿。漫天神魔之中,你能一眼认出他,比狐狸还骚。"

柳藏酒正咂巴着品酒,闻言扭脸看他:"你说谁骚?"

暮西辞道歉:"对不住,我总忘记你是只狐狸。"

姜拂衣用手肘抵住竹桌,托腮打量周围:"那看来他会选择无忧酒肆,也不全是酒肆里的愁绪特别多的缘故。"

暮西辞点头:"我之前猜测是他,也是从这两处综合考虑的。"

仙乐飘飞之中,燕澜已经锁定了一个可疑人物:"会不会是他?"

暮西辞顺着他的视线望过去,瞳孔一缩:"是他。"

姜拂衣呼吸一紧,也望过去。只见二楼凭栏站着一名男子,眼尾轻挑,嘴角勾起,长发束得松散,髻上簪了一枝重瓣茶花。绣着相似茶花的衣衫宽阔轻薄,领口微敞,瞧上去浪荡又风雅。

姜拂衣呆了呆,没想到独饮擅愁,竟是个这样充满"诱惑"的英俊男人。

燕澜正要叮嘱姜拂衣一些事情,却瞧见她凝视独饮擅愁,流露出呆滞的表情。

燕澜微微蹙眉,再次看向二楼。姜拂衣难道喜欢这种看上去就颇为放荡的男子?所以无论哪一种漆随梦,还是燕澜自己,都入不了她的眼?

其实姜拂衣的呆滞,并不是因为惊叹。暮西辞才刚说过,独饮擅愁相貌比较一般。那他一直形容她先祖是个美男子,先祖得有多美?

高台一曲舞罢,独饮擅愁转身离开。

"他走了。"柳藏酒想问何时动手。

"再看看。"燕澜回过神,继续观察周围。

夜枭谷在暗,他们在明,不得不防。

独饮擅愁回去自己房间里。房内陈设精美雅致，纱幔层层叠叠。

他回到藤椅上躺下，从果盘里拿了一颗葡萄扔进嘴里："况子衿，你说请了两路救兵，为何还不到，我都等得有些着急了。"

被无形锁捆住的况子衿，盘膝坐在窗户下方："我觉得他们应该来了，又畏惧你的天赋，先去解决下各自的烦心事。"

独饮擅愁"哦？"了一声："他们连我的天赋都知道？"

"当然知道，他们之中有巫族少君及焚琴，拿捏你还不是轻松简单？"此话不是况子衿说的，出自一个女人之口。

独饮擅愁面色一肃，惊觉起身："谁？"

"看来被封印得太久，你退化得厉害，不仅没有发现我的存在，连我的声音都听不出来了。"房梁上跃下一只猫，竟是一只木头猫。

独饮擅愁微讶："棺木隐？你也逃出来了？"

棺木隐语气冷冷："二十一年前封印动荡，不止我出来了，还逃出来了好几个。不过目前我只知道你，以及焚琴。"

独饮擅愁瞳孔微缩："你是说劫火？"

棺木隐反问："不然呢。"

独饮擅愁不解："你刚才说，他是来抓我的？"

棺木隐道："此时正坐在外面，准备与巫族少君联手抓你。"

"不会吧？"独饮擅愁不是特别相信，他记得焚琴的性子非常孤僻，几次被抓回地牢里，不仅一言不发，还总喜欢面对墙角坐着，想看他的正脸都不容易。

此番逃出来，依照他的性格，还不赶紧躲去荒芜之地？不，焚琴会逃出来都令人惊讶。以往将他救出神族封印，哪一次不是魔祖亲自去拽，拔萝卜一般，才将他从封印里强行拽出来。

"不对。"木头猫忽又道，"石心人或许也在，我五年前在地穴曾

经见过一只小崽，和奚昙的气息有一些接近。"

"好多老朋友哦。"独饮擅愁以为自己是个例外，没想到现如今的人间还有其他怪物存在，还都是熟人。

棺木隐看向他："总之，你这次危险了。"

独饮擅愁嬉皮笑脸："好姐姐，你这不是来帮我了？"

棺木隐淡淡地道："我本体受损严重，帮不了你太多，不过夜枭谷的魔神请了位救兵来帮你，也是从封印里逃出来的，我暂且不知是谁，只知此时同样在外面。只要你点头答应加入夜枭谷，他便会出手相助，保你安然无恙。"

"原来你是来当说客的？人间的魔神？多大本事啊，也想来招揽我？"独饮擅愁好笑，睨一眼木头猫，"他许我什么好处，又许你什么好处，他知道你大哥葬木隐的下落，承诺帮你救他？"

棺木隐不否认："但此人确实不弱，至少我们才刚重临人间，需要他的帮助。"

一直默默听着的况子衿插嘴："这位前辈，其实那位魔神许你的好处，并不算什么好处，你大哥的下落，我也可以告诉你，你还是不要为他效力了。"

棺木隐这才朝角落的书生望过去。

况子衿告诉她："你大哥就封印在我们温柔乡。"

棺木隐愣住。

"你说的那个魔神，当年想解开封印，来我父亲身边潜藏了几百年，但最终还是被我父亲识破，险些将他打死。"况子衿身为鉴真镜，说不了一句假话，也无法忍受任何人说假话，憋不住必须讲，"所以他承诺帮你救你大哥，是谎话，你尽快远离他吧。"况子衿又一拍脑门，"糟糕，我喊我大哥来救我，他肯定会使用傀儡术，此刻我们温柔乡几乎毫无防备，你若前去拆封印，我大哥可能会受重伤。"说完，他立马捂嘴。

完蛋，可是完全控制不住自己的嘴啊，怎么办？

木头猫却冷冷一笑："你是个傻子，还是你当我这个老家伙是傻子？想引我离开修罗海市，也麻烦你想一个聪明点的办法。"遂不再搭理他，继续询问独饮擅愁，"尽快考虑一下，我们都会帮你。"

况子衿又打算说话，独饮擅愁也心烦呵斥道："闭嘴！"

况子衿无语，怪不得每次出门之前，大哥总会教导他，落到贼子手中不必自控，尽管畅所欲言。原来外面的人都不信真话，只信鬼话。

独饮擅愁重新在藤椅上躺下："夜枭谷那位魔神招揽我，不，他招揽我们，是想做什么？"

棺木隐道："你管他想做什么，总之放出所有被囚的大荒同类，本也是咱们该做的事情。瞧瞧咱们的大荒，已经被人族糟践成了什么模样。"

独饮擅愁跷着二郎腿，晃悠着藤椅，又想去拿葡萄吃："你还没说，他许我什么好处？"

木头猫跃上桌面，抬起前肢将果盘踢飞："你如今身处险境，我们来救你，还不算好处？"

独饮擅愁不屑一顾："我可不怕劫火，从前一贯是他怕我。至于巫族少君，一个小崽子罢了。九天神族我都不怕，怕他区区巫族？"

棺木隐："你不是从前的你了。"

独饮擅愁："别以为我没听说，巫族也不再是从前的巫族。为自保，连神族留下的天灯都献给了帝王。"

关于这一点，棺木隐也不是很懂："但魔神再三叮嘱我，莫要轻视这位少君，在他伤愈出关之前，尽量避着此人。"

独饮擅愁沉吟片刻："行，我答应加入夜枭谷。告诉魔神请的那位救兵，可以动手了，也好让我瞧瞧是哪一位老友。"

"不急。"木头猫跃下桌面，朝外走去，"我先去和他们交涉一番，莫要什么都诉诸武力，那是下下策。这位少君肯与怪物合作，不是个迂

-425-

腐之人。"

独饮擅愁朝她拱手笑道:"姐姐不愧是魔祖身边的军师。"

木头猫似液体一般从门缝钻出,途经走廊,拐弯下楼时,已是一位身段妖娆、肤白貌美的女子。

而房内的独饮擅愁则看向了况子衿:"你刚才说葬木隐被囚禁在温柔乡,是真话吧?"这阵子,他一直试图控制况子衿却屡屡失败,知道这家伙没心没肺、脑袋空空。

况子衿脱口而出:"是啊,我不是告诉过你了,我说不了假话,且有问必答。"说完立马又捂嘴。平时他可以用禁言咒自控,但他的法力被独饮擅愁禁锢住了。

况子衿又好奇:"你既然相信我,怎么不告诉她?"

独饮擅愁冷笑:"我为何要告诉她,对我有什么好处?我的修为远远不及葬木隐,放出来压制自己?再说了,棺木隐若真跑去救她大哥,那岂不是少个人救我?而且……"独饮擅愁闭了嘴,睨向况子衿,"你是不是还有什么神通,会让别人对你说真话?"

况子衿忙摇头:"没,我没你想的那么厉害,就只是能辨别你们是人是妖。必须说真话是我的本性,而你说真话还是假话,我控制不了,也分辨不出。"一旦分辨出,就必须纠正。

独饮擅愁自嘲地笑道:"那就是我潜伏人间二十年,伪装得太辛苦,难得遇到一个傻子,松懈了吧?"

无忧酒肆附近的屋顶上。李南音受姜拂衣所托,全神戒备,观察着每一个靠近无忧酒肆的人,以免天阙府的林危行靠近而不知。况雪沉则站在屋脊上,仰望头顶的星空。

他是孩童的身形,故而李南音总是坐在屋脊上:"燕澜说棺木隐可能会来,你不担心你二弟那张管不住的嘴,将你们温柔乡的底儿全透给她。"

况雪沉声音淡淡："我还挺希望她相信，立刻去救她大哥，这里的压力会小一些。"

李南音不免担心："但你抽神魂回去，损伤极大。"

"用不着，我请了朋友为我护法。"况雪沉朝温柔乡的方向望了一眼，"何况……"何况温柔乡里镇压的，根本不是葬木隐，是比葬木隐更强的存在。

柳家人因为住在英雄家里，包括夜枭谷那位魔神，都在猜测英雄家下镇压的是葬木隐。魔神混在他父亲身边多年，正是因为猜错了封印的属性，才功亏于溃。棺木隐去，更会遭受重创。

"我二弟所知的那些关于那只怪物的信息，多半都是杀敌的刀。"

李南音知道自己不该怀疑他，关心则乱罢了："你父亲怕也想不到，他被人狠狠欺骗过后，想给你一个永远不说谎的亲人，反而将你逼迫得时常撒谎。"

况雪沉道："父亲虽然走入了极端，但他的初衷始终是达成了，我确实多了三个永远也不用担心背叛的亲人。他们令我本该归于平淡的人生，变得丰富多彩。"

李南音笑出了声："究竟是丰富多彩，还是鸡飞狗跳啊？"又戏谑道，"其实还能再丰富一些，只是你不敢罢了。你被束缚在温柔乡，你的夫人又不会被束缚，她嫁给你之后，照样可以拥有广阔的世界，所以我不知你怕什么，是怕自己无法相伴追随，你夫人在外另觅新欢，你无计可施，只能被活活气死？"

况雪沉从前听惯了她的调侃和激将，一概置之不理。如今见她修为卡在原地不动多年，沉默许久，他回应道："我是担心我的夫人死得太早，我会难过着度过余生。"

李南音诧异着侧目，凝视身畔冰肌玉骨的孩童："可以啊况雪沉，

-427-

如今竟然学会还嘴了？"

况雪沉展开手臂，夜风拂过他的齐耳短发："你知不知道，我为何会打造出一具孩童分身？"

李南音确实不解，他不可能怕她不轨。

况雪沉默默地道："分身是拆我肋骨制成的，而我的骨龄，与我的寿数相比，就只是一个孩童。"

李南音目露惊讶，她三十年前认识况雪沉时，他就已经是个成年人模样："你难道是妖族？"

况雪沉道："我是人，长寿人。"

李南音眨眨眼睛："长寿人？"

况雪沉解释："我们柳氏一族的先祖，在古大荒时代，曾经吃过一颗由天地孕育而出的长寿果，因此，我们柳家人即便不修炼，也能活到三四千岁，这是我父亲能够修炼到地仙巅峰的一个重要原因。而你即便突破了地仙，最多也就一千年的命数。当我习惯了你的陪伴，而你又寿终正寝了，往后的两三千年，或者三四千年，我该如何度过？"

李南音从不知这些，微微愣住。

况雪沉继续道："你就会想着给我生个同样长寿的孩子，代替你陪伴着我。而我们的孩子，又要担负起看守封印的责任，你于心何忍？"

李南音被问得难以开口，脑海里乱了一阵之后，她站起身，低头看他："你骗谁呢？你二弟跟我说过，英雄冢镇压的那只怪物已经十分虚弱，等你修为高深，寿元将近之时，应该就可以杀掉那只怪物，不用下一代再守。这句话难道也是杀敌人的刀？是实话吧？是不是实话！"不然李南音不会一直缠着他不放，她再喜欢况雪沉，也不能让自己的孩子承担这样的命运。

"原本是实话，可我若是娶了你，那就杀不了了。"他微微闭了闭眼睛，"你知道为何我们那里叫作温柔乡和英雄冢吗？和世代镇守的那只怪物有关系。"

从况雪沉曾祖父那一代起,他们就一直在研究提前杀死怪物的秘法,一个同归于尽的秘法。

研究时,需要接近怪物。而接近怪物,必须等到步入地仙。可惜始终没能成功,因为之后的每一代,都不等步入地仙,就会为情所困。一旦为情所困,靠近那怪物,很容易被怪物影响和操控。因此,这秘法的研究,一直搁置至今。

况雪沉看向李南音:"为何我们每一代都会为情所困,葬身于英雄冢?正是怪物感知我曾祖父想要除掉自己,为求自保,不停地在催化我们柳家人的情劫。"

李南音领悟过来,她就是况雪沉的情劫。

他已经下定决心,等突破地仙之后,立刻着手研究秘法,终结掉怪物,也终结掉柳家人的责任,甚至他都不姓柳,随他母亲姓"况"。

况雪沉双眼清澈,言辞诚恳:"从前你被兄长逼嫁人,你敢孤注反抗。如今你自认为追求所爱,其实仍是在遭受命运摆弄罢了,你甘心吗?"

李南音面无血色,抿唇不语。她心性一贯好,况雪沉并不担心,只劝道:"莫要辜负你昙姜姐姐的一片苦心,你手握逍遥,本该百无禁忌,世上无人能阻拦,宿命亦可斩断。"

"那你呢?"李南音压下心头的纷乱,"你让我斩断宿命,你却去成全宿命?"

况雪沉轻声浅笑:"南音啊,你可知这世间想逃逃不掉,想躲躲不了的才叫宿命。而我心甘情愿接受我族镇守一方太平的责任,这叫作传承。"

无忧酒肆里。棺木隐下楼之后,绕开人群,直奔着燕澜和姜拂衣那

桌而去。

燕澜先感知到了异常，朝她望过去，旋即瞳孔微缩，低声提醒："棺木隐来了，应是不想直接动手，先来和我们谈一谈。"

他认脸认出来的。虽然棺木隐已经人相化，但依然还有之前木头人的五官特征。

姜拂衣忘记了地穴里的事情，抬头看她，没有一点熟悉感。

棺木隐却在与姜拂衣视线对上时，脚步微微一顿。旋即认出，姜拂衣是地穴里那个小崽，做这身男装打扮，竟和奚昙有几分相似，一时令她愣了神。

姜拂衣与她隔空对视，从她的眼神中读懂了一条信息。她之前提过的那个"昙"，应该是她的外公。

姜拂衣也是最近才知道母亲叫昙姜。听燕澜讲述时，她还以为"昙"是母亲。可这棺木隐瞧见自己，宛如瞧见熟人，只能是外公了。因为母亲常说她长得像外公。

棺木隐回过神，扭着腰肢上前去，准备和他们谈判。她先从熟人着手，落落大方地坐在了暮西辞的身边："焚琴，好久不见。"

暮西辞闻言一愣："我们认识？"

棺木隐脊背微僵："你不认识我？"

暮西辞不认识，还是听燕澜说起才知道有这种怪物。棺木隐难以置信："咱们虽不曾接触太多，但从前也见过不少次。何况我和兄长在大荒赫赫有名，你真不记得？一点印象都没有？"

暮西辞以前很少去记别人的脸，只记一些特征，比如独饮擅愁永远穿不整齐的衣裳，和发髻上的山茶花。听棺木隐这样说，他便蹙眉盯着她仔细打量。好像是有一些眼熟……忽地如遭雷劈，暮西辞慌忙收回视线。

棺木隐莞尔："想起来了？"

暮西辞是想起来了，他已有妻室，不该如此近距离盯着女子的脸瞧："棺姑娘，我如今已是有妇之夫，你还是坐去对面吧，以免我夫人瞧见了误会。"

棺木隐一愣。

见她愣着不动，暮西辞请求："燕澜，我们俩换下位置。"

燕澜同样坐着不动："你还是和小酒换一换吧。"

"我和你换。"柳藏酒立刻站起身。若是别人，他多少会调侃一句老妖怪竟然还会怕老婆。但换成自家"三姐夫"，只觉得三姐真是御夫有术。

棺木隐将暮西辞的行为当成是对自己的羞辱，冷笑一声："看来你们并没有诚意与我商谈。"

燕澜想起她在地穴里对姜拂衣的逼迫，待她没有半分好脸色："不知前辈想商谈什么？"

棺木隐看向燕澜："身为巫族少君，你竟能与遭受神族摒弃的大荒怪物合作，让我觉得你是个知变通的人。你们既是来救况子衿的，我们将他还回去，你们放独饮离开，如何？"

柳藏酒一捶桌子："等我们抓了独饮擅愁，照样可以救出我二哥，干吗要和你谈判？你也不要说杀我二可要挟，我二哥可不是那么好杀的。"

燕澜平静地道："我与兵火合作，是因为他已经答应我，稍后会自愿接受封印，你们也愿意？"

棺木隐再次诧异地看向暮西辞。

"且兵火自出封印从未害过人，做的也是降妖伏魔的善事。"燕澜质问道，"而前辈尚未出封印，便在北境设下血祭大阵，妄图以数千人牲献祭，你们岂可混为一谈？"

棺木隐面色如常，甚至淡淡一笑："你想抓我们也不必急于一时，如今你方顶用的，只有你这巫族和兵火族两个……"踟蹰了一下，她的视线挪到姜拂衣身上。

姜拂衣在旁品尝水酒，默默听着，不插嘴也不看她，怕将话题引来自己身上。

因有法咒在，棺木隐窥探不出她的气息。距离上次见面只过去五年，这小石心人仍处于幼年期，应该不顶什么用。棺木隐又重新看向燕澜："而我们却有三个人，你们选择动手，实在是很不明智的举动。"

三个人？燕澜微微皱眉，除了棺木隐，竟然还藏着一位怪物。魔神想保下独饮擅愁的心思，看来非常坚定。

燕澜问："前辈似乎并非本体？"

棺木隐承认："没错，我的本体并未上岛，但稍后动起手来，我也并非主力。"

燕澜瞧她颇自信的神态，料想第三只怪物的等级应与她差不多，迅速在脑海里将《归墟志》第一卷第二册的怪物过了一遍。

棺木隐沉声道："以我们三个的实力，想要兵火族的命不容易，但杀你区区一个小巫族绝非难事。只不过我们才刚从封印出来不久，耗费元气对我们也并无任何好处。所以咱们各退一步，此番先散去，给你个机会，回领地去请你族大巫，备齐了人手再来抓我们。"

燕澜摩挲酒盏："前辈这是在与我商谈，还是在恐吓我？"

棺木隐勾起嘴角："都一样，小家伙，你了解我的意思就行。"

"且先试试吧，打不赢你们的话，我会求饶。"该打听的都打听完了，燕澜不想再与她多费口舌，"不然就这样任由你们离开，不知又会有多少人命丧在你们手中，都将成为我的孽债。"

"魔神总是抬举你，我还当你是个聪明小子，不承想也是个蠢货。"棺木隐冷笑地起身，"你们巫族从前是神族的狗，神族都已经离开了人间，依然奴性不改。"

燕澜瞧不出一丝气恼，正要驳回去。姜拂衣知道他讲究，出言最多是奚落和讥讽。她就不一样了，抢先一步骂道："至少我们巫族始终都是神族的狗，而您从前是始祖魔的狗，如今改做人间魔修的狗，这落差还真是很大，难怪会四处咬人。"

棺木隐也不见生气，而是惊讶："我怕是认错了，你岂会是奚昙的后人？"

暮西辞听到这个名字，顿觉十分耳熟，好像与他相识的那位美男子石心人，就叫什么昙。

便在此时，独饮擅愁出现在二楼栏杆处，双臂搭在栏杆上，声音压低："既谈不拢，那就动手吧，我准备好了，你呢？"

话音落下不久，有个恹恹的声音回复："我已经动手了。"

独饮擅愁的眉头旋即一皱，竟是这个讨厌的家伙。

"那就不要废话了！"柳藏酒早忍不住，甩出鞭子，去抽身旁的棺木隐，"杀她一具分身再说！"

"砰！"淬着灵力的长鞭抽在硬邦邦的木头上。原先的美人，已经变成一具木头架子，被他抽得四分五裂，木屑乱飞。

暮西辞也取出赤麟剑，倏然指向二楼的独饮擅愁，答应对付他，就只对付他。

剑气一出，激荡在酒肆之内，打断了原本的笙歌燕舞。乐师和舞姬纷纷跃下高台，躲去一边。众客人也都全神戒备。

修罗海市不同外面，岛上没有修为的普通人极少，故而这样的场面，并不会令他们惊慌失色。有客人认出了赤麟剑，惊讶地道："御风阁，剑仙暮西辞？"

独饮擅愁身体前倾，几乎将脑袋伸出了栏杆外，打量着出剑之后，一副正气凛然的暮西辞，忍不住抽了抽嘴角："你变得可真多啊，竟然都当上剑仙了，还似模似样的。"

"何人在此闹事？"无忧酒肆的馆主从高处飞落至高台，修为和暮西辞差不多，也是人仙中境，"不知道修罗海市禁止动武的规矩？无论

什么理由，先动手的立刻去岛主府接受惩罚，否则休想离开修罗岛！"

燕澜这才起身，指着地上的木头碎屑："是她先动的手，她应是杀了你们酒肆里的一名舞姬，施展法术令这舞姬木化，又假扮舞姬，想来害我们。"

"木化之术？"馆主随着众人一起望过去，"只剩下一堆木屑，随你们怎么说都行。我也可以说，是你们施展法术将我们的舞姬木化，然后杀死。"

独饮擅愁在二楼露出恐惧的表情："馆主，他们说的都是真的，咱们酒肆里来了一个懂得木化之术的妖怪。哦，不，来了两个妖怪，另一个躲在那里呢……"

他指向角落里的一位身披黑斗篷、戴面具的客人。这样的打扮，在修罗海市随处可见。

独饮擅愁控诉道："我看得清清楚楚，这妖怪在那小狐狸挥鞭子之前，就已经动手了。"

众人的视线又纷纷望向角落，包括燕澜和姜拂衣。两人都不太理解，独饮擅愁这是在干什么。

遮挡严实的黑斗篷顿时化为一团黑光，在众目睽睽之下，飞出无忧酒肆。

"独饮擅愁和棺木隐交给你们。"燕澜交代一声，立即追出。根据棺木隐的说辞，这一只怪物才是主力，比分身状态的棺木隐厉害，也比重伤状态下的独饮擅愁更强。

追到酒肆外的长街上，因为修罗海市上空无法飞行，黑光只能从行人头顶掠过，引来一阵骚动。

燕澜并未追逐，停在酒肆门口迅速结印："万物之灵听我令，起！"就见黑光奔逃的前方，顿时凝结出一块硕大的六边形金色光盾。

黑光立刻转向。

"嗡！"再是一块金色光盾。

黑光再转，"嗡——嗡——嗡"，一块块散落悬浮的六边形光盾，似拼图一般，竟逐渐连接起来，结成一个巨大的蜂巢，完全将黑光困住。

"铛！"位于正中央的岛主府响起钟声。这是每晚宵禁的信号。

大家知道出了大事，修罗海市内摊贩收摊，门店闭店。游荡在各个角落的客人，胆大的跑回客栈，胆小的跑去渡口。钟声一响，说明有船返航。

无忧酒肆内的客人自然也开始跑，独饮擅愁也趁乱跑。

暮西辞跃上二楼去追，一道火线自剑尖飞出。这次出剑和平时出剑不同，剑气之内蕴含了兵火族的天赋力量。

独饮擅愁回身拂袖，一股无形之力缠上那道火线。暮西辞顿时觉得心烦意乱，烦躁得抓狂，烦得恨不得用脑袋撞墙。

独饮擅愁也好不到哪里去，眼底旋即涌出一股暴戾，无法冷静，想要毁天灭地。

暮西辞默念剑诀自控："你比从前弱了太多。"

独饮擅愁没得对比，因为从前没有感受过他的力量，只说："你追我干什么？况子衿就在房间里，你去救就是了！刚才巫族那小子说，你和我们不同，可我逃出封印之后，也没害过人，按照罪过大小，你们应该先去抓棺木隐和枯疾啊。"

"枯疾？"暮西辞瞳孔紧紧一缩，"刚才那个黑斗篷是枯疾？"

"对啊！"独饮擅愁点头，"你们之前和棺木隐聊天时，他就已经对你们下过一次手了。你再多耗费一些元气，很快就能感受到身体不适。"

姜拂衣跟在暮西辞身后，此刻也站在走廊里："枯疾是名字，还是种族？"

"疾是他的种族，枯是他的名字。"暮西辞忧心忡忡，"枯疾会放

大对手身体的疾病和损伤,对付他,身体不能有一丁点的问题,否则,皮外伤可能会流血致死,脏腑受损可能会肠穿肚烂……"

先前不知还好,暮西辞感觉自己的左手臂有些隐隐作痛。这是他的一处旧伤。

姜拂衣感知了下身体,也觉得心脏有一些疼痛。

独饮擅愁见他二人都微微变了脸色,又笑道:"也无须太紧张,瞧瞧咱们,就知道枯疾现在也远不如从前了。不过你们最好赶紧去帮燕澜,别让他受太重的伤。棺木隐看我不中用,不会再保我,肯定会去保他的,你们让燕澜一个人类小伙子对付两个大荒老怪物,真不怕他吃亏啊。"

"二哥,原来你在这儿!"走廊后方尽头的房间里,听见柳藏酒惊喜的声音,他已经找到了况子衿。

人既已救出,暮西辞想收剑了,和姜拂衣商量:"我觉得他说得对,轻重缓急,先对付枯疾。"

姜拂衣看向独饮擅愁:"他们来救你,你为何出卖他们?"

"他们想逼我为那什么夜枭谷效力罢了。"独饮擅愁挑了挑眉,"你刚才不是说了嘛,我们从前都是为始祖魔效力,如今岂可自降身份?我虽修为不如从前了,傲气还是有的。"何况他们还想去救出更多怪物,推倒人间,重塑大荒。独饮擅愁从前之所以要帮始祖魔,就是想看大荒逐渐崩坏。

大荒实在太乏味,太单调了。三步一规矩,五步一信仰,世人视朴素为道德,极鄙视享乐,也没有什么可供享乐。而现在的人间多美好,单是美酒就有上千种类别,每天品一种都够他醉上千日,又何必再去打打杀杀找乐子呢。

独饮擅愁突然朝暮西辞挥出一道无形之力,旋即再度逃跑。他逃得极快,不要命地逃。而暮西辞这一挡,手臂更痛,沉得抬不起来,不好追了。

独饮擅愁笑着留下一句话:"小石心人,不晓得你知不知道,你家传有一医剑,可以消解病痛,克制枯疾。"

姜拂衣此刻已是心痛难忍,早想到了凡迹星的医剑。但凡迹星不在,自己哪怕重新铸一柄医剑,时间也来不及啊。就算时间来得及也不行,姜拂衣按紧自己的胸口。她这颗心脏在稚嫩时期受过重创,虽然已经差不多复原了,却还没有完全"成熟",无法采摘铸剑。

"先出去,看看燕澜怎么样。"姜拂衣刚转身,脚步虚浮着打了个趔趄。

没有医剑的情况下,枯疾反而是石心人的克星。因为石心人只要摘过一次心,心脏便是损伤过的,还是一种很惨烈的损伤。

姜拂衣甚至怀疑,外公是不是曾经吃过枯疾的亏,才去精修医道,随后铸造出医剑。

是,心剑的剑意,并不能由着石心人天马行空地赋予。言灵一般,说这柄医剑能斩疾病,就能斩疾病。必须石心人自己先参悟了此道,铸剑时才能赋予其剑意。

万幸的是,祖上一旦赋予成功,后代也能赋予。哪怕姜拂衣不懂医道,也能铸出一柄医剑。其实从一定程度来讲,他们这个种族,在铸剑方面该是越传承越强才对。好几代长辈通过修炼和参悟积累下来的"剑意",全部印刻在血脉里,成为留给小辈的宝贵"家产"。

酒肆外灯火通明的长街上,半空中,巨大的法盾蜂巢内不断传来震动,被困在内的怪物挣扎不休。

燕澜艰难地结着手印,嘴角已经有血流出。和盾术无关,是他身体原本有伤。

燕澜已经知道这怪物的身份,第一卷第三册的"疾"。

唯一不解的是,为何自己的眼睛也会疼痛。火烧似的痛,比身体任何一处旧患都痛,痛得燕澜一时想不起来该怎样对付枯疾,只能暂时将

他困住。

"哗！"鸟雀惊飞，像是一个讯号，潜藏在修罗海市里的十几个夜枭谷魔修，倏然从暗巷跃出，朝燕澜背后攻去。

暮西辞恰好从酒肆出来，及时出剑，一道道火线将一众魔修紧紧缠住。其中两个漏网之鱼，一个被柳藏酒的鞭子挡住去路。枯疾瞧不起这只狐狸，四个人里，唯独没有朝他下手，因此，他还是生龙活虎的。

另一个魔修，则被姜拂衣的音灵花丝操控，以她如今的精神力，直接令这魔修自震灵台而亡。但这一出手，姜拂衣心脏绞痛，踉踉跄跄，下台阶时险些滚摔在地上。

"大哥，你怎么样？"她扶着墙，望一眼前方燕澜的背影，又望向更远处闪着金光的圆形光盾结界。

"还好。"燕澜忍住双眼的强烈不适，维持声音平稳，"你们呢？"

"独饮擅愁逃了……"姜拂衣大概解释了下，以秘法传音，"他是枯疾，凡迹星的医剑能克制，但凡迹星不在，我试试能不能铸几柄简易的出来，你撑一下。"

燕澜："现在铸？还是铸几柄？"

姜拂衣："对。"不能以心脏来铸，又没有那么多的时间，质量不足，那就凭借数量取胜。

姜拂衣割破手心，取出一把燕澜先前给她的剑石，握在沾了血的手中。她决定不使用剑炉，试试能不能以意识将这些剑石化剑。

不是铸剑，是化剑。

毕竟棺木隐都能木化万物，石心人拥有剑石之心，将手里的普通石头化剑，应是能够办到的事情吧？化剑的过程中，以心血赋予一些医剑的剑意，速成一批简易版的医剑。但这谈何容易，姜拂衣闭着眼睛尝试许多次，手里的石头仍是石头。

突听"砰"的一声。

姜拂衣忙睁开眼睛，困住枯疾的光盾竟然碎裂出一个缺口！

燕澜遭受反噬，身形猛地摇晃，捂的却是眼睛。姜拂衣瞳孔紧缩，攥住剑石朝他跑过去："大哥？"

燕澜被姜拂衣扶着手臂，放下遮眼的手，勉强站稳："我没事。"

姜拂衣看向他痛得快要睁不开的眼睛，仍是黑色的，但想起之前的红瞳："你的眼睛是不是曾经受过重伤？"

"应该没有。"在燕澜的记忆里，从小到大，并未伤过眼睛，连磕碰都没有。

"嘭！"光盾彻底碎裂。

枯疾逃出之后，见到这场景，倒是不忙着跑了，从半空缓缓落下，怏怏地道："你们这些小家伙是怎么回事？一个个的没有囫囵人，不杀你们，都对不起这时机。"

话音落下，姜拂衣瞧见他突然敞开了黑斗篷。"哗啦啦！"从他身体里飞出无数只魔化夜枭。这些魔化夜枭应该是夜枭谷豢养的，被枯疾拿来使用，定是在其中注入了他的力量。

燕澜原本神情紧绷，却瞧见枯疾用来盛放力量的容器竟然是鸟群，紧迫感瞬间少了一大半。捕鸟，是燕澜闭着眼睛都能做的事情。

他迎着那些夜枭飞来的方向，孤身疾步上前，从储物戒指里取出五枚阵令，默算好方位，逐一抛出。当阵令立稳，燕澜立刻结印："以天为网，地为笼，诛羽阵起！"

五枚阵令冲天而起，化为五道光柱。光柱间电弧滋滋，一瞬结成一个大鸟笼，确保没有一只夜枭逃出笼外。

起阵速度之快，令姜拂衣咋舌。燕澜从前恨鸟妖，真不是说说而已。

枯疾更是难以置信，他甚至都没看清楚这阵是怎么起的，就已经身在笼中。魔神嘱咐得没错，这巫族少君不容小觑。枯疾遂不敢轻视，释放出更多的夜枭："这是个五人大阵，你一个人守，我瞧瞧你能守

多久。"

守不是重点,燕澜边守边吟诵化晦驱病的咒语。鸟笼上空旋转出一抹金色烈阳,不断洒下金光,枯疾顿觉头痛欲裂,那些夜枭更是在笼中狂飞乱撞。

烈阳之下,姜拂衣摸了摸心脏,觉得没那么疼痛了。等燕澜吟诵完,她问:"这是《归墟志》上记载的对付他的办法?"

燕澜仍结着印阵:"是,幸好我这几日有重温过,记得还算清楚……"

其实是因为记忆碎片里,他看到姜拂衣时常病恹恹,才想着多背几遍这道法咒,往后兴许用得到,没想到如此快就用着了。

姜拂衣看一眼枯疾痛苦抱头的模样,忽然觉得神族这本《归墟志》,才是大荒所有怪物的克星。上面肯定也有对付石心人的办法,但现在不是恐惧此事的时候,姜拂衣总觉得以燕澜现在的状态,无法撑完整个过程。她在掌心又划了一条血痕,继续尝试剑化手中的石头。

后方,暮西辞和柳藏酒还在杀魔修。暮西辞一直防备着棺木隐会突然出招,因此只使三分修为,其余都在戒备。

暮西辞忽地感知到剑气破空的声音,对方修为在人仙中境左右。暮西辞锁定方位,好像是冲着姜拂衣来的!他正要提醒姜拂衣,但那道剑气突又消失了。

李南音一直不出手,就等着偷袭姜拂衣的这道剑气,飞身而下:"逍遥!"逍遥剑出,斩断那道偷袭的剑气。遮掩整齐的偷袭者遭受反噬,骤然于暗巷现身,向后趔趄,转身便逃。

李南音追上去:"林危行,身为天阙府大弟子,竟然一而再再而三地暗箭伤人?"

两个身影都消失于暗巷之后,真正的林危行这才慢慢走出来。

海螺里的禁咒并未触发,他已经知道自己暴露了,姜拂衣会找人特意盯着他。于是,他也请寄卖行的主人,他的一位至交好友相助,先将盯梢的人引开，再趁乱对姜拂衣下手。

林危行正要走出巷子，忽见一道熟悉的身影出现在巷口，挡住了他的去路。林危行看着他摘下面具，微微惊讶："师弟，你何时上岛来的？"

漆随梦无神的眼底起初是一片灰败，随后又燃起一簇怒火："你要去杀姜拂衣，是不是？"

林危行绷紧了脸色："你这是什么态度？"

漆随梦厉声质问："是不是！"

自从漆随梦被洗去记忆，永远是一副温和的脾气，林危行险些忘记，他从前是个乖张的性子。林危行微微愣了愣："你、你都想起来了？"不像，他又寒声道，"那个祸害跟你说什么了？"

漆随梦攥紧拳："是师父让你来杀她的？一次没杀死，还想杀第二次？"

"是我自己的意思，师父正在闭关，这件事就不劳他老人家费心了。"林危行见他心境波动得厉害，本想朝他厉喝，犹豫了下，伸出手搭在他肩膀上，好言相劝，"师弟，我不知她和你说了什么，也不知道师父究竟为何要杀她，但师父是什么样的人品你最清楚。他会亲手去杀姜拂衣，那这女人即使不是罪有应得，也一定是死得其所。

"我实话告诉你，师父已经快要突破地仙了。就在这三个月内，师父便会成为咱们云巅目前已知的，第一位真正的地仙。

"你想一下，师父修的可是执守苍生的剑道，若是真杀错了人，为何会在杀了她之后，没多久就摸到地仙门槛，突破地仙了呢？这还不能说明，姜拂衣是一个命中注定会祸害苍生的人吗？

"无论她告诉了你什么，不可忘记你执剑的意义是为了除魔卫道，守护苍生。脑袋清楚一点，不要被儿女情长蒙蔽双眼，我不逼你杀她证道，你莫要拦我就好。"

姜拂衣额头布满了冷汗，但她好像摸到了一点窍门，手里的石头像

是待发芽的种子,就差那么一点点了。

成!给我成!终于,其中一颗石头发了芽,变成了一柄小剑。

姜拂衣一怔,真的是小剑,只有小拇指那么长。

姜拂衣继续剑化其他石头,石头接连发芽,出现四柄小剑,最长也不超过中指。

"这……"姜拂衣举起手掌凑到眼前,盯着手里的五柄小医剑。她安慰自己虽然小,但至少还是剑的样子,不是针灸用的针。

她将小医剑扔进同归里,一把地抓剑石出来,又化出一柄柄银色的小医剑。不知能不能顶用,总之多造一些出来。

棺木隐大概才知道燕澜手里有能针对他们的秘法,救不下枯疾,为保存实力,先跑了。毕竟之前在地穴,她就跑得比谁都快,是个能屈能伸的木头人。

但这个枯疾耐打得很,被烈阳炙烤了那么久,还能源源不断地朝外释放夜枭去撞击鸟笼。

姜拂衣躲在燕澜背后,看不到他的表情:"你还顶得住吗?"

燕澜闷哼了一声:"还好。"其实他很不好,他的眼睛越来越痛,像是被人用手指抠了出来,痛得浑身战栗。

自年幼时起,那个在心底一直蛊惑他的声音,此刻似乎又冒了出来。

——打开它。

——快打开它。

"你要我打开什么?"

"如今不在万象巫,距离大门那么远,你究竟想我打开什么?"

"你到底是谁?"

——打开它。

——快打开它。

"你闭嘴!"

-442-

姜拂衣正要喊他，被他一声喝住。她想起来自己这一声"大哥"还没喊出来，而且燕澜岂会用这种语气和她说话，不由得心神一凛："燕澜，你怎么了？"

"我……"燕澜被姜拂衣拉回思绪，但依然恍恍惚惚，忍不住脱口而出，"阿拂，我好难受……"

姜拂衣何曾听他诉苦，他在控阵，又不好上前打扰，只在背后道："你哪里不舒服？"

燕澜已是凭最后的意志在控阵："我……"一个"我"字出口，他吐了一口血，缓缓向后仰倒。

姜拂衣瞳孔紧缩，快步上前扶住他，但她也消耗过度，支撑不住他的重量，只能随着他倒地，让他倒在自己怀里。他的脸色惨白，唇边的血渍触目惊心，可是眼睛里除了有不少血丝，并无任何的异常。

燕澜的意识已经昏昏沉沉，无论怎样逼迫自己清醒，都无能为力，好像听见寄魂在说："主人，你好像要觉醒天赋了哦。"

巫族人觉醒天赋，先要经历身体的一些异常，彻底觉醒时，一般会高热好几天，越强的天赋，高热反应越重。

"大哥？"姜拂衣跪坐在地上，抱着他连喊了好几声。

诛羽阵已经快要破碎，成群的夜枭如困兽一般，等待着出笼。

姜拂衣没辙了，一手揽着他，让他靠在自己肩头，一手取出同归里铸出的无数小医剑，朝前方一抛："诛！"

"噼里啪啦——"掉了满地的小铁片子。

姜拂衣一怔，还好都在忙着打架，燕澜也意识不清，没人看见。

巷子里，林危行说完之后，收回按在漆随梦肩上的手，想要绕开他。两人擦肩之时，漆随梦喊道："大师兄。"

林危行驻足。

漆随梦转头看他侧脸："你说你根本不知师父为何要杀姜拂衣？"

林危行点头："我不知道，师父不曾告诉我。"

漆随梦沉默，看来大师兄对于神族下凡救世一事，一概不知。林危行又道："知不知道都无所谓，我讲过了，师父既然要姜拂衣死，她就不能活。"

漆随梦问道："你从不曾想过，师父可能是错的？"

林危行反问："师弟在天阙府里犯过错吗？你敢犯错吗？你我身为弟子，都是幼年拜入天阙府，心中最清楚，师父是这世上最无私正直之人，他会错吗？"

师父错了吗？这也是漆随梦反复在心中分辨的事情。

他实在恼恨师父为此事逼"死"他喜欢的姑娘。但漆随梦代入师父的位置，若杀掉姜拂衣，能解除沧佑与剑灵的剑契，得那位九天神族下凡救世。自己会怎么做？

而身为剑灵，漆随梦也愿意让出肉身给那位神族，重新化剑，挽救这人间将起的浩劫，无怨无悔。所以，师父真的错了吗？

漆随梦收回视线，望向漆黑的巷子深处："大师兄，今晚谢谢你解答了我内心的一个疑惑。"

林危行转头，蹙眉望着他。

"之前姜拂衣问过我一个选择题，我在一无所知的情况下，也在反复强调，师父是这世上最无私正直之人，他不会错。"大师兄三岁被师父收入门下，他对师父的认知是自小养成的。

"而我丢失了记忆，师父编织的几千个梦，洗去了我原本的性格，将我打造成了他想要的样子。我的思考全部毫无意义，最终都会是师父想要的结果。"

师父真就当他是柄剑啊，自诩为铸剑师，将他重铸，重新赋予他剑意。可若真能重铸，他又为何再次沦陷到对姜拂衣的情愫里呢？所以根本不存在重铸，都不过是遮掩罢了。

漆随梦要先找回记忆和沧佑，做回真正的自己，再来分辨这些是非对错。

漆随梦扬起手，浮生剑出。他缓缓转身指向林危行："大师兄，无论师父是对是错，今晚你都休想再伤害姜拂衣，否则，莫怪我剑下无情。"

"起！"

"给我起！"姜拂衣正在以心念操控散落满地的小医剑。

音灵花悬在身边，却没有使用。因为这和上次令亦孤行的苦海剑不一样，上次只想让苦海剑停下来。这次是要小医剑释放医道的剑意，花丝仅能操控着小医剑飞起来，无法逼迫它们释放剑意。

剑修出剑，需要与剑心意相通。姜拂衣想使用这些小医剑的剑意，也必须是以心念操控。

"呵！"尝试之时，姜拂衣突然听见棺木隐的轻笑声，即刻循声望过去。

临街一座楼房的屋檐上，正趴着一只原木色的小猫。姜拂衣猜得没错，棺木隐见燕澜懂得制伏枯疾的咒术，本想先离开，却见姜拂衣手持剑石，尝试化剑，于是驻足观看。

"比起奚昙的十万八千剑，你是差了十万八千里。"

姜拂衣从她的语气之中，不仅听出嘲讽，还听出一些惋惜。棺木隐大概是想从她身上，回溯一下外公当年令众剑以御敌的风采，结果她太没用。

姜拂衣心中反而一振，这说明自己尝试的方向并没有错，石心人的确是可以如此使用剑意，只是她还不得要领。

棺木隐说完之后，并未朝她出手，也没再理会她，连跃数个屋顶，靠近即将崩塌的"鸟笼"："枯，收回这些夜枭。独饮已逃，此地不宜

久留，且没必要恋战，随我走。"

枯疾原本恹恹的声音拔高不少："巫族少君必须杀，留他是个祸害。"

棺木隐道："神族既留给巫族对付我们的办法，你杀一个少君，还会有第二个少君，毫无意义。何况魔神也再三嘱咐，不要伤及燕澜的性命，以免激怒巫族里那些大巫。听我的，速速离开，先恢复自身要紧。"

枯疾冷冷地道："魔神不过是个人类，他怕人类正常，你是个什么身份，你也怕？你怕，先走便是，啰唆什么？若是逃出封印，整日里要这样避着人类畏首畏尾，那我还不如回到封印里去。"

棺木隐无奈，从前还没那么清醒的认知，今夜先是兵火，再是独饮擅愁，而后是枯疾。窝囊废，反水小人，一根筋，三种货色齐聚一堂。她总算知道当年始祖魔族得众多本领高超的大荒怪物相助，为何还是一败涂地。

眼见"鸟笼"破碎在即，姜拂衣依然没能成功。无奈之下，她只能先释放出千丝万缕的音灵花丝，去缠绕前方满地的小医剑，先让它们全部悬浮在头顶。

头顶众多医剑，燕澜双眼的痛感有所缓解。他几乎痛到昏溃的意识稍微恢复了一些，发现自己正靠着姜拂衣的肩膀，额头抵在她侧脸。

燕澜可以感觉到这些小医剑蕴含的力量并不弱，强撑着说道："阿拂，你取一柄小剑下来，在我睛明穴刺一剑。"应是有用。

"嗯？你说什么？"姜拂衣正专心操控花丝，他声音太轻柔，没听清。她微微低头，将耳朵凑到他被鲜血染红的唇边去。

燕澜在她耳边又虚弱地重复了一遍。

姜拂衣蹙眉："能行吗？"她不是没想过，但她能赋予医道剑意，终究是对医道一窍不通，怕将燕澜给扎出个好歹。

燕澜坚持："试试。"

无暇多想，他既这样说，姜拂衣挑了一柄最细的剑，和针的差别只是形状不同,一个是圆形,一个能看出是扁扁的,带有剑柄。

睛明穴是护眼的穴位,姜拂衣知道在哪里,捏着小医剑快准狠地一刺。燕澜浑身一颤,旋即又吐了一口血,染红了姜拂衣的胸口。她今日穿着黄衫,血迹格外明显。

姜拂衣捏着剑针,身体也跟着狠狠颤抖了几下,刺入他睛明穴那一刻,她从剑针的反馈中感受到了犹如剜眼的疼痛。

不,顺着眼睛一直痛到后灵境。后灵境是人最隐秘,也是最脆弱的地方,藏着灵魂的根。后灵境会痛,灵魂都会震颤。

姜拂衣总算明白为何坚强如燕澜,竟会痛到几乎失去意识。她很想再问一遍,眼睛真没受过伤?甚至想问,你的眼睛是不是被剜出来过,伤及了后灵境?

然而没有时间。

"砰!"诛羽阵破了一个缺口。

"小心!"姜拂衣转头提醒后方的柳藏酒和暮西辞,自己则护住燕澜,操控那些小医剑,环绕在她和燕澜的周身。剑尖全部朝外,远远瞧上去像只刺猬。

夜枭挣破束缚,如浪潮一般,顺着街道席卷而来。两侧楼房的瓦片被振翅带来的魔风掀飞,碎了一地。屋檐下悬挂的各式灯笼,也都残破飘落,半条街道陷入了黑暗之中。

这些夜枭大部分去围攻姜拂衣结成的剑阵,她躲在阵中弯腰俯身,将燕澜护紧。小医剑们的效果比她想象中好很多,虽不能主动释放剑意,但剑意是存在的,夜枭能感知到,畏惧着盘旋,敢冲的不多。一些比较傻的,则被扎死在剑尖上。

暮西辞担心受伤,原本还有所保留,这下直接使出躯壳能承受的极限,连杀数个缠住他的魔修。随后,他跃去柳藏酒前方,朝拥来的夜枭甩出一道强火剑气,将一路夜枭烧成灰飞。他会帮忙,是因为之前在金水镇,

柳藏酒帮忙看顾过他的夫人。

柳藏酒道："不用帮忙,杀夜枭我熟。"

暮西辞忍住手臂剧痛,提醒他道："这不是普通的夜枭,内含枯疾的力量,会攻你伤患之处。"

柳藏酒听他这样一说,下意识就想捂住自己的屁股:"专攻伤患之处?"他本该有九条尾巴,却只长了一条,该是最大的伤患之处了吧?

暮西辞忍痛继续出剑,焚烧一堆又一堆夜枭,杀不尽似的。

柳藏酒的鞭子也是抽个不停,心道对付这枯疾老怪,三姐能帮忙啊。不过想想她的身体,来了指不定是添乱。

柳寒妆自从上岛之后,一直待在岛主府里。

今晚他们行动时,她就站在远处的岛主府塔楼上,那座塔楼上有个能窥探远方的法器,可以看见修罗海市的全部街道。

柳寒妆一直在盯着无忧酒肆,自然也看到了他们在街道上动手。本体为仙草,修的是医道,她可以感知到这怪物绝对不是独饮擅愁。

柳寒妆对暮西辞的实力放心,视线多半放在弟弟身上。弟弟先天残缺,从小到大又经常受伤,她担心极了。

等到夜枭出动,暮西辞出现在弟弟身边时,她才发现自家"夫君"似乎遭受的影响更重,心头便是一跳。

此刻,街道被魔化夜枭围拢,柳寒妆无法再窥探,越发焦急不安。想着自己可以帮上忙,她吃下一颗补气血的丹药,以及短时间内增强修为的妖魄,跃下塔楼,落到一处屋脊上,朝无忧酒肆的方向跃去。

眼见不远了,却听见她大哥的声音:"老三,你是能解他们的伤痛,但你的身体比他们更差,稍有不慎,你自身难保。"

柳寒妆落下去,指着面前矮小的况雪沉,气不打一处来:"还不都是你害的?我本体在你手中,你却不肯告诉小酒我还活着,害他在外寻我二十年，摸爬滚打一身的伤，不然我何必担心啊！"

况雪沉习惯了被她指责："他在外摸爬滚打二十年，愣是没长出第二条尾巴，才是你真正该担心的事情。"

柳寒妆眼圈泛红："那你就不担心，他连仅存的那条也保不住？这世上怎么会有你这样狠心的兄长！"话是这样说，她也知道，小酒有父亲的真元护体，关键时刻能够保住性命。但此事始终堵在她心头，每次想起小酒这些年因为寻找她吃过的苦，她心中就难受得厉害。

"总之，我夫君和弟弟都在那里，我一定要去帮忙，温柔乡里你都拦不住我，何况现在只是一具分身傀儡。"柳寒妆摆出动手的架势。

刚被救出来的况子衿盘腿在屋脊打坐，还一副虚弱的模样："三妹，大哥也没打算阻拦你啊，只是提醒你危险罢了，说过一句不让你去了？"

柳寒妆微微一愣，又指着他俩恨恨地道："我要去涉险，你们两个身为兄长竟然拦也不拦，都不如我那便宜夫君知道心疼我，我算是看透你们了！"她转过身，继续朝无忧酒肆跃去。

"小酒说三妹战战兢兢地度过二十年，我瞧着可不像，你瞧她，比从前更会无理取闹了。"况子衿知道大哥最终会兜底，更担心大哥因此重伤，"而且她这一口一个夫君，喊得还真是顺畅，我瞧着不像假的。或者说，真真假假，假假真真，三妹怕是早就分不清楚了吧。"

况雪沉早已皱起了眉头。这不是什么好事。

无忧酒肆门外，暮西辞已经坚持不住。周围已经悉数被夜枭及它们释放的魔气覆盖，根本焚杀不完。为今之计，只能脱离躯壳，释放真身。反正夜枭将视野挡得严严实实，身边的柳藏酒又知道他的真实身份。

"狐狸，你帮我看着点我的肉身。"暮西辞叮嘱他，"只需看好就行，你的安危我能护住。"

柳藏酒刚要答应，感知到熟悉的气息，立刻抬头。暮西辞也抬头，

比他只快不慢。

黑黢黢的上空,隐隐闪出一簇苍绿的光。等那光芒驱散了周围的夜枭和黑魔气,暮西辞瞧见柳寒妆站在屋檐上,额头微有薄汗,手中提着一盏雕刻着草木纹样的花灯。

暮西辞呆滞了一瞬。

柳寒妆提灯落下,这是父亲为她打造的本命法宝,从没在暮西辞面前拿出来过,今日顾不得了。瞧见弟弟无碍,她关切的目光立刻转到暮西辞身上:"夫君,你没事吧?"

暮西辞这才反应过来,旋即脸都吓白了一层,将她拉来身后:"你不在岛主府里待着,跑出来做什么?你还跑来这里?这怪物专攻人的伤患之处,你一身的……"

柳寒妆忙道:"没关系的,况前辈送了我一盏灯,说可以驱散这些夜枭,还能治你们的伤患,特意让我送来帮你们。"

暮西辞恼上了况雪沉:"我来帮他救弟弟,请他帮忙照顾你,他却让你来冒险?"

柳寒妆劝道:"夫君莫怪,况前辈毕竟是具傀儡身,怕伤及魂魄,这人不为己天诛地灭,能够理解。"

柳藏酒无语,编谎话就编谎话,怎么还挑拨离间,煽风点火啊?

## 第九章 心出水声

柳藏酒又讷讷地看向暮西辞,这样明显的挑拨,不会听不出来吧?得,瞧他越发恼火的脸色,还真是听不出来。柳藏酒不觉得暮西辞是个蠢人,真怀疑三姐是不是给他下了什么蛊。

"刺啦!"

前方倏然炸响起一连串刺耳的剑鸣声。

被夜枭阻隔视线,柳藏酒瞧不见姜拂衣和燕澜的状况,担心不已:"我去帮他们!"他攥着鞭子就要往前冲。

柳寒妆也赶紧一手提灯,一手拉着暮西辞追上去。途经一具魔人尸体时,那尸体突然伸出手,抓住了她的脚踝。柳寒妆惊叫一声。声音才刚响起,暮西辞已经斩断那条手臂,被挑高飞出去的是一截木头。

"当心棺木隐!"暮西辞提醒柳藏酒时,已将惊魂未定的柳寒妆圈在怀里。

柳藏酒也被突然跃起的魔人尸体挡住去路,只见先前诛杀掉的魔人,一个个都摇摇晃晃起身,还要再杀一次。不仅如此,那些没被焚烧掉的夜枭,也都重新振翅,变成了木头鸟。

柳寒妆的本命花灯,对枯疾手里的夜枭有用,却对付不了木头鸟。柳藏酒烦得要死:"没完没了了!"

暮西辞则一边焚烧木头人和木头鸟,一边安抚柳寒妆:"夫人莫怕,棺木隐似乎只想绊住咱们,并无杀心。"

柳寒妆缩在他怀里,捂着"怦怦"乱跳的胸口。每次跟在暮西辞身边历险,她都是真的害怕。况雪沉之前将她撺来修罗海市开铺子,就是嫌她只会窝里横。

屋檐上的木头猫还在劝枯疾:"收手,速随我走。魔神比咱们更了解如今的人间,他不许我们杀燕澜,定有他的理由。"

枯疾方才被燕澜的咒术所伤,正在气头上。再瞧见姜拂衣那些小医剑,又让他想起当年被奊昙当众羞辱的往事。他冷笑:"棺木隐,女人一旦上了年纪,是不是都这样啰唆?"

棺木隐顿时被气得够呛,若不是逃出来的怪物不多,莫说劝他,都恨不得跳下去挠死他。

"不帮忙就少来烦我。"枯疾若非被她绊住,早下杀手。此刻不再理会她,伴着夜枭飞身而出。

绝大部分的夜枭,都在攻击姜拂衣的剑阵,她逐渐吃力。已有一只夜枭寻到剑阵的空隙,以锋利的爪子在她背上抓出几条血痕。不过那只夜枭也旋即被剑阵搅碎。

虽是小伤,因为蕴含了枯疾的力量,伤口不断撕裂。姜拂衣立刻操控一柄医剑扎在伤口周围。

燕澜被她俯身搂得很紧,紧到难以呼吸,眼睛和头却没那么痛了,意识也比之前清晰了很多。大概是扎进睛明穴的剑针起了效果。

"阿拂,你起来。"燕澜听见她"咯吱"狠狠咬牙的声音,知道她背上肯定是受了伤,若不是为了护他不能动,她不会这样狼狈,"扶我坐起来重新布阵。"

"你省省吧，连我都推不开，你还想布阵？"姜拂衣回想之前从剑针得到的反馈，灵魂都止不住打战，"相信我，我可以。"

她始终没放弃以心念控剑。方才扎在自己背上的那柄小剑，就是情急之下，以心念完成的。她已能操控一柄，两柄三柄不会远了。

"四、五、六、七、八、九……"

燕澜听着她数数，起初很慢，然后越数越快。如咒语般，充斥着安定人心的力量。

燕澜在想龟甲的预言是不是错了，说是姜拂衣从北至南，从他身上寻求温暖。可燕澜怎么觉得，自己是从姜拂衣身上，得到了从未感受过的温暖。虽然姜拂衣的身体几乎没有温度，被她抱着像是被冰川环绕。但她冷在皮，暖在骨。热流一点一滴地从骨缝里透出来，燕澜感受得清清楚楚。

"他来了！"姜拂衣感知到了枯疾席卷戾气而来。她也差不多成了！

姜拂衣妥帖地松开燕澜，极速起身向前跨了两步，挡在他前方。她并拢两指于胸前，以心念操控一众小医剑。与花丝操控最大的不同是，这些小剑骤然闪耀出光芒，这是剑意之光。

原本不断俯冲的夜枭，被这些光芒刺激得胡乱拍翅，四散乱飞。数百柄小剑分散追逐，一连串的"嗖嗖"声响，不断将那些魔化夜枭贯穿。

棺木隐望着那漫天飞舞的小剑，微微有些惊讶，不足之处甚多，可她只是个幼崽，竟真使出了奚昙的绝招。只不过，这种程度想和枯疾硬碰硬，始终还是要吃亏。

枯疾已经快要逼近她面前去。

姜拂衣也差不多处理完附近的夜枭，并拢的双指朝前指去，颇有气势地再次厉喝一声："诛！"正追杀夜枭的一众小医剑一瞬掉转方向，从四面八方聚拢回姜拂衣头顶，随她手势，朝前方破风飞去。

枯疾被这一众小剑释放出的剑意逼停了下来，再放出大量夜枭。这次的夜枭由他亲自操控，每一次扇动翅膀，都扇出浓郁的黑气。

众小剑与夜枭群相隔一丈左右，剑意与黑气在这一丈之内相互冲击、碰撞。双方你退我进，僵持不下。

不同之处在于，枯疾看上去较为轻松，而姜拂衣则显得十分吃力，指向前的两根手指不停发颤，虎口处隐有裂纹血丝。

枯疾说道："小石心人，这人间没我几个故人了，我念你乃故人之后，哪怕是讨厌的故人，也是故人，我不想杀你，你不要自寻死路。"

姜拂衣另一只手握住发颤的手腕："多谢，但不需要前辈顾念。"

众小剑反而前进一寸。

"后生可畏。"棺木隐夸了一句，不愧是奚昙的后人。

"老妖婆。"枯疾冷声道，"别以为我不知你从前苦恋奚昙而不得，而今我剜了她的石头心拿来送你，也算圆你一个心愿。"

此时，燕澜已经艰难地盘膝坐起。听见"小石心人"和"石头心"两个词，他的睫毛微微一颤。然而燕澜无暇多想，他看到了姜拂衣后背上那几道长而深的爪痕，皮肉外翻，触目惊心。

而此时，姜拂衣又被逼退了半步，后背原本就狰狞的伤口，遭枯疾影响，再度崩裂。

燕澜的瞳孔不断紧缩，仿佛听见皮肉绽开的声音涌入他的耳膜，刺耳至极，刺激得他心神动荡，胸口剧烈起伏。

姜拂衣突然觉得胸口处有些滚烫，分神低头一瞧，竟是之前燕澜吐在她胸前衣衫上的那口血在发烫，烫得她几乎承受不住，她想问燕澜在做什么，是不是施了什么血咒？但这是什么血咒，如此厉害，竟能影响到她的石头心？

"嘭！"姜拂衣竟感觉到自己的心脏，猛地震动了一下。不是心跳，是震动。

-454-

她这颗尚处于稚嫩期的心脏，原本像一颗尚未成熟的果实，此刻却仿佛被强行催熟了一般，在胸腔内迅速成长。

姜拂衣突破了。虽不知石心人的突破是怎么回事，但她知道自己突破了一层需要很久、挺难突破的屏障。她愕然之中，枯疾猛地发力，将她再逼退一步。

姜拂衣心领神会，并拢的两指旋了个圈，往正中一点："合！"

那一众整齐排列的小医剑倏然合拢，凝结成一柄巨剑，高高抬起，朝枯疾劈下！

夜枭群直接化为灰飞！

枯疾瞳孔紧缩，满眼惊疑不定："这怎么可能？"

棺木隐一双猫眼也竖了起来，她一个明显混了血的石心人幼崽，竟能达到这等境界？

枯疾从震惊中反应过来，转身便撤。对抗不了，并不代表他躲不开。

"棺木隐，走！"言下之意是求棺木隐出手帮忙，这医剑并不克制她。

枯疾多心了，姜拂衣虽也震惊于自己突破后的力量，但这柄剑实在太过沉重，她无法灵活操控，根本无法控剑追他。

却见一册展开的竹简从她背后飞出，飞向枯疾。正是姜拂衣非常熟悉的《归墟志》。燕澜虚弱却坚定的声音在背后响起："八荒六合，四海归墟，收！"

竹简俯冲而下，逐渐化为一头威风凛凛的麒麟神兽，一口将已经虚耗过度的枯疾吞了下去，之后再度化为竹简，飞回到燕澜手中。

棺木隐只是分身，见势不妙，直接抽魂离开。

姜拂衣收力，那柄巨剑轰然散开，又是"噼里啪啦"满地的小铁片子。

收完小医剑，姜拂衣转过身，这才瞧见燕澜已经虚脱得再次倒地，连《归墟志》都没有收回储物戒指中。原来这本《归墟志》不只是书籍，还是一件收怪物的神器，之前都没听燕澜提起过。

姜拂衣向后方望去，暮西辞三个人刚赶过来，目睹这一切，脸上多少带着些惊骇之色，惊骇她操控的巨剑，以及那头已在人间绝迹的麒麟幻象。

尤其是暮西辞，姜拂衣与他对视一眼，都从彼此眼中看到了一些畏惧。

姜拂衣捡起《归墟志》，犹豫了片刻，放进了同归里。

"小酒，帮个忙。"

柳藏酒将燕澜给背回了客栈，脱去他沾了血脏兮兮的外袍，帮他擦了擦脸，随后给他盖了层薄棉被。

"我三姐说燕澜没受什么伤？"柳藏酒不太信。认识燕澜这么久了，从未见他如此过。

姜拂衣坐在床边，伸手又探了探燕澜滚烫的额头："病根的缘故，我大哥的眼睛曾经受过重创。"

可想而知是哪种程度的重创，柳藏酒蹙起眉："都没听燕澜讲过，不过他也不是个会诉苦的人，什么事都喜欢藏心里，和我大哥有些像，难道当大哥的人都是这样？"

姜拂衣挺想笑，却牵动背后的伤口，额角青筋一跳。

柳藏酒扔给她一瓶药："我三姐给你的，你今晚也累得不轻，回去歇着吧，我来照顾燕澜。"

姜拂衣本想说"好"，稍作犹豫："还是我照顾他吧，我更知道大哥的需求。"她担心燕澜想喝水，柳藏酒直接一杯冷水给他。冷水还是好的，最怕干脆一壶烈酒给他灌下去，还说喝酒止痛。

柳藏酒也知道燕澜讲究，事儿多，担忧地看向姜拂衣："可是你也受了伤。"

姜拂衣说了声"小问题"："何况我突破了，体力正是充沛的时候。"

柳藏酒挺为她高兴，又难掩心头的失落感："我大哥常说我不上进，我毫无感觉。可咱们一路走来，你不停地进步，我原地踏步。感觉自己好没用,马上都不配和你们交朋友了。"

姜拂衣笑道:"和你没关系,是我太强了。"

柳藏酒抽抽嘴角:"就没见过你这样厚脸皮的。"

姜拂衣得意地挑眉:"难道不是?"

柳藏酒好笑:"我看你是怪物。"

姜拂衣脸上的笑容微微一收,又提起嘴角:"我如果真是怪物,是不是就轮到我不配和你交朋友了?"

柳藏酒摆了下手:"我姐夫还是怪物呢。"他站起身,"那你守着燕澜吧,有需要了喊我。"

姜拂衣:"好。"

等柳藏酒离开,她见燕澜睡沉了,便坐去矮几后。她解开衣带,半脱外袍,对着铜镜给背部的伤口上药。她越想越奇怪,今日突破的力量,好像是从燕澜身上获得的。为何会这样?

昏昏沉沉之中,燕澜听见姜拂衣因为疼痛而发出的闷哼声。他挣扎着醒来,抬手拨开床幔,瞧见的竟是姜拂衣裸露大半的后背。

燕澜愣了一刹,慌忙收回视线,头脑瞬间清醒了不少。姜拂衣听见动静,转头朝床铺望去。

燕澜心知不该,但实在不知怎样应对,唯有选择闭上眼睛,继续装睡。

姜拂衣瞧见纱幔微动,以为是被夜风吹的,起身去将窗子合紧,又回去继续涂药。

她起身之时,燕澜以为她要过来床边。如个被抓现行的贼,他心慌不已,发现她是去关窗,才稍稍放松。燕澜窘迫地听着自己杂乱无章的心跳声,一直等到姜拂衣涂完药,换回女装,离开他的房间。

燕澜从床铺上艰难地坐起,朝她方才久坐之地望了一会儿,随后放出寄魂。寄魂落地,变成小熊仔。

燕澜有气无力地问:"你不是说我的天赋要觉醒了?"他遭这一番

罪，除了病痛感，其他并无任何的改变。

寄魂趴在床沿："主人，我怎么觉得您已经觉醒了天赋呢？就姜拂衣对抗枯疾那会儿，你亲眼见她因为护着您而皮开肉绽，而您又无能为力，您的情绪极为激动……"跟在燕澜身边的这段时日，从未见他有过这般激烈的情绪。

燕澜微微皱眉："但那会儿好像是她突破了，我的天赋在哪里？"

寄魂摊爪："您的天赋，就是令她突破了呗。"

燕澜轻轻揉着自己的太阳穴："什么意思？"

寄魂托着下巴猜测："我觉得您觉醒的，大概是一种信奉之灵。这世上有一些狂热的信徒，他们的信奉之力非常强大。您因为喜欢姜拂衣，已经成了她的信徒，您的狂热，导致了她的突破……"

"停。"燕澜吃力地打断它，"虽说万物有灵，但根据我族中记载，没有这般虚无缥缈的天赋。"

寄魂认真地想了想："哦，您若是嫌这种解释太过虚无缥缈的话，实际一点儿，我觉得您大概是觉醒了公螳螂的天赋。"

燕澜手指微颤，沉默不语。

"您知道吗？为了提供养分，繁衍后代，好多公螳螂是会被母螳螂吃掉的。"寄魂严肃认真地提醒他，"您这八字还没一撇呢，已经开始主动给姜拂衣提供养分了。我劝您往后还是远离她吧，千万不要和她繁衍后代，否则您有可能完全被她吸干……"话未说完，便被燕澜揪住后颈拎了起来，扔去了墙上。

"你脑子里除了繁衍，是不是没有其他东西了？"燕澜这一使力，头昏目眩，虚得坐不住，重新躺下来。

寄魂灰溜溜地从墙角回来床边，小声嘀咕："是您自己说不要那么虚无缥缈，实际点儿的您又不爱听。"

燕澜的语气逐渐有一些不耐烦："你莫再和我扯东扯西，我这觉醒的究竟是哪种天赋？"

寄魂喊了一声冤枉，反问道："不是信徒，也不是公螳螂，那您自己说个合适的？"

燕澜望着床顶，闷声不语。族中自古以来的记载中，从未见过类似的天赋，找不到适合代入的。

寄魂又扒着床沿安慰道："您也不必沮丧，您这天赋虽然增长不了自己的修为，但还是有用的，至少成功化解危机，收服了枯疾。"

沮丧？

燕澜没有沮丧。他对天赋觉醒之事，原本早就不抱几分希望。若能令姜拂衣突破，是意外之喜。

即使燕澜觉得姜拂衣就算不突破，也可以越战越强，最终胜过枯疾。但缩短这个摸索的过程，她会少吃许多苦头，是很好的事情。

只不过燕澜始终心存疑惑，这真是天赋？他隐隐有一种直觉，这其中另有缘故。但具体是何缘故，又说不清楚。

"她回来了。"寄魂听到走廊上有脚步声。

燕澜此时五感皆弱，被提醒过后才稍稍听见一些动静。

寄魂再次提醒："主人，您不要嫌我烦，我说姜拂衣或许会吸干您，不是开玩笑哦。她是个聪明人，应该已经知道能够从您身上获得力量，谁能忍得住。即使您觉醒的不是公螳螂天赋，她也可能会变身母螳螂，将您视为提供养分的公螳螂。您可千万别被她给迷昏了头，傻乎乎献身了啊……"

"谢了，闭上嘴。"燕澜将它收了回去，驱散掉飘浮在脑海里的"螳螂"二字。犹豫片刻，他决定闭上眼睛继续装睡。

姜拂衣若问自己突破的原因，燕澜不知怎样答。而关于"小石心人"和"石头心"，他也没想好该怎么问。不是逃避，燕澜现在头脑昏沉得厉害，实在没有精力思考，想要先睡上一觉。

"嘎吱!"

姜拂衣轻轻推门进来,今夜消耗极大,肚子饿得厉害,忍不住去厨房找了吃的。她又不敢离开太久,随便拿了一碗粥赶紧回来。

姜拂衣坐在矮几前吃粥,还有空翻一翻桌面上叠放的书册。燕澜觉着她的伤口还算稳定,稍放些心,不一会儿,就真睡了过去。

逐渐入夜,乌云遮月,屋内仅靠一盏夜明珠照亮,已是越来越昏暗。

姜拂衣同样困倦得厉害,本想看书提神,结果打开燕澜给她的那本阵法入门书,没看几眼,便趴在书上昏昏欲睡。

蒙眬中,听见燕澜呢喃的声音,她醒过来,连忙走去床边坐下:"大哥?"

燕澜双眼紧闭,眉头皱出深深沟壑,一副强忍痛苦的模样。

姜拂衣伸手覆在他额头上,竟比刚回来时还要滚烫。之前已经以剑针扎过他的睛明穴,不敢再扎了。柳寒妆也无法诊出他旧疾产生的原因,说稳妥一些,还是让他自愈比较好。

"燕澜?"姜拂衣又喊一声。

燕澜没有反应。

姜拂衣凝视他比旁人略深一些的眼窝,很难想象,她这看着就很精贵的大哥,年幼之时究竟遭过什么罪。不知道是不是和他母亲封印怪物有关系。如果是,姜拂衣更不知道该怎样去评价他母亲的做法。只能说人心总有偏颇,她会觉得燕澜可怜。

不想干看着,姜拂衣想要去打些水来给他敷一敷,多少会舒服一些。手刚从他额头拿开,倏然被他握住手腕,又给按在了额头上。燕澜紧皱的眉头似乎舒展了一点。

姜拂衣微怔,想起来自己体温低,尤其睡着的时候,冰块似的,每天醒来整个床铺都是冰凉的,还真挺适合解热。她没想太多,踢掉鞋子,面朝燕澜侧躺下来,给他散热,自己还能睡得舒坦,一举两得。

燕澜再度从昏沉中醒来时，扭脸瞧见姜拂衣躺在身边，一条手臂还搭在他胸口上。他起初没有多大的反应，以为自己处于梦中，就这么怔怔看着。

姜拂衣是来照顾人的，并未睡沉，感觉到他动了，立刻睁开眼睛，恰好对上他的视线。这样鲜活的眼神，燕澜瞬间清醒，知晓不是做梦，却又像被梦魇着了，僵着不能动。

"醒了？"姜拂衣边问边去摸他额头，"好像没那么烫了。你渴不渴？"她起身去给他拿水喝，发热的时候，人是很容易口渴的。

姜拂衣离开床铺，燕澜才从梦魇中解脱出来，撑着坐起身："谢谢。"难怪他原本梦到了被困火山，后来又来到了冰川雪原，原来是她奇怪的体温。

姜拂衣调了一杯温水过来，见他哪怕脸色苍白地坐在床上，也是挺直了脊背，坐得端端正正，便拿了枕头竖在他背后，推着他的肩膀，将他按下去："你真不嫌难受？"

燕澜没力气，轻易给她按倒，靠在软枕上。不太习惯这种坐姿，但燕澜也不曾反抗，他接过她递过来的茶盏，又道了一声谢："阿拂，这次真的是麻烦你了，我从小其实很少生病受伤……"

很少麻烦任何人。当然，也没人像姜拂衣这样照顾过他。

姜拂衣想到他的眼睛，他心里定然有数，也就不在他伤口上撒盐了，说道："大哥怎么生场病，变得婆婆妈妈起来了？谁没个虚弱的时候，你能照顾我，我自然也能照顾你，感情不都是相互的？"

燕澜低头喝水，寻思她说的"感情"是什么感情。踟蹰许久，他过不去内心那关，坦白地道："阿拂，我之前已经醒过一次。"

姜拂衣在床边坐下，想问什么时候，突然想到之前纱幔晃动："那你为何不吭声啊？"

燕澜窘迫道："我不小心看到你在上药，多有冒犯，很抱歉。"

-461-

姜拂衣好生无语，她也算生了副冰肌玉骨，往常被男人瞧见裸背，听一声冒犯是应当的。可如今，从右后肩直达左后腰，三条拇指粗、皮肉外翻的狰狞血痕。哪个男人看见能生出冒犯之心，当真是英雄好汉。

"伤在背上，若不是你还病着，我都想喊你起来帮我涂药。"姜拂衣反手涂药难度不小，牵动伤口疼得厉害，好多地方都没涂着。她又觉得好笑，眼睛一眯，视线从他脸上向下挪，故意逗他，"要说冒犯，我看是我更冒犯。"

燕澜稍怔，随她视线下移，直到此刻才发现，自己的外袍被脱掉了，只穿着件单薄的中衣，且谁给他脱外袍脱得相当粗鲁，中衣系带都被扯掉了一半，他几乎是半敞着胸口，想也知道是柳藏酒。

这个寄魂，竟然没有提醒他。

燕澜手里还拿着茶杯，只能空一只手出来，将松散的中衣先裹住。又想起自己的梦中，似乎有拥抱过冰川，他是不是睡着之时，真的抱过她？就这样衣衫不整地抱过她？

姜拂衣见他这副愣怔的模样，更想笑。怕他身体虚弱承受不住，她不逗他了，说正事："大哥，你那会儿是施了什么血咒秘术，吐在我胸前那口血，滚烫得厉害，像是吃了一颗突破仙丹，直接令我突破屏障。"

燕澜手里的杯盏一晃，摁住那些胡思乱想，尴尬道："我如果说，可能是我的天赋，你信不信？"

姜拂衣诧异地"啊"了一声："你觉醒天赋了？"

燕澜难以启齿："寄魂说有，但我难以理解这种天赋……"

姜拂衣忙问："什么天赋？"

无论是"信徒"还是"螳螂"，燕澜一个也说不出口，他往怪物身上推："我更多地觉得，可能和我体内的怪物有关系。"

姜拂衣竟没怀疑："那这怪物确实挺可怕。"能令怪物突破的怪物，能催熟她稚嫩心脏的力量，这难道还不可怕？

虽然燕澜很惨，姜拂衣不由得想到，这"燕"字，从北到南寻找的估计并不只是温暖，还有强大的力量。这可比温暖更蛊惑人心。

姜拂衣压住心中陡生的邪念，从同归里取出《归墟志》，放在床铺上："这个还给你。"强调一句，"我没偷看。"

燕澜低头看这册竹简："我知道，没有秘法是打不开的，这个秘法，只有我族少君才知道。"

姜拂衣语带笑意："但我并不知道呀，我若是尝试偷看，大哥下次打开《归墟志》时，是不是也能发觉？"

燕澜点头："可以。"

姜拂衣猜着就是，她抱着手臂，看向自己的脚尖："所以，大哥是故意不将《归墟志》收起来的吧？就是想知道我会不会偷看。因为你听见他们喊我小石心人，说我有颗石头心，你疑心我是大荒怪物，怀着目的接近你。"

燕澜也低着头，看向杯盏水中自己的倒影，没说话。

屋内的气氛逐渐改变，添了几分与夜色相得益彰的沉静。

这算是承认了吗？

不知为何，姜拂衣的胸口略微有一些堵："你肯定是想到了之前，我从柳家三姐口中得知有《归墟志》这本书册之后，夜间练习音灵花，来你房间偷窥你。之后，我又时常向你旁敲侧击书册里的内容，你知我重视这本书，就拿这本书来试探我。"

"那你是不是大荒怪物？"燕澜慢慢抬头，眼珠虽还混浊，目光却很清晰，"你是不是一直想偷看《归墟志》？尤其是瞧见《归墟志》并不只是一本书籍，内含麒麟神兽的精魄，是件能收怪物的神器之后，有没有想要藏起来？"

事到如今，姜拂衣知道自己遮掩不住了，也不想再遮掩："我之前确实很想偷看，因为我也想知道，我是不是大荒怪物。"

燕澜蹙起眉。

见他杯盏空了，姜拂衣从他手中拿走杯子，起身再去给他倒一杯温水："我不是告诉过你嘛，我自小身边只有我娘，而她有疯病，大概是送剑送太多导致的。我对我的种族其实一无所知，直到遇到兵火，从他口中，才第一次怀疑我们石心人也是大荒怪物。那时候我就不再想偷看了，只想阻止你看。"

燕澜想起那晚，她见过兵火，又来见他，说一堆奇奇怪怪的话，说渡口阳气给她，原来都是为了扰他心神。

姜拂衣走回来，重新将水杯递给他，又低声说道："麒麟神兽显影，一口吞掉枯疾时，我承认我有被吓到。我当时想，我问了那么多，你却从来没告诉我，这竹简还能收怪物，你怕不是早就怀疑我是怪物，特意留了一手。现在还故意不收起来试探我，我心里挺生气，确实很想藏起来不给你了。"

燕澜不接，只看向她："那你为何不藏起来，还要留下来照顾我？"

姜拂衣将杯盏塞他手里，重新坐下："因为我想通了，是我矫情。原本就是我隐瞒在先，我不老实。大哥并没有做错什么，提防着我是应该的。"说是想通了，语气却有着显而易见的闷闷不乐，还暗藏着一些失望和气恼。

姜拂衣再度低头看脚尖，不再说话之后，燕澜也沉默了一会儿。

许久，他打破两人之间的沉默："我的确很早就起了疑心，但《归墟志》里所记载的怪物，除了第一册撕掉的那几页，可能与我体内的怪物有关，其他并没有任何关于大铸剑师的记载，于是我打消了念头。"

姜拂衣微微拢眉。

"我不告诉你竹简是件神器，我不也说了嘛，《归墟志》只有历任少君可以打开，我出生时母亲就去世了，从没人告诉过我该如何使用。"

燕澜也是这两日将《归墟志》翻到了尾声，才知道的，没来得及告诉姜拂衣。

"而且我觉得告知的意义并不大,若不将怪物重创打残,单凭一册书,是收不了的,只能充当暂时收纳怪物的容器。"

姜拂衣眨了眨眼睛,这样说,是自己误会了。

燕澜接着解释:"至于没将《归墟志》收起来,我当时是真的虚脱无力,想着你肯定会帮我收回来,才放心昏了过去,并没你以为的那么多心思。"气虚不足却说了那么多话,他颇为吃力,胸口微微起伏,先平复片刻,才缓缓道,"也可以说,我从不想将心机放在你身上,即使你是怪物,我也相信我对你的判断,选择信任你。可是我现在才知道,阿拂好像并没有我以为的那么信任我。"

姜拂衣心里一个"咯噔",这下糟糕了。

她想辩解,他能给予完全的信任,是因为他的身份是猎人,能够站在上风去怜悯猎物。而她身为猎物,哪里敢不谨慎,随意信任猎人?毕竟她都被无上夷给害"死"过一次了。

"大哥……"

燕澜却打断了她,此刻才略带几分指责:"甚至连渡口阳气这样难堪的话,你都能说出口来欺骗我,你可真是……"他话说半茬,隐忍下来。

姜拂衣朝燕澜看过去,他已经收回看向她的视线。

从未见他脸色这般冷淡过,一副"我现在有一些生气,但我懂礼貌,不随便发脾气,希望你识趣一点自己离开"的态度。

姜拂衣这时候肯定不能走,得解释,得哄,不能真与他因此生出什么隔阂,脱口而出道:"我知道你为了渡我这口阳气做了许多挣扎,并且准备了很久,那你现在就渡吧,来吧来吧,别浪费了你的苦心,没准儿真有用处。"

说完之后,姜拂衣自己的眼皮先是一跳。燕澜应是在指责她,为达目的,竟然寡廉鲜耻地编出这等谎言。而她给出的回应,好似火上浇油,

燕澜更不知会怎样看轻她。

果然,燕澜不可思议地转头看向她,脸色比之前又难看几分。他喉结滚动,经过很明显的克制之后,平静地问道:"你认为,我会不悦,是因为没能占到你的便宜?"

燕澜这人真是惯会自省,怎么连生气都从自身找问题。

姜拂衣当然知道他在气什么,但"信任"和"欺骗"这些话题都太过复杂,聊起来,一不小心就容易出错,只能糊弄过去:"之前和你还不够熟,你又整天板着个脸,我会忌惮你,算计你,也是人之常情。但这次恶意揣测你,是我不对。"

燕澜沉默不语,越发板着个脸。

道歉既然没有反应,姜拂衣决定卖惨:"可也不能怪我。我说了,我当时被那头麒麟神兽吓到了,连兵火眼睛里都有一些惧意,而我只是个小怪物罢了。我娘舍去自由才将我送出来,我被封印事小,怕的是再也没谁去救我娘。你回溯过我的记忆,该知道这一路我行得有多难,甚至还'死'过一回,救不出我娘,我不甘心。"是卖惨,也是真心话。

燕澜的脸色逐渐和缓,在记忆碎片中,从她和无上夷的对话里,早已知晓她母亲被困之事。燕澜又想起之前的一些推测:"你母亲是被封印在极北之海?"

姜拂衣点了点头:"原本她还算自由,可以在一片固定的海域游荡。为了送我上岸,她被海底伸出来的触手绑住,沉入了海底……"

回忆起来,她的嗓音变得低沉:"大哥,如果我娘像棺木隐那样,为了逃出封印,摆千人祭,那她哪怕被封印千年万年,我无话可说。可我母亲就只是赠剑给过路人,盼着他们学有所成之后回来救她而已,你瞧她赠的那些剑,以我们目前所知的,哪一柄歹毒了?也就亦孤行手中的苦海入了魔,但苦海还知道找凡迹星的医剑求救。"

燕澜敛着眼睫,琢磨道:"你母亲不一定是九天神族封印的,先不说《归墟志》里没记载，就算缺的那几页真是你们石心人，那一批被封印的怪物，都是肉身、神魂、意识，三重禁锢封印。你母亲比起他们，显然更自由一些，还可以将过路人拉进封印里去。"

姜拂衣摇摇头："我认为是神族的封印。起初，我一直在蚌壳里孕育，始终出不来。二十一年前，封印大动荡时期，我出来了。"

九天神族封印那些大荒怪物时，虽是单独封印，但封印之间又同气连枝。

"我怀疑，九天神族最初封印的人，是我外公奭昙。"姜拂衣早在心中揣测过，"你也听见了，我外公和他们才是一代人，他们谁都没有提过我娘昙姜。我娘很有可能和我一样，出生于极北之海，自小在封印里长大。所以封印对她的限制会相对弱一些，才显得多了些自由。"

石心人是蛋生，最初只是一颗小石头，需要容器来孕育。

姜拂衣做了很多种假设。比如，神魔之战中，外公犯下大错，被九天神族封印之时，身上带着孕育她母亲的容器。再比如，始祖魔族得到了容器，胁迫她外公犯下大错，被神族一起封印。当然还有许多其他可能。

"而我外公，大概是已经死了。"姜拂衣默然道，"他或许是那批被封印的大荒怪物里，最早被封印杀死的一个。他估摸着是想用自己的死，来削弱极北之海的封印，给他可怜的女儿，我的母亲一线生机。"姜拂衣声音哽咽，垂着头，眼眶隐隐泛红。

燕澜早已将之前不被信任的气闷抛去了一边。

自从上岸之后，她如履薄冰、战战兢兢，他又不是没看到，如今竟因为这点微不足道的小事和她置气。但燕澜张了几次口，始终不知道该怎样安慰她。

燕澜想起姜拂衣之前问，如果她因阻挡神族下凡而被封印，他会不会救。

姜拂衣心中应是想求他帮忙救母，却又不愿他为难。

若是姜拂衣被囚，燕澜定然会救，哪怕与族中决裂，与九天为敌也会救。并不只是燕澜心悦她，主要是他能确定姜拂衣不仅无辜，还有一颗知恩图报、良善的心。

比如抓枯疾，实际上和她一点关系也没有，她却出于种种原因，挡在了最前面。明知可能在他面前暴露身份，她也在所不惜。

燕澜并不了解她的母亲昙姜。《归墟志》里虽不曾找到石心人，但石心人的强悍，从姜拂衣身上可见一斑。燕澜无法承担放出一个强大怪物的严重后果。

可凭昙姜送的宝剑来看，这位前辈胸襟广阔，不像凶恶之徒。

燕澜斟酌良久："阿拂，如果能够证实你的猜测是对的，你母亲的确是生于封印，且对人间并无危害的话，我会考虑。"

正感伤的姜拂衣倏然怔住。她说这些，本意都是卖惨罢了，目的是想让燕澜了解，她一个小怪物在人间行走有多不容易，会欺骗他和恶意揣测他，都是情有可原的。

没想到燕澜竟然给出一个承诺。即使姜拂衣根本不知道该怎样证实，他的承诺也只是"考虑"。以燕澜的身份，会说出这样的话，已是极为难得，总归是又多了一线希望，还是挺粗的一条线。

姜拂衣从床尾坐去了床头，顶着一双略红的眼睛看向他，兴致高涨起来："莫说我娘，我外公也不是什么邪恶怪物，兵火认识他。"

回来的路上，暮西辞特意告知，他认识的美男子石心人，似乎叫作什么昙。

"我外公对神魔纷争没兴趣，毕生都在寻找一个令他心动和心碎的女人，欠下不少风流债，我家的双向失忆诅咒，八成是从他才开始的。"

燕澜凝眉："心动和心碎？"

姜拂衣颔首："他估计是纯血，生来一颗石头心，不知道心跳是哪种感觉。"

燕澜不动声色："你知道？"

姜拂衣摸着胸口："以前知道一点，自从棺材里醒来，这颗心就再也不曾跳过了，我从前猜，它怕是永远变成了石头，不过昨夜突破之时，它很强烈地震动了一下。"和心跳相距甚远，最起码有了点反应。

燕澜正要开口。

姜拂衣改为侧坐，双手撑在床上，身体朝燕澜倾过去，笑眯眯地道："所以我才说，大哥那口阳气没准儿真的有用。你之前所做的挣扎和准备，你舍己为人的良苦用心，并没有浪费，也就不算我欺骗你啊。"

燕澜正琢磨她的话，不料她突然靠近，燕澜浑身僵直，下意识后仰。背后垫着的羽毛软枕，被他挤成薄薄一层，直挺的脊柱几乎撞在硬邦邦的床栏上。客栈的床铺本就简易，随着他撞击的力道"嘎吱"摇晃了好几下。床头床尾，原本虚虚钩住的纱幔被摇散了下来。

姜拂衣被纱幔拢在内，罕见地从燕澜脸上瞧见了惊慌失措。

她说这些，依然是在给自己找补，努力挽回自己在燕澜心中的形象。希望这一页掀过去后，燕澜还能像从前一样信任她。

但此时纱幔落下，隔绝了夜明珠的光芒，床铺成为一处极私密的幽暗空间，姜拂衣心中生出一丝丝怪异的感觉。明明之前躺在燕澜身边入睡时，也没有这种感觉。姜拂衣皱着两弯黛眉，微微朝左侧歪了歪头，又换成右侧，努力捕捉这究竟是一种什么感觉。

她在迷惘地思索。

周围的空气像是被她给吸净了，燕澜已是很难正常呼吸，微颤着声音说道："我如今这身体状态，不适合渡气给你，等我病好了再说。"他伸手去撩姜拂衣头顶的纱幔，想撩开它透透气。

"不要动。"姜拂衣按住他的手臂。她心中那一丝微妙的感觉还在，勾得她难耐。这颗石头心的任何异常，都令她好奇和期待，忍不住想去探索个清楚明白。

姜拂衣试探着靠近燕澜，红润的嘴唇似乎想去贴近他的两片薄唇。

燕澜避无可避，咬了下苍白的唇，告诫自己冷静。然而姜拂衣靠近的动作极缓，以至于他怀疑，她是不是故意使坏折磨他，令他越发不能冷静。

终于……备受折磨的燕澜放弃了冷静，情不自禁地坐起来，迎着她而去。哪怕脑袋不清不楚，他也没忘记自己的"使命"，催动他巫族血脉里的那缕九天清气，渡口气给她试试。

正专注探索的姜拂衣，恍惚听到了一阵有力又急促的心跳声。

但并不是她的。

是燕澜。

如同一阵雷音，姜拂衣被震得清醒过来。在燕澜贴上她的唇瓣之前，她慌忙转头，然而嘴角还是擦着他柔软的唇珠而过。而这无意之中浅尝辄止的触碰，她清晰地听见被拢在床帷之内的，更极速的心跳声。

姜拂衣像乌龟一样迅速将头缩回壳子里，立刻起身，去将纱幔重新挂好，磨磨蹭蹭，不太敢去看他。

燕澜抬手轻触了下自己的唇珠，失神片刻，心中的疑惑压过羞窘，问道："你要我渡口阳气给你，又为何躲开？"

这时候，姜拂衣才感受到唇齿间有一股淡淡的、令人心旷神怡的清香。

好像是燕澜靠近她唇边时，溢出的气息，是他巫族血脉里的清气，还真是渡气给她。

姜拂衣站在床边，略有狐疑地看向他，踟躇着问："你、你就只是想渡气给我？"

燕澜强撑着道："若不然呢？"

姜拂衣伸出一根手指，指向燕澜的胸口："你的心跳很剧烈，我还以为……"

她不提醒，燕澜并未注意，发觉之后立时心虚。他极力维持平静，

-470-

不令自己看上去太过愚蠢："我还在病中，本就元气大伤，又要催动体内气息渡给你，莫说心跳剧烈，甚至可能昏过去。"

姜拂衣松了口气，吓死她了，还以为燕澜是因为心动。他不是敢做不敢当的人，既说不是，应该不是。

燕澜做了一回小人。他并非不敢承认，只是有种强烈的感觉，若是被姜拂衣发觉他心思不正，她往后可能会躲着他。

姜拂衣抱歉："我发现我比小酒还离谱，原本是来照顾你的，结果将你可劲儿折腾了一通。"还不如让柳藏酒留下来照顾他。

"无妨，答应过的事情，便是欠下的债，早晚要还。"燕澜垂着眸，不想她看到他失落的眼神，又实在装不出几分神采，"但是这口阳气……"

"若有用，这一点点足够了。"姜拂衣不敢再让他渡气。她想了想，还是不放心，再次坐下来，"大哥，这世上的姑娘你喜欢谁都好，千万不要喜欢我。"

燕澜心头倏紧，淡淡地道："哦？为什么？"

"你可能有所不知，我不仅心不会跳，连一丁点男女之间的欲念都没有。"姜拂衣说着话，拉着他的手过来，覆在自己冷漠的心口，想让他感受一下。猝不及防，燕澜险些摸到不该摸的地方，挣扎着抽回手。

姜拂衣没注意，继续道："之前我动歪脑筋，想将你占为己有，保我安然无恙。心想往后只要我对你好就行，但是不行。"燕澜是个好人，很好的人，"你值得拥有一个全心全意喜欢你的好姑娘，而我只是个没有心的大荒怪物。"

没有心久了之后，姜拂衣不仅忘记自己有心的时候是什么模样，甚至连别人的心也快感知不清楚了。

燕澜听明白了，她的意思，他并不是那个可以令她心动的男人。即使与他同床共枕，险些唇齿相触，她也毫无念想。

燕澜想问谁是那个人，漆随梦？记忆碎片里，不知漆随梦真面目之前，

他伸手摸她额头温度时,她是会微微脸红的。

燕澜心中陡然生出一抹从未体验过的挫败感,低声道:"那真是多谢你放过了我。"

姜拂衣听他语气有一些不对,正回想自己哪里说错话了,却听到了敲门声。

极轻。

姜拂衣问:"谁?"

是漆随梦的声音:"是我。"

此时距离日出还有一个多时辰,半夜三更来敲门,不是漆随梦的风格。

姜拂衣起身去开门,瞧见漆随梦站在门外,有几分狼狈和疲惫。

漆随梦拱手:"姜姑娘,我有话想和你说,关于我师父和大师兄。"

姜拂衣让路:"进来说。"

燕澜本想换好衣裳迎客,稍作犹豫,没换,原本什么模样,还是什么模样——夜半在自己的卧房内,这样也不算失礼。

漆随梦入内之后,先往床边走,瞧见燕澜的状态,不由得皱眉:"燕兄伤得这样重?"

燕澜解释:"只是旧疾复发。"

漆随梦惭愧:"昨夜你们一番苦战,我却没能帮上忙,我大师兄实在不容易对付。"

姜拂衣纳闷:"我不是请李前辈帮忙对付他,怎么是你?"

漆随梦解释了下经过:"李前辈被另一个人缠上,而我大师兄一直逼迫我,我不小心将他打伤了,伤得不轻。"

姜拂衣颇感惊讶,林危行人仙中境,漆随梦只是凡骨巅峰。

"他受伤之后,师父给我的那枚玉令突然亮起,应是师父感应到了我们师兄弟相残。"漆随梦面露忧色,"而师父既能感应,说明他已经成功突破地仙,出关在即。"

燕澜拢起眉:"你师父突破了地仙?"

漆随梦说了声"是":"我师父闭关之处距离此地,乃至云巅国都极为遥远,回来需要一定时间,燕兄最好立刻带着姜姑娘回万象巫,回你们父亲身边去,否则……"他担忧地看向姜拂衣。

姜拂衣心道杀她果然可以摆脱心剑束缚,突破地仙:"无上夷出关第一件事,不会是来杀我吧?那我好大的面子。"

漆随梦不能确定:"有可能,毕竟浮生剑是他给我的,他指不定已经知道我生出了反叛之心。而你们比我更清楚,我对他的重要性。"

燕澜坐直身体,劝姜拂衣不要侥幸:"明天一早我们就回族里去。"

姜拂衣拒绝:"我不能去万象巫。"

燕澜看向她:"我说过,族中和无上夷的理念不会相合,你不必担心。就算大祭司和族老认同他,我和父亲也会站在你这边。"

正是如此,姜拂衣才不想去麻烦他们父子俩。尤其是燕澜,无上夷一旦杀上门,他在族中很难做人。毕竟点天灯请神的,正是他们巫族。

姜拂衣道:"我有更好的去处。"

燕澜问:"飞凰山?"

姜拂衣挑了挑眉,因漆随梦在场,她只说:"我的两个'义父'在那里等着我,无上夷杀上门,就让他来。"

无上夷虽步入地仙,但他的碎星剑断了。凡迹星和商刻羽两人手中有心剑。心剑的威力,远远超越他们本身的境界。

"更何况商刻羽还是风月国的王族,而无上夷身为云巅国的国师,碍着两国关系,不会轻易动手的。"姜拂衣询问漆随梦,"我说得对不对?"

"是这样。"漆随梦听她说"义父",放心不少,"倘若你那两位义父真在飞凰山等着你,是个好去处。"

燕澜不同意:"万一无上夷告诉他们,他突破地仙的诀窍,是杀你证道该当如何?"

姜拂衣无所谓："正好考验一下他们的人品。"再一个，姜拂衣现在艺高人胆大，不是很怕，"大哥，我是姜拂衣，不是江珍珠，没从前那么好欺负了。"

燕澜捡起床铺角落里的竹简："但我需要先回一趟族里，《归墟志》封印不了太久，要尽早将枯疾交给父亲处理。"

漆随梦请缨道："既然如此，燕兄先回万象巫，我送姜姑娘去往飞凰山。我也不再是从前的阿七了，我发誓，这一次我会以命来护她周全，还望大哥放心。"

听见"大哥"这个称呼，姜拂衣先瞥了漆随梦一眼："你还挺自来熟啊，知不知道你比我哥还大半岁？"

漆随梦敛眸："有些称呼，不以年龄来论。"

姜拂衣笑了一声，瞧他的态度，应是已经稳固好了心境。无上夷虽将他洗脑成这副讨厌的性格，但他的心性，确实被磨炼得十分强悍。

漆随梦没听到燕澜应允，朝他望过去。

燕澜面色如常，只不过捏着竹简的手，手背青筋逐渐明显。漆随梦看不出什么，却能感觉到燕澜似乎有一些反感他。

而这份反感，是从最近开始的。不过漆随梦能够理解，听完那些往事，无论怎样，都是他连累了姜拂衣。身为兄长，反感他是正常的。

所以这一次，漆随梦才想要证明自己，又问一遍："不知大哥意下如何？"

短暂静默过后，燕澜淡淡地道："漆兄，我认为由你护送舍妹，并不妥。"

漆随梦问："为何？"

燕澜质问道："前几日我才详细和你讲述过，关于舍妹遭天阙府君残害的全过程。他是怎样突然出现在六爻山的，你可还记得？"

漆随梦微怔，旋即瞳孔一缩："玉令。"

那件云巅君王赏赐的飞行法宝，内含一个传送法阵。当时，师父将玉令借给了姜拂衣，才能将她拦在六爻山。

燕澜眸光沉静："如今玉令在你手中，你师父能够直接开启玉令内的传送阵，防不胜防地出现在你身边，你与舍妹同行，岂不是给他下杀手行方便？"

漆随梦蹙眉："但传送阵需在一定范围内，距离过远，无法开启。"

燕澜问："你能否确定范围？"

漆随梦露出为难之色。

燕澜："很抱歉，我容不得舍妹冒险。"

燕澜不承认自己狭隘。若换成从前那个精明过人的漆随梦，燕澜虽不甘，但以自己的身体状态，由他护送确实更为妥当。而如今的漆随梦为人处世太过坦荡，城府欠缺，单凭武力，不足以令他放心。

经燕澜提醒，漆随梦也不敢冒险，拱手致歉："是我忽略了此事，幸亏大哥细心。"那晚听书一般获得太多信息，过于震动他的心境，疏忽了。此刻后悔没将玉令扔给大师兄，然而玉令至关重要，又不能随意丢弃。

燕澜也不纠正他这声"大哥"："漆兄若想帮忙，倒不如帮我将枯疾送去万象巫。你有玉令，来去方便。且我旧疾复发，独自送枯疾回去，还真怕遭夜枭谷拦截。随后，你再去往飞凰山，兴许咱们能同时抵达。"《归墟志》囚了怪物之后，不能开启，无法使用，交给漆随梦带回去刚好。

碍于族规，父亲或许没看过《归墟志》的内容，但必定知道如何处理被锁住的怪物。

漆随梦遮掩住眼底的失望，看了看姜拂衣。他答应下来："处理怪物，本也是我的分内之事，自当竭尽全力。"

燕澜将竹简推过去："有劳了，待家父处理完枯疾，还要麻烦漆兄将此物带回来给我。"

-475-

竹筒飞去漆随梦面前,他伸手握住:"事不宜迟,我能以玉令渡海,这便动身出发。"

燕澜拱手:"多谢。"

漆随梦将竹筒收回储物戒指里,告别离开。

姜拂衣跟出去:"我送你。"

燕澜目望房门阖上,抿紧双唇。

两人出去客栈,长街漆黑空荡。

姜拂衣陪着漆随梦朝岸边走:"我方才听你说,你生出了反叛之心?你莫不是打算叛出天阙府?"

漆随梦不知道这算不算反叛:"实不相瞒,我什么打算也没有,只想先找回我的记忆和你赠我的那柄剑。"

姜拂衣送他出来,正是为了告知他:"找回沧佑不难,找回你十一岁之前的记忆应该也不难。"毕竟只是被无上夷覆盖,"但自你我相遇之后的记忆,你恐怕是找不回来了。"

漆随梦脚步停下。

姜拂衣看向前方,目不斜视:"我家传宝剑里的两相忘诅咒,不容易解开。医剑双修的凡迹星、风月国的国君商刻羽、夜枭谷的魔尊亦孤行、修罗海市的主人李南音,包括你师父——天阙府君无上夷……"想起来自己如今的身份,是万象巫圣女,她又编一句瞎话,"甚至连我父亲,巫族现今修为最高的大巫,都没有一个能解开的。"

漆随梦快行两步,重新追上她:"他们手中的,都是你母亲赠的剑?"

姜拂衣颔首:"我所铸之剑,就只赠过你。"

漆随梦道:"我和他们不一样。"

姜拂衣不爱听这话:"事实证明,我的铸剑水平并不比我娘差。"

漆随梦解释:"我不是这意思,我是说,剑主与剑,契约深度与两个因素相关。"

一个是结剑契时的修为。同样级别的剑，剑主年纪越小，修为越低，剑契结得越深。标记凡骨初境和中境，效果应有差别。标记凡骨、人仙和地仙，效果必定不同。

漆随梦思忖道："我被沧佑剑标记时，虽是个凡骨初境，但我本为神族剑灵，有九天清气护体，沧佑对我的标记，在深度上，比不过那几位前辈。"

再一个，要看剑主与剑的相伴时间，磨合程度。

漆随梦说道："那几位前辈修剑时间久，与剑磨合程度高，你家传诅咒对他们的影响，自然非常严重。但我才刚被标记，师父便将沧佑封印，暂时隔绝了我与它之间的联系……"

姜拂衣默默听着，认为有道理："但无论深度，一旦两相忘，找不到解决之策，就会逐渐加深。"

漆随梦有些想法："若这诅咒只是遗忘，我认为有位前辈，或许能够帮忙解开。凡迹星几人的陈年诅咒不好说，但我这种轻症，我认为还是颇有希望的。"

姜拂衣停住脚步，微微睁大双眼："谁可以解？"

漆随梦朝飞凰山望过去："说来巧得很，他人应该就在飞凰山。"

姜拂衣皱眉："你说凡迹星？这不是病症，他的医剑治不好。"

听凡迹星的意思，多年来他一直在给自己医治，也就稍微回忆起了一点点，知道有位"仙女"的存在。

漆随梦摇了摇头："我指的是闻人世家的家主，闻人不弃。"

姜拂衣诧异："啊？"

漆随梦猜测道："凡前辈会去飞凰山，应是受闻人前辈邀请，去为飞凰山的女凰疗伤。"

姜拂衣确定："没错。"

之前在幽州金水山，凡迹星请了闻人不弃，是想闻人不弃以言听计

从术,赶走商刻羽。因她出现,计划有变。但凡迹星依然应允了闻人不弃。那位女凰前辈,估计是闻人不弃的爱人。

姜拂衣狐疑:"闻人氏是云巅,乃至七境九国第一儒修世家,博学广识我知道,他们还会解诅咒?"

漆随梦道:"我与闻人前辈见得少,但我与他侄儿闻人枫交情不错,算是我在神都唯一的朋友。"

姜拂衣点头:"怪不得,之前闻人枫来找我碴,你还帮着他打我。"

漆随梦再次解释:"姜姑娘,我当时只是对你大哥好奇,想试一下他的修为,绝对没有打你的意思。"

姜拂衣随口一说,不是指责他:"你不要打岔,继续说闻人氏。"

漆随梦回忆:"有一回,闻人枫的鹿车被人动了手脚,还被设下了一个法阵,他被困在鹿车内,还受了点轻伤。我将他救出来之后,他去质问车夫谁靠近过他的鹿车,发现车夫的记忆像是缺失了一段。"

姜拂衣懂了:"被布阵害他之人抹去了?"

漆随梦点头:"我见到闻人枫以手中拢起的折扇,狠狠敲了那车夫灵台一记,喊他的名字,且喝道:'给我想起来!'那车夫头痛倒地,晕厥过去,再醒来时,就全想了起来。闻人枫因此抓住一个混在他们弱水学宫内的魔国细作。"

姜拂衣眨眨眼:"闻人氏的精神攻击,竟还有这样的用途。"

闻人枫一个凡骨巅峰,手握法宝折扇,尚且如此。闻人不弃半步地仙,持有家传神器真言尺,能力的确不容小觑。

漆随梦道:"尽管我们这些同境界里,闻人枫一个也打不过,但我从不小看他。师父也提过许多次,要我们绝对不要轻视闻人氏,他们拥有祖传的强大精神力。"

自古以来,许多人打真言尺的主意。却不知,闻人氏并非因为拥有真言尺才厉害。而是真言尺,唯有在闻人氏的手中,才能真正发挥效用。

"尤其是这一代家主闻人不弃，据说是家族史上天赋最强的一个，也最有希望突破地仙，只可惜……"漆随梦头痛地看了姜拂衣一眼，"他年少时，遭你父亲重创，不仅突破艰难，还……断子绝孙，才会抱养闻人枫悉心教导，对你父亲可谓恨之入骨。我去求他帮忙，希望想起我与你的往昔，恐怕是难如登天。"

姜拂衣一愣，原本想着若有用，请闻人不弃也给她一尺子，现在没准儿会被他趁机打死。对男人来说，断子绝孙这仇，恐怕佛祖来了也不容易解开。

和漆随梦告别之后，姜拂衣返回客栈。她本以为燕澜睡着了，悄声推门入内，发现他竟然衣冠整齐，坐去了矮儿之后，脸色苍白，精神恹恹。

"你真不需要歇一歇？"姜拂衣过去他身边盘膝坐下，伸手想摸他的额头。

燕澜虚弱地躺在床上时，被她摸额头，觉得还好，下了床，便感觉不妥，下意识地偏头躲了一下。

只不过他躲的幅度很小，姜拂衣轻松摸到。

"是好些了。"他高热逐渐退了下来，她夸一句，"看来大哥的体格不错。"

燕澜低头不语，心中一直在猜，她和漆随梦究竟谈了什么要紧事，小半个时辰才回来。想问，却问不出口。

姜拂衣却主动提起来："对了，刚才漆随梦告诉我一件事。"

燕澜抬头："嗯？"

姜拂衣先卖了一下关子，才说："闻人氏的言听计从术，配合他们家传的真言尺，有希望解开漆随梦所中的失忆咒……"

她一五一十地讲述一遍，燕澜默然听着，眸色难辨。

姜拂衣试探："大哥，你爹为何要斩了闻人不弃的……"说不出口，

"为何要让他断子绝孙?"

她知道闻人氏和巫族是世仇。千年前,闻人氏主张攻打巫族,逼得巫族被迫臣服云巅国,还上交了天灯。之后,闻人氏一直没放弃拆解万象巫的城池机关,派了不少细作潜伏。

"闻人不弃二十出头的时候,潜入我们万象巫,被我父亲发现,将他重创。"高热退去,燕澜口渴想倒茶喝。

姜拂衣手疾眼快,提壶给他倒茶:"即使逮着机会报世仇,磊落一方,一般也不会选择这种方式。"不像剑笙前辈的风格。除非闻人不弃在万象巫干了什么龌龊事。

"谣言罢了。"

这些谣言燕澜也曾听过。闻人不弃很早继承家主之位,却始终不娶妻,还抱养了他三弟的儿子闻人枫,难免会传出谣言。

"闻人不弃其实是个情种,苦恋飞凰山的女凰几十年,女凰估计是嫌他人品不好,一直不肯答应他,所以才没娶妻。"

"原来如此,谣言也未免太离谱了。"

"嗯,人言可畏。我父亲顶多是打得他元气大伤,不小心令他不能人道罢了。"

"这和斩了他的……好像也没什么区别。"

事关父亲的品格问题,燕澜辩解道:"一个是有意为之,一个是无心造成,岂能混为一谈呢?"

姜拂衣沉默,反正不管怎样,想借他真言尺一用,恐怕很难。

燕澜提起闻人氏,心中便极为沉闷:"无论闻人不弃是被斩了子孙根,还是不能人道,以他的修为和博学,都不可能会断子绝孙,有的是办法。他没有子嗣,纯粹是他不想,可能是怕女凰更不愿意嫁给他。"

"这样还有办法?什么办法?"姜拂衣被勾起了好奇心,侧过身,手肘抵在桌面,托腮看他。

燕澜一本正经:"可以神交,也可以……"

姜拂衣先问:"神交?怎么神交?"

燕澜凝眸回忆:"我看书上说,是要先……"话说半茬,燕澜忽然哽住。

以往这些话题,顶多在少年时和猎鹿私下里聊过两句,他如今怎么能和姜拂衣一个姑娘家关起门说这些。

姜拂衣好奇心上头,推了一把他的手臂:"书上说什么?"

燕澜的手搭在桌面上,手指弓起来,指甲抓了下桌面,沉默不语。

姜拂衣有时候挺不喜欢燕澜的磨叽:"你干吗这副表情?我知你求知欲旺盛,又不会嘲笑你会看这类书。"

燕澜更要辩解:"那本书是猎鹿送给我看的,他说他看不懂,我也必定看不懂。"于是燕澜连夜研究完整本书,并不难懂,也丝毫没觉得哪里羞涩。这竟是回旋镖,多年后才扎到身上。

姜拂衣看他这副拒绝态度,估计是没戏了,摆了下手:"算了,我去问……"她想说去问李南音,自家小姨是女人,聊起来不会像他一样害羞。

却见燕澜面色微变:"你等等。"他闭上眼睛,过了一会儿,从储物戒指里将那本书给翻了出来,递给她,"我讲不清楚,你自己拿回去看吧。"

姜拂衣双眸一亮,接过来,不逗他都说不过去:"看不出来啊大哥,还贴身带着,用得着的时候,打算临时抱佛脚?"

燕澜却没表现出任何尴尬:"嗯,书是猎鹿送我的,他送我的东西不多,我都留着,放在一起。"他语气平静,姜拂衣听出了一丝伤感。

燕澜逐渐对她敞开心扉,提到猎鹿的次数也逐渐增多。

姜拂衣大概知道,他和猎鹿自小一起长大,猎鹿待他不错,他待猎鹿更好。他会因为怕猎鹿挨打,特意编写一本入门级的阵法书。但长大

-481-

之后，猎鹿却来和他争少君之位，两人渐行渐远，乃至决裂。

姜拂衣正想说几句安慰之言，燕澜倏然抬头，看向门外："有人进了客栈。"

"我去看看是谁。"姜拂衣立刻起身。

这家客栈并不是岛上最好的客栈，甚至很一般，因为距离无忧酒肆最近，燕澜才选择住在这里。且从住下来的第一天，燕澜就包下了整个客栈，原本的住客继续住，离店之后，便空着房间。

不是燕澜霸道，他之前担心独饮擅愁混进来。入夜之后，后院里住着的掌柜和跑堂，若没要紧事，也不能来前边。给的钱多，掌柜别提多配合。而此刻距离天亮约莫还有半个时辰，不知来者是谁。

姜拂衣推门出去，在客栈大堂见到了李南音。她忙快步下楼去："小姨。"

李南音走来楼梯口，关切地拉着她打量："我听说你受伤了？"

姜拂衣笑道："还好，不算太严重，就是有点疼。您怎么样，没吃亏吧？我听漆随梦说，林危行请了个挺厉害的帮手。"

李南音冷笑："正是之前和林危行联手坑你的寄卖行老板，祖辈都在岛上做生意，和我修为差不多，便觉得与我有周旋之力。"

姜拂衣问："您抓到他了？"

李南音颔首，忽又笑得甜美："外边天大地大的抓不到，但这里是修罗岛。他已经被我锁了起来，连着他的寄卖行，一并交给你来处置，你可以新仇旧怨一起算。"

姜拂衣暗自琢磨，看来同境界内，心剑剑主果然更胜一筹，或者胜很多筹。

"您是岛主，您看着处理吧。"她向李南音道谢，"不过，倒真有件事麻烦您帮个忙。今天上午，我和我大哥打算离岛上岸，能否派艘船送我们？"

白天没有上岸的船，燕澜定有渡海的法器，但岛上有规矩。漆随梦半夜偷着走就算了，光天化日，还是要守规矩。

李南音满眼不舍，拉起她的手："这么快就走？刚忙完正事，都没来得及好好招待你。"

姜拂衣不想提太多，以免她担心："我有两位'父亲'在飞凰山等着我，他们两个见面总是打架，我要赶紧过去。"

李南音也就不拦了，答应下来，又取出一枚信箭递给她，叮嘱道："若有任何需要，写信告诉我。"

姜拂衣收下来："好。"

李南音抱了她一下："过阵子，我也要出岛去历练，将我的修为提一提，希望今后能为救姐姐多出一份力。"

姜拂衣心头涌过一道暖流。

"嘎吱！"

二楼一间客房的房门开启。

一个稚气的声音在两人头顶响起来："姜姑娘很可能是怪物，你的昙姜姐姐也可能是怪物。李南音，你打算去破坏神族封印，救大荒怪物？"

况雪沉从房间里走出来，他没有栏杆高，只能通过栏杆之间的缝隙看向她们俩。

"可能是怪物"几个字，令李南音眉头一蹙，但她更在意的是——"你就这样大庭广众说出来了？"

"放心，如今客栈里没有外人。"姜拂衣劝她少安毋躁。

"大哥，你说小姜是怪物？"柳藏酒跟着从况雪沉房间里走出来，有些惊讶，"难怪你不让我睡觉，拉着我问东问西。"之前在船上，明明已经讲过他和姜拂衣相识的经过，今晚又非得让他详细讲一遍。

况子衿也走出来，近距离仔细打量姜拂衣，颇为苦恼："大哥，我不能确定，姜姑娘在我眼睛里是正常人形，和人类一模一样。可唯独她

的心脏在发光,极为耀眼,人类没有这样的心脏。"

"发光?"姜拂衣先好奇起来,她还以为在鉴真镜眼睛里,她的心脏是块硬邦邦的石头,不承想竟是发光体。

难怪漆随梦一个色弱,会说她身上有光芒。至于被他们怀疑,姜拂衣浑不在意。燕澜已经知晓,她无所畏惧。

况雪沉看的是李南音:"我说的也只是可能,如果你的昙姜姐姐真是怪物,你也去救?"

燕澜的房门未关,他从房间走出来,朝对面的况雪沉拱手:"前辈,我父亲认作女儿的人,您信不过?"

况雪沉尚未开口。

"嘎吱!"燕澜右侧的房门开启。

暮西辞悄声关门时,给房门上了一层剑气隔绝。他走到栏杆前,目光凉飕飕的,也看向对面的况雪沉:"姜姑娘是怪物如何,不是又如何?你面前就站着一个真正的大荒怪物,你又能奈我何?"

况雪沉的目光,从燕澜移到暮西辞阴沉沉的脸上,心道自己何时得罪他了,哪里来的敌意?

柳藏酒在自家大哥背后直揸眼睛,又不敢将三姐污蔑他的事供出来,怕她被责罚。

况雪沉维持客气:"暮公子,你原本就不归我管,这个问题,去问燕澜比较合适。"

暮西辞不依不饶:"既然如此,那你管姜姑娘是不是怪物?人家李岛主愿不愿意去救怪物,又与你何干?"

况雪沉被数落得深深皱起眉,正要说话,况子衿抢先一步:"姜姑娘和她母亲都与我大哥无关,但李岛主和我大哥有关啊,我大哥关心自己的爱人,和你有什么关系呢?"

况雪沉立刻回头瞪他一眼,况子衿赶紧捂嘴。

-484-

暮西辞质问:"你大哥知道关心自己的爱人,那别人的爱人,他就可以随意推入危险之地?"

况雪沉听不懂他在说什么:"这其中是不是有什么误会?"

柳藏酒实在没辙,只能提醒况雪沉:"大哥,莫说暮公子,我也想数落你几句。明知道暮夫人身体不好,为了保护我,你竟利用人家对夫君的关心,让她来送对抗枯疾的法宝。暮公子原本就是为救二哥出力,你竟然恩将仇报,太可恨了。"

柳藏酒背过身朝况雪沉挤眉弄眼:三姐也是没办法,总要解释她那厉害的法宝哪里来的。

况雪沉无奈。

暮西辞背后的房间,从窗户处可以看到柳寒妆的剪影。她也起床了,正在偷听外面的动静,还对况雪沉做出"求帮忙"的手势。

况雪沉和燕澜的认知相同,不知兵火失控的点在哪里,不适宜直接告知他真相。然而鉴真镜听不得这种谎言,况子衿指向暮西辞背后:"我实话告诉你,你夫人其实是我们三……""妹"字没出口,他的嗓子忽然发不出声音。

况子衿捂住脖子,白皙的脸憋得通红,却依然说不出口。

想起回来客栈之后,三妹偷偷塞给他一颗补药,说珍藏多年,见他此番受伤略重,才舍得拿出来。

况子衿感动一夜,竟是一颗毒药,将他给毒哑了?况子衿指着自己的嘴,朝着况雪沉沙哑着"啊"了好几声,控诉三妹的罪行。

况雪沉却只是捏着眉心,无动于衷。

偏心眼啊,况子衿憋着不能说话,太难受,直接去对面找三妹讨要解药。

暮西辞瞧见况子衿要过来,甩出剑:"我从大荒时代活到今日,还从未见过你们这般恩将仇报的无耻之徒。"

燕澜见势不妙，走来暮西辞身边："兵火，你先冷静。"

柳藏酒则赶紧上前抱着自家二哥："大哥你快说话啊。"

姜拂衣站在一楼，仰头左右观望，搞不懂，这都什么乱七八糟的。李南音却拉她一起在长凳坐下，低声道："旁人的家务事，少管，看戏就成。"

姜拂衣坐不住，担心城门失火，殃及燕澜，他还病着。

姜拂衣想要上楼去。李南音拉住她，拍了下她的手背："放心好了，况雪沉处理得来。"

姜拂衣这才在长凳上坐下，目光仍然锁定在燕澜身上，随时准备出手，生怕暮西辞恼起来会误伤他。

"大哥你快说话啊！"柳藏酒还在不停地喊，他从背后紧紧抱住况子衿的腰，"二哥二哥，有话好好说！"

有话好好说？被毒成哑巴的况子衿，遭独饮擅愁折磨这么久，都不曾生出一点脾气，眼下竟要被自家兄妹给激出点脾性出来。但他才从独饮擅愁的禁锢中解脱，使不上力，而柳藏酒别的本事没有，天生力气特别大，想挣脱不容易。

况子衿一边挣扎，一边指着暮西辞嘶哑着"啊啊啊"个不停，想让他回头看看，他那弱不禁风的夫人，正扒着窗缝露出一只眼睛朝外偷看呢！

暮西辞却当他是挑衅，若非燕澜挡在身边，早忍不住动手了。暮西辞冷笑一声，提醒道："燕澜，往后交朋友，记得擦亮眼睛，有些人根本不值得结交。"

燕澜一愣，该擦亮眼睛的不知道是谁。

柳藏酒快要抱不住了，头痛不已："大哥！"

况雪沉终于烦躁地开口："你喊我做什么，我说话管用还是怎么着？往常你们都是怕我动手，我如今一具傀儡又动不了手……"

-486-

柳藏酒纠正："谁怕你动手，我们是怕你动脚。"大哥管教他们的标准姿势，向来是背着双手，冷着脸又快又狠地抬脚一踹。

况雪沉被他们一个个气得嘴唇直发颤："我此时无措，你难道不能捆住他？他现在又打不过你，父亲给你的万物锁难道是个摆设？"

"你说的啊！"柳藏酒早想这么干了，不敢罢了，怕二哥秋后算账，"二哥，你听见了，这都是大哥的主意。"说着，他默念口诀召唤长鞭，化为一条狐尾绳索。

"嗖！"况子衿被捆个结实。柳藏酒直接将他扛起来大步走回房间，"哐当"踹上房门。

况雪沉深深吸一口气，朝对面的暮西辞躬身拱手："对不起，此事是我做得不妥。只是当时身边实在没有可用之人，我这傀儡之身毫无修为，怕走不到你们面前，身躯便已损毁。而尊夫人又主动请缨……"

暮西辞收了剑，但脸色依然阴沉。

况雪沉接着道："为表歉意，那盏由家父亲手打造的燃夜灯，便赠给尊夫人了，还望兵火前辈您大人不记小人过，莫与我们这些凡夫俗子一般见识。"

他认错态度极为诚恳，暮西辞倒不好再咄咄逼人。而且那盏燃夜灯并非凡品，他也算大方。

燕澜看向况雪沉，以他的修为境界，不承想竟是这般能屈能伸。

况雪沉瞧见安抚住了暮西辞，再次看向楼下大堂里的李南音："我问你的，你还不曾回答。"

李南音坐在凳子上耸了下肩膀："不好意思，方才只顾着看热闹，忘记你问了什么，能否再说一遍？"

况雪沉知道她是故意的，也不生气，真就再说一遍："我问你，若你昙姜姐姐当真是大荒怪物，那是神族设下的封印，你也要去帮忙搭救？"

姜拂衣不动声色，这个问题她其实也很想知道。

李南音点了点头，表现自己听清楚了，又皱起眉反问："我只想救我家阿姐。你口中的大荒怪物、神族封印，不知与我有何干系？"

况雪沉也微微颔首，表示自己听懂了，转身回房里去。房门开启的那一刹，还能听到况子衿的"啊啊"声。

李南音站起身："阿拂，天快亮了，我去为你们准备船只。"

姜拂衣送她出客栈，说："况前辈是不是生气了？他为镇守怪物付出良多，而您的选择……"

李南音莞尔："你不要误会，他单纯就是为了提醒我三思而后行。至于我的选择，他即使不赞同，也不会反对，更不会为此生气。事实上，我越有主见，他越放心。"

姜拂衣沉默片刻："那……小姨可有疑惑想要问我？比如我究竟是不是大荒怪物？"

李南音依然还是那句话："无关紧要，我只想救我家阿姐。"

姜拂衣微微抿唇："我有些明白，娘为何会赠道遥给您了。"明白母亲为何会抛弃刻板，费心思铸剑给她。李南音都已经忘记了她们之间的相处，却依然将这份姐妹情谊放在心上，是个重情重义之人。

临别在即，姜拂衣不想说太多伤感的话，歪头看她："小姨，您是真的心悦况前辈吗？我怎么发现，您似乎很喜欢看况前辈出糗的样子。"非但没有担心、想帮忙的意思，甚至还想落井下石。

"呀，被你发现了？"李南音"啧"了一声，"你有所不知，况雪沉这个人啊，不论做什么都是慢条斯理、胸有成竹，讨厌死了。"

许多年前，李南音越级去挑战一位人仙高境界的剑修。那剑修只会一招杀剑，一旦出剑，若能赢，则对方必死。因此他从不轻易出剑。

但李南音认错了人，她将况雪沉错认为是那位剑修，一直逼着他出剑。而况雪沉也不解释，只说她赢不了，任由她缠了三年，被她以各种方式偷袭。也是在屡次斗智斗勇之中，李南音进步神速。

终于有一日，况雪沉告诉她，她已有胜算，给她指了路，说那位剑修住在前方三十里处的洞府。此时李南音才知自己认错了人。

况雪沉从她出剑的修为，觉得她可能会死于那人剑下，见她气盛，心知告诉她无用，便由着她错认，借机指点了她整整三年时光。

"你说他闲不闲？"李南音回忆当年，嘴角微微勾起，"他像是时间很多，一间茅草屋里住了三年多，闲听落花，静看流水，从来没见他着过急，真就是闲云野鹤……"

长寿人，怪不得。

"我当时就在想，他这样的性子，会为了什么事情生气、发怒、难堪？后来才知道，太简单了，只需要他三位亲人在身边，他就会从一朵远在天边的闲云，变成地上的几片篱笆，只剩下鸡飞狗跳。"

姜拂衣被她的形容给逗笑了："小姨，有没有一种可能，况前辈拦你三年，陪你切磋三年，并不只是因为他很闲？"

"那是当然。"李南音得意挑眉，可眼底拢上一层淡淡的忧愁，"可惜了，此生我注定走不进他的篱笆里去。"

"为什么？"姜拂衣看得挺清楚，况雪沉明明对她有意。

不知是不是受逍遥影响，李南音很难对姜拂衣说谎。也或许是她自己心里憋得慌，想要找个人倾述："他有他的家族传承，他打算修无情道，逐渐断情，去和英雄冢下的怪物同归于尽……"

李南音虽不愿意，但阻止他的办法，唯有像他母亲阻止他父亲一样，死缠烂打，嫁他为妻，再生一个长寿人。那接下来，就轮到他们的孩儿来面对这个选择题。

"我办不到，唯有成全他。"

暮西辞打算回房间，燕澜拦住他："我们稍后会出发前往飞凰山。"

"你们？"暮西辞蹙眉。

"嗯。"燕澜解释，"我们有些要紧事，必须尽快抵达飞凰山，暮夫人的身体恐怕经不起赶路，所以你们可以慢慢走。阿拂既然答应过，凡迹星会替暮夫人治病的，你不需要担心。"

暮西辞当然信得过姜拂衣，他是疑惑："你放心我远离你身边？不担心我趁机逃走？"

燕澜不担心："你之前上岸许多天，要跑早就跑了。"

暮西辞沉默了一下："燕澜，我劝你最好不要太信任我。"

燕澜没接他的话。

暮西辞推门回去房间里。柳寒妆假装刚醒，从床上坐起来，伸了个懒腰："夫君，这么早你去哪儿了？"

暮西辞刚好有说辞："我就在走廊和燕澜聊天，他说他和姜姑娘有急事先去飞凰山，让咱们慢点去。"他说着话，揉着自己的左手臂。昨夜受枯疾影响，手臂旧疾复发。刚才一甩剑，这会儿又痛起来。

柳寒妆见他似乎心事重重，担心刚才的闹剧令他起了疑心，小心地问道："你的手臂是怎么回事？我好像不记得你有伤过手臂？"

暮西辞忙道："哦，可能是认识你之前伤的。"

他是在大荒时受的伤，有一回，九天神族将他封印，始祖魔族跑来救他，封印即将完成之前，那魔君险些将他拽出来，他便砍了自己的手臂，才躲回封印里去。虽然没多久就长出一条新的手臂来，但依然留下了旧患。

他想，当时拼了命地想躲，大概是前来拉他的手，都没有温度。

暮西辞不禁看向柳寒妆。昨夜夫人提灯来帮他时，那盏灯散发出的光亮，和当时将他从地上拉起来一起逃命时一样温暖，只不过两次的感觉不同。

上一次，暮西辞感动于人间真情。这一次他同样感动，但同时心底有一些说不清道不明的失落。她救的，自始至终都是她的夫君，而他只是个冒牌货。

燕澜站在走廊里等姜拂衣。

柳藏酒从他大哥房间出来:"燕澜,你和小姜一起先走,不带我了?"

燕澜看着他绕过来:"你不是说,等解决了你三姐的事情,你就要回温柔乡陪你大哥?"

柳藏酒道:"我大哥命长得很,什么时候陪不能陪?再说三姐的事不是还没解决嘛,我承诺过要陪你们去神都天阙府……"

燕澜打断他:"忘记告诉你,我们不需要再去神都,之前的承诺,就此作罢。"

柳藏酒抱起手臂睨着他:"你身体虚弱,却着急出发。漆随梦更是连夜跑了,定是出了什么事,你们去往飞凰山是投奔凡迹星,寻求保护的吧?"

燕澜没否认:"有时候,你脑筋转得不算慢。"

柳藏酒摆了下手:"那是因为了解你们。燕澜,咱们也好多次出生入死了,我是没你们聪明,但还是挺能打的,逃命的本事也足够。如果你们嫌我累赘,我不说什么。可若是怕连累我,那大可不必。咱们是朋友,就像我二哥有危险,我立刻向你求救,一点都不含糊。"

燕澜确实考虑过带上他,除了姜拂衣,外面的人里,他最相信柳藏酒。自己身体不适,多个人多个帮手。

"一起吧,你去准备一下,稍后来我房间,我准备开传送法阵。"

"什么传送阵?"柳藏酒没多问,"那我去和我大哥说一声。"柳藏酒转身重新回了况雪沉房间里。

况雪沉正在床铺上盘膝打坐,听完点了点头:"想去就去。"

柳藏酒又问:"大哥,我的另外八条尾巴真的能长出来?"

况雪沉稀罕:"你终于想长尾巴了?"

柳藏酒讪讪地道:"从前觉得寻找三姐,走南闯北的,只要我溜得

-491-

够快，这点本事足够用了。但燕澜和小姜他们实在太厉害，尤其是小姜，我将她从棺材里放出来时，她还不如我，如今已经可以独当一面了。"

况雪沉道："她可能是大荒怪物，天赋异禀，你比不过十分正常，无须妄自菲薄。"

柳藏酒扬眉："我还是九尾神狐的后裔呢。"又有点沮丧，"只不过我先天不足，父亲都说长齐尾巴的希望不大，你却笃定……"

况雪沉教训道："先天不足可以后天补，勤能补拙你没听过？"

柳藏酒根本不信这套："拉倒吧。这世上有些事情，不是勤奋努力就能做到。远的不提，比如大哥你，既然心悦李岛主，为何不勤奋一些，努力和她在一起？这不正是说明若是方向不对，再努力也没用？"

况雪沉脸色阴沉下来："那你不要努力了，继续当个废物。整天说你一句，你顶十句。"

"你看你，一说到痛处，就恼羞成怒。"柳藏酒朝外走，"我知道了，我会努力。"

"小酒。"

"又干吗啊大哥？"

"凡事小心些，莫要仗着有父亲的真元保命，就不惜命。任何时候都要……"

"留得青山在，不怕没柴烧嘛。"柳藏酒的耳朵都听出茧子了，"二十年来，每次我出门寻找三姐，你总是这一句，能不能换句新鲜话？"他背对着况雪沉挥挥手，"等我忙完了，就回温柔乡陪你。二哥，你先陪着大哥。"

门合拢之后，况雪沉看向椅子上被锁住的况子衿："你自己禁言，不去拆穿老三，我就解了你的毒。"

况子衿那双眼睛写满疑惑：大哥，世人究竟是怎么回事，争相禁锢真相，对真实视而不见，更喜欢沉溺于虚伪和谎言？

况雪沉答道:"人生多艰,怎样高兴怎样活。真相与谎言,并没有那么重要。"

姜拂衣回到燕澜房间里,瞧见柳藏酒竟然也在:"你一起去?"
柳藏酒指了下燕澜:"他都同意了,你不会有意见吧?"
姜拂衣担心他的安全:"我们这次的对手是……"
柳藏酒听燕澜提了两句:"天阙府君,我知道。他虽然厉害,但咱们是和他赛跑,又不是和他打架。他一个人类,还能跑得过狐狸?"
姜拂衣笑了一下:"有道理。"不管他了,看向燕澜,"咱们何时去渡口?"
"不去渡口。"燕澜从储物戒指中取出一个赤金色的圆环,"阿拂,我们从传送阵离开,我找了一处距离飞凰山最近的阵眼。"
姜拂衣纳闷:"哪儿来的传送阵?"
燕澜犹豫着解释:"云巅国境内,但凡闻人世家和弱水学宫的据点,我们巫族都设有一个秘密的传送阵,以备不时之需……之前不说,是因为此事乃我族隐秘,咱们之前的交情,还不足以……"
姜拂衣能理解,让他不要解释了:"现在走?"
柳藏酒盯着燕澜手里的赤金圆环:"我反正是准备好了。"
"那出发吧。"燕澜默念法咒,圆环从他手中飞出,在三人面前旋转出一个结果。燕澜第一个穿过去,似穿过一堵波光粼粼的气墙。姜拂衣和柳藏酒随后跟上。

魔国,夜枭谷。
血池之内,魔神的声音从底部飘出来,颇有些难以置信:"棺前辈,您说燕澜将枯疾收了?不应该,我所能请动的大荒怪物之中,燕澜唯一难打败的就是枯疾,不然我不会请他去。"

棺木隐蹙眉:"燕澜的确旧伤复发,但是他身边有位小石心人,那个小丫头,还是个幼崽,竟能使出家传的十万八千剑……"

山洞内一时间静得诡异,连墙壁上蛰伏的夜枭们,都不敢再拍动翅膀。

许久,魔神缓慢地重复:"你说打败枯疾之人,是个可以使出十万八千剑的小石心人?"

"没错。"

"她叫什么名字。"

"好像叫作姜拂衣。"

"她姓……姜?"

自从抓捕兵火失败之后,亦孤行回来夜枭谷,一直不曾出去过。收到魔神讯息,他前来血池,毕恭毕敬地行礼:"师父。"

魔神淡淡地问:"阿行,之前你前往云巅国抓捕兵火,回来曾解释遇到两个疯子搅局,其中之一,是不是叫作姜拂衣?"

亦孤行不防他突然提起,微讷片刻:"不是,他们一个是凡迹星,一个是风月国的商刻羽。"

魔神也稍稍停顿:"流徵剑,商刻羽?"

亦孤行想起当日发生的一切,仍觉得莫名其妙:"没错,他二人对我喊打喊杀。凡迹星恼怒我以始祖魔元碎片洗剑,而商刻羽更为离谱,他指责我……勾引了他的夫人。随后,他二人对我穷追不舍,才致使我不得不放弃抓捕兵火。"

半晌,魔神似在喃喃:"看来凡迹星手里的伴月剑,也是……"话锋一转,他问道,"你认识姜拂衣,对不对。"

亦孤行低垂眉眼,并不说话。

魔神淡淡地道:"我提她的名字,你并不陌生。"

亦孤行解释:"姜拂衣乃万象巫圣女,剑笙刚认回来的女儿,近来常伴燕澜身侧。抓捕兵火时,她也在场。"

魔神问:"那你之前为何不告诉我?"

亦孤行回道:"因为我觉得她无关紧要。"

魔神的声音无波无澜:"你若真觉得她无关紧要,便不会遮遮掩掩。是不是你的苦海剑在影响着你,不愿你告诉我?见过姜拂衣之后,你手中的苦海,是否表现得极为反常?"

亦孤行垂眸不言。自从姜拂衣令过他的剑,苦海如同困兽苏醒,始终震颤不休。一见到魔神,恐惧之意便会弥漫他的识海,似乎在提醒他,务必远离魔神。令他对自己的师父,逐渐生出了几分猜忌。

对于亦孤行的三缄其口,魔神并无责怪之意,语重心长地道:"我实话告诉你,姜拂衣乃是大荒怪物。她的祖辈,皆为古荒时代一剑难求的大铸剑师。你手中的苦海,正是出自她母亲之手。"

亦孤行皱起眉头。

魔神话锋再是一转:"然而,他们不只是惊才绝艳的大铸剑师,还是冷血无情的剑傀师。"

"剑傀?"

"嗯,他们所铸之剑,一旦将你标记,便能够侵占你的识海,将你同化。除非你死,或者铸剑师死去,剑死。此契方可解除。"

亦孤行瞳孔紧缩,此时才明白,怪不得姜拂衣能令他的剑,使得本命剑掉转方向,意图弑主。好邪门的怪物。

魔神徐徐说道:"所以,我给你始祖魔元碎片洗剑,正是为了减弱此剑对你识海的损伤。对比姜拂衣出现前后,苦海剑的变化,你应能判断我此言真假。"

亦孤行已知是真,拱手道:"多谢师父。"

魔神:"取出你的剑,我再帮你清洗一次。"

亦孤行召唤出仍在震颤的苦海剑,迫使它悬浮于半空之中。

"咻!"一连串始祖魔元碎片,自血池之内飞出。碎片想要环绕剑身,苦海剑震颤频率加快，试图抵抗。

魔神低声念咒，低沉肃杀的声音，回荡于洞穴。石壁上蛰伏的魔化夜枭，开始躁动不安地扇动翅膀。

亦孤行识海剧痛，站立不稳，半跪下来。

不多时，苦海剑在魔神的压制下，被始祖魔元碎片缠上，颤动逐渐停歇。

"阿行，先去交代下属，查清楚姜拂衣还在不在修罗海市，去了哪里。而后回来告诉我，你和姜拂衣相识的一切细节。"

此时，姜拂衣正和燕澜、柳藏酒一起赶往飞凰山。

飞凰山是真的会飞。这座巨大的山脉，飘浮于半空，且一直在不断移动。

从前上万年时光，它始终漂在海上，对陆地并无影响，也就无人在意。几百年前，飞凰山逐渐靠拢陆地，沿岸的国家便开始想尽办法，邀请各方大佬去定住它，或者让它转向。毕竟哪个国家也不愿意如此一座巨山悬于头顶，遮阳不说，山体稍微崩塌一块，对于下方的百姓来讲，便是灭顶之灾。

据说在大荒时代，飞凰山是凤凰族群的栖息地。而凤凰、麒麟这一类神兽，同样是从九天清气里诞生的，大荒覆灭之后，也都跟随九天神族一起去往了域外，人间再无踪迹。

但过往岁月中，这些神兽或多或少，和其他种族留下了一些混血。时至今日，神兽血脉早已越来越淡，却始终还是有的。

比如飞凰山现如今的主人，女凰仇红樱，本体是一只鹰妖，但被众多羽族认定她身怀凤凰血脉，纷纷前去朝拜。

因为她能够定住飞凰山，令那座不断飘浮的庞大山脉，最终停靠在了云巅国东部上空。

"女凰"，乃是云巅君王进行的封赏。她是云巅唯一有官方身份的妖族。而云巅国的东部边境，也因为飞凰山的存在，成为羽族与人族的混居地。

这些都是姜拂衣从燕澜口中听来的。关于鸟妖，他一贯上心，知道得比曾经去过飞凰山的柳藏酒还仔细。

又因为传送法阵的距离限制，姜拂衣跟着燕澜连穿了十几个传送阵。落脚点多数是客栈，毕竟客栈客流量大，突然冒出几个陌生人，也不会惹人怀疑。

燕澜刚好可以休息，他病体未愈，每开启一次传送阵，都要休息好几个时辰。许多天过去，仍没抵达他预选的目的地。

"下一处阵眼就到了。"燕澜打坐完毕，再次取出赤金圆环。

"反正都要到了，你还是多歇一下吧。"姜拂衣看他憔悴的模样，担心他是在强撑。

燕澜说了声"无碍"："不如一鼓作气，到了之后好好休息。"

姜拂衣觉得这话也有道理："下一处是哪里？"

燕澜低头看地图："白鹭城郊外。白鹭城是距离飞凰山最近的一座主城。"

柳藏酒凑过去看："弱水学宫掌管云巅的天地人才榜，但白鹭城这里，基本都是鸟妖和凡人，并不在榜单范围，闻人氏设据点做什么？"

燕澜解释："闻人不弃在城中有座行宫别院，是他除了神都，最常住的地方。"

柳藏酒佩服："学百鸟朝凤？"

姜拂衣摩挲指腹："如此说来，闻人不弃此时可能身在白鹭城。大哥，你就这样出现，他会不会对你不利？"

从前，关于巫族和闻人氏的恩怨，姜拂衣全是听来的。这一路传送阵走下来，深刻体会到了他们之间的"较量"。

燕澜从地图中抬头:"闻人不弃知道凡迹星正在等你,而且我猜凡迹星在没见到你之前,不会给女凰诊脉,无妨的。"言罢,他抛出赤金圆环,"出发吧。"

此次从结界走出去,依然是在一间密室里。密室石门设有秘法,燕澜轻松解除秘法。三人沿着旋转石梯绕了上去,步入一处雅致的院落。

沐浴在朝阳下,姜拂衣举目眺望,已能窥见上空悬着的、披满了绿色植被的巨型山脉。看山跑死马,飞凰山的山脚距离白鹭城,估计还有上百里。

狐狸嗅觉灵敏,嗅到了浓郁的香火味:"燕澜,这里好像不是客栈?"

燕澜忘记告诉他们:"是我族建造的一座道观。"

柳藏酒抽了下嘴角,又觉得很合理:"也是,卜卦原本就是你们巫族人的强项。"

"有人来了。"

燕澜朝拱门望过去。传送阵一旦波动,负责看守的族人就会立刻前来查看。

姜拂衣也朝拱门张望,瞧见一个轩昂伟岸的男子身影,肤色略微古铜,浓眉大眼,相貌看上去有些"野",可偏偏梳着道士发髻,穿靛青道袍,还握着一柄拂尘,充满了违和感。

"少君、圣女。"年轻道士双臂抱肩,躬身朝他二人行礼。

燕澜见到他,明显怔了一下:"猎鹿,你为何会在此地?"

姜拂衣微讶,他就是猎鹿,天生的猎手?

离开万象巫之前,她曾近距离见过猎鹿一面,但他当时戴着面具,并未看到容貌。如今屡次听燕澜提起他的名字,姜拂衣不禁多打量他几眼。

猎鹿起身,面无表情地道:"族老感知您使用了传送阵,但总会间隔两三个时辰,猜您受了伤。且瞧着路线是朝白鹭城来,闻人叔侄如今都在白鹭城，族老不知您想做什么，特命我以传送阵速度赶来，协助少君。"

燕澜也猜到了："我来此与闻人氏无关，你切莫轻举妄动。"不过身处危机之下，并没赶他走，"休容也来了？"

"休容难得出山，进白鹭城里闲逛去了。"猎鹿抬眼看了看燕澜，"我这就将她喊回来，为您疗伤。"

"不必了，我不曾受伤。"燕澜侧目看向姜拂衣，"咱们走吧。"

猎鹿上前阻拦："您打算带着圣女前往飞凰山？"

燕澜反问："你如何知道？"

猎鹿也看向姜拂衣："近来有消息传出，凡迹星人在飞凰山，而我族圣女也会来。如今白鹭城及周边挤满了修行者，有来求凡迹星医病的，也有来挑战圣女的。"

姜拂衣纳闷："挑战我做什么？"

猎鹿行礼："圣女不知道吗？您之前在云州城绞杀枯骨兽，从籍籍无名，直接被闻人氏排在了地榜第二名。"

姜拂衣一愣，不能排除这消息是闻人枫泄露出去的，故意整她。

燕澜则想起地榜第一是漆随梦，两人名字上下挨着，被写在一起昭告天下，他的眼睛冷不丁痛了一记。燕澜连忙低头，怕又红了眼珠被猎鹿发现。猎鹿可没那么好糊弄。

柳藏酒提议："小姜，嫌麻烦的话，你乔装一下好了。"

姜拂衣浑不在意："用不着，我不嫌麻烦，何况眼下的情况，反而对我更有利。"

越是众目睽睽，无上夷越不可能当众杀她。闻人枫反倒是干了一件好事。

姜拂衣询问道："闻人氏的府邸在哪儿？"

猎鹿指了个方向："城中北侧。"

-499-

姜拂衣:"我去一趟。"

燕澜皱起眉:"你是想去借用真言尺?"

姜拂衣摇了摇头:"不是说上了天地人才榜,会根据排名发放资源吗?我去找闻人枫要钱啊。"

燕澜秘法传音:"你是想再闹大一些,更引人注目?或者直接将凡迹星两人引来,便不用去飞凰山了?"

姜拂衣回道:"这只是其次,钱是我凭本事赚来的,为何不拿?这可是我上岸之后赚到的第一笔钱,是我应得的,不丢人吧?"

猎鹿的表情有一丝古怪:"圣女,地榜第二没几个钱,不过是三瓜俩枣。"

姜拂衣信他个鬼,那是对于巫族而言。

姜拂衣拉着柳藏酒往外走:"闻人枫肯定要刁难我,咱俩对付他一个,等钱到手,我给你买酒喝。"

柳藏酒咂巴咂巴嘴:"买吃的吧,我最近戒酒了。"

"为何突然戒酒?"

"还不是为了长尾巴。"

两人聊着天越走越远。

猎鹿难以置信地回头看向燕澜:"少君,如此丢脸之事,您竟然不拦着吗?"

燕澜原地踟蹰半晌,像是做出了艰难的决定,追了上去:"阿拂,等一下我。"

燕澜落后得有些多,跑着追未免难看,快步追上他们时,他们已经出了道观。

道观门外,姜拂衣撵燕澜回去:"你跟着凑什么热闹?说好了抵达之后要好好歇着。"

有善于卜算的巫族人坐镇,一大早,这座道观的香客络绎不绝。

道观还特意建了一片宅院，给香客留宿，环境要胜过白鹭城中最好的客栈。燕澜一贯挑最好的住，留在道观里，并不会惹闻人氏怀疑。

燕澜不放心："你对闻人氏的狡诈多端，认识得还不够透彻。"

姜拂衣与他们接触得是不多："那就刚好给我个机会认识认识。"知己知彼，再想办法借用真言尺。

"瞧，飞凰山已经在头顶上了。你先安心养着吧，不要再为我四处奔波了。"姜拂衣看向燕澜的双眼。他原本眼窝就比一般人要深，如今更是憔悴得有些凹陷，"我是不是没告诉过你，我娘的剑能感应到我，他们会主动来找我的，不必去寻。你等我将凡迹星请来给你瞧瞧。"

柳藏酒也跟着劝："你俩不是有个能互通消息的铃铛？若真遇到我们处理不了的问题，通知你一声，你再过来不就行了？"

两人你一言我一语，燕澜逐渐被说服："那好。"

此番最大的危险来自无上夷，趁他没来之前，燕澜是要先休养。

姜拂衣和柳藏酒朝白鹭城走去。燕澜却并未回道观里去，他背靠门外一株大树，闭目小憩，等待休容从城中回来。因为知道猎鹿一定会通知休容，她会立刻回来。

估摸着一刻钟过去，燕澜听见熟悉的脚步声："少君？"

燕澜睁开眼睛，转头朝她望去。

休容穿一袭紫裙，蒙紫色面纱，朝他请安问好，无论是腔调还是姿态，都挑不出一丝毛病："少君是在等我？"

燕澜颔首："我想与你单独聊两句，不知你是否有空。"

休容轻笑道："您这说的哪里话，您乃我族少君，莫说背着猎鹿与我聊几句，便是要我……"

燕澜打断了她："休容，我有些懂了，你从前究竟在争什么。"

休容调侃的话卡在喉咙里，睁着一双美眸："您在说什么？"

脊背离开树干，燕澜站直："十五岁那年，我用收集许久的彩雀翎羽，扎了一只无风也能飞翔的风筝……"

刚扎好，五长老说自家小孙女喜欢，来问燕澜讨要。不过是个小玩意儿罢了，燕澜大方地送给了五长老。不承想，他家孙女竟将那只风筝拿去休容面前显摆，说是燕澜主动送的。

休容当时的心思，还都放在燕澜身上，被气得不轻，跑来闹腾燕澜，说她也要，而且就要那一只，逼着燕澜讨要回来。

论远近亲疏，休容的母亲愁姑，和燕澜的母亲是金兰姐妹。愁姑一贯颇为照顾燕澜，燕澜自然和休容交情更好一些。但燕澜送出去的东西，绝对不可能要回来。休容闹个不停，将她的不可理喻展示得淋漓尽致。燕澜为此烦不胜烦，避而不见。

后来，两个小姑娘发生争执，休容先动手，施法烧了那只风筝，烧伤了五长老孙女的手背。休容拒不认错，被责罚三鞭，关禁闭半年。

猎鹿膝盖跪破，而燕澜一句也不求情，认为这刑罚合情合理。

休容被关禁闭的半年里，猎鹿整天往禁地跑，被逮住好几回，挨了不少鞭刑。燕澜一次也没去过。哪怕猎鹿求他去一趟，说休容赌气不吃不喝，燕澜也以族规必须遵守的理由，无动于衷，坚持不去，甚至还告诉猎鹿，休容这般霸道任性的脾气，若不及时纠正，对她有害无利，并让猎鹿转告休容，认真反省，早日认错，才有希望早些出来。

"你还记不记得？"

休容忍不住想冷笑："少君说我不记得？"她对燕澜彻底死心，正是因为此事。

燕澜朝白鹭城的方向望去："直到近来，我喜欢上了一个姑娘，却得不到任何回应，才逐渐懂得，原来你当时有病似的一直闹腾个没完没了，竟然只是想要我的一份偏爱。"

燕澜懂得之后，才能体会他的厌烦和指责，对少女时期的休容造成了伤害。怕此事会成为休容心底的一个疙瘩，影响她的心境，同时也知道时过境迁,休容如今待猎鹿一心一意,不会因他这番话而有情感上的动摇。

休容却颇为恍然:"我一直以为……"以为燕澜就是冷漠无情,故意伤害她,让她死心,想将她让给他的好兄弟,原来他只是不懂……

燕澜自小早熟,聪慧过人,胜过同龄人千倍万倍,竟然不懂。

燕澜话锋一转,板起脸道:"只不过,我仅仅是理解了你闹腾的根源,并不代表我认同你的做法。重来一次,我依然不会讨回那只送出去的风筝,不会替你求情,更不会违背族规去禁地探望你。"

休容"扑哧"一笑:"我知道,这才是我认识的燕澜。从小到大,我明知你是这样的人,却非得想从你这里得到偏爱,是我拎不清。"

燕澜沉默。

休容耐不住好奇:"我挺想知道,倘若此事换作你喜欢的那个姑娘,你会不会……"

燕澜不是没假设过:"这种事情,不会发生在她身上。她不会像你一样,因为想要证明什么,就跑来胡搅蛮缠地刁难我。"

休容"哦"了一声:"你是在告诉我,我会输的原因,我刁蛮任性,而她是个明事理、识大体的女子。"

"不是。"燕澜紧紧绷了绷唇线,"她是我见过最精明的女子,最会看碟下菜,知道我吃软不吃硬,便整天哄着我,将我哄得晕头转向。知道另一个男人没骨气,就爱去欺负和刁难他。"

从燕澜这句话中,休容听出了不少内容,心中一时间颇为痛快,心道你也有今天。

休容悠然自得地整理面纱:"我猜你主动与我和解还有一个目的,是为了猎鹿。你不希望你二人之间的关系,继续恶劣下去。"

燕澜承认:"我族如今外患严重,更有危险的大荒怪物伺机而动,情况比我想象中艰难太多。我不希望内部再起任何纷争,我需要绝对坚实的后盾，才好放手一搏。"

休容正色道："那我也告诉你，我从来不曾挑拨过猎鹿和你的关系。与此相反，我曾多次质问猎鹿，为何要与你决裂，去争夺少君之位。但他不肯告诉我，只说让我相信他，巫族少君谁都可以当，唯独你燕澜当不得，求我帮他夺。"

燕澜不辨神色。

"我知你不信，但我不曾撒谎。"休容朝道观看去，"你不如仔细想一想，三年前，你究竟做了什么事情，令他对你生出了这般强烈的抵触之心。这三年，他连性格都变得阴沉了很多。"

燕澜深深蹙眉，若不是休容从中挑拨，他当真想不出来缘故。从前休容爱慕他，数次拒绝猎鹿，也不曾影响过他与猎鹿之间的感情。

至于权力，以燕澜对猎鹿的了解，猎鹿不该有兴趣。为何突然感兴趣，想当这个少君？事实上，族中大事，从来都是大祭司、族老、少君共同拿主意。

少君的权力究竟有多大？从燕澜与大巫争执数年，连自己的名字都改不了，可见一斑。

休容回头看燕澜："你既愿意寻我和解，何不去亲口问问他？"


姜拂衣和柳藏酒即将走到城门口。

柳藏酒停下脚步，仰头眺望飞凰山："奇怪。"

姜拂衣跟着抬头："奇怪什么？"

柳藏酒回忆："飞凰山比起五年前，好像移动了一些位置。"他最擅长的功夫就是逃命，对距离非常敏感。

姜拂衣道："它不是原本就会移动？"

柳藏酒比画着："但我十五年前也来过一次，十五年前和五年前，位置是没有变化的。女凰这五年，似乎有些定不住飞凰山了？"

姜拂衣猜测："估计和她的伤势有关？"

她仰头望山时，前方城门上，亦孤行也一直在遥遥望向她。得知姜拂衣会来飞凰山，亦孤行早两天便已抵达白鹭城。不必刻意寻找，姜拂衣一旦出现在附近，他手中的苦海就会有所反应。被魔神清洗过后，苦海的反应不似之前那般强烈，但也足够用了。

"圣尊。"霜叶在他背后拱手，不禁问道，"这姓姜的小姑娘究竟有何特殊之处，魔神大人闭关养伤，正是最后关头，竟分魂而出？"

亦孤行道："大荒怪物。"

霜叶吃了一惊，之前抓枯骨兽时与她打交道，完全看在凡迹星面上才放过她，竟没看出她的特殊之处："怪不得。"

他们夜枭谷一直以来的任务，正是放出所有被囚禁的大荒怪物。

霜叶又试探着问："但相较其他怪物，魔神大人似乎更重视她一些。"

亦孤行微微颔首："她种族特殊，不但能为魔神操控几位顶尖力量，比如凡迹星、商刻羽，无上夷好像也是……除此之外，姜拂衣还能在最短的时间内，制造出一批新的顶尖力量。比那几个遭封印削弱的怪物用处更大，她才是魔神所需要的，颠覆人间的最强杀器。"

这并非魔神之言，是亦孤行自己猜测的。如今他才明白，当年魔神正是因为看好姜拂衣家族的剑，才会收他为徒。

亦孤行不懂的是，苦海剑被封在那海怪体内，海怪被魔神诛杀后，苦海剑为何会在那么多人里选择他为剑主。可他好像辜负了这份信任。洗剑之后，剑静了下来，他的心静不下来。

"属下愚钝，一直不太明白。魔神大人身为人族，修的是长生道，咱们夜枭谷的教意，也是探寻长生之道，可是颠覆人间和长生道之间，究竟有何关联？"

亦孤行同样不知，他们这些普通人类，生于浩瀚天地之间，犹如朝生暮死的蜉蝣，能看透的，始终只是沧海一粟。

姜拂衣正仰头望山，倏然察觉一道视线落在自己身上。

姜拂衣循着视线望去，瞧见一位熟人从城门口走出来。正是之前给她种下连心魔虫的刑刀。这少年原本一头长白发，被暮西辞给燎了一半，遂剪成利索的短发。许久不见，白发比之前长了点，已经垂至肩膀。

柳藏酒瞧见是他，一瞬夯毛，咬牙切齿："夜枭谷真是阴魂不散！"

"他还好。"姜拂衣对刑刀的印象其实不错。能用连心魔虫这种方式，以自身性命去要挟凡迹星给他师父霜叶治病，说明刑刀本性不坏。

姜拂衣甚至动过心思，赠刑刀一柄心剑，策反他脱离夜枭谷，走上正道。

只不过随着刑刀逐渐走近，姜拂衣察觉出一些异常。刑刀眉眼桀骜，而走近之人，透出一股难以言说的压迫感。

尚有一定距离，刑刀停下脚步，拱手："姜姑娘。"

这一开口，姜拂衣更确定对方不是刑刀，预感不妙，脊背紧绷。

姜拂衣先将柳藏酒支走："小酒，你先去城门口等我。"

柳藏酒不答应："你和他有什么好聊的？"

姜拂衣撒谎："刑刀会出现在白鹭城，定是凡迹星答应为他师父治病。我心脏里还有他种下的连心魔虫，他应该是来帮我取出来的。"那虫子早被姜拂衣捏出来扔了。

刑刀微微颔首："没错。"

柳藏酒磨蹭着先走，和刑刀擦肩而过时，警告他："你少耍花样。"

刑刀淡淡勾了下嘴角："我并无恶意。"

等柳藏酒走远，姜拂衣直截了当地问："阁下莫非夜枭谷的魔神大人？"

"姜韧。"

姜拂衣稍稍一怔，心中顿生一股微妙："您也姓姜？"

姜韧朝前走了半步："我年少时，曾经救过一个人。但此人狼子野心，恩将仇报，将我残害之后，扔进极北之海。然而我命不该绝，遇到了一名女子……"

姜拂衣不动声色，藏于袖下的手紧紧攥起。

姜韧娓娓道来："她当时刚从封印里苏醒没多久，意识不清，只记得自己叫作'姜'。我在她手中重获新生，便抛去前尘，以'姜'为姓，为自己重新取了个名字。"

姜拂衣忽然很想笑，他怕是不知石心人取名的传承，直接成了她母亲的义子，她的哥哥。

姜拂衣忍住不笑："不知是多少年前的事情？"

姜韧道："一千五百年前。"

"您不是人类？"

"我是人类。"

"人类修炼到地仙巅峰，大概是一千岁的寿元，您竟然可以活这么久？"

姜韧并不作答，只静静凝视姜拂衣，不知在想什么。

知他厉害，姜拂衣极力保持镇定，不断安抚自己，此人曾被况雪沉的父亲重创，闭关三百年，如今借用刑刀的肉身，说明尚未恢复，无须担心。

静得诡异，姜拂衣换个问题："前辈，我娘有没有告诉过你，她是如何被封印的？"

姜韧摇头："大概被封印太久，她的识海有所损伤，记忆并不完整。"

姜拂衣难以理解，他说母亲此时才刚从封印里苏醒，也就是尚未开始剜心赠剑，为何会损伤识海？

封印太久的说法并不可靠。

兵火、棺木隐、独饮擅愁、枯疾，四个同一时代被封印的怪物，都是被减少寿元，弱化修为，没见一个记忆出现问题的。

莫非极北之海的封印比较特殊，会造成遗忘？石心人的失忆诅咒，是封印造成的？九天神族知道外公太强，会送剑求救，于是在封印里设下这种诅咒，断绝他们求救？

姜韧继续道："但我离开极北之海后，经过一番调查，得知了大荒怪物的事情。"

姜拂衣默默听着。

"除了极北之海，先后又被我找到几个封印地。但那几处封印，论强度，远不及你母亲的封印。"姜韧声色平静，"我若想破你母亲的封印，唯有先放出一些稍弱的怪物，利用他们去救其他怪物，不断破坏封印。这些封印同气连枝，每一次破坏，极北之海的封印也会跟着一起破坏。"

姜拂衣心绪微微涌动。

姜韧叹了一口气："只可惜，之前我潜入温柔乡，想放出被镇压的葬木隐，却遭柳家家主重创神魂，陷入浑浑噩噩之中，计划停滞了整整三百年。直到二十多年前，才逐渐清醒一些。"

姜拂衣蹙眉："二十多年前，封印动荡是您造成的？"

姜韧依然没有准确回答她的问题："然而能被动荡的封印，所囚怪物，都不是最强的那几个。兵火是一个例外，他的破坏力能排入第一列，但不知为何，九天神族却给他一个最为敷衍了事的封印。"

姜拂衣举目望向他："您的意思，您一手建立夜枭谷，千年来所做的一切，都是为了救我娘离开极北之海？"

面对她的质疑，姜韧回望过去，目光沉沉："那你又在做什么，难道不该寻求一切力量，将你母亲救出来？可你为何帮着巫族少君，降伏我辛苦放出来的怪物，你究竟还想不想救出你的母亲？"

姜拂衣垂下羽睫，避开他质问的视线，迟疑许久才道："神族的封印，岂是我能撼动的。我没有这种狂妄的想法，我娘送我上岸，只交代我寻父，希望我在人间有一处栖身之所。"

"我正为此而来。"姜韧原本质问的声音逐渐柔和,"你可能是我的女儿,不,你在这般年纪便能使出祖传的十万八千剑,你只可能是我的女儿。"

姜拂衣不禁心潮起伏:"为什么?"

"应该和我家族特殊的传承有些关系。"姜韧模棱两可地回答,"总之,我与你母亲是两情相悦。她喜欢住在蚌精的集聚地,睡在蚌壳里,且只喜欢漂亮的蚌,但凡壳子上有一点瑕疵,都会被她挑出来,踢出领地……"

姜拂衣紧紧抿唇。孕育她的那只大蚌壳,色泽莹润,壳面连一处划痕都没有。

姜韧一件件说起昙姜的生活习惯,以及各种喜好,逐渐走到姜拂衣面前,伸出右手,想落在她肩膀上。

姜拂衣却下意识地向后退了一步。

姜韧那只手落了个空:"你是不是怪我,这些年为何不回去看望你母亲?"不等姜拂衣说话,他解释道,"因为我没办法靠近你母亲,为了追求力量,早日救她脱困,我曾经吃下一颗完整的始祖魔元。我的骨血,已被始祖魔的气息侵占,我无法靠近神族的封印,一旦靠近,封印便会感知到我,引动雷劫……"

姜拂衣骤然想起一件事,打断他:"您的剑呢?我娘赠您的剑在哪里?"姜韧瞧着并未失忆,他似乎没被母亲的心剑标记过。

提及此事,姜韧略显沮丧:"我并无修剑的天赋,你母亲不曾赠过我剑,若不然,我也不会转修魔道。"

姜拂衣垂眸沉思。母亲明确说的是,她赠剑给了父亲,并且通过心剑感知,父亲已经成为至尊。没剑,母亲是如何感知的?

关于寻父的线索,姜拂衣只需认准一点,有心剑的不一定是她亲爹,没有心剑的必定不是。

再者，姜韧说他吃了始祖魔元，令他无法靠近极北之海的封印，才一直不回去探望母亲，更是谎言。

按照姜韧的说辞，那他如何潜伏进温柔乡，拜师柳家父亲上百年？早该被英雄家的神族封印发觉，降下天雷。

但姜韧对她母亲的深度了解，不像说谎话。母亲或许真的救过他，且与他相处了很长一段时间。随后发现他另有图谋，或者不堪托付，才不赠剑给他。

骗不过母亲，如今骗她来了？觉得她年纪小更好骗，甚至都不愿多费心思，随意糊弄。姜韧这名字，估计也是随口编出来的。同有一个"姜"，从潜意识里拉进她和他的关系。

姜拂衣开始梳理对策，脑海里忽然闪过柳寒妆那张仿佛可以瞬息万变的脸。再抬头时，她双眼蓄出晶莹的泪水："爹爹，阿拂上岸这一路，找您找得好辛苦。"演技不足，生怕露馅，姜拂衣直接扎进他怀中，委屈地哭起来。想知道他究竟图谋什么，猜着不容易，不如利用他对她的轻视，将计就计。

姜韧微微怔了怔，又怅惘地叹了一口气，拥住她，轻轻拍了拍她的后背："回来我身边就好，随我回夜枭谷，往后我们一起想办法救你母亲……"

城门口。

柳藏酒始终关注着姜拂衣。瞧见她突然趴在"刑刀"肩上抽噎，还被抱住，这还得了，立刻旋风似的冲上前去。柳藏酒一把拽住姜拂衣的后衣领子，拽来自己身边，再利索地抬起一脚，将"刑刀"踹飞出去："该死的东西，就知道你不安好心！上次给小姜下连心魔虫，这次是不是又下了什么淫虫？"

姜拂衣还在酝酿情绪，正准备委屈地大哭一场，目望姜韧被他踹出去两丈远，在地上摔了好几个骨碌。她就连原本挤出来的眼泪，也全部憋了回去。

# 第十章
## 万物还早见光

这还不够，柳藏酒一伸手，长鞭浮现，又想冲上前去抽他："看我不打死你！"

姜拂衣如梦初醒，赶紧上前拉住柳藏酒："别！"同时心中嘀咕，姜韧占据刑刀肉身之后，颇为虚弱，好像并无几分修为，是不是和况雪沉使用傀儡那样，倘若神魂受损，本体也会受损？

姜拂衣一拦，柳藏酒更觉得她是被下了魔虫，推开她，越发要去擒住"刑刀"。

眼前光影一闪，亦孤行挡在了魔神面前，拂袖之间，一道蕴含剑气的威势，朝向柳藏酒面门袭去。

姜拂衣心神一凛："小心！"她立刻便想跃去柳藏酒面前，召唤出小剑对抗。

背后凭空浮现出一个人影，抬起手，按住她的肩膀，不许她动。

姜拂衣不曾感觉到任何杀气，且鼻间嗅到一些不浓不淡、恰到好处的草药熏香，知道是凡迹星。东部暖和，凡迹星脱了雍容的狐裘，衣着打扮仍是贵气逼人。但凡迹星只是按住她，不许她出手。

与此同时，姜拂衣又听到几缕空灵之音，双眸微亮，知道商刻羽也来了。这是他的流徵剑与灵气摩擦，发出的音波。姜拂衣如今能够很清晰地感知，流徵剑出鞘，能够引动万物天籁，奏出剑主想要的不同乐章，可以舒缓疗愈人心，可以激昂鼓舞士气，也可以杂乱使人癫狂。

流徵剑和凡迹星的医剑，需要剑主在音乐、医术上具有超高的天赋，不然练不起来。无上夷的剑却不同，执守剑意只需看重剑主的心境，不需要他有什么特殊的才华。

而苦海入了魔，姜拂衣看不太明白。

她只看着一袭红衣的商刻羽倏然出现在前方，身姿极稳，就连扎成马尾的微鬈长发都只是轻轻甩动。

"轰！"

两股剑气在中途撞击，炸裂了方圆的路面。

空旷的郊外，滚滚烟尘涤荡。

被吓出一身冷汗的霜叶出现在"刑刀"身边，将他搀扶起来。这猝不及防的一脚，令魔神出关之日，又要延后一年半载。

霜叶低声询问："您没事吧？"

姜韧捂着胸口起身，神魂不稳，瞳孔时不时涣散，被他极力稳固："还好。"

烟尘逐渐散去，凡迹星幽幽开口："亦孤行，两个小家伙争风吃醋，你一个长辈跑出来插手，还下这么重的手，丢不丢人？"

柳藏酒赶紧退回到姜拂衣身边，满头雾水："怎么忽然来了这么多人？"

姜拂衣沉默，哪里是忽然来的，魔神使不了修为，亦孤行必须陪着。至于凡迹星两人，估计感应到她在附近，从栖身之地赶过来，远远瞧见她在和一个小魔修聊天，便先行藏匿，想等她聊完再说。双方谁也不曾料到，柳藏酒突然一脚把人踹飞了。

亦孤行脸色阴沉，又不能明说狐狸踹的是谁。

"你来得正好，将我夫人的剑交出来。"商刻羽冷笑道，"飞凤山东面是海，西面是云巅国腹地，你今日想逃，不像上次那么容易。"

魔神在此，亦孤行也不能走："剑是自愿认我为主，又不是我抢来的，凭什么交给你？"

商刻羽厉声："那它认你为主之时，你修的是魔道？"

"我……"

"还是它同意你修魔道？若是同意，它会自愿被你的魔气侵染，自行转为魔剑，用得着你以始祖魔元碎片洗剑？"

亦孤行沉默不语。

商刻羽咄咄逼人："是你背叛在先，令我夫人遭受反噬，你竟还有脸问我'凭什么'？"

亦孤行依然抿紧双唇，一言不发。然而，若非魔神在场，他怀疑自己可能会被说服，将剑交给凡迹星治一治。

"退一步讲吧。"凡迹星施施然走上前去，和商刻羽并肩而立，看向亦孤行，"将你的剑交给我医治，等我祛除掉剑上的魔气，还它清醒，它若还肯继续跟着你，我会还给你。"

商刻羽转头瞪他："你算个什么东西，也配替我夫人做主？"

凡迹星习以为常，面不改色，甚至还可怜兮兮地道："哥哥教训得是，您这现任与前夫之间的争执，哪有我区区一个妾室插嘴的份儿。"

凡迹星习惯了挨骂，商刻羽却习惯不了他的阴阳怪气，又被他气白了脸。

姜拂衣见状不妙，赶紧上前几步，挤进两人中间："商前辈，以始祖魔元碎片洗剑，真会令我娘遭受反噬？"

商刻羽将那声险些脱口而出的"贱人"咽了回去，微微颔首："应该会。"

姜拂衣疑惑地道："可我铸的剑，能够战胜一枚很高阶的始祖魔元碎片。"

凡迹星解释："你那是一对一，而他使用了很多……"咬了咬牙，继续道，"上次被你令过苦海剑，他回去应是又洗了一遍，之前苦海还会求救，如今已是悄无声息。"

姜拂衣立刻瞪向亦孤行："难怪上次我感知苦海剑的剑气，竟然感觉到了痛苦。亦孤行，你这柄剑的剑意是什么？剑名既是苦海，苦海无涯，回头是岸，剑意是不是挽救？"

亦孤行正在心中琢磨凡迹星口中的现任、前夫、妾室，又想起商刻羽上次辱骂他的话。难道那位大铸剑师，只赠剑给亲近之人？苦海剑，为何会在海妖腹中？

听到姜拂衣询问他剑意，亦孤行不自觉地想要回应她："是，挽救迷途之人，破除心魔与心障，渡人渡己，拨乱反正。"

姜拂衣被气得胸口痛："结果你自己先入了迷途，浪费我娘一番心血。"

亦孤行并不认同："魔道就一定是迷途？这些年我夜枭谷不知收留多少走投无路，无处容身之人，难道不算挽救？大荒时代，若是魔族胜过了神族，如今这世间，本该是魔族与怪物们的天下。"

他不曾当众戳穿姜拂衣的怪物身份，只以眼神告诉她：你也是怪物，始祖魔族不输，这也是你和你母亲的天下。

姜拂衣回望亦孤行，眼神锐利："神魔之争谁对谁错我不管，正邪如何区分我也不清楚，我只知道你令我娘痛苦，我就容不得你。"

亦孤行："我……"

只说一个字，商刻羽已朝他攻去："少些废话，剑交出来！"担心剑气影响到姜拂衣，商刻羽并未出剑。

亦孤行也担心影响到姜拂衣，以及他背后的魔神，选择拔高十数丈，

-515-

去往半空。

顷刻之间，姜拂衣被头顶上突然爆发的剑气，震得站立不稳。

"阿拂，待着别动。"凡迹星嘱咐她一声，也跃入半空，又不是比剑，不需要讲规矩。

商刻羽烦他："滚，我一人足矣，信不信我连你一起打。"

凡迹星被他追着打了三十年，岂会不信："留给我们的时间不多，惊动女凰，她会下来制止。"飞凰山本就是一座被定住的飘浮山，剑气激荡，容易遭受影响。

商刻羽不屑："我怕她？"但没再阻止凡迹星出手帮忙。

女凰若来，闻人不弃那个一贯善于"明哲保身"的阴险小人，定会出手，还要防着他的真言尺。

此时，闻人不弃已被动静引出，站在白鹭城城门上眺望。不止他，城门外也逐渐赶来一些修行者。看热闹的人越来越多，闻人枫快被挤得没地方站，飞上城楼，烦得不轻："叔父，怎么又是他们一伙人？"

闻人不弃之前在金水山，已经看出一些门道，故而没有上次那般心烦。

他的视线落在姜拂衣身上，笑了一声："巫族圣女的母亲了不得，将这几位顶尖剑修玩弄于股掌之间。"可惜了，剑笙那狗东西没来，看不成他的笑话。

想起闻人枫近来心境波动得厉害，闻人不弃指过去："所以说，剑修虽强，但他们脑子不行，愚蠢。"

闻人枫想起好友漆随梦，颇认同地点了点头："不过，侄儿倒是希望他们聪明一些。"

闻人不弃问道："为何？"

闻人枫翻了个白眼："这样侄儿挨打的时候，至少心服口服。不至于气上加气，连蠢货都能骑在自己头上作威作福。"

-516-

闻人不弃寻思，是时候露一手给侄儿瞧瞧了，然而抬头窥一眼漫天剑光。算了，真的打不过。

姜拂衣先对柳藏酒道："我没被刑刀种魔虫。"

柳藏酒信了，毕竟有凡迹星在旁盯着。

随后，姜拂衣直直朝姜韧走过去。

始祖魔元碎片必定是姜韧给亦孤行的，姜韧也肯定知道，以碎片洗剑，会反噬她母亲。姜拂衣想听他还要怎样编谎话，看看这场戏究竟还能不能演下去。

霜叶想拦，姜韧摆手，示意他退下。

姜拂衣来到姜韧面前，紧绷着嘴唇，并不说话。

姜韧也差不多稳固好了神魂，面对这般场景，并未露出半分慌乱。他擦去嘴角一点血渍，缓缓说道："你既怀疑我，为何不在他二人面前拆穿我？你也瞧见了我的状态，他们若出手，会对我的本体造成影响。"

"我只是疑心，并不确定。"姜拂衣朝白鹭城望去，"再说了，你冒险出门，不会只带一个亦孤行，附近一定藏着大荒怪物。以棺木隐过分谨慎的性格，她不会轻易出现于大庭广众。燕澜不在，不知天赋的怪物忽然出手，我忧心我两位阿爹吃亏。"

姜韧微微抿唇："你比我想象中要聪明很多。"

姜拂衣转眸看向他："而你为了我冒险出门，看来我家传的铸剑天赋，对你真的挺重要。"

"不是重要，是重视。"姜韧的面容，比先前稍微严肃了一些，"你可能会觉得我对你说的话漏洞百出，那是因为许多事情，我无法告诉你，又不想编太多谎话欺骗你。"

姜拂衣已经没有心情和他闲扯："我只问你一件事，你既说你想救我母亲出海，又为何要给亦孤行那么多始祖魔元碎片洗剑？"

姜韧道："我只能回答你，不洗，她出不来。"

姜拂衣道："哪怕伤害她？"

"伤害她的从来都不是我，是她自己。你母亲实在太固执，不愿帮我，不愿赠剑给我，不愿走我为她选择的路，不然她早就离开了极北之海……"姜韧淡淡地道，"阿拂，我不曾骗你，不管我最终目的是什么，想要顺便救她出来也是真的。因为你母亲从前的确救过我，我们相处了很久，但由于一件事，她与我产生分歧，非得与我决裂……"

姜拂衣眉头深蹙，直视他混浊的双眸，分辨不出他究竟哪句真，哪句假，但他这句"不愿赠剑给我"，说明他手中当真没有母亲的心剑，绝对不会是自己的父亲。

"小酒。"柳藏酒始终盯着姜拂衣和"刑刀"，背后忽然响起燕澜的声音，将他吓了一跳。

"这是怎么一回事？"燕澜听了休容的建议，正打算回道观找猎鹿开诚布公聊一聊，竟瞧见远处骤现剑光，旋即赶来。

柳藏酒拉着他小声询问："燕澜，他们俩什么时候好上的？我怎么一点也不知道，你知道吗？"

燕澜不解："你说谁和谁？"

柳藏酒指着正与"刑刀"四目交缠的姜拂衣："你妹妹和那魔修小子啊，刚才两人都主动抱在一起了。我想去抽他，她着急得不得了。"

话音落下半晌，柳藏酒没听到燕澜的回应，转头瞧他，见他下颚绷紧，面色明显不豫。看来燕澜对这个妹夫很不满意，柳藏酒才大胆地说："刑刀除了长得还不错，哪里都配不上小姜，也不知小姜瞧上他什么了。"整天面对燕澜这种几乎无可挑剔的相貌，总不能看上刑刀的长相。

"就算没你对比，小姜时常见我，也该拔高一些审美吧。"柳藏酒自认欠缺天赋，没个好用的脑袋瓜子，但狐族男子的俊美，放在整个妖族都是数一数二的。过往满世界寻找三姐，遇过不少危机，其中好几回都是被好色女妖抓了起来。

燕澜唇瓣抿紧："你不要乱说。"

自从离开幽州金水山，燕澜从没听姜拂衣提过刑刀一句，也确定他二人并无接触。此事定有蹊跷，但哪种蹊跷，能让姜拂衣主动投怀送抱，哭得梨花带雨，施展美人计？

燕澜难以思考，眼眶酸痛发沉，眼后一处位置，像是后灵境，突突跳着疼，不得不先控制自己。

病中未愈，他近来穿的衣裳，都是较为松散的玄色宽袖纱衣，柳藏酒似乎听见指骨响动的声音，怀疑他藏在袖中的手，捏成了拳头，准备上去揍人。

柳藏酒又赶紧安慰他："放心，你妹妹的聪慧你还不了解吗？连漆随梦这种天才剑修都能轻松拿捏，区区一个刑刀，更是不在话下，你就不要瞎操心了，她吃不了一点亏，只能是那些觊觎她美色的狗东西吃亏。"

挨骂之后，燕澜冷静不少，倏然想起："我的眼珠有没有泛红？"

柳藏酒望向他的眼睛："没有啊。"

奇怪。燕澜有些摸不准红眼的规律了。

姜拂衣知道燕澜来了，但她专心应对姜韧，并未看他。而姜韧使用不了感知术，却好像感知到了燕澜，转头朝燕澜望过去。

燕澜和他的视线撞在一起。之前与刑刀有过几次接触，虽不深，但燕澜隐约觉得，这人和他记忆中桀骜不驯的刑刀，有一些差别，而且，又有一点熟悉感。

姜韧眼神复杂，晦暗不明，看的是燕澜，似乎又不是燕澜，且迅速收回目光，重新看向姜拂衣："巫族少君来了，你如今有两条路走。"

"哦？"

"其一，朝我出手，赌一赌那位大荒怪物的本事。赌赢了，我本体遭受反噬，但顶多也就是将我出关之日延后几年；其二，随我走，我们联手,在最短的时间打破极北之海的封印,令你们母女团圆。"

姜拂衣沉默,这还真是个不容易选择的难题。她的确很想早日救出母亲,但与姜韧合作,绝对不是母亲愿意看到的结果,根本无须考虑。甚至说,在解决掉姜韧之前,姜拂衣不能轻易去破坏极北之海的封印。

那些封印同气连枝,打破极北之海的封印,会令其他几个顶尖怪物的封印一并动荡,给姜韧可乘之机。万一导致生灵涂炭,因果便落在了母亲身上,这大概正是母亲不愿与他合作的原因。

之所以难选,是姜拂衣还不死心,很想假意投诚,混到他身边知己知彼,想知道他的目的,想知道他麾下的大荒怪物都有哪些。然而姜拂衣毕竟没有柳寒妆那般精湛的演技,姜韧也不是一心报恩的兵火,害怕自己偷鸡不成蚀把米。

姜拂衣拿不定主意,唯有采取缓兵之计:"我现在脑海里乱得很,需要时间考虑一下。"

"没有时间了。你不仅死而复生,修为增长的速度更是超越认知,无上夷再蠢,也该猜出你是大荒怪物。"姜韧询问,"你说,他会不会认为,一个破坏了神族下凡救世的大荒怪物,就是巫族天灯所预示的灾难根源?无上夷看在你母亲的面上,或许不会上报云巅国君,当众拆穿你,令你成为众矢之的,但一定会连同巫族大祭司一起封印你。"

姜拂衣知道他说得对。所以他着急了,不惜冒险来此先礼后兵,以免她这柄利刃,折损在无上夷手中。

姜韧劝道:"不要将希望寄托在燕澜身上,他是有能力,但我想,你应该不愿害他众叛亲离。"

姜拂衣摩挲指腹。

姜韧仰头望向半空:"商刻羽和凡迹星也是一样,你愿意连累他们?"

姜拂衣倏然笑了笑:"魔神前辈将我想象得太好了,我没你以为的那么会替别人着想。"

"嗯？"

姜拂衣云淡风轻地道："之前对付枯疾，我可以舍生忘死地挡在燕澜前方，那么当我有需要之时，燕澜为我抵挡风霜雨雪，岂不是理所应当？"

至于商刻羽两人，可能是她的父亲。父亲保护女儿，天经地义。

姜韧微微皱起眉头。

姜拂衣逐渐厌烦，失去和他周旋的耐心。演戏这种超高难度的技能，非她擅长，还是不挑战了。她缓缓说道："总之，他们都是这世间罕见、心志坚定的聪明人，想做什么，不想做什么，全凭本心，我的意愿支配不了。而我若因为这样的理由，选择跑去夜枭谷避难，那是瞧不起他们。"

姜韧感觉到她的态度开始强硬："看来，我无法说服你。"

姜拂衣嘲讽："是谁给你的自信可以来说服我？"

姜韧容色收紧："你以这种口气对父亲说话？"

"父亲？"姜拂衣彻底失去耐心，"我娘明确告诉我，有剑的才是我的父亲。即使她脑子不清楚，我脑子还算清楚，我娘看穿你居心不良，连一柄剑都不肯赠你，岂会为你孕育出一个新的大铸剑师？"当她们石心人的铁石心肠是说着玩的？

像是踩到了姜韧的痛处，他将双唇抿到失色。

姜拂衣看不懂他，更不想懂："我相信我娘救过你，但与你两情相悦这事，我持怀疑态度。"他能拜师温柔乡，也能对母亲施苦肉计。可惜石心人不易受情感支配，没那么好糊弄。

姜拂衣摆明立场："道不同，不相为谋，我救母用不着你帮助，我们石心人也绝对不为你所用。魔神大人要抓便抓，无须多言。"稍稍停顿，她厌恶地吐出两个字，"很烦。"

话音落下，她立刻召唤音灵花，催动花丝去缠绕姜韧。她也知道经

-521-

过柳藏酒的突然袭击之后，想偷袭他不再容易。

"砰！"眼前骤现一团黑气。"刑刀"原地消失，取而代之的是夜枭谷四神使之一的鬼叶，使用的是移形换影之术。而鬼叶躲开那些无形花丝，伸手便去抓姜拂衣的肩膀。

姜拂衣也有防备，一众小剑飞出，分成两拨，一拨攻向鬼叶，一拨攻向准备上前帮忙的霜叶。两位人仙中境的魔修，她不得不打起精神。

再说这几十柄小剑，并非之前对付枯疾制造出的医剑，是她近来重新制造的。

燕澜出门携带的高级剑石都被她用光了。

小海螺打开之后，姜拂衣挑选出不少蕴含水灵力的珍珠，趁着传送阵休息间隙，从当地剑阁兑换出几十块中级剑石。

以意识化剑之时，注入的剑意是迷魂，能够摄人心魂。和闻人世家的神魂攻击术异曲同工，勉强能凑合着用。

霜叶和鬼叶不防，遭小剑影响，一时头痛欲裂。

姜拂衣旋即后退。燕澜已经移形至她前方，单手掐诀，释放克制魔气的寄魂之力，分化为两支金箭，射向对面两人。

"没事吧？"

"没事。"

柳藏酒也持着鞭子跃过来，纳闷地问道："小姜，你拦着不让我打，竟然自己动手了？"

姜拂衣收回小剑，躲在燕澜和柳藏酒背后，专注提防："你们小心，附近来了个大荒怪物，不知道会不会出手。"魔神选择那怪物来，可能对石心人稍有克制，至少不会被石心人克制。

上空，商刻羽主攻，凡迹星从旁协助，亦孤行被他二人围攻得捉襟见肘。

风月国自古以来并不崇尚武力，亦孤行实在没想到商刻羽竟然如此善战，瞧着性格颇为暴躁，对敌时心思极其缜密，堪称滴水不漏。

知道魔神已经离开，亦孤行准备找时机抽身，冒着反噬风险，一剑逼退商刻羽："你发脾气，也请认清楚对象。我与你夫人半点关系也没有，我从未见过她。"

商刻羽浮在半空，红衣潋滟，周身剑气环绕："你说这话，就该死。"

凡迹星落在亦孤行背后："你见过，只是忘记了。因为一旦与仙女的剑结契，大概会损伤识海。"

亦孤行争辩道："我确实伤过识海，但我的剑是从海妖腹中得到的，主动认我为主……"

商刻羽冷冷地打断："你胡扯什么？你手中之剑乃我夫人为你量身打造。铸剑之时，必须融入你的灵息，才能与你结成剑契。"

亦孤行怔了怔："这怎么可能？"

"为何不可能？"凡迹星望向他手中的魔剑，"获剑之时，你修为太低，感知不到剑内融入了你的气息。但等你修为高深之后，此剑已被始祖魔元碎片清洗，你依然感知不到。"

亦孤行心中动乱，自己见过那位铸剑师？何时见的？

面对杀气腾腾的商刻羽，亦孤行无暇多想，又道："你们知不知无上夷突破地仙了？"见商刻羽毫无反应，"无上夷手里的剑，也是姜拂衣的母亲所铸。"

闻得此言，商刻羽顿了一下。凡迹星也微微怔住，问道："你确定？"

看样子他们并不知道，亦孤行颔首："我五六年前见过姜拂衣，还纳闷为何我前脚才到，无上夷后脚跟来。如今才知道，他也是凭剑气感应到的。但听魔神说，他的剑似乎断了。"

"哎呀。"凡迹星好整以暇地看向商刻羽，"我若没记错，无上夷的年纪好像也比你大？人家堂堂天阙府君，云巅国的正道魁首，总不能也令仙女伤心，沦为前夫了吧？搞不好你也和我一样，只是个区区妾室，为此追杀我三十年，不打算和我道歉？"

商刻羽攥紧剑柄，一言不发。凡迹星倒是挺委屈的："不过始终是我年纪最小，腰板都直不起来，见谁都得叫一声哥哥。"

商刻羽狠狠瞪他一眼。

亦孤行怀疑他们是不是故意不抓重点："你们还不懂？无上夷断剑之后，才突破了地仙。我们都被手中剑束缚了修为，因为它会操控我们的识海……"

商刻羽再一次打断他："操控着你去修魔道了？操控着你去助纣为虐了？还是操控着你去伤天害理了？"

凡迹星耸了下肩，难得附和："我也想这样问。"

商刻羽逼迫："回答！"

亦孤行不语。

商刻羽眉目冷厉，提剑指向他："你既嫌弃，还不将剑交出来？一边说我夫人的剑拖累了你，一边又霸占着不放，你恶心不恶心？简直比凡迹星还要恶心！"

凡迹星"呵"了一声："我在商三哥心中，竟然不是最特别的一个了？看来往后我得多加努力，赶超亦大哥才行。"他将"三哥"和"大哥"咬得极重，生怕商刻羽听不清。

凡迹星从前最好面子，以为自己觊觎了商刻羽的夫人，才一直忍让。发现不是这么回事之后，他本想报复回来，结果手里的医剑又打不过商刻羽，就只能恶心商刻羽。

商刻羽的确被他恶心得不行，若不是中间夹了个亦孤行，非得上前打他："迟早杀了你！"

亦孤行被质问和羞辱之后，面上不见任何气恼："我只是告诉你们事实，并无半句谎言。"他想借机乱他二人心神，抽身离开，"至于你们怎样选择,那是你们的事情。我如何选择,也是我的事情。"亦孤行从来没有嫌弃过自己的剑,也没有必要和他解释,"你再恼怒,苦海都是我的剑,即使我不反抗,你也没那么容易拿走。"

下方,鬼叶一击不中之后,躲开燕澜朝他射出的金光,抛出一幅墨色的卷轴,跃到霜叶身边,拉着霜叶跳入卷轴之内:"走!"

卷轴似离弦之箭,朝白鹭城的反方向飞出。

燕澜并不追,留在姜拂衣身边:"你说附近来了一个大荒怪物?"

姜拂衣道:"原本是来保护魔神的,不过,我和魔神谈崩了之后,他的任务,应该改为抓我回夜枭谷。不知道是哪一位大佬,有什么天赋,还真是令我怵得慌。"

燕澜早已猜出"刑刀"的身份:"魔神可以分魂而出,看来距离他出关之日不远了。"

姜拂衣忧心忡忡:"估计就这几年内。"

燕澜沉眸:"按道理讲,折损百年修为,他现在就能出关。"

姜拂衣摇摇头:"他至少一千五百岁了,瞧他的态度,有的是时间和耐性。除非什么事将他逼急了,我猜他不会轻易折损自己。"

柳藏酒总算听出点门道:"刑刀竟然是魔神假扮的?"

姜拂衣好笑:"是啊,你们温柔乡真是天克魔神,你父亲将他打得沉寂三百年,刚出门,又被你踹了一脚。"

柳藏酒恍然:"我就说,你不太可能看上刑刀那小子。但魔神的年纪是不是太大了点?而且我父亲亲口认证,此人阴险歹毒,你再考虑考虑。"

姜拂衣无语:"多谢关心。"

虽然很离谱,但确实是关心。

燕澜的神色越收越紧:"阿拂,魔神手中难道也有你母亲所铸的剑?

所以你……"魔神才是她的生父？致力于放出所有大荒怪物，是为了救她母亲？

姜拂衣慌忙解释道："我娘知道他居心叵测，瞧不上他，没有赠剑给他。"

燕澜暗暗松了口气，真是万幸。

姜拂衣秘法传音："大哥，从魔神口中，我更能体会到，我娘做事有自己的原则，她是想离开封印，但绝对不愿和魔神同流合污。她不会做的事情，我更不会，刚才我抱住他哭，只是想和他周旋，知己知彼……"

她滔滔不绝地解释，眼神真挚，言辞诚恳，生怕他有所误会。

燕澜默默听着，心里不是个滋味。姜拂衣会如此小心翼翼，说明她对他仍有忌惮。在她内心深处，他可能会因为一些变故，随时翻脸无情。

燕澜一边颇感受伤，一边又不知该如何打消她潜藏于心底的不安。换句话说，该怎样让她清楚地知道，她对他而言是特殊的，又不令她疏远他。

姜拂衣言明立场之后，却见燕澜垂着羽睫，面容沉肃，一言不发。不知他是不是信了，心中有些慌张。

那会儿魔神突然认亲，姜拂衣分辨不清，顿生无措，脑海里先想起燕澜。若是真的，她往后该怎样面对燕澜，多对不起他一直以来的信任和照顾啊。

但当燕澜摆出这副颇为纠结的态度时，姜拂衣又有些生气。怪物或许就不该有人性，无论怎样向人类投诚，都会被人类猜忌。

姜拂衣将不悦直接表现出来："燕澜，你不会是怀疑我又说谎了吧？"

燕澜如梦初醒，反应过来自己的态度可能会令她产生误解，说道："你莫要乱想，我只是在思考那个伺机而动的怪物。不知道漆随梦还需要多久，手中没有《归墟志》，处理起来不太方便。"

姜拂衣将信将疑,却又无暇深究。她仰起头,云层里剑气穿梭起伏,勾动雷暴,轰隆隆作响:"趁着他们停手,你赶紧带我上去。等会儿再打起来,咱们不容易靠近。"

姜拂衣如今尚未学会利用小剑御剑飞行,御风诀倒是能飞,但飞不了那么高。

"好。"燕澜本想展开黑羽翅,将姜拂衣抱上去。所有飞行法器里,黑羽翅最快最稳。但当着姜拂衣三位"父亲"的面,抱着她出现,未免显得太过轻浮,恐怕不妥。

燕澜取出风筝状的飞行法器:"上来吧。"等姜拂衣踩上去,他操控风筝,飞向高空。

燕澜想起:"你没有飞行法器?"

姜拂衣伸出小指,将脖子上的小海螺从衣领里撩出来:"海里哪儿来的飞行法器?"

燕澜的意思是:"我这个风筝送你,或者你再挑个别的,我出门时带了好几个。"

姜拂衣笑道:"云巅境内四处限飞,用不着,而且我很快就能学会御剑飞行了。"

燕澜犹豫着说:"阿拂,这风筝是我亲手做的。"

姜拂衣夸赞:"你锻造法器的手艺真不错,实用又美观。"

燕澜沉默。

姜拂衣感觉他似乎有些失望,大概是觉得她不识好歹。并不是什么必需品,她不想总占燕澜的便宜,拿物品和他交换,他又不肯收。

之前说好偷回小海螺以后,送燕澜一颗最大的珍珠。三千年老蚌精出产,大到能塞满半间屋子,别提多值钱和罕见了。燕澜却不要,只挑走一颗她认为漂亮的小珍珠。

想起珍珠,姜拂衣直到此刻才发现,那颗珍珠被他镶嵌在绳结上,悬挂于腰间,绳结下方还坠着一枚小铃铛,正是他二人都有的同归。

燕澜有一双巧手,络子打得复杂且好看,还不常见。姜拂衣又瞧一眼自己手腕上拿来固定同归的简单红绳,心想闲了也让燕澜给她编成一条手链。

上方,商刻羽正准备再次出剑,察觉到姜拂衣靠近,不得不止住。

风筝斜着飞了上来,周围被燕澜结下一层能抵抗剑气冲击的金色光盾。

姜拂衣看到他们三人浮在空中,成一条直线,亦孤行被夹在当中。

凡迹星蹙了蹙眉,看向燕澜:"你带她上来做什么?"

燕澜明白,他们原本便是因为担心会影响到姜拂衣,才飞来上空。但他们并不了解姜拂衣现如今的修为,也低估了他的实力。

燕澜尚未开口,商刻羽将他劈头盖脸一通骂:"陌生之地,你由着她自己出门。慢慢吞吞赶来,又带她上来冒险,这般靠不住,还想做她夫君,我看你是在做梦。"

燕澜脊背僵直,商刻羽难道会读心,自己的心思竟然被他一眼看穿了?突然又想起来,之前姜拂衣为了阻止商刻羽找他父亲的碴,说他二人明着做兄妹,暗中做夫妻。一时无语。

姜拂衣连忙替他解围:"是我非得上来的,因为听见亦孤行说,他的剑是从海妖腹中得到的……"刚才,她偷放了几缕注入耳识的花丝上来,隐约听到一些他们的交谈。以他们三人的修为,肯定也知道她偷放了"小耳朵",但都没理会。

姜拂衣问:"我想问他,他说的海妖,是不是极北之海的海妖?"

亦孤行颔首:"不错。"

商刻羽此时才知道:"你母亲在极北之海?"

姜拂衣心道这么久了,凡迹星竟然都没告诉他,点了点头:"她被困在极北之海一处海域底部。"

商刻羽三百年来,不知走过多少城,也去过极北之海附近的城镇,却没想过往海中央寻一寻。他脑海里的声音,总是提醒他莫要忘记有个女人在等他,导致他时常头痛。越是头痛,过往越是模糊。商刻羽甚至不记得自己年少时,为何会去极北之海。

姜拂衣又看向凡迹星:"我娘不是洞天福地里的仙女,与此相反,她是被九天神族囚禁的怪物。"想请他们帮忙,就不该隐瞒。这是一件不容有失的大事。

凡迹星微怔:"怪物?"

姜拂衣:"大荒怪物,凡前辈知不知道?"

大荒时代距今已经过去三万多年,若非二十多年前的动荡,怪物基本已在人间绝迹,不知道才是正常的。

凡迹星有所耳闻:"燕澜,听说你们巫族守着一个门,门内镇压的,莫非就是大荒怪物?"

燕澜回道:"不算镇压,门内是一处广阔的神创世界,供危害不大的怪物们栖息。危害性强的怪物,则被单独封印,散落于人间各处。"神族应是有所考量,连巫族都不知道那些封印的位置,"夜枭谷比我族还更了解。"

姜拂衣始终盯着凡迹星,眼底略带一抹忐忑。

凡迹星不是很懂她的眼神:"所以呢?"他当然知道仙女不是真的仙女,人间哪儿来的仙女。那只是一个形容词,无论她是人是妖是魔,都是他心目中的仙女,怪物也并无差别。

姜拂衣稍稍安心,再次看向亦孤行时,态度便没那么恭敬了:"魔神认识我娘,知道我们的种族天赋,一心想将我娘收为己用,因此,你会为他效力,绝对不是偶然。"

亦孤行沉眸不语。

姜拂衣道："商前辈说得没错，我家族的剑，铸造之时，需要当面提取剑主的识海灵气。你一定见过我娘，因为我娘选你为剑主，是在众多前往极北之海的修行者中，看出你有修剑的天赋，希望你学有所成之后，能回去救她。"

凡迹星插嘴问一句："我的剑也是？"以前总觉得是自己运气比较好，没想到竟是因为天赋高，被仙女挑中。

姜拂衣犹豫片刻："至少将你们拉入封印中时，我娘是怀着这样的心思。"母亲肯定不想告诉他们真相，但她以为只投资了一个人，没想到竟是好多个，再想用"两情相悦，恩情并重"来束缚他们，已经行不通了，不如解释清楚，"但是各位前辈，请你们务必相信，我娘并不是故意广撒网，我家传的铸剑术内含失忆的诅咒。"姜拂衣解释了一通，"我娘赠出一柄剑，就会将剑主忘得一干二净，于是才会有下一个……"

凡迹星捂了下胸口，看来，还是他走运。

而亦孤行紧攥剑柄，脑海里已经隐约浮现出一个念头。当年应是姜拂衣的母亲出手杀了海妖，随后将他拉入了海底，自己得了她的剑，上岸之后却失去了记忆。魔神得知她出手，为她而来，见他手中有剑，顺势骗了他。

亦孤行实在很难相信，最初追随魔神的那段日子，他偶尔也会怀疑。但与魔神相处越久，疑心越来越淡。因为魔神除了专注于查找和释放大荒怪物之时，会不择手段地扫清障碍。其余时候，很少滥杀。

在没被温柔乡重创之前，亦孤行陪魔神四处去寻找怪物踪迹，路遇不平，他嘴上说着各有命数，许多次依然会忍不住出手相助。遇暴雨，他平过洪灾。遇大旱，他也引过江海成雨。

夜枭谷内没有谁是因为惧怕魔神，才为魔神效力。魔神为他们报强权欺凌之仇，为他们提供安身立命之所，给足各种修炼的资源。任务失败，也从不惩罚苛责，只会感叹，逆天而行之事，原本便没有那般容易。

倘若魔神的所作所为，仅仅是为了伪装给他看，能够伪装四百年，亦孤行觉得自己被骗得也不算太冤枉。

姜拂衣解释完整个始末之后，最在意的，其实是商刻羽的态度。出身王室，做过君主，他是个极为骄傲的个性。之前就曾指责过她母亲不忠，不值得他苦寻多年，浪费了他的时间，恨不得将那些与她母亲有关的男人全杀了。

如今知道母亲的意图，不知又会作何感想。但姜拂衣窥探不出商刻羽的情绪，他将眼睛闭上了，脸上也瞧不见任何的表情。

姜拂衣忍不住和燕澜秘法传音："大哥，如果换成你是商刻羽，你还愿意去救我娘吗？"

姜拂衣早看透彻了，燕澜这人外表谦逊，稳重有礼，骨子里其实也很骄傲，甚至比商刻羽还更骄傲。问完之后才想起来，这问题她曾经问过，燕澜也回过。好像是说情郎那么多，不差他一个。他何德何能，能够成为她众多情郎里的不可或缺。

燕澜似乎忘记曾经回答过，认真地思索："如果我是商刻羽，我会，即使心中气恼，更该气恼自己无能，抵不住诱惑。即使没有男女之情，得了她的好处，回馈也是理所应当。而其他男人不会比我更有能力，还得是我。"

姜拂衣诧异地看向他："你这前后差别是不是有点大？"

燕澜迷惑："嗯？"

姜拂衣质问："之前在金水山，我问你同样的问题，你不是这样回的。这才过去多久，竟然完全换了一套说辞？"

奇怪，燕澜并不是会信口开河的人。

燕澜眉心紧皱，依稀回忆起上次的回答，顿时心生尴尬。他缓了缓，声色如常："你之前问的是滥情鸟妖和我，今次是让我站在商前辈的角度上思考，岂会一样？"

姜拂衣想想也对，明知"鸟妖"两个字是燕澜的禁忌，拿来举例子，燕澜原本就会抵触。她没再追问。

燕澜逃过一劫，越发信任大祭司的教导，为人处世第一条，务必谨言慎行，否则处处都是回旋镖。

姜拂衣琢磨："但我觉得，商刻羽不会答应得那么爽快。他从前身为君主，习惯以百姓福祉为己任。在追杀凡迹星之前，他先舍了王位，足可见他公私分明，很有自己的一套原则。"和无上夷有一些共通之处，大概是母亲的特殊口味。

"知道我娘是被神族封印的大荒怪物，他应该不会因为受过我娘的好处，就一意孤行，否则，他和亦孤行效忠魔神有何区别？"姜拂衣快速瞥了燕澜一眼，"大哥不也承担不起，放出一个顶尖怪物的后果？先要我证明我娘的确是生于封印，对人间无害，才答应考虑帮忙？"

是这样的道理。他之前的回答，代入的是他和姜拂衣。

燕澜说："但我瞧他对你母亲的感情最为深厚，对你母亲的人品，应也最为了解。"燕澜是推己及人，对他们而言，见色起意的可能性比较小。若泥足深陷，多半陷于对方的人品。感情或许没有道理可讲，但燕澜认为，自己很难会为一名歹毒女子动心。

姜拂衣却摇头："关于谁和我娘感情最深厚，目前还很难说。"

亦孤行和无上夷一点记忆也没有。凡迹星起初也是记不得，因有医剑，不断修复识海，才模糊记起一些。唯有商刻羽和他们都不同，脑海里始终有个声音不断提醒他。

"商刻羽和他们确实不同。"姜拂衣在修罗海市的"万事通"那里，花晶石打听了一些关于商刻羽的信息。

商刻羽是个罕见的天才，十七岁脱离凡骨，步入人仙境界，因此，外貌看上去极为年轻。

"凡骨时期，商刻羽一直修法，步入人仙之后才开始修剑。也就是说，我娘赠剑给他那会儿，他已是人仙。而其他几人被我娘选中之时，都还处于凡骨境界。"漆随梦才讲过，剑主与剑结剑契时，被标记的深度，和剑主当时的境界有着莫大的关联。

商刻羽被标记时，比他们三人高出一个大境界。有所不同，是非常正常的事情。漆随梦更不同，他只被沧佑剑浅浅标记，再次见到姜拂衣时，情感才能一触即燃。

"给你。"亦孤行打破诡异的沉默，将手里的苦海剑以魔气缠绕、束缚，朝凡迹星推了过去。

凡迹星微怔，没用手拿，将伴月改为医剑，前去接应。

姜拂衣见亦孤行打算离开："你不会真以为，弃剑之后，便能像天阙府君一样突破地仙了吧？"

亦孤行顿住脚步："我只是……"只是认同了凡迹星之前的提议，将剑交给他净化。自己的本命剑，随时可以感应位置，召唤回来。

姜拂衣淡淡地道："想突破地仙，单纯弃剑可不行，还缺少一个重要条件，必须对我下杀手，彻底背叛我娘。"

凡迹星正取剑匣收剑，像是没听清："你说什么？"

姜拂衣唇畔浮出一抹略冷的笑意："亦孤行，之前在幽州我不是告诉过你，我曾经遭人暗算，被钉在了棺材里。"

亦孤行瞳孔紧缩："当年无上夷将你和漆随梦带走，为了突破，他动手杀你？"

姜拂衣摇头："不是为了突破，是因为漆随梦。你跟在魔神身边，难道不知魔神对漆随梦做了什么？"

亦孤行不知道，他从未听魔神提过漆随梦。

"总之，无上夷逼我自尽之后，断剑突破，是个偶然。"姜拂衣虽然讨厌无上夷，也不能随意冤枉他，"但他突破之后，知我没死，可能还会杀我，我才慌着跑来飞凰山寻求庇护。"

凡迹星难得面色紧绷:"堂堂天阙府君,竟然一再逼迫你一个小姑娘?"

姜拂衣迟疑着道:"我忘记告诉各位,我娘是大荒怪物,我也是。我的种族天赋,强到超乎你们想象。无上夷认定我是灾祸根源,有他的道理,我可能确实是个祸害。"

燕澜不喜欢听她这样讲:"晚辈以巫族少君之名担保,阿拂并未做错任何事,她不是祸害。"

亦孤行心底被自责充斥,如果几年前在枫叶林,他出手拦下无上夷,恩人之女就不会遭受这场劫难:"姜姑娘,你暂时不必担心,无上夷出关之后,瞧着是要去往万象巫,并没打算来飞凰山。"论消息灵通,哪一方都比不过夜枭谷。

姜拂衣和燕澜对视一眼,估计是冲着漆随梦去的。

亦孤行沉沉地道:"我这半生都在跟着魔神救怪物,魔神既早认识你母亲,说明极北之海的封印,并不容易打破。"

姜拂衣点头:"而且目前不能去破,以免动荡其他封印,魔神趁机使坏。"

凡迹星不了解大荒怪物,却多少听懂他们的意思:"必须先除掉魔神?"

"也不一定。"姜拂衣说,"或者找到不动荡其他封印的破除之法。"这估计得看燕澜的,但她不看燕澜。

燕澜知道她的心思,既庆幸她不来为难自己,又蠢蠢欲动,很想知道她若来为难,自己能不能经受住考验。

关于魔神的行为,亦孤行不表态:"我先回魔域,若是无上夷再来找你麻烦,我一定会比他先到,放心。"

凡迹星也承诺:"我会尽快净化好苦海,以备不时之需。"

姜拂衣观他二人态度,悬着的心放下一半。

沉寂多时的商刻羽终于开口："燕澜。"

燕澜突然被点名，忙不迭朝他拱手："商前辈有何指教？"

商刻羽并非质疑，而是询问的态度："你们巫族自命为神族在人间的使者，你身为巫族少君，认同去破坏九天神族设下的封印？"

燕澜心道姜拂衣看人果然很准，但他如今给不了一句准话："在晚辈的认知之中，有人性，且无错无害的大荒怪物，于人间行走，并无不妥。"

商刻羽沉吟："那你觉得，我夫人是不是无错无害，拥有人性？"

燕澜垂眸："其实，晚辈更需要知道这个答案，而能给晚辈答案的，应是诸位前辈才对。"

商刻羽懂得了他的意思，深深皱眉，喝住再次准备离去的亦孤行："你既将剑交了出来，证明你相信魔神欺骗了你，却还要回去继续助纣为虐？还是说魔神只是一个借口？"

亦孤行真是受够了他："你管我作甚？你要我交出剑，我交了，难道你还想要我的命？"

"啪嗒！"凡迹星以剑匣锁住苦海剑，收进储物戒指内，慢条斯理地整理衣袖："我说商哥哥，事情还不清楚嘛，仙女并不是你的夫人，你没立场再对我们喊打喊杀了吧，咱们迟早是要合作的，讲话稍微客气一点儿。"

"谁要和你们两个妖魔合作？"商刻羽一副士可杀不可辱的模样，"想都不要想。"

凡迹星微微一笑："也对，我们是妖魔，那我们兵分两路，你去和无上夷那个正道魁首一路，你俩光风霁月，正气凛然，心怀苍生，你俩才是一路人。"

商刻羽被噎得说不出话："总之，别想我和你们合作！"

"很好，我根本没这样想过。"亦孤行也劝凡迹星不要异想天开，"我讲过了，我半生都在为大荒怪物奔走，比你们谁都了解九天神族的封印，你们有什么资格与我合作？"

凡迹星扭头笑他："可是大哥奔走半生，不也一事无成？"

亦孤行不和他一般见识："等你们开始接触怪物封印，就会知道自己的浅薄无知。"说完，他看向燕澜。

燕澜一愣，这得罪人的话让他怎么接？

好在亦孤行也没指望他接，继续说道："和魔神合作尚有一线生机，指望你们，等到恩人被封印杀死，都不一定能摸到封印的门。"

凡迹星蹙起眉："但是你没听阿拂说，仙女并不想和魔神合作。"

亦孤行抬起手，拢了拢被风吹散的灰白长发："我只听见她说，恩人赠剑给我，是想让我救她脱离苦海。你们各有坚持，前怕狼后怕虎，我没有，我不怕，我一个人下地狱，无须你们操心，咱们各凭本事救人。"

商刻羽再次提剑指向他："你果然冥顽不灵，知不知道你这样做，罪业便算在了我夫人头上？她还如何成为一个无罪无害的人？"

亦孤行摊手："我身为夜枭谷的谷主，真心实意为魔神效力半生。如今虽知真相，但我已将恩人赠予的剑交给了凡迹星，孑然一身，和恩人还有什么关系？"他再次望向燕澜，"你说，我的罪业，是否会算到恩人头上去？"

燕澜紧紧抿了几下唇，拱手劝道："不能算，但晚辈劝您三思。释放其他罪无可赦的怪物，我族绝对不容，我也定会倾尽全力阻止。您有可能是阿拂的父亲，还请您不要令晚辈难做。有关封印之事，晚辈知道的并不比魔神少，可以从长计议。"燕澜微微垂首，以眼尾给姜拂衣使了个眼色，想让她也劝一劝。

姜拂衣却无动于衷。是非对错不提，姜拂衣感觉到了亦孤行一腔孤勇的决心。他的名字没取错，真就是个一条道走到黑的一根筋，想扭转他的想法很不容易。

估计只有恢复记忆，回忆起母亲对他的嘱托和期盼，才有希望将他从魔道拉回正途。姜拂衣转头去劝商刻羽："商前辈，让他走吧，短时间内他做不成什么。"

商刻羽嘴唇翕动半响，见她似乎另有打算，隐忍着收剑。

亦孤行看了姜拂衣一眼，欲言又止。和李南音一样，他扔给她一支刻有夜枭图腾的信箭："若有要紧事，及时联络我。"

姜拂衣接过，顺势问："前辈，您知不知道魔神此次出门，请了哪位大荒怪物保驾护航？"

亦孤行明白她的顾虑："不必太过担心，他没有单独伤害人的能力，真就是一个关键时刻能保命的怪物。"亦孤行御风离开。

燕澜皱起眉，在脑海里翻阅《归墟志》。

凡迹星收回视线："阿拂，你究竟有何打算？"

姜拂衣将信箭收好："我想先做个实验，瞧瞧闻人不弃和他的真言尺，究竟能不能令漆随梦恢复记忆，再说其他。"

凡迹星微诧："你的意思是，闻人氏的言灵术，可以解你家传的失忆咒？"

"是漆随梦说的……"姜拂衣将漆随梦告知的事情，详细讲述了一遍。

"还真是有可能，我这就去找闻人不弃问一问。"凡迹星当即转向白鹭城，又回头看商刻羽，"你愣着作甚，不和我一起去找他？"

闻人不弃是个出了名的阴险小人，凡迹星有时候感觉他比自己更像条毒蛇，怕降不住他。

商刻羽冷漠道："找他作甚？"

凡迹星费解："你不想破除失忆咒，想起……"

商刻羽打断："想起什么？想起遭人欺骗，被当作工具下注的往事？怎么，你还挺期待？"

凡迹星好笑："有些事情想不起来，不代表不存在，又何必自欺欺人呢?"

商刻羽冷着脸:"有时候能忘得一干二净,未尝不是一种运气。对比你们一无所知,逍遥自在,我却像个傻子,白跑了三百年。"

凡迹星瞧见他紧紧咬牙,知道他的头痛症又犯了,收起讥讽:"就算你生仙女的气,难道不想知道阿拂是不是你的女儿?你们都不要,那我可收下了。"

"你先保护好她。"商刻羽打了个响指。须臾,响起一声鹤鸣音。小仙鹤飞向高空,逐渐膨胀体积,停到他面前时,已是一只巨大的仙鹤。

红衣落在洁白的仙鹤背上,商刻羽也掷给姜拂衣一支信箭:"我回一趟家,去去就回。家中有一件传承,或许能够分辨你是不是我风月国王室血脉。至于无上夷,我自有途径警告他,盯着他。"说完就走,一刻也不停留。

姜拂衣又收下一支信箭:"前辈保重。"她知道商刻羽其实是需要静一静,整理一下心情。骄傲被打碎一地,他眼底的受伤很难遮掩,和落荒而逃差不多。

一时间,姜拂衣也生出几分伤感。

而凡迹星已经去往白鹭城寻找闻人不弃了:"燕澜,你和阿拂先不要过来,他瞧见巫族人就没得商量。"

"是。"燕澜控制风筝降落。

姜拂衣迅速收拾心情:"大哥,你猜出亦孤行说的是哪一位怪物了吗?"

燕澜点了点头:"似乎是绝渡逢舟。"

姜拂衣微微一愣,这好像是个成语?

燕澜回忆道:"怪物的种族就叫作绝渡逢舟,和你理解的一样,无论是谁,永远也无法将他逼到绝路,天道总会为他留一线生机。而与他结契之人,也能享受这种眷顾,只不过他顶多与一人结契。"

姜拂衣诧异："这种被天道眷顾的天赋，不具有神族认定的危害性吧？"即使站在始祖魔族一方，至多保证一位魔族大佬绝处逢生。

燕澜说道："根据《归墟志》记载，绝渡逢舟并没有被单独封印，他在神魔之战时，各种浑水摸鱼。落在魔族手中，就和魔族结契。被神族救出来，就和神族结契。战争结束之后，自愿进入了五浊恶世。"

姜拂衣问："他是从五浊恶世里逃出来的？"

燕澜颔首："但他应该不是二十多年前出来的，我父亲看守五浊恶世大门的这些年，大门不曾出过任何纰漏。"

最近一次纰漏，至少也在一千多年前，大门曾经有过一次剧烈震荡。巫族为此损兵折将，陨落数位大巫，元气大伤。不然的话，之后云巅国攻打万象巫，也不会投降得那么快。然而族册中关于这场灾祸的记载，语焉不详。燕澜是根据各种信息推测出来的。

负责看守大门之人，是那一代少君的儿子，犯下渎职重罪，被处死了。绝渡逢舟指不定就是在那次动荡里逃出来的。但这事关巫族的隐秘，燕澜不方便告诉姜拂衣。

"亦孤行说得没错，绝渡逢舟即使藏在白鹭城里，也伤不到人。"在燕澜看来，他就属于那种留在人间也无妨的怪物。

姜拂衣心中忐忑："绝渡逢舟活了那么久，不说天赋，单纯修炼，修为恐怕也不低了吧？"

燕澜劝她放心："《归墟志》上写得清楚明白，他很不爱修炼，毕竟怎么作死都死不了，越作死运气越好，换作你，你还修炼吗？"

姜拂衣一怔，从前不懂，认识燕澜之后，才明白许多时候拳头硬真不如运气好。

燕澜的紫气东来，并不比绝渡逢舟的天赋差。

只不过有一点很奇怪。姜拂衣抬头瞄了下他的双眼，既是个紫气东来的命格，出生之时，为何会遭这般残忍的伤害？

-539-

燕澜察觉到她的视线，回望过去。姜拂衣慌忙转望别处，且遮掩着抬手摸了摸自己的彩石耳坠。事关"双眼"，燕澜一贯讳莫如深。

而燕澜不知她遮掩的原因，一时愣神。

姜拂衣忍不住问："大哥，你的眼睛……"

燕澜心中一慌，眼睛难道红了？延迟了这么久才红？

姜拂衣说出之前用小医剑刺他睛明穴时的感受："你的眼睛，肯定受过很重的伤。如果你体内真封印了怪物，我怀疑是封在了你的后灵境。"因为眼睛是后灵境的"门"，想要往后灵境塞东西，必须先打开"门"。

原来不是眼珠变红，燕澜平静地道："大概吧。"所以他一直觉得自己的眼珠会红，和怪物的天赋有关系，不可能是兔子的红眼病。

姜拂衣再次抬头，望向他深邃的双眼："若是这样，凡迹星医不了。"

燕澜本也没打算找凡迹星医治："已经好很多了，不碍事，你莫担心。"

姜拂衣问："你既然已经看完《归墟志》，对怪物有什么想法？"

燕澜："你似乎有想法？"

姜拂衣猜测："你不是说，你的运势，族中大巫无论怎么样推算，都是紫气东来？那你体内的怪物，是不是也和运势有关系？"

燕澜觉得不是："若要相克，那我的运势必定会受他影响，但并没有，我仍是受上苍眷顾的。"能和姜拂衣相识相伴，他不敢再说自己运气差。

燕澜起初怀疑怪物和嫉妒有关，但《归墟志》第六卷里有个嫉妒怪。嫉妒心不像愁、仇、惆，或许人人都有，却并非时时都有，故而危害性不如独饮擅愁。且那嫉妒怪性子不坏，不曾被单独封印，不会是他。

姜拂衣歪头思索："那会是什么？"

燕澜也不知，并且早已放弃猜测："等稍后回族里见到大祭司，直接问他。我既已知晓，他没有继续瞒着我的理由。"

从最初的抗拒，燕澜如今已能坦然接受，冷静面对。等了解清楚之后，再想办法化解。顿了顿，燕澜又说："或许不用等到回去族里。"他怀疑猎鹿也知道此事。

白鹭城城楼上。

闻人不弃微微仰头，密切关注上空云层的状况。虽觉得好笑，却并不是为了看热闹，他没这样闲得无聊，是担心他们闹出的动静太大，影响到飞凰山。即使打不过，闻人不弃也必须出手制止。

因此，他已经取出真言尺，搁在手心里闲闲地敲着。尺子呈银白色，尺身雕刻着密密麻麻的符文，不引动的情况下，并无任何光亮，如同一柄普通的戒尺。被文士打扮的闻人不弃拿在手中，如同书院里的夫子，倒也符合他儒修的气质。

闻人枫上前一步："叔父，飞凰山来人了。"

不多时，一名英俊男子落在城楼上，银冠束发，冠两侧还垂着两缕羽毛。正是女凰座下的三弟子重翼，他朝前方躬身拱手："闻人前辈。"

闻人不弃不曾回头，只扬了下手臂："我说过多次，无须多礼。"

重翼直起身，也一起仰头望天："不知上方是哪几位剑道前辈在斗法？瞧着都不像云巅国人。"

闻人枫瞥了他一眼，收到消息来此，岂会不知斗法的剑修大佬是谁。明着是询问，实则是指责他叔父为何不管，由着一群外人在云巅地界内动手，闻人枫真想反驳回去：白鹭城是你们飞凰山的地盘，我们闻人氏岂敢越俎代庖？回头又要被你家师父指责我叔父多管闲事。

闻人枫非常讨厌飞凰山这群鸟妖，尖嘴动物，尖酸刻薄。叔父也不知是中了哪门子邪，非要热脸去贴女凰的冷屁股。

没错，像漆随梦去贴姜拂衣，闻人枫只说他没出息。叔父却不同，叔父像是中邪，马前卒一般为女凰冲锋陷阵，却只求能在白鹭城占据一席之地。百鸟朝凤一般，期望时常看到女凰。

明明卑微到尘埃里，几十年来连求娶都不敢，还非得嘴硬说女凰在他心中只是一朵美丽盛放的花朵，只想远远欣赏她的容颜，并无占为己有的爱意。若不是将自己养大的叔父，情如父子，闻人枫真想数落一句，贱不贱啊？

闻人不弃果然不生气："他们是在处理家务事，我不便插手。"

重翼更不解："三位八竿子打不着的剑道前辈，家务事？"

闻人枫在一旁凉凉地道："重翼兄，你这不是知道斗法的是谁嘛？还问？"

重翼面色微变。

闻人不弃倏然道："退后。"

两人心神一凛，齐齐退后十数步，目望一道光芒从厚重且盘踞着剑气的云层里落下，落在城楼上。

见是凡迹星，闻人不弃紧绷的脊背稍稍放松，拱手笑道："凡兄，和他们聊完了？"

凡迹星先扫一眼他背后的重翼："不必担心，我们心中有数，不会影响到你们飞凰山。"

重翼忙行礼："多谢凡前辈。"

闻人枫在一旁更是不屑。对方指望着凡迹星为女凰医治，态度就毕恭毕敬，相较于对待他叔父的态度，天壤之别。然而，说到底还是叔父先自降身份，才会被飞凰山瞧不起。

"叔父，侄儿先告退。"闻人枫朝凡迹星行过礼，随后跃下高耸的城楼。

凡迹星夸奖："还是你教的孩子更懂事儿。"

重翼顿了顿，才反应过来，也跟着一起跃下城楼。

闻人不弃沉默，只在心里猜测，凡迹星和那两人散伙之后，为何第

-542-

一时间来找他。凡迹星视线下移,望向他手里的真言尺。

闻人不弃恍然:"凡兄又想我去敲谁?"

凡迹星指着自己的眉心:"敲我。"

闻人不弃笑道:"凡兄真会开玩笑。"

"我像是爱开玩笑的人?"凡迹星挑眉,"实不相瞒,我年少时曾中了一种失忆咒,丢失了一段记忆……"他挑三拣四地讲了讲。事关剑契的部分,不能撒谎,不然闻人不弃无法对症下药。光借尺子不行,闻人氏的家传法术也很重要。

闻人不弃默默听着,饶是他博学广识,也不免诧异。

凡迹星讲完,问:"如何?"

闻人不弃斟酌许久:"漆随梦的咒,确实可以试试,若有用,敲个一两次就成。但凡兄不行,你修剑太久,修为精深,恐怕要敲个十几二十次。我没有把握,可能会重创你的神魂。"

凡迹星心里有数:"不必担心,我能自医。"

闻人不弃劝他三思:"重点在于,神魂遭受重创之后,也未必能唤起你的记忆。"这忙不能帮,会耗费他大量精力。若一不小心将凡迹星神魂打散,还会惹上天大的麻烦。

凡迹星询问:"你有几成把握?"胜算高,他愿冒险尝试。低就算了,要事在身,赌不起。

闻人不弃说不准:"需要先拿漆随梦试一试才知道。"

凡迹星:"他稍后会来。"

闻人不弃摇头:"无上夷故意将他的记忆覆盖,我若给唤醒,往后天阙府和我弱水学宫,更要水火不容。"

从千年前闻人氏主张攻打万象巫开始,天阙府和弱水学宫一度决裂,矛盾丛生,最近几十年关系才刚缓和一些。

凡迹星毫不意外:"闻人兄,开个价吧。"

-543-

闻人不弃:"谈不了,除非你出尔反尔,以女凤的病情来要挟我。"

"我答应过的事情,自然不会反悔。"凡迹星淡淡地笑道,"如今漆随梦还没到,你可以慢慢想。只要不是异想天开,价码随便你开,哪怕我给不起,有人给得起。"背后站着几位大哥,说话可不得硬气点儿。

尺子敲着掌心,闻人不弃在心中琢磨。

凡迹星就知道能谈,闻人氏做事,一贯只从利益出发。只要价码到位,没有不能谈的事。哪怕让闻人不弃和剑笙坐在一起喝茶和解都成。始终和解不了,是巫族人骨头又硬又记仇。

闻人枫落在城门外,瞧见柳藏酒正朝城门而来,和他打招呼:"狐狸兄,好久不见,别来无恙啊!"

声音之大,将柳藏酒吓了一跳。看到闻人枫嘴角噙着笑,比狐狸还狐狸,柳藏酒知道他不安好心。

柳藏酒才不会怕他,走上前去:"我正要找你,听说我家小姜上了地榜第二,答应给的晶石呢?"

闻人枫愣了愣:"不会吧,巫族圣女看得上这点晶石?"

柳藏酒斜眼看他:"你管别人能不能看得上,做你该做的事儿。"

闻人枫:"可以。"

柳藏酒纳闷:"答应得这么爽快,不像你的风格。"

闻人枫压低声音说:"多给你十倍都无妨,帮我揍个人。"

"谁?"柳藏酒好奇地问了一嘴。

便在此时,重翼从上空落下,一张俊脸拧巴得极为难看:"狐妖竟敢来我飞凰山地界,你好生猖狂!"

柳藏酒终于知道闻人枫干吗喊得那么大声了,喊给这位飞凰山三弟子听的。

重翼的原身是只环颈雉。环颈雉在民间还有个名字:雉鸡。

虽然在现如今的羽族中,环颈雉比较稀少,且血统不低,修行上限也高,却和家鸡一样都是鸡,对狐狸深恶痛绝。闻人枫站在重翼背后,指了下他的脑袋,又将两根食指交叉,比画出一个"十":揍他,给你十倍。

跟在燕澜身边混久了,柳藏酒不稀罕这点钱,但他也不爽重翼嚣张的态度:"狐妖为什么不敢来、不能来?凡迹星是蛇妖,你师父是鹰妖,哪个不吃鸡,怎么就我不能来?你小子还挺会看碟下菜呢,就知道挑软柿子捏。"

对!没错!这番话真真是说进闻人枫心坎里去,他愣是将柳藏酒看顺眼了。

重翼却被气得脸色铁青:"臭狐狸,敬酒不吃吃罚酒,不肯滚,我送你滚!"一掌朝柳藏酒挥去!

"咻!"无数羽针从他掌心飞出。

柳藏酒后退几步,"啪"一声甩出长鞭,鞭身震荡出妖力,将那些凝聚在一起的羽针震散掉:"是你先出手的!"

重翼旋即飞身而起,双手一拨,卷动一阵极强的旋风,又被柳藏酒给抽散了。

两人斗了几十个回合,重翼完全被柳藏酒压着打。

这在闻人枫的预料之中,身为天地人才榜的评判,他和柳藏酒交过手,也见重翼出过招,心中当然有数。

飞凰山不止来了重翼一个,其他弟子见到重翼被抽了好几鞭子,忍不住取出法器想要冲上去。闻人枫伸直了手臂,以折扇虚虚一拦:"听我一句劝,你们一起上也打不过,围殴输了会更丢脸。"

飞凰山弟子们讪讪然退下。

"呼!"一连串黑色的气泡从内城飞来,直奔柳藏酒。

闻人枫知道是女凰的二徒弟青袅来了。青袅名字起得挺妖娆,其实是只浑身是毒的鸩鸟。人仙初境的大妖,应该略胜柳藏酒一筹。

-545-

闻人枫拦了一下，没能拦住，提醒："柳兄当心！"

重翼见自家师姐前来相助，奋起反抗，缠住柳藏酒。

柳藏酒也丝毫不怕，一个是凡迹星就在城楼上，小辈儿打架懒得管，但一定不会让他死的。另一个，他的狐狸鼻子已经嗅到了熟悉的味道，姜拂衣和燕澜来了。

"砰砰砰！"几面光盾组成的大盾，闪耀着金色符光，挡在柳藏酒面前。

盾落之时，姜拂衣也飞落到柳藏酒身边，攻其不备，重重一掌拍在重翼肩头，将他从光盾的侧边打飞出去。

那一连串黑色气泡见有光盾抵挡，瞬间飞起，如一团乌云，在姜拂衣和柳藏酒头顶上炸开成毒雾。

"嗡！"光盾延伸成弧形，完全将两人拢住。而姜拂衣取出一把小医剑，朝气泡飞来的方向挥去。毒，医剑也能克制。

小医剑"嗖嗖"飞过，剑意四射，将隐身的青袅逼现了形。她妆发精致，彩裙曳地，细眉凤眼瓜子脸。

"二师姐！"重翼从地上挣扎着爬起来，跑来青袅身边，"这只狐妖真是欺人太甚！"

青袅没理他，看向收回医剑的姜拂衣："姜姑娘，咱们又见面了。"

姜拂衣对她没什么印象。听她提起金水山，才想起之前她去拜见过凡迹星。而燕澜曾在某个夜里，见她从头顶飞过，还故意在她面前施展过自己捕鸟用的天罗地网。

姜拂衣也客气道："上次匆忙，都没能顾得上打声招呼。"

青袅抬起头，望向踩着风筝，缓缓落下的燕澜。那风筝黏满雀翎，飞在空中似真鸟一般。

青袅好笑道："幸好没顾上，不然燕公子指不定得拔我几根羽毛。"上次就觉得巫族少君这人奇怪，对她好像怀有很深的敌意。

鸢南地区孔雀多,她回来之后请大师兄去找同族打听了下,差点将大师兄的肺给气炸。在鸢南地界,这位少君堪称鸟妖剑子手。倒也不会滥杀,那些被杀的鸟妖多少有点儿问题。但没有一只大师兄的同族,能带着一根雀翎走出万象巫方圆三百里。

燕澜落在姜拂衣身边,收回风筝和光盾,朝青袅拱了下手,没接她的话。

柳藏酒气她半路杀出来:"你也未免想太多了,鸩鸟的羽毛乌漆墨黑,燕澜才看不上,是吗,燕澜?"

燕澜不语。

"二师姐,他们是什么人?"重翼被抽了好几鞭,都没有这女人拍在他肩膀上的一掌更重,仿佛震荡了他的心脉,还令他神魂俱颤。

"忘了凡前辈在等谁了?"青袅颇无语的模样,"师父让你下山来化干戈,你倒好,先动起手来。"

重翼不服:"是这只狐妖先挑衅我!"

柳藏酒懒得理他,看向闻人枫:"钱呢?"闻人枫扔了个锦袋过去。

姜拂衣接过,微微惊讶:"地榜第二这么多?"

闻人枫对巫族人同样没有好脸色:"当然不是,这是地榜第二的十倍,我担心重翼兄下手没轻重,将柳兄打伤,姜姑娘一怒之下,不准凡前辈为女凰大人诊脉,便拿出点钱财,激励下柳兄。"

重翼捂住肩膀,转头瞪他:"原来是你!你好大的胆子,你叔父都不敢……"

青袅喝住他:"师弟!"

重翼迫于无奈闭上嘴。

凡迹星的声音从上方落下来:"阿拂,走了,随我去飞凰山。"

姜拂衣知道无上夷的事情没解决,自己不跟在他身边,他不放心:"好的。"

重翼抬起手臂制止柳藏酒:"你这臭狐狸不准去!"

柳藏酒任务已经完成,才不稀罕去飞凰山:"放心,你请我去,我都不去。"

青枭也劝燕澜:"燕公子,若无要紧事,你也最好不要来飞凰山,我大师兄他……原身是孔雀。"

燕澜犹豫。

姜拂衣秘法传音:"回道观歇着去吧,我跟在凡迹星身边你还不放心?"

燕澜道:"我担心魔神……"

姜拂衣道:"你们不都说,绝渡逢舟没有单独伤人的能力。"

燕澜答应下来:"那你小心些,有事儿记得通过同归与我联络。"

姜拂衣点头:"我会的。"

说完,她跃上城楼,见闻人不弃也在,和上次在金水山见到他没有区别,繁复的宽袖长衫,锦缎束腰,眉目疏朗,温文尔雅。

他如今是解开失忆咒唯一的希望,姜拂衣再因为巫族而不喜欢他,也恭敬地行礼:"闻人前辈。"

闻人不弃看在凡迹星的面子上,朝她微微颔首。

"闻人兄慢慢想价码,我这就去为女凰诊脉。"凡迹星一挥袖,取出一册画卷样式的飞行器,带着姜拂衣飞向悬于远方的飞凰山。

燕澜和柳藏酒返回郊外的道观。

闻人枫飞上城楼,做好了挨骂的准备。闻人不弃斥责道:"你方才是在做什么?"

"侄儿就是看不惯他们轻视您,凡迹星还是您请来的,瞧他们什么态度?女凰也就算了,他们这些弟子算什么东西,蹬鼻子上脸!"闻人枫实在忍不住,"叔父,别怪侄儿多嘴,您如此自降身份,女凰只会越发瞧不上您。"

-548-

闻人不弃头痛不已："你这孩子，我和你讲过多少遍，你怎么就是听不进去呢？"

画卷上，姜拂衣从闻人枫对飞凰山的态度上，琢磨出一二："闻人不弃这般工于心计之人，竟然是个痴情种，这世间果然是一物降一物。"

凡迹星优雅地捋了捋额前乱发，抿唇道："痴情？我看他是有病，还病得不轻。"

姜拂衣不解："什么意思？"

凡迹星皱眉思索："该怎么和你讲呢，女凰像是他养的花，闻人不弃心甘情愿浇水施肥，欣赏花开，至于花怎样看他，一点也不重要。"

姜拂衣越发不懂："他不喜欢女凰？"听上去他只是看中了女凰的美色。但见色起意，同样算是喜欢。

凡迹星修习几十年医道，也难以解释这种情况："不是你理解的那种喜欢，是一种病态。默默关注，无私奉献，看着是不求回报，其实是不想得到回报。得亏女凰讨厌他，若是多给他一个眼神，他可能逃跑得比谁都快。"

姜拂衣咋舌："还真是有病。"

凡迹星耸了耸肩："谁说不是呢，多年前他也曾苦恼地来求我医治，我可治不好他这种犯贱的毛病，后来我看他是妥协了。"

两人说着话，画卷飞上飞凰山顶，呈现在姜拂衣眼前的，是一座座连绵又气派的宫殿，在云雾缭绕之中若隐若现。

"凡前辈。"收到消息，一众美貌的侍女出来相迎。

凡迹星施施然前行。姜拂衣跟在他身后，步入正中一座宫殿内。

女凰端坐在上首的王座上，珠帘蒙了半张脸，只露出眼睛："凡兄，有劳了。"

"女凰客气了。"凡迹星也礼貌地打了声招呼。

"女凰前辈。"姜拂衣行礼。等抬头之后，她仔细打量女凰，隐约觉得有些眼熟。女凰正与凡迹星简单寒暄，发现她目光炽热，狐疑着转眸看向她。

一番对视，姜拂衣屏住呼吸，瞳孔不由得越缩越紧。

"凡前辈。"姜拂衣回过神，急迫道，"恕晚辈无礼，我突然想起来有件事忘记和大哥说，您能不能将飞行法器借我一下？"

凡迹星微微蹙眉，知道事情没那么简单，却还是将画卷取出来递给她，并教她几句使用口诀："你慢一些。"

姜拂衣满口答应着，却几乎是疾步跑出了宫殿，心急火燎地乘坐卷轴，返回白鹭城门楼。

万幸的是，闻人不弃仍在教训闻人枫，还不曾离开。

姜拂衣落在他面前，在他颇感疑惑的目光中问道："闻人前辈，您修过剑道吗？您手中有没有剑？"

飞凰山那位女凰的眉骨和眼睛，和她母亲竟然有着好几分相似。

但女凰与她母亲的相似，又不是一眼能看出来的那种，须得是和母亲朝夕相伴许久，才会眼熟。

姜拂衣又想起闻人不弃的"怪病"，怀疑闻人不弃手中也有她母亲的心剑，中了失忆咒之后，却还隐约记得她母亲的容貌。见到女凰之后，被她的眉眼吸引，但也只是被吸引，他对女凰本人并无任何的情愫，故而仅仅远观却不靠近。这样刚好能够解释他的"怪病"。

闻人枫被教训得正难受，默认她是来找碴的，冷着脸道："你们巫族人又打算要什么花样？"

姜拂衣并不理会，只睁大一双饱含急切的杏眼，一眨不眨地望着闻人不弃，又问一遍："前辈年少时，究竟有没有修过剑道？"

闻人枫上前一步："你……"

闻人不弃："你什么？先回去领罚思过，想清楚自己究竟错在何处。"声调正常，听不出几分情绪。

闻人枫立刻退回去，拱手行礼："是，侄儿告退。"玉冠白衣，手持折扇，翩然跃下城楼。看在城中人眼中，分毫不失他世家儒修公子的仪态，谁也不知他是被骂回去挨罚的。

闻人枫不必思过，也知道自己错在哪儿了。教训重翼，是不会被叔父责罚的。他错在太容易被激怒，情绪不够稳定，对修习家传绝学没有益处。

高耸的白鹭城城楼上，只剩下两人。

闻人不弃面对眼前穿绿衫裙的少女，心情颇为复杂。一方面她是剑笙的女儿；另一方面，她母亲是个了不起的人物，让他看了一场剑笙的笑话。

尤其想起她背后牵连颇深的凡迹星等人，闻人不弃的态度还算和蔼："你来问我，是不是怕我不懂剑道和剑契，随便以真言尺去解他们的失忆咒，会伤到他们？"

姜拂衣先不解释："那您懂吗？"

闻人不弃微微颔首："稍微懂一点，我曾经修过剑。"

姜拂衣一瞬头皮发麻。

闻人不弃话锋一转："但我修剑，只是为了强健体魄。"他自幼精神力极强，体魄却较为羸弱，父母为此不知耗费了多少心思。

修剑的原因无所谓，姜拂衣问道："无论什么缘故，您的剑呢？能取出来给晚辈看看吗？"

闻人不弃开始觉得有些怪异，指了下宅院方向："藏剑多半在弱水学宫，不过府邸也有几柄。"

姜拂衣摇了摇头："不是藏品，晚辈指的是您的本命剑。"

"我哪儿来的本命剑？"闻人不弃道，"我不是说了嘛，我的剑道水平，就只是强健体魄的水平。实不相瞒，我毫无剑道天赋，年少修剑十几年，连御剑飞行都不曾学会，隔壁剑道院八岁的小剑修都能轻易将我打败。"未见羞耻,他当一桩笑谈来说,"体魄逐渐养好之后,便再也不曾练过剑,没兴趣,也没名剑瞧得上我。"

姜拂衣一愣,看来是她想多了,闻人不弃单纯就是有病。然而秉着谨慎的态度,姜拂衣再问一句:"那前辈从前有没有伤过识海?"

闻人不弃不答,微微凝眸,眼神捉摸不定。

姜拂衣心头莫名打了个突。

闻人不弃终于开口:"姜姑娘,你究竟是从何处认为,我也曾经得到过你母亲,那位大铸剑师的剑?"他抬头望一眼远处高空的飞凰山,面色如常,眼底却暗流涌动,"先前凡兄带你离开之时,你看待我并无异常,算时间,你应是见过女凰,才急匆匆返回来问我。怎么,女凰莫不是长得像你母亲?你从凡迹星口中,得知我曾找他问过'病',便觉得我的病,其实来源于你的母亲?"

燕澜说他此番出门,剑笙前辈只叮嘱他小心闻人不弃,姜拂衣总算明白原因。

闻人不弃的视线再次移到她身上,直视她的双眼:"还是,你受你父亲剑笙指使,故意虚晃一枪,乱我心神,有所图谋?"

姜拂衣镇定地回望:"前辈既然这样说,应是伤过识海,不然我如何乱你心神?"

闻人不弃反问:"当年是你父亲下的手,你不知道?我何止识海受损,全身经脉尽断,用了十年才重新站起来。"

姜拂衣一怔。

闻人不弃:"但我想,识海是否受过损并不重要,重点应该是我有没有像凡迹星一样失去过一段记忆。"

姜拂衣捏紧了手指,以为他会借此发泄一通心中的仇恨。

闻人不弃却只摇头,淡淡地道:"没有,我的记性向来极好。"家传法术有保护识海的作用,轻易不会崩溃。

姜拂衣拱手行礼："多谢您解答疑惑，打扰您了，晚辈告辞。"

此番认错了人，有一些失望，也有一些庆幸。和闻人氏沾上关系，比魔神是她爹更不知道怎样面对燕澜。姜拂衣后退几步，取出凡迹星的画卷，掐诀展开，一跃而上。

闻人不弃喊住她："姜姑娘。"

姜拂衣操控画卷下沉："前辈还有何指教？"

闻人不弃迟疑着问："你能不能告诉我，女凰和你母亲，究竟哪里相像？"

姜拂衣仔细想了想："眉骨和眼角。眉骨略高，本该略显凌厉，但眼角又略圆，显得柔和，冲淡了那份凌厉，恰到好处。"犹豫了下，她又说，"只不过两人眼神差别很大，女凰端庄沉静，像山。我母亲更温柔包容，像水。"

讲完之后，她瞧见闻人不弃愣了愣神。姜拂衣那颗沉下去的心，"噌"地又悬了上来："前辈？"

闻人不弃极快复原："哦，人有相似，物有相同，这并不奇怪。"

姜拂衣嘴唇翕动，没再多言："那晚辈回飞凰山了。"之前凡迹星三人在云层出剑，引动天象，此时已经开始落下微微细雨。她操控画卷飞向那座浮空山。

闻人不弃目望她远去之后，原地伫立许久，才跃下城楼。

"家主。"鹿车在一旁候着。

闻人不弃抬了下手臂，示意仆人不要说话，随后沿着街道沉默步行。即使真是巫族打算用什么诡计，但姜拂衣说的"相似"和"不同"，确实乱了他的心神。

他第一次见到女凰，就觉得她面善，眉骨和眼睛，令他有一股熟悉感，像是梦里见过，前世见过。

闻人不弃当时的想法，是希望想起来还有谁拥有相似的眉眼。他总觉得有这么个女人存在，但他的记忆力极好，倘若见过，不可能想不起来，逐渐又打消了这个奇怪的念头，心道女凰大概是自己命定的情缘，才会有这种熟悉感。可是很快，他又发现女凰不会是他的情缘。他并不想和她有任何的接触。

几十年来，闻人不弃一次也没上过飞凰山，和她说话的次数，一只手都能数得过来，还都是云巅君上交代的公事。他就只想待在白鹭城里，偶尔她从上空经过，像羽族朝拜，看她几眼就好。于是就传出他苦恋女凰的消息。

女凰信不信他不知，她徒弟反正是信了，一旦有个难事，就从飞凰山下来求他去办。

久而久之，旁人说他追求女凰，他也不再反驳，因为不知如何反驳。他相信了凡迹星之前对他的诊断，这是一种病症。他有病。

直到听姜拂衣讲完，闻人不弃开始动摇，难道真是……

可他当真没有剑，也不曾失忆过。

但是，闻人不弃逆着人群，忽然停住脚步。除了女凰的事，其实还有一件事，至今他都觉得莫名其妙。在闻人不弃的记忆里，父亲将拆解万象巫机关，作为对家主候选人的考验。他为了服众，孤身潜入万象巫，险些被剑笙打死。

但他自出生起，就是族中倾尽一切资源培养的对象。他的兄弟和他相比，天差地别。甚至说，闻人家族的族谱里，能在五岁拿起真言尺的，唯独他闻人不弃。族中根本没有人质疑他会是下一任家主。父亲为何要折腾出这样一个考核？又因他体魄羸弱，每一次出门，父亲都担心不已，让他每隔几日报下平安，竟然会为了"服众"，由着才二十几岁的他，潜入有着世仇、高手遍地的万象巫，待了几十天。有一些说不通，但这千真万确是他的记忆。

"唰！"越来越紧密的雨幕之中，闻人不弃取出真言尺，转身朝着跟随自己的鹿车走去。仆人以为他打算乘坐,忙撑伞来迎:"家主。"

"你不要动。"闻人不弃陡然抬手,在仆人灵台轻轻敲了一记,尺身上的符文悉数亮起。他尝试着施展一种从未试过的术法,"你听仔细了,我方才在城楼上和凡迹星动手,他在我肩膀刺了一剑……"

仆人狠狠打了个寒战,双目混浊,双腿发软,有晕倒的趋势。闻人不弃又轻轻一敲:"醒来。"

仆人双眼迅速恢复清明,旋即又流露出恐慌,看向闻人不弃的肩膀:"家主,您的伤……"

没受伤?

闻人不弃的脸色越来越黑沉,堪比头顶浓厚的乌云。他可能真的丢失了一段记忆。剑笙重创他之后,他被家族死士救回家中,浑浑噩噩,丢掉很长一段记忆。而父亲见他好不容易捡回一条命,担心他醒来之后,自知失忆,以真言尺敲打他,再想起来,再去万象巫冒险。父亲先下手为强,塞给他一段假的记忆,掩盖他被剑笙重创的真相。

闻人不弃收回真言尺,撩开袍角上了鹿车。鹿鸣声中,仙车升空。

"家主,您要去哪里?"

"回神都。"

父亲早已过世,但家中还有几位陪伴闻人不弃长大的老仆人,总有一位了解内情。他必须知道自己当年潜入万象巫,究竟是为了什么,遮掩是最无用的行为,乌云总会散去,万物迟早见光。

姜拂衣再次登上飞凰山,山顶高过乌云,不曾落雨,只有云雾。在侍女的指引下,她重新回到女凰所在的宫殿。

这宫殿是全木质结构,上首王座背后的墙壁上雕刻着一只正展翅的凤凰图腾。除却王座,殿内再没有椅子,因此凡迹星是站着的。此刻,他正闭目为女凰诊脉。

凡迹星诊脉的方式，只需释放出医剑的剑意，环绕在同样闭上眼睛的女凰周身。

姜拂衣不便出声打扰，没有请安，默默站去凡迹星背后，发现女凰的弟子已经回来了。

青衾站在女凰下方，朝她微笑示意。重翼则一脸愤恨，却在姜拂衣朝他望过来时，立刻转脸。姜拂衣之前瞧上去并未使出几分力量的一掌，几乎震断了他的肩胛骨，直到现在还令他心惊胆寒，不太敢与她对视。

许久，凡迹星睁开眼睛："女凰，你丹田损伤之症，已经持续了二十几年？"

女凰似有犹豫，知道他在询问病因。请医修诊治，不讲病因是不行的，她看向凡迹星背后的姜拂衣。

凡迹星淡淡地道："她不仅是巫族圣女，还是我的义女，你但说无妨。"

女凰微微一怔，不再顾忌："凡兄也知道，飞凰山是被我定在此处的。二十一二年前，惊蛰夜晚，飓风暴雨来袭，飞凰山像是被某种可怕的力量牵引，突生异动，冲破我的缚山大阵，不仅快速飞出很远的距离，内部还有山体崩裂的细碎声响……"

青衾接口："飞凰山移动的方向，正是白鹭城。城内有十数万生灵，我师父心急之下，不得不施展禁术，突破自身修为禁锢，将妖力在瞬息之间提升数倍，拖拽着飞凰山回了原位。待到风暴平息，飞凰山也平静下来，我师父又重新施展缚山大阵，再次将飞凰山定住。"

姜拂衣认真听着，心中逐渐波澜起伏。二十一二年前，怪物封印大裂变？难道这座飘浮的飞凰山内部，原先也封印着一个大荒怪物？女凰说她感知到山体内部有崩裂的细碎声响，是大荒怪物在突破封印？

凡迹星收回剑意，同样若有所思。他原本以为女凰只是沽名钓誉，懂得缚山秘术，定住飞凰山之后，故意传出自己有凤凰血脉。诊脉过后，

-556-

他发现竟然是真的，虽然十分微弱，至少混了十几代，但确实是有。

难怪这鹰妖年轻时胆子那么大，竟敢背刺西海妖王，之后逃离妖境，为云巅君主定住飞凰山，成为云巅的女凰，并不只是图谋云巅给予的保护和资源。飞凰山曾经是凤凰的栖息地，她身怀一缕凤凰血脉，在此修炼，必定大有裨益。

多重原因之下，女凰修为进展飞速，距离人仙巅峰已经不远了。即使没有云巅的保护，也有实力与妖王一战。

凡迹星道："看来病根就在于你当时强行提升妖力，但之后你为何不闭关养伤？这种损伤很常见，通常只要调理及时，不会造成太严重的后果。"

女凰面露难色："因为飞凰山虽被我再次定住，却不像从前那样稳固，时有轻微异动，我不知原因，怕它再次失控，不敢闭关。"

姜拂衣暗自琢磨，如此说来，那怪物大佬似乎还没完全逃出去。

女凰问道："凡兄，我的伤……"

凡迹星不等她问完，打断："问题说大不大，说小不小。能医，不过需要费点儿时间，我们父女俩恐怕要在这儿打扰一阵子。"

女凰："需要多久？"

凡迹星："你着急？拖了这么久，我当你习惯了呢。"

女凰看向自己的徒弟："青袅，你二人先带姜姑娘去往住处。"

青袅忙道："是。"随后走到姜拂衣身边，"姜姑娘，请。"

见女凰将两个徒弟一起撵走，姜拂衣也很识趣地退出大殿。

等殿上只剩凡迹星，女凰才苦恼道："其实我这几年，间歇还会失去妖力。所以之前并非我清高，不愿亲自去拜访你，只是担心妖力突然消失，在外难以遮掩，轻易被人察觉……

"你也知道西海妖王对我恨之入骨，若被他得知，我恐怕招架不住。我觉得他已经知道了，近来多番施法试探我，因此，我希望你能尽快为我疗伤。"

凡迹星还以为什么事，值得这般神神秘秘。她妖力会间歇失去这事，他已经诊断了出来："你不是请了帮手回来坐镇，还担心什么？"

帮手指的并非闻人不弃。凡迹星刚登上飞凰山，伴月剑就感觉到了一股强烈的战意。剑修好战，遇到对手很容易按捺不住。

飞凰山上，有位和凡迹星差不多境界的剑修。

如今七境九国的辽阔版图里，人仙巅峰期的剑修，露过面的少说也有四五十个，隐居避世的更不少，凡迹星猜不出来是谁。

女凰深深蹙眉："帮手？你听谁说的？我不曾请什么帮手上山。"

姜拂衣刚出殿门，来了位弟子向青袅禀告："闻人前辈离开了白鹭城，瞧着方向，是回神都了。"

青袅问道："闻人公子还在？"

弟子道："在，闻人前辈是自己离开的。"

"知道了。"

姜拂衣心头又是一颤。想起自己告知女凰与母亲的相似之处后，闻人不弃那短暂的愣神，如今他又立刻回了神都，必有蹊跷。

而飞凰山密切关注着闻人不弃的动向，女凰似乎也不像凡迹星说的那样讨厌他吧？

青袅唤醒了她的沉思："姜姑娘，这边请。"

姜拂衣随着她穿过花园，步入游廊，朝偏殿走去。羽族聚集地，处处鸟语花香，但想起脚底下可能有个大荒怪物，她提不起一点欣赏的兴致。如芒在背，神经紧绷。

抵达偏殿之后，她和青袅寒暄几句，待青袅离开，便坐在院中的木雕凳子上等待凡迹星。等待的空隙，姜拂衣从同归里取出纸笔，趴在树根打磨成的桌面上书写："大哥，你和小酒回道观了吗？"

燕澜回道观好一会儿了。他让小道士先送柳藏酒去往后院住处，自己则撑着一柄做工精致的羽毛伞，待在道观门外。

燕澜不是在等猎鹿。回来时，燕澜发觉有道视线时不时偷窥自己。道观附近人多，有不少女香客打量他。但这道视线明显不同，燕澜有股熟悉感。

视线睃着，燕澜只见道观外有好些个摆摊的算命先生。观内坐镇的道长，解签价钱昂贵且需要排队，不少香客求签之后，会出来请这些算命先生解签。他们之中没有神棍，神棍都被道长赶走了。然而剩下的那些，也不过粗通一些六爻八卦。

今日却混进一位真正的高人。此人瞧上去二十几岁，五官并不算太出众，但他肤色很白，额角有一处黄色印记，仿佛一枝迎春花，极为引人注目。这正是为燕澜等人占卜名字的巫族大巫：一枝春。

初来乍到，一枝春在白鹭城周边毫无名气，且看他的模样，并不像个靠谱的道士，因此，摊位前只有一位香客。香客是一位貌美妇人："道长，您看这签文，'柳暗花明又一村'，是不是说我夫君还有希望回心转意，离开那个狐狸精，回到我身边？"

一枝春将签推回去，好言劝道："没指望了，这签文的意思是让夫人您赶紧抽身，速度和离，下一个男人会更好。"

貌美妇人一愣。

等她离开，燕澜踱步过去，在凳子前坐下来："我方才真是捏了一把冷汗。"

一枝春睥他一眼："哦？少君此话怎讲？"

"我以为您会对那位夫人说……"燕澜学着他的腔调，"这种滥情男人抢来作甚，我看你不该来道观，该去医馆，找个大夫好好治一治你的脑子方为正途。"面对族人，大巫从来都是这样的态度，没想到出门在外，竟然有两副面孔。

一枝春讪讪地笑道:"族里我说话再难听你们也得忍着,总不能跳起来打我,在外面可不一样,真会挨打。尤其面对女人,她们是这世上最蛮不讲理的生物,得罪不起。"

燕澜道:"那您还出门?此番是跟着猎鹿和休容一起来的?"

"不错。"一枝春抬头瞧一眼飞凰山,眼底隐现一抹兴奋的小火苗,"我听闻少君身体抱恙,来这鸟族聚集地,实在担心。"

"真是多谢您了。"燕澜知道他是来看笑话的。

这位大巫在族中只负责占卜名字,闲得发慌,最喜欢看热闹。一贯是哪里有热闹就往哪里凑,何况是看少君的热闹。估计从燕澜周岁抓过龟甲开始,他就一直等着了。

燕澜劝他死了那条心:"我如今对鸟妖已经无动于衷,因为我可以确定,您对'燕子'和'海浪'的解释是错误的。"

一枝春睁大眼睛:"原因呢?"

燕澜不想解释:"您知道就行。"原本一心想证明他错,是为了说服他准许自己改名字。如今燕澜不想改名字,再继续和他较真,就失去了原本的意义。

一枝春啧啧道:"少君有些古怪。"

燕澜无动于衷,感应到腰间铃铛晃动了下,知道姜拂衣来信,遂站起身:"总之,没有笑话给您看,您还是赶紧通过传送阵回族里去,在外实在危险。"

大巫瞧着年轻,其实已经年近五百岁,不曾突破地仙,寿元不多了,很容易因为一些波动步入天人五衰,且他境界虽然很高,却不像燕澜的父亲一样善战,甚至是现今大巫里最无用的一个。然而族中那么多大巫,燕澜与他的关系还算亲近。毕竟从小和他争执,多少争出几分奇怪的感情。

飞凰山上,姜拂衣盯着手腕上的铃铛。感觉时间过去许久,铃铛微微震动,她忙取出来看。

燕澜:"我们已经在道观里了,你呢,安顿下来没有?"

姜拂衣写:"大哥,飞凰山内部可能封印着一个大荒怪物……"她详细告知。

燕澜:"有可能,不过那怪物并未挣脱封印,或者像之前棺木隐一样,受伤过重,不敢再轻易挣脱。"

姜拂衣:"如果像棺木隐一样,怪物是不是已经可以朝外界释放天赋了?"

燕澜:"需要知道是哪一种天赋,能不能释放。然而信息太少,我无法判断是什么怪物。阿拂,你还是从飞凰山下来吧,指不定山上已经有人被那怪物附身、操控。或者干脆是那怪物的分身,万一曾和你外公结过怨,认出你。"

姜拂衣回:"我还真怕他不动,动了才能知道他的天赋,猜出他的来历。咱们原本不就要抓怪物,你怕什么?"

燕澜哪里是怕,是担心她。他端坐于窗下的矮几前,听着雨打树叶的声音,低头望着"咱们"两个字,提笔沉默,许久没有动作。

要抓怪物的明明只是他,可从她的态度里,似乎成了她的责无旁贷。

燕澜不怀疑她是真心想为他分忧,更信任她的勇敢善良,不可能对危险怪物坐视不理。但若只是如此,以姜拂衣的冷静,她会量力而行。燕澜真正担心的是,她为了向他证明石心人无害,能够在人间行走,而失去以往的谨慎,太过拼命,遭受伤害。

他却又无法言明提醒,像是说她为了救母和生存,在刻意讨好他。虽然,她可能确实存了一丝丝这样的小心思。

燕澜思量再三,落笔:"我是很害怕。"

姜拂衣很快回复:"你怕什么?"

燕澜工整地写:"我害怕你为我付出太多,为世间安稳付出太多,会令我无法正确判断你的母亲,失去自我,忘却祖训,违背原则。"

姜拂衣:"你才不会。"

燕澜:"你若认为我是个绝对正直无私的人,之前就不会存心来引诱我,试图将我收为己用。"

过去一会儿,姜拂衣回复:"可我不是放弃了嘛,又提,我不要脸面了?我懂你意思了,放心,我会遵从本心,量力而行,不会逞强,不会令你难做。"

燕澜看完之后正在回复,同归再次震动。

姜拂衣换了张新的宣纸,又写:"其实我之前引诱你,并不认为你会因为我违背原则。大哥可能没那么无私,但绝对正直。而我的底气,在于我不认为我该被封印,不会折损你的正直。我只想拉进你我之间的距离,让你有耐心多了解我,才会信任我。"人心虽然隔肚皮,但了解并不难,欠缺的从来都是耐心。

姜拂衣忌惮他,有求于他,对他自然不缺乏耐心。想要他的耐心,最好先得到他的心,这是她原本想走的捷径。可惜她下不去手,也没有外公和母亲的本事。

燕澜许久才回:"那么,你我现在的距离,你觉着够了吗?"

姜拂衣嘟起嘴唇,将羽毛笔夹在鼻子和嘴唇中间,举起宣纸,凝眉思索。

燕澜是不是话里有话?人有时候也不能太坦诚,被燕澜知道自己试图引诱过他之后,他就变得怪怪的,总是草木皆兵,小心翼翼试探她。

姜拂衣心中不悦,奋笔疾书:"不够,我觉得还可以再近一些,这几日我将那本讲神交的古籍看完了,懵懵懂懂,极为好奇,咱们得空一起练练呗?"

这次等了好久,也没见燕澜回。

意料之中，姜拂衣在脑海里想象一下他此刻的表情，忍不住笑了一声。不用解释，燕澜也知道自己是在逗他。

"阿拂。"凡迹星的声音陡然响起，"你在那儿傻笑什么呢？"

姜拂衣赶紧站起身："凡前辈，您和女凰聊完了？"

凡迹星施施然上前，此时才有空纠正她："你还称呼我前辈？"

这就很尴尬，姜拂衣现在根本不知道该怎样称呼他，想起他在女凰面前说自己是他的义女，便先改口："义父？"

凡迹星没说行不行，先提醒她："女凰丹田受损，除了动用医剑，我还得炼几颗丹药给她，至少需要一两个月，你在山上小心些，不要离我太远。"

这飞凰山连绵不绝，植被茂密。

"山里藏了个人仙巅峰期的剑修，可能还有其他高手。剑只对剑敏感，旁的我感知不到。"

姜拂衣不觉得意外："因为山体内部可能封印着一个大荒怪物，那些高手，大概是被怪物释放出的天赋吸引而来。"

凡迹星："是什么怪物？"他向来只醉心医道，对这些纷争毫无兴趣。但得知仙女是怪物，自然要多了解一些。

姜拂衣耸肩："在不知道天赋的情况下，燕澜无法判断怪物是谁……"她拉着他坐下来慢慢聊。讲了讲大荒时代九天神族和始祖魔族的恩怨，又说了说兵火、独饮擅愁几个接触过的怪物，以及尚未见过的绝渡逢舟。

凡迹星默默听她讲，对怪物的天赋有了个大致了解。他心里清楚，姜拂衣会这样不厌其烦，是怕他因为不懂，着了飞凰山内这只怪物的道。

莫说是被伴月影响，他内心看待姜拂衣，如同女儿一般。这样一个从心底为他打算的孩子，谁会不喜欢。

凡迹星是一条具有腾蛇血脉的魔蛇，独居动物，自从有意识以来，就活在阴暗潮湿的地底,周围只有他自己,连父母都不知道是谁。而他这个种族,因为阴险狠毒的标签,一贯遭人嫌弃。既被嫌弃,那他也不在乎将标签更深入人心,游戏人间,异常恶劣。

直到遇见仙女,她救他性命,看出他有医道的天赋,赠剑给他。凭借医术和医剑,世人仿佛忘记了他的种族,无论走到哪里,都尊称一声迹星郎,将他奉为座上宾。而他也苦心钻研医术,坚守品格,尽量不给仙女丢脸。

坚守是有回报的。如今又多了个会为他着想的女儿,有没有血缘关系无所谓,那是情感之中最不重要的东西。

"我心里有数了。"她讲完之后,凡迹星站起身,朝她粲然一笑,回房炼丹之前,想起来问,"对了,阿拂,你方才慌张离开,是做什么去了?"

姜拂衣将画卷从同归里取出来:"目前还不好说,等有谱了再告诉您。"

凡迹星也就不再多问:"拿着用吧,我多得是。"找他医病的人,不知送了多少飞行法器给他。画卷并不是最上品的,他常使用,只是因为此物好看。

"巫族富得流油,瞧你这身阔绰的穿戴,燕澜也不像小气之人,竟然连个飞行法器都不给你。"

上山下山的,没个飞行法器确实不方便,姜拂衣便将画卷收下了。收燕澜的礼物她有负担,"父亲"的宝物可以随便用。

等凡迹星回去房间炼制丹药,姜拂衣仍在院中坐着。被他一提醒,她又想起了闻人不弃的事。姜拂衣怀疑闻人不弃真有可能是心剑的剑主,也是她的亲爹候选人,寻思着要不要告诉燕澜。

道观客房里,燕澜还在望着眼前的宣纸发愣。

她是逗他的吧？神交也能随便说？说得这般轻易，一看就知道她尚未开始看，或者像猎鹿一样根本看不懂，不太了解其中真正的含义，也不知道是个怎样的过程。可正是如此，她该不会真想探索一下。他不答应，她会不会去找别人？

燕澜此刻万分后悔，她先前追问时，搪塞过去便是了，为何要因为难为情，直接将古籍拿给她看？

铃铛再次响动。

姜拂衣的字歪七扭八："大哥，有件不是很确定的事，我在犹豫要不要告诉你……我现在其实不想说，但又怕之后你怪我瞒着你。"

燕澜已经被影响到了："和什么有关？"

姜拂衣："我爹。"

燕澜松了一口气："不想说就不说，等确定之后再说不迟。"

说起来，燕澜也有件不确定的事，犹豫着要不要先告诉姜拂衣。

他怀疑魔神，身怀他们巫族的血脉。因为魔神占据刑刀肉身，使用的好像是巫族秘术，燕澜望向他时，才会有种熟悉感，熟悉的是秘术逸散出的灵力。

若魔神真是他们巫族人，那他对怪物和封印都如此了解，便是有理有据。但燕澜难以置信，也不敢相信。巫族身为神使，竟出了这样一个监守自盗的叛徒，该怎样向天下人交代？

当然，燕澜无法仅凭一个秘术，就做出肯定的判断。当务之急，他要尽快养好病，先搞清楚飞凰山是怎么回事，以免姜拂衣身陷危险，而他束手无策。

燕澜服下一颗丹药，摒除一切杂念，盘膝而坐，捏起手诀，开始闭目养神。

数日后，神都，闻人世家。

花厅内站着好几位老人家，都是自小伺候闻人不弃的家仆。

真言尺缓缓敲着掌心，闻人不弃极具压迫感地开口："你们年事已高，但多少有些修为，我待你们不薄，丹药从不少给，至少还能保你们几十年的命和安稳。可是，一旦被真言尺敲过，你们这些身子骨，是真的经受不住。"

家仆们接连颤颤巍巍地跪下。

"家主，我真的不知道啊……"

"我也不知……"

"我从前在您身边伺候，后来去养鹿了，我哪里知道……"

闻人不弃由着他们七嘴八舌地求饶。许久，他走到那个养鹿的家仆面前，伸手在此人肩膀一按："你知道。"

那家仆打了个哆嗦。

闻人不弃道："我少年时，你和他们一样，都在我身边伺候我的饮食起居。你刚才一提，我才想起来，在我的记忆中，你是因为偷了我一件法器，才被我扔出去养鹿。"

不对劲。他的人，竟然会贪一件法器，若真贪图，依照他的性格，该逐出去，不会留着养鹿。这段记忆是假的。

"我父亲已经去世多年，你怕什么？还是我父亲抹去了你的记忆，需要我敲打你一下？"

家仆忙磕头："老家主并没有抹去我的记忆……"说完这话便知道瞒不住了，哽咽道，"但是老家主告诫过我，若非万不得已，不可以告诉您，那是害了您……"

闻人不弃冷冷地道："现在已经到了万不得已的时候，说！"

家仆艰难起身，长叹一口气："家主，您随我来。"家仆领路，来到宅院西北角的一处楼房前。

闻人不弃驻足于楼前，微微蹙眉，这是他父亲从前的小书房，以往需要清静时,他喜欢来此。父亲过世之后,他曾来过一次。

家仆推开门:"这其实是您从极北之海回来之后,特意挪出的一个小书房。"闻人不弃走入内,楼内陈设简单,几个书柜,一张书案,并无任何特别之处。

家仆来到里侧的墙壁前:"老家主生前设下的封印,估计已经松动了,而以家主现如今的修为,应该能够解开,您试试吧。"

家仆不提,闻人不弃根本不会在父亲的书房里施展术法。此时凝神感知,闻人不弃才发现这小书楼内的气息流动确实有一些不对劲。而父亲去世之前,也是半步地仙境界,设下的封印,并不是那么容易解开。

闻人不弃边解封印边问:"你方才说,我去过极北之海,何时去的?"

老家仆回忆:"六十多年前,您因对鸢南之战有所怀疑,前往极北之海……"

"鸢南之战?"闻人不弃更不理解。闻人氏当年提议攻打巫族,说怕宝物落在他国之手不过是对外的借口,其实还有更深的理由。闻人氏先祖深信巫族包藏祸心,却又拿不出证据,决定先下手为强。

家仆继续道:"您是孤身去的,当时没说去哪儿,音信全无两三年,老家主派人四处去找,几乎愁白了头。有一天夜晚,您突然又自己回来了,拿着一柄剑,见着老家主的面,立马跪下求他敲您一尺子,说您好像被人下了失忆咒,外出游历的事全忘了,老家主气恼不已,连着敲了您三尺,才让您重新想了起来。"

闻人不弃:"然后呢?"

家仆说道:"您恢复记忆之后,却没交代这些年的经历。只说想要改名,从闻人弃,改为了闻人不弃。之后,您就腾出了这座小书楼,从弱水学宫里搬来大量古籍,以及有关法阵、封印的书册……"

"轰隆隆!"

屋内一阵摇晃。

闻人不弃终于解开了封印。

一瞬间，书房内变得光怪陆离，墙面倾倒，又快速重建。待一切重新稳固，竟然呈现出一方广阔巨大的空间。

头顶是模拟万千星象的星盘。下方则环着几十个厚重的书柜。中间的竹简更是堆积成山。

闻人不弃心头如同遭受重击，下意识地朝头顶的星盘挥了一下手。只见无数闪耀光芒的星子从星盘飞下，在头顶不断排列组合，构建出一幅七境九国的大地图。

其中有十几处地方，星光尤其明亮。极北之海、天渊裂隙、温柔乡、无垢峡谷、飞凰山……

家仆道："那些年您废寝忘食，整天都在推算，时时都在念叨，还有哪里？该怎么斩断极北之海和它们的关联？您好像在解题，逐渐陷入了死胡同里，停滞不前，于是瞒着老家主偷跑去了万象巫，想去偷看巫族的古籍，但失败了，万幸从剑笙手中捡了条命回来……老家主再也看不下去您如此疯魔，担心您迟早因此丧命，便趁您识海受伤，忍痛将您去往极北之海以后的记忆，全部篡改。然而几经犹豫，还是选择留下这座书楼，毕竟是您数年来的心血……"

闻人不弃仰头望着星盘，面色惨白："那我的剑在哪里？"